Rachel Caine

Still ruhen die Toten

EDITION M

Das Buch

Ein altes Verbrechen bringt sie an einen Ort, den man nur tot verlassen kann.

Trotz des Hasses, der Gwen und ihren Kindern in Stillhouse Lake entgegenschlägt, muss sie sich auf einen neuen Fall konzentrieren: Vor drei Jahren verschwand der junge Student Remy Landry in Tennessee spurlos. Seine Eltern sind verzweifelt, ein Gefühl, das Gwen nur zu gut kennt. Sie verspricht, etwas über Remys Verbleib herauszufinden.

Doch ihre Ermittlungen führen Gwen nicht nur mitten in eine fanatische Gemeinschaft auf einem einsamen Landsitz. Sie ist plötzlich auf die Hilfe ihrer erbittertsten Feinde angewiesen, als ihr Sohn und ihr Freund Sam in tödliche Gefahr geraten …

Die Autorin

Rachel Caine ist internationale Bestsellerautorin von mehr als fünfundvierzig Romanen, einschließlich der bekannten Reihen »Haus der Vampire«, »The Great Library« und des gefeierten Jugendromans »Prince of Shadows«.

Rachel Caine wurde auf der White Sands Missile Range geboren, und Leute, die sie kennen, sagen, dass das viel erklärt. Sie hat bereits als Buchhalterin, professionelle Musikerin und Schadensermittlerin gearbeitet und war bis vor Kurzem Geschäftsführerin in einem großen Unternehmen. Zusammen mit ihrem Mann, dem Künstler R. Cat Conrad, lebt sie in Texas.

RACHEL CAINE

STILL RUHEN DIE TOTEN

THRILLER

Aus dem Amerikanischen von
Claudia Hahn

EDITION M

Die amerikanische Ausgabe erschien 2020 unter dem Titel »Bitter Falls« bei
Thomas & Mercer, Seattle.

Deutsche Erstveröffentlichung bei
Edition M, Amazon Media EU S.à r.l.
38, avenue John F. Kennedy, L-1855 Luxembourg
April 2020

Die Übersetzung dieses Buches wurde durch Amazon Crossing ermöglicht.

Umschlaggestaltung: bürosüd° München, www.buerosued.de
Umschlagmotiv: © Dave Wall / ArcAngel
Lektorat und Korrektorat: VLG Verlag & Agentur, Haar bei München,
www.vlg.de
Gedruckt durch:
Amazon Distribution GmbH, Amazonstraße 1, 04347 Leipzig /
Canon Deutschland Business Services GmbH, Ferdinand-Jühlke-Str. 7,
99095 Erfurt /
CPI books GmbH, Birkstraße 10, 25917 Leck

ISBN 978-2-49670-234-7

www.edition-m-verlag.de

Prolog

Als sie ihn aus der Zelle holten, setzte gerade die Morgendämmerung ein.

Er hatte die gesamte Nacht auf den Knien zugebracht, zitternd vor Kälte in diesem dünnen Nachtgewand, das zu tragen sie ihn gezwungen hatten. Die wenigen Male, bei denen er eingenickt war, hatte ein Stoß mit dem Lauf eines Gewehres genügt, um ihn sofort wieder zu wecken.

Ihm tat alles weh, aber das war er aufgrund der harten Arbeit beinahe gewohnt. Er hatte sich von einem starken, athletischen und selbstbewussten Mann in … *das hier* verwandelt. An den Handgelenken und Fingern traten die Knochen hervor. Ebenso seine Schlüsselbeine, kantig und scharf, als könne man Papier damit schneiden. Sie hatten ihm nicht einmal mehr die Handvoll Reis gebracht wie sonst. Auch kein Wasser.

Du musst fasten, hatten sie ihm erklärt, aber niemand fastet, wenn er bereits am Verhungern ist. Es bedeutete einfach nur noch quälenderes Hungern.

Er versuchte, nicht an Essen zu denken. Früher hatte er sich nie Gedanken darüber machen müssen, wann er das nächste Mal etwas zu essen bekommen würde. Er hatte Burger und Pizza und Sandwiches zu jeder Tages- und Nachtzeit haben können.

Pommes und Bier. Seine Vergangenheit erschien ihm fern und verhangen wie ein Traum. Zum Unterricht gehen. Mädchen. Partys. Fußball und Discgolf und die Bar, diese letzte Bar, randvoll mit seinen Freunden. Vermissten sie ihn manchmal? War ihnen überhaupt aufgefallen, dass er nicht mehr da war?

Himmel, er hatte solchen Hunger, und er wollte einfach nur schlafen.

Jetzt kamen sie, um ihn zu holen.

Sechs Männer, nur Schatten in der Dunkelheit, aber er wusste, dass sie Knüppel und Waffen bei sich trugen. Das taten sie immer. Sie zogen ihn auf die Füße, die er nicht mehr spürte, und ließen ihn aufstampfen, bis die Taubheit verflogen war. Das tat so weh, dass es ihm den Atem raubte. Es fühlte sich alles so irreal an. *Das bin nicht ich. Ich habe ein Leben. Ich habe eine Familie. Ich kann gar nicht hier sein.*

Draußen vor dem Schuppen war die Dämmerung über den Baumkronen nur zu erahnen, es war noch so dunkel, dass er kaum den Boden erkennen konnte, während er vorwärtsstolperte. Musik stieg auf wie Nebel. Das gesamte verdammte Lager sang. Er kannte die Hymne nicht; er war katholisch erzogen worden, und im Augenblick hatte er das verzweifelte Bedürfnis zu beten. Er hatte nicht die ganze Nacht gebetet, obwohl sie es ihm befohlen hatten. *Gott, bitte hilf mir. Bitte.*

Seine Füße waren nackt, und die Steine auf dem Weg schnitten ihm in die Sohlen, sodass sie bluteten, aber sie schleiften ihn dennoch weiter. Hangabwärts. Rechts von ihm ragte ein massiver Metallzaun auf, unglaublich hoch und kalt. Wie ein dicker Wall, der die gesamte Welt fernhielt. Ein Zaun, von dem er geglaubt hatte, er könnte ihn erklimmen, damals, als er noch ein anderer Mensch gewesen war. Noch immer trug er die Narben von diesem Versuch.

Vielleicht lassen sie mich ja gehen, dachte er. Doch tief in seinem Inneren wusste er, dass das nicht geschehen würde. Er wollte nicht länger darüber nachdenken, also stolperte er betend und hoffend weiter, während all diese singenden Stimmen hinter ihm zurückblieben. Jetzt waren da nur noch er und die Gläubigen mit ihren Waffen und ihrer Schweigsamkeit. Er vernahm lediglich das Rasseln seines Atems in seinem knochigen Brustkorb.

Das schwache Licht schaffte es noch nicht, die Wand aus Bäumen zu durchdringen. Es fühlte sich an, als würde er ein Grab betreten, und er wollte weglaufen, schreien, kämpfen, *irgendetwas tun,* denn verflucht, er war mal jemand gewesen, er war doch früher stark und sicher und furchtlos gewesen, nicht wahr?

Er lief nicht weg.

Es war besser, schweigend weiterzugehen.

Die Luft war beißend kalt. Er trug nichts als dieses dünne Hemd am Leib, und seine Hände und Füße waren durch die Kälte bereits wieder taub geworden. Der ätherische Duft, den die Bäume verströmten, hätte beruhigend auf ihn wirken sollen, doch er roch nur seinen eigenen Schweiß und den Gestank seiner Angst. Sein Mund war trocken, was sich anfühlte, als wäre er mit Watte gefüllt. *Vielleicht träume ich ja,* dachte er. *Vielleicht ist das alles nur ein Traum, vielleicht habe ich mich in Charlie's Tavern betrunken und wache bald im Wohnheim neben Brie auf, und das alles hier war nur ein dämlicher Albtraum.*

Brie. Seine Freundin. Er fragte sich, was sie wohl gerade machte. Ob sie ihn ab und zu vermisste? Er dachte an seine Eltern, die vermutlich noch immer nach ihm suchten.

Der Gedanke schmerzte.

Sie verließen den Schatten der Bäume, und er hielt inne und starrte auf die Szene, die sich ihm bot. Vor ihnen lag ein kleiner See, klar und rosafarben im Licht der aufgehenden Sonne. Und da war ein Wasserfall … ein Wasserfall, der von den Felsen vor ihnen herabtoste und sprudelte und sich in weißen

Sprühnebel verwandelte, der schwerelos in der Luft hing. Ein zarter Regenbogen tanzte im Dunst.

Es fühlte sich hier wärmer an. Friedlich.

Am Seeufer wartete Vater Tom. Er trug ein weißes Hemd und eine weiße Hose, und sein bleiches Haar schimmerte im selben Farbton. Altes Haar, altes Gesicht, jedoch junge dunkle Augen, die sämtliche Geheimnisse des Universums zu kennen schienen. Die Augen eines Heiligen, wie die Versammlung zu sagen pflegte.

Vater Tom war einfach nur vollkommen durchgeknallt.

»Bruder«, sprach Vater Tom ihn an. »Willkommen. Du hast lange und erfolgreich gearbeitet, und auch wenn du als Fremder zu uns kamst, wirst du von nun an immer Teil unserer Familie sein. Heute wirst du getauft und in die Versammlung aufgenommen. Wohin du auch gehen magst, du wirst immer einer von uns sein. Dein altes Leben ist vorbei. Möge dein neues Leben beginnen.«

»Dein neues Leben«, hörte er jemanden in seiner Nähe wiederholen, und auch die anderen murmelten das. Er war wie betäubt. Bedeutete das, dass sie ihn einfach gehen lassen würden? War das möglich?

Ja, lasst mich gehen, ihr Bekloppten. Lasst mich gehen, dann laufe ich schnurstracks zu den Cops und befördere euch so schnell in den Knast, dass nicht einmal Gott herausfinden wird, wo ihr seid.

Hier redete der Mensch, der er einst gewesen war, der starke junge Mann, der gekämpft und gebrüllt und geglaubt hatte, er könne alles schaffen. Alles überleben.

Aber der Mensch, der er jetzt war, bebte einfach nur noch wie ein Lamm, das zur Schlachtbank geführt wird. Er konnte nicht wieder zu diesem Mann werden.

Vielleicht würden sie ihn ja tatsächlich gehen lassen, wenn er gehorchte. Und vielleicht würde er auch niemals ein Wort über das verlieren, was hier geschehen war, wenn er gehen durfte.

Zusammen mit Vater Tom schritt er in den See, bis ihm das Wasser bis zur Hüfte reichte. Er konnte sehen, dass dicht vor ihm der Grund des Sees steil abfiel; über Tausende von Jahren hatte das gnadenlos herabstürzende Wasser ein tiefblaues Loch geschaffen. Wer konnte schon sagen, wie weit es hinabreichte? Er stand direkt am Rand des Abgrunds. Himmel, es war so kalt, dass sein Körper sogar das Zittern vergaß. So kalt, dass sich das Wasser beinahe warm anfühlte.

Vater Tom lächelte ihn milde an, als würde er die Kälte überhaupt nicht spüren, und fragte: »Glaubst du an die Macht unseres Herrn Jesus Christus und seines himmlischen Vaters?«

Er nickte einfach nur. Es fühlte sich an wie ein Krampf. Es tat weh. Er wollte einfach nur schlafen.

»Dann lass dich im Blut des Lammes waschen und beginne noch einmal von vorn. Du hattest Probleme mit deinem Glauben, doch das ist nun vorbei. Du bist ein Heiliger der Versammlung.«

Er war nicht darauf vorbereitet, als Vater Tom ihn unter Wasser drückte. Das Ganze passierte so schnell und der alte Mann handelte so geschickt, als hätte er das bereits Tausende Male getan. Er wehrte sich, doch Vater Tom hielt ihn kraftvoll einige lange Sekunden unter Wasser, bevor er wieder in die dampfende Morgenluft auftauchen durfte.

Er hätte wegen des Schocks und der Kälte aufschreien wollen, doch die Erleichterung gewann die Oberhand. Er hatte es geschafft. Er hatte überlebt. Er reckte sein Gesicht der aufgehenden Sonne entgegen und atmete tief durch. *Ich lebe. Ich lebe! Ich werde das hier überstehen.*

»Gott ist mit dir, Bruder«, fuhr Vater Tom fort. »Dass du dienst, sichert unsere Erlösung.«

Er hatte sie nicht kommen sehen, aber plötzlich standen zwei Männer neben ihm, und ihm wurde klar, dass da etwas nicht stimmte. Er versuchte, ans Ufer zu gelangen.

Doch einer von ihnen packte seine Schulter, und der andere bückte sich ins Wasser.

Etwas zog an ihm. Er wusste nicht, was es war, bis er die Hände danach ausstreckte.

Es war eine große, dicke Kette, die ihm fest um die Hüfte geschlungen worden war, und Vater Tom drückte gerade ein Schloss zu, um sie zu sichern.

Die Männer ließen ihn los und traten zurück.

Du hast gesagt, ihr würdet mich gehen lassen. Ein Neuanfang, hast du gesagt. Das Wehklagen jagte durch seine Gedanken, während seine Zähne wild aufeinanderschlugen und ihn dunkle Verzweiflung überfiel, als er erkannte, was ihm bevorstand.

»Gott segne dich, Heiliger«, sprach Vater Tom und schob ihn über den Rand in den Abgrund.

Das Letzte, was er sah, war das schwere Eisengewicht am Ende der Kette, das ihn ins Dunkel zog, und das Glitzern der Morgenröte auf dem Wasser über ihm.

So kalt.

Er spürte, wie er zwischen den bleichen Knochen auf dem Grund des Sees aufkam. Während seine Lungenflügel schmerzten und pulsierten, erinnerte er sich plötzlich daran, wie es sich anfühlte, ein Kind zu sein. Aus einem Albtraum zu erwachen. Das Letzte, das Allerletzte, was in seinen Verstand drang, war die flüsternde Stimme seiner Mutter: *Schhh, mein Schatz. Jetzt ist alles gut.*

Kapitel 1

Gwen

Mein privates Handy klingelt, und ich überprüfe als Erstes die Nummer. Die Macht der Gewohnheit. Auf der ganzen Welt gibt es nur sechs Menschen, die mich unter dieser Nummer erreichen. Und natürlich, es ist Sam Cade. Eine wohlige Wärme breitet sich in meinem Magen aus, während ich die Taste drücke und mir das Handy ans Ohr halte.

»Hey, Fremder«, säusele ich.

»Selber hey«, erwidert er. Seine Stimme ist rau. Oh, sexy. »Was geht ab?«

»Im Augenblick? Überhaupt nichts«, erkläre ich und gähne. Es ist halb vier Uhr morgens, und ich sitze bereits seit drei Stunden in diesem kalten Mietwagen – abgesehen von einem kurzen Abstecher in den kleinen Supermarkt in der Nähe, um die Toilette aufzusuchen und mir einen riesigen Kaffee zu holen, den ich noch bereuen werde. »Ich warte darauf, dass meine Zielperson irgendetwas tut.«

»Und was soll das sein?«

»Gute Frage.«

»Du willst es mir wohl nicht sagen?« Er klingt amüsiert.

»Na, du weißt doch. Nicht, bevor ich sicher bin. Aber egal, du bist ja ziemlich spät noch wach. Oder schon sehr früh auf. Was trifft zu?«

»Früh auf. Ich bereite ein paar Unterlagen für heute vor«, erklärt er. »Die Kinder schlafen übrigens noch tief und fest. Ich hab nachgesehen.« Meine Kinder sind mein Leben, und das weiß er. Sam weiß außerdem, dass er zu der sehr kleinen und exklusiven Gruppe von Menschen gehört, denen ich meine Kinder anvertraue. Meine Tochter Lanny ist eine schwierige Sechzehnjährige, die sich schon wie eine Zwanzigjährige fühlt. Mein Sohn Connor ist zu erwachsen für seine dreizehn Jahre und gleichzeitig doch zu jung. Beide sind keine einfachen Menschen und damit eine echte Herausforderung.

Was allerdings auch gute Gründe hat. Mittlerweile haben sie bereits die Hälfte ihres jungen Lebens mit dem grauenvollen Wissen zugebracht, dass ihr Vater ein Serienmörder war, und mit der ebenso schweren Bürde, dass manche Leute sie aufgrund dieser Verbindung ebenso hassen wie ihn. Ich will sie vor der Welt beschützen. Was ich natürlich nicht kann. Dennoch muss ich es versuchen.

»Wirst du vor sechs zu Hause sein?«, fragt Sam, und ich seufze.

»Okay, alles klar. Soll ich Lanny aufwecken, wenn ich losmuss?«

»Ja, ist wohl besser. Ich kann mich nicht darauf verlassen, dass sie den Wecker hört und Connor rechtzeitig weckt. Ich schreibe dir, wenn ich unterwegs bin.« Ich will meine Kinder schlafen lassen. Sie müssen eigentlich erst um sieben aufstehen, und wie ich aus Erfahrung weiß, ist eine zusätzliche Stunde für einen Teenager so viel wie zehn für mich.

Keiner von beiden wird aufstehen wollen, und erst recht werden sie keine Lust haben, zur Schule zu gehen, aber sie sind es gewohnt, sich unangenehmen Situationen zu stellen. Ich weigere mich rundheraus, sie zu Hause zu unterrichten. Ihr Leben wird angesichts unserer Familiengeschichte unglaublich schwierig werden. Ich möchte, dass sie schon jetzt lernen, damit zurechtzukommen, und nicht bis ins Erwachsenenalter behütet und abgeschirmt sind.

Monster lauern überall.

Therapiesitzungen haben uns allen etwas geholfen. Ich habe die Kinder ein paar Monate lang in Einzeltherapie geschickt, dann zusammen, während Sam und ich als Paar zu einem anderen Therapeuten gegangen sind. Jetzt haben wir als Familie gemeinsame Sitzungen im zweiwöchentlichen Rhythmus, und ich möchte behaupten, dass es … besser wird.

Abgesehen von der Tatsache, dass sich die Stadt gegen uns verschworen hat.

Ich weiß nicht genau, was dazu geführt hat, dass uns die Bewohner von Norton plötzlich so vehement ablehnen. Vielleicht war es Sams unbeabsichtigte, aber fortwährende Fehde mit ein paar mit Drogen handelnden Hinterwäldlern, die hier in der Gegend einigen Einfluss haben. Einen Teil davon habe ich auch selbst zu verantworten, weil ich einem Fernsehinterview zugestimmt hatte. Vor Ort hatte es sich in die völlig falsche Richtung entwickelt. Das Ganze hatte weitere Medienaufmerksamkeit erregt und war bis in das sonst so verschlafene Nest Stillhouse Lake übergeschwappt. Ich hatte geglaubt, ich würde etwas Gutes tun, letztendlich war es jedoch so, als hätte man über meinen Kopf eine Wagenladung Müll ausgekippt.

Die Internettrolle sind wieder da, so gnadenlos und rachsüchtig wie eh und je. Ich habe nach wie vor keine Ahnung, was sie davon haben, mein Leben zerstören zu wollen, aber eins muss ich ihnen lassen: Sie sind überaus engagiert. Kürzlich habe ich einen Beitrag in einem Forum gelesen, in dem ihr erklärtes Ziel war, meine Kinder dazu zu bringen, live vor der Kamera

Selbstmord zu begehen. Dieses Level an Soziopathie ist extrem, aber ohne Zweifel vorhanden. Und verstörenderweise nicht einmal selten.

Mit solchen Menschen haben wir es tagtäglich zu tun. Ich nenne sie nur ungern Monster; es sind einfach gelangweilte, wütende und vollkommen empathielose Menschen, denen ein Ziel im Leben fehlt und die mich in ihrem Frust als Zielscheibe auserkoren haben. Schließlich war ich mit Melvin Royal verheiratet, dem berüchtigten Serienmörder. Er hat Frauen nur so zum Spaß abgeschlachtet, also muss ich irgendwie dafür mitverantwortlich sein. Nein, diese allgegenwärtigen Trolle sind keine Monster. Ich habe wirkliche Monster kennengelernt. Ich habe sie bezwungen, darunter auch Melvin.

Ich töte Monster. Man sollte meinen, dass das diesen Trollen mittlerweile klar ist.

Eine halbe Stunde lang plaudere ich mit Sam, eingelullt in die tröstende Wärme und mein tief verwurzeltes Bedürfnis, ihn bei mir zu spüren, auch wenn wir beide wissen, dass das im Augenblick nicht möglich ist. Durch die Engstirnigkeit der Bewohner von Norton, die uns größtenteils meiden, bekommt er kaum noch Bauaufträge in der Gegend und muss seinen Radius erweitern, um Arbeit zu finden. Das bedeutet längere Fahrzeiten und weniger Zeit zu Hause.

Ich bin für ein nicht ortsansässiges Detektivbüro tätig, das mir verschiedenste Fälle zuschiebt, die innerhalb meiner Fahrreichweite liegen; ich kann ablehnen, wenn es mir zu viel wird oder ich mich mit einer Sache nicht beschäftigen möchte. Aber die Bezahlung ist gut und die Arbeit liegt mir.

Im Augenblick hat ein sehr reicher Geschäftsführer namens Greg Kingston meine volle Aufmerksamkeit. Den Auftrag erteilte der Vorstand seiner Firma, der sich über seltsames Verhalten Kingstons und einige besorgniserregende Geschäftsergebnisse wundert. Ich habe bereits eine Veruntreuung über seine

PR-Firma in Florida aufgedeckt, die überall seine digitalen Fingerabdrücke aufweist. Das war nicht schwer. Der Vorstand wird entscheiden, wie es weitergehen soll. Kingstons Tage sind vermutlich gezählt.

Doch während der Überwachung von Mr Kingston bin ich auf etwas gestoßen, was mir viel mehr Bauchschmerzen bereitet. Ich bin mir der Sache noch nicht sicher, weshalb ich Sam nicht eingeweiht habe. Im Augenblick sind es nur Indizien, mein Instinkt und eine wichtige Frage, die mich misstrauisch gemacht haben.

Warum um alles in der Welt sollte ein Mann wie Greg Kingston, mit einem prall gefüllten Konto und einer hohen sozialen Stellung, in einem schäbigen Motel in einem zwielichtigen Teil von Knoxville absteigen, wenn er im selben Zeitraum in einem sehr noblen Hotel in Tennessee logiert?

Es gibt diverse Möglichkeiten, warum ein Mann wie Kingston sich an einem solchen Ort aufhalten könnte: sich mit Prostituierten vergnügen, Drogen kaufen – oder etwas noch Abgründigeres. Ich hoffe tatsächlich, dass er einfach nur Gefallen an Sexarbeiterinnen in der raueren Gegend findet. Das wäre in diesem Fall das bestmögliche Resultat.

Aber meine Hoffnung wird nicht erfüllt werden.

Ich beobachte, wie ein Wagen vorfährt. Ein untersetzter Weißer steigt aus. Er trägt Jeans und eine unscheinbare Jacke und hat sich die Baseballkappe tief ins Gesicht gezogen. Keine Tasche, falls er also ein Drogenhändler ist, hat er nicht mehr bei sich, als in seine Hosen- oder Jackentaschen passt. Ich glaube kaum, dass jemand mit Kingstons monströsem Ego nur auf ein Tütchen aus wäre.

Als der Mann die hintere Wagentür öffnet, erkenne ich, dass er Ware einer ganz anderen Art bei sich führt.

Das Mädchen kann nicht älter als zwölf sein. Mein Mund wird trocken. Mein Herz hämmert in meiner Brust. Ich zwinge mich, ruhig zu bleiben, und mache so viele Fotos, wie es geht. Vom Nummernschild. Einzelheiten des Autos. Bestmögliche Aufnahmen von dem Mädchen. Sie trägt ein blaues Kleid, in der Art, wie man sie für kleinere Mädchen herstellt, und ihr Blick ist leer und hoffnungslos. Ich möchte schreien.

Mir gelingt ein absolut klares Bild von Greg Kingstons Grinsen, als er die Tür seines Motelzimmers öffnet und dem untersetzten Mann die Hand schüttelt. Er winkt das Mädchen und den Mann hinein und schließt die Tür hinter sich.

Meine Hände zittern, als ich die Kamera sinken lasse und den Notruf wähle. So ruhig wie möglich schildere ich die Begebenheit, ich erkläre ihnen, dass ein Kind in ernster Gefahr ist und möglicherweise gerade missbraucht wird. Falls ich falschliege und Greg Kingston nur in diesem zwielichtigen Motel eingecheckt hat, um seinen Cousin und seine Nichte zu treffen, bin ich am Arsch.

Aber ich weiß, dass ich recht habe. Ich habe hier gerade miterlebt, wie ein Kind verkauft wurde, und es bedarf sämtlicher Selbstkontrolle, die ich aufbringen kann, einfach sitzen zu bleiben und auf die Polizei zu warten, anstatt die zwei Männer bewusstlos zu prügeln und das Kind an einen sicheren Ort zu bringen.

Es dauert nicht lange, weniger als fünf Minuten, dennoch fühlt es sich an wie eine Ewigkeit. Erleichtert atme ich auf, als der Streifenwagen der Polizei leise auf den Parkplatz gleitet. Ich steige aus dem Wagen und spreche mit den beiden uniformierten Polizisten. Sie nehmen mich ernst, besonders nachdem sie sich die Fotos auf meiner Kamera angesehen haben. Ich zittere vor innerer Anspannung, während ich gegen mein Auto gelehnt beobachte, wie sie an die Moteltür klopfen.

Es ist schnell vorbei. Was auch immer sie in diesem Zimmer vorgefunden haben, es genügt, um Kingston und seinen untersetzten Kumpan in Handschellen herauszuführen. Als das

Mädchen auftaucht, ist es in eine Decke gewickelt. Ihr erstarrter, leerer Blick ist einem Ausdruck gewichen, der wie eine echte Emotion aussieht.

Wie der leise Beginn von Hoffnung.

Mit blinkenden Warnlichtern trifft ein Krankenwagen ein, und der Wagen eines Detectives folgt ihm. Überall in dem kleinen L-förmigen Motelkomplex verlassen Gäste ihre Zimmer so unauffällig wie möglich. Niemand möchte in diese Sache verwickelt werden.

Kingston sieht mörderisch wütend aus. Ich bin ja der Meinung, er sollte viel eher verängstigt aussehen, daher rufe ich eine lokale Tageszeitung und ein paar Nachrichtensender an. Die werden begeistert von dieser Story sein, besonders wenn sie eine Aufnahme vom mächtigen Greg Kingston ergattern können, wie er in seinen Boxershorts und den schwarzen Anzugsocken herumsitzt. Er sieht bleich, eingefallen und schutzlos aus. Perfektes Material für die Titelseite.

Schließlich kommen die beiden Detectives auch zu mir. Ich gebe ihnen meine Visitenkarte und erkläre, was ich hier mache. Meine Kamera ist internettauglich, daher kann ich ihnen die Fotos direkt übermitteln. Anschließend schicke ich ihnen per Handy die vagen Forenbeiträge, die mich zu diesem Motel geführt haben. Die Unterhaltungen waren codiert, hatten allerdings genügt, um mich aufhorchen zu lassen. Und den Blicken nach zu urteilen, die die Detectives miteinander wechseln, lesen sie dasselbe heraus.

Ich mache meine Aussage. Verspreche, falls nötig für weitere Fragen zur Verfügung zu stehen. Einer von beiden hat meinen Namen nicht erkannt; ich bin immer auf der Hut, was das angeht, aber er schreibt ihn lediglich zusammen mit meinen Kontaktdetails auf und zieht von dannen.

Der andere Detective hingegen, eine Frau, bleibt noch und sieht mich an. Ihr Gesichtsausdruck zeigt mir, dass ihr meine Historie bekannt ist. Instinktiv wappne ich mich gegen das verächtliche Grinsen, das Misstrauen, eine unangenehme Bemerkung.

Aber sie sagt stattdessen: »Ich bin froh, dass Sie alles, was Sie durchmachen mussten, gut überstanden haben, Ms Proctor. Das kann nicht leicht gewesen sein. Achten Sie auch gut auf sich selbst?«

Ich bin überrascht. So überrascht, dass ich überhaupt nicht weiß, was ich dazu sagen soll, also nicke ich nur. Meine Kehle ist plötzlich wie zugeschnürt. Ich versuche nicht, ihr zu danken. Vielleicht bemerkt sie es dennoch, denn sie lächelt und geht.

Auf einmal fühle ich mich seltsam verwundbar. Auf einen Kampf bin ich immer vorbereitet. Aber nicht auf *das*.

Ich steige ins Auto und gebe Sam Bescheid, dass ich unterwegs nach Hause bin. Auch ohne großes Verkehrsaufkommen dauert die Fahrt gute anderthalb Stunden, aber wir werden trotzdem etwas gemeinsame Zeit haben. Ruhige Zeit.

Letzteres habe ich allerdings nur wenig, und heute ist keine Ausnahme. Ich gehe durch die Vordertür ins Haus und aktiviere die Alarmanlage wieder. Connor ist bereits aufgestanden und sitzt an einem Toast knabbernd am Frühstückstisch. Mit dreizehn hat er plötzlich einen Wachstumsschub, der für mich völlig überraschend gekommen ist. Seine Schultern und die Brust sind breiter geworden. Und er ist ein ganzes Stück größer.

Heute sieht Connor nicht gut aus. Er lässt die Schultern hängen, und seine Augen sind trüb, mit dunklen Schatten darunter. Sam kocht Eier auf dem Herd. Er schenkt mir ein kurzes, warmes Lächeln und zuckt mit den Achseln – Botschaft angekommen. Sam ist Ende dreißig, etwas älter als ich. Durchschnittlich groß, durchschnittlich schwer, blond. Er hat ein symmetrisches Gesicht, das ihn älter oder jünger wirken lässt, je nach seiner Stimmung und den Lichtverhältnissen.

Und ich liebe ihn aus tiefstem Herzen. Noch immer ist das etwas, was mich gleichzeitig überrascht und mir Angst macht; welches Recht habe ich, einen so standhaften, so guten Mann zu lieben? Und wie ist es möglich, dass er *mich* liebt? Das ist ein Mysterium, das ich wohl niemals lösen werde.

»Hey, Schatz«, begrüße ich meinen Sohn und gebe ihm einen Kuss auf die Stirn. Er reagiert kaum. »Was ist los?«

Connor antwortet nicht. Er wirkt beinahe wie ein Zombie, was zum Teil auf die Uhrzeit zurückzuführen ist, aber es muss noch etwas anderes dahinterstecken. Sam antwortet für ihn. »Er sagt, er sei krank.«

»Krank«, wiederhole ich. Ich lasse mich auf den Stuhl neben Connor nieder. »Ist es wieder der Magen?«

Er nickt und knabbert ein winziges Stückchen vom Toast ab. Seine Augenringe sind tief, und er muss dringend zum Friseur. Ich habe schon länger vor, ihn dorthin zu bringen, denn im Augenblick wirkt er beinahe verwahrlost. Er trägt einen abgewetzten Pullover, den er eigentlich längst hätte wegwerfen sollen, dazu auf alt getrimmte Jeans. Im Zusammenspiel mit den zottigen Haaren und den müden Augen … Würde man ihn mit einem Schild in eine Straßenecke setzen, auf dem »ARBEITE FÜR ESSEN« steht, würde man ihm garantiert Geld zustecken.

»Du willst nicht zur Schule?«, frage ich und bekomme ein weiteres Nicken zur Antwort. »Was hältst du davon, zum Arzt zu gehen?« Diesmal ernte ich ein Kopfschütteln. Ich lege eine Hand auf seine Stirn. Er hat kein Fieber. »Schatz, tut mir leid, aber du weißt, dass du entweder zum Arzt oder zur Schule musst. Ich kann dich nicht einfach zu Hause bleiben lassen. Du hast schon viel zu viele Schultage verpasst.«

Er wirft mir einen leidenden Blick zu, bleibt jedoch weiter stumm. Er lässt einfach nur den Toast fallen und geht wieder in sein Zimmer. Ich blicke Sam an, der ratlos eine Hand hebt.

»Wenn du mich fragst, würde ich darauf tippen, dass er schikaniert wird«, erklärt er.

»Damit kommt Connor schon seit Jahren klar.«

»Connor ist davor aber auch ständig umgezogen. Da wusste er, dass er solche Typen wieder loswird, aber jetzt lebt er dauerhaft hier. Er muss sich ihnen stellen, ohne Aussicht auf ein Ende. Ich kann mich natürlich irren, aber …«

»Aber vermutlich tust du es nicht«, seufze ich. »Okay. Hebst du mir ein paar Eier auf?«

»Mit Käse und Bacon. Klar doch.«

Ich klopfe an Connors Tür und drücke sie vorsichtig auf. Er sitzt auf der Bettkante, starrt auf den Boden und hält Socken in der Hand, die er noch nicht angezogen hat. Ich betrete das Zimmer, und da er nicht wütend wird, schließe ich die Tür hinter mir. »Sam glaubt, dass du schikaniert wirst«, beginne ich. »Hat er recht?«

Ein langsames Nicken.

»Möchtest du mit mir darüber reden?«

Ich bin mir nicht sicher, ob er reagieren wird, aber schließlich tut er es, mit so belegter Stimme, dass es mich innerlich zerreißt. »Ich bin nur … es ist so schwer.«

Er hat recht. Ich erhalte täglich Beleidigungen und Drohungen per E-Mail. Über die sozialen Medien. Manchmal sogar per Post an unsere Adresse. Aber zumindest sind die Absender weit entfernt.

Connor sieht die Leute, die ihn schikanieren, jeden Tag. Und er kann nicht entkommen.

Ich verspüre einen überwältigenden Ansturm von Wut, Frust und Qual, der den Puls in meinen Schläfen zum Pochen bringt. Auch wenn ich meinen Sohn so dringend vor diesem Schmerz schützen möchte, gibt es doch nicht viel, was ich tun kann. *Bleib bei deiner Entscheidung. Er muss lernen, damit zurechtzukommen.* Wenn ich ihn in die Arme nehme und ständig vor der Welt da draußen behüte, wird er nie den Schutzpanzer bekommen, den er braucht.

Ihm beizubringen, wie er sich selbst schützen kann … nur das kann dafür sorgen, dass er sicher ist, wenn ich nicht da bin.

»Ich weiß, mein Schatz. Es tut mir leid. Ich kann mit dem Direktor reden, damit er Bescheid weiß und die aufhören …«

Er schüttelt bereits den Kopf. »Mom. Nein. Wenn du irgendetwas tust, wird es nur noch schlimmer.«

Ich atme tief durch. »Was kann ich denn tun?«

»Nichts«, erwidert er. »So wie …« Er beendet seinen Satz nicht, aber ich weiß, was er sagen wollte. *So wie immer.* Auf ihn muss es so wirken. Obwohl er weiß, wie viel ich einsetze, um sie beide zu beschützen. Es tut weh, aber ich ertrage es. »Ich schaff das schon.«

»Ich kann dir einen zusätzlichen Termin beim Therapeuten machen, wenn du …«

Er zieht seine Socken an, dann die Schuhe. Ruhige, methodische Bewegungen, als wäre es wichtig, das alles korrekt zu machen. »Klar.« Seine Stimme ist jetzt tonlos. Verstörend leer. »Mir egal.«

Das gefürchtete *Mir egal.* Es ist wie eine Stahltür, die mir ins Gesicht schlägt. Von meiner Tochter bin ich das gewohnt, nicht aber von Connor. Doch er wird langsam erwachsen, wird ein eigenständiger Mensch. Ich bin jetzt nicht mehr der erste Mensch, bei dem er Hilfe sucht.

Jetzt stehe ich ihm im Weg. Das tut weh.

Ich muss gegen die Kälte anatmen, die durch meinen Körper fährt. »Wer ist es?«, frage ich ihn.

Ohne innezuhalten, bindet er sich weiter die Schuhe zu. »Warum? Was willst du machen, ihn zusammenschlagen?«

»Vielleicht«, erwidere ich. »Ich finde es schrecklich, dich so leiden zu sehen, mein Schatz. Wirklich.« Ich höre das Zittern in meiner Stimme.

Er ebenfalls. Kurz sieht er auf. Ich kann den Ausdruck seines Gesichts nicht deuten, so schnell hat er sich wieder abgewandt.

»Es war einfacher, als wir noch umgezogen sind«, meint er. »Als wir das nicht einfach so runterschlucken mussten.«

»Ich weiß. Möchtest du umziehen? Ich dachte, es gefällt dir, ein festes Zuhause zu haben.«

»Das tut es auch. Ich meine, mir gefällt der Gedanke. Es ist nur …« Aufseufzend setzt er sich wieder gerade hin, sieht mich jedoch nicht an. »Denk dran, ich bin nach der Schule drüben bei Reggie.« Er sagt das so, als hätten wir das bereits abgemacht. Haben wir nicht. Aber ich nicke nur und lasse es durchgehen. Mein Sohn muss sich auf etwas freuen können.

»Du rufst mich an, wenn du da bist?« Ich formuliere es als Frage, nicht als Anweisung. Er wirkt erleichtert.

»Klar, Mom.« Er steht auf. »Ich sollte wohl noch etwas essen.«

»Gute Idee.«

Ich möchte ihn in den Arm nehmen, aber ich sehe, dass er das nicht will. Es schmerzt.

Als Connor wieder am Frühstückstisch sitzt, kommt meine Tochter hereingeschlurft. Die dunklen Haare hängen ihr ins Gesicht. Sie trägt einen kuschligen roten Bademantel mit Dracula-Comicfiguren. Sie gähnt mit so weit aufgerissenem Mund, dass ich ihre Mandeln sehen kann. »Verdammt«, brummt sie verschlafen. »*Schon wieder* Zeit für die Schule?«

»Schon wieder«, bekräftige ich. »Eier?«

»Klar«, meint sie. »Kaffee?«

»Das Überlebenselixier mit viel Zucker und Sahne, kommt sofort.«

Wir essen zusammen als Familie. Mir ist das wichtig, meinen noch im Halbschlaf befindlichen Kindern eher weniger; ich muss Lanny zur Eile mahnen, als sie anfängt, herumzutrödeln.

Wenn ich nicht aufpasse wie ein Schießhund, verpassen die beiden ihren Bus. Sam macht sich bereits fertig, um das Haus zu verlassen.

An der Tür küssen er und ich uns noch einmal zärtlich. Ich lese das Bedauern in seinen Augen. Heute hat es mit unserem kurzen Zeitfenster für Zweisamkeit nicht geklappt.

Ich hoffe auf den Abend. Auf dass nicht wieder etwas dazwischenkommt.

»Sam?«, rufe ich ihm hinterher. Er dreht sich auf dem Weg zu seinem Pick-up um. »Sei vorsichtig.«

»Immer diese Vorschriften«, antwortet er grinsend. Hinter der Baumreihe bricht der Morgen an, und die aufgehende Sonne taucht alles in ein sanftes und weiches Licht. Es wird von den Scheiben unseres Autos und des Pick-ups reflektiert, und einen Augenblick lang glaube ich, mir etwas einzubilden, denn der leuchtend rote Punkt auf Sams Brust wirkt so völlig fehl am Platz.

Mein Herz beginnt zu hämmern, bevor mir die Situation überhaupt bewusst wird. Mittlerweile bewegt sich der Laserpunkt.

»Sam!« Ich klinge alarmiert, er versteht allerdings nicht, wovor ich ihn warne. Gerade will ich »Duck dich!« schreien, als das Seitenfenster seines Pick-ups milchig weiß wird und Risse bekommt. Im Zentrum befindet sich ein Loch von der Größe eines Cents.

Der Knall des Schusses hallt bis weit über die Hügel hinter dem Haus.

Adrenalin durchfährt meinen Körper, und ich will schon losrennen, beherrsche mich aber noch rechtzeitig. Sam ist nicht verletzt, gibt allerdings ein leichtes Ziel ab. Er hat sich geduckt und sieht sich suchend um. »Komm hier rein!«, brülle ich ihm zu.

Er sprintet zur Tür. Der Schuss kam von hinter dem Haus, aus erhöhter Stellung. Irgendjemand befindet sich dort zwischen den Bäumen. Dieser Jemand wollte, dass ich sehe, wie er Sam im Visier hat, und dass er Sam ebenso leicht eine Kugel durch die Brust hätte jagen können wie dieser Autoscheibe.

»Gottverdammt«, flucht Sam. Er klingt beeindruckend ruhig, auch wenn er kalkweiß im Gesicht ist. »Ich habe ihn nicht gesehen.«

Ich ziehe ihn über die Türschwelle. Knalle die Tür hinter uns zu und verriegele sie. Dann aktiviere ich den Alarm, so schnell mir das mit meinen zitternden Fingern gelingt. Die Kinder sind aus ihren Zimmern gestürzt und stehen erstarrt und mit besorgtem Gesichtsausdruck da. »Weg von den Fenstern!«, rufe ich und zeige zur Küche. »Rein mit euch in den Schutzraum und haltet euch unten!«

»Mom, war das ein Schuss?«, fragt Lanny.

»Bring Connor sofort in den Schutzraum!« Sie packt ihren Bruder am Arm und zieht ihn in Richtung Küche. Panisch überprüfe ich Sam auf etwaige Wunden. Manchmal spüren Leute aufgrund des Adrenalinrauschs nicht, dass sie getroffen wurden. Aber er blutet nicht.

Der Scharfschütze hatte ihn zielsicher im Visier und hat ihn dann absichtlich verfehlt. Das war eine Warnung.

»Geht's dir gut?«, frage ich ihn.

Er sieht mich mit derselben seltsamen Ruhe an. »Abgesehen davon, dass ich mir wünsche, ich hätte eine höhere Autoversicherung abgeschlossen? Klar doch. Er hat mich verfehlt.«

»Er hat dich *nicht* verfehlt. Der Laserpunkt war direkt auf deiner Brust.«

»Du weißt doch, dass Laservisiere auf diese Distanz nutzlos sind«, beruhigt mich Sam. »Kugeln fliegen nicht völlig gerade.«

Er legt die Hände erst auf meine Schultern und umfasst dann mein Gesicht. »Gwen. *Atme.* Alles ist gut, es war nur eine Scheibe.«

»Nein«, beharre ich. »Es war eine Drohung.«

Ich wende mich ab, nehme mein Smartphone und wähle die Nummer der Polizei von Norton, die ich immer auf Schnellwahl habe.

Kapitel 2

Gwen

Es überrascht mich nicht, dass die Cops nur wenige Resultate vorweisen können.

Sie finden die Kugel im Sitz des Pick-ups, aber sie ist vollkommen deformiert. Der Kriminaltechniker – den ich als kompetent kennengelernt habe – wirkt nicht sonderlich zuversichtlich, damit noch etwas anfangen zu können.

Keine Spur von einem Schützen. Oder vielleicht eher zu viele. Diese Wälder werden stark von Jägern frequentiert.

Der junge Cop, der uns befragt, ist mir bisher unbekannt. Er scheint kaum älter als meine Tochter zu sein. Er versucht, professionell zu wirken, kommt aber eher herablassend herüber. »Ms Proctor, ich weiß, was Sie glauben gesehen zu haben, aber die Jagdsaison für Rehwild hat gerade begonnen …«

»Für Jagdgewehre!«, unterbreche ich ihn, weil ich ernsthaft genervt bin. »Hören Sie doch auf damit. Ich habe den Laser gesehen! Das war kein Jagdgewehr.«

»Ma'am, nur weil jemand ein lausiger Schütze ist, bedeutet das nicht, dass hier finstere Kräfte am Werk sind. Die Chancen stehen nicht schlecht, dass das lediglich ein Unfall war. Wir können uns glücklich schätzen, dass niemand verletzt wurde.«

Ich fletsche die Zähne. Bevor ich mich jedoch weiter aufregen kann, legt mir Sam eine Hand auf den Arm. »Danke, Officer. Uns geht's gut. Wenn ich dann noch den Bericht für meine Versicherung bekommen könnte ...«

»Klar doch«, erwidert der junge Mann. Sam ist ihm sympathisch. Natürlich. »Ich bin froh, dass *Sie* das verstehen, Sir.«

Die Botschaft kommt an. Sam ist hier der Erwachsene. Ich bin die hysterische Frau. Am liebsten würde ich dem Cop die Faust ins Gesicht rammen. Tue ich natürlich nicht. Ich presse einfach nur fest die Kiefer aufeinander. Beinahe verwunderlich, dass ich überhaupt noch Zähne besitze.

Sam spürt meine Erregung. In so neutralem Tonfall wie möglich sagt er: »Danke für Ihr Kommen, Officer«, und der Cop erkennt die Verabschiedung dahinter. Er geht, um mit dem Kriminaltechniker zu sprechen, der unseren Austausch mitverfolgt hat, mir einen entschuldigenden Blick zuwirft und die Augen verdreht, im Sinne von *Was soll man da machen?*

Ich drehe mich zu Sam um. »Ernsthaft?«

»Ernsthaft«, erwidert er schlicht. »Komm runter, Gwen. Sich mit den Cops anzulegen, bringt uns nicht weiter.«

Natürlich hat er damit recht, aber ich möchte mich mit irgendjemandem anlegen. Da außer den Menschen, die ich liebe, niemand zur Verfügung steht, kämpfe ich meinen Instinkt nieder und atme tief durch. »Okay. Was glaubst du, wer dafür verantwortlich ist?«

»Ich würde auf einen der Belldenes tippen.«

Diese Antwort habe ich erwartet. Die Belldenes sind ein Familienclan von Hinterwäldlern, paramilitärisch und kriminell. Sam ist ein paarmal mit ihnen in Konflikt geraten. Immer, um jemand anderen zu verteidigen.

Ich bin bisher keinem von ihnen über den Weg gelaufen, obwohl ihr Ruf ihnen vorauseilt und ihre Machenschaften in den Polizeiberichten von Norton und Tennessee im Allgemeinen gut dokumentiert sind. Sie sind auf alle möglichen Arten von Betäubungsmitteln spezialisiert. Gerüchten zufolge haben sie ein paar Countys weiter einen Arzt, der sie mit Rezepten versorgt, aber bisher konnte nichts bewiesen werden. Nebenbei kochen sie noch ein bisschen Meth.

Ich bin es gewohnt, schikaniert zu werden. Jahrelang wurde ich von selbst ernannten Interneträchern gnadenlos verfolgt und bedroht. Von organisierten Gruppen wie den Lost Angels, zu denen Verwandte und Freunde der Opfer meines Ex-Mannes zählen. Von irgendwelchen Freaks, die Melvin als ihr großes Vorbild ansehen und mir entweder näherkommen oder mich umbringen wollen. Von Stalkern, die glauben, dass meine Kinder künftige Serienmörder sein könnten. Ich habe eine Vielzahl von Feinden, aus denen ich wählen kann, aber das hier ist etwas anderes. Hier ist es jemand, der in der Nähe wohnt. Der an der Schule meiner Kinder, bei der Arbeit meines Partners, vor unserem Supermarkt auftauchen könnte.

Oder vor unserem Haus.

Normalerweise reagiere ich ziemlich aggressiv auf Drohungen, aber Sam hat mir eingeschärft, dass die Belldenes Kleinkriege wie Sportereignisse ansehen. Alles, was ich einem von ihnen antue, scheucht lediglich ein Nest überaus wütender Hornissen auf. Sie ködern uns gern.

Ich kann es mir nicht leisten, den Köder zu schlucken.

Dennoch widerstrebt es mir zutiefst, die Sache einfach auf sich beruhen zu lassen. »Also tun wir …«

»Nichts«, beendet er den Satz für mich und wirft mir einen Blick zu, den ich nur zu gut kenne. »Richtig?«

»Vielleicht.«

»Gwen.«

»Er hätte dich umbringen können.«

»Hätte er gewollt, dass ich sterbe, wäre ich jetzt tot«, erklärt er nüchtern. »Wenn es noch schlimmer wird, gehen wir dagegen vor. Aber im Augenblick braucht er bloß einen Anlass, also gib ihm keinen. Okay?«

Schweren Herzens nicke ich. Keiner von uns weiß, um welchen *er* es sich hier exakt handelt. Es gibt eine verwirrend große Anzahl an Belldenes, und vermutlich können so gut wie alle von ihnen vernünftig mit einem Gewehr umgehen. Einer ist sogar ein Scharfschütze, der mal beim Militär war, aber das bedeutet nicht, dass ausgerechnet er derjenige ist, der uns heute ins Visier genommen hat.

Ich glaube, den heben sie für Situationen auf, in denen sie es ernst meinen.

Ich bringe die Kinder zur Haltestelle, immer auf der Suche nach Bedrohungen jedweder Art, doch sie steigen ohne Zwischenfall in den Bus. Sam bekommt Entwarnung von der Polizei, die den Tatort wieder verlässt. Er bricht die kaputte Scheibe heraus und verspricht mir, dass er von seiner Arbeitsstätte aus einen Reparaturdienst anrufen wird. Diesmal ist unser Abschiedskuss länger, angespannter.

Wir mussten darum kämpfen, zu diesem süßen und wohligen Vertrauen zurückzufinden. Es war nie leicht zwischen uns. Sam ist der Bruder von einem von Melvins Opfern. Dieser Schatten wird immer über uns schweben. Ebenso die Tatsache, dass er an der Gründung der Lost Angels beteiligt war, einer der aktivsten Gruppen, die uns jagen.

Sie sehen Sam mittlerweile als Verräter an und glauben noch immer, dass ich an den Verbrechen meines Ex-Mannes beteiligt war. Aber ich kenne Sam. Ich vertraue ihm bedingungslos das an, was mir im Leben am wichtigsten ist: meine Kinder. Und mein vernarbtes, verängstigtes, vorsichtiges Herz.

Manchmal macht mir das Angst. Jemanden so nahe an mich heranzulassen, jemandem diese Macht über mich zu geben … es ist gleichzeitig aufregend und Furcht einflößend. Aber in Augenblicken wie diesem ist es auch unglaublich wertvoll.

Ich schicke meine fertigen Berichte, Fotos und Geschäftsergebnisse im Kingston-Fall an meine Chefin. J. B. Hall gehört die Privatdetektei, für die ich arbeite, und sie ist eine wahrlich clevere und toughe Frau.

Sie bestätigt den Empfang und wird auch diejenige sein, die meine Arbeit überprüft, die Erkenntnisse dokumentiert und sie in kundenfreundlicher Form an den Auftraggeber übermittelt. Das Vorstandsgremium wird keinen Gefallen daran finden, allerdings werden sie vermutlich schon von der Verhaftung erfahren haben, bevor sie überhaupt den Bericht erhalten.

Ich bin wirklich froh, dass ich mich damit nicht befassen muss. Die Dramen in meinem eigenen Leben genügen mir.

J. B. hat mir bereits weitere Arbeit geschickt. Ich öffne ihre Nachricht. Ich habe hier einen seltsamen Fall, schreibt sie. Der ungeklärte Kriminalfall eines vermissten jungen Mannes. Man sollte meinen, die Eltern würden uns anheuern, aber der Auftraggeber ist eine gemeinnützige Stiftung. Vielleicht im Namen der Eltern? Das Ganze ist etwas undurchsichtig, also seien Sie vorsichtig. Die Fallakte ist so dünn, dass wir nur die wichtigsten Fakten durchgehen müssen. Und es hat sich in Ihrer Gegend ereignet. Schauen Sie sich das an?

Ich lade den Dateianhang herunter. Es handelt sich um einen nicht sonderlich ausführlichen Polizeibericht über eine vermisste Person: ein junger Mann, der während eines Barbesuchs mit seinen Freunden verschwunden ist. Er ist – war? – Student an der University of Tennessee in Knoxville. Es gibt nur wenige

Fakten, und die sind etwas seltsam. Remy Landry, einundzwanzig Jahre alt, weiß, ursprünglich aus Louisiana.

Remy war an einem Freitagabend mit sechs Freunden ausgegangen. Zusammen hatte die Gruppe insgesamt zwei Bars aufgesucht. Als sie in der zweiten Bar wieder zusammenfanden, war Remy nirgends aufzufinden. Die Freunde hatten vermutet, er habe jemanden kennengelernt und sei gegangen, aber Nachrichten und Anrufe an sein Handy waren nicht beantwortet worden. Er hatte ein eigenes Auto. Es wurde auf dem Campus geparkt und verschlossen vorgefunden. Das ergab Sinn; er war schließlich mit seinen Freunden zu den Bars gefahren.

Überwachungsmaterial, das an die digitale Akte angehängt ist, zeigt Remy in der ersten Bar; wie er Getränke bestellt, zusammen mit seinen Freunden tanzt, mit Mädchen ins Gespräch kommt. Ihn so zu sehen, lässt Eiseskälte in mir aufsteigen: Er ist ein hübscher junger Mann mit einem freundlichen Lächeln, kräftig und fit. Er sieht aus, als könnte ihm nichts etwas anhaben. Seltsam ist höchstens, dass er auf einigen der Fotos einen Rucksack trägt. Ich frage mich, ob die Polizei deshalb angenommen hat, er sei weggelaufen.

Von der zweiten Bar gibt es nicht so viel Überwachungsmaterial, aber es ist zu sehen, wie Remy und seine Freunde dort ankommen und wie die Freunde wieder gehen. Zu der Datei ist angemerkt, dass es am Hinterausgang keine Überwachungskamera gibt, aber dass bereits sämtliche Aufnahmen der Frontkamera durchgesehen wurden. Remy hatte die Bar betreten, sie allerdings nicht verlassen, zumindest nicht durch diese Tür. Und er hatte seinen Rucksack bei sich.

Die Polizei hatte die Bar gründlich durchsucht und nichts gefunden. Allerdings hatte sie nicht sofort reagiert. Die Suche war erst Tage später angelaufen. Niemand nimmt Vorfälle um vermisste College-Studenten – besonders vermisste junge Männer – sonderlich ernst, vor allem dann nicht, wenn sie aus einer Bar nicht nach Hause gekommen sind. Nicht, solange es keine offensichtlichen Anzeichen für ein Verbrechen gibt.

Er war also bereits längere Zeit fort, bevor irgendjemand glaubte, es könnte etwas passiert sein. Und er hatte sich scheinbar in nichts aufgelöst. Keinerlei Hinweise. Die Polizei konnte auch keine Zeugen aufspüren.

Und da fällt mir plötzlich das Datum seines Verschwindens ins Auge.

Vor drei Jahren.

Ich schreibe J. B. an. Das ist ja verdammt lange her. Gibt es irgendwelche neuen Spuren?

Eine Minute nachdem ich die Nachricht abgeschickt habe, klingelt mein Firmenhandy. J. B.s warme, selbstsichere Stimme ist zu hören. »Sie haben wegen neuer Spuren im Fall Remy Landry gefragt, und ich kann Ihnen sagen, dass wir leider keine haben. Ich will ehrlich sein, die Ermittlungen der Polizei waren ziemlich ordentlich, nachdem sie erst einmal damit begonnen hatten. Ich bin mir nicht ganz sicher, welche gemeinnützige Stiftung dahintersteckt, die für unsere Arbeit bezahlt, aber sie scheint in irgendeinem kirchlichen Zusammenhang zu stehen. Ich grabe da noch tiefer.«

»Sie klingen so, als hätten Sie kein gutes Gefühl bei der Sache«, stelle ich fest. Ich kenne J. B. mittlerweile recht gut, und ihr Instinkt ist messerscharf.

»Da haben Sie recht. Und dennoch … irgendetwas ist diesem jungen Mann zugestoßen. Unabhängig von den Leuten, die das Geld bereitstellen, wäre es für seine Eltern gut, zu wissen, was passiert ist.« Sie seufzt. »Sie sind ja selbst Mutter. Sie können das bestimmt nachempfinden.«

Das kann ich. Der Gedanke, dass eins meiner Kinder verschwinden könnte und dann niemals wieder auftaucht … er hält mich nachts wach. Ich weiß, welche finsteren Tiefen es auf der Welt gibt.

Ich kenne die Haie, die darin herumschwimmen.

»Ich könnte als Erstes mit den Eltern reden«, stimme ich zu. »Sie leben in Louisiana?«

»Die Mutter wohnt in Knoxville, weshalb ich auch Ihnen den Fall geschickt habe. Der Vater lebt noch in ihrem Haus in Louisiana. Führt das Geschäft weiter.«

Ich nicke. »Falls ihr Sohn doch noch zu Hause auftaucht. Gut, dann spreche ich erst einmal mit der Mutter.«

»Gehen Sie behutsam vor. Ihre Ehe hängt am seidenen Faden.« Auch das ist kaum überraschend. Nach dem Verschwinden oder Tod eines Kindes zerbrechen viele Beziehungen. Besonders, wenn das Kind wie Remy Landry ein Einzelkind war.

»Ich werde vorsichtig sein. Wurde denn noch irgendetwas anderes gefunden? Etwas, das es nicht in die Akten geschafft hat?«

»Nein. Keine Handyspuren, keine Hinweise von Freunden, nichts von den Barbesuchern. Niemand hat irgendetwas gesehen. Wie ich schon gesagt habe … es ist frustrierend. Als würde man einem Schatten nachjagen. Aber falls wir dieser Familie irgendwie einen Abschluss geben können, damit sie zur Ruhe kommt …«

Ich bin nur ungern der letzte Ausweg von irgendjemandem. »Und wenn ich nichts Neues zutage fördern kann?«

»Dann ist das vielleicht ebenfalls eine Antwort. Vielleicht lassen sie dann endlich los«, meint sie. »Manchmal sind wir nur da, um alles noch einmal durchzugehen und dann den Scheck zu kassieren. Auch das gehört zum Job, Gwen. Ob Ihnen das gefällt oder nicht.«

»Okay«, antworte ich. »Ich gehe alles noch mal durch.« Ich zögere. »Und … was ist, wenn ich doch etwas finde?«

»Ich hoffe nicht, es sei denn, es würde sich um einen echten Durchbruch handeln, der uns dabei hilft, ihn zu finden«, entgegnet J. B. »Aber ich möchte diesen Eltern möglichst Frieden schenken, ob nun auf die eine oder die andere Weise. Wenn Sie irgendetwas finden sollten, zeigen Sie es mir, dann geben wir unser Bestes.«

»Sie glauben nicht, dass er noch lebt, oder?«

»Drei Jahre fort, ohne auch nur eine einzige bestätigte Sichtung, ohne dass seine Kreditkarten oder sein Handy benutzt wurden? Welcher junge Mann würde so etwas schon tun?«

»Keine zurückliegenden Fälle irgendeiner psychischen Erkrankung? Drogen?«

»Nur leichte Drogen, wie bei den meisten College-Kids. Aber keine psychische Erkrankung. Was auch immer ihm zugestoßen ist, ich glaube kaum, dass er in einer College-Bar plötzlich eine Psychose bekam.«

Sie hat natürlich recht.

»Und … Sie versuchen weiter, herauszufinden, wer uns angeheuert hat, richtig?«

»Aber ja«, bestätigt sie. »Ich melde mich, sobald ich mehr weiß.«

Ich danke ihr, lege auf und beginne mit meinen Ermittlungen.

Remy Landry wirkt wie viele junge Männer seines Alters. Ein bisschen wild, aber nichts von der Norm Abweichendes. Möglicherweise ein Player, wenn man die Liste seiner Ex-Freundinnen sieht, aber keine von ihnen scheint allzu schlecht auf ihn zu sprechen zu sein. Wie J. B. schon gesagt hat, haben seine Freunde zugegeben, die typischen Clubdrogen genommen und Marihuana geraucht zu haben, aber Remy hat auf seinen Körper geachtet; was immer er auch genommen oder getrunken hat, es blieb alles in relativ moderatem Maß. Ich sehe mir seine Selfies an und die Videos auf seinen Social-Media-Seiten. Er ist ein gut aussehender Bursche mit einem gewinnenden Lächeln und der Zuversicht von jemandem, der niemals Zweifel daran hat, dass er erfolgreich sein wird. Er wurde geliebt. Seine Freunde haben seine Gesellschaft ganz offensichtlich geschätzt.

Was könnte dafür verantwortlich sein, dass ein Mann wie er um ein Uhr morgens aus einer vollen Bar verschwindet? Meine instinktive Antwort lautet *ein Mädchen,* aber auf den Überwachungsaufnahmen sehe ich keine, der er besondere Aufmerksamkeit schenkt.

Ich bringe ein paar Stunden damit zu, alle Dateien durchzugehen und mir Notizen zu machen, dann schaue ich mir das Videomaterial aus der Bar noch zweimal an. J. B. hat notiert, an welchen Stellen der Aufnahme Remy auftaucht, aber ich logge mich in die Cloud ein und starte das komplette Video ab dem Zeitpunkt, als Remy und seine Freunde beim Club ankommen. Ich will von jeder Kamera jede Sekunde noch einmal betrachten. Vielleicht hat jemand irgendetwas übersehen. Vielleicht wirkt jemand in seiner Umgebung verdächtig. Ich weiß nicht, wonach ich suche, aber sollte es da sein, werde ich es erkennen.

Allerdings tue ich das nicht. Ich erkenne überhaupt nichts.

Als um zwei Uhr nachmittags mein Privathandy klingelt, bin ich müde, verspannt und gähne. Ich pausiere die Aufnahme und greife nach dem Handy, weil ich sowieso dringend das Bedürfnis nach einer Pause verspüre. Ich prüfe die Nummer.

Es ist mein Sohn. Er ruft sonst nie von der Schule aus an, es sei denn, es handelt sich um einen Notfall – üblicherweise geht es dabei um Lanny, die eher zu Problemen neigt als Connor.

Mein Herz hat eine schnellere Gangart eingeschlagen, als ich den Anruf entgegennehme. »Connor? Was ist denn los?«

Ich höre Geräusche, aber nicht die Stimme meines Sohnes. Dann spricht eine Erwachsene. »Ms Proctor?« Sie klingt ängstlich. Ich spüre, wie die Welt um mich herum ins Schwanken gerät. Das ist nicht gut. Ganz und gar nicht.

»Geht es meinem Sohn gut?«, frage ich hastig.

»Ja«, versichert sie. »Nun ja. Halbwegs. Hier spricht Mrs Prowd, ich bin die …«

»Geschichtslehrerin«, ergänze ich. Mein Mund ist mittlerweile völlig trocken, und ich halte das Handy fest umklammert. »Was ist denn los?«

»Es gab da eine, äh, Auseinandersetzung während unserer Übung …«

»Was für eine Übung?«, frage ich, und dann erinnere ich mich. Es fühlt sich an, als würde mir der Boden unter den Füßen entgleiten. *Ich hätte es wissen müssen.* Connors Widerstreben, zur Schule zu gehen, ergibt nun endlich Sinn. Ich bin informiert worden, habe mir aber das Datum falsch gemerkt. *O mein Gott.*

Heute hat die Anti-Amok-Übung an der Schule stattgefunden.

»Hören Sie, das tut mir leid, ich hätte mit ihm darüber sprechen sollen«, erkläre ich der Frau am anderen Ende der Leitung. »Falls er sich nicht angemessen verhalten hat, werde ich mit ihm reden. Er geht schon zur Therapie wegen …«

Sie atmet hörbar tief ein. »Connor ist im Krankenhaus.«

»Wie bitte?« Ich springe so hastig auf, dass der Bürostuhl auf seinen Rädern durch das Zimmer rollt und hart gegen die Wand kracht. Ich bemerke es kaum. Mittlerweile halte ich das Handy so fest umklammert, dass sich die Kanten des Geräts in meine Haut bohren. »Geht es ihm gut?«

»Er hat möglicherweise eine gebrochene Nase«, gibt sie zu. »An der Sache waren drei Schüler beteiligt.«

»An welcher *Sache*?«

»Es ist im Klassenzimmer zu einem Handgemenge gekommen«, versucht sie zu erklären. »Es tut mir leid …«

»Welches Krankenhaus?«, verlange ich Auskunft, beantworte mir die Frage jedoch sofort selbst. In der Stadt gibt es nur eine Notaufnahme. »Norton General.«

»Ja, Ma'am. Es tut mir wirklich sehr leid. Ich habe versucht …«

Ohne sie ausreden zu lassen, lege ich auf. Auf dem Weg zur Tür schnappe ich mir den Schlüssel und meine Handtasche und deaktiviere mit schnellen Fingerbewegungen das Alarmsystem.

Auf halbem Weg zu meinem Auto sehe ich die funkelnden Glasscherben auf dem Gehweg, und zu spät fällt mir wieder ein, dass ich hier draußen leichte Beute bin.

Ich bleibe stehen, drehe mich in Richtung Baumreihe und beschreite langsam einen Halbkreis. Falls sie da draußen sind, will ich, dass die Belldenes sehen, dass ich verdammt noch mal keine Angst vor ihnen habe.

Falls sie tatsächlich da draußen sind, reagieren sie nicht darauf.

Kapitel 3

Connor

Ich habe wieder diesen Traum gehabt. Den von dem Mann mit der Waffe, der hinter mir her ist. Ich höre seine Schritte. Es ist dunkel, ich versuche, ihm zu entkommen, aber egal, wie schnell ich davonlaufe, er kommt immer näher. Ich erinnere mich nicht, wie ich nach Hause gelange, aber dann stehe ich plötzlich in unserer Küche, und alle sind tot. Mom liegt auf dem Boden. Sam ist auf dem Tisch zusammengesackt. Lanny kann ich nicht komplett sehen, nur ihre Füße, die hinter dem Küchentresen hervorragen, aber ich weiß, dass sie auch tot ist.

Dann spüre ich den Lauf einer Waffe mit diesem kalten, perfekten Kreis an meiner Stirn, und die Stimme meines toten Vaters sagt: »Ich bin gekommen, um dich zu holen, mein Sohn.« Und dann wache ich zitternd auf und möchte mich übergeben.

Solche Träume habe ich vor Anti-Amok-Übungen immer. Ich erzähle Mom nichts davon, da sie die Übungen hasst, sie hasst das ganze Konzept dahinter, aber sie möchte auch, dass ich weiß, was ich in solch einem Fall tun muss. Und ich habe dazugelernt. Laufen, verstecken, kämpfen – das wurde uns mittlerweile so oft eingetrichtert, dass ich mich frage, wann wir eigentlich noch »lernen« sollen.

Meine erste Übung fand damals in einer Schule in Massachusetts statt, und da hat es mir nicht viel ausgemacht; ich war noch ein kleines Kind, und es fühlte sich ein bisschen wie ein Spiel an. Aber hier in Tennessee nehmen sie die Sache richtig ernst. Hier bekommt man das Gefühl, sie wollten uns für das Militär trainieren.

Ich habe Mom heute Morgen angelogen; sie dachte, es ginge um andere Jungs, die mich schikanieren, und ich habe sie in dem Glauben gelassen. Das ist leichter. Das ist etwas, was sie verstehen kann. Sie ist in einer Welt aufgewachsen, wo man in der Schule sicher war, oder wo zumindest fiese Mitschüler das Schlimmste waren, was einem abgesehen von Tornados oder einem Feueralarm passieren konnte.

Mittlerweile ist das anders.

Man hat uns zwar gesagt, die Übung werde heute stattfinden, aber wir wissen nicht, wann. Also verbringe ich den gesamten Tag damit, darauf zu warten, höre den Lehrern nicht zu, achte im Grunde auf gar nichts mehr, weil ich nur darauf warte, dass der Alarm losgeht, der uns sagt, dass wir uns in Sicherheit bringen müssen.

Während des Geschichtsunterrichts ist es dann endlich so weit. Ich höre den Alarm, und aus den Lautsprechern erklingt eine Stimme: »Achtung, dies ist eine Übung.«

Und schon versinke ich in meinem Albtraum. Ich sitze in einem hellen Klassenzimmer mit zwanzig anderen Kindern und fühle mich dennoch so, als wäre ich allein im Dunkeln, wo mir ein Monster auflauert. Ich höre es kommen. Höre *ihn* kommen. Sehe Mom und Sam und Lanny tot daliegen, genau wie in dem Traum.

Meine Lehrerin versucht, ruhig zu bleiben, und erklärt uns, dass wir den Plan befolgen sollen. Ich erinnere mich an keinen

Plan. Ich erinnere mich an gar nichts. Ich denke weiter an den Traum. An die Stimme meines Dads, der sagt, dass er gekommen ist, um mich zu holen. Wird es so passieren? Hat er wieder jemanden auf mich angesetzt?

Ich zucke zusammen, denn jetzt passiert alles nicht mehr nur in meinem Kopf, ich höre echte Schüsse. Und Schreie. Ich habe keinen Flashback, die Geräusche ertönen überall um uns herum.

Die anderen reagieren, aber ich bin wie erstarrt. Schüler schieben ihre Tische herum, um die Tür zu blockieren. Einer wickelt einen Gürtel um das Scharnier oben an der Tür, um den langsamen Schließmechanismus auszuhebeln, während ein Mädchen mit zitternden Händen dicke Gummistopper unter die Tür schiebt, damit sie auch geschlossen bleibt, wenn jemand von außen dagegentritt.

Ich höre, wie jemand den vor Kurzem angebrachten Türriegel mit einem Klicken zuschiebt. Ein anderer klebt ein Plakat auf die Fensterscheibe, damit niemand von draußen hereinsehen kann. Er hat es so aufgehängt, dass die darauf abgebildete Person uns ansieht. Es ist George Washington, der uns das »Daumen hoch«-Handzeichen gibt, um ihn herum steht in Neonschrift: »GESCHICHTE IST SUPER«.

Die meisten Schüler sind bereits in die Ecken geflüchtet, wo sie sich zusammenkauern. Einige weinen und schreien sogar, denn die Schüsse und die Geräusche sind so laut, und ich kann die ganze Zeit nur an meine Mom denken, wie sie blutend auf dem Boden liegt. An Sam, tot am Küchentisch. An Lannys reglose, herausragende Füße.

Die Stimme meines Vaters flüstert mir ins Ohr: *Ich bin gekommen, um dich zu holen, mein Sohn. Du gehörst mir.*

Ich habe das Gefühl, als würde ich in ein pechschwarzes, bodenloses Loch fallen. Meine Haut ist eiskalt. Ich kann mich nicht rühren. Es ist, als wäre ich in einem Käfig gefangen, dabei sitze ich nur hier an meinem Tisch. Ich schreie mich selbst an, dass ich mich bewegen soll, aber ich kann einfach nicht.

Von außen schlägt jemand gegen die Tür und versucht, sie aufzudrücken.

Die Lehrerin ruft mir etwas zu, aber ich verstehe nicht, was sie sagt. Ich höre nur die Schüsse. Die Schreie. *Ich kann mich nicht bewegen.*

Dann ist da plötzlich jemand an meiner Seite und greift nach mir, und ich denke: *Ich werde heute nicht sterben.* Und ohne einen weiteren Gedanken greife ich den Tacker unter meinem Tisch – mir ist wieder eingefallen, dass wir die Tacker auf jeden werfen sollen, der hereinkommt. Doch anstatt ihn zu werfen, umklammere ich ihn mit festem Griff und schlage zu. Heftig genug, dass ein schmerzhafter Stich meinen Arm durchzuckt. Ich höre nicht auf. Ich schlage erneut auf den Angreifer ein. Er schreit, aber alle anderen auch, und das Knattern der Schüsse dröhnt noch immer um uns herum. Das Einzige, was ich denken kann, ist: *Ich hab ihn erwischt. Ich hab ihn erwischt. Jetzt bin ich sicher.*

Da greift mich noch jemand an. Auch ihn schlage ich. Dann ziehen mich mehrere von meinem Tisch und meinen Angreifern weg, und ich liege auf dem Boden. Alle schreien. Jemand tritt nach meiner Hand, damit ich den Tacker loslasse, und jetzt schreie ich ebenfalls. Ich brülle. *Es soll aufhören.* Und endlich … endlich tut es das auch.

Keine Schüsse mehr. Kein Geschrei. Alles ist still. Ich liege zusammengerollt auf dem abgetretenen Linoleumboden, der blutverschmiert ist. Ich sehe eine gelbe Haarschleife neben mir, ein kaputtes Handy, heruntergefallene Schulbücher, einen umgestoßenen Rucksack. Ich hebe den Kopf und blicke in die bleichen Gesichter meiner Schulkameraden. Alle starren mich an.

Die Lehrerin steht über mir, ruft meinen Namen, aber ich antworte nicht. Ich weiß nicht mehr, was ich tun soll. Ich schließe einfach die Augen.

»Es war doch nur eine Übung!«, schluchzt einer der Jungen auf dem Boden ein paar Meter entfernt. Ich öffne die Augen, und jetzt erkenne ich ihn auch wieder. Er ist kein Schütze. Er gehört zu meiner Klasse. Es ist Aaron Moore, den alle hier nur Bubba nennen. Er hält sich eine Hand an die Wange, von der Blut tropft. Seine andere Hand ist angeschwollen. Neben ihm liegt ein weiterer Klassenkamerad. Hank. Er wimmert und hält sich mit beiden Händen den Kiefer. Blut tropft ihm aus dem Mund.

Blut ist auch auf dem Tacker, der auf dem Boden zwischen uns liegt.

Ich habe das getan.

Ich bin das Monster.

»Waren das echte Schüsse?«, ruft jemand voller Angst. Ein paar Kinder weinen leise. Klammern sich aneinander. »Hat da wirklich jemand geschossen?«

»Nein, alles ist gut. Das ist nur eine Übung, beruhigt euch, bitte beruhigt euch alle«, beschwichtigt meine Lehrerin. Sie geht neben mir in die Hocke und berührt mich an der Schulter. »Connor? Connor, kannst du mich hören?« Ihre Finger zittern. Ich sage nichts. Ich will nicht. »Brock, öffne die Tür. Lauf los und hol Direktor Loughlin. Erkläre ihm, dass wir einen Krankenwagen brauchen. Zwei Krankenwagen. Na los!«

Brock ist ein dürrer Junge mit Brille. Er sieht zu Tode verängstigt aus, aber er läuft zur Tür und fängt an, die Tische wegzuschieben. Jemand hilft ihm. Es dauert eine Weile, bis sie sämtliche Barrieren aus dem Weg geräumt haben. Als die Tür endlich wieder frei ist, wird mir immer deutlicher bewusst, dass ich etwas wirklich Schlimmes getan habe.

Aber ich habe Schüsse gehört. Echte Schüsse. Echte Schreie. Ich verstehe nicht, was hier passiert.

Da meldet sich die Stimme im Lautsprecher wieder: »Achtung, an alle, es gibt *keinen echten Schützen,* ich wiederhole, es gibt *keinen echten Schützen auf dem Gelände.* Für die heutige Übung haben wir eine Aufnahme von Gewehrschüssen verwendet, um eine Situation zu simulieren, mit der ihr es zu tun bekommen könntet, falls ein echter Amoklauf stattfindet. *Es wurden keine Schüsse abgefeuert.* An alle Lehrer, bitte bleiben Sie ruhig und helfen Sie den Schülern dabei, ihre Bewältigungsstrategien einzusetzen. Damit ist die heutige Übung beendet. Vielen Dank.«

Er sagt vielen Dank. Ich verstehe nicht, warum.

Ich höre, wie Kinder um mich herum weinen, und der Junge, dessen Kiefer ich vermutlich gebrochen habe – Hank Charterhouse –, sieht mich mit seinem blutverschmierten Gesicht wütend an. Noch immer hallen die Schüsse in meinem Kopf wider.

Ich habe keine Bewältigungsstrategie dafür.

Nachdem ich einmal zu weinen begonnen habe, kann ich nicht mehr aufhören. Sie geben mir eine Spritze, als sie mich auf die Trage legen, um mich zum Krankenwagen zu bringen. Dadurch wird alles irgendwie weicher und verschwommener, und ich höre auf, gegen alles und alle anzukämpfen. Aber ich versuche weiter, ihnen zu erklären, dass *er hier ist,* obwohl ich weiß, dass auch das nicht stimmt. Da ist niemand. Dad war nicht hinter mir her. Dad ist tot.

Es tut mir leid. Ich höre mich das selbst sagen, wieder und immer wieder, aber ich weiß im Grunde nicht, was mir leidtut. Hätte ich nicht kämpfen sollen? Sie sagen doch immer, dass wir kämpfen sollen. Nicht aufgeben sollen. Uns nicht erwischen lassen sollen.

Nichts ergibt Sinn, aber dann tut es das plötzlich doch wieder, und ich erkenne auf einmal genau, was ich getan habe. Es fühlt sich an, als würde ich Asche schlucken, noch schlimmer, als würde ich von einer dunklen Klippe in eiskaltes Wasser stürzen.

Ich bin am Arsch. Ich bin so was von am Arsch. Vorher haben sie meine seltsamen Marotten noch halbwegs akzeptiert.

Aber jetzt?

Ich bin vor den Augen meiner ganzen Klasse ausgeflippt. Ich habe zwei meiner Klassenkameraden zusammengeschlagen, und ja, das sind Idioten, die mich auch vorher schon herumgeschubst haben, aber als ich sie attackiert habe, wusste ich nicht einmal, wer sie waren. Sie waren einfach nur *da.*

Ich kann nie mehr in diese Schule gehen.

Nie wieder.

Kapitel 4

Gwen

Mein Sohn ist verletzt, und ich weiß nicht, wie schlimm es ist. Die Fahrt zum Krankenhaus habe ich nur grau und verschwommen in Erinnerung. Das Norton General ist ein quadratischer Block mit drei Etagen, vermutlich in den 1950ern errichtet. Das Gebäude ist das Einzige, worauf ich mich fokussiert habe. Ich biege auf den Parkplatz der Notaufnahme ein und bin auf einmal drinnen, ohne mich an den Weg dorthin zu erinnern oder daran, ob ich die Wagentür geschlossen und verriegelt habe. Vermutlich habe ich das. Meine automatischen Handlungen sind im Augenblick zuverlässiger als ich. Mein Herz klopft so stark, als wäre ich den gesamten Weg von Stillhouse Lake hierher gerannt.

Die Krankenschwester am Empfang sieht zu mir auf. Ihr Gesichtsausdruck verrät mir, dass sie genau weiß, wer ich bin: die Ex des Serienmörders, das Schandmal auf dem guten Namen der Stadt. Geschürzte Lippen, gerunzelte Stirn, ein kühler, abschätziger Blick.

»Connor Proctor«, bringe ich heraus. »Ich bin seine Mutter.«

»Zimmer vier«, antwortet sie knapp. Ich frage nicht, wie es ihm geht. Ich drücke die Doppeltür auf und suche hektisch nach der genannten Nummer. Fast überall stehen die Türen der Zimmer offen, sodass ich mit einem Blick erkenne, ob Connor darin ist. In den ersten beiden Zimmern liegen andere Jungen, um ihre Betten herum sehe ich Leute, die offensichtlich zur Familie gehören. In Zimmer drei liegt eine alte Dame, die vor Schmerzen jammert, während ihr eine Krankenschwester Blut abnimmt.

Mein Sohn befindet sich im Zimmer ihrem gegenüber. Erleichterung durchflutet mich wie ein Kälteschauer, denn es geht ihm gut, er ist bei Bewusstsein, er ist am Leben. Er sitzt im Bett, angelehnt an das hochgestellte Kopfteil, und hält sich eine Eispackung auf das geschwollene Gesicht. Als er sie wegnimmt, um mich anzusehen, zucke ich zusammen. Beide Augen und die Nase werden sich ordentlich verfärben. Eine Wange ist rot und geschwollen. Ich zwinge mich dazu, langsamer zu gehen und mich zu beruhigen, während ich an sein Bett trete und nach seiner freien Hand greife. Auf seinen Fingerknöcheln sind blaue Flecken und Schnittwunden. Er riecht nach Wundsalbe, Blut und Schweiß. Er trägt noch die Kleidung, die er in der Schule anhatte, aber sein Pullover ist vollkommen ruiniert.

»Tut mir leid«, murmelt er. Er sieht weg, entzieht mir jedoch nicht seine Hand. Sanft lege ich ihm eine Handfläche auf die Stirn. Er fühlt sich warm an, aber es ist kein Fieber, sondern die Wärme von jemandem, dessen Adrenalin noch immer auf Hochtouren läuft. Das wird sich bald geben. Und dann braucht er eine Decke.

»Was ist passiert?«, frage ich ihn. Es geht mir schon viel besser. Ja, mein Sohn wurde verprügelt. Ja, am liebsten würde ich die zwei Mitschüler, die in den anderen Zimmern liegen, windelweich schlagen. Aber er ist bei Bewusstsein, er lebt und er spricht. »Ich bin nicht wütend, Connor.«

»Das wirst du aber gleich sein.«

Das klingt ... ominös. »Deine Lehrerin hat etwas von einem Handgemenge gesagt ...?«

Diesmal blickt er mich direkt an. In seinen geschwollenen Augen sehe ich etwas Schreckliches. »Ein Handgemenge war das nicht wirklich«, widerspricht er. »Es war meine Schuld. Es war nur ... dieser Lärm. Da waren Schüsse zu hören, Mom. Und Schreie.«

Mir wird eiskalt. »Es gab wirklich einen Amoklauf an deiner Schule?«

Er schüttelt rasch den Kopf und zuckt gleichzeitig zusammen, weil ihm das Schmerzen bereitet. »Nein, gab es nicht. Es war ... die haben eine Aufnahme von Schüssen und Schreien abgespielt. Über die Lautsprecher. Damit es echter wirkt.«

»Sie haben *was*?« Erschüttert sehe ich ihn an. Zuerst bin ich angewidert und erschaudere bei dem Gedanken, dass sie so etwas Kindern antun. Dann steigt die blanke Wut in mir hoch und hinterlässt eine brennende Spur in meinem Körper. Diese ganzen Übungen sind schon verstörend genug, auch für jemanden, der nicht mit dem Trauma zu kämpfen hat, unter dem unsere Familie leidet. Schlimm genug, dass Kinder trainieren müssen, wie sie auf Gefahren zu reagieren haben, was ich jedoch angesichts der Welt um sie herum verstehe. Aber ihnen absichtlich Angst einzujagen? Vermutlich hat irgendein fehlgeleiteter Idiot geglaubt, das würde sie abhärten. Das tut es nicht. Sie sind keine Freiwilligen in der Armee. Sie sind nicht jemand wie ich, die beschlossen hat, der Gefahr offen entgegenzutreten. Sie sind einfach nur Kinder – und zum Teil traumatisierte Kinder, die versuchen, ihr Leben nicht in Angst zu verbringen.

Ich umarme meinen Sohn. Drücke ihn fest an mich. Er zittert.

»Tut mir leid«, wiederholt er. »Ich … ich weiß gar nicht, was passiert ist. Ich konnte nur einfach nicht zulassen, dass sie mich anfassen.«

Natürlich konnte er das nicht. Mein Sohn ist stark, aber er hat durch die Verbrechen seines Vaters und das Grauen, das uns ständig auf den Fersen ist, psychische Schäden davongetragen. Schon mehrmals befand er sich in Todesgefahr. Diese Traumata haben ihn nicht immun gemacht; das ist in seinem Alter auch überhaupt nicht möglich. Allerdings haben sie bewirkt, dass sein Bedürfnis nach Selbstschutz sehr stark ausgeprägt ist und sich auch in Gewalttätigkeit äußert. Daher sieht er jeden, der sich ihm unter solchen Umständen nähert, als ernste Bedrohung an und behandelt ihn entsprechend.

Sogar Klassenkameraden.

Ich kann das nicht in Ordnung bringen. Es braucht viel Zeit, noch intensivere Therapie und ganz besonders Geduld, um ihm klarzumachen, was genau in seinem sehr komplizierten Kopf vor sich geht. Mein Sohn ist durch seine Eltern und sein Trauma auf Überleben gepolt. Einen Weg zu finden, diese Prägung in eine vernunftgesteuerte Bahn zu leiten, wird ein langwieriger und anstrengender Prozess.

Ich halte einfach nur seine Hand, sehe zu, wie er gegen die Tränen ankämpft, und mein Selbsthass wächst mit jeder Sekunde. Ich hätte das kommen sehen müssen. Er hat sich in den Tagen vor diesen Übungen – von denen es mittlerweile sechs pro Jahr gibt – immer seltsamer verhalten. Es oblag meiner Verantwortung, das zu erkennen, aber ich habe die Zeichen völlig fehlgedeutet.

Ich erinnere mich, wie ich voller Zuversicht behauptet habe, ich wisse, wie er sich fühlt. Doch das ist falsch. Ich weiß es nicht. In seinem Alter war ich ein behütetes Mädchen, für das Gefahr nichts als ein abstrakter Begriff war, und der Gedanke daran, getötet zu werden, reine Fiktion. Ich kann nicht wirklich verstehen, wie das für ihn ist; als Erwachsener geht man mit dem Ganzen völlig anders um als im Alter von dreizehn. Das hätte ich berücksichtigen müssen.

Eine harsche Frauenstimme unterbricht meine Gedanken voller Selbsthass. »Da ist ja der kleine Bastard.«

Im Türrahmen steht eine dürre Frau mit krausen dunklen Haaren und großen blauen Augen, die wütend funkeln. Sie deutet auf meinen Sohn. Instinktiv stehe ich auf, um ihn abzuschirmen.

Neben ihr taucht ein großer Mann auf. Er ist älter, hat graue Haare und die flache Nase eines Boxers. Ein Schwergewicht und entsprechend kräftig. Er senkt den Kopf und starrt mich böse an. Ich starre zurück und lasse meinen Blick zwischen den beiden hin und her wandern. »Was wollen Sie?«, frage ich, obwohl ich es längst weiß.

»Dieser kleine Scheißkerl hat meinem Sohn den Kiefer gebrochen!«, faucht die Frau. »Die müssen seinen Mund mit Draht fixieren! Ihr verdammter Junge ist durchgedreht, und mein Sohn hat nur versucht, ihm zu helfen. Sie werden für die Behandlung meines Sohnes zahlen, Schlampe!«

Ich will ihr am liebsten ins Gesicht schlagen, aber das würde uns nicht weiterhelfen. Außerdem hat sie recht. »Okay«, stimme ich zu, während ich innerlich aufstöhne bei dem Gedanken, was die Behandlung wohl kosten wird. »Das mache ich. Aber es war nicht Connors Schuld …«

»Nein, es ist Ihre Schuld, dass er so durchgeknallt ist. Ihre und die seines Killervaters! Der Apfel fällt nicht weit vom Stamm.«

Mein erster Impuls schreit nach Angriff. In meiner Art, mit Stress umzugehen, unterscheide ich mich nicht sonderlich von meinem Sohn. Doch ich habe mehr Erfahrung. Selbstkontrolle. So ruhig wie nur möglich sage ich: »Es mag meine Schuld sein, aber es ist nicht die meines Sohnes. Machen Sie nicht ihn dafür verantwortlich.«

»Sie Schlampe, ich mache, was ich will. Und ich werde Sie auf alles verklagen, was Sie haben! Hank wollte Ihren Sohn nur dazu bringen, das zu tun, was die Lehrerin gesagt hat!«

Vermutlich wird sie uns tatsächlich verklagen. Ihre Wut ist echt. Doch als sie den Namen ihres Sohnes erwähnt, erinnere ich mich an etwas. »Hank«, wiederhole ich. Ich kenne den Namen. »Hank Charterhouse? Der schlimmste Raufbold an der Schule. Wie viele Kinder hat *er* denn schon geschlagen?«

Meine Anschuldigung trifft ins Schwarze, das kann ich sehen; die Mutter blickt kurz zum Vater und rüstet sich dann für einen weiteren Angriff. »Hank gerät manchmal mit anderen aneinander. Wie Jungen eben so sind. Aber Ihr Sohn hat ihn mit einem gottverdammten Tacker aus Metall angegriffen!«

»Mein Sohn hat überall blaue Flecken«, fauche ich jetzt zurück. »Und ich bin mir ziemlich sicher, dass die Schulleitung uns bei einer Gerichtsverhandlung genau sagen kann, wer die Problemkinder an der Norton Junior High sind. Wollen Sie das wirklich?«

Das will sie nicht. Sie hat das Ganze nicht durchdacht. Sie weiß, dass ihr Sohn ein Schläger ist; sie weiß verdammt gut, dass sie sich auf dünnem Eis bewegt. Es steht ihr in ihr schmales, wütendes Gesicht geschrieben. Also geht sie erneut zum Angriff über. »Sie Schlampe!«, brüllt sie. »Sie wagen es, meinen Sohn einen Schläger zu nennen, wenn doch Ihr verdammter Junge der Sohn eines gottverdammten mordenden Vergewaltigers ist, der ein halbes Dutzend Mädchen getötet und ihnen die Haut abgezogen hat. Sie haben wirklich Nerven. Kommen Sie doch raus in den Gang hier, dann trete ich Ihnen in Ihren eingebildeten Arsch!« Ihr Akzent tritt mittlerweile so deutlich zutage, dass der letzte Teil des Satzes kaum noch zu verstehen ist.

Auf keinen Fall werde ich mich mit dieser Frau prügeln. Die Bewohner von Norton denken auch so schon schlecht genug über mich; berüchtigt zu sein ist ein Fluch, besonders in Provinzgegenden wie dieser hier. Ich löse bei den meisten Einheimischen Unwohlsein aus. Ich passe nicht hierher. Ich weigere mich, die Schuld für das zu übernehmen, was mein Mann getan hat. Irgendwie werden Frauen immer für die Taten von Männern mitverantwortlich gemacht; das trifft heutzutage noch stärker zu als je zuvor.

Und all diese Wut, die ich für mich nicht akzeptiere, richtet sich gegen meine Kinder. Obwohl ich dieser Frau gern eine Abreibung verpassen würde, tue ich es nicht. Stattdessen drehe ich ihr den Rücken zu und setze mich wieder neben Connor, der mich völlig verwirrt anschaut. Er hat noch nie gesehen, dass ich vor einem Kampf zurückweiche.

Vielleicht ist das auch mal nötig.

»Ist schon gut«, versichere ich ihm und nehme wieder seine Hand. »Ignorier das einfach.«

»Das geht nicht«, widerspricht er. »Mom, es tut mir leid. Ich hätte ihn nicht schlagen sollen, aber ich konnte nicht … es hat sich so angefühlt, als würde ich ertrinken. Als müsste ich von da weg, doch gleichzeitig … konnte ich mich einfach nicht rühren.« Er atmet tief durch, und ich höre das Schluchzen, das er nicht herauslässt. Es berührt mich zutiefst. »Ich bin nicht wie du. Ich bin nicht wie Lanny. Ich kann nicht so tapfer sein.«

Die Frau steht noch immer an der Tür und keift Beleidigungen in meine Richtung, aber ich höre jetzt auch die erhobene Stimme einer Krankenschwester, die sie anweist, Ruhe zu geben, wenn sie nicht aus dem Krankenhaus geworfen werden will. Als ich mich wieder umdrehe, ist das Paar außer Sicht-, wenn auch nicht außer Hörweite. Das Streitgespräch verlagert sich langsam den Gang hinunter, voller wütender Flüche und eisiger Warnungen vonseiten der Krankenschwester.

Dieselbe Schwester betritt ein paar Augenblicke später unser Zimmer. Es handelt sich um eine kräftige Afroamerikanerin mit kurzen Haaren. Sie blickt mich prüfend an, ob ich ebenfalls Ärger machen werde; ich danke ihr lediglich dafür, dass sie sich um meinen Sohn kümmert. Sie entspannt sich. Ein Lächeln lässt sich ihr allerdings nicht entlocken.

»Der Arzt hat sich die Röntgenaufnahme angesehen«, erklärt sie. »Die Nase ist nicht gebrochen, nur stark geprellt. Vielleicht tut sie jetzt noch nicht weh, aber das wird sie, und die Hämatome werden ordentlich schillern. Normale Schmerzmittel dürften genügen. Connor, du solltest für den Rest des Tages so lange wie möglich eine Eispackung auf das Gesicht halten. Das hilft.«

Ich nicke. Connor schwingt bereits die Beine über den Bettrand. »Kann ich jetzt gehen?«, fragt er. Sie schüttelt den Kopf.

»Es dauert noch ungefähr eine Stunde, bis die Formalitäten erledigt sind«, erklärt sie. »Ich gebe Bescheid.«

Ihre Schätzung erweist sich als richtig. Als wir die Entlassungspapiere bekommen, ist es beinahe halb fünf. Ich unterschreibe für Connor. Als ich damit fertig bin, sagt sie noch: »Sie müssen jetzt unten am Empfang auschecken.«

Damit meint sie, ich muss die Rechnung bezahlen. Ich nicke und bin überaus dankbar, dass ich seit einiger Zeit einen soliden Job habe, mit Versicherungsleistungen für mich und die Kinder. J. B. war außerdem sehr großzügig, was den Stundensatz für die Ermittlungen angeht, die ich gerade durchführe, also steht uns finanziell das Wasser nicht mehr bis zum Hals wie früher. Als wir nach Stillhouse Lake gezogen sind, habe ich den Großteil meines verbliebenen Bargelds in den Kauf und die Reparatur unseres Hauses gesteckt, und mein Internetjob hat das Konto nicht wirklich aufgefüllt, nicht bei zwei Kindern. Sam übernimmt einen Anteil, aber ich lasse ihn nicht mehr dazuzahlen, als zwingend nötig ist. Mit Unbehagen denke ich daran, dass ich wohl auch für die Behandlungskosten von mindestens einem der beiden anderen Jungen aufkommen muss. Vielleicht bleibt doch nicht mehr viel übrig.

Betrübt mustert Connor das Blut auf seinem Pullover. »Ich sehe furchtbar aus.«

»Du siehst aus wie jemand, der verletzt wurde«, widerspreche ich. »Wir fahren direkt nach Hause. Dann kannst du duschen und saubere Sachen anziehen.«

Er sieht nicht auf. »Und morgen? Muss ich da wieder in die Schule?«

Ich seufze. »Darüber reden wir noch.«

Ich laufe zwischen ihm und dem Zimmer mit den wütenden Eltern an dem Raum vorbei; sie werfen uns böse Blicke durch den Türrahmen zu, kommen aber nicht heraus. Schnellen Schrittes begeben wir uns zum Empfangstresen, ich bezahle die Rechnung, gebe Bescheid, dass die Rechnungen für das Charterhouse-Kind an mich geschickt werden sollen, und dann sind wir in Rekordzeit draußen beim SUV.

Beim Näherkommen werden wir beide langsamer.

Meine Reifen sind platt. Alle vier. Ich hocke mich hin, um mir das genauer anzusehen, und erkenne sogleich, dass der Gummi aufgeschlitzt wurde.

Ich schlucke die Wut hinunter, die in meinem Mund brennt, und rufe dann zum zweiten Mal am heutigen Tag die Cops.

* * *

Als wir endlich zu Hause ankommen, bin ich erleichtert. Sam wartet bereits auf uns, nervös, weil es zu dämmern begonnen hat. Er hat mir zwischenzeitlich geschrieben. Ich habe Connor gebeten, ihm zu antworten, weiß aber nicht, was genau er berichtet hat. Vermutlich nicht viel, so wie ich meinen Sohn kenne.

Sam empfängt uns an der Tür, Lanny steht dicht hinter ihm. Sie wirken angespannt. Keiner von beiden ist beim Anblick von Connors Gesicht überrascht. Sam schaut grimmig drein, Lanny erschrocken. Allerdings überwindet sie das verstörend schnell und fragt dann nur: »Tut es weh?« Sie mustert ihn mit Argusaugen. Er nickt. »Wow. Du siehst aus, als hättest du einen ›Saw‹-Film überlebt. Ich wusste gar nicht, dass eine Nase so heftig bluten kann.«

»Tja, kann sie wohl«, erwidert er, während er sich an ihr vorbeischiebt, um durch den Flur zu verschwinden. »Danke für das Mitgefühl.«

»Schiggy …«

Er wirbelt herum. Mittlerweile ist er ebenso groß wie sie, und in einem Jahr wird er sie vermutlich um mehrere Zentimeter überragen. »Hör auf, mich so zu nennen!« Das klingt wirklich wütend. Er wartet keine Antwort ab und steuert auf sein Zimmer zu.

»Das Abendessen ist fast fertig!«, ruft sie ihm hinterher. »Ich hab Pizza gemacht!« Keine Reaktion. Lanny wirkt enttäuscht.

»Tiefkühlpizza?«, frage ich, während ich einen Arm um sie lege. Sie zuckt mit den Schultern. »Ich behaupte mal, du wolltest sagen: Ich hab Pizza in den Ofen geschoben«, korrigiere ich sie scherzend.

»Hey, ich hab sie noch mit Zeugs ergänzt. Das kann ich gut.« Schnell wird sie wieder ernst. »Geht's ihm gut?«

»Ich glaube schon, aber …« Ich atme tief ein und wieder aus, bevor ich weiterrede. »Lanny, du sprichst nie darüber, wie sich diese Anti-Amok-Übungen für dich anfühlen. Er auch nicht. Aber er kommt nicht gut damit zurecht. Was ist mit dir? Packst du es?«

Lanny antwortet nicht, was unüblich für sie ist. In diesem Augenblick wird es mir klar: Es geht auch ihr nicht gut dabei, aber sie verbirgt es besser als mein Sohn. Ich habe ihn heute gezwungen, zur Schule zu gehen. Das geschah aus dem blinden Wunsch heraus, dass meine Kinder ein normales Leben führen. Dabei tun sie das doch so offensichtlich nicht und werden es vielleicht auch niemals können.

Ich drücke kurz ihre Schulter. »Liebes? War das heute okay für dich?«

Sie ist ein paar Sekunden lang still und schaut mich nicht an. »Es ist angsteinflößend«, sagt sie dann, und für ihre Verhältnisse ist das ein ziemliches Eingeständnis. »Ich war in der Bibliothek. Wir wurden im Buchlager eingeschlossen, bis es vorbei war. Das Licht war aus, und einige haben geweint und …« Sie schluckt hörbar. »Es ist einfach schwer, Mom. Für ein paar von denen ist das nur ein Spiel. Aber das ist es nicht. Ich weiß, was passieren kann. Und es ist schwer, sich nicht wie … in der Falle zu fühlen.«

Ich nehme sie in den Arm. Langsam und sanft, um ihr nicht zu zeigen, wie erschüttert ich bin. Sie ist eine Kämpfernatur, doch ich höre die Verwundbarkeit unter der Oberfläche.

Ihre Stärke bekommt einen Knacks. »Mom.« Es kommt gedämpfter, als ich es von ihr gewohnt bin. »Du kannst Connor nicht wieder an diese Schule schicken. Es war auch vorher schon schlimm. Doch jetzt werden sie doppelt so heftig auf ihn losgehen.«

»Okay«, stimme ich zu. »Ich nehme ihn raus. Vielleicht für eine Weile. Ich kann ihn zu Hause unterrichten. Und dich auch, es sei denn, du möchtest weiter hingehen …«

»Möchte ich nicht«, sagt sie absolut entschieden. Sie schaut mich halb beschämt an. »Ich habe es versucht, Mom. Habe ich wirklich. Aber es ist scheiße. Dahlia redet nicht einmal mehr mit mir. Sie weicht mir aus, als hätte ich die Pest, und ihre

Clique behandelt mich total mies.« Dahlia ist ihre Ex-Freundin; ich hatte wirklich gehofft, ihre Beziehung würde halten, aber das hat sie nicht. Dahlia lebt ihr Leben weiter, und Lanny hat das ebenfalls versucht. Nur teilweise erfolgreich. »Es ist schwer genug, hier Freunde zu finden. Und diejenigen, die ich hatte, haben sich gegen mich gewendet, als …« Sie beendet den Satz nicht, aber ich weiß, was sie meint. *Als du im Fernsehen aufgetreten bist.* Es ist meine Schuld. Ich habe die schlechte Entscheidung getroffen, mich landesweit im Fernsehen zu zeigen, in dem Versuch, mich zu rechtfertigen, doch stattdessen habe ich nur das Feuer der Wut, das bereits brannte, weiter geschürt. Ich habe hier noch ein paar Freunde und Verbündete, aber das hilft meinen Kindern nicht, die Herausforderungen des an sich schon komplizierten schulischen Soziallebens in einer Kleinstadt erfolgreich zu bewältigen.

Ich habe die Situation für sie noch verschlimmert. Und das Trauma, das allen Kindern – nicht nur meinen – durch diese Anti-Amok-Übungen zugefügt wird, hat für Lanny und Connor eine besondere Bedeutung. Sie waren real mit derartigen Bedrohungen konfrontiert, die für die meisten anderen niemals Wirklichkeit werden. Immer wieder müssen Lanny und Connor teuer für etwas bezahlen, wofür sie nichts können, und ich verabscheue das.

Und jetzt ist das, was ich niemals tun wollte – sie zu isolieren –, das Einzige, was ich noch tun kann. Das, oder wir ziehen wieder um und versuchen, von vorn anzufangen. Ich bin stur, aber wenn es um meine Kinder geht, muss ich das zu ihrem Vorteil einsetzen. Nicht zu ihrem Nachteil. Mein Instinkt rät mir, durchzuhalten. Doch mittlerweile bin ich mir nicht mehr sicher, ob ich damit richtigliege.

»Okay«, antworte ich und küsse Lanny auf die Stirn. Sie verzieht das Gesicht und entwindet sich mir. »Ich rufe morgen die Schule an und nehme euch offiziell heraus. Aber das bedeutet nicht, dass ihr dann machen könnt, was ihr wollt. Ihr werdet normale Schulstunden, Tests und Standard-Arbeitsbücher haben. Und ich werde die strengste Lehrerin sein, die ihr jemals hattet.«

Lanny verdreht die Augen. »Oh, klar, das weiß ich«, erwidert sie. »Kannst du mir glauben.« Aber sie ist erleichtert; das erkenne ich an der Art, wie sie fortgeht. Ihr Gang ist schwungvoller, als er es in der letzten Zeit war.

Es ist das Richtige. Es muss das Richtige sein. Ich sorge dafür, dass es funktioniert, und wir beißen uns da gemeinsam durch.

Solange wir zusammen sind, wird alles gut.

Sam hat den Austausch schweigend mitverfolgt, nun legt er einen Arm um mich, und ich kuschele mich in seine Umarmung und atme tief und zittrig ein. »Geht's Connor gut?«, fragt er. Ich höre die Besorgnis in seiner Stimme. Mir gelingt ein Nicken.

»Er wird ein paar Stunden mehr bei unserem Therapeuten brauchen«, erkläre ich. »Das war ein klassischer Fall von posttraumatischer Belastungsstörung, soweit ich das beurteilen kann. Er ist erstarrt, und als ihn dann jemand geschubst hat, hat er sich gewehrt. Er hat einem Kind den Kiefer gebrochen.« Ich lache bitter. Es klingt zittrig. »Es ist doch krank, dass all diese Kinder sechsmal im Jahr so eine traumatisierende Situation durchstehen müssen. So etwas verändert die Menschen. Connor wusste nicht einmal, was er da tat.«

»Ich verstehe die Theorie hinter diesen Übungen. Die Kinder sollen gewappnet sein, um im Notfall richtig handeln zu können«, meint Sam, doch er klingt verhalten. »Aber das kann niemals gut für jemanden wie Connor sein.«

Lanny ist in ihrem Zimmer verschwunden. Ich senke meine Stimme. »Sam – diese Stadt. Ich weiß nicht, was wir machen sollen. Man schließt uns komplett aus. Du hast das zu spüren bekommen. Ich ebenso.«

»Das ist mir klar. Aber du hast geschworen, wir würden nicht mehr weglaufen.«

»Vielleicht ist das ja nur blinder, sturer Stolz«, sinniere ich. »Ich hatte diesen Ort ausgewählt, weil wir hier anonym waren. Aber das sind wir längst nicht mehr, und vielleicht muss ich einfach akzeptieren, dass hier niemals Gras über unsere Vergangenheit wachsen wird.« Ich atme tief durch und schaue mich um. Dieses Haus ... es bedeutet mir etwas. Wir haben es als halbe Ruine gekauft, und Lanny, Connor und ich haben uns hier ein Heim geschaffen. Wir haben den neuen Boden gelegt. Neue Trockenbauwände. Farbe und Schweiß und Liebe investiert. Wir haben uns diesen Ort erwählt, und er gehört *uns.*

Tatsache ist aber auch, dass es sich nur um ein Haus handelt. Wir können einen anderen Ort finden und ihn zu unserem Heim machen. Und ... und ich glaube, das sollten wir. Nach Knoxville zu ziehen, wäre teuer, doch Sam hätte dort die Möglichkeit, wieder zu fliegen, und ich ... ich habe bereits einen Job. Ein Umzug würde mich sogar näher zu meiner Chefin und den Ressourcen ihres Büros bringen.

Ich atme tief durch. »Ich glaube, wir müssen umziehen.«

Sam hat versucht, sich nichts anmerken zu lassen, doch jetzt sieht er erleichtert aus, was erneut Schuldgefühle in mir auslöst. Seine Sorgen waren größer, als er mir gegenüber zugegeben hat. Er umfasst mein Gesicht, beugt sich vor und küsst mich sanft auf die Stirn. »Ich denke, das ist eine gute Idee«, meint er. »Aber du hast so viel in dieses Haus gesteckt. Ich möchte nicht, dass du das Gefühl bekommst, ich würde dich dazu drängen.«

»Das tust du nicht«, versichere ich ihm lächelnd. »Aber vielleicht solltest du das. Du gehörst zu uns.«

»Okay. Dann sieh das als einen Schubser an.« Für einen Augenblick ist sein Lächeln so strahlend, dass es mich alles andere vergessen lässt. »Oh, und übrigens ... Ich hoffe, das gibt dir kein schlechtes Gefühl, aber da du schon über

Homeschooling gesprochen hast, ich habe detaillierte Infos zur Tennessee Virtual Academy parat. Es könnte eine Weile dauern, bis wir einen anderen Ort gefunden haben, und ich denke nicht, dass du die beiden so lange ohne Unterricht lassen willst.« Als ich einen Schritt zurücktrete und ihn überrascht ansehe, zuckt er mit den Achseln. »Ich habe schon geahnt, dass es so kommen könnte. Du kannst sie an der Online-Akademie einschreiben, aber zuerst musst du sie offiziell von der Norton-Schule abmelden.«

»Wow«, bringe ich nur heraus. »Danke.«

Er winkt ab. »Ich habe mir Sorgen gemacht. Ich dachte, es wäre gut zu wissen, was wir tun können, wenn alles schiefläuft. Als Plan B.«

Ich küsse ihn. Es ist eine impulsive Reaktion, und sie überrascht ihn, aber er zuckt nicht zurück. Noch immer sind wir dabei, den großen Riss zu heilen, der in der rauen und unheimlichen Stadt Wolfhunter zwischen uns entstanden ist. Über seine Vergangenheit sind Dinge ans Tageslicht gekommen, von denen ich nichts gewusst hatte, die ich niemals geahnt hätte, und … es hat wehgetan. Sehr sogar. Im Augenblick bauen wir behutsam wieder eine Brücke zwischen uns auf, die das enorme Gewicht unserer beiden Vergangenheiten tragen kann.

Etwas in diesem Kuss entzündet ein Feuer tief in meinem Inneren, lässt mich dahinschmelzen und schickt Wärme durch meinen gesamten Körper. Wir sind beide leicht zittrig. Leicht panisch. Sam fährt mit dem Daumen über meine Lippen, um den Kuss zu besiegeln, und der Blick in seinen Augen sagt mir, dass er dieselbe Sehnsucht verspürt wie ich.

Aber wir bekommen keine Gelegenheit, das Ganze zu vertiefen, da Lanny um die Ecke biegt. »Hey, soll ich einen Salat machen oder …« Ihr ist die Situation sofort klar, da wir uns wie ertappte Teenager verhalten und erschrocken jeder einen Schritt zurücktreten, obwohl es überhaupt keinen Grund dafür gibt. »Echt jetzt? Wow.«

»Lanny.« Ich versuche, meine Stimme streng und erwachsen klingen zu lassen. Vermutlich versage ich dabei. »Warum entscheidest du das nicht einfach selbst?«

»Klar doch«, gibt sie zurück, mit bedeutungsschwerer Betonung, auf die ich im Augenblick nicht einzugehen gedenke. »Ich, äh, lass mir Zeit.«

Ich nehme Sams Hand.

»Schlafzimmer?«, fragt er mich.

»Schlafzimmer«, stimme ich zu.

Ich tue so, als würde ich das gemurmelte »Ihh« meiner Tochter nicht hören, als wir an ihr vorbeigehen.

Kapitel 5

Lanny

Vermutlich sollte es sich komisch anfühlen, morgen nicht in die Schule zu gehen, aber ich fühle mich einfach nur super. Als hätte man mir eine riesige Last von den Schultern genommen, sodass ich wieder frei atmen kann. Die Schule ist ein bewaffnetes Lager, und ich war dort die ganze Zeit über der unterlegene Feind. Mädchen kämpfen nicht mit Fäusten – normalerweise jedenfalls –, also musste ich mich eher mit abfälligen Bemerkungen, gehässigen Aktionen und Ausgeschlossenwerden abfinden als mit körperlichen Repressalien. Anfangs habe ich allerdings wirklich ein paar Kerle – und Mädchen – aufs Kreuz gelegt, die auf mich losgegangen waren. In letzter Zeit hat das niemand mehr versucht. Aber ich habe mich nie wirklich zugehörig gefühlt; ich bin noch immer die Neue, und das nur im besten Fall. Im schlimmsten bin ich die Tochter des Serienmörders. Die Höflichen sprechen es nicht aus, aber das bedeutet nicht, dass sie es nicht denken.

Der Tag findet ein frühes Ende. Connor fühlt sich mies, und nicht einmal eine Wiederholung seines

Lieblingssuperheldenfilms heitert ihn auf, also verschwinde ich danach in mein Zimmer. Ich liege auf dem Bett, höre eine meiner Playlists und schwelge in dem Gedanken, dass Mom mich morgen zwar vermutlich zu einer unchristlichen Zeit aus den Federn scheuchen wird, ich dann aber online lernen, ein paar Quizübungen machen und einfach mein Leben leben kann.

Klingt fantastisch.

Draußen sind Regenwolken aufgezogen, und nachdem ich einen Film auf meinem Laptop angeschaut und mir ein paar Make-up-Tutorials auf YouTube reingezogen habe, höre ich Donnergrollen. Es ist noch leise und weit entfernt, aber der Regen ist schon da. Ein angenehmes, stetiges Trommeln auf das Dach und gegen die Fenster.

Es ist fast zwei Uhr morgens, und ich bin beinahe eingeschlafen, als ich etwas gegen meine Fensterscheibe tippen höre. Erst denke ich noch, es sei ein Ast.

Dann verfliegt meine Schläfrigkeit, und ich setze mich abrupt im Bett auf, denn da draußen bewegt sich ein Schatten.

Da ist jemand draußen im Regen und klopft gegen mein Fenster.

Ich will gerade nach Mom schreien, aber irgendein seltsamer Instinkt hält mich davon ab. Diese Silhouette kenne ich doch. Ich nehme mein Handy, aktiviere die Taschenlampenfunktion und richte den Lichtstrahl direkt auf die Person.

Es ist Vera Crockett – von Freunden Vee genannt. Vee aus Wolfhunter. Was zum Teufel …?

Vee ist etwas älter als ich, aber nur ein paar Monate. Sie hat ebenso viel miesen Kram durchgemacht wie ich, es aber vielleicht nicht geschafft, das wegzustecken. Sie hat ihre Mom verloren, und das nach einer harten Kindheit und einer noch härteren Teenagerzeit. Vee ist einer der wenigen Menschen, deren Trauma meins noch toppt. Hey, *ich* wurde zumindest nicht ins Gefängnis gesteckt und fälschlich des Mordes beschuldigt.

Aber Vee sollte doch eigentlich bei irgendeiner Tante in einem anderen Bundesstaat wohnen. Was macht sie hier, und vor allem zu einer solchen Uhrzeit?

Egal. Ich mag Vee. Und sie ist da draußen, völlig durchnässt und zitternd und weit, weit weg von Zuhause.

Ich schnappe mir einen Zettel und schreibe mit schwarzem Marker »Warte da« drauf. Ich halte ihn gegen die Fensterscheibe, und sie signalisiert, dass sie verstanden hat. Dann schlüpfe ich aus meinem Zimmer und in den Flur. An der Tür zu Moms und Sams Schlafzimmer halte ich inne und lausche. Ich höre nichts. Sie schlafen.

Leise husche ich den Flur entlang zum Eingabefeld neben der Vordertür. Ein paar Sekunden lang zögere ich. Mom wird vermutlich nicht hören, dass ich den Sensor für mein Fenster deaktiviere, wenn ich den Code eingebe. Aber die Frage ist, soll ich das wirklich tun? Oder sollte ich Mom sagen, dass Vee hier draußen ist? Aber ich weiß, was dann passiert. Mom wird sich Sorgen machen und Vee wegschicken. Okay, vielleicht auch nicht; sie hat Vee schließlich in Wolfhunter gerettet. Aber ich darf das Risiko nicht eingehen.

Andererseits will ich hören, was Vee zu sagen hat.

Scheiß drauf.

Ich gebe den Code ein, der mein Fenster vom Alarmsystem abkoppelt. Bei dem Piepen, das das Eingabefeld von sich gibt, zucke ich zusammen, aber ich stehe hier im vordersten Zimmer, und Moms Schlafzimmer liegt weit hinten. Falls sie etwas hören sollte, kann ich einfach behaupten, ich hätte nur nachsehen wollen, ob der Alarm aktiviert ist.

Atemlos bleibe ich neben Moms Tür stehen, bis ich sicher bin, dass sie und Sam nicht aufgewacht sind, dann gehe ich zurück in mein Zimmer und schiebe die Fensterscheibe hoch. Der Regen ist kalt und tropft auf meine nackten Füße; ich muss mich zusammenreißen, um nicht laut zu quieken. Vee hat das

Fliegengitter bereits abgenommen. Einen Augenblick später ist sie im Zimmer und lässt einen durchnässten Rucksack auf den Teppich neben meinem Bett plumpsen. »Leise!«, zische ich und schiebe die Fensterscheibe wieder nach unten. Als ich mich umdrehe, umarmt Vee mich, und für einen Augenblick erstarre ich. Dann entspanne ich mich jedoch schnell wieder. Sie ist zwar klatschnass und riecht auch nicht sonderlich angenehm, aber sie fühlt sich toll an. »Was machst du hier?«, flüstere ich drängend.

Als ich mich von ihr löse und sie genauer ansehe, missfallen mir ihre glänzenden Augen. Sie sieht seltsam aus. Und irgendwie high. Ihr feuchtes Haar ist schmutzig und struppig. »Ich muss dein Bad benutzen«, flüstert sie als Antwort. »Kann ich duschen?«

O Mann. Ich kaue auf meiner Lippe und denke darüber nach. »Mach aber schnell«, ermahne ich sie. Ich hoffe, der Regen übertönt das Duschgeräusch. »Sei leise dabei. Und äh, wasch dir vielleicht die Haare!«

Sie grinst mich an, und Himmel, ich mag ihr Grinsen. Schon seit dem ersten Augenblick, als ich sie im Gefängnis gesehen habe. Sie hat versucht, völlig cool und stark zu wirken, aber ich habe die Person dahinter erkannt. Jemanden, der es wert ist, dass man ihn genauer kennenlernt. Vee hat Probleme, das ist mir klar, aber ich habe von Anfang an das Gefühl gehabt, dass sie mich auch irgendwie mag. Und jetzt ist sie hier.

Aber warum?

Vee verrät es mir nicht. Sie dreht sich um, wühlt in ihrem Rucksack und fördert eine Jogginghose, Unterwäsche und ein T-Shirt zutage. Ich bringe sie zur Tür und zeige ihr das Bad am Ende des Flurs. Sie winkt kurz und macht sich auf den Weg. Ich warte, bis sie drin ist und die Tür hinter sich geschlossen hat, dann begebe ich mich wieder zur Alarmanlage und aktiviere meinen Fenstersensor.

Der Regen übertönt das Geräusch der Dusche ziemlich gut, selbst ich kann es kaum hören, und Mom und Sam schlafen noch weiter entfernt. Zumindest ist Vee leise.

Angespannt warte ich und kaue auf meinen Fingernägeln herum, bis sie wieder zurück ist. Sie hat geduscht und sich umgezogen und lässt sich mit einem Seufzen auf mein Bett sinken. Ihre dunklen Haare sind feucht und tropfen auf das T-Shirt, sodass es an diesen Stellen durchsichtig wird. Sie sieht besser aus. Und nicht mehr ganz so high.

Ich beuge mich zu ihr vor und frage erneut: »Was zum Teufel machst du hier?«

»Na jaaa«, fängt sie an, und ihr ländlicher Dialekt zieht die Silben in die Länge. »Das Gericht hatte gesagt, sie würden mich bei meiner Tante wohnen lassen, aber die konnte mich dann doch nicht nehmen, also bin ich in einer Pflegefamilie gelandet, aber das seh ich ja gar nicht ein. Würdest du das, Lanta?«

Vee ist die Einzige, die mich Lanta als Abkürzung für Atlanta nennt; alle anderen sagen immer Lanny. Irgendwie gefällt mir ihre Variante. Und gleichzeitig bereitet es mir Sorge, dass sie mir gefällt. »Vermutlich nicht«, antworte ich. »Waren die Pflegeeltern gemein oder so?«

Sie zuckt mit den Achseln. »Die haben mir vorgeschrieben, wann ich ins Bett gehen soll, wann ich aufstehen muss, was ich anziehen soll, was ich essen soll. Das war mir echt zu viel.«

»Und dann bist du hierhergekommen? Du kennst doch meine Mom.«

»Deine Mom hat's echt drauf«, meint Vee. »Und sie hat mir das Leben gerettet, als die Cops in Wolfhunter mich beinahe umgebracht hätten. Und du auch.« Sie sagt das beiläufig, aber ich spüre Dankbarkeit. Spüre auch den Blick, den sie mir zuwirft. »Ich hab viel an dich gedacht, Lanta.«

Ich sage nicht, dass ich auch an sie gedacht habe, aber es ist so. Das habe ich. Nicht ernsthaft; ich war der Meinung, sie sei längst nicht mehr Teil meines Lebens. Aber Vee hat irgendetwas. Vielleicht reizt mich auch nur die Gefahr.

»Und was machst du jetzt?«, frage ich sie.

»So allgemein?« Sie zuckt mit den Schultern. »Du weißt schon. Mich rumtreiben.«

»Du bist einfach von deiner Pflegefamilie abgehauen?«

»Schon vor 'ner Weile, ja. Dann war ich plötzlich bei einer Bushaltestelle gar nicht weit weg und dachte mir, hey, ich könnte doch mal vorbeischauen. Und hier bin ich.«

Das passt hinten und vorn nicht zusammen. Ich weiß, dass sie mich anlügt, aber nicht, warum. »Hör mal, du kannst heute Nacht bleiben, aber du musst gehen, bevor meine Mom aufsteht, okay? Ich besorg dir was zu essen und …«

»Lanta.« Sie legt mir beide Hände auf die Schultern und beugt sich vor. Ich erstarre. Ihre Augen sind so hübsch, und mein Herz schlägt so schnell, dass es wehtut. »Atlanta Proctor, du musst nichts tun, was du nicht tun willst. Das weißt du doch, oder? Ich gehe, wenn du willst, dass ich gehe. Ist keine große Sache.«

Mir ist ganz warm. Und irgendwie fühle ich mich schwerelos. Seltsam. Ich möchte zu meiner Mutter laufen. Ich möchte dieses Mädchen küssen. Ich weiß nicht, was gerade los ist.

Ich antworte nicht. Ich lege mich einfach nur hin und schlage die Bettdecke zurück. Vee mustert mich ein paar Sekunden lang genau, dann schlüpft sie neben mir unter die Decke, und die Wärme, die von ihrem Körper ausgeht, lässt mich vergessen, wie man atmet.

Sie rückt näher an mich heran, und ich kann spüren, wie sie mich beinahe berührt. Erwartungsvoll erschaudere ich.

Ich spüre ihren warmen Atem in meinem Nacken, dann flüstert Vee: »Gute Nacht, Lanta.«

Ich unterdrücke ein Keuchen, strecke den Arm aus und lösche das Licht.

Ich glaube kaum, dass ich mit ihr neben mir schlafen kann. Meine Gedanken rasen. Mein Puls ebenso. Mir ist heiß und kalt, und ich bin gleichzeitig beschwingt und zu Tode erschrocken. Nichts hieran ist richtig, aber es ist mir egal. *Es ist mir egal.* In Wolfhunter habe ich kaum Zeit allein mit Vee verbracht; und als wir allein waren, hatten wir genug andere Probleme, um die wir uns kümmern mussten. Aber ich habe danach häufiger an sie gedacht. Es fühlt sich irgendwie surreal an, dass sie einfach so … aufgetaucht ist. Als wäre es nur ein Traum, und wenn ich aufwache, ist sie fort.

Als Vee ihre Arme um meine Taille schlingt und mich an sich zieht, stöhne ich. Es fühlt sich so gut an. Es fühlt sich an wie der beste Kuss auf der ganzen Welt, dabei haben wir uns gar nicht geküsst.

Ich spüre ihren Seufzer in meinem Nacken und dann … schläft sie einfach ein. Ich bemerke es. Ich spüre, wie sie sich entspannt. Höre, wie sich der Rhythmus ihrer Atmung ändert.

Sie ist betrunken oder high oder irgendwas, ermahne ich mich selbst. *Du solltest sie nicht hier so liegen lassen. Du solltest nicht mit ihr im Bett liegen. Steh auf.*

Aber ich tue es nicht.

Ich schlafe ebenfalls ein, trotz all der Ängste, Unsicherheiten und der Sehnsucht in mir.

Denn so falsch das auch sein mag, Vee Crockett gibt mir ein Gefühl der … Sicherheit. Dabei weiß ich, wie falsch das ist, denn mit Vee ist man nicht sicher. Vielleicht ist es ja auch nur dieses Gefühl, na ja, wieder gewollt zu sein.

Vee behauptet, sie sei meinetwegen hergekommen.

Möglicherweise lügt sie ja nicht.

Ich wache davon auf, dass Vee sich bewegt. Sie löst ihre Arme von mir und gähnt. Ich blinzle in Richtung des trüben Lichts, das durch das Fenster hereinfällt. Es dämmert noch nicht, lange wird es jedoch nicht mehr dauern. Mom wird bald aufstehen, wenn sie es nicht bereits getan hat. Verdammter Mist, ich muss Vee hier rausschaffen. Und zwar schnell.

Ich schlüpfe aus dem Bett und halte einen Finger an meine Lippen, während ich meine Hausschuhe überstreife. Vee lächelt mich warm und träge an und kuschelt sich in die Kissen, als hätte sie vor, für immer dort zu bleiben. Ich öffne die Tür und lausche. Noch nichts zu hören. Ich haste den Flur hinunter bis ins Wohnzimmer, und gerade als ich den Code für mein Fenster eingebe, höre ich, wie Sams Wecker losgeht. Verdammt, verdammt, verdammt! Beinahe drücke ich daneben, so schnell versuche ich zu tippen. Aber ich schaffe es, rase zurück in mein Zimmer und verriegele die Tür hinter mir. Ich höre Mom und Sam aufstehen.

»Du musst gehen«, flüstere ich Vee zu. »Jetzt. Sofort!« Ich ziehe sie in eine aufrechte Position. Sie zwinkert mir zu, gähnt noch einmal und steckt dann ihre Füße in die Stiefel, die sie auf dem Boden liegen gelassen hat. Ihre mittlerweile trockenen Haare stehen wild in alle Richtungen ab, aber das scheint sie nicht zu kümmern. Sie stopft ihre schmutzigen Klamotten in den Rucksack. Ich öffne das Fenster. Sie wirft den Rucksack raus, setzt sich auf die Fensterbank und sieht mich an, während sie ihre Füße wie ein kleines Kind baumeln lässt.

»Kann ich heute Abend wiederkommen?«, fragt sie. Ich schüttle den Kopf. »Ach, komm schon. Das war doch ein großer Spaß, oder? Und es war schön. Ich hab dich doch nicht bedrängt.«

»Vee, wenn meine Mom dich hier findet, flippt sie aus. Du müsstest eigentlich bei deiner Pflegefamilie sein! Du kannst nicht einfach … weglaufen.«

»Und ob ich das kann. Wenn ihr mich dorthin zurückschickt, mache ich es einfach wieder.« Ihr Lächeln verblasst. Ich nehme die kühle Distanz in ihren Augen wahr, dieselbe, die ich in Wolfhunter gesehen habe, als sie im Gefängnis saß. Vee ist kompliziert. Und ich weiß, dass sie am Tod ihrer Mom zu knabbern hat und das Ganze vermutlich auf die schlechte Art verarbeitet, mithilfe von Alkohol und Drogen. Meine Mutter bringt mich so was von um, wenn ich ihr nicht erzähle, dass Vee hier ist.

Trotzdem bin ich mir immer noch nicht sicher, ob ich es tun soll.

»Komm heute Abend wieder«, gebe ich schließlich nach. »Vielleicht kann ich dann deine Klamotten waschen.« Ich habe keine Ahnung, warum ich ihr das anbiete, aber jetzt habe ich es bereits gesagt, und es ist zu spät, denn Vees Lächeln macht mich ganz schwach.

Sie küsst mich, schnell und leidenschaftlich, rollt sich rückwärts aus dem Fenster und landet wie bei einer Kür auf dem Boden. Schon ist sie in Bewegung und verschwindet aus meinem Blickfeld. Schnell schließe ich das Fenster und versuche, wieder zu Atem zu kommen. Ich fühle mich fiebrig.

Jemand klopft an die Tür. Ich zucke zusammen, laufe hin, schließe auf und reiße die Tür auf. »Was ist denn?« Ich klinge zickig. »Ich bin schon aufgestanden!«

Es ist Mom, und sie sieht nicht erfreut aus. »Du hast überall im Bad deine Handtücher herumliegen lassen«, mahnt sie streng. »Das ist doch gar nicht deine Art, Lanny. Räum die sofort weg.«

Ich habe Angst, sie hat Vee vom Haus weglaufen sehen, oder dass sie irgendwie einfach weiß, was heute Nacht los war, als stünde es mir in leuchtenden Neonbuchstaben auf die Stirn geschrieben oder so etwas. Aber dem ist nicht so.

Ich sprinte ins Bad. Es ist das reinste Chaos. Vee hat auf dem Boden Shampooflaschen und nasse Handtücher verstreut. Ich stopfe die Handtücher in die Waschmaschine, dann gehe ich zurück ins Bad und mache sauber. Als ich endlich fertig bin, sieht das Bad wieder okay aus, und ich habe mich beruhigt. Zumindest etwas.

»Tut mir leid«, murmele ich zu Mom gewandt, als ich die Küche betrete. »Ich glaube, ich bin schlafgewandelt.«

»Ach, tatsächlich?«

»Vielleicht war ich einfach nur völlig übermüdet.«

Sie glaubt mir kein Wort.

Ich habe Vee gesagt, sie soll wiederkommen.

O mein Gott.

Das wird nicht gut ausgehen. Nie im Leben.

Kapitel 6

Gwen

An diesem Morgen mache ich es offiziell: Mit dem dafür vorgesehenen Formular des Staates Tennessee melde ich meine Kinder vorschriftsgemäß aus dem Norton Independent School District ab und schreibe sie anschließend an der Tennessee Virtual Academy ein. Sowohl Lanny als auch Connor wirken erleichtert, und ich bin es ebenso. Ich treffe Vorkehrungen, um später am Tag den Inhalt ihrer Spinde abzuholen, und das war's. Ich überlege, ob ich gleich einen Makler anrufen soll, aber eigentlich weiß ich, dass ich noch genauer über einen Umzug nachdenken und auch mit den Kindern darüber sprechen muss. Wir müssen das als Familie entscheiden. Wenn es nach meinem Impuls ginge, würde ich sofort aus Stillhouse Lake wegziehen, aber meine Kinder waren in den letzten Jahren immer wütend über meine Tendenz, davonzulaufen. Ich habe es stets getan, um sie zu schützen, aber ich verstehe ihren Frust darüber. Wenn wir diesmal umsiedeln, müssen wir das gemeinsam entscheiden.

Ich bin froh darüber, dass die Kinder die Belastung durch die Schule los sind, aber es erschwert mir, meiner Arbeit nachzugehen. Ich hatte vor, heute nach Knoxville zu fahren und die

Mutter des vermissten jungen Mannes zu befragen, den ich aufspüren soll, aber obwohl Lanny darauf besteht (logisch), dass sie und Connor allein zurechtkommen, während Sam bei der Arbeit ist, kaufe ich ihr das nicht ab. Nachdem ich dafür gesorgt habe, dass sich die beiden in ihre neue virtuelle Schule einloggen, um ihre Aufgaben zu erhalten, beordere ich sie in den Wagen.

Roadtrip.

Sie sind nicht davon begeistert, was zwar anstrengend, aber auch typisch ist; sie haben mittlerweile beide das Alter erreicht, wo alles, was ich von ihnen will, eine schreckliche Bürde darstellt. Andererseits weiß ich, dass es ihnen hinter dieser Fassade des Widerwillens ganz gelegen kommt. Lanny ist nach ihrer seltsamen Vorstellung heute Morgen recht verhalten; sie kommt langsam wieder aus sich heraus, als wir im SUV sitzen und unterwegs sind – natürlich mit Donuts –, und verlangt, dass wir ihren Fahrten-Soundtrack laut abspielen. Ich gestatte das, weil es mir das Leben leichter macht und meine Tochter tatsächlich einen anständigen Musikgeschmack hat.

Connor befragt mich zu dem Fall, an dem ich arbeite.

»Es geht um einen vermissten Collegeschüler«, erkläre ich. »Sein Name ist Remy.«

»Ein *Schüler*«, wiederholt mein Sohn erstaunt. »Ich dachte, nur Frauen werden vermisst.«

Das ist beunruhigend, aber ich verstehe, warum er das denkt. In den Nachrichten ist meist nur die Rede von vermissten Kindern, Teenagermädchen und erwachsenen Frauen. Bevorzugt weiß und hübsch. Dass die großen Sender in den Hauptnachrichten nach einer vermissten farbigen Frau suchen, ist dagegen deutlich seltener.

Und so gut wie nie geht es in den Meldungen um einen Mann, egal welcher Ethnie, obwohl es natürlich auch bei Männern Vermisstenfälle gibt.

Connor ist weiterhin neugierig. »Ist ihm irgendetwas zugestoßen?«

»Möglicherweise. Er ist eines Nachts verschwunden, als er mit seinen Freunden unterwegs war.«

»Vielleicht will er nicht gefunden werden.«

»Collegeschüler laufen nicht weg«, erklärt Lanny naseweis. »Die sind schließlich schon von zu Hause weggelaufen. Völlig legal.«

»Manchmal laufen sie vor anderen Dingen davon«, widerspreche ich. »Dem Leben. Der Verantwortung. Problemen in Beziehungen. Und es ist ebenso möglich, dass die vermisste Person mit den falschen Leuten in Kontakt gekommen ist, Drogen genommen hat oder einen Nervenzusammenbruch hatte. Vielleicht sogar einen Unfall, auch wenn das bei dem jungen Mann, den ich suchen soll, eher unwahrscheinlich ist. Im Augenblick gibt es keinerlei Anhaltspunkte. Deshalb werde ich mit seiner Mom sprechen, um mir ein genaueres Bild davon zu machen, wer er war und was passiert sein könnte.«

»Können wir mit reinkommen?«, fragt Lanny. Sie hasst es, außen vor gelassen zu werden, und ich muss zugeben, dass sie durchaus in der Lage ist, mit ernsten Problemen umzugehen. Doch ihr Verhalten von heute Morgen bereitet mir Sorgen. Ich weiß nicht, was in ihrem Kopf gerade vor sich geht.

»Tut mir leid, nein. Das geht nicht«, lehne ich ab. »Das ist meine Arbeit, und meine Klientin wird sich mir nicht öffnen, wenn ich euch mitnehme. Von daher … habe ich gedacht, ich könnte euch zu diesem Seilrutschen-Park bringen, den ihr so mögt …«

»Navitat?« Connor schlägt Lanny mit seinem Begeisterungsruf um ein paar Sekunden. »Cool.«

»Ja, Navitat. Ich überlasse euch für einige Stunden euch selbst und hole euch dann wieder ab. Lanny …«

»Ich hab die Verantwortung«, wirft sie ein. »Als wäre mir das nicht klar.« Aber sie ist nicht verärgert. Connor auch nicht, was das angeht; meine Kinder haben sich in letzter Zeit wieder einander angenähert. Und betteln mich die ganze Zeit an, sie etwas mehr von der Leine zu lassen. Navitat ist ein geschützter Ort mit ordentlichen Sicherheitsvorkehrungen, und ich kann den beiden so weit vertrauen.

Obwohl ich es eigentlich nicht will.

Es ist nur für ein paar Stunden, versichere ich mir selbst und versuche, nicht an all die Menschen da draußen zu denken, die meinen Kindern nur zu gern Angst einjagen, ihnen wehtun oder sie sogar töten würden. Zusätzlich zu den üblichen Kinderschändern laufen hier draußen auch noch meine persönlichen Feinde herum, die jederzeit die Chance ergreifen würden, Melvin Royals Opfer zu »rächen« – ihre Wortwahl, nicht meine –, indem sie seine Familie ausmerzen. Einige von ihnen haben zumindest halbwegs einen Anlass, da sie selbst einen ihrer Lieben verloren haben. Die meisten jedoch brauchen lediglich einen Vorwand, um ihrem Hass nachgeben zu können.

Doch meine Kinder sind jetzt in einem Alter, in dem ein wenig Freiheit ihnen dabei helfen kann, mehr auf ihre eigenen Fähigkeiten zu vertrauen. Das gehört zum Erwachsenwerden dazu.

So schwer mir das Loslassen auch fällt.

Wir kommen in Knoxville an. Die Stadt ist recht interessant. Die Winter können kalt werden, auch wenn es nur selten schneit; Vereisungen sind meist das größere Problem. Heute scheint die Sonne mit Temperaturen um die zwanzig Grad, das verleiht der Stadt einen Glanz, den sie eigentlich nicht verdient.

Für eine ansonsten typische Kleinstadt in den Südstaaten hat es hier eine auffallend hohe Anzahl schrecklicher Morde gegeben. Während wir die Stadt durchqueren, passieren wir eine Reihe an sich unscheinbarer Plätze, die ich jedoch als Orte erkenne, wo Leichen gefunden, Verbrechen begangen und Mörder gefasst wurden. Es ist nicht so, dass ich mich an diese Hintergründe erinnern will. Ich habe nur keine große Wahl. Nach Melvin, nach seinen Entführungen und Ermordungen junger Frauen unter dem Dach des Heims, das wir miteinander geteilt hatten … da *musste* ich verstehen, warum er so war, wie er war. Also tauchte ich tief in einen sehr finsteren Abgrund. Ich kann nicht behaupten, dass ich dadurch klüger geworden bin, aber zumindest bin ich … mehr auf der Hut.

Knoxville – und Nashville noch stärker – verbergen hinter ihrem Glanz eine Dunkelheit, zumindest für mich.

Glücklicherweise gibt es in der Historie von Navitat – das auf Naturlehrpfade und Seilrutschen-Abenteuer spezialisiert ist – keine Horrorgeschichten; das Gelände ist gepflegt und gut überwacht. Ich gebe Lanny und Connor etwas Taschengeld, nehme ihnen das Versprechen ab, einander keine Sekunde aus den Augen zu lassen, und frage sie noch einmal unsere Notfallmaßnahmen ab. Sie kennen das Prozedere. Schreien und weglaufen. Notfallanrufe mit ihren Handys. Aufmerksamkeit erregen und sich Hilfe suchen. Niemals zulassen, dass sie irgendwo allein angetroffen werden können. Ich bestehe darauf, auch wenn ich weiß, dass Kinder und Jugendliche immer einen Grund und eine Möglichkeit finden, Regeln zu brechen und Risiken einzugehen, wenn sie das wollen. Ich kann nur darauf hoffen, dass sie im Fall des Falles zuvor eine Sekunde zögern und noch einmal genauer nachdenken.

»Taschenalarm?«, frage ich sie. Sie zeigen mir beide ihre Schlüsselanhänger. Die Geräte aktivieren einen Alarm auf meinem Handy, außerdem lösen sie einen ohrenbetäubenden Lärm aus, von dem ich hoffe, dass ich ihn niemals wieder hören muss. »Okay, passt auf euch auf, denkt immer gut nach und seid …«

»Vorsichtig, jaja, schon klar«, erwidert Connor und steigt aus dem SUV. Dann steckt er noch einmal den Kopf herein. »Danke, Mom.«

»Ich hab dich lieb.«

Er hat jetzt ein Alter erreicht, in dem er sich bei so einer Ansage nur noch zu einem Nicken durchringen kann. Eine verbale Erwiderung würde sich ohnehin falsch anfühlen. Spielt keine Rolle. Ich weiß, dass er mich auch lieb hat.

Lanny umarmt mich kurz und ist dann gleich weg.

Ich warte am Straßenrand, bis ich gesehen habe, wie beide das Sicherheitstor passieren, dann gebe ich die Adresse von Remys Mutter ein.

Fünfzehn Minuten entfernt.

Ich fahre in die angegebene Richtung und lande schließlich nicht in einem Mittelklasse-Vorort, sondern in einem geschäftigen Viertel mit Apartments. Ich wusste, dass Remys Mutter nach Knoxville gezogen ist, aber das hier ist kein Ort, an den eine Frau mittleren Alters passt. Jeder, den ich hier sehe, ist unter dreißig, die meisten tragen einen Rucksack und sind auf dem Weg zur Uni oder kommen gerade von dort.

Dann wird es mir klar. *Sie wohnt im Apartment ihres Sohnes.* Er ist seit drei Jahren fort, und sie bezahlt die Miete und … wartet. Ich atme tief durch. Denke darüber nach, was ich in ihrer Situation tun würde, wenn die Polizei aufgegeben hätte und der Fall als ungeklärt zu den Akten gelegt würde. Wenn Connor verschwunden wäre und ich ihn nicht finden könnte, wäre ich dann in der Lage, den Ort aufzugeben, der einst ein Heim für ihn gewesen war?

Nein. Das käme mir vor, als würde ich ihn aufgeben.

Die Adresse führt mich zu einem eher nichtssagenden Apartmentblock, der aus den Achtzigern zu stammen scheint. Zumindest wurde er regelmäßig instand gesetzt und gestrichen. Die Wohnungsnummer in meinen Aufzeichnungen lautet 303.

Ich parke und nehme die Treppe. Im zweiten Stock hat jemand einen hübschen Farn hingestellt, der Sonne tankt, sodass es hier angenehm nach feuchter Erde riecht, was den schwachen Geruch nach Staub, Alter und Holzfäule übertüncht.

Ich klopfe an die verblasste braune Tür mit der angelaufenen Nummer 303 darauf.

»Wer ist da?« Ein Schatten verdunkelt den Türspion.

»Gwen Proctor. Ich arbeite für J. B. Hall. Ich vermute, sie hat Sie bereits kontaktiert, um Bescheid zu geben, dass ich komme. Ich bin Privatermittlerin«, erkläre ich. »Ich würde mit Ihnen gern über Ihren Sohn Remy sprechen.«

Ich mache keine Frage daraus. Ich bin niemand, der zögerlich vorgeht. Und sie reagiert innerhalb weniger Sekunden, indem sie die Tür ein Stück weit öffnet. »Haben Sie einen Ausweis?«

Schweigend hole ich mein Portemonnaie heraus und zeige ihr meine Lizenz als Privatermittlerin und meinen Ausweis mit Foto. Sie öffnet die Tür vollständig und geht zwei Schritte zurück, daher trete ich über die Schwelle.

Es ist, als würde man ein Grab betreten, in dem jemand lebt. Alles sieht normal aus … die Lampen brennen, die Jalousien sind hochgezogen. Aber diese Wohnung wirkt bis in den letzten Winkel wie die eines jungen Mannes, von den Sportpostern an der Wand (bevorzugt Fußball) bis zu einer ausgefransten Couch mit Karostoff, die die meisten Frauen vermutlich sofort rausschmeißen würden. Eine Spielekonsole neben dem großen Fernseher. Zwei Controller, die perfekt positioniert wie Denkmäler auf dem Couchtisch liegen. Über der Lehne eines Gaming-Stuhls hängt noch ein Hoodie, und in der Nähe stehen ein paar ausgelatschte Sneakers.

Als wäre er gerade noch hier gewesen. Als wäre er nur mal eben kurz weggegangen, während dieses Leben hier wie ein Spiel auf Pause steht.

Was nicht dazu passt, ist die Frau vor mir. Sie ist mindestens zehn Jahre älter als ich, sieht aber noch älter aus. Eine Art Grauschleier hängt über ihr, als wäre sie der Geist, der in dieser Wohnung spukt, nicht ihr Sohn. Sie trägt eine einfache schwarze Hose und einen weichen Pullover mit dem Siegel der University of Tennessee darauf. Er sitzt ein wenig eng, und ich frage mich, ob er wohl Remy gehört – gehörte. Bei dem Gedanken werde ich ein wenig traurig und gleichzeitig vorsichtig.

»Ich bin Ruth«, sagt sie und reicht mir die Hand. »Ruth Landry.« Ein leichter Cajun-Dialekt klingt durch, aber ich glaube nicht, dass sie aus der Gegend stammt. Vermutlich eingeheiratet. »Danke, dass Sie unseren Fall übernommen haben, Mrs Proctor.«

Ich weiß nicht, warum sie annimmt, dass ich eine Mrs bin, aber ich korrigiere sie schnell und effizient. »Ms oder Gwen genügen«, meine ich und mildere die Aussage mit einem Lächeln ab. »Ich bin schon eine Weile keine Mrs mehr, und das ist auch gut so.«

»Oh«, meint sie nur, dann fällt ihr offenbar nichts mehr ein, was sie sonst noch sagen könnte. Sie scheint meinen Namen nicht zu erkennen. Vermutlich hat sie ihr Leben in einer Blase voller netter Dinge verbracht, die nette Menschen erleben, bis das Verschwinden ihres Sohnes sie brutal in die Realität gezerrt hat.

Ich bin ehrlich dankbar dafür, für sie ein völlig normaler Mensch zu sein. Und mehr als nur ein bisschen traurig, dass das nicht häufiger passiert.

»Ich bin hier, um Sie zu Ihrem Sohn zu befragen«, beginne ich, und sie nickt. Sie wirkt unbeholfen und nervös, als hätte sie völlig vergessen, wie man mit Fremden umgeht. »Könnte ich Sie wohl um ein Glas Wasser bitten, Ma'am?«

Das gibt ihr etwas zu tun, und während sie das Glas füllt, studiere ich die Wohnung noch etwas genauer. Obwohl ich nicht damit rechne, dass sie mir rein äußerlich mehr verraten kann, als ich bereits weiß.

Sie reicht mir das Glas, an dem die Wassertropfen wie Juwelen hinuntergleiten, ich nehme es entgegen und trinke einen Schluck. Es hat einen überraschend chemischen Beigeschmack. Ich bin an das Wasser vom Land gewöhnt, und in Norton und rund um Stillhouse Lake schmeckt das Wasser wirklich gut. Städtisches Wasser … eher nicht. Ich nehme noch einen Schluck und stelle das Glas dann auf einem Untersetzer ab, während sie mir bedeutet, mich zu setzen. Ich entscheide mich für den Gaming-Sessel, sie nimmt die Couch. Es ist seltsam. Als würde Remy gleichzeitig mit mir darin sitzen. Der Sessel ist bequem und fühlt sich an, als wäre er häufig genutzt worden. Ich kann ihn mir hier vorstellen – nein, Augenblick, ich habe ihn ja tatsächlich hier in diesem Sessel sitzend gesehen. Auf Fotos in seinen sozialen Medien, wo er die langen Beine auf dem Couchtisch ausgestreckt hatte und diesen Spielecontroller in der Hand hielt.

Ich beuge mich vor, um nicht weiter in Traurigkeit zu versinken, und hole mein Handy hervor. »Mrs Landry, macht es Ihnen etwas aus, wenn ich das Gespräch aufzeichne? Es hilft mir, wenn ich mich voll auf unsere Unterhaltung konzentrieren kann und keine Notizen machen muss.«

»Natürlich, was immer Sie wollen«, meint sie. Ich glaube ihr. In ihren Augen brennt ein fiebriges Licht der Hoffnung. Ich bin der erste Mensch, der seit langer Zeit hier ist und sie bittet, über ihren Sohn zu sprechen, was ihn für kurze Zeit wieder realer macht. »Wo soll ich anfangen?«

»Fangen wir mit dem letzten Mal an, als Sie mit ihm gesprochen haben«, antworte ich und sehe, wie sie leicht zusammenzuckt. Unangenehmes Terrain. Sie blickt zu Boden. Ihre Haut ist bleich, die gesunde Louisiana-Bräune weicht langsam einer Blässe. Die Haut wirkt außerdem trocken und ungepflegt, genau wie ihre Haare. Ich kritisiere sie nicht dafür, nicht einmal in Gedanken. Ich merke mir nur die Details. Ich habe Fotos von ihr vor seinem Verschwinden gesehen, und auf denen wirkte sie wie jemand, der sich gut um seinen Körper kümmert und stolz auf sein gepflegtes Aussehen ist. Jetzt hat sie all das offensichtlich als verschenkte Liebesmüh aufgegeben.

»Es war kein allzu positives Gespräch«, gibt sie zu. »Ich wünschte … Na ja. Wünschen hilft ja nichts, nicht wahr?« Ich antworte nicht, daher redet sie schnell weiter. »Mein Remy war ein guter Junge, er war nur … Sie wissen schon, nicht mehr so wirklich bereit, auf seine Mama zu hören. Kann ich ihm nicht vorwerfen. Er wurde langsam erwachsen und glaubte, er wüsste alles selber am besten.«

Ich warte. Sie will auf etwas hinaus. Und richtig, endlich platzt es aus ihr heraus. »Ich fürchte, wir hatten einen kleinen Streit.«

»Worüber?«, frage ich.

»Über dieses Mädchen, das er gemocht hat.«

»Wie hieß sie?«

»Carol«, erwidert sie. »Von irgendwo aus dem Norden.« Sie tut den ganzen Norden mit einer Handbewegung ab. »Stadtmenschen.«

Ich mache sie nicht darauf aufmerksam, dass auch sie in einer Stadt wohnt. Ich nicke nur. »Okay. Sind Sie Carol jemals begegnet?«

»Nein. Er hat nur immer mal wieder von ihr gesprochen. Er hat gesagt, er wolle ihr helfen. Ich hielt das für keine gute Idee. Für mich klang es so, als wäre sie eine Art Landstreicherin. Und sehr religiös.«

»War sie seine Freundin? Hatten die beiden Dates?«

»Nein. Er hat gemeint, sie sei nur eine Freundin, die Hilfe braucht. Aber ich weiß nicht, ob das die ganze Wahrheit war. Er hatte dieses Mädchen namens Karen Forbes, sie war sehr nett, aber ich glaube nicht, dass sie ihn so sehr mochte wie er sie. Sie war im ersten Semester an der Universität. Biologiestudium, glaube ich. Sehr klug.«

»Kennen Sie auch den Nachnamen von Carol?«

»Nein, den hat er nie erwähnt, und da sie nicht seine Freundin war, habe ich auch nicht nachgefragt.«

»Gibt es irgendwelche Fotos oder vielleicht ein paar Kontaktdaten von Karen Forbes, die Sie mir geben könnten?«

»Ich schaue mal nach.« Sie eilt in Richtung eines Raumes, von dem ich annehme, dass es das Schlafzimmer ist. *Sie schläft in seinem Bett. Trägt seine Kleidung.* Oje. Das ist nicht gut. Ich frage mich, ob ihr Mann die Tiefe der Obsession seiner Frau versteht. Aber ich bin nicht als Therapeutin hier. Ich bin hier, um ihren Sohn zu finden, und mir ist klar, dass Ruth Landry erst dann wieder ins Leben zurückfinden kann, wenn sie weiß, was mit ihrem Sohn geschehen ist, ob er nun lebt oder tot ist. Ungewissheit ist einfach nur die Hölle.

Sie kommt mit einem gerahmten Foto zurück – Remy, mit seinem offenen Lächeln, einen Arm um eine junge Frau gelegt. Sie ist blond, groß, kurvenreich und hat ein fotogenes Lächeln. Hübsch und lebhaft. Das Bild verrät mir sonst nichts über sie, aber ich nehme es, stelle es auf den Couchtisch und mache ein Foto davon für die Unterlagen. Dann drehe ich den Rahmen um und ziehe das Bild heraus, in der Hoffnung, auf der Rückseite eine Notiz zu finden. Aber es handelt sich um blankes Fotopapier. Ich stecke die Aufnahme zurück in den Rahmen und reiche ihn Ruth. Sie stellt das Bild wieder auf dem Couchtisch ab und starrt es an.

»Er hat es ziemlich ernst mit ihr gemeint«, verrät sie mir. »Ernster, als er es in seinem Alter hätte tun sollen. Ich wollte ihn wieder zu Hause haben. Sein Vater wollte, dass Remy das Geschäft übernimmt. Aber daran war er nicht interessiert. Ich glaube, er wollte Karen bitten, ihn zu heiraten. Ich weiß allerdings nicht, ob sie Ja gesagt hätte, oder falls sie es getan hätte, ob die beiden lange glücklich gewesen wären.«

»Was für ein Geschäft führt Ihr Mann denn?«, frage ich sie. Vermutlich steht das in den Unterlagen, aber mit meinen Fragen halte ich sie zumindest beschäftigt. Sie scheint ihren Blick nicht vom Gesicht ihres Sohnes abwenden zu können.

»Ein Autohaus«, sagt sie. »Das größte in unserer Gemeinde. Wir verkaufen auch Boote. Mit denen machen wir ebenfalls ein gutes Geschäft. Und dann noch ein paar Wohnmobile, aber die meisten davon sind gebraucht.«

Ich nicke. Ich kann mir kaum vorstellen, dass sie das Apartment in letzter Zeit verlassen hat, mit »wir« meint sie also vermutlich »mein Mann«. Ihre Aufgabe ist es jetzt, dieses Grab zu pflegen. »Okay. Vielen Dank, das ist sehr hilfreich. Reden wir jetzt noch etwas mehr über Remy, wenn das in Ordnung ist … in Ihrem letzten Gespräch ging es also um diese Carol, ja?«

»Streit«, korrigiert sie. »Nun ja, mehr oder weniger. Mir gefiel nicht, dass er sich mit jemandem abgab, der Probleme hatte wie diese Carol.«

»Was für Probleme waren das?«

Sie schüttelt den Kopf. »Das weiß ich nicht so genau. Er hat mir keine Details verraten und wurde ungehalten, als ich versucht habe, mehr von ihm zu erfahren. Dann haben wir darüber gestritten, dass er Thanksgiving mit Karen und ihrer Familie verbringen wollte, können Sie sich das vorstellen? In Connecticut! Ich habe das entschieden abgelehnt und gesagt, nein, Remy, du kommst nach Hause. Lass dieses Mädchen Zeit mit ihrer Familie verbringen und verbring du Zeit mit deiner. Das hat ihm nicht gefallen, er hat mir aber nur gesagt, er würde darüber nachdenken.« In ihren Augen schimmern Tränen, und ihr Gesicht rötet sich, so sehr lastet die Trauer auf ihr. Ihre Stimme schwankt jetzt leicht. »Es war nur noch eine Woche bis Thanksgiving, als wir dieses Gespräch hatten, wissen Sie? Ich hatte das Essen bereits geplant. Er hat gesagt, ich solle einfach damit weitermachen, während er darüber nachdenkt, also habe ich das getan. Selbst als ich ihn nicht erreichen konnte, um sicherzustellen, dass er kommt, habe ich das Abendessen gekocht. Ich dachte, er würde einfach auftauchen. Oder zumindest anrufen. Aber dann saßen wir am Tisch und ...«

Sie bricht weinend zusammen. Ich sehe die Situation vor meinem inneren Auge – die am Tisch versammelte Familie, der leere Platz, das Essen, das in den Schüsseln kalt wird, während sie vor sich hinstarren und warten und warten, bis klar wird, dass es kein Thanksgiving-Wunder geben wird, dass kein Remy an der Tür klopft, sie mit diesem fröhlichen, wundervollen Grinsen begrüßt und ihnen sagt, wie leid es ihm tue, dass sie sich seinetwegen Sorgen gemacht haben.

Ich schiebe eine Schachtel Kleenex, die auf dem Tisch steht, in ihre Richtung, und sie nimmt sich ein paar und presst sie sich schluchzend gegen das Gesicht. Es dauert eine Weile, bis sie sich wieder beruhigt, und während ich warte, rieche ich etwas Gebackenes. Ich frage mich, ob der Geruch aus einer anderen Wohnung kommt, doch dann klingelt ein Küchenwecker. Ruth keucht und springt auf, wobei die Taschentücher, die sie fallen lässt, in Richtung Couchtisch flattern.

Sie läuft in die Küche. Ich folge ihr und bleibe im Türrahmen stehen, während sie sich Ofenhandschuhe überzieht und ein Blech mit Keksen aus dem Backrohr holt. Sie stellt es auf dem Herd ab und schenkt mir ein zittriges Lächeln. »Remys Lieblingskekse«, erklärt sie. »Erdnussbutter-Schoko-Kekse.« Sie nimmt das Blech erneut, platziert es auf der Arbeitsplatte unter dem Fenster und öffnet es, sodass eine Brise hereinweht. »Möchten Sie einen?«

»Gern.«

Gekonnt lässt sie einen Keks vom Backblech auf einen kleinen Teller gleiten und reicht ihn mir. »Einen Kaffee dazu?«

Ich nicke, und sie gießt mir eine Tasse aus einer bereitstehenden Kanne ein. Wir setzen uns mit Kaffee und Keksen an den kleinen Küchentisch. Ruth sieht mich an. »Die mache ich zurzeit jede Woche. Als ich hier eingezogen bin, anfangs, sogar jeden Tag. Ich denke immer … Ich denke immer, wenn er diesen frischen Keksduft riecht, kommt er vielleicht nach Hause. Ich öffne das Fenster, damit er sie da draußen auch riechen kann. Wo auch immer er ist. Ich sollte zwar damit aufhören, kann es aber nicht. Dumm, oder?«

Ich koste den Keks. »Der ist wirklich lecker«, versichere ich. »Und nein. Das ist überhaupt nicht dumm. Vielleicht verzweifelt und schmerzhaft, aber das ist normal, Ruth. Sie brauchen ein wenig Hoffnung.«

»Ja, die brauche ich.« Sie atmet tief durch, trinkt etwas Kaffee und reißt sich sichtlich zusammen. »Glauben Sie, dass er tot ist, Ms Proctor?«

»Ich weiß es nicht«, erkläre ich ihr, was zwar die Wahrheit ist, aber vielleicht nicht die volle Wahrheit. »Ich fange gerade ganz von vorn an. Ich werde alles durchgehen. Die Polizei ist zwar gründlich, aber sie hat noch viele andere Prioritäten, viele andere wichtige Fälle. Es ist nicht so, als würden sie es nicht versuchen, aber wenn es keine neuen Hinweise mehr gibt, müssen sie sich dem nächsten kritischen Fall, vielleicht einer anderen Familie, zuwenden. Wir dagegen können uns mehr Zeit für Ihren Fall nehmen. Und ich verspreche Ihnen, ich werde überaus gründlich sein.«

Mittlerweile sieht sie mich seltsam an. Runzelt leicht die Stirn. Ihr Blick zeigt, dass sie mich nun als Person wahrnimmt, nicht mehr nur als Platzhalter. »Sie kommen mir irgendwie bekannt vor. Kenne ich Sie?«, fragt sie.

»Wir sind uns nie begegnet«, erwidere ich. Ich weiß, worauf das hinausläuft. Ich will nur nicht dabei helfen. Ich beiße noch ein Stück von dem Trauerkeks ab. »Ruth, hier geht es nicht um mich. Hatte Remy ein Auto?«

»Ein Auto? Ja. Das steht hier. In der Garage der Wohnung. Die Polizei hat es untersucht und nichts gefunden. Er ist in jener Nacht nicht damit gefahren.«

»Okay. Mit wem ist er ausgegangen?«

Sie zählt die Namen so selbstverständlich auf, als wären es ihre eigenen lebenslangen Freunde. Es wirkt wie eine Art Mantra. Ich stelle sicher, dass mein Rekorder alle erfasst, obwohl die Liste klingt wie diejenige, die wir bereits in der Akte haben. Ich gehe nur gern auf Nummer sicher.

»Hat Remy in den Wochen vor seinem Verschwinden irgendwelche seltsamen Geschehnisse erwähnt?«, frage ich. »Anrufe, E-Mails, irgendetwas Merkwürdiges in seinen sozialen Medien?«

»Nein. Nichts. Er hat ein paar alte Briefe und Karten von Freunden und Freundinnen aufgehoben. Wollen Sie die?«

»Ja«, stimme ich zu. »Ich kann einfach Fotos davon machen, dann können Sie sie behalten. Und gern auch alles über diese Carol, der er geholfen hat.«

Sie nickt, aber ich merke, dass sie noch immer über mich nachdenkt anstatt über ihren Sohn. Vielleicht ist das besser. Vielleicht auch nicht. »Ich weiß, dass ich Sie schon irgendwo gesehen habe«, wiederholt sie und schüttelt den Kopf. »Nun ja. Ich hole Ihnen die Sachen.« Sie steht auf. Ich ebenfalls.

»Macht es Ihnen etwas aus, wenn ich mich umsehe?«, frage ich sie. »Nur, um ein Gespür für die ganze Sache zu bekommen.«

»Oh. Natürlich, machen Sie ruhig.«

Ich nehme den Kaffee mit – er ist frisch und schmeckt, und ich habe schon vor langer Zeit gelernt, dass Kaffee die

Laune hebt. Ich trinke ihn schlückchenweise und schaue mir nebenbei als Erstes das Wohnzimmer genauer an. Remy war keine große Leseratte, aber er liebte seinen Sport. Die meisten Bücher in dem einzigen Buchregal sind entweder Lehrbücher, alte Bücher aus Schulzeiten oder Sportbiografien. Ich blättere sie kurz durch und stoße dabei auf ein paar Notizen, die als Lesezeichen benutzt wurden. Sie scheinen nicht wichtig zu sein, ich fotografiere sie aber trotzdem.

Mittlerweile ist Ruth mit den Briefen zurückgekommen. Ich mache Fotos von ihnen und den Umschlägen, lese sie allerdings nicht. Das würde sich wie eine Verletzung der Privatsphäre anfühlen. Später kann ich sie in Ruhe studieren.

Ich gehe ins Schlafzimmer. Es überrascht mich nicht, dass dort ein Futonbett steht.

Wie erwartet, merkt man hier auch stärker als im übrigen Apartment, dass seine Mom hier wohnt. Auf dem Nachttisch befinden sich ihr Buch und ihre Handcreme, im Schrank hängen ihre Sachen neben seinen. Ich schiebe ihre Kleiderbügel zur Seite und sehe mir an, was er zurückgelassen hat. Jeans, T-Shirts, ein paar Sportjacken, ein guter Anzug, vermutlich für formelle Angelegenheiten. Ein Paar Flipflops auf dem Schrankboden, ein Paar schickere Schnürschuhe, die er vermutlich zum Anzug trug. Da Sneakers neben der Couch standen, frage ich mich, welche Schuhe er wohl anhatte, als er verschwand.

In einem Karton oben im Regal finde ich Sexspielzeug. Es ist eine relativ kleine Sammlung, nichts zu Extremes. Wenig einfallsreiche Plüsch-Handschellen. Ein paar Vibratoren, die seinen Damen vermutlich gefallen haben.

Ich stelle den Karton zurück und setze meine Suche fort.

Gerade schaue ich mir seine Hausapotheke an, als Ruths Stimme aus dem Türrahmen erklingt. »Ich weiß, wer Sie sind.«

Ihr Tonfall hat sich verändert. Ich kenne ihn gut. Ich mache ein Foto vom Inhalt des Schranks, bevor ich reagiere. »Ach ja?«

»Sie sind die Frau dieses Mörders.«

»Nicht mehr«, widerspreche ich. »Ich habe mich von ihm scheiden lassen. Und dann habe ich ihn in Notwehr getötet.« Ich schließe die Tür und wende mich ihr zu. »Und außerdem versuche ich, Ihnen zu helfen.«

»Auf *Ihre* Hilfe kann ich verzichten«, meint sie. Ihre Lippen sind zu einem schmalen Strich verzogen, und an die Stelle der Trauer ist dumpfer Zorn getreten. Wieder einmal gilt für mich die Sippenhaft. Eine Erinnerung daran, dass nicht immer alles gut endet.

Ich bemühe mich, nicht zu seufzen, während ich darauf reagiere. »Mrs Landry, Sie können J. B. gern um eine andere Ermittlerin bitten, aber ich bin hier aus der Nähe und habe, ehrlich gesagt, eine bessere Vorstellung von dem, was Sie durchmachen, als Ihnen klar ist.«

»Nur weil Ihr Mann diese Mädchen ihren Familien entrissen hat, glauben Sie zu verstehen, wie das ist?«

»Nein«, erkläre ich gefasst. »Ich verstehe das, weil meine Kinder ständig bedroht werden. Ruth … meine Kinder waren bereits einmal verschwunden, und ich dachte, ich müsste sterben. Gott sei Dank habe ich sie zurückbekommen, aber die Stunden, in denen sie vermisst waren, fühlten sich wie eine Ewigkeit an. Ich bin auf Ihrer Seite. Bitte lassen Sie mich Ihnen helfen.«

Es gefällt ihr nicht. Sie fürchtet sich vor der Gewalt, die mich umgab und noch immer umgibt. Und vielleicht tut sie gut daran, sich zu fürchten, doch es sollte ihr auch eine gewisse Zuversicht geben.

Niemand wird das hier so ernst nehmen wie ich.

Sie nimmt sich Zeit, um schließlich steif zu nicken. »Haben Sie, was Sie brauchen?« Der Unterton stellt klar, dass ich hier nicht länger willkommen bin.

»Ja«, bestätige ich. »Ich würde auch gern noch mit Ihrem Mann sprechen …«

»Wenn Ihnen das gelingt, wäre ich doch sehr überrascht«, winkt sie ab. »Joe spricht nicht gern über Remy. Er kann sich der Tatsache nicht stellen, dass unser Sohn fort ist.«

Das Wörtchen »fort« sagt mir, dass ein Teil von ihr bereits akzeptiert hat, was am wahrscheinlichsten ist: Ihr Sohn ist tot, auch für eine verzweifelte Mutter nicht mehr erreichbar. Doch als wäre ihr gerade klar geworden, was ihre Worte zum Ausdruck bringen, rudert sie wieder zurück. »Ich weiß, dass er zurückkommt«, sagt sie und hebt das Kinn, als würde sie mich herausfordern, ihr zu widersprechen.

Doch das tue ich nicht. Diese Frau ist zerbrechlich, verängstigt und klammert sich an eine Lüge, die sie sich selbst erzählt, aber ich werde ihr nicht das Herz brechen. Nicht, bevor ich mit Sicherheit weiß, dass ich es tun muss.

»Danke für Ihre Hilfe, Mrs Landry. Ich melde mich, sobald ich etwas weiß.«

Es widerstrebt ihr, es auszusprechen. Meine schlimme Vergangenheit steht jetzt zwischen uns, doch schließlich sagt sie es doch. »Bitte finden Sie ihn. Bitte.«

Ich verspreche es ihr nicht. Das kann ich nicht.

Aber es fällt mir schwer, die Verzweiflung und das Grauen in ihren Augen zu ignorieren. Sie lebt einen Albtraum, tut jedoch so, als wäre alles … normal. So viele Jahre lang habe ich mit Melvin zusammengelebt, mich bemüht, ihm zu gefallen, so zu tun, als wäre alles in Ordnung. Ich habe so lange so getan, dass ich irgendwann tatsächlich dachte, alles wäre okay. Doch das änderte sich an dem Tag, an dem ein betrunkener Fahrer die Wand unserer direkt ans Haus angrenzenden Garage einriss und sämtliche Gräueltaten von Melvin enthüllte. Der Anblick dieser armen toten Frau – Sams Schwester – wird mich auf ewig verfolgen.

Das Wissen, dass ich, wäre ich neugieriger gewesen, vielleicht etwas hätte tun können … das ist noch viel schlimmer. Ich werde tun, was in meiner Macht steht, um Ruth Landrys Albtraum ein Ende zu bereiten … auf die eine oder andere Weise. Vielleicht tue ich es für sie. Vielleicht auch für mich selbst.

Wie auch immer, ich bin fest entschlossen.

Kapitel 7

Gwen

Während ich auf dem Parkplatz von Navitat darauf warte, dass die Kinder ihre letzte Runde auf der Seilrutsche beenden, versuche ich, mich auf den Fall und die Hinweise zu konzentrieren. Ich kann den Gedanken an Ruth Landry einfach nicht abschütteln. Die Kekse backt, obwohl sie niemand isst. Die einen Geist anfleht, nach Hause zu kommen.

Ich weiß nicht, wie ich mich verhalten würde, sollte ich Connor und Lanny verlieren.

Ich recherchiere gerade schon in einer speziellen App, deren Entwicklung J. B. Hall in Auftrag gegeben hatte – wie eine gedopte Version von Google, extra darauf zugeschnitten, Menschen mithilfe ihrer Namen oder anderer wichtiger Identifikationsmerkmale aufzuspüren –, als Connor und Lanny ins Auto steigen. Die beiden fangen gleichzeitig an zu reden.

»Mom, das war super, du hättest mitkommen sollen, die Strecken waren überhaupt nicht schlimm …«

»Hast du herausgefunden, wohin er gegangen ist? Was mit ihm passiert ist?« Connors Stimme übertönt die seiner Schwester.

Lanny schaut ihn böse an. »Wie zum Teufel soll sie denn einen Fall in nur zwei Stunden lösen?«

»Sie ist doch *Mom.*«

Ich lache, während die beiden sich anschnallen. »Wenn das mal kein Kompliment ist«, bedanke ich mich. »Aber deine Schwester hat recht. Ich fürchte, das wird eine Weile dauern.«

»Oh. Fahren wir dann noch woanders hin?« Mein Sohn scheint von dieser Möglichkeit fasziniert zu sein. »Wir können dir helfen.«

»Nichts da«, verneine ich. »Ich werde ein paar Anrufe machen, wenn wir zu Hause sind. Ein Großteil meiner Arbeit besteht nur darin, Termine zu machen und die Leute davon zu überzeugen, mit mir zu reden. Ganz ehrlich, es ist ziemlich langweilig.«

Er glaubt mir nicht, Lanny ebenso wenig, doch nach ein paar Minuten sind sie wieder in ihre eigenen kleinen Streitereien vertieft. Anscheinend ist er der Meinung, dass Lanny ein anderes Mädchen auf einer Seilrutsche gut fand, und muss sie deswegen necken. Ich mische mich nicht zu sehr ein. Er ärgert sie nicht, weil sie lesbisch ist; bei einem heißen Typen hätte er dasselbe getan.

Lanny besteht ohnehin darauf, dass das alles nur Unterstellungen seien. Nachdem ich die beiden schließlich ermahnt habe, mit dem Streiten aufzuhören, herrscht den Rest der Fahrt über rebellisches Schweigen.

»Na gut«, beginne ich, als wir in unsere Einfahrt einbiegen. »Ich möchte, dass ihr zwei euch wieder vertragt und euch ans Lernen macht. Heute Abend schaue ich mir an, was ihr geschafft habt, und …« Ich verstumme urplötzlich, als ich sehe, dass vor unserem Haus ein unbekanntes Fahrzeug parkt. Ein großer, schlammverkrusteter Pick-up in einer matten Dschungeltarnfarbe mit NRA-Aufklebern und ein paar Klebefolien mit USA-Flaggen-Motiv.

Auf halber Höhe halte ich den SUV an, um mir einen Überblick zu verschaffen. Lanny und Connor werden ebenfalls wachsam, als ihnen der Eindringling auffällt. Ich spüre, dass Lanny sich vorbeugt, blicke aber nicht nach hinten. »Wer ist das?«, fragt sie.

»Keine Ahnung«, erwidere ich schlicht. Ich stelle auf Parken, lasse den Motor aber weiterlaufen. Eine Million Möglichkeiten schießen mir blitzschnell durch den Kopf, einschließlich der Stalker und Trolle, die regelmäßig Todesdrohungen per E-Mail schicken. »Aber ich werde es herausfinden. Lanny, setz dich hinters Lenkrad. Halt dich bereit, die Einfahrt rückwärts hinauszusteuern, falls irgendetwas schiefläuft, und fahr dann direkt zur Polizeiwache von Norton. Connor, in der Sekunde, in der Lanny in den Rückwärtsgang schaltet, wählst du die Notrufnummer. Ihr werdet nicht auf mich warten, ganz egal, was ihr zu sehen bekommt. Alles klar? Wissen alle Bescheid?«

Meine Kinder nicken, doch ich fange Connors Blick auf. Er hat Angst. Das hier ist ein weiteres traumatisches Ereignis … genau wie die Anti-Amok-Übung gestern.

»Connor«, spreche ich ihn direkt an, und er blinzelt. »Es ist alles in Ordnung. Atme und zähle. Tu, was Lanny dir sagt. Du schaffst das. Ich glaube an dich.« Das genügt natürlich nicht, nicht einmal ansatzweise, doch für mehr bleibt mir keine Zeit. Ich kann nur hoffen, dass er sich zusammenreißt.

Ich steige aus, und Lanny setzt sich auf den Vordersitz. Sie verschließt die Türen von innen, ohne dass ich darauf hinweisen muss. Und dann muss ich mich auf das konzentrieren, was vor mir liegt, nicht auf das hinter mir.

Ich laufe die Einfahrt hoch. Unter meinen Füßen knirscht der Kies, und mit einem rostigen Quietschen öffnen sich in diesem Moment zwei Türen des Pick-ups. Auf der einen Seite steigt ein alter weißer Mann in einem ausgebleichten Overall, unter dem er ein Flanellhemd trägt, aus; er scheint nicht bewaffnet zu sein, wenn man von den Borsten seines gigantischen Bartes absieht.

Auf der anderen Seite kommt eine Frau zum Vorschein – sie ist groß und kräftig und trägt ein T-Shirt mit dem Motiv einer USA-Flagge und so abgetragene Jeans, dass kaum noch deren Farbe zu erkennen ist.

Ihre Haare sind grau und dünn, ihr Gesicht ist sanft, runzlig und blass, und sie hält ... eine Auflaufform in den Händen.

Ich löse die Hand von der Waffe unter meiner Jacke.

»Ma'am«, grüßt mich der Mann und tippt an den Rand seiner Truckerkappe. Falls die jemals ein Logo hatte, ist es unter Jahrzehnten verkrusteten Drecks verborgen. »Wir entschuldigen uns für diesen Überfall, aber wir wollen etwas wiedergutmachen.«

»Wiedergutmachen?«, wiederhole ich ungläubig. Ich versuche zu verstehen, mit wem ich es hier zu tun habe. »Tut mir leid, ich kenne Sie nicht. Vielleicht sind Sie an der falschen Adresse ...«

»Sie sind Gwen Proctor«, sagt die Frau. Sie lächelt, und es wirkt verstörend freundlich. »Unser Sohn hat versehentlich die Scheibe Ihres Pick-ups getroffen. Was für ein Schlamassel. Er war unterwegs, um Eichhörnchen zu schießen, und eine Kugel ging durch Ihre Scheibe, und das tut ihm wirklich extrem leid. Wir würden gern die Reparatur bezahlen.«

»Ihr Sohn.« Das kommt mir alles überaus seltsam vor. Ja, wir sind hier im Süden der USA. Und ja, da kommen auch mal Leute vorbei, um sich nachbarschaftlich zu verhalten. Aber nicht zu mir. Ich bin im gesamten County die Ausgestoßene.

»Verflixt noch mal, wir sind aber auch unhöflich, haben uns ja noch nicht mal vorgestellt«, mischt sich der Mann ein und tritt vor, um mir seine große Hand entgegenzurecken. »Ich bin Jasper Belldene.«

Jasper Belldene. Ungekrönter König der Drogengeschäfte in diesem County. Oberhaupt eines weitverzweigten Familienstammbaums, zu dem auch mehrere militante Verwandte gehören, die kein Problem mit Mord haben, um ihren Standpunkt zu verdeutlichen. Ich bin dem Mann noch nie begegnet, habe noch nicht einmal ein Foto von ihm gesehen. Sam ist unglücklicherweise vor einiger Zeit einem seiner Söhne über den Weg gelaufen. Es kam zu nicht mehr als einem Faustkampf zwischen Sam und dem Betrunkenen, der sich an unserem Schießstand danebenbenommen hatte. Jene kleine Konfrontation sorgte für den Startschuss zu dieser seltsamen Fehde. Ungewöhnlich für mich, dass in diesem Fall nicht *meine* Vergangenheit der Auslöser war.

Ich schüttle Belldenes Hand, weil mir im Augenblick keine andere Option bleibt. Sein Händedruck ist fest und geschäftsmäßig. Ich hoffe, meiner kann mithalten. »Mr Belldene.«

»Oh, nennen Sie mich bloß nicht Mister. Jasper genügt. Und das hier ist meine bessere Hälfte, Lilah. Was hast du denn da Köstliches, Lilah?«

»Das ist ein Hackbraten, wie ihn schon meine Oma gemacht hat«, verkündet sie. »Aus Schweinen, die wir selbst gezüchtet haben. Und die geheime Zutat ist Hafer anstelle von Paniermehl. Sorgt für eine gute Textur. Ich hoffe, Ihre Familie akzeptiert das als Friedensangebot, Mrs Proctor.«

Meine reflexartige Reaktion lautet in diesem Fall immer, die Anredeform zu Ms zu korrigieren, aber ich unterlasse es. Ich weiß nicht, was hier vor sich geht. Sie wirken so unglaublich bodenständig und aufrecht, aber so sind die Belldenes nicht, und das weiß ich. Es handelt sich um hartgesottene Kriminelle.

Und sie haben mir einen *Hackbraten* gebracht.

»Vielen Dank«, sage ich lediglich, und nehme die schwere Auflaufform von ihr entgegen. Aus der Nähe verblasst die

Illusion einer freundlichen älteren Dame. Ihre Augen sind zu stechend, zu emotionslos.

Der Hackbraten riecht nach Salbei und einer würzigen Soße. Ich wette, er ist köstlich.

»Ich werde meinem Partner Sam erzählen, dass Sie vorbeigekommen sind«, erkläre ich, wobei mir das kurze Aufflackern von Wut nicht entgeht, das Jasper Belldenes warmherziges Lächeln überschattet. »Er wird es bedauern, Sie verpasst zu haben.«

»Wir finden es auch überaus schade, *ihn* nicht getroffen zu haben«, meint Lilah, und ich verstehe die nicht allzu tiefgründige Zweideutigkeit dieser Aussage. Eigentlich möchte ich wie üblich bissig und konfrontativ auftreten, aber das ist nicht der richtige Augenblick dafür. Sie veranstalten hier eine Show. Und ich muss den Grund dafür herausfinden.

Außerdem haben sie meine Hände mit diesem verdammten Hackbraten sehr effektiv aus dem Spiel genommen.

Was immer sie vorhaben, es geht nicht nur darum, mir Essen zu bringen. Sie möchten reden. Der Hackbraten entspricht in diesem Fall einer weißen Flagge, und ich muss zugeben: Ich bin neugierig, was sie wirklich wollen. Daher winke ich kurz den Kindern zu, dass alles in Ordnung ist, öffne die Tür und deaktiviere den Alarm, während ich gleichzeitig die Auflaufform balanciere, und versuche, ein strahlendes Lächeln aufzusetzen. »Darf ich Sie auf einen Kaffee hereinbitten?«

»Nun ja«, entgegnet Jasper. »Wer kann schon einen guten Kaffee abschlagen. Da sagen wir nicht Nein, oder, Muttern?«

Muttern. Ich erschaudere ein wenig. Ich hätte natürlich auch einfach das Geschenk annehmen und sie wieder verabschieden können, aber das widerspricht dem Höflichkeitsprotokoll hier im Süden. Und dass Belldene sofort auf mein Angebot eingegangen ist, beweist, dass er genau das wollte.

Lanny fährt unseren SUV nach oben und parkt ihn neben dem großen, schlammigen Pick-up. Sie und Connor steigen aus und kommen herein, und während ich das Gericht auf dem Küchentresen abstelle, sehe ich den Blick, den die Belldenes miteinander wechseln, als meine Kinder das Haus betreten. Als würden zwei Roboter Informationen untereinander austauschen. Es wirkt unheimlich leidenschaftslos. Dann haben beide wieder ihr Lächeln aufgesetzt, und Jasper kichert fröhlich in seinen Bart hinein. »Na, und wer sind denn diese famosen Kinder?«

Sie stellen sich nicht selbst vor. Stattdessen sehen sie mich an. »Meine Tochter Lanny und mein Sohn Connor«, sage ich. »Sagt unseren Besuchern Hallo.«

»Hallo«, sagen sie gleichzeitig. Ohne Enthusiasmus. Lanny schaut mich offensichtlich fragend an: *Geht's dir gut?* Ich kann es im Augenblick nicht genau sagen, aber einer Sache bin ich mir sicher: Ich will die beiden jetzt nicht in der Nähe haben. Connors Blick ist neutral, aber mir ist noch viel zu sehr bewusst, wie er bei der letzten Krise reagiert hat.

»Kinder, geht in eure Zimmer und lernt«, ermahne ich sie. »Ihr müsst heute noch vier Stunden Unterricht abarbeiten.«

»Ja, Mom«, sagt Lanny mit einem Nicken. So schnell war sie noch nie mit etwas einverstanden, was ich ihr aufgetragen habe. Connor folgt ihr in ihr Zimmer, und sie schließen die Tür hinter sich. Ich kann sie nicht hören, aber ich vermute, dass sie jetzt wild miteinander flüstern und überlegen, was sie tun können. Ich hoffe, Lanny kommt zu dem Entschluss, nichts zu tun, zumindest, bis sie irgendwelche Anzeichen von Ärger hört. Und falls tatsächlich etwas passieren sollte, hoffe ich, dass sie sich dafür entscheidet, zusammen mit ihrem Bruder aus dem Fenster zu klettern und zum SUV zu laufen. Mir fällt auf, dass sie die Schlüssel behalten hat. Cleveres Mädchen.

Nachdem die Tür geschlossen worden ist, schalte ich die Kaffeemaschine an. Heiße Flüssigkeit ist auch eine Waffe. Ich hole Tassen aus dem Schrank, die ich zerbrechen könnte, um etwas Scharfkantiges zu haben. Wenn man um sein Leben fürchten muss, kann alles um einen herum der Verteidigung dienen. Alles.

Dabei wirkt nach außen alles so normal. Die in meinem Wohnzimmer sitzenden Belldenes sind für mich jedoch wie zwei Landminen. Trotzdem mache ich genug Kaffee für zwei Tassen und serviere sie auf einem kleinen Tablett zusammen mit Sahne und Zucker.

Ich setze mich in den Sessel, der der Tür am nächsten ist, und sehe zu, wie sie ihren Kaffee süßen – sie nimmt Sahne und Zucker, er nur Zucker – und genüsslich mit den Lippen schmatzen. »Tut mir leid, dass ich Ihnen keine Kekse dazu anbieten kann«, erkläre ich. »Ich habe Sie nicht erwartet. Also zumindest nicht, dass Sie auf so höfliche Weise auftauchen würden. Ich hatte etwas Direkteres erwartet. Vielleicht Schüsse auf das Haus. Oder einen Brandbombenanschlag.«

Sie bleiben höflich, doch ihr Lächeln schwindet. »Aber bitte, Mrs Proctor«, meint der Belldene-Patriarch vorwurfsvoll, während er weiter in seinem Kaffee rührt. »Hätte ich einen von Ihnen tot sehen wollen, wäre er jetzt verdammt noch mal längst tot.«

Ich lasse das verhasste »Mrs« durchgehen. »Sie haben mir letztes Jahr eine Klapperschlange in meinen Briefkasten gesteckt!« Nun, da die Masken fallen, bin ich wütend und halte mich nicht zurück. »Eins meiner Kinder hätte gebissen werden können!«

»Ach je, das war doch lediglich eine Wald-Klapperschlange, und sie wurde vorher gemolken. Die verdammten Dinger haben mich schon ein Dutzend Mal gebissen, ist keine große Sache. Das Krankenhaus hat genug Gegengift dafür.«

»Und das ging auch gar nicht von uns aus«, mischt sich seine Frau ein. »Das war unser Junge – Jesse. Er ist nicht allzu helle. Wir hatten ihm nur gesagt, er soll Ihnen allen eine kleine Warnung zukommen lassen.«

»Eine Warnung in Bezug worauf?«

Sie wechseln einen langen Blick miteinander. »Ich wusste ja, dass Stadtleute dämlich sind, aber das ist echt die Krönung«, meint Jasper trocken und spricht die nächsten Worte überdeutlich aus. »*Zu verschwinden.* Wir möchten, dass Sie verdammt noch mal aus unserem County abhauen. Am liebsten aus unserem Staat. Wir wollen Sie alle von hier weghaben.«

»Das ist nichts Persönliches«, ergänzt Lilah. »Aber Sie machen hier zu viel Trubel, und noch viel schlimmer, Ihretwegen treiben sich hier ständig diese Reporter rum. Die Leute sehen sich nur zu gern selbst im Fernsehen und in der Zeitung, und dann sagen sie Dinge, die sie lieber nicht sagen sollten. Wenn Ihre Familie umzieht, wird sich hier alles wieder beruhigen.«

»Schlechte Presse«, stelle ich fest, und die beiden nicken. »Sie glauben, ich sorge hier für schlechte Presse?« Mich überkommt der unbändige Drang, zu lachen. »Die *Drogendealer* billigen mich also nicht?«

»Das wurde noch vor keinem Gericht bewiesen«, widerspricht Jasper entrüstet, »und es ist nicht in Ordnung, wenn Sie hier falsche Gerüchte in die Welt setzen. Selbst wenn wir ein paar kleine Vorräte für die Leute haben, die das brauchen, bieten wir doch nur eine Dienstleistung an. Wir sind nicht diejenigen, die all diese Leute von schicken Schmerzmitteln abhängig machen und ihnen dann den Zugang dazu abschneiden, sodass sie verzweifeln. Das sind Ihre reichen Ärzte und Pharmafirmen. Abgesehen davon ist das ja wohl kein Vergleich zu dem, was *Sie* getan haben.«

»Ich habe nichts …«

»Liebes Kind.« Lilah beugt sich vor. »Sie waren die Ehefrau dieses Mannes. Also, ich bin mit diesem alten Mann hier so gut wie mein gesamtes Leben verheiratet, und es gibt nichts, was er tut, von dem ich nichts weiß. Wie auch immer es Ihnen gelungen ist, den Geschworenen etwas vorzumachen, ich weiß, dass Sie eingeweiht waren. Vielleicht haben Sie ihm nicht dabei geholfen, diese Frauen zu töten, vielleicht doch, darüber will ich nicht urteilen. Aber versuchen Sie ja nicht, mir diesen Unsinn aufzutischen.«

Die Absurdität der Situation kitzelt in meiner Kehle, und ich muss mich ernsthaft zusammenreißen, um ein Lachen zu unterdrücken. Diese Leute – die Anführer einer kriminellen Bande, der schlimmsten in diesem County – glauben, *ich* sei zu schlimm, um ihre Nachbarin zu bleiben. Es bringt rein gar nichts, ihnen zu erklären, dass ich nichts von Melvins Verbrechen wusste. Lilah Belldene wird niemals verstehen oder mitfühlen können, wer ich damals war: eine behütete junge Frau, gelähmt von ihrer eigenen Furcht. Melvin hatte grandiose Arbeit geleistet, seine Geheimnisse für sich zu behalten. Und was ich vielleicht hätte ahnen können, hatte meine eigene Angst mich gelehrt zu ignorieren.

»Okay«, antworte ich und lasse ein verschmitztes Lächeln über meine Lippen gleiten. »Vertiefen wir diesen Gedanken doch für einen Augenblick. Was, *wenn* ich es gewusst habe? Dann müsste ich wirklich sehr, sehr kaltherzig sein. Glauben Sie wirklich, dass Sie sich mit mir anlegen wollen? Sie sind doch auch Mutter, Lilah. Wie weit würden Sie gehen, um Ihre Kinder zu beschützen?«

»Bis zur Hölle und zurück«, bekräftigt sie. »Aber wir wissen beide, dass man einen Kampf am besten gewinnt, indem man ihn gar nicht erst beginnt. Und darum sollten Sie wegziehen. So beschützen Sie Ihre Kinder. Indem Sie aus unserem Territorium verschwinden.«

»Ich werde darüber nachdenken«, erwidere ich. »Ehrlich gesagt, ist Stillhouse Lake gar nicht so fantastisch. Aber um das klarzustellen: Sollte ich wegziehen, dann nur, weil wir wegziehen wollen. Nicht, weil Sie uns vertrieben haben.«

»Spielt das für Sie eine Rolle?«, fragt Jasper. »Kommt doch letztlich auf dasselbe raus.«

»Es spielt eine Rolle«, bekräftige ich und begegne ruhig seinem Blick. »Und das wissen Sie auch.«

Er nickt. »Wie lange also, bis Sie hier weg sind, Mrs Proctor?«

»Ich weiß es nicht. Ein paar Monate. Wir müssen ein neues Haus finden und dieses hier erst noch verkaufen …«

»Das geht nicht«, unterbricht mich Lilah. »Sie müssen bis nächsten Monat verschwunden sein.«

Ich schüttle den Kopf. »Das wird nicht passieren, Mrs Belldene. Wir richten uns nach unserem eigenen Zeitplan. *Falls* wir beschließen, zu gehen.«

Jasper sieht sich in der Zuflucht um, die wir so liebevoll instand gesetzt, eingerichtet und zu unserem Zuhause gemacht haben. Er nickt langsam und nimmt noch einmal einen großen Schluck Kaffee. Dann setzt er die Tasse mit einem Seufzen ab. »Ein richtig guter Kaffee, Ma'am«, sagt er. »Und ich wünschte wirklich, Sie hätten dazu passend auch 'nen richtig guten Verstand. Haben Sie aber nicht, da kann man nichts machen. Sie werden es schon noch lernen. Und wenn Sie das tun, denken Sie daran: Wir haben versucht, uns nachbarschaftlich zu verhalten.«

Lilah nickt. »Guten Appetit mit dem Hackbraten. Wenn Sie die Auflaufform zurückbringen wollen, kommen Sie einfach bei uns vorbei. Falls nicht, holen wir sie uns selbst.«

Ich verstehe, was das bedeutet. Auf die eine oder andere Art wird es hässlich werden.

Sinnlos, weiterhin Zeit mit Höflichkeiten zu vergeuden.

Ich gehe in die Küche, hole eine Mülltüte und lasse den Hackbraten hineingleiten. Anschließend drehe ich das heiße Wasser auf, nehme Spülmittel und schrubbe die Form, bis sie blitzblank ist. Dann trockne ich sie ab, gehe zu Lilah und drücke sie ihr in die Hände.

»Sie sind eine unhöfliche Schlampe«, erwidert sie, als sie die Auflaufform entgegennimmt. »Aber dennoch, vielen Dank dafür. Die brauche ich ziemlich häufig, wenn Besuch kommt.«

»Sie sollten jetzt gehen. Sie beide. Raus.« In diesem Augenblick lasse ich sie alles sehen: die Härte, die Kraft, die Wut, die mich all diese Jahre hindurch am Leben erhalten haben. Den Schmerz, die Angst und das gnadenlose Bestreben, meine Kinder zu beschützen.

Sie blinzeln.

»Nun«, meint Lilah und hebt die Augenbrauen. »Schauen Sie jederzeit vorbei, *Ms* Proctor. Und bringen Sie auch Ihren Mann mit. Einer unserer Söhne schuldet ihm ein gebrochenes Jochbein und ein paar Zähne vom letzten Jahr. Er würde sich gern revanchieren.«

»Höchste Zeit zu gehen«, erwidere ich nur. »Sofort.«

Sie verlässt das Haus und bewegt sich in Richtung Pick-up. Jasper folgt ihr, wobei er mir einen letzten, emotionslosen Blick zuwirft, dann schließe und verriegele ich die Tür hinter ihnen. Mit der Hand an meiner Waffe bleibe ich am Fenster stehen, bis sie den Pick-up gestartet haben und in einer Staubwolke aus Kies rückwärts die Einfahrt hinunterbrausen.

»Mom?«

Lanny steht da. Sie hält die Schlüssel des SUV umklammert und wirkt angespannt und besorgt.

»Es ist alles gut«, versichere ich ihr und lege einen Arm um sie. Dann umarme ich sie komplett. »Wir schaffen das schon.«

Ich glaube es nicht wirklich.

Und danach zu urteilen, wie steif ihre Schultern sind, tut sie es ebenso wenig.

***

Sam kommt erst spät und sehr erschöpft nach Hause. Es wird Grillhähnchen und Maisbrotauflauf geben, was bei allen die Laune etwas hebt. Der Hackbraten der Belldenes steckt immer noch in der Plastiktüte in der Küche. Ich überlege, ob ich ihn auf Rattengift testen lassen soll.

Sam ist dreckig und verschwitzt. Seine Hände sind von der Arbeit aufgeraut, was mir im Herzen wehtut. Er tut das für uns. Sam baut gern Dinge, aber das ist ein Hobby für ihn, keine Leidenschaft. Er ist Pilot. Er sollte fliegen. Und das tut er nicht … weil er sich uns verpflichtet fühlt, zumindest im Augenblick. Ich habe ihn nicht darum gebeten. So ist er eben einfach: ein echter, standhafter Mann, der bereit ist, für die Menschen, die er liebt, Opfer zu bringen. Er will uns hier nicht allein lassen. Er weiß, wie brüchig alles ist.

Aber dieses Opfer sollte nicht von Dauer sein. Und das ist für mich ein weiterer Grund, Stillhouse Lake hinter mir zu lassen.

Schweigend folge ich ihm ins Schlafzimmer und helfe ihm aus seinen schmutzigen Klamotten; er stöhnt ein wenig und reibt sich eine Schulter, daher massiere ich sie ihm. »Danke, Gwen«, meint er. »Tut mir leid. Ich hab mir wohl etwas gezerrt.«

»Ich wäre eher überrascht, wenn du nicht jeden Tag Muskelkater hättest«, erkläre ich. »Und jetzt ab unter die Dusche. In einer halben Stunde gibt's Abendessen.«

»Oh, in einer halben Stunde?« Er wackelt mit den Augenbrauen. Sam Cade hat ein überraschend unschuldiges Gesicht für jemanden, der so viel gesehen hat, so viel weiß und so vieles tun kann. Er kann erschreckend gut Geheimnisse für sich behalten, selbst vor mir. Genau wie ich trainiert er beständig den Umgang mit seinen Schusswaffen, und ich bin mir sicher, dass es noch so einiges gibt, was er tun musste, um mich und die Kinder zu beschützen, von dem er mir nie erzählt hat. All das bildet einen interessanten Kontrast zu dem warmen Licht, das im Augenblick in seinen Augen funkelt. »Ausreichend Zeit also.«

»Hmmm.« Ich tue so, als müsste ich erst einmal darüber nachdenken, dann ziehe ich die Schuhe aus und knöpfe meine Jeans auf. »Da ist was dran.«

Sex unter der Dusche ist wundervoll, und das fließende Wasser übertönt alle Geräusche, die die Kinder verstören könnten. Ich liebe diesen Mann, und er liebt mich, und obwohl es zwischen uns vielleicht nie perfekt sein wird, kommt es in Augenblicken wie diesem doch ziemlich nah heran. Atemlos und zittrig presse ich mich an ihn, während das heiße Wasser auf uns einprasselt und uns reinwäscht. Wie jedes Mal blitzt auch jetzt kurz eine Erinnerung an den Schmerz, den Melvin mir beim Sex bereitet hat, in mir auf. Aber Melvin ist fort. Es ist alles vorbei.

Das hier ist real und heiß, und Sam ist der beste Liebhaber, den ich je hatte, und ich habe wirklich verdammtes Glück.

Wir klammern uns aneinander und küssen uns, während das klare Wasser über unsere Gesichter strömt und uns miteinander verbindet. Dann lösen wir uns zögerlich wieder voneinander. Ich steige aus der Dusche und rubbele mich trocken; meine Haare sind ein feuchter Mopp, aber das ist mir egal. Ich ignoriere es.

Ich warte, bis er, bereits halb angekleidet, ebenfalls herauskommt, bevor ich ihm die Neuigkeiten verkünde. »Wir hatten ein paar Besucher, während du weg warst.« Ich erzähle es ihm lieber jetzt, bevor Lanny oder Connor damit herausplatzen.

»Oh?« Er ist gerade dabei, sich ein T-Shirt über den Kopf zu ziehen, und hält jetzt inne, um meinen Blick aufzufangen und das bestätigt zu sehen, was er aus meinem Tonfall herausgehört hat. »Wen?«

»Jasper und Lilah Belldene. Um sich für den ›Querschläger‹ ihres Sohnes zu entschuldigen.« Beim Querschläger setze ich Anführungszeichen in der Luft, und sein Gesichtsausdruck verfinstert sich. »Aber in Wahrheit, um uns den Krieg zu erklären.«

»Krieg? Warum? Was zum Teufel haben wir denn getan?« Dann rudert er zurück. »Abgesehen davon, dass ich ihrem dämlichen Sohn das eine Mal auf dem Schießstand einen Kinnhaken verpasst habe. Den er verdient hatte.«

»Tatsächlich ist es meinetwegen, nicht deinetwegen«, erkläre ich. »Ich bin hier das schwarze Schaf. Meinetwegen sind mehr Reporter, mehr Cops in der Gegend, und sie haben auch diese fehlgeschlagene Dokumentation nicht vergessen, die Miranda Tidewell in Auftrag gegeben hatte.« Diese Dokumentation war für uns völlig aus dem Nichts gekommen, ein boshafter Versuch, mir das Leben zur Hölle zu machen. Was auch funktioniert hat, bis ihr Tod dem Ganzen ein Ende bereitete. »Ich verstehe sie ja irgendwie. Es ist schwer, mit seinen kriminellen Machenschaften im Verborgenen zu bleiben, wenn praktisch jedes Mal, wenn ich das Haus verlasse, ein Scheinwerfer auf diesen Ort gerichtet wird.«

Er zieht das Shirt weiter runter und schlüpft in bequeme Schuhe. An seinen schnellen, abgehackten Bewegungen erkenne ich, dass er wütend ist, aber nicht auf mich – hoffe ich zumindest. »Die haben ja echt Nerven, hier aufzukreuzen. Dachten die, sie könnten dich einschüchtern?«

»Ich bin mir da nicht sicher. Vielleicht war es nur ihre Version eines weiteren Warnschusses.« Ich frage mich, ob ich den Umzug ansprechen soll. Ich sollte es, aber der Zeitpunkt scheint unpassend. Vielleicht morgen. Ich spüre, dass ihn mehr als ein gezerrter Muskel belastet.

»Der echte Warnschuss hat mich zweihundert Dollar gekostet. Ich würde ja mal behaupten, damit hatten sie ihren Standpunkt schon deutlich gemacht.«

»Tut mir leid, Sam.«

»Ist ja nicht deine Schuld.« Er steht auf und küsst mich, federleicht und sanft. »Deine Haare sind nass.«

»Wenn du so weitermachst, bleiben die nicht das Einzige.«

»Gwen.«

Ich küsse ihn auf den Mundwinkel. »Abendessen«, erkläre ich. »Und dann überlegen wir, was wir machen.«

* * *

Bevor ich das Thema beim Abendessen selbst anschneiden kann, legt Lanny los. »Mom, jetzt komm, wer waren diese Leute? Die alten Leute?«

Sam sieht mich an, ich sehe ihn an. Er zuckt mit den Achseln. Und natürlich hat er recht; ich kann meine Kinder nicht mehr dadurch beschützen, dass ich Dinge vor ihnen geheim halte. »Erinnerst du dich noch an die Leute, die uns die Klapperschlange in den Briefkasten gesteckt haben könnten?«, frage ich sie.

»Oh, *scheiße*«, ruft sie aus. Ich sehe sie streng an. »Mist. Ist doch egal. Die Hillbilly-Mafia?«

»Sie wollen, dass wir Stillhouse Lake verlassen.«

»Warum?«, fragt Connor.

Ich erinnere mich an Lilah Belldenes Worte. *Nichts Persönliches.* Doch das war und ist es. Es ist überaus persönlich. Das ist es immer, wenn meine Kinder davon betroffen sind. »Aus dem gleichen Grund, warum uns die Leute in Norton nicht mögen. Wir bringen zu viel Aufmerksamkeit.«

»Mom?« Mein Sohn hat seine Sonnenbrille abgesetzt, und beim Anblick seines blauen Auges zucke ich leicht zusammen. Zumindest ist die Schwellung nicht mehr so schlimm. »Vielleicht bin ja auch ich schuld. Hank Charterhouse hat ziemlich viel abbekommen.«

»Wer ist Hank Charterhouse?«, fragt Sam.

»Eins der Kinder, die Connor geschlagen hat. Und außerdem ein Cousin ersten Grades der Belldenes«, erläutert Lanny. »Ich meine, jeder an der Schule weiß, dass Hank deshalb mit so vielem davonkommt.«

Der Gedanke, dass sie gegen Connor ebenfalls einen Groll hegen, beunruhigt mich zutiefst. *Wagt es ja nicht, meine Kinder ins Visier zu nehmen!*

Melvin Royal hatte es auf unsere Kinder abgesehen. Melvin Royal verrottet jetzt in einem billigen Sarg in einem Armengrab, das nur durch eine Nummer markiert ist. Dafür bin ich verantwortlich.

Den Belldenes muss eine Lektion erteilt werden.

Ich esse etwas Hühnchen. »Okay, wir machen Folgendes: Jetzt, da ihr an der Virtual Academy eingeschrieben seid, könnt ihr ja überall für die Schule lernen, richtig?«

»Ja?« Zumindest Lanny ist sich nicht sicher, ob ihr die Richtung gefällt, in die das zu gehen scheint. »Äh, wir haben unseren Unterricht für heute erledigt, Mom. Ich meine, das kannst du nachprüfen.«

»Habe ich bereits, danke. Aber ich muss euch allen eine ernste Frage stellen.« Das bringt mir die volle Aufmerksamkeit von allen dreien ein, und für eine Sekunde habe ich Selbstzweifel. Vielleicht sollte ich nicht damit anfangen. Vielleicht tue ich hier genau das Falsche, indem ich wieder weglaufe. Aber ich muss die Option allen zugänglich machen. »Was haltet ihr davon, diesen Krieg mit den Belldenes nicht auszutragen?«

Sam lehnt sich langsam zurück. »Du willst sagen, wir sollen umziehen.«

»Na ja … ja. Ich denke, es könnte das Richtige sein.« Ich atme einmal tief ein und lege dann los. »Hört mal, wir haben keinen Grund, uns mit ihnen anzulegen; es gibt hier für uns nichts zu gewinnen außer der Tatsache, dass wir an einem Ort bleiben, wo man uns sowieso nur gerade so toleriert, in einem Haus, das mittlerweile in sämtlichen Foren und Websites im Internet gelistet ist, sodass immer noch mehr Leute kommen und uns belästigen und bedrohen können. Sam, ich weiß, dass es für dich schwieriger geworden ist, Arbeit zu bekommen, seit – seit diesem Tumult mit der Dokumentation. Und ihr zwei …« Ich sehe Lanny und Connor an. »Ihr hattet hier keine leichte Zeit. Das tut mir leid. Ich dachte, es wäre etwas Gutes, euch Teil dieser Gemeinde werden zu lassen, aber … sie akzeptieren uns nicht. Und ich weiß, wie sehr das schmerzt.«

Connor sagt nichts. Er schaut nach unten auf seinen Teller. Lanny antwortet. »Na ja, es gibt hier auch ein paar nette Leute. Kez und Javier, sogar Detective Prester. Ein paar von den Lehrern sind auch nicht so schrecklich.« Sie versucht, fair zu sein, aber ich weiß, dass es auch für sie nicht einfach war. Die Freunde, die sie vor einem Jahr gefunden hatte, sind mittlerweile nicht mehr ihre Freunde. Es gefällt mir nicht, dass sich meine Kinder so … einsam fühlen.

Sam gibt mir nichts, woran ich mich orientieren könnte. Er bleibt stumm, was bedeutet, dass er versucht, sich aus diesem Gespräch möglichst herauszuhalten – das im Augenblick weniger ein Gespräch als ein Monolog ist. Ich möchte auch in Gegenwart der Kinder noch einmal seine Meinung hören, doch da er sie nicht äußert, fühle ich mich verpflichtet, weiterzureden.

»Ich kann in der Stadt wegen des Verkaufs des Hauses nachfragen«, schlage ich vor. »Das bedeutet nicht, dass wir sofort eine Entscheidung treffen müssen, nur dass wir … unsere

Optionen prüfen. Hey, wir könnten das Haus sogar vermieten, wie es auch andere hier am See tun.« Nur ein langsames Nicken. Also rede ich weiter. »Ich muss den Vater meiner vermissten Person in Louisiana befragen, dort auch die Freunde des Opfers aufsuchen, solche Sachen. Es wird etwas Lauferei benötigen, um alle Grundlagen zu prüfen.« Ich halte kurz inne und sehe meine Kinder an. »Ich kann euch mitnehmen, wenn – und das ist ein großes Wenn – ihr mir versprecht, dass ihr euch benehmt. Ich kann euch im Hotel lassen, während ich meine Arbeit erledige, und ihr könnt eure Schulaufgaben machen. Und …«

»Ich kann mitkommen«, mischt sich Sam ein.

Das habe ich nicht erwartet, und ich weiß nicht genau, was ich davon halten soll. Ich bin verwirrt, weil ich keine Ahnung habe, was er gerade denkt. »Musst du nicht arbeiten?«

»Tja, nun ja, wie es scheint, sind meine Dienste auf der Baustelle nicht mehr gefragt.«

Ich bin verblüfft. »Warum?«

»Soll ich raten? Die Belldenes haben vermutlich die Anweisung verbreitet, dass ich nirgendwo in diesem County Arbeit bekommen soll.«

Heftige Wut flackert in mir auf gegenüber allen, die für diese Bitterkeit in seinen Augen verantwortlich sind. Sie ist nur für einen Augenblick zu sehen, dann lächelt er wieder.

»Positiv ist daran zumindest, dass ich jetzt viel weniger Benzin verbrauche. Negativ hingegen ist … dass ich keine Ahnung habe, was ich jetzt tun soll.« Seine Stimme ist fest, seine Augen klar. Welche Wut auch in seinem Inneren brodeln mag, er lässt sie sich nicht anmerken.

»Verdammt, das tut mir so leid. Das ist alles so …« Ich mache eine hilflose Geste. Die mich einschließt. Mich und diese Vergangenheit, die ich nicht kontrollieren und niemals abschütteln kann. Narben und Wunden und Panzer und Schmerz.

Ich bin wütend für ihn. Auch ein bisschen auf ihn, um die Wahrheit zu sagen. Darauf, dass er mir nichts davon erzählt hat, bevor wir uns zusammengesetzt haben. Aber das ist auch der Grund, warum er sich vorhin nicht eingemischt hat. Er wollte, dass ich eigene Gründe habe und vorbringe, von hier wegzugehen, die nichts mit ihm zu tun haben.

Ich wechsle in einen lockeren Tonfall und versuche, breiter zu lächeln. »In dem Fall«, verkünde ich, »sehe ich keinen Grund, warum du uns nicht auf unserem epischen Roadtrip nach Louisiana begleiten solltest.« Und ehrlich gesagt, jetzt, wo ich es ausgesprochen habe, merke ich, dass ich tatsächlich erleichtert bin. Für einen Augenblick weiß ich nicht, warum; bis jetzt war mir nicht bewusst, dass mich dieser Fall zurück an einen Ort führt, den ich eigentlich nie wiedersehen wollte.

Zurück in die Bayous. In eine feuchtwarme grüne Hölle wie jener Ort, an dem ich mit meinem Ex-Mann und meinem persönlichen Albtraum konfrontiert wurde. *Nein, das ist ganz anders,* ermahne ich mich streng. *Diesmal bin ich diejenige, die jemand anderem hilft. Ich habe die Kontrolle.*

Das ändert nichts daran, dass mein Herz rast und meine Muskeln sich verhärten. Ich habe zwar Fortschritte darin gemacht, das Trauma zu überwinden, an dem ich seit jener Nacht leide, in der ich gezwungen war, Melvin zu töten. Aber das bedeutet nicht, dass ich es vollständig hinter mir gelassen habe. *Ich muss meine Therapeutin anrufen,* denke ich. Und das ist vermutlich ein guter Impuls; für Connor habe ich bereits einen Termin für nächste Woche vereinbart. Ich sollte dafür sorgen, dass ich ebenfalls optimal vorbereitet bin. Jetzt, angesichts der über uns schwebenden Bedrohung durch die Belldenes und dieses unheilvollen Trips, spüre ich, wie ich langsam ins Trudeln gerate.

Und ich vermute, Sam weiß das auch, denn er sagt: »Louisiana. Wo genau ...«

»Nicht dort«, unterbreche ich ihn, eine Kurzfassung, die er perfekt versteht. »Aber du weißt schon, derselbe Staat. Ähnliche Gegend. Von daher … weiß ich deine Begleitung zu schätzen.«

»Und danach?«

Ich atme tief durch. »Kinder? Was meint ihr?«

Sie sind stumm, schauen einander dann. Dann hebt Connor langsam die Hand. »Ich stimme für einen Umzug«, verkündet er.

»Wohin?«

»Überallhin, Hauptsache weg von hier.«

Das ist ziemlich eindeutig. Ich richte den Blick auf Lanny, die ihre Arme verschränkt. »Klar doch«, meint sie. »Denke ich. Ist ja nicht so, als hätte ich hier irgendein Sozialleben. Aber kein kleiner Ort, okay? Irgendwohin, wo es interessant ist. Vielleicht eine Stadt mit mehr als zwei Fast-Food-Optionen.«

»Ich ziehe das in Betracht«, versichere ich ihr. Zurück zu Sam. »Und du?«

»Ich weiß, wie sehr du es hasst, aufzugeben.«

»Das tue ich. Das tue ich wirklich«, erwidere ich. »Aber weißt du, was ich noch mehr hasse? Zuzuschauen, wie die Menschen, die ich liebe, verletzt werden. Kein Heim ist das wert. Nicht für mich.« Ich schlucke schwer, da mir die Wärme in seinem Blick beinahe den Rest gibt. »Wofür stimmst du, Sam?«

»Ich fühle mich egoistisch, wenn ich unter diesen Umständen abstimme. Aber …« Er hebt die Hand. »Klar. Umziehen.«

»Okay«, sage ich. »Wir ziehen um. Es ist entschieden.« Ich spüre eine seltsame Mischung aus Emotionen in mir. Frustration, ja; ich hatte mich wirklich emotional darauf eingelassen, hierzubleiben. Für mich war Stillhouse Lake am Ende weniger eine Zuflucht als eine Festung, vor deren Toren die Feinde standen. Aber ich verspüre auch Erleichterung. Manchmal schießt man sich auf etwas ein, bekommt einen Tunnelblick und ist dann durch die eigenen Entscheidungen wie eingesperrt. Aber soeben habe ich mir bewiesen, dass wir unsere Zukunft ändern können.

Und es fühlt sich gut an. Angsteinflößend, aber gut.

»Dir ist schon klar, dass es Monate dauern wird, dieses Haus zu verkaufen, falls wir vorhaben, es zu verkaufen«, gibt Sam zu bedenken. »Glaubst du, die Belldenes werden so viel Geduld aufbringen?«

»Ich bezweifle es. Die werden schon dafür sorgen, dass wir früher verschwinden, auf die eine oder andere Weise.« Ich schenke ihm ein Lächeln, das eher grimmig aussieht. »Wollen wir wetten, dass sie uns ein niedriges Angebot machen und uns dann dazu nötigen, es anzunehmen?«

»Klingt wahrscheinlich«, gibt er zu. »Die haben ihre Finger überall mit drin.«

»Na gut, darüber machen wir uns später Gedanken«, wiegele ich ab. »Fürs Erste: Roadtrip. Hey … Und da du ja gerade verfügbar bist …«

»So kann man es auch nennen«, meint Sam, ohne eine Miene zu verziehen. »Und bevor du fragst, ja. Ich passe gern auf die Kinder auf, während du den Vater des verschwundenen jungen Mannes befragst.«

»Du Gedankenleser.«

»Eins meiner vielen Talente.« Sam zwinkert Lanny zu, als beide gleichzeitig nach dem Maisbrot greifen und er ihr zuvorkommt. »Du musst schneller werden, Kleine.«

Wir alle müssen schneller werden, um dem zu entkommen, was uns hier auflauert.

Schneller und cleverer.

Lanny geht früh ins Bett. Redet sich mit Kopfschmerzen heraus. Insgeheim frage ich mich, ob sie wohl eine neue Freundin hat, der sie Nachrichten schickt. Ich hoffe es beinahe; die Trennung von ihrer ersten Liebe, Dahlia, hat ihr sehr zugesetzt. Lückenbüßer-Liebschaften sind zwar selten gesund, aber zumindest würde ihr das helfen, ihr Selbstwertgefühl wieder etwas aufzubauen und einen dickeren Panzer für das nächste Mal zu bekommen.

Ein wenig sorge ich mich, dass sie etwas vor mir verbirgt. Aber Teil davon, Mom zu sein, ist es, zu wissen, wann man sein Kind bedrängt und wann besser nicht. Ich beschließe, es diesmal nicht zu tun, denn für heute habe ich genug Chaos in den Tag gebracht.

Und ich bete, dass das kein Fehler ist.

Kapitel 8

Lanny

Um Mitternacht ist Vee wieder da. Ich bin nervös, habe Angst und wünschte, ich hätte Mom davon erzählt; trotzdem sorge ich dafür, dass der Alarmsensor für mein Fenster deaktiviert ist, als ich die Tür öffne, um den Müll rauszubringen. Mom bemerkt es nicht. Niemandem fällt etwas auf. Und dabei fühle ich mich ziemlich schuldig.

Als Vee erneut mit ihrem großen Rucksack auftaucht, schiebe ich das Fenster hoch und lasse sie schnell herein. Zuvor habe ich das Fenster geölt, damit es nicht knarrt. Und Vee ist auch leise beim Hereinkommen. Sie hat sogar ihre Stiefel ausgezogen, ist also barfuß, als sie mein Zimmer betritt.

Sie schenkt mir ein strahlendes, wildes Lächeln, und ich kann gar nicht anders als zurückzulächeln. Dann umarmt sie mich. Da sie letzte Nacht geduscht hat, riecht sie noch ziemlich gut, aber ich nehme auch einen Hauch von Schweiß und Wald an ihr wahr.

Um ehrlich zu sein, macht mich das irgendwie an.

Vee schließt das Fenster, legt ihren Rucksack ab und flüstert: »Also, was ist mit der Wäsche?«

»Heute Nacht geht das nicht. Nach dem, was heute passiert ist, ist Mom im Alarmmodus.«

Ich erwarte, dass sie fragt, was passiert ist, doch das tut sie nicht. Sie zuckt nur mit den Achseln. »Na gut. Kann ich mir ein cooles Shirt oder so was ausborgen?«

»Wofür?«

»Hast du nicht gehört? Heute Nacht findet eine Riesenparty am Killing Rock statt! Du gehst doch hin, oder?«

»Was? Nein!« Ich habe überhaupt nichts von dieser Party mitbekommen. Niemand hat mich angerufen. Niemand hat mir geschrieben. Und da Mom uns von Social Media fernhält, habe ich noch nicht mal eine Vorwarnung über die öffentlichen Kanäle bekommen. »Äh, ich meine, ich wurde nicht eingeladen.«

»Das ist keine Party mit Einladungen«, erklärt Vee. »Man … geht einfach hin. Wie bei einem Rave. Du weißt schon …«

Ich bin auch noch nie auf einem Rave gewesen. Um ehrlich zu sein, war ich bisher nur auf wenigen Partys, und die sind meist lückenlos überwacht gewesen. Und ich habe Geschenke dorthin mitgenommen. Herrje, ich bin sechzehn und der totale Loser. Ja, okay, ich war schon mal am Killing Rock. Da hängen die Jugendlichen ab und machen alles Mögliche. Ich war mit Dahlia ein paarmal dort. Aber noch nie im Dunkeln.

»Du gehst also nicht?« Vee wirkt enttäuscht. Enttäuscht von *mir.* »Ich dachte, du wärst froh, mal rauszukommen und Spaß zu haben.«

Vees Definition von Spaß deckt sich vermutlich nicht mit meiner. Trotzdem fasziniert mich das Ganze. »Wer soll denn da so kommen?«

»Alle aus der Stadt, die in unserem Alter sind. Norton ist doch die Stadt hier in der Nähe, oder?«

Ich nicke. Ich frage mich, ob sie schon dort war. Dann frage ich mich, warum sie überhaupt hier ist. Ich hoffe, um mich zu sehen, aber ehrlich gesagt: Ich bin mir nicht sicher. Aber was ist, wenn es doch so simpel ist? Dass Vee etwas für mich übrighat?

Ich weiß nicht, wie ich mich dabei fühle. Vermutlich geschmeichelt. Definitiv interessiert. Aber irgendetwas an dieser Sache ist seltsam und außerhalb meiner Kontrolle. *Stecke ich in Schwierigkeiten?* Ich weiß es nicht. Aber irgendwie sitze ich jetzt in der Falle. Ich habe Vee reingelassen. Es ist meine Schuld, dass sie hier ist. Ich hätte Mom jederzeit davon erzählen können und habe es nicht getan.

Ich könnte es Mom jetzt immer noch beichten, aber dann müsste ich auch erklären, wie Vee hereingekommen ist, und Vee würde vermutlich sagen, dass sie vor heute Abend schon mal hier war und … auf diese Diskussion habe ich keine Lust. Außerdem … ich will auch nicht, dass Vee von mir enttäuscht ist.

Die Alternative ist einfacher. »Äh, na gut. Schätze, wir können hingehen. Zumindest kurz. Es ist nicht weit weg, auf der anderen Seite des Sees. Aber ich werde mich nicht betrinken oder so was.«

Sie nickt bereits, wobei ihr die zotteligen dunklen Haare über die leuchtenden Augen fallen. Ihre Wangen haben Farbe, und sie lächelt breit. »Zu viel Angst vor deiner Mama?« Immerhin beschränkt sie sich auf ein Flüstern.

»Ja, verdammt«, flüstere ich zurück. »Um welche Uhrzeit findet die Party statt?«

»Ungefähr jetzt«, meint Vee und deutet zum Fenster. Ich richte mich auf und schaue hinaus. Von hier aus kann ich gerade so das Ende des Sees ausmachen, wo der Killing Rock über das Gewässer ragt, und tatsächlich, ich erkenne das Flackern eines Lagerfeuers am Ufer. Und höre Musik herüberdriften.

Ich weiß, dass das eine dumme Idee ist, aber selbst wenn ein paar der unangenehmen Typen da sind, damit komme ich schon klar. Im Gegensatz zur Schule kann ich dort gehen, wann immer ich will, und vielleicht, nur vielleicht, habe ich zur Abwechslung ja wirklich mal etwas Spaß.

Ja, ich suche nur nach Ausreden. Ich weiß, dass ich nicht gehen sollte. Aber … nie mache ich das, was ich will. Ich war doch die ganze Zeit brav. Und vielleicht ist es ja okay, zur Abwechslung mal ein bisschen böse zu sein, besonders, wenn wir diese blöde Stadt sowieso bald verlassen. Nur dieses eine Mal.

Wir stopfen Stofftiere und Kissen unter die Bettdecke, damit es so wirkt, als wäre ich da. Es sieht ziemlich überzeugend aus. Vee findet einen auffälligen lila Lidschatten mit Glitzer und verlangt, dass ich sie mein Make-up machen lasse. Ich setze mich hin, und sie kniet sich vor mich. Es fühlt sich komisch und intim an, und ich schließe die Augen und versuche, bei der federleichten Berührung des kleinen Pinsels auf meinem Lid nicht zusammenzuzucken. Mit gekonnten Fingerbewegungen verstreicht sie den Puder. »Halt still«, ermahnt sie mich, und ich höre, wie sie einen anderen Lidschattentiegel öffnet. »Smokey Eyes kann ich ziemlich gut. Bleib einfach so sitzen. Vertrau mir.«

Ich vertraue ihr zwar nicht wirklich, aber dass sich jemand um mich kümmert, das … beschwingt. Ich bleibe sitzen und überlasse ihr mein Make-up. Insgeheim genieße ich es, wie sie mich berührt, wie sich ihre warme Gestalt zwischen meine Schenkel presst. Es ist nicht sexuell, aber sexy, und nervös schlucke ich. »Bist du fertig?«, frage ich.

»Fast …« Sie streicht noch einmal mit dem Daumen über meine Augenlider. »Perfekt.«

Ich öffne die Augen, und da steht sie, direkt vor mir, beugt sich vor und schaut mir in die Augen. Für ein paar atemberaubende Sekunden glaube ich, dass sie mich küssen wird, aber dann zwinkert sie nur und hält mir einen Handspiegel vors Gesicht.

Ich sehe *gut* aus. Ich meine, wow. Sie kann das echt toll.

Wir ziehen uns an; ich drehe ihr den Rücken zu, während ich mich umziehe, aber ich frage mich, ob sie ein paar Blicke erhascht. Auf meiner Haut prickelt es, und ich fühle mich unbeholfen und aus dem Gleichgewicht gebracht. Beim Anziehen meiner schwarzen Jeans falle ich beinahe vornüber. Als ich mich endlich wieder umdrehe, steht Vee gegen die Wand gelehnt da und starrt mich an. Sie hat die Arme verschränkt. Es fühlt sich ein wenig komisch an, meine Klamotten an ihr zu sehen – als würde man in einen Zerrspiegel blicken. Aber irgendwie auch toll. Als würden wir ein Geheimnis miteinander teilen. Ich bin leicht atemlos. Ich wollte schon so lange einmal Teil von etwas außerhalb meiner Familie sein, und eine Weile hatte ich Dahlia, aber ... das ist vorbei, und ich habe mich so allein gefühlt.

Vee gibt mir das Gefühl, gesehen zu werden. Lebendig zu sein. Erwünscht. Zur Abwechslung sogar mal cool. Und das brauche ich so dringend.

Sie greift nach meiner Hand, steigt durch das offene Fenster nach draußen und zieht mich mit. Nicht, dass ich mich dagegen wehren würde.

Vee Crockett ist vermutlich das interessanteste Mädchen, dem ich jemals begegnet bin. Sie ist gefährlich und wild und geschmeidig und unberechenbar, und man verspürt in ihrer Gegenwart einen ständigen Nervenkitzel, was in der nächsten Sekunde passieren wird. Für jemanden wie mich, die ich insgeheim immer mit bösen Überraschungen rechne ... fühlt sich das an wie die beste Achterbahnfahrt der Welt.

Ich weiß allerdings auch, dass unser rasanter Achterbahnwagen jederzeit von den Gleisen abkommen könnte, und ein Teil meines Verstandes meldet sich, während wir die Straße entlanglaufen. Das Lagerfeuer ist schon deutlich zu sehen, wir hören Rufe, Gelächter, pulsierende Musik.

»Komm schon, lass uns schnell hingehen, bevor die Cops die Party auflösen!«, ruft Vee und fängt an zu rennen. Ich hole sie mit Leichtigkeit ein. Darin bin ich gut. Ich komme nicht mal ins Schwitzen, tatsächlich muss ich langsamer werden, damit sie wieder aufholen kann. Als wir am Ziel angekommen sind, lacht und keucht sie ein bisschen.

Der Bereich unterhalb des Felsens am Seeufer – Killing Rock – besteht hauptsächlich aus importiertem Sand, ein Fake-Strand mitten in Tennessee. Die Nachtluft ist knackig kalt, aber das hält niemanden davon ab, im See zu schwimmen oder vom Felsrand oben ins Wasser zu springen. So eiskalt ist es auch noch nicht; zumindest sind die Temperaturen noch nicht unter den Gefrierpunkt gesunken. Der Herbst in Tennessee ist manchmal eher ein Sommer mit bunten Blättern und der Winter ein Herbst mit farbenfroher Weihnachtsbeleuchtung. Heute scheint es nicht anders zu sein. Der Himmel ist leicht bewölkt, aber diese Federwolken wirken eher dekorativ als bedrohlich.

In der Gegend von Norton gibt es insgesamt vielleicht hundert Teenager, und ungefähr achtzig davon sind heute an diesem Ende des Sees versammelt. Der Rest ist vermutlich noch unterwegs hierher.

»Na, das sieht doch perfekt aus«, meint Vee und schenkt einem Jungen, der vorbeitaumelt, ein breites Grinsen. Der Kerl ist bereits bis zur Oberkante dicht, aber das scheint sie nicht abzuschrecken, denn sie sieht ihm weiterhin hinterher. Ich fühle einen kleinen … Stich. Ich will nicht behaupten, es sei Eifersucht. Ich sage mir selbst, dass Vee sowieso nicht auf mich steht, dass ich mir in Wolfhunter alles nur eingebildet habe, als es so wirkte, als hätte sie mich wirklich gern. *Ach ja, und warum ist sie dann hier, wenn nicht deinetwegen?*

Okay. Vielleicht bin ich ja doch eifersüchtig.

In dem Augenblick sehe ich Lottie, auf die ich auch mal irgendwie gestanden habe, vom Felsen springen, die Knie fest an die Brust gepresst. Sie landet mit einem enormen Klatscher im See, was von den Leuten auf den Campingstühlen nahe am Dock lautstark gefeiert wird. Dutzende Teenies haben sich rund um das Lagerfeuer versammelt, das rotgoldenes Licht auf die sich kräuselnde Wasseroberfläche wirft. Aus dem Augenwinkel sehe ich Vee in eine andere Richtung gehen, warte aber noch darauf, dass Lottie wieder auftaucht. Das tut sie winkend und wird dafür noch einmal bejubelt, während sie zum Ufer zurückschwimmt. Lottie ist wunderschön. Sie ist ein Rotschopf mit großen grünen Augen, einer Stupsnase und einem breiten Tennessee-Dialekt. Ja, ich habe möglicherweise immer noch was für sie übrig. Lottie hingegen weiß gerade mal, dass ich existiere. Zumindest hat sie mir aktiv keinen Hass entgegengeschleudert. Von daher kann ich meine Schwärmerei für sie noch etwas aufrechterhalten.

Killing Rock ist nicht der richtige Name des großen Felsens, der über den See hinausragt. Eigentlich hat er einen irrsinnig langweiligen offiziellen Namen, so was wie Lookout Point oder Sunset View oder was Ähnliches. Aber unter den Schülern von Norton wird er schon seit Urzeiten Killing Rock genannt – sogar die Lehrer nennen ihn so. Auch wenn niemand weiß, wer da eigentlich getötet wurde. Es gibt eine sehr vage Legende über eine Prinzessin der amerikanischen Ureinwohner, die Selbstmord beging, indem sie von dort oben auf die Felsen hinuntersprang, typischer Blödsinn, den Weiße so produzieren, um romantisch über die ursprünglichen Einwohner zu reden, die sie selbst abgeschlachtet haben. Ich glaube nicht an diesen Mythos. Aber irgendwoher muss der Name ja kommen.

Ich sehe mich nach Vee um, finde sie aber nirgendwo. Sie ist in der Menge verschwunden. Stirnrunzelnd suche ich kurz nach ihr, aber letztlich schätze ich, sie wird schon zurückkommen, wenn sie so weit ist. *Vielleicht hat sie diesen betrunkenen Kerl gesucht und macht gerade mit ihm rum.* Ich denke nur ungern darüber nach. Ich bin mir nicht sicher, ob Vee lesbisch oder bi ist oder poly oder was auch immer. Sie hat bisher nicht wirklich etwas gesagt, das mir einen Hinweis geben würde. Aber eins weiß ich tief in meinem Inneren: Sie ist nicht gut für mich. Als ich ihr das erste Mal begegnet bin, saß sie im Gefängnis, und ja, sie hat zwar ihre Mom nicht umgebracht, aber sie hatte zu dem Zeitpunkt schon genug schlimme Dinge getan. Sie hatte ein Drogenproblem. Und ein Alkoholproblem. Und sie war bereit, eine Menge fragwürdiger Dinge zu tun, um das zu bekommen, was sie wollte.

Bedeutet trotzdem nicht, dass ich sie nicht will.

»He, Lanny.« Ich drehe mich um. Irgendjemand – ein Schatten zwischen den Bäumen – hält mir ein Bier entgegen, aber ich schüttle den Kopf. Auf keinen Fall darf Mom so etwas an mir riechen, wenn ich nach Hause komme. Er reicht mir stattdessen ein Wasser. Ich prüfe, ob der Verschluss noch intakt ist, bevor ich es öffne und einen Schluck trinke. Paranoid aufzuwachsen hat auch seine Vorteile; mich wird niemand mit den üblichen Taktiken überrumpeln können. *Oh, klar doch, du Idiotin, im Dunkeln herzukommen war ja auch supervorsichtig.* Ich hasse die spöttische Stimme in meinem Kopf, aber ich kann sie auch nicht abschalten. Zumindest sagt sie im Augenblick etwas, das Sinn ergibt. Normalerweise ist es immer nur eine dumme Litanei darüber, wie doof meine Haare aussehen, dass meine Augen nicht dieselbe Größe haben, dass ich zu dünn oder zu dick oder zu klein oder nicht sexy genug bin, irgendetwas in diese Richtung. Zumindest beruhigt mich das Wissen, dass auch alle anderen eine solche Stimme in sich hören.

Na ja. Die Arschlöcher vermutlich nicht.

Das Feuer scheint gerade hell genug, dass ich erkennen kann, wer mir das Wasser gereicht hat. Bon Casey, der entspannt in einem Campingstuhl sitzt. Genau wie ich lässt er sich mit einer Kurzform seines Namens anreden, aber zumindest ist Atlanta ein vernünftiger Vorname. Bonaventure? Ha, wohl eher nicht. Er ist ein paar Jahre älter als ich, von daher bin ich ihm gegenüber etwas schüchtern.

»Bon«, proste ich ihm mit dem Wasser zu. Er schiebt einen uralten Campingstuhl in meine Richtung, und ich lasse mich hineinsinken. »Wie läuft's?«

Er zuckt mit den Schultern. »Es läuft.« Bon ist technisch gesehen in der Oberstufe, aber er ist ein paarmal sitzen geblieben. Eigentlich ist er schon erwachsen, sodass es irgendwie seltsam ist, ihn hier anzutreffen. »Hab von deinem Bruder gehört. Geht's ihm gut?«

»Ja. Alles okay.«

»Tja, bei Hank Charterhouse ist nicht alles okay«, meint Bon. »Sein ganzer Kiefer ist verdrahtet. Du weißt, dass die Charterhouses Verbindungen in die entsprechenden Kreise haben, oder?«

»Sie sind Cousins der Belldenes.«

»Nur zur Vorwarnung, Hank wird sich rächen wollen, sobald sein Kiefer geheilt ist. Ihr solltet also alle die Augen offen halten. Der Belldene-Clan macht keine Spielchen.«

»Danke«, antworte ich. Ich erzähle ihm nicht, dass das Oberhaupt samt Frau bereits in unserem Haus war und versucht hat, uns Angst einzujagen. »Ich kann dir aber versichern, dass meine Mom wirklich niemand ist, mit dem man sich anlegen will.«

Bon lacht. Es klingt leicht high und irre. »Ja, sie ist schon ein beängstigendes Weibsbild.«

»Liegt in der Familie«, erwidere ich. Er hält mir sein Bier entgegen, und ich tippe mit meinem Wasser dagegen, um anzustoßen. Ich sollte aufstehen und weitergehen, doch ich weiß nicht so recht, wie mich die Leute am Lagerfeuer empfangen würden; es scheint, als hätten sich da all die coolen Kids versammelt. Ein paar sind eingeschlafen, eingewickelt in Flanelljacken und Decken. Falls die Cops nicht bereits unterwegs sind, wird die Fete garantiert innerhalb der nächsten Stunde aufgelöst. Der Ort hier ist ziemlich bekannt.

Erneut sehe ich mich nach Vee um, aber sie ist nirgendwo zu finden. Ich bin enttäuscht, dass sie mich einfach hat sitzen lassen, andererseits aber auch nicht wirklich überrascht.

Ich sehe zu, wie Lottie mit einer Gruppe Jungs plaudert und dabei zu viel und zu schnell trinkt. Trotz Bon, Lottie und den ungefähr achtzig Teenagern in nächster Nähe fühle ich mich sehr einsam. Irgendjemand – diesmal ein Junge – springt vom Felsen, und die durch seinen Aufprall ausgelöste Welle schafft es bis ans Ufer. Ich höre die spielerisch empörten Schreie der Instagram-Girlies, die Selfies rund um das Feuer machen. Unter ihnen ist auch Lottie. Ja, ich registriere weiter alles um mich herum, während ich langsam wütend auf Vee werde, weil ich ihretwegen hier wie ein einsamer Trauerkloß herumsitze.

»Buh!«

Ich schreie auf, als jemand von hinten nach mir greift, und lasse meine Wasserflasche fallen. Hinter mir steht Vee; sie grinst breit und leicht irre. So verdammt high, wie sie ist, überrascht es wirklich, dass sie noch nicht vom Boden abgehoben hat. »Verflucht! Mach so was nicht!«

»Tut mir leid«, entschuldigt sie sich, aber es klingt nicht so, als würde sie es auch meinen. »Na komm. Lass uns tanzen.«

»Hey, Neue, willst du Spaß haben?«, fragt Bon. Sie ignoriert ihn komplett und zerrt mich näher zum Feuer auf ein freies Stückchen Strand. Sie fängt an zu tanzen. Als sie ihre Arme um mich legt und mich näher zu sich heranzieht, höre ich die Jungs hinter uns jauchzen und klatschen. Das gefällt mir nicht. Ich bin nicht hier, um denen eine gute Show zu liefern.

Ich bringe etwas Abstand zwischen Vee und mich. »Hey, diese Party wird garantiert bald aufgelöst. Wir sollten zurück.«

»Zurück wohin?«, ruft sie über die Musik hinweg. Jemand hat den Sound so laut aufgedreht, dass ich den Bass unangenehm in meinen Knochen vibrieren spüre.

»Nach Hause!« Ich bin müde und fühle mich komisch. Mein Instinkt rät mir, sofort von hier zu verschwinden; irgendetwas braut sich unter all dem Gejubel und dem Lagerfeuer und der Energie zusammen. Es ist nur ein Gefühl, aber Mom hat mir beigebracht, meinem Instinkt immer zu vertrauen.

»Ach, zum Teufel, nein, Lanta, wir gehen nicht nach Hause. Wir bleiben die ganze Nacht hier und feiern!«

Das letzte Wort zieht sie in die Länge, dreht sich dabei wild tanzend im Kreis und breitet die Arme weit aus. Ich muss einen Schritt zurücktreten, um nicht von ihr geschlagen zu werden. Sie ist viel zu high und trifft gerade keine guten Entscheidungen. Ich greife nach ihrer Hand und ziehe sie weg, drücke sie in den Stuhl neben Bon und nehme noch eine Wasserflasche aus seiner Kühlbox. Er verschluckt sich an seinem Bier. »Hey, Mädel, die Dinger kosten was, ja?«

Ich zerre fünf Dollar aus meiner Hosentasche und schleudere sie ihm entgegen. Er grummelt vor sich hin, nimmt sie aber an. Ich bringe Vee dazu, zu trinken, und sie kippt die ganze Flasche hinunter, krümmt sich dann nach vorn und keucht, als müsste sie sich übergeben. Was sie nicht tut. Als sie sich wieder zurücklehnt, wirkt sie etwas nüchterner. Das fiebrige Glitzern ist fast weg. Sie schwitzt. Ich rieche ihren säuerlichen Körpergeruch. Sie hat dringend eine Dusche nötig.

»O Mann, das war zu viel. Ich hab's vermasselt«, stöhnt sie und legt den Kopf in die Hände. »Tut mir leid. Ich ... Lanta, ich will einfach nur ein bisschen Spaß haben. Ist das so falsch?«

Sie zittert. Die Drogen setzen ihr jetzt richtig zu, und ich mache mir Sorgen. »Vee, was hast du genommen?«

Ihr Blick zeigt, dass sie das nicht weiß. Vermutlich hat sie ein paar Pillen geschluckt. Vielleicht auch was geraucht. Schwer zu sagen.

Es geht ihr nicht gut. Ich kann sie nicht hier draußen lassen. Ihr könnte alles Mögliche zustoßen.

»Hey«, sage ich zu Bon. »Würdest du uns vielleicht nach Hause fahren? Gegen Geld?«

»Ich bin doch kein Taxi. Ihr könnt ja wohl laufen.«

Wieder springt jemand mit einer Arschbombe in den See, und es wird applaudiert und gejubelt. Die Partygeräusche werden immer lauter. Ich sehe mich um und erkenne nur ein Meer aus verzerrten Gesichtern und sich windenden Körpern. Das Licht des Feuers lässt die Leute, die mir bekannt sind, wie gefährliche Fremde wirken.

»Also. Willst du noch was anderes außer Wasser kaufen? Falls nämlich nicht, dann zieht weiter. Die Stühle sind für Kunden.« Bon verkauft hier Gras und Pillen. Natürlich. Das hätte ich wissen sollen. Niemand ist umsonst nett zu mir.

»Na schön.« Ich greife nach Vee und zerre sie auf die Füße.

»Mir geht's nicht so gut«, stöhnt sie.

»Schon okay. Wir gehen nach Hause. Da kannst du deinen Rausch ausschlafen.«

Sie entwindet sich mir und fängt an zu rennen. Sofort haste ich hinter ihr her, denn sie läuft nicht nach Hause. Sondern in Richtung des Felsens. »Vee! *Stopp!*«

Doch sie hält nicht an. Wild lachend stolpert sie den steilen Pfad nach oben, und ich folge ihr. Irgendwie ist sie mir die ganze Zeit einen Schritt voraus, obwohl ich doch eine gute Läuferin bin. Ich schätze, was immer sie genommen hat, hat ihr einen ordentlichen Energieschub verpasst. Der serpentinenartig verlaufende Weg im Dunkeln, die rutschigen Steine – aber sie schafft es, und ich sprinte nur einen Schritt hinter ihr den Weg zum Felsen hinauf.

Vee stößt einen Jubelschrei aus und dreht sich zu mir um. Streckt die Arme aus und wirft sich mir entgegen. Sie ist verschwitzt und keucht, und ich spüre jeden Zentimeter ihres Körpers. »Verdammter Mist«, sagt sie. »Du bist echt schnell.«

»Wenn es sein muss«, erwidere ich nur. Mein Drang, sie anzubrüllen, schmilzt dahin. »Vee, du musst wirklich aufhören, dieses Zeug zu nehmen. Weißt du überhaupt, was das war?«

»Das gehört doch zum Spaß dazu«, erklärt Vee, ein raues Schnurren in ihrer Kehle, was ich in mir vibrieren spüre. Tief in mir keimt Hitze auf. »Willst du wissen, was noch dazugehört?«

»Nein«, lüge ich.

»Du bist echt eine Spielverderberin, Lanta Proctor«, beschwert sie sich, und bevor ich weiter darüber nachdenken kann, bevor ich herunterrasseln kann, warum das eine schreckliche Idee ist, küssen wir uns, und o mein Gott. Ich vergesse, warum ich nicht hier sein sollte und dass Vee Ärger auf zwei Beinen ist, denn dieser Kuss ist der beste, den ich jemals hatte, und ich will einfach nur mehr.

Plötzlich zuckt Vee keuchend zurück. »Was zum Teufel war denn das?« Erst denke ich, sie macht Witze, doch dann höre ich es auch. Ich war so überrascht und so auf sie fokussiert, dass ich das Rascheln unter dem Baum nicht gehört habe, oder das Stöhnen. Oder vielleicht habe ich gedacht, wir würden das Geräusch erzeugen. Haben wir aber nicht.

Mittlerweile haben sich meine Augen an die Dunkelheit gewöhnt, und ich sehe Vees Gesicht klar vor mir, und hinter ihr jemanden auf dem Boden liegen. Zwei blasse Beine.

Ich taste nach meinem Handy und aktiviere die Taschenlampenfunktion. Sofort wird alles grell beleuchtet. Das Licht glitzert auf der blassen Haut eines weiblichen Oberschenkels, auf blonden Haaren, die in Baumwurzeln verheddert sind. Eine Frau liegt zusammengekrümmt da wie eine kaputte Puppe.

Mein Herz rast so schnell, dass es wehtut. Ein paar Sekunden lang bin ich wie erstarrt, dann quetsche ich mich zwischen die Felsbrocken und gehe neben ihr in die Hocke. Sie ist nicht tot. Sie stöhnt.

»Himmel, was stimmt mit ihr nicht? Fass sie nicht an!«, sagt Vee hinter mir.

»Sie lebt«, bringe ich heraus. Das Mädchen liegt mit dem Gesicht nach unten da, umhüllt von ihren blonden Haaren, daher weiß ich nicht, wer es ist, aber ich will sie auch nicht bewegen. Ich zittere, die Angst rumort in mir, doch gleichzeitig muss ich herausfinden, was mit ihr nicht stimmt. Ich erstarre, als mein Licht über einen roten Streifen Blut auf einem großen Stein wandert, der neben ihr liegt. In ihren Haaren ist ebenfalls Blut. *O Gott!*

»Wir sollten gehen«, drängt Vee. »Jetzt sofort! Komm schon, Lanta!« Sie klingt panikerfüllt.

»Ich kann sie doch nicht einfach hierlassen!« Was ist ihr passiert? Ist sie nur hingefallen? Oder hat jemand sie mit dem Stein geschlagen? Ich kann nicht mehr klar denken, und ich will jetzt nicht die falsche Entscheidung treffen.

Ich tippe eine Nummer auf meinem Handy ein.

»Was zum Teufel machst du da?« Vees Stimme klingt schrill. Wütend. »Lanta! Zum Teufel, nein, du rufst doch jetzt nicht die Cops an!« Ihr Dialekt wird stärker.

Ich antworte ihr nicht. Ich wähle einfach die Nummer.

»Norton-Notruf, wie lautet Ihr Notfall?«, fragt eine Stimme in ruhigem Tonfall, der mir etwas die Panik nimmt.

»Hier ist ein Mädchen. Ich glaube – sie ist verletzt.« Ich drehe mich zu Vee um. Sie starrt mich kalt an. Dann macht sie kehrt und nimmt den Weg den Hang hinunter. Schätze, sie will nichts riskieren. Ich bin erschüttert. Erst erlebe ich den besten Kuss meines Lebens, dann werde ich einfach so verlassen. Mir wird bewusst, dass ich völlig allein bin.

Schon wieder. Mein Atem geht keuchend, und ich zittere. Ich stehe auf und sehe mich um. Eine Sekunde lang wirkt der Weg nach unten unglaublich verführerisch. Ich wende mich davon ab und schaue stattdessen auf den See hinaus.

Ich sehe unser Haus, es wirkt wie ein hübsches kleines Leuchtfeuer in der Dunkelheit, erhellt durch die Sicherheitsbeleuchtung an den Ecken. Ich denke an Mom, die im Bett liegt und schläft. Darauf vertraut, dass ich das Richtige tue. Die Lady vom Notruf weist mich an, nachzusehen, wo das Mädchen verletzt ist. Ich will es nicht tun, aber ich weiß, dass ich es muss. Ich bin die Einzige, die sie jetzt hat. Ich versuche es ein paarmal halbherzig, bevor es mir gelingt, meine Angst hinunterzuschlucken und es wirklich zu tun. Vorsichtig berühre ich ihren Kopf. Überall Blut. »Ich weiß nicht, wo sie verletzt ist«, erkläre ich der Frau am Telefon. »Sie liegt mit dem Gesicht nach unten.«

»Okay, du musst sie sanft auf die Seite rollen. Ich bin bei dir.« Die Stimme klingt warm und ruhig, und das verleiht mir die Kraft, das Handy beiseitezulegen und die Lautsprecherfunktion zu aktivieren. *Ich will das hier nicht,* schreit es in mir. Trotzdem rolle ich das Mädchen vorsichtig zur Seite. Jetzt sehe ich, dass die gesamte linke Hälfte ihres Kopfs völlig … *falsch* aussieht. Irgendwie eingedrückt. An einer Stelle klebt ihr glattes blondes Haar zusammen, und ein Teil ihrer Kopfhaut ist locker. *O Gott!* Ich kämpfe mit mir, nicht nach hinten zu weichen, und presse meine Augen fest zu, aber ich kann es nicht *nicht* sehen, es ist, als hätte es sich in meine Netzhaut eingebrannt. Ich möchte mich übergeben. Schreien. Aber die Frau am Handy spricht weiter mit mir, und ich klammere mich daran. »Ja«, antworte ich, obwohl ich gar nicht genau weiß, was sie gerade gesagt hat. »Äh, ihr Kopf ist verletzt. Ich glaube … ich glaube, sie hat ihn sich an einem Stein aufgeschlagen oder so etwas. Sieht wirklich schlimm aus.«

Eine Sekunde später wird mir klar, dass ich das Mädchen kenne. Es ist Candy Clark, eins von den beliebten Mädchen. Ich glaube, sie ist aus der Oberstufe; sie ist gerade achtzehn geworden. Sie trägt glitzernden Lidschatten. Genau wie ich. Und das tut weh. Ich spüre, wie mir die Tränen über die Wangen laufen – vom Schock, schätze ich. Ich zittere im kühlen Wind, doch als ich Candy berühre, fühlt sie sich noch viel kälter an. Ich ziehe meine Jacke aus und decke sie damit zu, falls das helfen sollte.

Vee ist abgehauen. Sie hat mich hier einfach alleingelassen.

Die Stimme im Handy sagt mir, ich solle ruhig bleiben, ein Krankenwagen und die Polizei würden gleich kommen, und dass ich weiter auf Candys Puls achten solle. Ich versuche es. Aber meine Finger sind kalt, und ich bin mir nicht sicher, ob ich ihren Puls überhaupt spüre oder es mir nur einbilde. Ich zittere so heftig, dass meine Zähne klappern.

Ich will meine Mom. Mom wüsste, was zu tun ist.

Unten am Strand hämmert noch immer die Musik, aber jetzt vernehme ich die Sirenen in der Ferne. Ich höre die Leute schreien. »Cops!« Von meiner Position aus kann ich es nicht sehen, aber ich vermute, dass alle, die nicht ihren Alkoholrausch ausschlafen, jetzt verschwinden. Ich versuche, ruhig zu bleiben und die Pulsschläge zu zählen, die ich gerade so gegen meine Finger pochen spüre.

»Hey«, flüstere ich. »Candy? Kannst du mich hören?« Ich glaube nicht, dass sie das kann. Ich weine, und meine Stimme klingt seltsam, und ich muss mir die Nase abwischen und schwer schlucken, bevor ich es erneut versuche. »Candy, ich bin's, Lanny Proctor. Ich bin hier. Ich lass dich nicht allein, okay? Alles wird gut. Das verspreche ich.«

Ich höre, wie rund um den See Motoren gestartet werden. Die Feiernden verschwinden.

Jetzt bin ich hier noch einsamer als zuvor. Die Frau am Telefon versichert mir, dass Hilfe unterwegs sei. Sie klingt professionell und ruhig, und das hilft ein bisschen, aber trotzdem fühle ich mich hier oben so isoliert, als wäre ich abgesehen von Candy das einzige lebende Wesen auf dieser Welt. Ich wünschte, noch jemand anderes wäre hier. Egal wer.

Und fast scheint es, als würde mein Wunsch sofort in Erfüllung gehen, denn ich höre Schritte, die den Pfad nach oben hasten. Vielleicht Vee, die zurückkommt? Nein.

Es ist Bon. Was macht Bon hier?

Im Mondlicht sieht er blass und verschwitzt aus.

Rein instinktiv schalte ich den Notruf auf stumm.

»Hey«, meint er. »Ich hab gesehen, wie deine Freundin verschwunden ist. Geht's dir gut?«

Am liebsten würde ich mich in seine Arme werfen und weinen, aber ich kann mich beherrschen. Gerade so. Ich zeige lediglich auf das Mädchen. Im grellen Licht meiner Handytaschenlampe wirkt sie bleich und tot, aber noch sehe ich den Puls an ihrer Kehle. Bons Augen weiten sich.

»Lebt sie?«, fragt er. Ich nicke. Ich glaube, im Moment wäre ich nicht in der Lage, ganze Sätze zu formulieren. *Es ist alles okay. Bon ist hier. Er ist älter. Er wird wissen, was zu tun ist.*

Die Telefonistin fragt mich erneut, ob ich allein bin, und ich halte einen Finger an die Lippen, um Bon zu warnen, bevor ich die Stummschaltung aufhebe. »Ja, nur ich. Ich bin allein mit ihr.« Es ist mutig von Bon, hier heraufzukommen, um nach mir zu sehen, aber er hat vermutlich ein halbes Dutzend verschiedener Drogen bei sich, die ihm ordentlich Ärger einbringen könnten. Er hätte auch weglaufen können. Alle anderen haben es getan. Ich will nicht, dass er verhaftet wird.

»Hast du da oben noch jemanden gesehen?«, fragt die Frau am Bereitschaftstelefon.

»Nein«, antworte ich. »Beziehungsweise doch. Viele Leute sind von dem Felsen hier oben ins Wasser gesprungen. Aber ich weiß nicht, wer.« Das ist eine glatte Lüge, ich sollte Lottie erwähnen. Aber das tue ich nicht, denn ich will nicht, dass sie Schwierigkeiten bekommt.

Bon gestikuliert zu mir, dass er das Handy haben will. Sofort gebe ich es ihm, und diese Verantwortung abzugeben fühlt sich so gut an, dass ich vor Erleichterung erschaudere. Ich raune ihm ein »Danke« zu.

Doch anstatt mit der Frau am anderen Ende der Leitung zu sprechen, beendet Bon den Anruf einfach und schaltet das Handy aus. *Was zum Teufel?*

Dann sagt er: »Tut mir leid, dass du sie gefunden hast, Lanny.«

Für ein paar lange Sekunden verstehe ich es nicht. Ganz und gar nicht.

Dann wird mir auf einmal klar, in welcher Gefahr ich mich befinde, und es fühlt sich so an, als würde überall auf meiner Haut Strom prickeln. Die plötzlich aufkeimende Furcht durchfährt mich wie ein Blitz, aber ich schiebe sie von mir. Wenn ich das überstehen will, muss ich clever sein, aber mein Verstand rast, schweift ab, fragt sich, was Bon da tut, *warum* er Candy das angetan haben könnte, *wann* … so viele Fragen. Aber ich stelle sie nicht. Ich atme einfach nur und beobachte. Während Bon mein Handy einsteckt, stehe ich langsam auf und entferne mich rückwärts von Candy. Dabei lasse ich ihn keine Sekunde aus den Augen.

»Die Cops sind unterwegs«, sage ich, was mir schon dumm erscheint, während ich es ausspreche. Wir hören beide die Sirenen in der Ferne. Aber das heißt nicht, dass sie schon nahe sind, nicht hier im Hinterland.

»Das bedeutet, dass wir das schnell hinter uns bringen müssen«, erwidert er und zieht ein Messer aus einer Scheide an seinem Gürtel. »Tut mir leid, Lanny. Ist nichts Persönliches.«

O verdammt!

Kapitel 9

Lanny

»Du warst das?« Ich ersticke fast an den Worten, denn alles in mir wehrt sich gegen die Erkenntnis, dass ich vorhin noch neben einem Mann gesessen und mit ihm geplaudert habe, der am selben Abend einer meiner Klassenkameradinnen den Schädel eingeschlagen hat.

Er zuckt mit den Achseln. »Hör mal, sie hat mich abgezockt. Sie hätte es besser wissen müssen. Es ist mir ein bisschen entglitten. Außerdem habe ich einen Partner, und der macht keine halben Sachen.«

Die Cops sind unterwegs, aber ich habe keine Ahnung, wann sie hier eintreffen werden. In Minuten? Ich habe vielleicht keine Minuten mehr. Er steht zwischen mir und dem Weg nach unten zum Strand. Also schinde ich Zeit, denn meine einzige Hoffnung ist, dass die Cops schnell genug ankommen und er beschließt, lieber sofort abzuhauen. Obwohl mir im Grunde klar ist, dass er das nicht tun wird.

Er kann gar nicht.

»Vielleicht …« Meine Stimme klingt kleinlaut und schwach, und jetzt zittere ich am ganzen Körper und kann kaum noch atmen. »Vielleicht war es ja ein Unfall. Sie ist hingefallen und hat sich den Kopf angeschlagen. Ich könnte erzählen, dass sie das gesagt hat.«

»Aber was, wenn sie sich erholt und etwas anderes erzählt?« Er schüttelt den Kopf. »Hör mal, ich wollte ihr gar nicht wehtun. Ich habe sie geschüttelt und geschubst, und dabei ist sie auf den Stein gefallen.« Ich bin mir nicht sicher, ob das die Wahrheit ist. Trotzdem nicke ich. Er dreht das Messer hin und her, und das zeigt mir, dass er das nicht tun will. Nicht wirklich.

Ich höre, wie jemand den Pfad heraufsteigt. Erleichterung durchzuckt meinen ganzen Körper, und meine Knie drohen, unter mir nachzugeben. Die Cops sind da. Gott sei Dank.

Aber es sind nicht die Cops. Die Sirenen sind noch immer zu hören und kommen näher, aber noch sind sie nicht hier. Das Gefühl wunderbarer Erleichterung wird augenblicklich von einer Woge nackter Angst weggeschwemmt, die dafür sorgt, dass mein Mund trocken wird und ich die Fäuste balle. Der junge Mann, der jetzt oben auftaucht, ist verschwitzt, schmierig, älter als Bon. Er trägt ein abgetragenes, fleckiges Muskelshirt und eine lächerliche Vokuhilafrisur. Ich rieche seinen ranzigen Körpergeruch aus einem Meter Entfernung. Im Gegensatz zu Bon sieht er nicht high aus, und ich glaube, das macht mir mehr Angst als alles andere.

Er sieht erst Bon an, dann mich. »Was zum Teufel hast du dir denn dabei gedacht?« Als würde er Bon kennen. »O verdammt! Junge, ich hab dir gesagt, du sollst das Geld eintreiben, nicht jemanden töten! Da stecken wir jetzt aber tief in der Scheiße.«

»Ich bring das in Ordnung«, widerspricht Bon und tritt mit dem Messer in der Hand näher an mich heran. Mir bleibt keine Zeit mehr, und für eine Sekunde überkommt mich heftige Panik, bevor sich endlich ein Plan in meinem Kopf formt. Der ist nicht grandios, aber besser wird es nicht.

Ich renne geradewegs auf den dunklen Felsrand zu.

Ich springe.

Aber ich schaffe es nicht.

Bon ist ebenfalls in meine Richtung gesprungen. Seine Arme sind gerade lang genug, um mich hinten am Shirt zu erwischen, und er zerrt mich zurück, sodass ich das Gleichgewicht verliere. Ich rudere mit den Armen, um mich aufrecht zu halten, doch dann zerrt er erneut und ich spüre, wie ich falle. Ich rolle mich zusammen, um meinen Kopf zu schützen, während ich auf dem Boden aufpralle. Wie einen Sack schleift er mich hinter sich her, zurück zu dem anderen. »Lass mich los!«, rufe ich, und dann schreie ich. Ich höre es über das Wasser hinweghallen. Vielleicht hört mich ja irgendjemand.

Aber hier wird schon seit Stunden Party gemacht und herumgeschrien …

Die Panik brennt mir ein Loch in die Brust. Während Bon mich hinter sich her zerrt, trete ich nach ihm, und als er sich vorbeugt, um mich fester zu packen, fällt ihm mein Handy aus der Tasche. Ich greife danach und drücke dabei eine Taste, die ein Notfallmenü öffnet. Ich drücke erneut eine Taste, um einen Notruf abzusetzen. Ich höre keine Antwort, daher schreie ich einfach nur: »Helft mir, ich bin auf dem Killing Rock, ich werde …«

Er schlägt mir das Handy aus der Hand. Es schlittert über den Steinboden auf den Rand zu und verschwindet dann, und mit ihm verschwindet meine letzte Hoffnung. Jetzt fühle ich mich nackt. Ich kann Mom nicht anrufen. Ich kann die Cops nicht anrufen. Ich weiß nicht mal, ob mich die Notrufzentrale überhaupt gehört hat.

Ich habe solche Angst. Das hier fühlt sich so endgültig an. Ich kann nicht aufhören zu weinen, die Tränen rinnen mir über die Wangen, und alles schießt im Bruchteil von Sekunden durch meine Gedanken, all die Dinge, die ich niemals wieder haben werde: Umarmungen von meiner Mom, von Sam, von Connor; Küsse von hübschen Mädchen; Filme und Spiele und Lachen und Rennen und das sichere Wissen, dass mich meine Mom retten kommt. Auf einmal ist alles verschwommen, und dann wird es still in mir. Und mein Verstand ist wieder klar.

Ich muss allein dafür sorgen, am Leben zu bleiben.

Niemand wird mir zu Hilfe kommen.

Ich höre auf, mich zu wehren. Ich lasse mich einfach sacken und mache mich schwerer, aber das hält Bon nicht auf. Es gibt nichts, woran ich mich festklammern könnte ... aber auf einmal erinnere ich mich an all die Dinge, die Mom mir beigebracht hat. Früher fühlte sich das alles eher wie ein Spiel an. Jetzt nicht mehr. Jetzt ist dieses Wissen alles, was ich noch habe.

Ich höre sie sprechen. *Wenn du sonst nichts hast, benutze deinen eigenen Körper.*

Ich rolle mich blitzschnell zur Seite, sodass sich Bons Handgelenk verdreht und gleichzeitig seine Schulter gezerrt wird; ich presse die Sohlen meiner Laufschuhe gegen den Felsboden, stemme mein Becken hoch und entgleite damit seinem Griff an meinem Shirt. Ich glaube, es reißt, aber das kümmert mich nicht. Im Gegenteil, das gibt mir sogar den Schwung, auf die Füße zu kommen; ich lande in der Hocke, ducke mich und rolle seitwärts, als der Vokuhila-Kerl mich zu greifen versucht. »Schnapp sie dir!«, ruft Bon. Ich weiche aus.

Ich drehe mich um, laufe los und mache erneut einen Satz in Richtung Abgrund.

Ich habe das noch nie getan, bin noch nie von diesem verdammten Felsen gesprungen, und da unten ist es jetzt pechschwarz, ich habe keine Ahnung, wo das Wasser ist oder wo die gefährlichen Felsen sein könnten. Ich springe blind, in dem Wissen, dass das meine einzige Chance ist, hier lebend rauszukommen. Ich habe entsetzliche Angst, während ich in der Dunkelheit falle.

Das Ganze dauert zwei lange Sekunden. Wenn ich auf einem Felsen aufkomme, werden meine Beine zertrümmert – vielleicht merke ich das noch nicht mal, wenn ich unter Wasser bin. *Nein, nein, nein, nein, nein, nicht so …* Ich will nicht ertrinken. Das darf nicht sein. Alles in mir schreit auf, ich erinnere mich an die verschwommenen Träume, in denen ich im Wasser trieb, umgeben von den toten Frauen im Unterwassergarten meines Dads. *Nein, nicht so!*

Irgendwie ist es mir gelungen, den tödlichen Felsbrocken auszuweichen. Ich rolle mich zusammen und klatsche schmerzhaft auf dem Wasser auf. Dann sinke ich, spreize instinktiv meine Gliedmaßen und versuche, wieder an die schwarze Oberfläche zu kommen. Zumindest glaube ich, dass es die Oberfläche ist. Es ist so dunkel. Ich bin wie blind im Wasser. Sollte ich meinen Richtungssinn verloren haben, dann schwimme ich vielleicht geradewegs in die Tiefe. Meine Lunge brennt, aber das ist die Panik, und die muss ich im Zaum halten, damit ich jetzt nicht wild um mich schlage und alles verloren ist. *Beruhige dich. Schwimm. Komm an die Oberfläche.*

Es scheint eine Ewigkeit zu dauern, bis ich endlich Luft an meinen Fingern spüre. Mein Kopf durchbricht die Wasseroberfläche, und zitternd schnappe ich nach Luft. Ich versuche, mich zu orientieren. Wo bin ich? Nahe am Ufer unterhalb des Killing Rock, aber dahin will ich nicht zurück. Der Strand ist mittlerweile so gut wie leer, fast alle sind unterwegs zu den Hügeln, zu ihren Autos, wohin auch immer, um abzuhauen. *Die Cops. Wo sind die Cops?* Irgendwo am Horizont sehe ich blinkende Lichter.

Ich kann Vee nirgendwo entdecken. Sie hat mich hier zurückgelassen. *Sie hat mich einfach alleingelassen.*

Ich bin eine gute Läuferin, aber schwimmen ist nicht meine Stärke. Ich werde schnell müde und muss eine Pause einlegen, in der ich mich mit Wassertreten an der Oberfläche halte. Mir ist bewusst, dass ich noch nicht in Sicherheit bin. Der Stillhouse Lake ist tief und dunkel, in ihm sind schon etliche Menschen ertrunken. Außer Bon und seinem Drogendealer-Kumpan weiß niemand, dass ich im Wasser bin. Mein Handy ist weg.

Ich muss mich aus eigener Kraft retten. Aber ich bin so *müde.*

Ich kann nicht sehen, ob sie mich verfolgen, aber das spielt auch keine Rolle. Der See ist so kalt, und ich werde schwächer. Ich muss hier raus. Jetzt.

Also schwimme ich Richtung Ufer.

Der erste Polizeiwagen braust mit laufender Sirene um die Ecke, direkt hinter ihm ein Krankenwagen. Ich fühle nicht einmal mehr Erleichterung. Mir ist einfach nur kalt.

Die zwei Cops, die aus dem Polizeiwagen aussteigen, sehen mich nicht auf sie zuschwimmen. Sie haben mir den Rücken zugewandt, und bevor ich genug Luft beisammenhabe, um nach ihnen zu rufen, laufen sie bereits den Pfad nach oben. Ich frage mich, ob sie glauben werden, *ich* hätte Candy verletzt. Der Gedanke ist neu. Er gefällt mir gar nicht, und ich trete wieder Wasser. Vielleicht sollte ich nicht zum Ufer schwimmen.

Ein paar Sekunden lang ist mir nicht einmal bewusst, dass ich in meinen Bewegungen langsamer werde und sinke, bis mir plötzlich das Wasser über der Nase steht und ich in Panik gerate. Wild strampelnd und keuchend komme ich wieder nach oben, und das Platschen zieht vermutlich die Aufmerksamkeit des Sanitäters auf sich, denn er ruft mir zu, dass ich aus dem Wasser kommen soll.

Ich schwimme, bis ich endlich wieder Boden unter meinen Füßen spüre. Während ich mich ans Ufer schleppe, fühle ich mich um fünfzig Kilo schwerer und stelle schließlich fest, dass ich nicht am Sandstrand gelandet bin. Hier ist es felsig und glitschig, und ich rutsche und krieche nach oben, bis ich endlich trockenen Untergrund erreicht habe. Kraftlos drehe ich mich auf den Rücken und … atme einfach nur. Ich huste Wasser aus, von dem ich nicht einmal wusste, dass ich es geschluckt hatte. Ich zittere so heftig, dass es wehtut, und der Sanitäter kommt mit einer Decke herbeigelaufen und wickelt sie um mich. Er stellt mir Fragen, aber ich antworte nicht. Ich weiß nicht, was ich sagen soll. Ich will einfach nur nach Hause.

Der Sanitäter fragt nach meinem Namen, und es gelingt mir, ihn zu stammeln. Ich schätze, er erkennt ihn, denn sofort tippt er eine Nummer auf einem Handy ein und reicht es mir. »Lanny?« Moms Stimme. Sie bringt Wärme in meinen vor Kälte erstarrten Körper, und ich keuche beinahe vor Erleichterung. »Was ist los?«

Ich breche in Tränen aus. Stammle etwas, keine Ahnung, was genau und ob sie es durch das Keuchen und Schluchzen überhaupt verstehen kann. Aber sie versichert mir, dass sie kommt. Ich sage, dass es mir gut geht, und als sie das Telefonat beendet hat, sinke ich zu Boden, zitternd und durchnässt und eiskalt, und weine mir die Seele aus dem Leib.

Weitere Decken werden auf mich gelegt, aber mir ist immer noch kalt, als Sams Pick-up auf der Straße zum Stehen kommt. Noch mehr Cops sind eingetroffen. Sie versuchen, meine Mom abzufangen, als sie aus dem Pick-up springt, aber sie weicht ihnen einfach aus und rennt auf mich zu, und die Verzweiflung in ihrem Gesicht sorgt dafür, dass ich mich endlich, endlich wieder sicher fühle. Ich kämpfe mich aus meiner sitzenden Position hoch, und noch bevor ich mich aus den Decken schälen kann, umarmt sie mich und drückt mich so fest, dass es eigentlich wehtun müsste. Aber es fühlt sich so richtig an. Ich drücke sie ebenfalls.

Die beiderseitige Erleichterung hält vielleicht für zehn Sekunden an, dann schiebt sie mich ein Stück zurück. »Was zum *Teufel* hast du dir bloß gedacht? Warum bist du rausgegangen? Ohne mir Bescheid zu geben!«

Ich weiß nicht, was ich ihr sagen soll. Ich will nicht lügen, aber ich will ihr auch nicht von Vee erzählen. Ich schäme mich, und ich bin wütend, dass Vee mich im Stich gelassen hat, und ich habe keine Ahnung, wo sie ist. Ich zögere ein paar Sekunden, dann antworte ich: »Ich … ich wollte einfach nur zu der Party, Mom. Ich wusste, du würdest nicht …«

Meine Stimme zittert, ein weiteres Mal stehe ich kurz davor, in Tränen auszubrechen. Meine Fassade des toughen Mädchens ist dahin, und ich fühle mich wieder wie ein kleines Kind. Ich erinnere mich daran, wie ich als Zwölfjährige vor Connor damit prahlte, dass ich Moms Waffen aus der Schließkassette geholt, sie entladen und wieder neu geladen hatte. Der Ausdruck auf Moms Gesicht, als sie uns fand, war genauso gewesen wie in diesem Moment: wütend, voller Angst, enttäuscht und grenzenlos besorgt. Es tut weh. Ich will mich einfach nur zusammenrollen und weinen, bis ich nicht mehr kann.

Ich bin die einzige Zeugin.

Wenn die Cops Bon und den Kerl mit der Vokuhila nicht schnappen, habe ich richtig Ärger am Hals.

Kapitel 10

Gwen

Es ist schwer, die Erleichterung in Worte zu fassen, die ich in diesem Augenblick verspüre. Lanny ist leicht unterkühlt und völlig durchnässt, und sie zittert, aber sie lebt. Sie ist nicht verletzt, aber zu Tode verängstigt. Ich muss sie nach Hause bringen und ihr trockene Kleidung anziehen, aber der Polizeibeamte, der Sams Pick-up gestoppt und ihn angewiesen hat, an der Seite zu parken, kommt jetzt zu uns, mit Sam und Connor im Schlepptau.

»Ich muss Sie alle bitten, auf die Detectives zu warten«, sagt er entschieden. »Sie sind bereits auf dem Weg.«

Lanny fragt: »Geht es ihr gut? Candy, dem Mädchen da oben?« Sie ist blass und zittert immer noch, aber sie hält sich wacker.

Wo oben? Welches Mädchen?, frage ich mich, aber das ist nicht die richtige Zeit für Fragen. Ich richte meine Aufmerksamkeit auf den Sanitäter, der zu Lanny sagt: »Wir sind gerade auf dem Weg dorthin.« Dann wendet er sich an mich. »Lanny geht es gut. Sorgen Sie dafür, dass sie Wärme und Ruhe bekommt. Ihre Lunge ist gereizt und wird eine Zeit lang schmerzen, Sie sollten sie daher zu Ihrem Hausarzt bringen, der kann ihr etwas dagegen geben.« Dann sind er und sein Partner weg. Mit einer Krankentrage laufen sie in Richtung des Felsens, den die Kinder Killing Rock nennen.

Ich richte meine Aufmerksamkeit auf Lanny. »Schatz, was ist denn passiert?«

Sie will es mir nicht erzählen, und ich weiß nicht, ob es am Schock liegt oder an ihrem körperlichen Zustand oder an etwas anderem. Ich will sie weiter bedrängen, aber Sam legt mir eine Hand auf die Schulter und ermahnt mich leise. »Gwen. Es geht ihr gut. Atme erst mal tief durch.«

»Ich wollte doch nur zur Party«, flüstert sie. Ihre Lippen bekommen langsam wieder etwas Farbe, aber sie sieht immer noch halb ertrunken aus. »Es tut mir leid.«

»Es ist gefährlich für dich, einfach so rauszugehen, du weißt doch, was mit deinem Dad war …«

Bis eben hat mein Sohn geschwiegen, aber jetzt wirft er mir einen ärgerlichen und ungeduldigen Blick zu. »Ja, Mom. Das wissen wir. Sie will einfach nur normal sein. Normale Dinge tun.«

Ich halte mich zurück, ihm zu erklären, dass es niemals normal sein wird, weil ich nicht will, dass das stimmt. Wir müssen unser normal finden. Darauf hinarbeiten. Deutlicher als zuvor wird mir bewusst, dass wir nicht in dieser Gegend bleiben können. Ein Teenager zu sein, ist schwierig genug. Das Schwierigkeitslevel, mit dem es meine Kinder zu tun haben, ist einfach überwältigend.

Wir können so nicht weitermachen.

Ich halte Lanny einfach nur fest, reibe ihre Arme und versuche, sie aufzuwärmen. Überall liegen leere Flaschen herum. Ein Stück weiter am Ufer glimmen noch die Reste des riesigen Lagerfeuers. Die zurückgelassenen Campingstühle und Flaschen lassen darauf schließen, wie viele sich hier versammelt hatten. Absolut niemand ist zu sehen, und über allem liegt eine unheimlich anmutende Stille.

Auf dem Felsen sehe ich ein Licht, es stammt von den Sanitätern, die sich offenbar um das Mädchen kümmern, das Lanny erwähnt hat. Sie halten sich nicht lange dort oben auf, und als sie herunterkommen, ist auf der Trage eine reglose Gestalt zu erkennen. Sie lebt noch, wirkt allerdings leichenblass. Der Verband deutet auf eine schwere Kopfwunde hin. Fest steht, dass Lanny sie dort oben gefunden haben muss. Aber warum war meine Tochter dann im See? Ich würde sie am liebsten mit Fragen bombardieren, aber bevor ich Gelegenheit dazu bekomme, fahren auch schon die Detectives in ihrer alten schwarzen Limousine vor. Als Erstes steigt Detective Prester aus. Auf der Beifahrerseite verlässt meine Freundin Kezia Claremont den Wagen. Prester sieht so aus, als hätte er keine Lust auf eine Kletterpartie. Er beäugt den Pfad hoch zum Felsen, schickt dann Kezia hinauf und kommt anschließend auf uns zu. Während er sich nähert, lässt sein zerfurchtes Gesicht Vergangenheit und Gegenwart in mir verschwimmen. Er ist schon einmal so auf mich zugekommen: als die Leiche einer Frau aus dem Stillhouse Lake gefischt worden war und ich verdächtigt wurde, für ihren Tod verantwortlich zu sein. Ich will nicht, dass er meine Tochter auf dieselbe Weise verhört.

»Hey, Gwen. Sam.« Prester schüttelt uns beiden ernst die Hand, dann sieht er Lanny an. Er hat jene Art von Gesicht, das freundlich und hilfsbereit aussieht – bis zu dem Augenblick, in dem er die Zellentür vor deinem Gesicht zuschlägt. Ich lasse mich nicht von seinen guten Manieren täuschen. »Junge Dame, ich muss mit dir sprechen. Gwen, Sie können mitkommen.«

»Na schön«, sage ich, während Lanny noch Luft holt, um mir zu sagen, dass sie es allein schafft. Ich lasse sie auf keinen Fall in irgendeine Falle laufen. Natürlich glaube ich nicht, dass sie etwas falsch gemacht hat, aber … trotzdem. »Vielleicht in Ihrem Wagen?«

»Ja, das geht in Ordnung, ich schalte die Heizung an. Atlanta, du steigst nach vorn zu mir. Gwen, ist es in Ordnung, wenn Sie hinten sitzen?«

Das ist es, bis sich die Tür schließt und mir einfällt, dass ich sie vermutlich nicht selbst wieder öffnen kann. Aber ich bin hier nicht diejenige, die in Schwierigkeiten steckt. Meine Tochter sieht tough aus, aber ich erkenne das verängstigte kleine Mädchen hinter der Fassade, und das schmerzt.

Detective Prester holt sein Handy raus und startet eine Tonaufnahme-App. »Detective Timothy Prester befragt Atlanta Proctor. Lanny, nenn bitte deine Adresse und dein Geburtsdatum für die Aufzeichnung.«

Leicht stammelnd tut sie, was von ihr verlangt wird. Ich bin mir nicht sicher, ob es daran liegt, dass sie noch friert, oder ob es die Nerven sind. Prester schenkt ihr ein warmes, beruhigendes Lächeln. Das macht mich misstrauisch. »Na gut, es ist jetzt … zwei Uhr fünfzehn morgens. Okay, ich verspreche, das dauert nicht lang, du hast heute Nacht ja schon eine Menge durchgemacht. Geht es dir gut? Brauchst du irgendwas?«

Lanny schüttelt den Kopf, noch immer zitternd. Prester schaltet den Motor an, und die Heizung bläst mit voller Kraft. »Erzähl mir einfach alles, was passiert ist, Lanny. Ich höre zu.«

Lanny ist ungewöhnlich wortkarg, aber Schritt für Schritt entlockt er ihr alles. Das Rausschleichen aus dem Haus. Die Ankunft bei der Party. Die verbrachte Zeit mit einem älteren Schüler namens Bon. Ihre Kletterei zum Gipfel, um weg von der Menge zu kommen. Wie sie das Opfer findet.

Ich weiß, dass sie die Wahrheit über die Reihenfolge der Ereignisse sagt. Außerdem weiß ich, dass sie Dinge auslässt. Prester wird das ebenso erkannt haben.

Sie erzählt von der furchterregenden Konfrontation auf dem Felsen, erzählt von Bon Casey und einem zweiten Mann. Und Prester nickt nur. Falls das überhaupt möglich ist, schaut er jetzt noch grimmiger drein. »Deiner Beschreibung nach klingt das nach Olly Belldene«, meint er. »Bon Casey erledigt einige Routinearbeiten für ihn, wie Tabletten und Gras auf Partys verkaufen. Das werden wir genauer überprüfen.«

Das ist gar nicht gut. Wir brauchen nicht noch einen Grund, um mit den Belldenes einen Krieg anzufangen, aber hier ist er. Meine Tochter ist die einzige Zeugin in einem Verbrechen, in das Olly Belldene involviert ist, und das bereitet mir große Sorgen.

Lanny scheint es ebenfalls klar zu sein. Sie hat die Schultern hochgezogen, und auch wenn sie mittlerweile nicht mehr zittert, scheint sie doch ein echtes Nervenbündel zu sein. Prester lässt sie in Ruhe und dankt ihr für ihre Hilfe. Ich atme tief aus und bemerke erst jetzt, dass ich mich völlig verkrampft habe. Ich war die ganze Zeit bemüht, mich nicht einzumischen.

Als Lanny nach dem Türgriff langt, meldet sich Prester noch einmal zu Wort. »Eine letzte Sache, Lanny. Ich hätte gern eine DNS-Probe, damit wir deine Spuren am Tatort ausschließen können, okay?«

Ich will Einspruch erheben. Ich bin vor Zweifel wie erstarrt, aber Lanny dreht einfach nur den Kopf und öffnet den Mund, während er ein versiegeltes Wattestäbchen aus seiner Jacke nimmt. Bevor ich meinen Widerspruch in Worte fassen kann, ist die Sache schon erledigt; Prester ist so raffiniert wie ein Bühnenmagier. Und es stimmt schon, ihre DNS wird vermutlich an Candy gefunden werden, daran gibt es kaum Zweifel; sie hat sie sicherlich berührt, mindestens ihren Puls gefühlt. Vielleicht dient die Probe ja etwas Gutem und ist nicht der Anfang von etwas noch Schlimmerem. Dennoch kann ich mir bereits tausend Möglichkeiten vorstellen, wie das in die Binsen gehen könnte.

Danach erklärt Prester uns, dass wir gehen können. Ich bin erschöpft, aber gleichzeitig extrem angespannt und will eigentlich nur meine Kinder nach Hause bringen. Dennoch verweile ich noch einen Augenblick länger, um ihn ganz unverblümt zu fragen: »Sind wir hier sicher?«

Er lässt sich Zeit mit der Antwort. »Ms Proctor, ich wünschte, ich könnte das bejahen. Aber Sie haben bereits Ärger mit den Belldenes, und jetzt noch das? Sie sollten mit Ihrer Familie vielleicht in Urlaub fahren, wenn Sie verstehen, was ich meine. Sollte ich Ihre Anwesenheit hier benötigen, kann ich anrufen.«

Erleichtert seufze ich. »Danke, das machen wir. Übrigens, was die Belldenes angeht ... ich hatte heute Besuch von ganz oben. Jasper und Lilah Belldene. Lilah hatte einen Hackbraten für mich dabei.«

Er starrt mich an. Zum ersten Mal habe ich Detective Prester offensichtlich wirklich überrascht. »Haben Sie ihn gegessen?«

»Nein. Ich hatte Angst, dass sich darin vielleicht eine böse Überraschung verbirgt.«

»Nun, das bezweifle ich. Lilah ist eine verdammt gute Köchin, und ihr Hackbraten ist in der Gegend schon beinahe legendär. Sie würde sich ihren Ruf nicht durch so etwas kaputtmachen. Was wollten die beiden?«

»Sie wollen, dass wir verschwinden«, berichte ich. »Und das war noch, bevor das hier passiert ist. Kann mir kaum vorstellen, dass sie uns jetzt besser leiden können.«

»Das Gute ist, da wir Olly suchen, bekommen wir die Gelegenheit, ihr Anwesen mal ordentlich zu durchleuchten. Das sollte sie eine Weile auf Trab halten.« Prester schaut grimmig drein. Er weiß besser als ich, wie gefährlich das werden könnte. »Sie müssen wirklich überaus vorsichtig sein, Gwen. Das Ganze gefällt mir nicht. Nichts davon.«

Mir ebenso wenig.

Ich bringe meine Familie nach Hause, in ein Heim, bei dem ich mir nicht mehr sicher bin, ob es uns noch genug Schutz bietet. Die Nacht ist sehr kurz. Ich versuche, mit Lanny zu sprechen, aber sie wirkt zu erschöpft und aufgelöst, und ich würde mich wie eine schlechte Mom fühlen, hielte ich sie noch länger vom Schlafen ab. Zum Reden bleibt noch genug Zeit.

Ich selbst mache kein Auge zu.

Kapitel 11

Gwen

Der Fall von Remy Landry ist die passende Ausrede für unsere Flucht.

Gemeinsam verlassen wir vier Stillhouse Lake am nächsten Morgen und brechen nach Louisiana auf. Die Fahrt Richtung Süd-Südwest wird gute elf Stunden dauern. Unsere Wahl fiel auf den SUV, in dem wir es zumindest relativ bequem haben, und ich muss zugeben, dass ich im Augenblick immense Erleichterung verspüre, unser Haus im Rückspiegel verschwinden zu sehen. Wir haben hier zu viele Probleme auf einmal.

Sie zurückzulassen fühlt sich nach Freiheit an, auch wenn das lediglich temporär ist. Ganz egal, was uns auf unserer Reise erwartet, wir werden letztendlich wieder zu den Belldenes zurückkehren, die sich jetzt, wo meine Tochter die Hauptzeugin gegen einen von ihnen ist, garantiert wie ein aufgescheuchtes Nest Hornissen verhalten. Sie wollten, dass wir verschwinden, und ich bin gern bereit, ihnen diesen Gefallen zu tun. Aber ich werde meine Tochter nicht bitten, für sie zu lügen.

Der kühle Morgen bringt Regen, noch bevor wir Mississippi erreicht haben, aber gleichzeitig wird es auch wärmer. Sam fährt, und ich schlafe so viel wie möglich. Dann versuche ich, Remys Vater anzurufen, um ihn über meinen Besuch zu informieren. Niemand nimmt ab, nur der Anrufbeantworter schaltet sich ein. Ich erkläre ihm, dass ich in die Stadt komme und mich gern mit ihm treffen würde, um über seinen Sohn zu sprechen. Ich hinterlasse meine Handynummer und die Adresse des Hotels, in dem wir logieren, da ich für uns bereits etwas reserviert habe.

Als wir endlich ankommen, sind wir alle übermüdet und missgelaunt.

Remys Heimatstadt hat nicht viel zu bieten: Eigentlich besteht sie nur aus ein paar Häusern am Straßenrand, mit ein paar Tausend Einwohnern, den typischen Geschäften und Truck Stops. Ein paar Cajun-Restaurants, alle mit grell leuchtenden Neonschildern ausgestattet.

Gegen zehn Uhr abends beziehen wir unsere Motelzimmer, und ich erinnere mich kurz an all die billigen Absteigen, in denen ich in den letzten Jahren untergekommen bin, als die Kinder und ich von einer Stadt in die nächste flüchten mussten. Später habe ich dort mit Sam erneut Zeit verbracht, während wir auf der Jagd nach Melvin waren. Es ist seltsam, welches Gefühl von Depression und Nostalgie Motels im Allgemeinen in mir auslösen.

Für diesen Trip habe ich uns bewusst etwas Netteres herausgesucht. Es ist sauber, gut beleuchtet und relativ modern, wenn auch nicht schick. J. B. hätte vermutlich auch für etwas wirklich Hochklassiges bezahlt, aber ich fühle mich hier wohler, und außerdem ist es die beste Unterkunft, die halbwegs nahe am Haus der Landry-Familie liegt. Joe Landry hat mich noch nicht zurückgerufen, aber ich hoffe auf den nächsten Morgen. Falls er es auch dann nicht tut, bin ich darauf eingestellt, ihn zu Hause abzupassen. An diesem Abend beziehen wir einfach nur unsere Zimmer – eins für mich und Sam, eins für Lanny und Connor, auch wenn Lanny sich bereits wieder beklagt, dass sie ihr eigenes Zimmer will, und warum sie überhaupt das Bad teilen muss. Aber im Grunde geht es beiden gut. Ich glaube, sie ist im Augenblick einfach erleichtert, Stillhouse Lake hinter sich zu lassen. Connor ebenfalls.

Sam und ich richten uns ein, und ich merke, dass mich die hohe Luftfeuchtigkeit rastlos macht. Ich fühle mich einfach nicht wohl. Letztendlich finde ich mich damit ab, entlocke der Kaffeemaschine im Zimmer eine Tasse Kaffee – das Ergebnis ist überraschend gut – und öffne den Laptop, um nach E-Mails zu sehen.

Es sind tatsächlich ein paar von unbekannten Absendern gekommen, was seltsam ist. Ich habe einige Keyword-Filter eingerichtet, von daher geht alles, was die Wörter »Vergewaltigung«, »ficken« oder »töten« beinhaltet, direkt in einen Ordner namens »RADIOAKTIV«, es sei denn, die Nachricht kommt von jemandem, den ich bereits kenne. Aber diese E-Mails wurden nicht herausgefiltert. Sie stammen alle von anonymen Konten, die meist nur aus einer Zahlenreihe bestehen.

Sie enthalten lediglich Bilder.

Um ehrlich zu sein, braucht es heutzutage schon viel, um mich zu schockieren. Ich habe grauenhafte Tatorte gesehen, im wahren Leben und auch in farbenprächtigen hochauflösenden Fotos. Ich habe Verstümmelungen und andere Formen von Gewalt und so viel mehr gesehen; eine Menge davon wurde mir über E-Mail-Konten wie diesen hier aufgezwungen, ausschließlich mit dem Zweck, das Grauen zu schüren.

Aber trotzdem sind diese Bilder verstörend. Eins davon ist ein Tatortfoto – Gott weiß, von wo – in gesättigten Farben, sodass das Blut besonders hell hervorsticht. Auf dem Boden liegt eine Frau. Sie hat kein Gesicht, dort, wo es sich befinden sollte, klafft ein Loch. Ein Auge liegt auf dem Boden neben ihr. Es ist schlammig braun.

Die Bildunterschrift lautet: »Bald, Schlampe«.

Ich wappne mich für die nächste Nachricht. Und die nächste. Und die nächste. Alle sind schlimm, aber einige stechen besonders heraus. Bei einer handelt es sich um eine direkte Morddrohung, die gegen Sam ausgesprochen wird. Die speichere ich noch einmal gesondert ab. Entsetzt verharre ich etwas länger bei den Morddrohungen, die meine Kinder betreffen. Es hat immer schon Arschlöcher gegeben, die sich auf mich fixiert haben. Aber damit zu drohen, meine Kinder zu vergewaltigen und zu ermorden, nur damit *ich* den Schmerz fühle, ist wirklich monströs. Lanny und Connor sind diesen Menschen völlig egal; für ihre kranken Hirne sind sie nur Puppen, die sie zu ihrem Zweck in Stücke reißen können.

Ich sage mir, dass die Panik oft in Wellen kommt und auch diesmal bald wieder abebben wird ... aber selbst wenn, diese ständigen Attacken werden niemals aufhören. Es gibt immer wieder jemand Neues, der auf ein Forum, einen Thread, einen Aufruf stößt. Im Grunde fühlen sich diese Trolle machtlos. Es gibt ihnen lediglich ein gutes Gefühl, auf diese Weise um sich zu schlagen.

Das Internet sorgt überaus effektiv dafür, dass Hass entstehen und sich verbreiten kann; es lässt die Menschen glauben, sie seien aufrechte Kämpfer für die Gerechtigkeit, während sie in Wahrheit doch nur auf ein paar Tasten drücken. Mit allen emotionalen Auswirkungen des Adrenalins, aber völlig ohne Risiko. Die meisten von ihnen werden nie etwas anderes tun; ein Schuss in die Luft, und sie sind fort.

Aber es besteht immer die Möglichkeit, dass hinter einer dieser Nachrichten ein echter Stalker steckt, der Zeit und Lust zu reisen hat. Unsere Familie zu verfolgen, bis sich die passende Gelegenheit ergibt. Und das macht mir Angst, denn ich weiß besser als jeder andere, dass Sicherheit eine Illusion ist.

Bei der vierunddreißigsten Nachricht pausiere ich, denn die besteht aus einem Foto von uns vieren zusammen. Sam, ich, die Kinder. Wir befinden uns vor dem Haus und reden miteinander, während wir die Einkäufe hineinbringen. Lanny lächelt. Ich trage meinen roten Lieblingspulli. Auf jeden von uns wurde eine Zielscheibe gemalt.

Dieses Bild ist neu, innerhalb des letzten Monats entstanden, denn diesen verdammten Pulli habe ich erst gekauft, als es langsam kälter wurde.

Die Bildunterschrift sticht mir tief ins Herz: »Du wirst nicht glücklich werden«. Wie oft habe ich das schon gehört? Aus dem Mund der Familien der Opfer, von ehemaligen Freunden, von völlig Fremden.

So oft, dass ich mit aller Kraft dagegen ankämpfen muss, es tatsächlich zu glauben.

Ich speichere sämtliche Mails auf einem USB-Stick, mitsamt den Dateiköpfen, dann tauche ich ein in den Radioaktiv-Ordner für einen weiteren verstörenden Trip durch den Abschaum. Es ist sogar noch schlimmer, doch zumindest besteht dort fast alles nur aus Worten, nicht aus Bildern. Ich speichere sie auf einem separaten Stick. Es sind fast zweihundert Mails.

Als Sam mir eine Hand auf die Schulter legt, zucke ich zusammen. »Du bist so still«, meint er.

»Ja.« Ich klappe den Laptop zu und schenke ihm ein Lächeln. Das jedoch schnell wieder verblasst, als ich seinen ernsten Gesichtsausdruck sehe.

»Ich muss mit dir reden«, fängt er an. »Hast du eine Minute?«

»Sicher doch. Remys Vater hat ja sowieso noch nicht zurückgerufen.« Ich lasse eine Sekunde verstreichen, bevor ich die Frage stelle, vor der ich mich fürchte. »Was ist denn los?«

Er setzt sich auf den Bettrand mir gegenüber und reibt sich die Hände. Das ist sehr bezeichnend; es bedeutet, dass er sich äußerst unwohl fühlt und dass es um etwas Persönliches geht. »Ich wurde von den Lost Angels kontaktiert«, sagt er.

Kontaktiert. Nicht ins Visier genommen? Ich schweige, weil ich nicht sicher bin, was ich antworten soll. Einen Augenblick lang weiß er augenscheinlich auch nicht weiter.

»Sie wollten mir Bescheid geben, dass sie einen Podcast einrichten. Du weißt ja, wie beliebt die im Augenblick sind.«

Das sind sie. Mit Zuhörerschaften im Millionenbereich. Ich habe sogar selbst einige abonniert.

»Über mich?«, frage ich. Er schüttelt den Kopf. Sieht zu Boden. Das alarmiert mich mehr als alles andere.

»Nicht direkt«, erwidert er. »Es geht um mich. Sie glauben, dass ich etwas mit Mirandas Tod zu tun hatte.«

Miranda Tidewell und Sam hatten ein … Verhältnis. Nicht das traditionelle, auf Sex beruhende, soweit ich das beurteilen kann, auch wenn sie von ihm besessen war; sie und Sam teilten dasselbe tief sitzende Trauma. Mirandas Tochter ist von meinem Ex-Mann umgebracht worden. Ebenso wie Sams Schwester. Miranda ist diejenige gewesen, die ihm durch diese Trauer hindurchgeholfen hat, nicht ich. Sie ist diejenige gewesen, die Sams Trauer in reine, brennende Wut gegen Melvin verwandelt hat, und gegen die Frau, von der sie glaubte, sie habe Melvin bei seinen Verbrechen unterstützt.

Mich.

Miranda hat Sam angespitzt und wie einen Speer auf mich gerichtet. Ich danke Gott dafür, dass genug von seiner Seele übrig war, um zu erkennen, dass er benutzt wurde. Und dass ich unschuldig war.

Aber Miranda hat mich bis zu ihrem letzten Atemzug gehasst, und sie hat Sam vorgeworfen, sich gegen sie zu stellen und mich zu beschützen. Ich war nicht dabei, als sie getötet wurde, Sam schon. Das offizielle Urteil lautete, dass er nichts damit zu tun hatte … aber das konnte die verschwörungshungrigen, von Hass getriebenen Mitglieder der Lost Angels kaum beschwichtigen.

Sie haben es also auf Sam abgesehen. Das macht mir entsetzliche Angst, denn er *glaubt,* er sei dafür gewappnet. Er hat gesehen, was mir passiert ist, meinen Kindern … aber es zu sehen ist nicht dasselbe, wie es am eigenen Leib zu erleben, und er steht kurz davor, von diesem Sturm mitgerissen zu werden. Und noch schlimmer, ein solcher Podcast könnte ihn ebenfalls zum Ausgestoßenen machen; er könnte ihn sowohl beruflich als auch persönlich ruinieren. Er will wieder fliegen, doch das Erste, was potenzielle Arbeitgeber heutzutage machen, ist, eine Google-Suche durchzuführen. Sams Name wird bald mit schlimmen Dingen verknüpft sein.

Ich nehme seine Hände in meine, und er sieht auf und erwidert meinen Blick. Ihm gelingt ein schiefes Lächeln. »Tut mir leid«, sagt er. »Das habe ich nicht kommen sehen. Ich schätze, es ist nett von denen, dass sie mich gewarnt haben, bevor sie die Messer wetzen.« Ich sehe das anders. Ich glaube, sie wollen, dass er sich davor fürchtet. Das ist psychische Folter, und darin haben die Lost Angels viel Erfahrung. Ich will sie nicht hassen; die meisten von ihnen sind Familienmitglieder der Opfer meines Ex-Mannes, die tatsächlich von tiefer Trauer erfüllt sind – und wahrscheinlich normalerweise gute Menschen. Aber in diesem Forum, auf dieser Website, finden sie sich zu einem dunklen Zweck zusammen: um mich bezahlen zu lassen. Und jetzt auch Sam, weil Sam sie verlassen hat, um sich auf meine Seite zu stellen.

Daher atme ich einmal tief ein und stürze mich dann auf das Thema. »Okay. Also, es wird folgendermaßen ablaufen«, erkläre ich. »Sobald der Podcast öffentlich ist, wird er innerhalb von ein oder zwei Wochen in Fahrt kommen, nachdem sich die Nachricht darüber verbreitet hat. Du musst jetzt sofort dein E-Mail-Konto deaktivieren und ein neues, anonymes einrichten; benutze es nur für Leute, denen du trauen kannst. Richte noch ein zweites ein, das du für die Gelegenheiten nutzt, bei denen du irgendwo eine E-Mail-Adresse angeben musst, aber schotte es durch Firewalls komplett ab. Tu nichts, ohne dich vorher in ein VPN einzuloggen. Schmeiß dein Handy weg und besorg dir ein neues. Und ruf die Leute, denen du vertraust, an und erzähle ihnen, was passieren wird, damit sie auf der Hut sind, falls Trolle, die deine neue Handynummer oder E-Mail-Adresse haben wollen, irgendwelche Manipulationen abziehen. Wirklich verwundbar sind wir vor allem durch Leute, die glauben, sie würden etwas Harmloses tun.«

»Du hast das ja ziemlich gut durchdacht«, meint er.

»Ich habe es erwartet«, gebe ich zu. »Die Lost Angels hätten dich niemals ohne Strafe davonkommen lassen. In dem Augenblick, als du dich für uns entschieden hast, wurdest du ebenfalls zur Zielscheibe; eigentlich bin ich eher überrascht, dass es so lange gedauert hat. Aber jetzt jagen sie dich, und das wird kein Kindergeburtstag. Die werden schreckliche Dinge über dich sagen. Über mich. Vielleicht auch über die Kinder. Alles, um dich aus der Deckung zu locken.« Ich sehe ihm in die Augen. Langsam beginnt er zu verstehen. »Sie werden deinen Namen in den Dreck ziehen und Leute finden, die das alles bezeugen und darauf schwören. Du hast dir in deinem Leben Feinde gemacht, und die werden wie Kakerlaken aus dem Holz gekrochen kommen, wenn das Licht ausgeht.«

Ich spüre, wie seine Hand meine fester umklammert.

»Sam, es tut mir leid. Sie werden dich attackieren, und es wird wehtun. Du kennst diese Leute. Du hast ihnen vertraut. Das wird es persönlich machen. Vermutlich werden auch andere Foren und Podcaster auf den fahrenden Zug aufspringen und ihn weiter vorantreiben. Wir können nur darauf hoffen, dass es nicht viral geht, und den Kopf einziehen, bis sich der Sturm gelegt hat. Okay?«

Er atmet langsam aus und blinzelt. »Okay«, sagt er. Doch das ist es nicht. »Tut mir leid. Ich weiß, dass gerade schon wirklich genug los ist, das hast du nicht auch noch gebraucht.«

»Aber ich brauche dich«, widerspreche ich, und ich meine es auch so. »Sam. Hörst du mich? Ich brauche dich.«

Er nickt nur. Ich setze mich dicht neben ihn und umarme ihn ganz fest. Ich wünschte, ich könnte das aufhalten. Ich hatte gehofft, nach Mirandas Tod würden die Lost Angels ihren Antrieb verlieren. Aber irgendjemand treibt sie an – vermutlich im ernsthaften Glauben daran, dass Sam Miranda getötet hat und damit davongekommen ist. Das ist ein ungutes Anzeichen dafür, dass hinter den Kulissen ein neuer Anführer die Zügel in die Hand genommen hat.

Es ist clever von ihnen, ihr Zielobjekt zu ändern. Das bringt uns alle aus dem Takt.

Ganz besonders Sam.

»Ich kümmere mich um alles, was du genannt hast«, versichert mir Sam, und ich spüre regelrecht seine Anstrengung, das Thema zu wechseln. »Also, bisher noch keine Antwort von Remys Dad?«

»Nein.«

»Vielleicht arbeitet er lange. Vielleicht war er noch gar nicht zu Hause, um die Nachricht abzurufen. Verdammt, vielleicht ist er ja auch im Urlaub auf den Bahamas.« Sam versucht mit aller Kraft, seine Probleme von sich zu schieben und sich auf meine zu konzentrieren. Ich weiß nicht, ob das gesund ist.

»Das wäre mal wieder typisch«, stimme ich zu. »Aber eigentlich glaube ich …«

Mein Handy klingelt. Mit gehobenen Augenbrauen wechsle ich einen Blick mit Sam und nehme es in die Hand. Es ist tatsächlich eine Nummer aus Louisiana. Aber nicht die, die ich zuvor angerufen hatte. Vielleicht eine Handynummer.

Ich gehe ran. »Gwen Proctor.« Eine kurze Stille folgt.

»Sie sollten wieder nach Hause fahren«, lallt eine betrunken klingende Stimme am anderen Ende.

»Mr Landry?«

»Sie sollten nach Hause fahren und dem, der das alles wieder aufwühlt, klarmachen, dass er die Sache ruhen lassen soll.« Definitiv betrunken, er spricht sehr undeutlich. »Ich hab Ihnen nichts zu sagen, Liebchen. Sie können nichts mehr für meinen Jungen tun. Er ist längst fort. Tut mir leid, dass Sie diesen Aufwand betrieben haben.« Ich hatte recht, was Mr Landrys Cajun-Abstammung angeht. Der musikalische Dialekt schwingt trotz der Trunkenheit in seinen Worten mit.

»Mr Landry, warum reden wir nicht morgen früh weiter ...«

»Nein«, unterbricht er mich. Seine Atmung klingt keuchend. Ich glaube, er weint. »Ich kann das nicht. Es geht nicht. Nein.«

Er legt auf. Stirnrunzelnd schaue ich das Handy an, nicht wirklich verstört, eher nachdenklich.

»Schätze mal, er wollte nicht reden«, meint Sam. »Was willst du jetzt machen?«

»Ich schaue morgen in seinem Büro vorbei«, überlege ich. »Er hat ein Autohaus, das ist also meine beste Option. Da stehen die Chancen besser, dass er mir keine Szene macht. Sollte ich von ihm nichts weiter bekommen, statte ich Remys Freunden in der Gegend einen Besuch ab. Ich habe eine Liste aus seinen Social-Media-Konten.«

Sam nickt. »Okay. Das klingt nach einem guten Plan. Brauchst du mich dafür, oder ...«

»Ich brauche dich immer, habe ich das nicht gerade schon gesagt?« Ich stupse ihn an. »Immer. Aber lass uns morgen über unsere weiteren Pläne reden. Es ist schon spät.«

»Ja«, stimmt er zu und dreht den Kopf, um mich anzusehen. Sein Lächeln ist so warm, seine Augen ebenfalls. »Und du bist müde.«

»Nicht sooo müde«, widerspreche ich und küsse ihn. Wir lassen uns rückwärts aufs Bett fallen und müssen beide spontan lachen, denn das Bett ist steinhart. Doch dann spielt auch das keine Rolle mehr, und ich bin in der Lage, für den Augenblick den über uns lauernden Geist der Lost Angels zu vergessen, ebenso wie den dunklen, hässlichen Hass aus den E-Mails, der Sekunde um Sekunde, Tropfen für Tropfen hereinsickert, bis uns die Flut schließlich überrollen wird.

Der nächste Ärger lauert bereits auf uns.

Das einzige Heilmittel dagegen ist, zu überleben.

* * *

Der Morgen dämmert viel zu früh herauf, zumindest jedoch mit Kaffee und einem anständigen Frühstück. Lanny will mich als Assistentin begleiten, doch den Fehler begehe ich kein zweites Mal. Sam verspricht den Kindern, etwas Unterhaltsames mit ihnen zu unternehmen, während ich Remys Dad befrage. Keins meiner Kinder sieht überzeugt aus, aber zumindest kooperieren sie. Noch.

Remy Landrys Vater besitzt ein adrettes Autohaus direkt an der Hauptstraße. Ein aufblasbarer Gorilla und viele bunte Fähnchen flattern in der leichten Brise. Ich parke und betrete das Gebäude. An der Rezeption werde ich von einer üppigen Dame um die vierzig begrüßt und bitte sie, ihren Chef sprechen zu dürfen. Sofort wirkt sie misstrauisch. Ich schätze, ich sehe nicht aus wie jemand, der ein neues Auto sucht. »Weshalb?«, fragt sie. »Sind Sie eine Kundin von uns?«

»Sagen Sie ihm einfach nur, dass Gwen Proctor hier ist«, erkläre ich und trete ein Stück beiseite, um einen funkelnden, schweren SUV zu bewundern, der im Zentrum des Ladens auf einer Drehscheibe von allen Seiten zur Schau gestellt wird.

Ich höre Landrys Schritte hinter mir, drehe mich aber erst um, als er sagt: »Ich habe Ihnen doch mitgeteilt, dass ich Ihnen nicht weiterhelfen kann.«

Ich strecke ihm die Hand entgegen. Er nimmt sie, aber nur aus Gewohnheit; seine Augen sind blutunterlaufen, und er sieht zutiefst unglücklich aus. Genau wie seine Frau in Knoxville wirkt er wie ein Mensch, der innerhalb kurzer Zeit um Jahrzehnte gealtert ist. Seine Haare sind komplett grau, und Falten verlaufen oberhalb seiner Augenbrauen und über die Seiten seines Gesichts. Sie sehen tief aus, beinahe schon schmerzhaft. Seine Haut wirkt kränklich gelb unter einer verblassten Bräune. Der Anzug, den er trägt, hängt wie ein Sack an ihm. Abgesehen davon ist es ein schöner Anzug, und die Krawatte ist ordentlich gebunden, obgleich er die obersten Knöpfe seines Hemds nicht geschlossen hat. Er trägt eine teure Uhr an seinem Handgelenk und gute Schuhe. Er hat Geld.

Doch Geld hat ihm eindeutig nicht geholfen.

»Mr Landry, ich weiß, dass Sie das nicht wollen«, beschwichtige ich. »Es ist hart. Es ist schmerzhaft, das alles wieder durchzukauen. Aber ich verspreche Ihnen, wenn Sie sich eine Stunde lang mit mir hinsetzen, werde ich Sie danach nicht wieder belästigen. Es besteht immerhin die Chance, dass diese Ermittlung Neues über Ihren Sohn zutage fördert.«

»Ich habe Sie nicht dafür angeheuert«, meint er abwehrend. »Und meine Frau ebenfalls nicht. Wer bezahlt Sie dafür? Warum?« Das letzte Wort klingt beinahe wie ein Schmerzensschrei und setzt mir stark zu. Ich wusste, das hier würde schwer werden, aber es ist noch schlimmer. Ich habe das starke Verlangen, mich zu entschuldigen und zu gehen, aber ich stähle mich dagegen.

»Die Agentur, für die ich arbeite, wurde von einer Wohltätigkeitsorganisation damit beauftragt, Remys Verschwinden zu untersuchen«, erkläre ich. »Es tut mir leid, Sie aufzuwühlen, Mr Landry. Aber es wäre doch möglich, dass wir ihn finden.«

»Mein Sohn ist tot«, erwidert er flach und tonlos. »Ich habe die Hoffnung schon vor langer Zeit aufgegeben.« Dennoch ist da ein Aufflackern von … irgendetwas. Und das lässt mich weitermachen.

»Ich sage nicht, dass ich ihn lebendig nach Hause bringen kann«, gebe ich zu. »Aber vielleicht kann ich Ihnen helfen, etwas Frieden zu finden und jemanden seiner gerechten Strafe zuführen.«

Er mustert mich. So detailliert, als wäre ich eine potenzielle Käuferin. Beschließt dann offensichtlich, dass ich den Ärger wert bin. Er seufzt. »Bringen wir es einfach hinter uns. Folgen Sie mir.«

Wir gehen in ein Büro. Ich schließe die Tür hinter mir und stelle beim Hinsetzen fest, dass dieser Raum ein Schrein ist. An jeder Wand hängen Fotos von Remy. Auf einem grinst ein kleiner Junge mit einem Welpen im Arm in die Kamera. Auf einem anderen posiert ein Teenager im Anzug für den Abschlussball. Auf einem weiteren sieht man ihn bei seiner Abschlussfeier. Das Foto links von mir, das größte, zeigt Remy auf einem Fußballfeld, wie er gerade ein Tor schießt. Er sieht triumphierend aus. Und so lebendig.

An einer Wand steht ein durchhängendes Sofa, auf dem eine ordentlich zusammengelegte Decke und ein zerknautschtes Kissen liegen. Mr Landry scheint oft hier zu schlafen, obwohl er vermutlich noch ein Haus hat.

Es fühlt sich hier ebenso deprimierend an wie in der Wohnung in Knoxville, wo Remys Mutter Wacht hält.

»Okay, ich schätze, Sie haben bereits mit meiner Frau geredet«, fängt er an. »Hat Sie Ihnen schon gesagt, dass ich verrückt bin?«

»Sie hat mir erzählt, Sie seien der Meinung, dass Sie das hinter sich lassen müssen, während sie selbst noch nicht bereit dazu sei«, erwidere ich. Doch trotz seiner Erklärung, sein Sohn sei tot, sieht in diesem Büro nichts danach aus, als hätte dieser Mann seit dem Augenblick, als er erfuhr, dass Remy verschwunden ist, irgendetwas hinter sich gelassen. Joe Landry erscheint mir wie lebendig eingemauert in eine fensterlose, mit nichts als der Vergangenheit gefüllte Zelle. »Ich bin vor allem interessiert an jeglicher Korrespondenz, die Sie mit ihrem Sohn per E-Mail oder in Briefen hatten, und an allem, was er in Anrufen erwähnt hat, das Ihnen möglicherweise merkwürdig vorkam. Irgendetwas.«

Joe Landry öffnet eine Schublade und holt einen Schuhkarton heraus. Er schiebt ihn mir über den Schreibtisch hinweg zu. »Das sind sämtliche Briefe und Karten, die ich von ihm bekommen habe, seit er aufs College gegangen ist«, erklärt er. »Auch E-Mails. Ich habe sie alle für die Polizei zusammengestellt, doch die haben sich nicht dafür interessiert.«

Das ist genau die Art von Archiv, wie ich es mir nicht besser wünschen könnte. Ich nehme den Karton, und er ist schwer. »Ich werde alles scannen«, versichere ich. »Sie bekommen alles wieder.«

»Ich will es nicht«, wehrt er ab. Seine grauen Augen füllen sich mit Tränen, die er wegblinzelt. »Vielleicht können Sie die Sachen Ruth bringen, wenn Sie fertig sind.«

Ich nicke und verschränke meine Hände über dem Schuhkarton. »Was ist mit Anrufen?«

»Er hat nicht sonderlich oft angerufen«, sagt Joe. »Meistens hat er mit seiner Mutter gesprochen und ansonsten eher an Geburtstagen oder Feiertagen und so etwas. Aber beim letzten Mal …« Seine Augen wandern nach oben und nach rechts, während er einer Erinnerung nachhängt. »Als ich das letzte

Mal mit ihm telefoniert habe, war er ganz eindeutig an einem Mädchen interessiert.«

Ich spüre, wie ein Instinkt in mir erwacht. »Welches Mädchen?« Ich will ihn nicht auf eine bestimmte Spur locken. Stattdessen will ich ihm folgen.

»Nicht die Freundin, die er hatte«, meint Landry, und kurz flackert ein Lächeln über seine Lippen. »Remy mochte die Ladys, und sie mochten ihn auch. Nein, diese hieß Carol. Eindeutig Carol, daran erinnere ich mich, weil es ein so altmodischer Name für eine junge Frau war.«

»Was hat er über sie gesagt?« Ich ziehe ein kleines Notizbuch aus der Tasche und notiere mir, das Datum von Remys letztem Anruf bei seinem Vater zu überprüfen. Er scheint nichts von dem zu wissen, was seine Frau glaubt: dass ihr Sohn Carol bei irgendeinem Problem helfen wollte. Ich erzähle es ihm auch nicht.

»Ich weiß, dass er sie in der Kirche kennengelernt hat«, meint er. »Remy war immer ein guter Junge, ist zur Kirche gegangen. Er hat gesagt, sie sei ganz anders als die Mädchen an der Schule. Ich glaube, er war sehr angetan von ihr.«

»Anders inwiefern?«

Landry lehnt sich zurück. Der alte Ledersessel knirscht. »Zuallererst einmal war sie sehr religiös. Hat lange Röcke getragen und sich nicht die Haare geschnitten, so etwas. Kein Make-up. Es hat mich überrascht, dass er auf so etwas stand, aber ich glaube, er sah sie … irgendwie als rein.«

Ich behalte meine Ablehnung gegenüber der Dynamik des Reinheits- oder Unreinheitsmythos, der Frauen aufgezwungen wird, für mich. »Hat er Ihnen mal den Nachnamen gesagt?«

»Nein. Nur Carol. Aber Sie können ja mal bei der Kirche nachfragen, zu der er gegangen ist. Die Gospel Witness Church in Knoxville, Tennessee. Irgendjemand erinnert sich bestimmt an sie, selbst wenn sie jetzt nicht mehr hingeht.«

Der Rest der Unterhaltung bringt mir keine echten Informationen mehr. Landry wiederholt Dinge, die mir seine Frau bereits erzählt hat, mit geringfügigen Abweichungen. Er hat keine Theorie dazu, was seinem Sohn zugestoßen sein könnte. Er will nicht darüber nachdenken, auch wenn dieser Raum hier deutlich macht, dass er an kaum etwas anderes denken kann.

Als ich gehe, schüttelt er mir noch einmal die Hand. Ich glaube, diesmal ist es ernst gemeint. Sein Blick ist immer noch wie betäubt, doch er wirkt ein klein wenig … präsenter. »Sie sagen mir Bescheid, wenn sich etwas ergibt?«, fragt er. Es ist nicht wirklich Hoffnung, aber besser als die tote Apathie, die er zuvor ausgestrahlt hat.

»Das mache ich«, versichere ich ihm und reiche ihm meine Karte. Er nickt und steckt sie in seine Jackentasche. »Bleiben Sie zuversichtlich, Mr Landry.«

»Ich werde für Sie beten«, antwortet er. Mehr kann ich auch nicht verlangen.

Als ich auf meine Uhr schaue, ist tatsächlich fast exakt eine Stunde vergangen. Ich weiß nicht, ob Landry die Zeit im Blick behalten oder instinktiv als Geschäftsmann ein gutes Gefühl dafür hat.

Die Rezeptionistin sieht mir stirnrunzelnd hinterher, als ich gehe. Fürsorglich. Sehr gut. Landry braucht vermutlich einen Torwächter.

Ich stelle den Karton mit den Briefen auf dem Beifahrersitz ab und öffne Remys digitale Akte. Prompt stoße ich auf eine kleine Notiz, dass er Mitglied der Gospel Witness Church in Knoxville war und dort im Chor gesungen hat. Ich öffne die Website. Die Kirche wirkt ziemlich standardmäßig und nichtssagend. Ich wähle die Nummer und frage nach dem Pastor.

Kurz darauf habe ich einen bedächtig sprechenden Mann mit tiefer Stimme in der Leitung. »Pastor Wallace, wie kann ich Ihnen helfen?«

»Pastor, mein Name ist Gwen Proctor. Ich bin Privatermittlerin und untersuche das Verschwinden eines jungen Mannes namens Remy Landry. Er war Mitglied Ihrer Kirche und …«

Er legt auf.

Im ersten Augenblick glaube ich, mein Handy habe den Anruf unterbrochen, aber nein. Das war definitiv Absicht. Der Pastor möchte nicht mit mir sprechen. Nicht über Remy.

Nun denn. Das ist überaus interessant.

Kapitel 12

Sam

Gwen hat eine heiße Spur in Knoxville, und der muss sie folgen. Mit dem Auto zurückzufahren ist für sie keine Option. Unseren Wagen können wir aber auch nicht hierlassen, und abgesehen davon müssen wir uns allesamt von den Belldenes fernhalten. Daher schlage ich vor, sie zum nächstgelegenen Flughafen in New Orleans zu chauffieren. Wir verabschieden sie, dann machen die Kinder und ich uns auf die lange Rückfahrt.

Abends besorge ich uns eine kleine Suite in einem netten Hotel der gehobenen Klasse. Lanny und Connor bekommen eigene Zimmer, ich nehme die Ausklappcouch, die sogar ziemlich bequem ist. Gutes Essen, Filme auf Abruf. Wenn wir schon der Hillbilly-Mafia aus dem Weg gehen müssen, tun wir es zumindest auf angenehme Weise.

Nachdem die Kinder in ihren Zimmern verschwunden sind, kontrolliere ich, ob überall abgeschlossen ist. Connor liest ein Buch, das so dick wie mein Bizeps ist. Lanny hat ihre Kopfhörer auf und hört mit geschlossenen Augen Musik. So entspannt und zufrieden sehen sie fast aus wie die kleinen

Kinder, die sie einst gewesen sind. Verletzlich. Kostbar. Kinder, die ich beschützen muss.

Ich mache mir Sorgen wegen Lanny. Sie ist noch sehr schreckhaft, und ich will nicht, dass sie den Belldenes im Weg ist. Das ist nicht gesund.

Das ist auch einer der Gründe, weshalb ich das Couchbett gewählt habe: Damit befinde ich mich zwischen den Kindern und der Tür in die Suite. Nur für alle Fälle.

Ich kann es nicht länger aufschieben. Auf meinem Laptop öffne ich die Website der Lost Angels. Damals habe ich an der Erstellung dieser Seite mitgewirkt. Miranda und ich haben das Layout und die Farben ausgesucht. Sie hat das abstrakte Logo gezeichnet, und als ich es jetzt dort in der Ecke sehe, wird mein Mund trocken. Ich habe sie nicht geliebt, aber wir hatten eine komplizierte, verkorkste gemeinsame Vergangenheit. Wir kannten einander in unserer schlimmsten, verletzlichsten Phase. Niemals im Guten.

Trotzdem hätte ich sie gerettet, wenn es mir möglich gewesen wäre.

Das Foto meiner Schwester ist das letzte in der Reihe von Melvin Royals Opfern. Bei dem Mord an ihr wurde er geschnappt; ich weiß, dass ihr das zumindest eine kleine Genugtuung bereitet hätte. Dennoch fühlt sich die Gerechtigkeit dahinter hohl an. Und das wird auch immer so bleiben.

Mir schwant bereits Übles, als ich den Link anklicke, der mich zum Forum bringt. Es ist durch Passwörter gesichert, und einige Minuten lang zögere ich, bevor ich meine alten Admin-Codes eingebe und Enter drücke. Sie funktionieren noch. Nicht allzu überraschend; Freiwilligengruppen sind nicht unbedingt gut organisiert, was diese kleinen Dinge angeht.

Beinahe hatte ich ja gehofft, sie hätten mir den Zugriff verwehrt.

Es ist nur ein Forum, rede ich mir selbst ein. Altmodische Technologie, die den modernen sozialen Medien um ein Jahrzehnt hinterherhinkt. Benutzt von alten Losern wie mir. Müsste eigentlich harmlos sein.

Aber natürlich ist es das nicht. Es ist ein brodelnder Kessel des Hasses, in dem ich selbst einst voller Freude mitgeschwommen bin. Damals glaubte ich, ich könnte dadurch dem Recht auf die Sprünge helfen, das das Gericht unseren Familien verwehrt hatte. Aber in Wahrheit habe ich nur versucht, eine Leere in mir zu füllen.

Einige Menschen wenden sich Alkohol und Drogen zu. Ich wurde nach etwas süchtig, was ebenso giftig ist. Erst nachdem ich mich dem verführerischen Hass entzogen hatte und Gwen nähergekommen war, wurde ich gerettet. Als ich nach Stillhouse Lake zog, hatte ich vor, ihr wehzutun, aber sie mit ihren Kindern zu sehen, brach diesen Bann. Es machte sie für mich zu einem echten Menschen anstelle der undefinierten Zielscheibe. Zu sehen, wie sie andere Menschen beschützte – Menschen, die sie nicht einmal kannte –, ließ mich erkennen, wie falsch mein Kompass ausgerichtet war.

Gwen hat meine Seele gerettet. Doch die Lost Angels könnten das niemals verstehen.

Ich lese die Beiträge. Der neueste, ganz oben angepinnte ist ein Nachruf auf Miranda Tidewell. Er beginnt als Lobpreisung, wandelt sich dann aber wie erwartet in eine Wutrede. Letztendlich geht es bei jedem Thema in diesem Forum irgendwann nur noch um Wut. Ihre Selbstbeherrschung ist brüchiger als Glas.

Natürlich findet sich hier eine Menge verbaler Gewalt, die gegen Gwen gerichtet ist. Es gibt einen ganzen Thread, der, auf dünnsten Indizienbeweisen fußend, Morde an weiteren Frauen miteinander verknüpft und Gwen die Rolle der Serienmörderin zuweist, nicht ihrem Ex-Mann. Denn dass sie einfach nur die unschuldige Ehefrau eines Monsters sein könnte und damit selbst ein Opfer, das kommt nicht infrage.

Du hast damit angefangen, du Mistkerl. Du hast sie so sehr gehasst, dass du quer durchs Land gezogen bist, um sie zu quälen.

Ich akzeptiere diese Tatsache, sosehr sie auch schmerzt, und mache weiter. Und tatsächlich gelange ich zu einem völlig neuen Thread, der sich um mich dreht. Er ist riesengroß und umfasst mehr als hundert Seiten. Er wurde gestartet, als klar wurde, dass ich Gwen nicht wie geplant verraten würde, und auch wenn er mit beschwichtigenden Beiträgen dazu beginnt, dass ich vielleicht auf lange Sicht spiele, ist das schnell gegessen. Dem Thread zufolge reichen meine Motive von einer Gehirnwäsche, der ich offenbar unterzogen wurde, bis zu der Behauptung, ich sei niemals wirklich Teil der Lost Angels gewesen; einige glauben sogar, dass ich von der meisterhaften Manipulatorin Gwen eingeschleust wurde, um von Anfang an ein Auge auf die Gruppe zu haben. Eine mehr als abstruse Theorie, aber viele sind direkt darauf angesprungen und haben sie seitenweise breitgetreten. Sie sammeln jedes bisschen an Klatsch und Tratsch über mich, das sie in den Medien und online finden können, und stapeln wilde Vermutungen auf offensichtliche Lügen.

Bis zu Melvins Tod gab es zudem tatsächlich Spekulationen, dass ich einer seiner geheimen Bewunderer sei. Das macht mich so wütend, dass ich kurz vom Laptop zurücktreten muss, um nicht auf den Bildschirm einzuschlagen. Ich trinke eine kleine Flasche Bourbon aus der Minibar und kehre erst an den Rechner zurück, als ich mich wieder ruhiger fühle.

Gwen hat recht, ich muss dem Ganzen meine Aufmerksamkeit schenken. Ich kann mich nicht verteidigen, wenn ich nicht weiß, was auf mich zukommt.

Nach dem Medienrummel um Gwens Auftritt in der »Howie Hamlin Show« und dem darauffolgenden Ärger in Wolfhunter ändert sich die Art der Beiträge erneut.

Jetzt hassen sie mich richtig. Man nennt mich einen Verräter an der Erinnerung an alle Opfer und an ihren Familien. Aber vor allem war ich vor Ort, als Miranda getötet wurde. Und genau wie bei Gwen genügt meine physische Nähe zum Bösen, um mich im Gerichtssaal ihres Forums zu verurteilen. Wenn ich da war, bin ich auch dafür verantwortlich. Die Tatsache, dass ich zu dem Zeitpunkt gefesselt war und keine Möglichkeit hatte, sie zu retten ... die spielt keine Rolle.

Sie haben sich auf die Version geeinigt, dass ich sie selbst erschossen habe und dass das FBI – um genauer zu sein, mein Freund Mike Lustig – das Ganze vertuscht hat. Natürlich wird das das große Finale ihres Podcasts sein. Ich bin mir sicher, dass jeder Feind, den ich mir seit der Schulzeit im Leben gemacht habe, ein Mikrofon in die Hand gedrückt bekommt, um meine Schuld zu untermauern, bevor auch nur die ersten echten Fakten präsentiert werden. Sie werden ihren Fall sorgfältig aufbauen, wenn auch völlig falsch.

Allein das Lesen dieser Beiträge sorgt dafür, dass ich innerlich völlig angespannt und erschreckend unsicher werde. Obwohl ich selbst am besten weiß, wie es wirklich war, ist es doch unglaublich hart, zu sehen, dass so viele Leute von meiner vermeintlichen Schuld überzeugt sind. Es fühlt sich an, als hätte ich den Kampf schon verloren, bevor er überhaupt begonnen hat.

Ich überfliege die anderen Beiträge. Die Lost Angels verbringen zumindest nicht ihre gesamte Zeit mit mir und Gwen; es sind auch Erinnerungsbeiträge für verlorene geliebte Menschen darunter. Normale Unterhaltungen. Diskussionen über die besorgniserregende Beliebtheit von True-Crime-Büchern, -Filmen, -Serien und -Podcasts. Ein wenig Vernunft inmitten von pathologischem Hass.

Ironischerweise gibt es auch Spekulationsthreads über andere Serienkiller und Amokläufe. Einige befassen sich mit älteren Fällen. Einige versuchen ernsthaft, Verbindungen herzustellen. Etwas Gutes zu tun.

Auf der vierten Seite der Threads fällt mir einer besonders ins Auge: ein Beitrag über vermisste junge Männer. Das ist so ungewöhnlich, dass ich genauer hinschaue. Der Verfasser des Beitrags hat nur wenig Indizien. Eine zweifelhafte Logik. Dennoch gibt es da irgendetwas, was mich dazu bringt, das Ganze sorgfältiger zu lesen. Er stellt einen Zusammenhang zwischen Vermisstenfällen im gesamten Südosten her, und einen der Namen kenne ich.

Remy Landry.

Was zum Teufel …?

Ich blättere zurück, lese den gesamten Thread erneut, und dabei läuft mir ein Schauer über den Rücken. Ja, es gibt wenig Indizien, aber er könnte recht haben. Da könnte tatsächlich etwas dran sein. Seine Schlussfolgerungen sind Blödsinn und haben etwas mit Satansanbetern zu tun, aber an der Oberfläche scheinen diese Fälle tatsächlich einiges miteinander zu tun zu haben.

Ich rufe Gwen an. Ich höre nur den Anrufbeantworter, lese ihr deshalb die wichtigen Fakten aus dem Beitrag vor und sage dann noch: »Es ist möglich, dass Remy lediglich ein Opfer von vielen war. Falls sich das bewahrheitet, hast du es eventuell mit einem halben Dutzend zusammengehöriger Fälle zu tun. Vielleicht sogar mit noch mehr. Also … pass auf dich auf. Denn wenn das stimmt, treibt sich da jemand herum, der junge Männer verschwinden lässt … und der offenbar weiß, wie man Leute spurlos beseitigt. Ruf mich an.«

Ich schließe den Laptop, liege hellwach da und starre die Decke an, bis ich schließlich aufgebe, den Fernseher einschalte und mir eine weitere überteuerte Miniflasche Alkohol – dieses Mal einen Likör – gönne.

Kapitel 13

Gwen

Die Gospel Witness Church ist nicht das große Kirchengebäude, das ich erwartet habe. Bei Gotteshäusern in den Südstaaten handelt es sich überwiegend um riesige Bauten, aber das hier ist eine bescheidene Schindelkapelle, die ziemlich reparaturbedürftig wirkt und dringend einen frischen Anstrich benötigt. Das Schild nach vorn zur Straße ist von der Sonne ausgebleicht und uralt. Darauf steht in schwarzen Einschiebebuchstaben: »SIEHE! ICH KOMME BALD!«, was mich eher zum Lachen bringt, obwohl das hier nicht wie ein Ort aussieht, der Humor zulasten von Jesus befürwortet.

Es ist bereits später Nachmittag, als ich auf den beinahe leeren Parkplatz einbiege; außerdem ist Freitag, vermutlich findet also kein Abendgottesdienst statt, da die Pfingstkirchler sich auf Sonntag und Mittwoch konzentrieren. Allerdings könnten heute Abend Bibelkurse oder ein anderer Unterricht abgehalten werden. Falls ja, sind die offensichtlich nicht sonderlich beliebt.

Ich parke meinen Mietwagen seitlich, in der Nähe einer Ansammlung von Büschen, die ihre Blätter verlieren. Beim Öffnen der Wagentür bläst mir ein kalter Wind entgegen.

Ich habe keinen Mantel dabei; für Louisiana hatte ich keinen gebraucht. Ich öffne den Kofferraum und hole meinen Blazer aus dem Koffer. Darunter liegt meine Waffe, gesichert, und die Munition dazu in einer separaten Box. Ich lade die Waffe, lege das Schulterholster um und stecke die Sig Sauer so hinein, dass sie bequem sitzt. Darüber die Jacke. Ich nehme noch meine Handtasche, dann schließe ich den Wagen ab.

Das Schließgeräusch des Wagens müsste die Leute im Inneren des Gotteshauses alarmieren – falls sie aufmerksam sind.

Ich versuche es an der Haupttür der Kirche. Die ist verschlossen. Dauerhaft geöffnete Kirchentüren kamen aus der Mode, als Serienmörder und Drogenabhängige ins Rampenlicht der Medien rückten; man kann den Verantwortlichen kaum verdenken, dass sie die Gläubigen schützen wollen. Ich gehe seitlich um das Gebäude herum. Dort befindet sich eine abgenutzte Holztür mit einer abgewetzten Druckknopfklingel und einem Schild, auf dem »BÜRO« steht.

Ich klingle.

Die Tür wird entriegelt, und ein sehr junger Weißer mit extrem kurzen Haaren öffnet mir. »Hallo, kann ich Ihnen helfen?«

»Ich möchte mit dem Pastor sprechen«, bringe ich mein Anliegen vor. »Ist er da?«

»Nein, Ma'am, tut mir leid, er steht nicht zur Verfügung.« Er will die Tür bereits wieder schließen. Ich halte meine Hand dagegen, bemühe mich dabei allerdings, sanft auszusehen. Na gut, so sanft, wie es mir möglich ist.

»Ich … ich muss nur einfach dringend mit jemandem reden«, erkläre ich. Ich beschwöre die Frau herauf, die ich mal war, damals, als ich noch Gina Royal hieß: zögerlich, unsicher, unterwürfig. Ich ändere meine Körpersprache. Lasse meine Stimme emotionaler und schüchterner wirken. »*Bitte.* Ich brauche wirklich seine Hilfe!«

Es ist Betrug, und ich schäme mich ein bisschen dafür, aber es funktioniert. Die Augen des jungen Mannes weiten sich, er öffnet die Tür etwas mehr und blickt über seine Schulter hinweg zu jemandem, den ich nicht sehen kann. Anscheinend bekommt er die Erlaubnis, mich einzulassen, denn er tritt zurück.

Ich schenke ihm ein dankbares Lächeln und betrete das Büro. Es ist erdrückend klein und wird fast vollständig von einem abgenutzten alten Schreibtisch ausgefüllt. Ein klobiger, uralter Computer beansprucht den Großteil des Platzes darauf. In billigen Metallregalen liegen Papierstapel und ausgedrucktes Material. Auf einer Schreibtischecke steht ein avocadogrüner Telefonapparat, der aus derselben Zeit wie der Computer stammen muss, den Rest des verfügbaren Platzes nimmt eine Sammlung Porzellanengel ein. Der graue Teppich auf dem Boden fühlt sich abgewetzt an und sieht noch schlimmer aus.

Hinter dem Schreibtisch sitzt niemand, daher nehme ich an, dass es sich hierbei um den Arbeitsplatz des jungen Mannes handelt, der mir gegenübersteht. Rechts von mir führt ein enger Gang zu einem etwas größeren Büro mit einem beinahe identisch aussehenden Schreibtisch, nur ohne die Engel und den Computer.

Von dem Stuhl dahinter erhebt sich ein älterer Mann, als ich den Flur entlanggehe.

»Ma'am«, begrüßt er mich und deutet mit der Hand auf den Besuchersessel ihm gegenüber. »Tut mir leid – wir wollten eigentlich gerade Feierabend machen. Ich bin Pastor Dean Wallace, wie kann ich Ihnen helfen?«

Sofort studiere ich ihn. Er passt in das typische Profil eines Pastors der Südstaaten: dunkle Haare, die steif zurückgekämmt sind, in einem Stil, der seit den 1980ern nicht mehr populär ist, bleiche Haut, ein nüchterner dunkelblauer Anzug. Keine Krawatte, aber er steht heute auch nicht in der Kanzel, daher ist das vermutlich seine Version eines Freizeitlooks. Seine

Freundlichkeit ist ehrlich, wenngleich er vielleicht ein wenig frustriert darüber ist, länger bleiben zu müssen. Ich setze mich in den Besuchersessel; er ist steif und hölzern, ohne Komfort, aber mit viel Struktur. Ich achte darauf, dass meine Jacke nicht die Waffe darunter offenbart, und lege meine Hände züchtig in den Schoß. Körpersprache ist alles, wenn man versucht, Vorurteile zu bestärken. »Tut mir leid, könnten wir … die Tür schließen?« Ich begegne seinem Blick nur kurz und hektisch.

»Ma'am, ich bin eigentlich auf dem Weg nach Hause«, erklärt er mir, und ich sehe, dass er leichte Zweifel hat. »Vielleicht könnten wir uns morgen mit Ihrem Anliegen befassen …«

»Das kann nicht warten«, unterbreche ich ihn. »Bitte? Ich verspreche, es dauert nur ein paar Minuten. Es würde mir so viel bedeuten.«

Ich glaube schon, verloren zu haben, aber dann nickt er und zwingt sich zu einem Lächeln. »In Ordnung«, stimmt er zu. Er läuft um mich herum, um die Tür zu schließen, was mir die Gelegenheit gibt, ihn im Vorbeigehen genauer zu mustern. Das Licht hier drin ist nicht sonderlich gut – das Fenster zeigt Richtung Osten, auf dieser Seite des Gebäudes ist es daher bereits dunkel, und nur eine einzige, schwache Schreibtischlampe erhellt das Zimmer. Er hat ein Gesicht mit Hängebacken, wodurch er dauerhaft missbilligend wirkt; er kämpft darum, motiviert auszusehen, und ich glaube, er sagt die Wahrheit, dass er einfach nur hier raus und nach Hause will.

Ich weiß nicht, was ich von ihm halten soll. Noch nicht.

Er sieht den jungen Mann im anderen Büro an. »Du kannst schon nach Hause gehen, Jeremy. Ich komme auch bald. Sag deiner Ma, sie soll mit dem Abendessen warten.«

»Ja, Sir«, erwidert der junge Mann – sein Sohn? –, und der Pastor schließt die Tür. Er sieht sich um, und als würde ihm in diesem Augenblick klar werden, wie düster es ist, schaltet er die Deckenlampe ein. Ihr Licht ist zu grell, es enthüllt einen schäbigen Teppich, der sich an den Rändern einrollt, und den Staub in den Regalen. Er geht zurück zu seinem Schreibtisch und mustert mich mit der Sicherheit der Barriere zwischen uns.

»Und wie heißen Sie, junge Dame?«

Er meint das vermutlich schmeichelhaft, doch ich muss das Bedürfnis unterdrücken, gereizt darauf zu reagieren. Es ist eine Herabsetzung; so verdammt jung bin ich nicht. »Gwen«, antworte ich. Den Nachnamen lasse ich weg.

»Nun, Gwen, Sie können mir gern erzählen, was Sie belastet, und dann beten wir gemeinsam. Wäre das in Ordnung?«

Ich warte, bis ich gehört habe, wie sich die Tür zum Außenbüro schließt. Sein Sohn ist jetzt gegangen. Nur wir zwei sind noch hier. Meine Haltung wird entspannter und offener, ich recke den Kopf und blicke ihm direkt in die Augen. Die verängstigte kleine Ehefrau ist fort, und ich sehe, dass er sich überrascht in seinem Sessel zurücklehnt. »Ich fürchte, nachdem wir geredet haben, werden Sie nicht mehr mit mir beten wollen. Ich habe heute früh schon am Telefon mit Ihnen gesprochen. Über Remy Landry. Sie haben aufgelegt.«

Er wirkt, als hätte ich ihm einen Fausthieb verpasst, und seine Augen weiten sich so stark, dass ich das Weiße darin erkennen kann. *Er hat Angst.* Jetzt bin ich überrascht. Irgendwie hatte ich eher Aggressivität erwartet. Er sammelt sich und steht auf. »Sie müssen gehen«, sagt er. »Sofort, Ma'am. Ich möchte nicht unhöflich wirken, aber ich habe dazu nichts zu sagen.«

»Ich gehe nirgendwohin«, widerspreche ich, und als er versucht, den Ausgang zu erreichen, schiebe ich meinen schweren Stuhl zurück, bis er ihm den Weg versperrt und als zusätzlichen Bonus auch gleich noch die Tür. »Nicht, bevor wir uns über Remy unterhalten haben. Falls Sie nach Hause zu Ihrem Abendessen wollen, sollten wir das schnell hinter uns bringen.«

»Wer sind Sie?«, bellt er, die Hände jetzt zu Fäusten geballt. Ich beobachte ihn genau. Ich bleibe sitzen. Es ist unwahrscheinlich, dass er auf mich losgehen wird, aber er versucht, drohend zu wirken und mich einzuschüchtern. Darin ist er nicht sonderlich gut. »Sie haben hier im Haus des Herrn, das Sie nur aufgrund einer Lüge betreten konnten, nichts zu suchen!«

Ich ziehe meinen Ausweis als Privatermittlerin hervor und zeige ihn ihm. »Ich wurde von Remys Familie angeheuert«, erkläre ich. »Und darum habe ich hier etwas zu suchen, denn Remy war Mitglied Ihrer Kirchengemeinde. Warum wollen Sie uns nicht helfen, ihn zu finden, Pastor?«

Das gefällt ihm nicht. Er reagiert gereizt, zieht sich aber gleichzeitig zurück. Gelassen bleibe ich sitzen und lasse ihn entscheiden, was er tun möchte. Sein böser Blick kümmert mich nicht im Geringsten.

»Ich rufe die Polizei«, droht er, während er nach dem Telefon auf seinem Schreibtisch greift. »Sie begehen Hausfriedensbruch.«

Ich antworte nicht. Beobachte ihn einfach nur weiter. Er hebt den Hörer ab, drückt ein paar Tasten, legt den Hörer dann aber wieder auf, ohne seinen Anruf durchzuführen. Das verrät mir eine ganze Menge. »Sie müssen wirklich gehen«, drängt er. »Jetzt gleich. Ich bitte Sie.« Sein moralischer Höhenflug schmilzt dahin wie Schnee in der Sonne.

»Remy Landry war Mitglied Ihrer Kirche«, wiederhole ich. »Und Sie schulden das diesem jungen Mann, der Ihnen vertraut hat. Er wird seit drei Jahren vermisst. Seine Eltern verdienen Antworten.«

»Ich weiß nicht, was dem Jungen zugestoßen sein könnte! Vielleicht ist er ja einfach weggelaufen. Heutzutage weiß man doch nie, was den Kindern einfällt, bei all dem Alkohol und den Drogen …« Er verstummt, da ich nicht reagiere. Seine Ausrede klingt hohl. Er glaubt sie selbst nicht. »Sie werden hier nichts finden, was Ihnen helfen kann. Seine Eltern tun mir leid, wirklich. Aber ich weiß nichts. Sonst hätte ich der Polizei etwas gesagt.«

»Sind Sie sich da sicher?« Ich beuge mich mit verschränkten Händen vor. »Denn für mich klingt das so, als müssten Sie sich etwas von der Seele reden, Pastor. Tun Sie das Richtige. Sie wollen es, das kann ich sehen. Sie wissen, wie sehr seine Familie leidet. Und Sie wissen, dass Gott nicht will, dass das so weitergeht, wenn es doch in Ihrer Macht steht, diesen Menschen zu helfen.«

Er lässt sich in seinen Sessel fallen, als hätte ich ihm den Boden unter den Füßen weggerissen. »Ich weiß es nicht«, wiederholt er. Es klingt schwach. »Ich weiß nicht, wo er ist.«

»Aber irgendetwas wissen Sie«, insistiere ich. »Vielleicht über das Mädchen, das er in dieser Kirche kennengelernt hat. Carol.«

Es ist fast so, als hätte ich ihm eine heiße Nadel in den Körper gestochen. War er schon vorher verängstigt, wirkt er beim Klang dieses Namens nun geradezu entsetzt. Ausreichend, dass sich seine Lippen öffnen. Trotzdem hat er keine Antwort für mich.

»Sie wissen, von wem ich rede, Pastor. Sie ist sehr konservativ. Kein Make-up. Lange Haare, die sie nicht schneidet. Sehr einfache Kleidung.« Ich wage mich einen Schritt weiter. »Sie beschützen sie, nicht wahr? Sie glauben, wenn Sie mit mir über Remy sprechen, gefährden Sie sie.«

Er senkt die Hände und atmet tief ein. »Wer sind Sie?«

»Gwen Proctor«, antworte ich. Der Name sagt ihm nichts. Gut. »Wie schon gesagt: Ich bin nur jemand, der von Remys Familie angeheuert wurde, um herauszufinden, was ihrem Sohn zugestoßen ist. Sir, Sie haben auch einen Sohn. Ich weiß, dass Ihnen klar ist, welches Grauen die beiden durchmachen, weil sie nicht wissen, wo er ist, was er möglicherweise erleidet und ob er wirklich niemals zurückkehrt. Sie verstehen, dass die Eltern damit nicht abschließen können. Und ich weiß, dass Remy ein guter Junge war. Ihr Gerede über Alkohol und Drogen und dass er vielleicht weggelaufen ist – Sie wissen, dass das nicht stimmt. Sie beflecken seinen guten Namen, wenn Sie so reden.«

Er sieht jetzt zu Boden und hat die Hände so fest ineinander verschränkt, dass es schmerzhaft aussieht. Trotzdem antwortet er mir nicht.

»Pastor Wallace, Sie waren der Hirte dieses Jungen«, fahre ich fort. »Und auch Carols. Wenn es also irgendetwas gibt, was Sie mir sagen können, das mir dabei hilft zu verstehen, wo ich nach ihm suchen muss …«

»Vergessen Sie Carol«, unterbricht er. »Bitte. Ich flehe Sie an, sie in Ruhe zu lassen. Sie könnten sie in solche Gefahr bringen, wenn Sie auch nur ihren Namen erwähnen.«

Er wirkt ehrlich verstört. Das ist nicht gespielt. Er ist bleich und schwitzt, und ich will ihn nicht weiter bedrängen, aber wenn ich es nicht tue, komme ich nicht voran.

»Remy hat seiner Mutter gegenüber erwähnt, dass er versuchen wollte, ihr zu helfen. Was ist passiert? Ist er auf die Leute getroffen, die hinter Carol her waren?« Keine Antwort. Aber ich glaube, ich bin auf der richtigen Spur. Langsam setzen sich die Puzzleteile zusammen. »War sie auf der Flucht vor einem Ex-Freund, ist es das?«

Ein Teil seiner Anspannung löst sich, und er setzt sich aufrechter hin. Ich spiele hier Blindekuh und bin gerade vom richtigen Weg abgekommen. »Sie haben recht«, stimmt er mir eifrig zu. »Sie hatte Probleme mit ihrem Freund. Remy hätte sich da nicht einmischen sollen. Aber das hatte nichts mit seinem Verschwinden zu tun.«

Er lügt. Ich wechsle die Gangart. »Sie hat Remy erzählt, sie hätte Schwierigkeiten mit ihrem Freund«, sage ich. Der Schlüssel zu diesem Spiel lautet, so zu klingen, als wüsste man, wovon man spricht, besonders wenn man es nicht weiß. »Aber

Sie wussten es besser, nicht wahr? Und das tun Sie noch immer. Carol war nicht auf der Flucht vor einer Beziehung. Das war etwas Größeres.«

Wärmer. Glühend heiß. Er wirkt jetzt so verblüfft, dass ich mit Sicherheit auf der richtigen Spur bin, und er hat eindeutig Angst, was ich sonst noch wissen könnte.

»Lassen Sie mich einfach mit ihr sprechen«, bitte ich ihn. »Ich halte ihre Identität geheim, ich lasse sie komplett aus meinen Berichten heraus. Niemand wird jemals ihren Namen hören. Ich schreibe ihn nicht einmal in meine Notizen.« Sein krampfhaftes Kopfschütteln verrät mir, dass ich noch ein bisschen mehr geben muss. Und das tue ich. »Pastor Wallace … Ich weiß genau, wie es ist, auf der Flucht vor Menschen zu sein, die einem wehtun wollen. Mein Mann war Melvin Royal. Der Serienmörder. Vielleicht haben Sie schon von ihm gehört.«

Dieser Name sagt ihm etwas. Seine Körpersprache ändert sich, aber ich bin mir nicht sicher, was er im Augenblick empfindet. »Sie … Sie sind diejenige, die ihn getötet hat.«

»Ja. Ich hatte keine Wahl.« Als ich das sage, blitzt die Erinnerung für einen Augenblick vor meinem inneren Auge auf: wie Melvin auf mich zukommt. Wie ich meine zitternde Hand auf Sams Schulter lege und ziele. Wie ich sehe, dass es mit ihm zu Ende geht. Es ist nicht mehr so traumatisch wie einst, hat aber noch immer Macht über mich. »Ich wurde von seinen Bewunderern gejagt und von den Leuten, die ihn hassen, und von anderen, die einfach einen Kick daraus ziehen, andere zu treten, wenn sie bereits am Boden liegen. Ich verstehe Verletzlichkeit auf eine Weise wie nur wenige Menschen. Wenn ich Ihnen also sage, dass ich Carols Identität schützen werde, verspreche ich Ihnen dies: Ich werde sie mit meinem Leben beschützen. Genau wie Sie es getan haben.«

Er nimmt sich Zeit, darüber nachzudenken. Ich gebe sie ihm. Und endlich sehe ich, wie er zu der richtigen – wenn auch schweren – Entscheidung kommt. Sein Widerstand löst sich auf, und er lässt die Schultern sacken. »Ich werde sie fragen«, meint er. »Falls sie Sie nicht sehen will, war es das. In Ordnung?«

»Fragen Sie sie jetzt!«, verlange ich.

»Nein, Ma'am. Ich gehe zu ihr, aber Sie können nicht mitkommen. Ich werde nicht einfach so ihr Leben riskieren.«

Ich rühre mich keinen Zentimeter. »Dann rufen Sie sie an. Lassen Sie mich am Telefon mit ihr reden.«

»Sie hat kein Telefon.« Er schwankt, findet jedoch sein Rückgrat wieder. »Wenn sie reden möchte, arrangiere ich ein Treffen an einem sicheren Ort. Aber falls sie nicht zustimmt, und das wird sie vermutlich nicht, dann müssen Sie das akzeptieren und das alles vergessen.«

»Würden Sie vergessen?«, frage ich ihn ruhig. »Wenn Jeremy verschwinden würde und jemand Ihnen sagen könnte, wo er ist? Könnten Sie tatsächlich einfach gehen und das alles vergessen?«

Er sieht weg und spannt dabei die Muskeln seines Kiefers an. Er wird mir nicht mehr geben als das.

Daher rücke ich meinen Stuhl zurück an seinen ursprünglichen Platz; auf dem dünnen Teppich sind die Abdrücke noch deutlich vorhanden. Ich lege meine Visitenkarte mitten auf seinen alten Schreibtisch. »Danke für Ihre Hilfe, Pastor. Ich bin hier nicht der Feind. Falls diese junge Frau in Schwierigkeiten steckt, bin ich auf ihrer Seite, und ich würde sie niemals wissentlich in Gefahr bringen. Falls dieser Computer über eine Internetverbindung verfügt, überprüfen Sie mich. Ich würde für sie mein Leben riskieren. Das ist ein Versprechen.«

Ich bemerke, dass ihm die Waffe auffällt, die ich trage, als ich mich aufrichte; in ihm blitzt die Erkenntnis auf, dass ich sie hätte ziehen und ihn hätte bedrohen können, um Carols Aufenthaltsort zu erfahren. Die Tatsache, dass ich das nicht getan habe, sollte für mich sprechen.

Wir schütteln einander zum Abschied nicht die Hand. Ich gehe einfach. Ich steige ins Auto und rufe sofort J. B. Hall an. Beim zweiten Klingeln hebt sie ab. »Gwen? Alles in Ordnung?«

»Ja. Ich habe mit dem Pastor gesprochen und bin da möglicherweise einer Sache auf der Spur. Sie können doch Festnetz-Telefonverbindungen einsehen, oder?«

»Nicht offiziell.«

»Aber prinzipiell?«

»Vielleicht.«

»Ich brauche die Nummer, die als Nächstes von der Gospel Witness Church aus angerufen wird. Und eine Adresse oder einen Standort dazu, falls das möglich ist.«

Die Behauptung des Pastors, dass Carol kein Telefon besitze, kam zu schnell und zu ausdrücklich, und kurz bevor ich ging, warf er einen kurzen, ungewollten Blick auf sein klobiges Telefon. Es war einfach, eins und eins zusammenzuzählen. Er würde sie warnen.

J. B. versichert mir, sie werde ein paar Gefallen einfordern, und ich verlasse mit meinem Mietwagen den Parkplatz. Ich fahre allerdings nur einen Block weiter und parke auf dem Parkplatz eines Lebensmittelgeschäfts mit Blick auf die Straße. Der Wagen des Pastors – ein großes, weißes, unförmiges Vehikel, das schon zwanzig Jahre auf dem Buckel haben muss – taucht auf. Der Pastor benutzt seine Blinker; das freut mich, es macht mir die Sache einfacher. Er fährt an mir vorbei, und ich verlasse den Parkplatz und nehme auf der geschäftigen Straße die Verfolgung auf. Es wird nicht schwer sein, seinen Wagen im Auge zu behalten. Er sticht mit dieser Antiquität aus der Masse heraus.

Meinem Kilometerzähler zufolge sind wir ungefähr sechs Kilometer gefahren, als mein Handy klingelt. Ich stelle es auf Lautsprecher. »Hey, hier ist Gwen«, sage ich. Ich bin nicht überrascht, dass J. B. dran ist.

»Ich schicke Ihnen die Nummer, die er angerufen hat. Sie gehört allerdings zu einem Wegwerfhandy. Es wird dauern, bis ich die Ortungsdaten von meiner Quelle bekomme; es handelt sich dabei um eine, äh, außerrechtliche Nutzung legaler Software. Technisch gesehen in Ordnung, wenn man die Augen zukneift, aber sie will auch nicht dabei erwischt werden. Nicht ohne richterliche Anordnung.«

»Ich bin an dem Pastor dran«, berichte ich. »Er weiß etwas. Möglicherweise führt er mich gerade zu ihr.« Ich erzähle ihr in Kurzfassung, was ich von Remys Eltern und über die mysteriöse Carol erfahren habe. Ich bin noch immer hinter dem Wagen des Pastors, verborgen durch zwei Fahrzeuge zwischen uns. Er fährt vorsichtig und hält sich an das Tempolimit. Was für mich überaus praktisch ist.

»Besteht auch nur die geringste Möglichkeit, dass der Junge mit Carol fortgelaufen ist? Dass er mit ihr zusammenlebt und sie irgendwie beschützt?«

»Ich weiß es nicht«, antworte ich. »Aber das alles ist immerhin schon mehr, als wir bisher hatten. Ich melde mich wieder, ich glaube, der Pastor nähert sich gerade seinem Ziel.«

Das tut er, aber es handelt sich um sein Zuhause; ich erkenne den Wagen, der bereits in der kleinen Einfahrt parkt, als einen, der auch auf dem Parkplatz der Kirche gestanden hat – vermutlich gehört er dem Sohn. Er hat einen Aufkleber, auf dem »UNTER GOTT« steht, umgeben vom Rot und Blau der USA-Flagge. Was ihn umso leichter wiedererkennbar macht. Ich parke und warte noch einen Augenblick, für den Fall, dass ich etwas Interessantes sehen könnte, aber da ist nichts. Durch das praktische Panoramafenster des Hauses kann ich ins Esszimmer sehen, in dem eine Frau gerade das Abendessen vorbereitet. Drei Gedecke, also versteckt sich Carol nicht hier.

Irgendetwas sorgt dafür, dass mein Atem auf einmal keuchend geht und mir heißer Schweiß im Nacken ausbricht. Ein oder zwei Sekunden lang habe ich keine Ahnung, was mit mir los ist.

Dann blinzle ich und sehe ein Haus von ähnlicher Form über diesem hier. Ein normales Haus in einer normalen Straße. Die zerstörte Wand zur Garage, aus der ein kaputtes Fahrzeug herausragt.

Mein normales Haus. Meine normale Straße in einer normalen Stadt in Kansas.

Und ein totes Mädchen, das in einer Drahtschlinge in der nun offenen Garage hängt, an dem Tag, an dem alles endete. All diese Jahre, die ich in diesem Haus verbracht habe, neben einem Monster gelebt habe, nicht wusste, was unter diesem Dach vor sich ging. Das Abendessen zubereitete. Den Tisch deckte, genau wie es diese Frau tut.

Ich zucke zusammen, stöhne auf und schließe die Augen. Ich verfüge über Bewältigungsmechanismen für diese Flashbacks, und die setze ich jetzt ein. Mein Herzschlag beruhigt sich wieder, und ich entziehe mich dem blinden Grauen und der Panik, die immer wieder aufs Neue zuschlagen. Ich presse meine zitternden Hände auf meine Oberschenkel. *Was vergangen ist, ist vergangen. Bleib im Hier und Jetzt. Spüre die Luft. Nimm die Gerüche wahr. Hör zu. Sei einfach anwesend.*

Das überwältigende Gefühl des Eingesperrtseins verschwindet langsam. Die Panik ebbt ab. Und als ich wieder hinsehe, ist es nicht mehr mein Haus, nicht mein Esszimmer, und die drei Leute, die an diesem Tisch sitzen, sind nicht meine Familie. Hinter dieser Wand verbirgt sich kein Grauen, oder falls doch, ist es keins, das irgendetwas mit mir zu tun hat.

Ich lese meine Handynachrichten. J. B. hat mir die Nummer geschickt, die Pastor Wallace angerufen hat. Ich sollte warten, bis J. B. mir die Trackingdaten schickt; sie könnten mich in die korrekte Richtung lenken. Ebenso gut könnte er der jungen Frau aber auch gesagt haben, sie solle weglaufen, und dann würde ich sie komplett verlieren.

Da ich das dringende Bedürfnis verspüre, zu handeln, rufe ich die Nummer an. Lasse die Würfel entscheiden.

Eine Frau antwortet. »Hallo?« Sie klingt jung und zögerlich, besorgt.

»Bitte legen Sie nicht auf, Carol«, sage ich. »Ich bin eine Freundin. Ich weiß, dass Sie Angst haben. Lassen Sie mich Ihnen helfen.«

Ich erwarte fast, dass sie auflegt, aber sie scheint zu zögern. Dann spricht sie. »Sie sind diejenige, von der der Pastor gesprochen hat.« Sie hat einen Dialekt, aber der stammt nicht aus Tennessee. Klingt mehr nach den Nordstaaten. Vielleicht sogar Maine oder Vermont. »Die Ermittlerin?«

»Richtig«, bestätige ich. »Mein Name ist Gwen Proctor. Und ich kann Ihnen helfen, wenn Sie in Schwierigkeiten stecken.«

»Ich glaube nicht, dass Sie das verstehen«, widerspricht sie. »Mir kann niemand helfen.«

»Vielleicht kann ich es.«

»Das wird er niemals zulassen.«

»Wer ist *er*?«

»Spielt keine Rolle«, antwortet sie. Sie klingt jetzt leise. Resigniert. »Tut mir leid, aber ich kann Ihnen nichts sagen. Ich bin entkommen. Trotzdem werde ich niemals frei sein. Ich dachte, ich wäre es, aber … das wird niemals funktionieren.« Ich schließe die Augen und versuche verzweifelt, irgendwelche Hintergrundgeräusche wahrzunehmen. Ganz leise höre ich Stimmen. Eine undeutliche Durchsage. Ein metallisches Quietschen.

Ich spüre, dass sie kurz davor ist, mich wegzudrücken. Schnell frage ich noch: »Carol, können Sie mir sagen, was mit Remy passiert ist? Wo er ist?«

Schweigen. Das Schweigen dauert so lange, dass ich bereits glaube, die Verbindung sei abgebrochen. Aber dann sagt sie doch noch etwas: »Remy ist bei den Heiligen.«

Klick.

Aber ich habe genug gehört. Und erkannt, wo sie sich gerade befindet.

Sie ist am Busbahnhof.

Kapitel 14

Gwen

Ich tippe aufs Geratewohl, welchen Busbahnhof sie vermutlich angesteuert hat. Sie könnte natürlich an einer regionalen Haltestelle sein, aber falls Carol die Stadt verlassen will, befindet sie sich am Greyhound-Busterminal. Ich kenne mich in der Stadt gut genug aus, da ich hier in der Gegend viele Jobs für J. B. erledige. Ich rase durch den Verkehr, schneller als Pastor Wallace es für gut befunden hätte, und schaffe es in weniger als dreizehn Minuten bis zum Busbahnhof, was nicht übel ist.

Aber falls Carol bereits während meines Anrufs im Begriff war, in einen Bus zu steigen, bin ich trotzdem zu spät dran.

Ich laufe zum Eingang. An den Türen des Busbahnhofs ist ein Schild angebracht, dass Waffen nicht erlaubt sind, was ich befürworte, aber ich habe keine Zeit, meine Waffe abzulegen und zu sichern, und es ist sowieso keine gute Idee, sie im Handschuhfach eines Mietwagens liegen zu lassen. Ich achte darauf, dass meine Jacke sie verbirgt, und gehe hinein. Zumindest versuche ich es. Der Busbahnhof ist ein ziemlich neues Gebäude aus Glas und Stahl und offenen Bereichen, die zwar geräumig wirken sollen, es aber nicht sind, weil sie von Menschen und Gepäck überquellen. Busreisen ziehen im Allgemeinen keine Erste-Klasse-Passagiere an, daher handelt es sich hier größtenteils um Seesäcke, abgewetzte alte Koffer und Rucksäcke. Und viele Leute, die erschöpft und mutlos wirken.

Ich entdecke Carol, weil sie nahe einer Gruppe von amischen oder mennonitischen Reisenden sitzt; die Frauen tragen alle saubere, lange Kleider mit Schürzen und Hauben, die Männer unbequem aussehende Anzüge und Bärte, die einen Teil ihrer gestärkten Hemden bedecken. Carol fügt sich gut darin ein, mit der Ausnahme, dass sie keine Haube aufhat. Sie ist eine junge, blasse Frau, trägt eine langärmlige weiße Bluse mit einer Schleife vorn, keinen Schmuck, kein Make-up und einen langen, gerade geschnittenen dunkelblauen Rock. Ihre dunklen Haare reichen ihr bis zur Hüfte. Sie hat einen recht neu aussehenden Rucksack dabei, der aus irgendeinem Grund … falsch wirkt. Ich weiß nicht genau, warum. Noch nicht.

Ihr Blick schweift immer wieder prüfend durch den Raum, als würde ihr Leben davon abhängen. Sie analysiert jeden, der in ihr Blickfeld gerät. Sie sieht mich kurz an, dann wandert ihr Blick weiter; ich bin eindeutig nicht das, wovor sie Angst hat. Gut. Ich hatte schon Sorge, dass sie beim ersten Anzeichen meiner Anwesenheit davonlaufen würde.

Ich bahne mir einen Weg durch die Menge. Ihr gegenüber ist ein Platz frei, auf den ich mich setze. Ihr Blick ist noch immer suchend auf den Eingang gerichtet, als ich sage: »Hallo Carol. Ich bin Gwen.«

Sie zuckt auf ihrer Bank zurück und drängt sich an eine ältere Amische, die sich umdreht, ganz eindeutig besorgt um sie. Das ist zwar besser, als wenn sie aufspringen und weglaufen würde, aber nicht viel. Ich möchte hier keinen öffentlichen Aufruhr riskieren, besonders nicht, da ich eine Waffe bei mir trage. Das würde nur dazu führen, dass ich verhaftet würde.

Schnell hebe ich beide Hände hoch, die Handflächen offen. Eine Geste der Friedfertigkeit und Beruhigung. »Tut mir leid, dass ich Ihnen Angst eingejagt habe«, sage ich lächelnd. »Ganz ehrlich, ich bin hier, um Ihnen zu helfen. Sie halten nach jemandem Ausschau, aber nicht nach mir. Richtig?«

Langsam entspannt sich Carol wieder. Die Amische fragt: »Alles in Ordnung?« Sie wirft mir einen zweifelnden Blick zu. »Soll ich Hilfe holen?«

Carol hat große, dunkle Augen. Rehaugen. Ich verstehe, warum sich ein junger Mann im College-Alter von ihr angezogen fühlt; sie zeigt echte Verwundbarkeit, eine Zerbrechlichkeit, die jemanden mit Beschützerinstinkt anspricht. *Und Raubtiere,* denke ich. *Melvin hätte sie geliebt.* Genau wie ich ihn einst fasziniert habe, das unschuldige Mädchen aus einer religiösen Familie. Wenn ich diese junge Frau ansehe, erkenne ich mich selbst in ihr, und ich möchte sie schütteln und sie anschreien, dass sie aufwachen soll.

»Es geht mir gut, danke«, erwidert Carol, beinahe flüsternd, und die Amische lehnt sich wieder zurück, behält mich aber weiterhin streng im Blick. Ich achte verdammt gut darauf, dass meine Körpersprache weiterhin aufrichtig und nicht bedrohlich wirkt. »Sie sind diejenige, die mich angerufen hat.«

»Ja.«

Carol schüttelt den Kopf. Dabei schimmern ihre Haare wie Seide. »Ich kann Ihnen nicht helfen.«

»Aber Sie können mir sagen, was Sie über Remy wissen«, kontere ich. »Mehr will ich gar nicht. Das schwöre ich. Ich will ihn nur finden, seinen Eltern zuliebe. Carol, sie leiden, und ich weiß doch, dass Sie das nicht möchten.«

Sie blickt zu Boden. Sie ist eine große, gertenschlanke und grazile Frau. Ihre langgliedrigen Hände sind gerötet und rau, als hätte sie in letzter Zeit harte Arbeit als Putzfrau verrichtet. Die Fingernägel sind kurz und nicht lackiert. Ruckartig hebt sie den Kopf, als die Lautsprecher über uns verkünden, dass der Bus nach Pennsylvania bereitsteht, und ich weiß, dass ich kurz davor bin, sie zu verlieren. Die Amischen stehen auf und sammeln ihre Sachen zusammen. Sie geht mit ihnen oder steigt zumindest in denselben Bus.

Ihr Rucksack lässt mir noch immer keine Ruhe. Ich erkenne darauf verblasste Football-Sticker der University of Tennessee. Dabei wirkt sie auf mich nicht wie eine Studentin.

Ich neige den Kopf in Richtung Rucksack. »Der gehört Remy«, sage ich. »Stimmt's?«

Sie sieht schockiert aus. »Ich … er hat ihn mir gegeben!«

»Wann?«

»Als ich ihm gesagt habe, ich müsse gehen«, erklärt sie. »Ich hätte gehen sollen. Das wollte ich auch, aber dann …«

»Dann ist Remy verschwunden?«

Sie blinzelt nicht, nickt nicht, antwortet überhaupt nicht. Dann steht sie einfach auf.

»Carol, wer ist hinter Ihnen her?« Ich stehe ebenfalls auf, und ihre Paranoia ist ansteckend; ich suche in den Menschenmassen nach potenziellem Ärger. Eine Menge Bewegung, keine offensichtliche Bedrohung. »Dieselben Leute, die ihn entführt haben? Was ist ihm zugestoßen? Haben sie ihn verhört, um herauszufinden, wo Sie sind?«

»Das hätte er niemals verraten«, wehrt sie ab.

Sie dreht sich um und geht. Ich folge ihr. Ich habe nicht mehr viel Zeit. Die Warteschlange zum Einsteigen ist lang, aber sobald wir beim Fahrkartenkontrolleur sind, ist es für mich gelaufen. Dann ist sie außerhalb meiner Reichweite. »Carol, bitte. Bitte, ich flehe Sie an, geben Sie mir irgendetwas, das mir weiterhilft. Sie wissen, was passiert ist, das kann ich doch sehen. Remy hat versucht, Ihnen zu helfen. Und dabei ist ihm etwas zugestoßen. Geben Sie mir einfach einen Ort, wo ich anfangen kann, nach ihm zu suchen, mehr brauche ich nicht!«

Als ich meinen Monolog beendet habe, sind wir bereits einen Meter in der Schlange vorgerückt. Carol umklammert Remys Rucksack, als wäre er ihr Rettungsring in einem wild tosenden Meer. Ich sehe, dass sie weint. Stumme Tränen, die ihr über die Wangen rinnen und auf die Bluse tropfen. Hastig wischt sie sie ab und schüttelt wieder den Kopf.

Dann legt sie plötzlich einen Sprint zum WC ein. Ich zögere, unsicher, ob sie vor mir flüchtet oder will, dass ich ihr folge. Sie blickt nicht zurück. Ich nutze die Chance dennoch. Im schlimmsten Fall kann ich behaupten, dass ich auf die Toilette musste.

Carol wartet bei den Waschbecken, tritt unruhig von einem Fuß auf den anderen.

»Tut mir leid«, sagt sie. »Hören Sie, vielleicht … vielleicht kann ich Ihnen ein paar Dinge erzählen. Die Sache ist nur, ich habe kein Geld mehr für ein weiteres Ticket.« Sie wischt sich die Tränen ab und atmet tief durch. »Und ich will auch nicht, dass Sie wissen, wohin ich unterwegs bin.«

»Sie wollen also, dass ich Ihnen einfach Bargeld gebe? Nein, Carol. So läuft das nicht. Nicht hier.«

Sie blinzelt. »Wo dann?«

»Ich nehme Sie mit in ein Restaurant«, erkläre ich. »Bezahle Ihnen ein Abendessen. Besorge Ihnen für die Nacht ein Zimmer. Und dann kaufe ich Ihnen morgen früh ein Flugticket an irgendeinen Ort, an den Sie wollen, und gebe Ihnen genug Geld, damit Sie für immer verschwinden können. Sie müssen mir dafür nur von Remy erzählen und was ihm zugestoßen ist. Einverstanden?«

Sie schweigt einen Augenblick. »Sie werden es noch bereuen, dass Sie in diese Sache hineingeraten sind. Denn es ist wirklich schlimm.«

Das bezweifle ich keine Sekunde lang.

Wir gehen nach draußen, und ich achte auf jedes mögliche Anzeichen einer Flucht, aber was ich ihr angeboten habe, scheint eine gewaltige Anziehungskraft zu haben. Ich versuche es gar nicht erst mit Small Talk; sie scheint dafür nicht der Typ zu sein.

Mein Mietwagen steht hinter dem Busbahnhof, auf einem Parkplatz, der an den vollen, geschäftigeren angrenzt; als wir darauf zugehen, fällt mir ein schäbiger Camper auf, der das Gelände auf der Suche nach einem freien Platz zu umkreisen scheint.

Plötzlich umklammert Carol meinen Arm und zwingt mich, stehen zu bleiben. Ihr Griff ist so fest, dass es wehtut. »Haben Sie eine Waffe?«, fragt sie.

»Selbst wenn, ich habe nicht vor, sie auf einem Greyhound-Parkplatz einzusetzen«, erwidere ich. »Was ist denn los?«

Sie nickt in Richtung des Campers. Er ist ausgeblichen und alt und stammt bestenfalls aus den 1980ern. Ich bin erstaunt, dass er überhaupt noch fahrtüchtig ist. Sie zieht mich zu einer überquellenden Mülltonne, und ich versuche, den Gestank von Müll und Urin nicht einzuatmen. Carol scheint es gar nicht aufzufallen. Sie ist vollständig auf das Fahrzeug fokussiert. »Sie haben mich gefunden«, flüstert sie nur. »Gott steh mir bei.« Dann starrt sie mich wütend an. »Die haben mich Ihretwegen gefunden. Weil Sie hier alles aufrühren.«

»Wer sind *die,* Carol?«

Sie antwortet nicht. Der Camper umkreist weiter den Parkplatz, hält nicht an, fährt weiter zum nächsten Parkplatz. Als er schließlich wieder auf die Hauptstraße einbiegt, sagt sie: »Wir müssen uns beeilen. Die kommen wieder.«

Ich weiß nicht, was sie denkt oder vor wem sie Angst hat, aber eins ist sicher: Sie blufft nicht. Wir rennen zum Wagen, ich starte den Motor und weise sie an, in Deckung zu gehen.

Ich passiere den Camper, der in die entgegengesetzte Richtung fährt, wobei es mir leider nicht gelingt, das Kennzeichen im Rückspiegel zu lesen. Es ist ein Nummernschild aus Tennessee, aber dreckig und schlammbespritzt. Ich kann gerade so ein *M* erkennen.

Das Innere ist vollständig durch getöntes Glas abgeschirmt.

Wir fahren weiter. Ich bleibe knapp unter dem Tempolimit und achte darauf, ob uns der Camper folgt.

Das tut er nicht. Ich halte noch mehrere Blocks lang Ausschau, bevor ich Carol sage, dass wir sicher sind.

»Das sind wir nicht«, widerspricht sie, klettert aber zurück auf den Beifahrersitz. Sie hat die Schultern hochgezogen, und die Haare hängen ihr wie ein Vorhang ins Gesicht. »Ich muss gehen. Jetzt.«

»Wir haben eine Vereinbarung.«

»Wir *hatten* eine Vereinbarung«, widerspricht sie. »Aber die sind hier. Auf der Suche nach mir.«

»Wenn sie uns in einem Camper verfolgen, sind sie verdammt einfach zu erkennen«, erkläre ich. »Im Augenblick sind sie nirgendwo zu sehen. Es ist alles in Ordnung. Wie steht's mit dem Essen? Haben Sie noch Hunger?«

Sie starrt lange geradeaus, bis sie schließlich nickt.

Dann verschränkt sie die Hände und fängt an zu beten.

* * *

Beim Abendessen schlingt sie das in Buttermilch gebratene Hühnchen so schnell hinunter, als wäre es ihre erste Mahlzeit seit Tagen. Sie hat sich einen Platz ganz hinten in der Nähe der Küche ausgesucht, von dem aus sie die Eingangstür im Blick hat. Nicht an einem Fenster.

Höchste Wachsamkeit. Ich verstehe diesen Impuls. Ich habe selbst jahrelange Erfahrung darin.

Ich frage mich, wie oft sie eine anständige Mahlzeit bekommt. Sie lauert über dem Teller, als würde sie ihn bewachen. Das machen oft Leute, die ausgehungert wurden. Vielleicht ist das eine Konsequenz davon, wie sie gelebt hat. Oder vielleicht ist es schlimmer. Sie lässt mich nicht an sich heran und sagt auch nicht mehr als »Ja« oder »Nein« oder »Kann ich die Butter bekommen«.

Als sie schließlich satt ist und sich zufrieden seufzend zurücklehnt, bezahle ich die Rechnung und führe sie zurück zum Mietwagen. Noch immer kein Anzeichen vom Camper. Rund um den Flughafen gibt es eine gute Auswahl an Hotels. Ich entscheide mich für das Best Western als die unauffälligste Variante und checke uns ein. Ein Zimmer. Ein Schlüssel, den ich behalte. Ich parke den anonymen Mietwagen in der überdachten Garage, und zwar so, dass das Nummernschild unsichtbar bleibt. Ich habe die Tennessee-Regelung immer gehasst, dass Nummernschilder vorn nicht vorgeschrieben sind … bis heute. Das macht das Ganze erheblich einfacher. Falls jemand aus diesem Camper jeden weißen Mietwagen in Knoxville überprüfen will, hat er eine Menge Arbeit vor sich.

Wieder habe ich dieses seltsame Déjà-vu-Gefühl, als ich die Tür hinter uns zuschließe; das Zimmer ist nett, aber erneut handelt es sich um eine anonyme, vorübergehende Zuflucht. Davon gibt es in meinem Leben mittlerweile so viele, dass ich eine gewisse Desorientierung verspüre. Ich habe ein Zimmer mit zwei Betten genommen. Carol setzt sich auf eins davon, testet die Matratze und fährt mit den Fingern bedächtig über die saubere Bettdecke. Versuchsweise wippt sie leicht auf und ab, als hätte sie vergessen, wie sich ein Bett anfühlt.

»Wie heißen Sie wirklich?«, frage ich sie. Sie sieht mich nicht an. Streicht weiter mit der Hand über die Bettdecke.

»Hickenlooper«, antwortet sie. »Carol Hickenlooper.«

Ich glaube ihr nicht, lasse es jedoch auf sich beruhen. Irgendetwas nagt an mir, was ich nicht genau benennen kann. »Falls Sie duschen möchten, nur zu«, ermuntere ich sie. »Ich muss noch etwas erledigen.« Ich habe meinen kleinen Koffer mit hereingenommen, hole meinen Laptop aus der Fronttasche und stelle ihn auf dem kleinen Schreibtisch ab. Die junge Frau ergreift freudig die Gelegenheit zu einer Dusche. Sie holt Unterwäsche und saubere Kleidung – ein weiteres einfaches Shirt und einen langen Rock, soweit ich das erkennen kann – aus dem Rucksack und betritt das kleine, saubere Bad. Ich höre das Klicken des Schlosses.

Ich verliere keine Zeit und untersuche sogleich den Rucksack, den sie liegen gelassen hat. Wie erwartet erkenne ich Remys Initialen in schwarzem Permanentmarker auf der Innenseite der Fronttasche. Das macht es real. Und ominös. Ich glaube nicht, dass er ihn ihr gegeben hat; er hatte ihn in der Nacht seines Verschwindens aus der Bar dabei. Das habe ich auf dem Video gesehen.

Sie weiß etwas. Hat etwas gesehen.

Sonst ist nichts mehr von ihm darin. In dem großen hinteren Teil befinden sich Damenunterwäsche, ein Sport-BH, ein abgetragenes weißes Nachthemd aus billigem, leichtem Stoff ohne Verzierungen. Weit unten die Schmutzwäsche, ordentlich zusammengerollt und bereit, gewaschen zu werden. In dem kleineren Frontbereich finde ich ein abgewetztes Exemplar der King-James-Bibel mit vielen Anmerkungen in Tinte. Ein paar Hygieneartikel. Billige flache Schuhe, die anscheinend nur für Notfälle gedacht sind, da die Sohlen noch sauber sind. Ein Waschlappen, der mit ziemlicher Sicherheit aus einem Hotel gestohlen wurde, ein paar Miniseifen, ein paar fast leere Shampoo- und Lotionfläschchen aus Hotels.

Carol mag im Augenblick obdachlos sein, aber Sauberkeit ist ihr überaus wichtig.

Als ich meine Durchsuchung abgeschlossen habe, läuft die Dusche noch immer. Ich schaue mir die Bibel genauer an, da mir die notierten Anmerkungen merkwürdig erscheinen. Oft sind Datumsangaben beigefügt.

Ich probiere etwas aus. Ich schließe das Buch, stelle es mit dem Buchrücken auf den Schreibtisch und lasse es aufblättern. Es fällt von allein auf eine Seite, die Carol oft gelesen haben muss. Ein Vers – Kolosser 1,26 – sticht heraus. Er ist mit kindlich aussehenden Sternen verziert.

Nämlich das Geheimnis, das verborgen war seit ewigen Zeiten und Geschlechtern, nun aber offenbart ist seinen Heiligen.

Heilige. Das erinnert mich an etwas, was sie heute gesagt hat. *Remy ist jetzt bei den Heiligen.* Ich lese ein paar weitere Anmerkungen. Beunruhigenderweise hat sie vor allem Passagen markiert, die mit der Unterdrückung von Frauen zu tun haben, zusammen mit der Notiz: »Merken«. Auf die Innenseite der Buchhülle wurde ein Zitat geschrieben, das mir nicht bekannt vorkommt. »So bringt mir Heilige, dass ich sie aufnehmen kann für den kommenden Krieg.«

Zugeschrieben wird dies V.T. Ohne Kapitel oder Verszeile.

Ich versuche es mit dem ersten Brief an die Thessalonicher. Er besteht nur aus vier Kapiteln und kurzen Versen. Dort finde ich lediglich ganz am Ende einen Bezug zu Heiligen, der aber kein bisschen zu diesem Zitat passt. Ich bin keine Bibelgelehrte, aber irgendetwas ist hier seltsam. Also blättere ich weiter im Buch auf der Suche nach Anmerkungen und finde schließlich in den Klageliedern etwas umkreist, mit einem Stern daneben und einer handgeschriebenen Notiz am Rand: »Vater Toms Botschaft 4/2012«.

V.T. Vater Tom.

Ich lasse die Bibel liegen und wechsle zum Computer, aber eine Google-Suche nach Vater Tom bringt keine Ergebnisse. In dem Zusammenhang fällt mir ein: Das ist eine King-James-Bibel.

Sie ist nicht katholisch. Sie gehört anscheinend zu irgendeiner Unterform des Protestantismus. Und die Amtsbezeichnung in evangelischen Kirchen lautet Pastor oder Pfarrer, nicht Vater. Es sei denn, da gibt es eine Sekte, von der ich nichts weiß.

Ich schaue auf die altmodische Uhr auf dem Nachttisch. Es ist beinahe Mitternacht. Kein Wunder, dass ich müde bin.

Ohne zu blinzeln, starre ich das digitale Display an. Ich weiß nicht einmal, warum, bis ich in weißer Schrift den Namen des Herstellers in der Ecke des Geräts sehe. Die Buchstaben sind klein, aber ich kann sie von meinem Sitzplatz aus trotzdem lesen.

Hickenlooper.

Kein Wunder, dass mir der Name seltsam erschien.

Ich habe einen Anruf verpasst; ich hatte den Ton deaktiviert. Mein Handy vibriert, um mich auf eine Sprachnachricht aufmerksam zu machen, und ich überprüfe den Absender. Sie kommt von Sam. Aber das muss noch warten, denn jetzt höre ich, wie die Dusche abgedreht wird. Ich lege die Bibel zurück, schließe den Reißverschluss des Rucksacks wieder und sitze am Laptop und lese meine Mails, als Carol ein paar Minuten später die Badtür öffnet.

Sie hat die Haare in ein Handtuch gewickelt, ist aber ansonsten vollständig angezogen. Ihre Wangen sind rosig, und sie wirkt entspannt von der Dusche. Wohlig seufzend lässt sie sich auf das Bett sinken und schiebt den Rucksack etwas weiter weg. »Das hat sich wirklich gut angefühlt«, meint sie. »Danke.«

»Gern.«

»Und auch für das Essen. So gut habe ich schon lange nicht mehr gegessen.«

Ich lehne mich ein Stück zurück und klappe den Laptop zu. Dann drehe ich den Stuhl, um in ihre Richtung zu schauen. »Wie lange laufen Sie bereits vor der Sekte davon?« Es ist nur eine Vermutung, aber die Verse, die sie markiert hat, der Name

»Vater Tom«, der Widerspruch zwischen dieser Bezeichnung und der evangelischen Bibel, der Camper, der sie verfolgt … ich glaube nicht, dass ich mich irre.

Überrascht öffnen sich ihre Lippen, und Panik blitzt in ihren Augen auf. Sie blickt zur Tür. Ich hebe die Augenbrauen, sage aber nichts. Ihr Impuls zu fliehen ist stark, aber nur von kurzer Dauer. »Schon eine Weile«, gibt sie zu und senkt den Blick. Das Wohlgefühl ist ganz offensichtlich verschwunden. »Seit drei Jahren.«

»Drei Jahre?«

Sie nickt.

»Remy hat Ihnen bei der Flucht geholfen?«

Ein weiteres Nicken.

»Carol, Sie müssen mir erzählen, was passiert ist.«

Sie wird mich anlügen; das spüre ich. Dabei wirkt sie durch und durch ehrlich.

»Ich war bereits fortgelaufen, als ich Remy kennengelernt habe«, erzählt sie. »Ich hielt mich in Knoxville auf und hatte angefangen, zur Gospel Witness zu gehen. Der Pastor war wirklich nett zu mir, und ich durfte in seinem Haus bleiben. Danach hat er einen sicheren Ort für mich gefunden, und für eine Weile war auch alles gut. Remy habe ich im Bibelkurs kennengelernt.« Sie sitzt sehr still. Meiner Meinung nach zu still. Anscheinend versucht sie, über ihre Körpersprache nichts zu verraten, und es funktioniert, denn es ist schwer, ein leeres Blatt zu lesen. »Er war nicht – ich meine, wir waren nicht zusammen. Wir waren nur befreundet. Ich glaube, er hatte eine Freundin, und ich wollte nichts von ihm. Es war einfach nur nett, mit ihm zu reden. Er hat sich Sorgen gemacht.«

»Er hat herausgefunden, dass du in einer Sekte warst.«

Das bringt mir ein langsames Nicken ein. »Er hat mich einmal gesehen, als ich weinte. Ich hätte ihm nicht davon erzählen sollen, aber … es war so leicht, mit Remy zu reden. Er wollte mir helfen«, verteidigt sie sich. »Er war ein netter junger Mann. Gottgefällig.«

So gottgefällig war Remy nicht, nach dem, was ich gelesen habe; er liebte das gute Leben. Aber ich lasse es unkommentiert stehen. »Was ist in der Nacht passiert, in der er verschwunden ist, Carol?«

Eine Zeit lang ist sie still. Sie nimmt das Handtuch vom Kopf, und ihr feuchtes Haar sinkt in Wellen nach unten und kräuselt sich ein wenig an den Enden. Sie lässt es sich ins Gesicht fallen. »Er wollte mir helfen, aus der Stadt zu kommen«, erklärt sie. »Er sollte mich treffen und mir etwas Geld geben. Aber er ist nicht gekommen. Ich habe gewartet, aber … er ist einfach nicht gekommen, und dann hat ihn niemand mehr gesehen. Ich dachte, man hätte ihn vielleicht entführt.«

»Die Sekte?«

Sie zuckt mit den Achseln.

»Warum sollten die ihn mitnehmen? Um an Sie heranzukommen?«

Noch ein Achselzucken. Sie erwidert meinen Blick nicht mehr. Sie lügt mich an. Aber zumindest redet sie.

»Carol. Sehen Sie mich an.« Endlich tut sie es. Ihr Blick ist trüb. Resigniert. »Wo könnten sie ihn hingebracht haben?«

»Ich weiß es nicht. Sie ziehen umher. Sie fahren in diesen Wohnmobilen.«

Eine mobile Sekte? Das klingt furchterregend. »Wie genau funktioniert diese Sekte?«

»Auf die übliche Weise.« Ihre Lippen verziehen sich zu einem bitteren Lächeln. »Sie fahren uns umher, und wir predigen zu den Leuten, sammeln Geschenke. Manchmal rekrutieren wir neue Leute, und sie geben ihre Familie auf und spenden ihr Geld, um in den Himmel zu kommen.«

»Kommen sie das? In den Himmel?«

»Das habe ich früher geglaubt. Aber …« Sie zögert, blickt wieder zur Seite. »Aber vielleicht war das nur eine Lüge. Wir hatten nie Geld, und es war nicht – es war nicht so, wie ich mir den Himmel vorgestellt hätte. Und wie sie uns behandelt haben … wie Sklaven. Vor allem uns Frauen. Wir hatten kein Mitspracherecht. Nicht einmal, was uns selbst betraf.« Sie umschifft etwas Schreckliches, das erkenne ich an der Anspannung ihres Körpers. Als würde sie am Rand eines Abgrunds balancieren. Sie reißt sich zusammen und lacht. Ein hohles Lachen.

»Wie sind Sie dann entkommen?«

»Das bin ich nicht. Ursprünglich zumindest nicht mit Absicht. Ich kam spät zurück, nachdem ich in diesem kleinen Laden war, und dieser Mann, er – er hat versucht, mich in seinen Wagen zu zerren. Der Ladenbesitzer hat gesehen, was da passiert, und hat die Polizei gerufen. Und die haben den Mann verhaftet, der versucht hatte, mich zu entführen. Aber ich konnte nicht weg, die Polizei wollte mich nicht ohne Aussage gehen lassen. Der Camper ist weggefahren, ich habe gesehen, wie sie weiter entfernt geparkt haben; sie gehen der Polizei aus dem Weg. Da wurde mir klar … dass das meine Chance ist. Ich habe einfach beschlossen, abzuhauen. Ich weiß nicht einmal genau, warum. Ich wusste nicht, was ich tun sollte, wohin ich gehen konnte.«

»Hätten Sie nicht nach Hause gehen können?« Vor drei Jahren muss sie noch minderjährig gewesen sein. Sie sieht aus, als wäre sie höchstens zwanzig Jahre alt.

»Ich hatte kein richtiges Zuhause, bevor Vater Tom mich aufnahm. Ich war bei Pflegeeltern.«

Verletzlich, ohne Selbstwert … ideal für eine Sekte. Auch wenn sie ihnen nicht viel an materiellem Gewinn einbrachte, sich akzeptiert und geliebt zu fühlen, hatte sie zu einem treuen Mitglied gemacht. Eigentlich war es ein kleines Wunder, dass sie sich davon befreit hatte. Die meisten verlassen eine Sekte erst, wenn es so schlimm wird, dass sie es nicht mehr vor sich selbst entschuldigen können, wenn sie gerettet werden … oder wenn sie sterben.

Ich weiß, dass ein Teil der Geschichte, die sie mir erzählt hat, wahr ist. Aber ich vermute ganz stark, dass sie immer noch lügt. Vielleicht, was die kleinen Dinge angeht; das tun die meisten Menschen. Aber sie ist erschreckend gut darin, ich kann unmöglich beurteilen, ob sie bei den wichtigsten Details ihrer Geschichte ehrlich zu mir war oder nicht.

»Wann haben Sie den Rucksack bekommen?« Das frage ich, weil ich nichts zu verlieren habe und weil es sie vielleicht aus der Fassung bringt.

Tut es nicht. Sie blinzelt nur einmal. »Am Tag, bevor er mich treffen wollte. Remy hat gemeint, der wäre alt, und er würde ihn nicht mehr brauchen.« Ich spüre eine leichte Schärfe in ihren Worten. Mit meiner Frage habe ich ganz offensichtlich einen Nerv getroffen. »Ich habe ihm den Rucksack nicht gestohlen.«

»Das wollte ich damit auch gar nicht sagen, Carol. Wie heißen Sie wirklich?«

»Hicken…«

»Den Namen habe ich auf der Uhr gesehen.«

Sofort macht sie dicht. Starrt mich intensiver an als zuvor. Und ich korrigiere meine Einschätzung, was sie betrifft. Sie spielt die Verletzliche mit großem Geschick. Aber sie ist nicht verletzlich. Nicht, wenn es darauf ankommt. In ihr ist eine Stärke, die lediglich ab und zu aufblitzt, sonst aber unter der Maske verborgen bleibt.

Schließlich antwortet sie mir. »Ich kenne meinen Geburtsnamen nicht, den hat man mir nie gesagt. Meine letzte Pflegefamilie hieß Sadler. Ich schätze also, Carol Sadler, auch wenn das keine Rolle spielt. Ich habe auch überhaupt nichts, um das zu beweisen. Die Kirche hat alles genommen, als ich ihr beigetreten bin.«

Ganz unbewusst hat sie Kirche gesagt. Nicht Sekte. Und ich weiß, dass sie gerade nicht über diese kleine Schindelkirche redet, wo sie bei Pastor Wallace Unterschlupf gefunden hat.

»Wie wird sie genannt? Diese Kirche?« *Sekte.*

Sie starrt lange zu Boden, bevor sie antwortet. »Sie nennt sich ›Versammlung der Heiligen‹. Na gut. Ich bin jetzt wirklich müde. Ich muss schlafen.«

Bevor ich etwas darauf erwidern kann, schlägt sie die Decke zurück und legt sich, noch immer vollständig angezogen, ins Bett. Sie zieht sich die Decke und ein Kissen über den Kopf und vergräbt sich darin, als hätte sie vor, in dem weichen Baumwollstoff zu verschwinden.

Heute Nacht werde ich nichts mehr aus ihr herausbekommen. Ich werde es morgen früh noch einmal versuchen, aber für den Augenblick lasse ich sie in Ruhe und setze mich wieder an meinen Computer. Ich schicke eine Zusammenfassung dessen, was ich erfahren habe, an J. B. und dokumentiere es in meinen Fallnotizen online. Außerdem mache ich mir noch eine Notiz, den Namen Carol Sadler zu überprüfen, obwohl ich nicht glaube, dass er mich irgendwohin führen könnte. Danach bin ich wirklich erschöpft, aber vor dem Schlafen muss ich noch Sams Sprachnachricht abhören.

Ich höre mir an, was er sagt, öffne dann ein Dokument, spiele die Nachricht erneut ab und tippe die Namen aus dem Forenbeitrag ein, den er vorliest. Es sind sechs. Einer davon ist Remy Landry. Sollte der Verfasser des Beitrags recht haben, sind in den letzten Jahren noch fünf andere junge Männer verschwunden. Einfach … verschwunden. Zwei haben ihre College-Unterkünfte verlassen und wurden nie wieder gesehen. Einer war noch in der Highschool und löste sich nach seinem Leichtathletiktraining offenbar in Luft auf. Einer verschwand auf dem Weg von der Arbeit nach Hause. Und der letzte aus einer Bar. Genau wie Remy.

Schnell jage ich die Namen durch J. B.s interne Such-App, und es sind alles offene Fälle. Sie haben keinen Ort gemeinsam; sie sind im gesamten Südosten verteilt. Aber es handelt sich durchweg um weiße, sportliche junge Männer in einem bestimmten Altersbereich: der jüngste ist siebzehn, der älteste zweiundzwanzig.

Ich verlasse das Zimmer, lehne mich draußen gegen die Flurwand und rufe Sam an. Beim zweiten Klingeln nimmt er ab. Dabei ist es bereits nach ein Uhr morgens. »Hey«, begrüße ich ihn. »Du bist noch wach?«

»Ja, ich hatte gehofft, du würdest anrufen. Irgendwie kann ich nicht schlafen, obwohl ich so müde bin, dass ich schon auf dem Zahnfleisch krieche.«

»Dito. Bist du zu Hause?«

»Nein, wir haben in einem anderen Hotel einen Stopp eingelegt. Ich dachte mir, wir bleiben lieber hier, bis Kezia uns Entwarnung gibt. Was nicht allzu lange dauern dürfte, oder? Bon Casey und Olly Belldene scheinen mir keine Verbrechergenies zu sein.«

Ich bin erleichtert, dass er nicht direkt nach Stillhouse Lake zurückgefahren ist. Dort lauern einfach zu viele unbekannte Bedrohungen. »Genieß den Zimmerservice«, kommentiere ich. »Ich bin auch in einem Hotel.«

»Wie kommst du mit dem Fall voran?«

»Es ist interessant«, antworte ich. Ich drücke mich mit dem Rücken gegen die Wand. Langsam entstehen Kopfschmerzen hinter meinen Augen, und ich schließe für einen Augenblick die Lider. »Ich habe Carol gefunden. Sie sagt, sie war mit Remy verabredet und er wollte ihr Geld geben, um aus Knoxville zu verschwinden. Aber er ist nicht aufgetaucht, und niemand hat ihn je wiedergesehen. Und sie hat seinen Rucksack. Jetzt, wo ich weiß, dass es bei den Vermisstenfällen ein Muster gibt – übrigens, danke dafür –, werde ich sie morgen früh mit den anderen Namen konfrontieren und sehen, wie sie reagiert.« Eine Sekunde lang überlege ich, ob ich ihm davon erzählen soll oder nicht, doch dann wage ich den Sprung. »Sie sagt, sie sei in einer Sekte gewesen. Na gut, sie sagt Kirche, aber alles daran klingt für mich ganz stark nach Sekte.«

»Oh.« Ich höre, wie sich sein Tonfall ändert. »Wie Wolfhunter?« Wolfhunter war ein Hexenkessel gewesen, aber in seinem verrottenden Herzen vor allem ein bösartiger Kult, in dem Frauen unterdrückt worden waren. *Sklaven.* So hatte Carol es formuliert. Der Großteil der Anhänger des Kults von Wolfhunter war tot; ich hatte allerdings gehört, dass der Anführer entkommen war. Sicherlich war das nicht dieselbe Sekte, von der Carol gesprochen hatte. Soweit ich wusste, hatte sie nicht so offen rekrutiert wie diese hier.

»Ich weiß es nicht«, gebe ich zu. »Ich konnte sie noch nicht dazu bringen, mir viel zu erzählen.«

»Sie ist noch bei dir?«

»Ja. Mein Plan lautet, von ihr Informationen zu bekommen und sie dann morgen früh gehen zu lassen. Ihr ein Flugticket zu kaufen, damit sie sich in Sicherheit bringen kann.«

»Vielleicht liegt es an der Verbindung, aber ich höre da ein leises Aber heraus«, meint Sam trocken. Ich liebe es, mit ihm zu sprechen. Er ist entweder nur einen Schritt zurück oder bereits einen Schritt voraus. Nie muss ich darauf warten, dass er mich einholt. »Du glaubst ihr nicht.«

»Nicht ganz, nein. Ich fürchte, sie ist zu gut darin, das Opfer zu spielen.«

»Glaubst du, sie hatte etwas mit Remys Entführung zu tun?«

»Vielleicht. Ich glaube, sie hat mir da eine ganze Menge nicht erzählt. Was bedeutet, dass ich es mir nicht erlauben kann, sie in ein Flugzeug steigen zu lassen, sodass ich keinerlei Zugriff mehr auf sie habe. Ich weiß noch nicht genau, was ich tun werde. Ich werde darüber schlafen und morgen früh entscheiden.«

»Ich wünschte, wir wären zusammen zu Hause«, sagt er. »Und ich wünschte, du wärst mit der Sache nicht allein.«

»Du passt doch auf mich auf.«

»Immer.«

Ich lasse einen Herzschlag verstreichen. »Wie geht es ihnen?«

»Sie schlafen«, meint er. »Und morgen früh werden sie dich genauso sehr vermissen wie ich.«

»Sag ihnen, dass ich sie lieb habe«, antworte ich und höre die Wärme in meiner Stimme. »Und ich liebe dich. Passt auf euch auf.«

»Ich liebe dich, Gwen. Pass du auf dich auf.«

Ich will gerade mit der Schlüsselkarte zurück ins Hotelzimmer, als ich Schritte vernehme. Ich sehe zum Flurende, an dem sich die Fahrstühle befinden; ich hatte um ein Zimmer nahe an der Treppe gebeten, weil es uns bei Bedarf eine schnelle Flucht ermöglicht, auch wenn bei diesem Zimmer das Risiko eines Einbruchs am höchsten ist. Ich bin natürlich nur paranoid. Ihre Sekte kann uns niemals hier aufgespürt haben.

Es sei denn, sie haben außer dem Camper noch ein anderes Fahrzeug. Nein. Das wäre mir aufgefallen. Eins bin ich niemals: nachlässig.

Ich entspanne mich, als ich zwei uniformierte Polizeibeamte erblicke. Beides Afroamerikanerinnen. Entschlossen marschieren sie auf mich zu. Ich nicke ihnen zu, was ihrerseits allerdings nicht erwidert wird. Sie wollen etwas von mir.

Eine von ihnen sagt: »Ma'am, treten Sie von der Tür zurück.«

Beide legen die Hände an ihre Waffen.

Ich trage meine eigene noch immer, doch statt wie ein Mittel zur Verteidigung fühlt sie sich plötzlich mehr wie ein glühend heißer Kugelmagnet an. Ich weiß nicht, was hier los ist, aber ich tue, was man mir sagt, und presse mich gegen die Flurwand. Ich hebe die Hände über die Schultern, die Schlüsselkarte noch immer in der rechten Hand.

Sie drehen mich, sodass ich in Richtung Wand schaue. Ich wehre mich nicht dagegen, denn ich habe ihre Ausrüstung genau angeschaut, und es sieht alles echt aus. Die Situation scheint überaus angespannt. »Ich bin bewaffnet«, erkläre ich. »Schulterholster links. Ich habe einen Berechtigungsschein in meiner Brieftasche, aber die ist im Zimmer.«

»Halten Sie die Hände flach an die Wand«, weist mich eine von ihnen an, und ich spüre, wie meine Waffe herausgezogen wird. »Okay. Hände runter und hinter den Rücken.«

»Sie legen mir Handschellen an? Was habe ich getan?«

»Das ist zu Ihrer Sicherheit, Ma'am.« Die Handschellen rasten ein, und instinktiv wehre ich mich gegen sie. Es tut weh.

»Was zum Teufel ist hier los?«, frage ich.

»Hinsetzen«, befiehlt die Beamtin vor mir. Sie hat buschige Augenbrauen, und ihr Blick ist streng. Schweigend rutsche ich nach unten. »Verschränken Sie die Beine und rühren Sie sich nicht, bis ich Sie dazu anweise.«

»Officer, mein Name ist Gwen Proctor …«

»Ich kenne Ihren Namen«, faucht sie. »Sie haben das Recht zu schweigen, und davon sollten Sie Gebrauch machen.«

Die andere Beamtin klopft an die Tür, und nur einen Augenblick später öffnet Carol sie.

Auf ihrem Gesicht prangt ein großes rotes Mal, das bald schon ein ordentlicher blauer Fleck werden wird. Ein Auge schwillt bereits an.

Und ihre Hände sind mit einer der Plastikfesseln vor ihrem Körper zusammengebunden, die ich in meinem Koffer habe.

Verflucht! Ich muss sie fast dafür bewundern.

»Helfen Sie mir«, schluchzt sie. »Bitte helfen Sie mir!« Sie ist absolut glaubwürdig als das verängstigte Opfer.

Ich fühle, wie mir der Boden unter den Füßen weggezogen wird, und gleichzeitig erkenne ich meine eigene Dummheit. Ich habe ihre Tasche durchsucht. Ich hätte wissen sollen, dass sie dasselbe tut, sobald ich sie allein lasse.

Ich hätte das kommen sehen müssen.

Kapitel 15

Sam

Um sechs Uhr morgens bekomme ich einen Anruf von Kezia, dass die beiden Verdächtigen vom Killing Rock in Haft sind und wir nach Hause kommen können. Das ist gut. Ich habe mich die ganze letzte Nacht im Bett hin und her gewälzt, immer mit dem Gefühl, dass irgendetwas nicht stimmt. Als müsste ich irgendwas unternehmen.

»Danke fürs Bescheidgeben«, sage ich. »Gute Arbeit.«

»Das war nicht besonders gut und auch kaum Arbeit«, erwidert sie leicht amüsiert. »Bon hat sich selbst gestellt, er ist kein Trottel. Olly Belldene war eine Überraschung; ich hatte geglaubt, sein alter Herr würde ihn irgendwo im Gebirge verstecken, aber stattdessen haben sie uns angerufen, damit wir ihn abholen. Ich vermute mal, sie wollten uns nicht wieder überall auf ihrem Anwesen haben.« Dann wird sie schnell wieder ernst. »Sam, Lanny muss für eine Gegenüberstellung aufs Revier kommen, außerdem muss sie noch mal eine offizielle Aussage machen. Was glaubst du, wann könnt ihr hier sein?«

»Wir sind ein paar Stunden von der Stadt entfernt, aber bereits auf dem Weg zurück«, erkläre ich. »Ich ruf dich dann an.« Da ich nicht damit einverstanden bin, Lanny aufs Revier zu bringen, mache ich keine Angabe, um welche Zeit wir zu Hause sein werden. Zwar kümmere ich mich gerade um sie, bin jedoch weder ihr Vater noch ihr gesetzlicher Vormund; daher würden sie mich für die Gegenüberstellung oder die Aussage nicht bei ihr bleiben lassen, und ich will, dass Gwen da ist. Es ist nicht so, dass ich Kez oder Detective Prester nicht vertraue; beide sind aufrechte Polizisten. Aber manchmal gehen Dinge schief, ohne dass jemand daran die Schuld trägt.

Ich wecke die Kinder. Die frühe Uhrzeit entlockt ihnen keine Begeisterungsstürme, doch nach ihrer anfänglichen schlechten Laune sind sie doch froh, dass die bösen Jungs hinter Schloss und Riegel sind und wir hier aufbrechen können. Ich erzähle Lanny nicht, dass die Polizei noch einmal mit ihr sprechen will; es bringt nichts, sie jetzt nervös zu machen. Innerhalb einer Stunde sitzen wir im Auto, was meiner Ansicht nach fast schon einen Weltrekord darstellt, und sind unterwegs nach Hause.

Ungefähr eine Stunde von Stillhouse Lake entfernt erhalte ich einen Anruf und schaue auf mein Handy. Wie mir Gwen geraten hat, ist es ein neues Telefon; meine üblichen Kontakte habe ich letzte Nacht darauf übertragen. Normalerweise würde ich keinen Anruf annehmen, der nicht von jemandem aus dieser Liste ist, aber die Rufnummernerkennung zeigt mir, dass Gwens Chefin J. B. Hall mich zu erreichen versucht. Es läuft mir eiskalt über den Rücken. Ich parke am Rand der Straße und schalte den Blinker ein, bevor ich den Anruf entgegennehme. »Hallo?«

»Mr Cade?« Die Stimme am anderen Ende ist warm, aber ernst. »Gwen hat mir Ihre neue Nummer mitgeteilt. Ich verspreche Ihnen, ich werde sie nicht weitergeben, ich verstehe, dass sie vertraulich bleiben muss …«

Ich unterbreche sie, weil ich nicht warten kann. »Ist Gwen irgendetwas zugestoßen?« Ich kann mir keinen anderen Grund vorstellen, weshalb diese Frau mich sprechen möchte. Keinen einzigen. Mein Herz rast, und ich schmecke den beißenden, bitteren Anstieg von Adrenalin.

»Sie ist in Sicherheit«, lässt J. B. mich sofort wissen, was mich erleichtert aufatmen lässt. Gott sei Dank. Connor hat auf dem Beifahrersitz geschlafen, doch die Anspannung in meiner Stimme hat ihn aufgeweckt, und besorgt starrt er mich an. Seine Schwester schläft noch immer mit Kopfhörern in den Ohren auf dem Rücksitz. »Es geht ihr gut, Sam. Ich habe sie gerade gesehen.«

»Okay. Warum rufen Sie mich dann an?«

»Weil sie wegen Körperverletzung verhaftet wurde.«

Ich öffne den Mund und schließe ihn wieder, ohne dass ein Wort herauskommt. Mir fallen ein Dutzend Situationen ein, bei denen Gwen ihre Kampfkünste einsetzen könnte, aber als ich letzte Nacht mit ihr gesprochen habe, hat sie sich in keiner solchen befunden. J. B. wartet gar nicht erst, bis ich nachfrage. »Die junge Frau, die sie befragt hat? Carol? Sie hat Gwen in dem Augenblick eine Falle gestellt, als sie das Zimmer verließ, um mit Ihnen zu sprechen. Selbst zugefügte Verletzungen und ein abgesetzter Notruf haben Gwen für den Rest der Nacht einen Aufenthalt in der Zelle beschert. Carol hat eine Krankenhausbehandlung abgelehnt und ist verschwunden, sobald sie ihre Aussage gemacht hatte. Die Polizei merkt gerade selbst, dass das Ganze eine Finte war. Ich bin im Augenblick bei Gericht, Gwen wird bald auf Kaution entlassen. Keine Sorge, die Sache wird fallen gelassen. Der verantwortliche Detective versteht, was hier vor sich geht.«

Ich erinnere mich an das Telefonat mit Gwen, wie entspannt wir miteinander gesprochen haben. Bei unserer Verabschiedung war noch alles in Ordnung, aber kurz danach muss alles in die

Binsen gegangen sein. Gwen lässt sich nicht so einfach zum Narren halten oder manipulieren. Diese Carol muss wirklich clever sein, um so etwas abzuziehen.

»Sam …« J. B. zögert mit dem, was sie mir als Nächstes sagen muss. »Ihnen ist klar, dass Gwens Verhaftung wegen eines tätlichen Angriffs bald die Runde machen wird, oder? Die Umstände dieses Falls werden das Feuer neu schüren. Die Tatsache, dass eine junge Frau sie beschuldigt, sie gefangen gehalten zu haben …«

Ich presse die Augen zusammen und atme tief durch. »Ein Medienrummel. Ich verstehe.«

»Es wird nicht lange dauern, bis die nach Stillhouse Lake kommen und Ihr Haus belagern. Sie können die Kinder nach Knoxville bringen …«

»Tja, es gibt da nur leider ein kleines Problem. Wir müssen mit den Cops in Norton sprechen. Lanny ist Zeugin bei etwas, was kürzlich dort passiert ist, und sie muss bei einer Gegenüberstellung jemanden identifizieren. Das lässt sich nicht vermeiden.« Ich denke ein paar Sekunden darüber nach. J. B. wartet. »Okay, wir fahren nach Hause, nehmen mit, was wir brauchen, fahren zur Polizeiwache und danach zu Ihrem Büro.« Ich sehe weitere Hotels in unserer näheren Zukunft … oder vielleicht auch nicht. Möglicherweise finden wir ja ein Haus in Knoxville und schicken einfach die Umzugsleute in unser altes Heim. Vielleicht ist das genau der saubere Schnitt, den wir brauchen. Dieser Umzug wird für Gwen nicht einfach werden, aber die Umstände machen die Entscheidung leichter. Und das löst gleichzeitig unser Problem mit den Belldenes.

Aber verdammt noch mal, ich verabscheue den Gedanken, dass die Reporter auf uns Jagd machen werden. J. B. wird unsere Privatsphäre so gut wie möglich schützen, aber letztendlich wird man uns finden. Ich kann mir die cleveren Fragen schon ausmalen: *Also, als Bruder von einem von Melvin Royals Opfern, wie fühlt es sich an, zu erfahren, dass Gina Royal wegen tätlichen Angriffs und Entführung verhaftet wurde?* Oder: *Glauben Sie aufgrund dieser neuen Vorfälle noch immer, dass Gina Royal unschuldig ist, was die Beteiligung an den Verbrechen ihres Mannes angeht?* Ich habe wirklich null Interesse, irgendetwas davon zu beantworten, es sei denn, meine Antwort beginnt und endet mit »Zieht Leine«.

Ich beende das Telefonat mit J. B. und schalte den Blinker aus. Während ich mich wieder in den spärlichen Verkehr einordne, frage ich Connor: »Hast du das alles mitbekommen?«

»Zum Teil«, meint er. »Mom steckt in Schwierigkeiten?«

»Möglicherweise nicht lange«, beruhige ich ihn. Ich will nicht, dass er sich Sorgen macht. »Wir sehen sie spätestens heute Nachmittag, okay?«

»Okay.« Er ist einen Augenblick still. »Sam? Ich … ich wünschte, alles wäre wieder so, wie es mal war.«

»Ach ja? Wann soll das gewesen sein?« Das klingt bitter, und ich bereue sofort, es gesagt zu haben. »Tut mir leid, Connor. So habe ich das nicht gemeint. Du meinst, wie vor ein paar Jahren, als wir die Veranda gebaut haben?« Das war die Zeit, in der wir einander wirklich kennenlernten und mir klar wurde, was für tolle Kinder Gwen hat. Und was für eine gute Frau sie ist. Und ja, es war eine schöne Zeit.

»Ja«, erwidert er leise. »Ich will einfach, dass alles wieder gut ist. Nicht mit den ganzen Reportern und den Leuten, die uns hassen und ständig hinter uns her sind.«

»Ein normales Leben«, meine ich, und er nickt. »Okay. Ich verspreche dir, dass wir alles dafür tun werden. Aber Langeweile wird sicher nie aufkommen. Das ist dir klar, oder?«

Er lächelt und sieht aus dem Fenster. »Ja«, sagt er. »Ich meine, wir haben Mom. Sie ist nie langweilig.«

»Stimmt. Aber ich bin ziemlich langweilig. Vielleicht gleicht sich das ja aus.«

»Ich finde dich nicht langweilig.«

»Schön zu hören.« Ich verwuschele seine Haare, er haut mir spielerisch auf den Arm, und für einen Augenblick sind wir glücklich. Im Moment. Aber der Junge hat recht. Wir brauchen Normalität. Dringend. Erst Connors schreckliches Erlebnis in der Schule, dann Lannys gefährliche Situation am See, Gwens Verhaftung … es läuft gerade nicht gut für uns. Ich freue mich schon auf eine hoffentlich friedlichere Zeit in Knoxville und wünsche mir, dass J. B. Gwen von diesem Fall abzieht, sodass wir uns erst einmal um uns kümmern können.

Wir sind nur noch ein paar Kilometer von Norton entfernt, als ich erneut angerufen werde. Dieser Kontakt steht in meiner Telefonliste, und obwohl es gesetzlich nicht erlaubt ist, gleichzeitig zu fahren und zu telefonieren, klemme ich mir das Handy ans Ohr, anstatt auf Lautsprecher zu stellen. Connor ist schon nervös genug. Ich will die Sache nicht noch verschlimmern.

»Hey«, sage ich. »Javi?«

Javier Esparza kommt gleich zum Punkt. »Mann, wenn ihr in die Scheiße fallt, dann aber gleich so richtig, oder?«

»Du rufst wohl nur an, um mich aufzumuntern?« Javier ist ein guter Freund, ein guter Kerl und ehemaliger Marine; er nennt mich Chair Force, ich nenne ihn Jarhead, und wir sind Waffenbrüder in jeglicher Hinsicht. Er leitet den örtlichen Schießplatz, einen meiner Lieblingsorte in Stillhouse Lake. Zwischen uns läuft ein freundschaftlicher Wettbewerb, wer häufiger mitten ins Ziel trifft. Bisher liegt er bei über dreißig Partien um einen Punkt vorn. Auf lange Distanz ist er weitaus besser als ich, aber auf kurze kann ich durchaus mit ihm mithalten. Javier ist ein absolut verlässlicher Kerl, der uns schon in so einigen brenzligen Situationen den Rücken freigehalten hat.

Was das angeht: Ich schulde ihm noch entweder einmal Toilettenputzen am Schießstand, weil ich das letzte Duell verloren habe, oder ich muss mir von ihm das Sporttauchen beibringen lassen. Ich bin nicht an Sporttauchen interessiert. Ich hasse Schwimmen. Lieber putze ich das Männerklo.

»Schön wär's«, meint er. »Kez macht sich Sorgen.« Kezia ist Javiers feste Freundin, die größtenteils auch bei ihm wohnt.

»Worüber genau?«

»Sie würde mich umbringen, wenn sie wüsste, dass ich was gesagt habe, du weißt also von nichts, klar?«

»Absolut.«

»Sie macht sich Sorgen, dass es für Lanny nicht gut aussieht. Bon und Olly sind natürlich keine guten Menschen; das wissen alle. Das Problem ist, dass sich deren Geschichten decken. Und sie hat nicht die ganze Wahrheit erzählt.«

»Soll heißen?«

»Sie war mit jemandem auf der Party. Sie ist nicht allein gekommen. Irgendeine Freundin oder so was. Du musst sie dazu bringen, die Wahrheit zu sagen, bevor das aus dem Ruder läuft. Sie darf nichts für sich behalten, wenn sie will, dass man ihre Version der Geschichte glaubt. Verdammt noch mal, die beiden haben sich selbst gestellt. Das bringt ihnen immerhin ein, dass man ihnen auf jeden Fall zuhört.«

Ich will Lannys Unschuld beteuern, Tatsache ist aber, dass ich nicht da war. Gwen und ich kamen erst dazu, als das meiste bereits passiert war, und obwohl ich unserem Mädchen glaube, weiß ich nicht genau, was vorgefallen ist. Er hat recht. Wenn sich ausgerechnet einer von den Belldenes selbst stellt? Das macht Eindruck.

»Okay«, antworte ich. »Ich rede mit ihr.« Ich achte darauf, nicht nach hinten zu Lanny zu sehen, obwohl ich versucht bin, es zu tun. Das kann warten, bis wir zu Hause sind. Im Rückspiegel sehe ich, dass sie noch immer mit geschlossenen Augen daliegt. Das leise Scheppern aus den Kopfhörern dringt bis zu mir vor. »Irgendwelche anderen guten Neuigkeiten?«

»Na, ich habe wie vereinbart für morgen den Pool reserviert«, sagt er.

»Javi … Okay, erstens hab ich nicht gesagt, dass ich das überhaupt mache …«

»Du hast verloren, Mann. Das schuldest du mir. Du ziehst die Ausrüstung an und steigst ins Wasser. Hey, hättest du gewonnen, hättest du mich unter Garantie in eins dieser Propellerflugzeuge geschleift und Fassrollen gemacht, bis ich mich übergeben hätte.«

»Hätte ich«, gebe ich zu. »Aber angesichts der Umstände mit Lanny … vielleicht putze ich lieber die Toiletten. Option B.«

»Hast du schon mal gesehen, wie die aussehen? Hier kommen Hillbillys und Trucker her. Außerhalb des Schießstands haben die alle kein Zielvermögen. Aber bitte. Deine Entscheidung.«

Er versucht mit aller Macht, die Stimmung zu heben, auch wenn das mit Lanny sehr ernst ist. Das weiß ich zu schätzen. »Ich werde den Lokus schrubben, bis er glänzt. Du machst keinen Marine aus mir, da kannst du dich noch so sehr auf den Kopf stellen.«

Als Javier antwortet, klingt es, als würde er ein Lachen unterdrücken. »Okay, okay, schon klar. Hey, ich bin auch nett. Ich zwinge dich nicht mal dazu, mit einer Zahnbürste zu putzen.«

»Ist ja besser als im Bootcamp.«

Er lässt eine Sekunde verstreichen, dann wird er wieder ernst. »Pass auf dich auf, Kumpel. Und denk dran: Du hast hier Menschen, denen du wichtig bist.«

»Weiß ich«, versichere ich. »Du ebenfalls. Falls du dir die Frage gestellt hast.«

»Ich bin nicht derjenige, der in Schwierigkeiten steckt. Falls ja, bist du der Erste, den ich anrufe. Na gut, der Zweite. Nach Kez.«

»Verständlich.«

Wir verabschieden uns, und trotz all meiner Sorgen geht es mir ein wenig besser. Wir werden nicht gejagt und sind dabei allein auf weiter Flur.

Also, zumindest allein sind wir nicht.

Wir erreichen vertraute Gefilde. Norton ist dasselbe verschlafene Nest wie immer, und kurz darauf haben wir es bereits hinter uns gelassen und befinden uns auf der Straße raus zum See. Ich blicke hinüber zum Strand am Killing Rock, als wir ihn passieren; während wir weg waren, hat dort jemand aufgeräumt. Ich sehe nirgends Müll, allerdings flattert noch der Überrest eines Polizeiabsperrbands an einem Baum. Was mich daran erinnert, dass unsere Probleme nicht hinter uns liegen.

Sobald wir im Haus sind, werde ich eine ernste Unterhaltung mit Lanny führen müssen.

Als wir in der Einfahrt stoppen, übernehmen meine Instinkte. Ich weiß nicht einmal genau, aus welchem Grund, bis mein Blick auf Lannys Schlafzimmerfenster fällt.

Es ist ein paar Zentimeter weit geöffnet, und der Vorhang weht leicht in der Brise.

Lanny gähnt, und sie und Connor streiten bereits darüber, wer als Erstes unter die Dusche darf, als ich die beiden unterbreche. »Ruhe.«

Sofort habe ich ihre verblüffte Aufmerksamkeit. »Äh, wie bitte?«, regt sich Lanny auf. »Hast du uns gerade …«

»Warum ist dein Fenster offen?«

Ich blicke sie im Rückspiegel an und erkenne den exakten Augenblick, in dem das Schuldgefühl sie überkommt. Sie weiß, wovon ich spreche, gibt es aber nicht zu. »Ich weiß es nicht! Vielleicht ist jemand eingebrochen?«

»Ohne den Alarm auszulösen.«

Darauf antwortet sie nicht. Aber mir ist schon klar, was passiert ist: Sie hat ihr Fenster aus dem Alarmsystem genommen. So ist sie auch in jener Nacht rausgekommen, daran hätte ich denken sollen, und ich hätte es beheben müssen, bevor wir abgereist sind. Verdammt! Wir waren zu abgelenkt. Und haben uns zu viele Sorgen um sie gemacht.

Aber ihr Gesichtsausdruck verrät mir, dass die Geschichte damit noch nicht beendet ist. Ich denke an Javiers Anruf, daran, dass sie mit jemandem auf der Party war. Daher frage ich: »Wer ist da in unserem Haus, Lanny?«

»Ich weiß es nicht!«

»Doch, tust du«, mischt sich Connor ein. »Vermutlich ist es Vee.«

»Halt die Klappe, du Verräter!«, faucht Lanny. Er zuckt nur mit den Achseln.

»Deine eigene Schuld«, meint er nur und dreht sich zu mir um. »Vee ist zu uns gekommen.«

»Vee Crockett?«, frage ich zur Sicherheit nach. Herrje, Vee ist ein ziemlich verkorkstes Kind. Sie ist mir durchaus wichtig, und niemand kann leugnen, dass sie ihr Päckchen zu tragen hat, aber … Schon vor dem Tod ihrer Mutter hatte sie Probleme, und ich kann mir kaum vorstellen, dass sich in der Hinsicht irgendetwas verbessert hat. Ich will nicht, dass Lanny in ihr Drama hineingezogen wird. »Deiner Mom hast du davon auch nichts erzählt?«

Sie schüttelt nur den Kopf.

Verdammt! Das erklärt tatsächlich eine ganze Menge. »Vee ist der Grund, warum du zur Party beim Killing Rock gegangen bist.« Es passte gar nicht zu Lanny; dass Vee das Ganze angezettelt hat, ergibt absolut Sinn.

Diesmal bekomme ich keine Antwort, aber ich bin mir sicher, dass ich recht habe. So alt bin ich nun auch wieder nicht. Ich erinnere mich noch, warum ich mich in diesem Alter zu Partys geschlichen habe, und der Grund war nicht, dass ich nur mit meinen Kumpels abhängen wollte. Üblicherweise wollte ich Mädchen beeindrucken.

Ich bohre weiter nach. »Lanny, du hast die Cops angelogen, als du sagtest, dass du allein auf der Party warst. Und uns auch. War sie auch mit dir oben auf dem Felsen?«

»Vee hat nichts gemacht!«

»Ach? Warst du denn die ganze Party über mit ihr zusammen?«

Dazu sagt sie nichts, was auch eine Antwort ist. Vee war im Partymodus und hat Lanny mitgeschleift. Es ist unglaublich besorgniserregend, dass Lanny sie deckt, wo doch sie jetzt diejenige ist, die dadurch in Schwierigkeiten steckt.

Connor behält noch immer das offene Fenster im Blick. »Ihr solltet da nicht reingehen. Was, wenn einer von diesen Belldenes drin ist, und nicht Vee?«

Er hat nicht ganz unrecht, aber ich bin mir ziemlich sicher, dass die Belldenes den Alarm ausgelöst hätten. Sie gehen nicht subtil vor; sie hätten einfach unsere Tür eingetreten, alles im Inneren auf den Kopf gestellt und wären dann wieder verschwunden, bevor irgendjemand nachsehen gekommen wäre. Und woher hätten sie wissen sollen, dass das Fenster nicht mehr ans System angeschlossen war?

Trotzdem sollten wir vorsichtig sein. Es genügt, dass wir bereits von mehreren Seiten bedroht werden. Daher weise ich die beiden an, im Wagen zu bleiben. Lanny umklammert ihr Handy so fest, dass die Fingerknöchel weiß hervortreten; sie wird Hilfe rufen, falls es nötig ist. Zumindest in der Hinsicht kann ich mich auf sie verlassen.

Ich gehe zu Lannys Fenster und öffne die Vorhänge, um hineinzusehen.

Vee Crockett sitzt auf der Bettkante und starrt mich an, in der Hand einen Baseballschläger, den sie vermutlich vom Fußboden aufgehoben hat. Sie ist panisch und bereit, zuzuschlagen. In Wolfhunter agierte sie immer abwechselnd wild oder traumatisiert. Ich kann nicht behaupten, dass es im Augenblick besser aussieht. »Ganz ruhig, Vee. Ich bin's nur. Sam Cade. Erinnerst du dich? Ich wohne hier.«

Es dauert eine Sekunde, dann lässt sie den Schläger sinken, hält ihn jedoch weiter fest. »Oh. Ihr seid zurück«, sagt sie. »Ich habe geschlafen.« So sieht sie auch aus. Ihr starkes Make-up ist verschmiert, ihr Haar völlig struppig, und sie scheint einen Kater zu haben.

»Ich komme zur Vordertür rein«, erkläre ich ihr. »Bleib, wo du bist. Lauf nicht weg; es ist alles okay.«

Sie glaubt mir nicht; das kann ich sehen. Ich schließe das Fenster, damit sie das ein paar Sekunden aufhält, falls sie flüchtet, gehe zur Vordertür, schließe auf und gebe nach dem Eintreten den Code ein. Dann laufe ich um das Haus herum zurück zum Fenster. Vee hat bereits einen schmutzig-blauen Rucksack herausgeworfen und hängt mit einem Bein über dem Fensterbrett. »Bitte nicht«, bekräftige ich noch einmal. »Wir machen dir keine Probleme. Komm rein, geh duschen, ruh dich aus. Ist schon okay.«

Sie ist misstrauisch, gleichzeitig aber auch hundemüde. Und sie hat Angst. »Ist Lanny da?«

»Ja.« Ich drehe mich um und bedeute den Kindern, aus dem SUV auszusteigen. Das tun sie, und beide gesellen sich zu mir ans Fenster.

»Hey, Vee«, begrüßt Connor sie. »Du siehst furchtbar aus.«

»Dich hat niemand gefragt«, faucht sie, sieht währenddessen aber Lanny an. Und Lanny erwidert ihren Blick. Ich kenne diesen Gesichtsausdruck. Den habe ich selbst ab und zu, wenn ich Gwen sehe.

Mann, dass die zwei sich lieben, kann ich nun wirklich nicht gebrauchen.

»Rein mit euch«, weise ich alle an. »Die Taschen holen wir später.« Ich hebe Vees Rucksack auf. »Außer dem hier. Der kommt mit uns ins Wohnzimmer.« Weil ich genau weiß, dass sie ihn nicht zurücklassen würde. Ansonsten wäre sie einfach ohne ihn verschwunden, als sie die Gelegenheit hatte.

»Hey!«, protestiert Vee. Sie hängt noch immer halb aus dem Fenster.

»Na, komm. Ich mach uns einen Kaffee.«

Ich weiß nicht, ob die Aussicht auf einen Kaffee oder der beschlagnahmte Rucksack der ausschlaggebende Grund ist, aber als ich mich umblicke, ist sie in Lannys Zimmer zurückgekehrt und hat das Fenster zugeworfen. Zumindest ein paar Minuten ihrer Zeit habe ich damit rausgeschlagen. Ich bin mir sicher, Gwen hätte das anders geregelt, aber mir tut das Mädchen leid. Sie hatte ein Scheißleben, und wie es aussieht, ist es nicht viel besser geworden, seit wir sie in Wolfhunter zurückgelassen haben.

Wir gehen rein. Ich mache Kaffee. Lanny und Vee hocken sich zusammen aufs Sofa; ich sage hocken, weil Vee so aussieht, als könnte sie jede Sekunde aufspringen, um zu kämpfen oder abzuhauen. Ich kenne diese abgrundtiefe Skepsis. Von Zeit zu Zeit sehe ich sie bei Gwen, und ich weiß, woher sie stammt.

Ich sorge dafür, dass die Stimmung ruhig und entspannt bleibt. Ich bereite den Kaffee so zu, wie sie ihn möchten – außer für Connor, der bekommt Kakao –, und biete an, etwas zu kochen, nachdem der Kaffee getrunken ist. Vee sieht jetzt nicht mehr ganz so aus, als wollte sie beißen oder flüchten, und bei der Aussicht auf eine selbst zubereitete Mahlzeit blitzt Sehnsucht in ihren Augen auf. »Spaghetti sind ganz einfach«, verkünde ich. »Fünfzehn Minuten.« Das bedeutet die einfachste Variante, aber ich denke nicht, dass man sich in dieser Situation auf kulinarische Details konzentrieren sollte. Lannys Blick fleht sie an, ja zu sagen, und schließlich nickt Vee steif.

Ich rede auch weiterhin über nichts weiter als über unsere Rückfahrt, bis wir alle am Tisch sitzen und Vee sich ganz auf die Spaghetti mit Fleischklößchen konzentriert. Dann fange ich an.

»Okay. Also. Vee, du bist von deiner Pflegefamilie weggelaufen, richtig? Bleib ruhig, ich verurteile dich nicht. Ich muss nur die Fakten kennen.«

Sie wird sich ihre Mahlzeit nicht entgehen lassen. Schützend hat sie ihre Hand um den Teller gelegt. Aber ihre Augen warnen mich, es nicht zu weit zu treiben.

Tja, Pech für sie.

»Ja«, antwortet sie schließlich. »Ich bin weggelaufen. Na und?«

»Hattest du Gründe dafür?«

»Die waren Arschlöcher.«

»Was hat sie zu Arschlöchern gemacht?«

»Nichts«, sagt sie. »Ich komm einfach allein besser zurecht.«

Ich widerspreche nicht. Ich kenne nicht die ganze Geschichte, und ich will sie nicht über potenziellen Missbrauch ausfragen. Das ist Sache der Cops. Es ist wichtig, dass ich nicht an ihr zweifle oder sie vor den Kopf stoße; sonst ist sie im Nu hier weg. Und würde vermutlich den Teller mitnehmen.

»Hast du einen Ort, wo du unterkommst?«, frage ich sie. Ich weiß, dass sie den nicht hat; wenn dem so wäre, hätte sie sich nicht in unser Haus geschlichen.

»Was Kleines im Wald«, erklärt sie. »Eher eine Art Unterstand. Ist kein Palast.«

»Klingt nicht sonderlich sicher«, sage ich zweifelnd. »Möchtest du hierbleiben? Bei uns?«

Ihre Augen werden groß. Sie sieht sich um, als könnte sie nicht glauben, dass jemand solchen Luxus teilen würde. Ich sehe nur ein normales Mittelklassehaus mit einer halbwegs gemütlichen Couch und einem guten Fernseher, der im Angebot war. Aber sie stammt aus anderen Verhältnissen. »Hier?«, fragt sie. »Wo denn?«

»In meinem Zimmer«, ruft Lanny, während ich gleichzeitig »Die Couch ist ausziehbar« sage, was eine peinliche Situation auslöst. Aber ich werde garantiert kein verliebtes Mädchen mit Vee Crockett zusammen ins Bett stecken und darauf vertrauen, dass nichts passiert. Ich bin mir ziemlich sicher, dass Gwen das genauso sehen würde. Was mich wieder einmal daran erinnert, wie sehr mir Gwens Anwesenheit bei dieser Art von Gespräch fehlt. Eigentlich hätte ich bereits einen Anruf von J. B. erhalten müssen, fällt mir wieder ein, doch als ich auf mein Handy schaue, ist da nichts.

»Sie bleibt bei mir. In meinem Zimmer«, verkündet Lanny, als würde sie hier die Entscheidungen treffen.

»Nichts da«, widerspreche ich zwischen zwei Gabeln Spaghetti. Ich werde das nicht ausdiskutieren, und das weiß sie. Sie funkelt mich böse an. »Das Couchbett ist bequem. Das kann ich bestätigen, schließlich habe ich einige Monate darauf geschlafen.« Gwen und ich hatten einiges zu klären, nachdem sie herausgefunden hatte, was ich mit den Lost Angels zu schaffen hatte. Das war keine schöne Zeit, aber ich lüge nicht, was die Bequemlichkeit des Betts angeht.

»Ist schon gut«, beruhigt Vee Lanny. »Auch wenn ich dein Bett natürlich mag.« Sie zwinkert Lanny zu, und ich öffne den Mund, um zu fragen, wie oft das bereits vorgekommen ist, überlege es mir dann aber wieder anders. Lannys Gesicht hat scharlachrote Flecken bekommen, und sie wirkt schockiert, dass Vee das in meiner Anwesenheit ausgesprochen hat.

»Vee«, fahre ich fort, ohne den Köder zu schlucken, »wird die Polizei bald an unserer Tür klopfen und nach dir suchen? Könnte irgendetwas, vor dem du davonläufst, dazu führen? Ich meine damit nicht nur dein Weglaufen von der Pflegefamilie – ich bin selbst im System groß geworden und auch ein paarmal abgehauen. Ich meine echte Verbrechen, die man mit dir in Verbindung bringen könnte.«

Sie hört auf zu essen. Sie mustert mich mit dieser brodelnden Feindseligkeit in den Augen, an die ich mich noch gut erinnere. Daran hat sich seit Wolfhunter nichts geändert. »Ich hab in letzter Zeit niemanden getötet«, sagt sie. »Falls Sie das wissen wollten.« Sarkasmus. Vee Crockett wurde des Mordes an ihrer Mutter beschuldigt. Doch soweit ich weiß, hat sie niemanden getötet.

Heißt trotzdem nicht, dass ich ihr vertraue.

»Ich hab mich klar genug ausgedrückt«, gebe ich lediglich zurück. »Ich möchte eine vernünftige Antwort, Vee. Wenn du bleiben willst.«

Sie erkennt, dass ich es ernst meine. Ich sehe, wie sie ihre Optionen durchgeht. Sie ist clever – nicht, was ihre Bildung angeht, aber sie kann Menschen gut einschätzen. Das ist etwas, was Kinder, die in prekären Situationen aufwachsen, schnell entwickeln. Manche verwandeln das in echte Hochstapelei. Andere nutzen es defensiv, so wie sie es tut. Sie wird mich reinlegen, wenn sie glaubt, damit Erfolg zu haben.

Sie scheint jedoch einzusehen, dass ihre Chancen schlecht stehen, denn sie sagt: »Ich hab getan, was ich tun musste. Schätze, einiges davon war nicht wirklich legal.«

»Ist es so schlimm, dass deshalb ein Haftbefehl ausgestellt werden würde?«

Sie schüttelt den Kopf. Ich glaube nicht, dass sie lügt. »Okay. Du kannst bleiben, bis Gwen wieder hier ist. Dann unterhalten wir uns noch mal genauer. Beenden wir erst einmal das Mittagessen. Ihr drei könnt Schere, Stein, Papier spielen, um zu entscheiden, wer abwaschen muss.« Ich esse meine Spaghetti auf und sehe wieder auf mein Handy. Keine Anrufe von Gwen. Ich schreibe ihr mit einer Hand: Witzige Geschichte: Wir haben einen neuen Hausgast. Wenn irgendetwas sie dazu bringt, sich bei mir zu melden, dann vermutlich das.

Ich behalte den Bildschirm im Auge.

Keine Antwort.

Ich spüre, wie mir die Anspannung das Rückgrat hochkriecht und sich meine Muskeln verhärten. Die Kinder unterhalten sich. Ich höre nicht zu. Meine Konzentration ist völlig auf den Bildschirm gerichtet.

Nichts.

»Ihr alle, bitte räumt ab«, weise ich die Kinder an, während ich aufstehe. »Ich muss telefonieren. Lanny, aktiviere den Alarm für dein Fenster und verschließe es richtig. Vee, der Alarm bleibt immer an. Du kannst gehen, wann immer du möchtest, aber du fragst, bevor du die Tür öffnest. Verstanden?«

Sie salutiert abfällig. »Ja, Chef.«

»Und nicht solche Klugschwätzereien, davon haben wir hier schon genug.« Ich bin bereits auf dem Weg ins Büro. Gwen hat es schalldicht gemacht, da so viele ihrer Anrufe vertraulich sind. Im Augenblick will ich nicht, dass die Kinder mithören.

Ich rufe J. B. an, und sie nimmt sofort ab. »Tut mir leid, ich wollte Sie gerade anrufen. Es kommt zu Terminverschiebungen. Gwen wird in ungefähr einer Stunde vor Gericht gebracht, dann kann ich ihre Kaution zahlen.«

»Ich habe gehofft, das Ganze würde gar nicht vor Gericht gehen.«

»Ja, das habe ich auch gehofft, aber der Staatsanwalt vor Ort will seine fünfzehn Minuten im Rampenlicht der Presse, bevor er die Sache fallen lässt; Carol ist verschwunden, und die Telefonnummer, über die Gwen sie aufgespürt hat, ist nicht mehr in Betrieb, sie haben also nichts. Ich bezweifle, dass die Cops sie noch mal finden; dieses Mädchen scheint ein echtes Talent fürs Verschwinden zu haben. Hat Gwen Ihnen erzählt …« Sie überlässt es mir, den Satz zu beenden. Was ich tue.

»Von der Sekte, vor der das Mädchen flieht? Ja. Kommt mir bekannt vor.«

»Es gibt eindeutig Ähnlichkeiten mit dem Wolfhunter-Kult, aber dem wurden ja die Flügel gestutzt. Natürlich kann man nicht ausschließen, dass Wolfhunter nur einer von mehreren Standorten war. Sie sollten vielleicht mal Ihren Freund Mike Lustig dazu befragen. Der ist beim FBI, richtig?«

»Richtig«, erwidere ich. Mike war stark in unsere Probleme in Wolfhunter involviert; er hat hautnah miterlebt, was dort abging, und wie ich Mike kenne, wäre er weiter an der Sache dran, wenn er das Gefühl hätte, dass es dort etwas zu finden gibt. »Ich frage ihn, falls das helfen kann.«

»Das könnte es«, gibt sie zu. »Okay. Ich melde mich, sobald Gwen entlassen wird. Passen Sie aber auf. Ich fürchte, die Nachwirkungen sind nicht zu vermeiden.«

»Verstanden. Sagen Sie Gwen – ach, zum Teufel. Das weiß sie selbst.«

Nach einer freundlichen Verabschiedung lege ich auf und öffne die Prozessliste des Strafgerichts von Knoxville. Selbst wenn die Reporter noch nicht auf ihren Namen angesprungen sind, wird die Feuerwalze bald auf uns zurollen. Ich habe nur wenig Zeit, um mich darum zu kümmern, dass die Kinder – zu denen jetzt auch Vee Crockett gehört, da ich sie unter meine Fittiche genommen habe – sicher sind und unsere Verteidigung keine Lücken aufweist.

Als Erstes rufe ich Kezia an, um sie vorzuwarnen; sie wird den Rest der Polizei von Norton informieren, dass unser Haus im Auge behalten werden soll, um aufdringliche Journalisten unter Kontrolle zu halten, die uns belagern wollen. Wir haben Vorkehrungen dafür, daher bin ich nicht allzu beunruhigt, bis Kez plötzlich sagt: »Ich hatte gehofft, nicht mit dir sprechen zu müssen, Sam.«

Das gefällt mir nicht. Überhaupt nicht. »Was meinst du damit?«

»Die Aussagen unserer Verdächtigen widersprechen dem, was Lanny uns erzählt hat. Sie sagen, sie hätten mit Candys Verletzungen nichts zu tun, sondern seien nur deshalb hinter Lanny her gewesen, weil sie geglaubt hätten, sie hätte es getan. Angeblich wollten sie – ich zitiere hier einen Belldene, denk dran – ›versuchen, sie ihrer gerechten Strafe zuzuführen‹.«

»Absoluter Blödsinn«, fluche ich.

»Und den verbreiten sie überall. Auf jeden Fall sollte das Mädchen lieber früher als später herkommen.«

»Kommt gar nicht infrage.«

»Sam.«

»Komm schon. Ich weiß, dass du fair bist. Aber werden der County-Staatsanwalt oder die Richter oder eine Jury hier aus der Gegend fair sein? Kez. Das Ganze geht garantiert nicht zugunsten der Tochter eines Mörders aus.« Ich höre schon ihre Argumente. Wir sind die Neuen. Die Fremden. Lanny ist unter einem schlechten Einfluss aufgewachsen. Die Belldenes sind dagegen schon seit der Zeit vor dem Bürgerkrieg ein Teil dieser Stadt. Der Punkt geht an die Einheimischen.

»Sam, ich werde tun, was ich kann, das weißt du. Aber du musst sie herbringen, damit das geklärt werden kann.«

»Ich darf es gar nicht«, erwidere ich. »Ich bin nicht ihr Vormund. Und Gwen ist im Augenblick nicht hier.« Noch nie zuvor war ich froh über diese Tatsache. Jemand in Lannys Alter kann nicht ohne Elternteil oder Erlaubnis eines gesetzlichen Vormunds befragt werden. Und Gwen ist im Augenblick überaus unabkömmlich. »Ich geb dir Bescheid, wenn sie wieder da ist.«

Kez seufzt. »Verdammt, versuch hier keine Tricks. Ich will nicht auch noch nach dir fahnden müssen.«

Kezia ist eine gute Freundin. Aber das bedeutet nicht, dass sie mich nicht ins Gefängnis stecken würde, wenn es die Umstände erforderten. Das weiß ich.

»Ich rufe an, wenn Gwen zurück ist«, wiederhole ich. »Bis dahin redest du nicht mit Atlanta Proctor. Nichts für ungut.«

»Schon gut. Ich bin ja froh, dass sie Fürsprecher hat. Wir hören uns, Sam. Eine Patrouille wird am See entlangfahren, wie du erbeten hast.« Nun, das ist durchaus eine Hilfe für uns, wenn die Reportermeute eintrifft, aber sie werden umgehend auch Kez verständigen, sobald Gwen zurück ist. Zwei Fliegen mit einer Klappe.

Ich denke darüber nach, was ich sonst noch tun kann. Es scheint nicht viel zu sein, was unglaublich frustrierend ist. Bis ich es nach Knoxville schaffen könnte, dürfte Gwen bereits entlassen und selbst auf dem Weg nach Hause sein. Aber sich hier zu verbarrikadieren, so logisch das im Augenblick auch sein mag, fühlt sich ebenfalls falsch an.

Es klopft an der Bürotür, und ich mache auf. Vor mir steht Vee. »Hey«, meint sie. »Kann ich einen Augenblick reinkommen?«

Ich bedeute ihr, ins Zimmer zu treten, und schließe auf eine Ahnung hin die Tür hinter ihr. Sie lässt sich in Gwens Bürostuhl sinken und dreht sich damit im Kreis, wobei sie sich in einem solchen Winkel nach hinten lehnt, dass ich fast befürchte, sie könnte umkippen und sich das Genick brechen. Ich klappe meinen Laptop zu.

»Ich hab gar nicht hingeschaut«, meint sie, stoppt ihr Karussell urplötzlich und starrt mich an. »Sie fragen sich, warum ich gerade hierher gekommen bin, oder?«

»Du bist nicht wegen Lanny hier?«

Sie lächelt. Es ist kein fröhliches Lächeln. Meine innere Anspannung wächst. »Nicht wirklich«, gibt sie zu. »Also, ich mag Lanta schon. Sie ist 'ne Hübsche. Aber eigentlich gibt es da etwas, was ich Ms Proctor erzählen will.«

»Okay. Was denn?«

»Sie sind nicht Ms Proctor«, stellt sie nüchtern fest.

»Vee, ich hatte keinen guten Tag, ich bin echt müde, und im Augenblick habe ich wirklich keine Geduld für irgendeinen Unsinn. Spuck's einfach aus.«

Sie mustert mich von oben bis unten, dann nickt sie. »Es geht um Vernon Carr. Der Mann, dem dieses Gelände außerhalb von Wolfhunter gehört hat. Und die Werkstatt.«

Der Führer des Kults. Und ein Riesenarschloch. »Was ist mit ihm?«

»Ich weiß, wo er sich aufhält.«

Soll ich ihr das glauben oder nicht? Zumindest wirkt sie sehr selbstgefällig. Ich schüttle den Kopf. »Sag das dem FBI, die suchen nach ihm.«

»Ich dachte, vielleicht gibt's eine Belohnung. Aber die wollen sie mir nicht geben. Sagen, ich bin nicht alt genug. Deshalb habe ich gedacht, Sie könnten doch das Geld kassieren und es mir dann geben.«

Ich bin viel zu müde für das alles. Zu besorgt um Gwen und Lanny und Connor. »Wir sind weder Cops noch Agenten, und ich werde nicht das FBI für dich anlügen. Okay, Vee?«, erwidere ich. »Du kannst bei uns bleiben, bis Gwen zurück ist, dann reden wir darüber, was wir als nächsten Schritt unternehmen. Das ist das beste Angebot, das ich dir machen kann. Wie klingt das?«

»Scheiße«, faucht sie. »Und Sie sind ein Arsch, Sam.«

»Wenn es sein muss. Aber vor allem bin ich im Augenblick einfach nur zu müde, um Süßholz zu raspeln.« Ich erwarte, dass sie geht. Tut sie nicht. Sie dreht sich wieder mit dem Stuhl, diesmal langsamer. »Vee. Geh. Ich muss noch ein paar Anrufe machen.«

»Gleich.« Sie sieht mich wieder an. »Was, wenn ich Ihnen erzähle, dass sich der alte Vern Vater Tom angeschlossen hat?«

»Ich weiß überhaupt nicht, wer das ist, von daher …«

»Sie wissen echt nicht viel, oder? *Jeder* in Wolfhunter kannte Vater Tom.«

»Weil …?«

»Weil er dort angefangen hat. Er ist derjenige, der die ›Versammlung‹ gegründet hat.«

»Eine Kirche?«

»So nennen es manche.« Sie nickt. »Die hat Carr dort geleitet, als alle erschossen wurden. Versammlung steht für Versammlung der Heiligen, die von Vater Tom angeführt wird. Es ist nur logisch, dass Sie dort nach Carr suchen sollten. Wo Vater Tom ist.«

Keine Kirche. Eine Sekte. Ich hatte nie den Namen der Gruppe erfahren, die auf Carrs Land gelebt hatte, oder ob sie überhaupt einen hatte. Und … Gwen sucht gerade auch nach einer Sekte. Ich beuge mich vor, plötzlich überaus interessiert. »Moment mal«, werfe ich ein. »Carr hat diese Sekte auf seinem Anwesen also gar nicht gegründet?«

»Nee, er hat sie nur geleitet. Vater Tom war der Gründer, aber dann ist er gegangen. Hatte einen größeren Ort, mehr Anhänger. Er wollte nicht in Wolfhunter bleiben. Wer will das schon?«

Berechtigte Frage. »Weißt du denn, wohin Vater Tom seine Sekte verlegt hat?«

Sie zuckt mit den Achseln, und zum ersten Mal sieht sie weg. Zupft an ihrer Hose. Sie ist nervös, und Vee Crockett ist sonst niemals nervös.

»Vee? Du kannst es mir sagen.«

Ruckartig dreht sie den Kopf wieder zu mir, und ich sehe, wie sie sich innerlich wappnet. »Davon weiß ich nichts.«

»Du hast mir doch gerade erzählt, du wüsstest, wo Carr ist.«

»Ja, hab ich Ihnen doch gesagt, er ist bei Vater Tom! Aber ich könnte den Ort jetzt nicht auf einer Karte zeigen!«

»Sagst du mir wirklich die Wahrheit?«

»Weil ich ja sonst immer lüge, oder?«, ruft sie und springt auf. Sie hat verstörende Augen, ganz besonders, wenn sie wütend ist, und im Augenblick ist sie extrem wütend. »Na schön, ich lüge. Scheiß auf Sie, ich bin weg.«

Schon ist sie zur Tür raus und knallt diese heftig hinter sich zu. Frustriert lege ich den Kopf in die Hände und drücke dagegen. Meine Kopfschmerzen werden heftiger. Ich muss herausfinden, welches Spiel Vera Crockett hier gerade spielt. Sie ist ein cleveres Mädchen, aber auch gefährlich.

Eine Schmerztablette und eine kalte Dusche geben mir wieder etwas Auftrieb. Zumindest bin ich munterer, die Schmerzen werde ich allerdings nicht los. Ich versuche es mit einer weiteren Portion Kaffee, und während ich ihn trinke, fällt mir auf, dass ich gar nicht weiß, wohin Vee verschwunden ist. Oder Lanny, was das angeht. Ich klopfe an Lannys geschlossene Tür.

»Ja?«, ruft sie. »Ich hab grad nichts an.«

»Ist Vee bei dir?«, frage ich.

»Nein. Sie ist im Wohnzimmer!«

Vee ist nicht im Wohnzimmer. Sie ist auch nirgendwo sonst im Haus. Ich durchsuche es methodisch, Zimmer für Zimmer, einschließlich der Schränke. Durchforste alles, was groß genug ist, dass sie sich darin verstecken könnte.

Ich überprüfe das Sicherheitssystem, und es ist deaktiviert. Schnell aktiviere ich es wieder. Verflucht! Ich weiß, dass ich das Tastenfeld abgedeckt habe, als ich den Code eingab, wie konnte sie …

Und da fällt es mir wieder ein. Ich hatte die SUV-Schlüssel ganz automatisch an das Brett neben der Tür gehängt … und an der Schlüsselkette befindet sich eine Fernbedienung für das System. Sie musste lediglich den Knopf drücken. Und unter der Dusche habe ich das Piepen nicht gehört.

Als Lanny ihre Tür öffnet, durchsuche ich auch ihr Zimmer, aber ohne Erfolg. Vee ist fort.

Und sie hat ihren Rucksack mitgenommen. Sie wird nicht zurückkommen.

»Was hast du zu ihr gesagt, Sam?« Lanny sieht mich böse an. »Hast du sie weggeschickt?«

»Ich hatte ihr angeboten, hierzubleiben. Ich hab sie nicht vertrieben.«

»Aber irgendetwas musst du gesagt haben!«

Vielleicht war es meine Schuld. Ich habe sie zu sehr bedrängt, und sie ist abgegangen wie eine Rakete. Was, wie ich jetzt klar erkenne, typisch für jemanden mit ihrer Kombination aus Aggressivität und Trauma ist. Ich bin zu nahe an etwas herangekommen, was ihr Angst einjagte oder schmerzhaft für sie war. Ihr Instinkt hat sie zur Flucht getrieben.

»Wir müssen sie suchen«, drängt Lanny. Ich halte sie auf, als sie in Richtung Tür geht, und aktiviere den Alarm sofort wieder, nachdem sie ihn ausgeschaltet hat. Dabei ändere ich den Code. »Sam!«, protestiert sie fast flehend.

»Nein«, widerspreche ich. »Nicht, bevor deine Mom zurück ist. Du gehst nirgendwohin.«

»Wir müssen ...«

»Lanny! Wir gehen nirgendwohin. Das reicht jetzt.« Wir verschwenden jetzt keine Zeit für Vera Crockett und ihre möglicherweise ausgedachten Geschichten.

Ich gehe fest davon aus, dass Lanny sich mir nicht widersetzen wird. Meine Gutgläubigkeit rächt sich umgehend, denn sie starrt mich einen Augenblick böse an und reißt dann die Vordertür weit auf. Der Alarm geht los. Ich deaktiviere ihn so rasch wie möglich, aber Lanny rennt bereits den Hügel hinunter. Und sie ist schnell.

Verdammt, Mädchen!

Ich verriegele die Tür und laufe hinter ihr her, aber sie rennt in Richtung Wald, und innerhalb weniger Minuten habe ich sie verloren. Wenn sie nicht entdeckt werden will, werde ich sie auf diese Weise nicht finden. Also bleibe ich stehen und rufe die Tracking-App auf meinem Handy auf.

Sie hat sie auf ihrem neuen Handy bereits deaktiviert. Verdammt!

Für diesen Tag gibt es auf der ganzen Welt nicht genug Kaffee.

»Lanny!«, rufe ich. »Komm schon. Tu das nicht. Nicht heute.«

Ich weiß, dass sie mich gehört hat. Aber ich bekomme keine Antwort. Ich drehe mich um und gehe zurück Richtung Haus. Dabei sehe ich etwas in den Bäumen auf der anderen Seite. Ein Aufblitzen wie von Glas. Es könnte eine Kameralinse sein, weshalb mein erster Gedanke ist, dass die Reporter da sind. Verdammt, nicht jetzt.

Doch dann realisiere ich, dass dort in den Schatten beinahe reglos ein Mann verharrt. Ein junger Kerl mit einem zotteligen Bart in dreckiger, aber hochwertiger Tarnkleidung. Vermutlich einer vom Belldene-Clan.

Als Nächstes erkenne ich, dass er das Zielfernrohr seines Gewehrs auf mich gerichtet hat, und denke nichts mehr. Mit einem Satz drehe ich mich um und werfe mich hinter dem nächsten dicken Baum flach auf den Boden.

Lanny kommt durch das Unterholz auf mich zu. Ein roter Kratzer zieht sich über ihre Wange, und in ihrem Haar klebt Blut. Ich stoße einen wortlosen Schrei aus, reiße sie auf einen Blätterhaufen und werfe mich über sie. *Wenn sie meinetwegen erschossen wird …*

Aber kein Schuss ertönt.

Lanny brüllt und trommelt mit ihren Fäusten auf mich ein, bis ich mich von ihr rolle; geduckt suche ich mir eine Stelle, von der ich Einblick in das Nest habe, aus dem der Mann auf mich zielt.

Er ist fort. Einfach … fort. Als hätte er niemals existiert.

Lanny schäumt vor Wut, aber ich dränge sie zurück ins Haus, schnappe mir meine Handfeuerwaffe und gehe noch mal raus, um die Stelle zu überprüfen. Was ich dort vorfinde, beweist mir, dass ich keine Halluzinationen hatte. Es ist ein ausgedrucktes Foto von mir, wie ich auf der Veranda stehe und mit Gwen spreche. Es wurde vor nicht allzu langer Zeit aufgenommen, denn neben der Treppe liegt ein Haufen herabgefallener Blätter, die ich vor etwa zehn Tagen zusammengekehrt habe.

Auf dem Bild steht »BALD«.

Und es liegt eine Patrone darauf, direkt auf meinem Gesicht platziert.

Kapitel 16

Gwen

Das Gefängnis löst in mir einen Flashback in Bezug auf den Tag aus, an dem Melvin geschnappt wurde. Ich wurde tagelang festgehalten, bis sie mich schließlich ebenfalls anklagten. Das sind keine angenehmen Erinnerungen, aber ich versuche, mich daran festzuklammern, dass es sich hier um eine völlig andere Situation handelt. Trotzdem muss ich meine Zeit hinter Gittern damit zubringen, meine Bewältigungsmechanismen durchzugehen, einen nach dem anderen, um die Panik im Zaum zu halten. Beinahe funktioniert es.

Als sie mich für meine Anhörung hinausrufen, kämpfe ich darum, die absolute Verzweiflung niederzuringen, die mich zu verschlingen droht, und dem Impuls zu widerstehen, entweder zu kämpfen oder panisch wegzurennen. Es gelingt mir halbwegs.

Bis neues Unheil über mich hereinbricht. Der kleine Gerichtssaal ist zum Bersten voll mit Reportern. Das hätte mir klar sein müssen; zweifellos wurden sie informiert, und seit Melvins Gerichtsverhandlung ist mein Name natürlich ein gefundenes Fressen für die Medien. Ich versuche, irgendwie damit zurechtzukommen, als der Anblick von J. B. Halls freundlichem Gesicht mit einem Mal meine Beine einknicken lässt. Die Erleichterung ist so stark, dass es fast schon wehtut. Ich schwanke, und die Beamtin legt mir eine Hand auf die Schulter, um mich zu stabilisieren. Sie ist eine große Frau und wirft mir einen besorgten Blick zu. »Alles okay?«

»Mir geht's gut«, erwidere ich, auch wenn das kaum der Wahrheit entspricht. Sie führt mich durch das Holztor an den Tisch des Angeklagten, wo bereits mein Anwalt steht und eine Akte studiert. Er ist ein rundlicher Afroamerikaner mit Dreifachkinn, trägt einen alten Anzug, begrüßt mich professionell und wirkt verdammt kompetent. Ich werde das durchstehen. Ich habe das schon mal durchgestanden, angeklagt als Melvins Komplizin. Ich wurde angeklagt und freigesprochen. Ich habe es überlebt, inmitten eines Gerichtssaals voller wütender, schreiender Menschen, die ihren Hass auf mich projizierten. Dann schaffe ich das hier mit Sicherheit auch.

Die Tatsache, dass ich mich einrollen und einfach nur schreien möchte, weil ich das schon wieder durchmachen muss, spielt dabei keine Rolle. Ich setze meine Maske auf und nicke meinem Anwalt zu, als wäre ich Profi. Er schüttelt meine Hand. Ich nehme Platz. Er ebenfalls, ein bisschen abrupt. »Das dürfte schnell gehen«, meint er. »Die klagen Sie wegen Körperverletzung an. Ich schätze, Sie plädieren auf …«

»Nicht schuldig.«

»Okay, damit bleibt das simpel. Gibt es da irgendetwas, was ich wissen muss?«

»Das Ganze ist absoluter Blödsinn.«

»Das genügt mir.«

Ich drehe mich zu J. B. Hall um, die sich den Platz direkt hinter mir gesichert hat. Sie sieht so adrett aus wie immer: eine ältere, blasse Frau, gekleidet in einen einschüchternden

Hosenanzug, kein Make-up, schlichte Frisur. Alles an ihr strahlt Kompetenz und Stärke aus.

Sie beugt sich vor. Zu beiden Seiten von ihr sitzen Journalisten, aber sie ignoriert sie gekonnt.

»Hey«, sagt sie. »Also. Ich hatte ja gehofft, dass das hier abgeschmettert wird, bevor es so weit kommt, aber der Staatsanwalt ist ein Arsch und möchte sich an Ihrem Ruf weiden, solange er kann. Geht's Ihnen gut?«

Tut es nicht, aber ich nicke. »Danke fürs Kommen«, antworte ich.

»Kein Problem. Sobald das erledigt ist, bringe ich Sie hier weg.« Wir sprechen leise miteinander; und während sich die beiden Reporter vorbeugen und versuchen, mitzuhören – diskret, versteht sich –, arbeitet der allgemeine Lärm im Saal zu unseren Gunsten.

»Was ist mit Carol? Haben die sie in Haft genommen?«

»Ich fürchte, nicht. Sie haben ihre Aussage aufgenommen, und sobald sie ihr den Rücken zugedreht hatten, war sie weg. Die Adresse, die sie ihnen gegeben hat, ist im Übrigen ein Schnapsladen. Die wissen, dass sie reingelegt wurden. Und die Spurensicherung bezweifelt ihre gesamte Geschichte.«

»Und trotzdem ziehen die das durch?«

Sie zuckt mit den Achseln. »Unser furchtloser Staatsanwalt hier braucht dringend etwas Medienaufmerksamkeit vor der anstehenden Wahl. Er möchte gern den Ruf nähren, dass er hart gegen Kriminalität vorgeht, und da kommt es ihm natürlich gelegen, dass Ihre Verbindung zu einem Serienmörder ein hohes Maß an Aufmerksamkeit garantiert. Das ist einfach Politik. Meinen Informationen zufolge lassen sie die Anklage in vierundzwanzig Stunden fallen. Still und leise. Das wird dann nur noch auf den hintersten Seiten zu lesen sein.«

Ich würde gern antworten, was ich davon halte, aber es ist keine Zeit mehr dafür. Der Richter betritt den Saal, wir stehen alle auf, und das trockene Verfahren nimmt seinen Lauf. Mein Anwalt versucht zumindest, anzuführen, warum ich umgehend entlassen werden sollte, aber es ist schnell vorbei. Er weiß, dass das Ganze reine Politik ist. Innerhalb von zehn Minuten sind wir fertig. Die Kaution wird auf fünfzigtausend Dollar festgesetzt; J. B. ist bereits unterwegs zum entsprechenden Beamten, um sie zu zahlen, während ich wieder rausgeführt werde.

Es dauert noch eine weitere Stunde, bis ich in ihre Obhut entlassen werde, doch sobald wir draußen sind und ich wieder frische Luft atmen kann, beginne ich, am ganzen Körper zu zittern. Ich muss mich auf die nächste Bank setzen. J. B. wartet ruhig neben mir. »Hey«, sagt sie schließlich. »Sie haben gute Arbeit geleistet, Gwen. Es ist nicht Ihre Schuld, dass Sie von einer Expertin hinters Licht geführt wurden. Alles deutet darauf hin, dass diese Carol eine verdammt gute Hochstaplerin ist.«

Ich schlucke meine Anspannung hinunter. »Glauben Sie, die Sache mit dieser Sekte entsprach der Wahrheit? Dass sie vor denen auf der Flucht ist?«

»Glauben Sie das?«

Ich weiß nicht, warum sie sich so intensiv mit dieser Bibel beschäftigt oder so bieder angezogen herumläuft, wenn nicht ein gewisser Teil davon echt ist. Und dass Carol, die dreiste Betrügerin, beim Anblick des kreisenden Campers völlig hilflos wirkte, hat eindeutig mit Konditionierung zu tun. Und mit Grauen. »Ja, das glaube ich. Mir scheint, als würde einiges an Wahrheit dahinterstecken. Sie hat mir von einer Sekte erzählt, die so eine Art Rekrutierungsmission mithilfe von Wohnmobilen durchführt. Haben Sie so etwas schon mal gehört? Vielleicht von einer Vereinigung, die von einem Kerl namens Vater Tom geleitet wird?«

»Da klingelt bei mir nichts, aber ich werde herumfragen. Dummerweise sind religiöse Sekten immer in Mode.« Sie wirft mir einen Blick von der Seite zu. »Haben Sie noch was für mich, um weiterzumachen?«

»Ja.« Ich atme tief durch. »Haben Sie einen Stift?« Den hat sie. Ich nenne die fünf zusätzlichen Namen, die Sam mir letzte Nacht gegeben hat.

»Okay, wonach suche ich?«

»Das könnte alles zusammenhängen«, erkläre ich, und J. B. blickt stirnrunzelnd auf. »Diese jungen Männer sind ebenfalls verschwunden. Ich glaube nicht, dass Remy der einzige war.«

»Meine Güte, wollen Sie mir damit sagen, dass die alle dieser Sekte beigetreten sind?«

»Falls ja, dann vielleicht nicht ganz freiwillig«, vermute ich. »Und nach dem, was Carol gesagt hat – wenn wir irgendetwas von dem glauben können, was sie gesagt hat –, haben sie möglicherweise nicht überlebt.«

J. B. sieht erschüttert aus. Ich fühle mich ebenso. Als würde man ein Ei aufschlagen, und eine Flut von Spinnen käme herausgekrabbelt. »Ich schaue mir das an«, verspricht sie. »Wenn das stimmt, könnte sich das als eine Nummer zu groß für uns herausstellen.«

»Haben Sie die Organisation überprüft, die uns angeheuert hat?«

»Ja. Dabei handelt es sich um eine religiöse Gruppe namens ›Alle Heiligen International‹. Die Spur führt zu einem Gewerbepark, der Verwaltungsdienste für kleine Organisationen leistet, von denen einige recht zwielichtig wirken. Ich weiß nicht, warum die …«

Ich höre ihre Stimme nicht mehr, weil mir plötzlich etwas klar wird, das extrem beunruhigend ist. *Alle Heiligen International.* All diese markierten Passagen über Heilige. Das Zitat vorn in der Bibel. Carol, die sagt, dass Remy bei den Heiligen ist.

Das kann kein Zufall sein. Aber warum zum Teufel sollten die uns anheuern, wegen Remy zu ermitteln, wenn sie ihn selbst entführt haben …?

Weil die wissen, dass wir ihn nicht finden werden. Sie wollen Carol finden. Verdammter Mist. Wir wurden zum Narren gehalten. Carol wusste, dass jemand nach ihr suchen würde. Es war kein Zufall, dass man sie am Busbahnhof gefunden hat; *ich* hatte sie für die gefunden. Sie ist weggelaufen, weil sie das wusste.

Carol weiß Dinge, die nicht ans Licht kommen dürfen.

»Gwen?«, reißt mich J. B. aus meinen Gedanken. Ich erkläre ihr meine Theorie, und ihr Gesicht wird grimmig, während sie das durchdenkt. »Diese Bastarde. Die haben uns benutzt.«

»Ich kann nicht mehr nach Carol suchen«, erkläre ich. »Aber vielleicht jemand anderes. Ich kann dafür sorgen, dass die sich weiter auf mich konzentrieren. Sie können Carol finden und in Sicherheit bringen.«

»Wie denn? Sie wird mir ebenso wenig trauen wie Ihnen. Oder überhaupt jemandem, was das angeht.«

J. B. hat recht. Und ich habe darauf keine Antwort. Es ist frustrierend, denn ich möchte unbedingt herausfinden, was Remy zugestoßen ist, aber von Carol muss ich mich fernhalten. Zumindest für den Augenblick.

Ich seufze. »Versuchen Sie es einfach, okay? Übrigens, das mit der Kaution tut mir leid. Ich weiß es sehr zu schätzen.«

»Das? Das ist doch gar nichts. Ich musste meine Leute schon aus weitaus schlimmeren Situationen befreien. Aber halten Sie sich eine Weile von Ärger fern, okay? Über den Fall wird bald Gras wachsen; der Staatsanwalt brauchte nur einmal den Medienrummel, dann wird er das stillschweigend verwerfen. Ich wühle mal noch etwas tiefer bei Alle Heiligen International, besonders, was die Vorstandsmitglieder betrifft. Vielleicht gibt es da etwas. Und die anderen Fälle sehe ich mir auch an. Aber Sie müssen nach Hause.«

»Mein Mietwagen steht noch beim Hotel.«

»Ich fahre Sie zurück nach Stillhouse Lake und lasse einen meiner Mitarbeiter hier vor Ort den Mietwagen zurückbringen. Einverstanden?«

Der Gedanke, zurück nach Hause zu meiner Familie zu kommen, klingt himmlisch. »Einverstanden«, stimme ich zu. »Danke.«

Als wir an J. B.s geräumiger Limousine angekommen sind, öffnet sie den Kofferraum. Im Inneren befindet sich eine stabile Schließkassette. Sie nimmt sie heraus und reicht sie mir zusammen mit einem kleinen Schlüsselset. »Ist nur geliehen«, meint sie. »Man wird Ihnen Ihre Waffe nicht wiedergeben, bis der Fall abgewiesen wurde, und ich will nicht, dass Sie komplett schutzlos sind. Aber wenn Sie die verlieren, sind Sie für mich gestorben.«

Das meint sie ernst, und ich nicke. Ich setze mich auf den Beifahrersitz und öffne die Kassette. Darin befindet sich eine hochwertige Browning 9 mm, und dazu die entsprechende Munition. Es gibt sogar ein Gürtelclipholster. Ich bevorzuge zwar mein Schulterholster, bin jedoch im Augenblick für alles dankbar. Ich platziere die Waffe rechts am Gürtel, und als ich ihr Gewicht spüre, weicht meine Anspannung.

Daran muss ich wirklich arbeiten, denke ich. Waffen sollen mir bei meiner Arbeit als Hilfsmittel dienen, jedoch ohne dieses falsche Sicherheitsgefühl zu vermitteln. Aber bei meiner Vorgeschichte wird das noch ein langer, steiniger Weg.

Die Fahrt nach Stillhouse Lake dauert anderthalb Stunden, und wir kommen erst nach Einbruch der Dunkelheit an. Erschöpft gähne ich, als J. B. in der Einfahrt unseres Hauses hält. Das Licht ist an, und angesichts der Wärme, die davon ausgeht, verspüre ich Erleichterung. Es geht allen gut. Der SUV ist draußen geparkt, also haben sie es sicher nach Hause geschafft.

Alles wird gut.

Ich danke J. B. noch einmal, und sie fährt zurück nach Knoxville, nach Hause – oder vielleicht ins Büro; J. B. hat einfach unglaublich viel Energie. Ich im Augenblick weniger. Die emotionale Anstrengung, wieder einmal Gefängnis und Gerichtssaal zu ertragen, hat mich völlig ausgelaugt.

Als Sam die Tür öffnet, lasse ich mich in seine Arme sinken und atme tief und schaudernd ein. »Hey«, flüstert er mir ins Haar. »Hey, alles ist gut. Komm rein.«

Ich muss mich zusammenreißen, und das tue ich auch, denn vor mir stehen Lanny und Connor, die ebenfalls angespannt wirken. Ich nehme sie beide in den Arm. Ich muss die Tränen zurückhalten, es schmeckt wie Blut, und meine Kehle ist so rau und zugeschnürt, dass es wehtut. Trotzdem lächle ich, küsse sie auf die Stirn und sage ihnen, wie lieb ich sie habe, und ich meine es mit jeder Faser meines Körpers.

Dann brechen auf einmal alle möglichen Geschichten auf mich ein.

»Mom, Vee ist weggelaufen, und da draußen war ein Mann mit einer Waffe zwischen den Bäumen«, sprudelt es aus Lanny heraus. »Und Sam ist hinter ihm her, und …«

Bei der beiläufigen Nennung von Vee halte ich eine Hand hoch. »Moment mal«, stoppe ich ihren Redefluss. »Vee? Vera Crockett?«

»Äh … ja?« Lanny ist verwirrt, und mir wird klar, dass Sam bereits Bescheid weiß. Lanny hat einfach nur vergessen, dass ich noch nicht informiert wurde. Ich blicke zu ihm, und er erklärt das Ganze.

»Wie sich herausgestellt hat, ist Vera hergekommen und hat mit Lanny geredet«, meint er. »Sie ist von ihrer Pflegefamilie abgehauen.«

Ich weiß nicht, ob ich alarmierter über Vees Auftauchen hier sein soll oder darüber, dass Lanny mir nichts davon erzählt hat. Keins von beiden ist ein gutes Zeichen. »Vee sollte doch bei ihrer Tante sein.«

»Tja, ist sie aber nicht«, meint Lanny. Sie verschränkt die Arme und lehnt sich zurück, das Kinn vorgereckt. Gleichzeitig aggressiv und abwehrend. »Ihre Tante hat sie nicht genommen. Und sie wurde in eine Pflegefamilie gesteckt, und das war schrecklich. Also ist sie hergekommen, weil sie … weil sie einfach in der Nähe von Leuten sein wollte, die sie kennt.« Das ist natürlich nicht die ganze Geschichte. Aber ich habe keine Zeit, nach Informationen zu graben. Ich sehe Sam an.

»Sie wollte, dass jemand, dem sie vertraut, Informationen an das FBI übermittelt«, erklärt er. »Um die Belohnung zu kassieren. Ich hab Nein gesagt.«

Lannys Kinnlade klappt herunter, und abrupt sieht sie ihn an. Sie wirkt, als hätte ihr gerade jemand einen Schlag versetzt – schockiert, voller Schmerz und verraten. Sie lässt die Arme sinken. Das hat sie nicht gewusst. Vee hat es ihr nicht erzählt.

Vee hat ihr vermutlich gesagt, dass sie nur ihretwegen gekommen sei. Das weckt in mir das Verlangen, dieses Mädchen kräftig durchzuschütteln, als Strafe dafür, dass sie meiner Tochter so wehgetan hat.

»Was für Informationen?«, frage ich Sam.

»Sie behauptet zu wissen, wo sich Vernon Carr versteckt.« Er zuckt mit den Achseln. »Ich weiß nicht. Könnte sein, dass sie die Wahrheit sagt.«

Vernon Carr. Ich erinnere mich gut an ihn: ein bitterer, hagerer alter Mann, der sich nicht zu schade dafür war, Frauen zu entführen, zu missbrauchen und zu ermorden. Er hatte seinen eigenen Kult. Gruselig.

Dann spricht Sam weiter. »Sie denkt, er hätte Schutz bei einem größeren Ableger derselben Sekte gefunden, die er von Wolfhunter aus betrieben hat. Sie sagt, sie nennt sich die Versammlung der Heiligen.«

Er sagt noch mehr, aber ich höre ihn nicht mehr; in meinen Ohren klingelt es, und ich spüre, wie sich mein Herzschlag beschleunigt. *Heilige.* Wir wurden von Alle Heiligen International angeheuert, um Remy Landry zu finden. Und Carol, mit ihrer Bibel mit den Markierungen, all diesen Passagen mit den Sternen, die sich auf Heilige bezogen. Ich höre ihre Stimme flüstern: *Remy ist bei den Heiligen.*

Ich befeuchte meine Lippen und konzentriere mich wieder auf Sam. »Woher weiß sie das?«

Er runzelt die Stirn und neigt den Kopf. »Du meinst, woher Vee weiß, wo Carr ist?«

»Ja.«

»Ich glaube nicht, dass sie das weiß; sie hat es erwähnt, aber mir keinen Ort genannt. Sie hat gesagt, Vater Tom hätte die Sekte in Wolfhunter ins Leben gerufen und dann die meisten seiner Anhänger mitgenommen und eine eigene, größere Stätte gegründet. Vielleicht hat sie also nur angenommen, Carr wäre auch dorthin gegangen. Ich denke mal, sie weiß nicht genau, wo er ist. Aber was diesen Vater Tom angeht, lügt sie nicht.«

Vater Tom. V.T.

»Ich glaube, jemand in Wolfhunter hat ihr erzählt, wo Carr ist«, überlege ich laut. »Sam. Jemand hat es ihr erzählt. Und die wussten, sie würde zu uns kommen. Haben es vielleicht sogar vorgeschlagen.«

»Moment mal, Gwen, ganz ruhig. Wovon redest du da?«

»Da stimmt etwas ganz und gar nicht. Wir müssen hier weg«, dränge ich. »Jetzt sofort. Lanny, Connor: Holt eure Fluchttaschen.« Ich verfalle zurück in alte Terminologie; in der Zeit, als ich nach meinem Gefängnisaufenthalt als angebliche Komplizin Melvins endlich wieder mit meinen Kindern vereint war, bis zu dem Moment, als wir in Stillhouse Lake ankamen, habe ich darauf bestanden, dass sie Notfalltaschen gepackt hatten für den Fall, dass wir schnell wegmussten. Fluchttaschen.

Wir haben sie sogar lustig dekoriert, um den Ernst dahinter verdaulicher zu machen.

Meine Kinder sitzen einfach nur da. Sie wechseln Blicke miteinander, bis Connor zugibt: »Äh … wir haben keine. Na ja, wir sind doch jetzt schon eine Weile hier, und wir haben nicht … wir dachten nicht, dass wir die noch mal brauchen.«

Oh, verdammt noch mal. Ich presse die Handkanten gegen meine brennenden Augen und atme tief durch. Ich darf jetzt nicht ausflippen. Ich muss ruhig bleiben. Aber wir sind hier in Gefahr. »Okay«, sage ich und höre die gekünstelte Normalität in meiner Stimme. »Wir packen jetzt und gehen. Sofort. Noch heute Abend.«

»Mom …«, drängt Lanny. »Was ist denn los? Warum? Wir sind doch gerade erst nach Hause gekommen!«

Ich schreie sie an. »Was habe ich eben gesagt?« Ich schreie meine Kinder nie an, niemals, und ich sehe, wie beide zusammenzucken, und es tut mir im Herzen weh, aber sie kommen in Bewegung.

Sam ist jetzt ebenfalls alarmiert. »Gwen, was zum Teufel?«

»Die sind uns auf den Fersen«, erkläre ich. »Sie haben mich benutzt, um an Carol ranzukommen. Vielleicht haben sie sie bereits. Und sie haben Vee zu uns geschickt. Die wollen, dass wir einer Spur direkt zur Versammlung der Heiligen folgen, aber das machen wir nicht. Wir müssen hier verschwinden.«

»Hey. Das ergibt gerade alles keinen Sinn. Vielleicht sollten wir uns einfach hinsetzen und das in Ruhe durchdenken …«

Jetzt schreie ich auch ihn an. »Wir sind hier nicht sicher!« Aus seiner Perspektive heraus handle ich irrational. Und vielleicht stimmt das sogar. Vielleicht bin ich ein bisschen durchgedreht. Aber ich erinnere mich, wie Remy in der Nacht verschwunden ist, ohne dass es irgendjemandem auffiel. Und diese anderen jungen Männer. Ich erinnere mich an das bedrückende Grauen, das ich in Wolfhunter gesehen habe, und ich will nicht hierbleiben.

Sam weiß, wie er zu reagieren hat. Auf das Chaos, das in mir tobt, meine Wut, meine Angst. Er legt seine Hände um mein Gesicht, und seine Berührung beruhigt mich ein wenig. Fokussiert mich. Ich atme einmal tief durch, und er schaut mir tief in die Augen. »Gwen«, sagt er. »Wenn du gehen willst, gehen wir. Ohne weitere Fragen.«

Ich bin dafür so dankbar, dass ich vor Erleichterung beinahe aufkeuche. Für eine warme, kostbare Sekunde versinke ich in seiner Umarmung und fühle mich sicher. Ich weiß, dass das eine Illusion ist, aber es hilft.

Als ich mich zurückziehe, sage ich: »Danke, dass du mir vertraust.«

»Immer«, erwidert er rau. Und das ist die Wahrheit. Er vertraut mir. Ich habe ihm nicht denselben Respekt erwiesen, jedenfalls nicht durchgehend. Er verlangt nicht von mir, dass ich alles erkläre. Er verlässt sich einfach auf meinen Instinkt. »Na los. Packen wir, und dann raus hier.«

Ich ziehe den Waffenkoffer unter der Couch hervor und nehme die darin aufbewahrte Waffe heraus. Dann hole ich noch zusätzliche Munition aus dem Vorrat, den ich hinter Büchern im Regal versteckt habe. Das kommt alles in einen Rucksack. Was meine Kleidung angeht, greife ich mir einfach ein paar Wechselklamotten und stopfe sie obendrauf. Völlig egal, ob die Sachen zusammenpassen. Shirts, Hosen, Unterwäsche. Reicht aus. Sam füllt Hygieneartikel in einen Beutel und wirft ihn mir zu, damit ich ihn ebenfalls einpacke, während er zu seiner Seite des Schranks läuft.

Fünf Minuten.

Lanny und Connor sind vor uns fertig, was wirklich erstaunlich ist; ich ziehe gerade den Reißverschluss des Rucksacks zu, als Sam plötzlich erstarrt. »Verdammt. Das hab ich dir ja noch gar nicht erzählt. Auf der Straße ist ein Streifenwagen unterwegs, die wollen uns zur Wache bringen. Lanny muss eine Aussage über das machen, was am Killing Rock passiert ist.«

»Das tun wir nicht«, erkläre ich entschlossen. »Die werden sie nicht verhaften, Sam. Zumindest nicht heute Abend. Und wir können uns morgen dafür entschuldigen.« Ich habe jetzt Angst. Eine tief sitzende, instinktive Angst, dass alles, wirklich *alles* völlig schieflaufen wird. Wenn die Versammlung der Heiligen glaubt, ich wüsste, wo Carol sich aufhält, werden sie zu uns kommen. Oder vielleicht sind sie nur auf Rache aus. Oder sie wollen herausfinden, was wir wissen. Oder ... irgendeiner von tausend Gründen. Selbst die eiskalte Carol hat Angst vor diesen Leuten, und ich darf meine Familie nicht gefährden. Ich will nicht, dass sie *mich* jagen. Ich will *sie* jagen. Stillhouse Lake fühlt sich für mich nicht mehr sicher an. Es fühlt sich an wie eine Falle.

»Okay«, sagt er. Ein weiterer Vertrauensbeweis. Er nimmt den Rucksack.

Im selben Moment klingelt es an der Tür, und mich durchfährt das absolute Grauen. Ich schiebe das Holster mit der geliehenen Browning weiter nach hinten, bis es mir angenehm im Kreuz sitzt. Dann ziehe ich die Waffe und gehe Sam voraus. »Lanny«, weise ich meine Tochter an, die sich mit großen Augen zu mir umdreht. »Öffne den Schutzraum.«

Sie lässt ihren Rucksack fallen und schiebt Stühle und Esszimmertisch ein paar Zentimeter zurück. Unser Schutzraum – der schon zu diesem Haus gehörte, als wir es gekauft haben – ist nichts Besonderes, aber er ist sicher. Sie öffnet die versteckte Tür in der Wand und gibt den Code ein. Ich überlasse sie ihrer Aufgabe und schaue durch den Türspion.

Ein Streifenwagen der Polizei von Norton parkt mit blinkender Sirene in unserer Einfahrt, und zwei uniformierte Beamte stehen auf der Veranda. Ich erkenne ihre Gesichter nicht; ihre

Hutränder werfen dunkle Schatten. Aber die Uniformen sehen echt aus.

»Falscher Alarm«, erkläre ich Sam und stecke die Waffe weg. Ich höre, wie Lanny noch immer Knöpfe drückt. Sie geht zu hektisch vor; der Code ist immer wieder falsch. »Lanny, schon okay. Alles gut. Kezia hat einen Streifenwagen geschickt. Ich werde sie wegschicken, und dann verschwinden wir von hier.«

»Kezia hat mit Nachdruck darauf bestanden, dass Lanny sofort aussagt, wenn du zurück bist«, warnt mich Sam.

»Und ich werde ihnen sehr höflich klarmachen, dass sie sich verziehen sollen.«

Ich deaktiviere das System und öffne die Tür.

Das ist mein Fehler, der mir aber erst nach langen Sekunden bewusst wird. Ich sehe zunächst nur die Uniformen ... und dann erst die Gesichter. Einer von ihnen trägt einen Bart.

Es gibt in Norton keine Cops, die Bart tragen. Das ist eine Vorschrift. Und die Uniformen sitzen nicht richtig.

Sie haben die Cops ausgeschaltet.

Ich greife nach meiner Waffe, aber es ist bereits zu spät; der erste Mann hat sich in der Sekunde in Bewegung gesetzt, in der ich die Tür geöffnet habe, und jetzt stößt er sie mit ausgestrecktem Arm weiter auf, wodurch ich zurückweichen muss, und er hat seine Waffe bereits in der Hand, während meine noch im Holster steckt. Er hält mir den Lauf an die Schläfe und drängt mich zurück. Der Schock durchzuckt mich wie eine Explosion, und vor Wut und Angst zieht sich alles in mir zusammen.

Ich weiche nach hinten. Er folgt mir, die Waffe weiter an meinem Kopf. Eine kleine Fingerbewegung, und ich bin tot. Ich will nach meinen Kindern sehen, wage es jedoch nicht. Ich kann nur beten, dass sie es in diesen Schutzraum schaffen.

O Gott, Sam. »Sam!«, sage ich scharf. Kapitulierend nehme ich die Hände hoch.

Was Sam die hinten an meinem Gürtel befestigte Waffe zeigt. Ich stehe zwischen dem angeblichen Polizisten und ihm. Wenn er schnell genug ist …

Er ist schnell.

Ich spüre ein Ziehen hinten an meinen Jeans, dann tritt Sam seitwärts und zielt mit meiner Waffe. »Fallenlassen«, befiehlt er dem falschen Cop mit drohender Stimme.

Doch dann betritt der andere Uniformierte das Haus, und der hält eine Schrotflinte. Er lädt sie und zielt, und ich spüre beinahe körperlich, wie Sam unsere Situation abwägt. Wenn er schießt, tötet der Schuss aus der Schrotflinte uns beide. Er ist an Waffenstärke unterlegen, und ich bin die Geisel.

Ich höre ein Piepen. Lanny macht sich an der Tür des Schutzraums zu schaffen. Meine Kinder werden sicher sein.

»Hey«, ruft der zweite falsche Cop. »Du da. Mädchen. Lass das. Komm sofort hier rüber, oder ich blase den beiden hier den Kopf weg. Du. Arschloch. Leg die Waffe auf dem Boden ab und kick sie zu mir rüber.«

»Lanny, verschwinde in den gottverdammten Schutzraum!«, faucht Sam. Ich höre meine Tochter weinen. Sie versucht es. Ich höre das schnelle Piepen des Sperrmechanismus, der ihren eingegebenen Code ablehnt. Solche Dinge hatte ich ihnen früher eingebläut, dafür gesorgt, dass sie den Code jederzeit im Schlaf eingeben konnten. Wir hatten ein Spiel daraus gemacht.

Das hier ist meine Schuld. Ich habe aufgehört, sie zu trainieren. Ich habe aufgehört, darauf zu bestehen, dass wir die ganze Zeit bereit sind, immer vorsichtig, immer paranoid.

Es kommt kein Piepen mehr.

Aus dem Augenwinkel heraus sehe ich Lanny langsam nach vorn schlurfen und riskiere einen kurzen Blick in ihre Richtung. Sie weint. Hält zitternd die Hände hoch. Sams Kehle entfährt ein Knurren, die pure Frustration, und als der zweite falsche Cop die Schrotflinte auf Lanny richtet, hockt sich Sam hin und legt seine Waffe auf den Boden. Er tritt sie rüber, aber zu hart, sodass sie gegen die Wand hinter dem Mann mit der Schrotflinte prallt. Doch falls Sam das als Ablenkung geplant hat, funktioniert es nicht. Der Mann reagiert gar nicht darauf. Er lässt sie einfach dort liegen.

Ich kann Connor nicht sehen. Ich bete, dass er genug Zeit hatte, den Flur entlangzulaufen, dass er vielleicht, vielleicht aus dem Haus entkommt. *Lauf, mein Schatz. Lauf.*

Durch Panik befeuertes Adrenalin pulsiert durch meinen Körper, ich zittere, und jede Faser meines Körpers brüllt vor Wut. »Was wollt ihr?« *O Gott.* Ich habe den Alarm deaktiviert. Ich habe sie reingelassen. Das ist alles meine Schuld.

»Ich will das Mädchen«, sagt der Mann mir gegenüber. Zuerst denke ich, er meint Lanny oder vielleicht sogar Vee, aber dann wird es mir klar.

»Carol ist nicht hier«, sage ich. Ich senke die Hände, aber das gefällt ihm nicht. Er presst die Mündung der Waffe so fest gegen meine Stirn, dass es sich anfühlt, als würde er mich brandmarken, und ich lehne mich zurück und hebe die Hände wieder. »Ich weiß nicht, wo sie ist!«

»Du hast zehn Sekunden, um mir die Wahrheit zu sagen, sonst puste ich dir den Schädel weg. Kapiert?«, schnauzt er. »Ich will sie, und ich will das Kind. Sag mir, wo sie sind, und ihr lebt. Legst du mich rein, sterbt ihr alle.«

Die Vordertür steht weit offen, und Streifen aus rotem und blauem Licht fallen durch die Öffnung hinter ihm; das Leuchten lässt ihn abwechselnd wie einen Engel und einen Teufel aussehen. Aber dann verwäscht die Farbe, und Scheinwerfer erleuchten unsere Einfahrt. Grelle, weit oben angebrachte Scheinwerfer.

Ich will schon tief Luft holen, um nach Hilfe zu schreien, doch da fährt es mir eiskalt über den Rücken. Es hat keinen Zweck.

Bei dem neuen Fahrzeug handelt es sich um ein großes, altes Campingmobil. Klobig und ausgebleicht.

Es hat Verstärkung mitgebracht.

Ein dritter Mann, der Fahrer des Campers, betritt unser Haus. Er schließt die Vordertür und lehnt sich dagegen.

»Hey«, sagt der Mann, der mir die Waffe an den Kopf hält. Als hätte ich ihn irgendwie vergessen können. »Konzentration. Ich zähle noch immer von zehn abwärts. Wo ist Carol? Wo ist das Kind?«

»Ich weiß nichts von einem Kind!«, erkläre ich. Und das ist die Wahrheit. Ich weiß wirklich nichts. »Carol ist verschwunden, nachdem ich verhaftet wurde. Ich habe keine Ahnung, wohin sie gegangen ist.«

»Vier Sekunden«, droht er.

»Ich weiß es nicht!«, schreie ich ihn an, mittlerweile hoffnungslos – und wütend, dass es nach allem, was ich überlebt habe, jetzt so zu Ende geht. »Tun Sie meiner Familie nichts!« Das ist alles, was ich in diesen letzten Sekunden noch tun kann: um ihr Leben flehen. Mein Körper ist wie eingefroren, mein Herz krampft sich zusammen, und das Blut hämmert durch meine Adern.

Die Zeit ist um. Ich mache mich bereit dafür, zu sterben.

Er schießt nicht.

Er starrt mich aus toten, dunklen Augen an und wendet sich dann an den Mann mit der Schrotflinte. »Hier muss noch ein Junge sein«, sagt er. »Finde ihn. Du, Schlampe. Runter. Auf die Knie.« Er steckt seine Waffe weg, nimmt stattdessen dem Mann die Schrotflinte ab, als dieser an ihm vorbeigeht, und richtet sie direkt auf mich. »Runter.«

Hätte er mich töten wollen, hätte er es mittlerweile getan. Ich riskiere eine Frage. »Sind Sie von der Versammlung?«

Die beiden reagieren, als hätte ich ihnen einen Stromschlag verpasst. Sie versteifen sich und wechseln Blicke miteinander.

»Hat dir Carol das gesagt?«, fragt der Mann mit der Schrotflinte. Er klingt wütend. »Auf die Knie, Frau. Bete. Ihr alle! Runter! Sofort!«

Ich lasse mich auf die Knie sinken, die Hände noch immer oben. Sam gelingt es, etwas vorzurücken, sodass er jetzt neben mir ist; ich spüre seine Anspannung, das Bedürfnis, etwas zu tun. Doch wir tun bereits etwas. Wir verschaffen Connor Zeit, um wegzulaufen und Hilfe zu holen.

»Lassen Sie einfach nur meine Tochter gehen«, flehe ich. »Bitte. Sie ist ein Kind. Sie hat nichts damit zu tun.«

»Sie ist alt genug«, meint er nur, und mir gefällt nicht, wie er sie ansieht, als wäre sie ein Stück Fleisch auf dem Markt. Wenn ich kämpfend untergehen muss, werde ich das tun. Erhebt er auch nur eine Hand gegen meine Tochter … mein gesamter Körper zittert im Gleichtakt mit dem schweren, rasenden Pulsieren meines Herzschlags. Ich bin angespannt wie eine Sprungfeder und stehe kurz vor der Explosion.

»Carol hat einen Bus nach Pennsylvania genommen.« Die Lüge verlässt meinen Mund, doch die Worte fühlen sich beißend an, als würden sie mir in die Zunge schneiden.

»Ein falscher Zeuge bleibt nicht ungestraft; und wer frech Lügen redet, wird umkommen«, zitiert der Mann mit der Schrotflinte. »Sprüche 19,9.« Er zielt auf mich, und zischend atme ich ein. Die Angst durchfährt mich messerscharf. »Du lügst.«

Im Augenblick sind es nur noch zwei Männer. Der mit der Schrotflinte und der andere, der mit dem Camper gekommen ist und die Vordertür blockiert. Der dritte sucht im Haus nach Connor. Ich höre ihn Türen im Flur öffnen.

Ich muss Zeit gewinnen.

»Schauen Sie auf mein Handy«, dränge ich. »Ich habe da eine Nachricht.«

»Gott hat dich im Blick, Frau«, sagt der Mann mit der Schrotflinte. Er denkt darüber nach, ich sehe Frust in seinen Augen aufblitzen. »Das Handy. Sofort.«

»Es liegt im anderen Zimmer«, lüge ich. »Im Büro. Auf meinem Schreibtisch.« Wenn ich sie noch weiter aufteilen kann, haben wir vielleicht eine Chance. Zumindest verschafft es uns Zeit.

Der Mann, der nach Connor gesucht hat, kommt zurück. »Er ist nicht hier«, erstattet er Bericht. »Vielleicht durch ein Fenster raus.«

»Such ihn«, befiehlt der Mann mit der Schrotflinte. Ganz eindeutig hat er hier das Sagen. Ich schaue zu, wie der andere Mann die Tür öffnet und nach draußen eilt. *Renn, mein Schatz. Renn, so schnell du kannst.* »Du. Du hältst uns hin.« Das ist wieder an mich gerichtet. Der Mann strahlt echte Zuversicht aus, die mir Angst einjagt. »Ich habe mich über dich informiert, Gwen Proctor. Gina Royal. Und dein Handy ist nicht in deinem Büro.«

»Ist es doch.«

»Bist du dir da sicher? Denn Lügner werden bestraft.« Er holt ein Handy aus der Tasche seiner Polizeiuniform und wählt.

Laut und deutlich höre ich das surrende Vibrieren aus der Handtasche, die auf dem Couchtisch liegt. Ich sage nichts. Ich bin nicht dazu in der Lage.

Er legt auf, und mein Handy hört auf zu summen. Er hebt die Schrotflinte an seine Schulter, und ich spüre förmlich, wie er auf mich zielt. Es fühlt sich in meinem Gesicht an wie der Lichtkegel eines Scheinwerfers.

Die Vordertür öffnet sich, sein Kumpan ist zurück. Stark und muskulös und gnadenlos.

Er hat meinen Sohn.

Er hält Connor ein Messer an die Kehle. All meine zerbrechlichen Pläne fallen in sich zusammen wie ein Kartenhaus, und zurück bleibt nur die Angst, die in Wellen über mich hereinbricht.

»Steck ihn in den Camper«, befiehlt der Mann, der das Kommando hat, ohne mich aus den Augen zu lassen. Ich schreie auf, beuge mich vor und strecke die Arme aus. »Wir wollen Carol. Wenn du deinen Jungen wiederhaben willst, kommt zu uns. Du, sie und das Kind. Du hast zwei Tage.« Er schleudert ein kleines Wegwerfhandy auf den Teppich neben mir, aber ich kann die Augen nicht von Connor lösen, der gerade weggezerrt wird. Der starre Ausdruck auf seinem Gesicht, das Flehen in seinen Augen … Ein Geräusch entringt sich meiner Kehle, einem Schrei nicht unähnlich, doch bevor ich mich aufraffen und kämpfen kann, schließt der Mann die Tür und Connor ist … einfach fort. »Wir haben eine Nummer eingespeichert. Ruf an, wenn du sie hast. Du solltest dich beeilen.«

»Sie ist weg!«, brülle ich ihn an, hoffnungslos und wütend und voller Selbsthass. »Carol ist weg, und ich weiß nicht, wie ich sie finden soll!«

»Tust du es nicht, schließt sich dein Sohn den Heiligen an«, erklärt er mir. »Du solltest dich geehrt fühlen. *Dann musst du alles, was den Mutterschoß durchbricht, vor den Herrn bringen; alle männlichen Erstlinge gehören dem Herrn.*«

»Amen«, ergänzt der andere Mann ernst.

Ich werde diese verfluchten Scheißkerle alle umbringen.

Draußen ertönt plötzlich Lärm, ein kreischendes Heulen, das die Nacht durchdringt. Mein Sohn hat den Panikknopf an seinem Schlüsselanhänger gedrückt.

»Mel!«, faucht der Mann, der das Kommando hat. »Sorg dafür, dass dieser Lärm aufhört!« Der Mann, der an der Tür gestanden hat, öffnet sie und geht raus. Als sich beim Öffnen der Tür der Lärm verstärkt, blickt der Mann mit der Schrotflinte für den Bruchteil einer Sekunde nicht in unsere Richtung.

Vorsichtig zieht Lanny ihren Schlüsselanhänger aus der Tasche. Ich sehe es. Sam ebenfalls. Wir haben einen Versuch. Nur einen. Und wir müssen das zusammen durchziehen.

Lanny drückt den Panikknopf, und der Lärm ist ohrenbetäubend, wie bei einer Schallgranate; es fühlt sich an, als würde man einen Schlag mit dem Hammer verpasst bekommen, aber ich bin darauf vorbereitet.

Der falsche Cop ist es nicht.

Sam und ich stürzen nach vorn, während sich Lanny wegrollt, um Schutz am Ende der Couch zu suchen. Ich schreie, ohne etwas zu hören, der Lärm pulsiert wie ein roter Nebel durch mein Gehirn. Ich bin schnell, weiß aber nicht, ob schnell genug. Sam und ich werfen uns mit voller Wucht und unserem gesamten Gewicht auf den Mann. Dröhnend löst sich ein Schuss aus der Schrotflinte, schlägt aber lediglich ein klaffendes Loch in die Decke.

Der Anführer rammt den Kolben der Schrotflinte gegen Sams Kopf, und Sam strauchelt rückwärts. Er befindet sich jetzt direkt im Schussfeld und ist orientierungslos; wild trete ich auf unseren Feind ein – und treffe. Der Schuss, der Sam galt, schlägt fehl und reißt ein Loch in die Wand.

Sam schlägt gegen den Couchtisch und stolpert taumelnd zur Seite. Er kämpft darum, bei Bewusstsein zu bleiben.

Meine Waffe liegt noch immer hinten an der Wand. Ich sprinte zu ihr. Ich bekomme sie zu fassen, rolle mich herum und ziele in dem Augenblick auf den Anführer, als dieser seine Schrotflinte in meine Richtung schwingt. Wir erstarren beide. Das Kreischen von Lannys Panikalarm ist so laut, dass es alles übertönt, was ich sagen könnte.

Aber wir wissen beide, selbst wenn ich ihn treffe, erwischt er mich ebenfalls, und die Schrotflinte wird mich in Stücke reißen.

Ich setze mich auf dem Teppich auf, mit dem Rücken zur Tür. Bis zum letzten Augenblick spüre ich keine Bewegung hinter mir, und dann ist es zu spät.

Irgendetwas schlägt so hart gegen meinen Hinterkopf, dass alles in einem weißen Blitz explodiert, und ich fühle, wie ich falle und die Waffe verliere. Die Welt besteht nur noch aus einem langen, lauten Rauschen.

Als ich wieder blinzele, liege ich auf dem Boden. Mein gesamter Kopf pulsiert vor rot glühenden Schmerzen. Ich versuche, wieder zu Bewusstsein zu kommen. Meine Waffe liegt neben mir, und hastig greife ich danach. Ein Stiefel tritt sie weg.

Er entkommt. Der Mann mit der Schrotflinte. Er geht. Ich krieche auf die Waffe zu, aber alles wird grau. Ich liege auf dem Teppich. Meine Waffe ist nicht mehr da, wo sie war.

Ich sehe Sam, wie er blutend und wutentbrannt durch die Tür jagt. Er hat meine Waffe. Er läuft hinter Connor her.

Lanny ist neben mir. Ich sehe ihr angsterfülltes Gesicht, kann sie aber im Kreischen der Paniksirene nicht hören. Ich kann meinen Kopf nicht drehen; mein Körper fühlt sich schwer und kalt an. Der Klang der Sirene wird trüber, langsamer und dann …

… und dann, trotz meines rasenden Herzens, des verzweifelten Drangs, aufzustehen und hinter meinem Sohn herzulaufen, wird auf einmal alles schwarz.

Kapitel 17

Gwen

Als ich in einem roten Nebel aus Schmerzen erwache, will ich als Allererstes die pochende Stelle auf meinem Kopf berühren.

Jemand schiebt meine Hand wieder nach unten. Ich öffne die Augen, nehme aber lediglich verschwommene Formen und Schatten wahr. Langsam wird das Gesicht über mir schärfer. Es ist nicht Lanny.

Es ist Vee Crockett. Sie drückt mir einen kalten Lappen auf die Verletzung, und als ich Anstalten mache, aufzustehen, schüttelt sie den Kopf und drückt mich zurück nach unten. »Nein«, mahnt sie. »Sie müssen sich ausruhen, Ms Proctor.«

»Connor«, flüstere ich, und diesmal lasse ich mich nicht von ihr abhalten und setze mich auf. Um mich herum dreht sich alles, und die Kopfschmerzen hämmern so heftig, dass ich würgen muss. Zitternd sitze ich einfach nur da, bis sie ein klein wenig nachlassen. »Wo ist Connor?«

»Ich hab Hilfe gerufen«, erklärt Vee. »Ich habe die Sirenen gehört, dachte aber zuerst, es wären die Cops. Und hier stand ja auch der Wagen von den Cops. Aber dann hab ich die

Arschlöcher gesehen, wie sie Connor in den Camper gezerrt haben, und ich wusste, dass Sie Probleme haben.«

»Wo ist mein Sohn?«

Vee lehnt sich zurück und blickt zu Lanny hoch, die ihr eine Hand auf die Schulter gelegt hat. Meine Tochter wirkt blass, aber gefasst, und sie hockt sich neben mich und nimmt meine Hand. »Mom, du musst ruhig bleiben«, mahnt sie. »Okay?«

»Geht es dir gut?« Kurz überkommt mich die Panik, denn wenn sie verletzt wurde … aber sie sieht unversehrt aus. Ich glaube, sie ist okay.

»Ich bin nicht verletzt«, versichert sie mir. »Mom … es tut mir leid.« Sie will nicht weiterreden, was mich erzittern lässt. Die Tränen brennen wie Säure in meinen Augen.

»Sie haben Connor mitgenommen«, bringt sie schließlich hervor. Sofort reagiere ich völlig irrational, versuche, mich zu bewegen, aufzustehen, ihn zu finden. »Mom. Mom! Ihm wird nichts passieren. Die werden ihm nichts tun, die – die halten ihn nur fest, bis du diese Carol gefunden hast, richtig? Und das machen wir. Wir finden sie.«

Sie versucht gerade mit aller Macht, sich wie eine Erwachsene zu verhalten. Sie hat Todesangst und klammert sich an Vee als Unterstützung. »Du sagtest, du hast Hilfe gerufen?«, frage ich Vee, und gleichzeitig wird mir klar, dass ich noch nicht ganz bei Sinnen bin; das wollte ich gar nicht laut aussprechen. »Wer …«

Sie zeigt hinter mich, und ich drehe den Kopf. Ich erwarte Kezia mit einem ganzen Kontingent der Polizei von Norton, doch stattdessen sehe ich einen alten Mann mit einem dichten grauen Bart und kalten blauen Augen.

Es ist Jasper Belldene. Der Pillen vertickende Weihnachtsmann von Norton. Ich halluziniere. So muss es sein. Doch die grellen Kopfschmerzen, gegen die ich ankämpfe, der metallische Geschmack nach Blut, das ist alles viel zu real.

»Ganz ruhig«, beschwichtigt mich Jasper, während ich versuche, auf die Füße zu kommen. »Ruhig, Frau, machen Sie langsam!«

Die Anstrengung lässt meinen Kopf noch mehr schmerzen, und ich brauche die Hilfe von allen dreien, um hochzukommen und aufrecht stehen zu bleiben. »Sam«, fällt mir ein. »Wo ist Sam?«

Ich bin in meinem Wohnzimmer. Die Stille ist ebenso ohrenbetäubend wie der Panikalarm, bevor ich ohnmächtig geworden bin, an den ich mich jetzt erinnere. Die Schäden an Wand und Decke sind beträchtlich. Auf dem Teppich sind Blutflecken, aber ich denke, die stammen von mir – oder vielleicht von Sam. Wo ist er?

Jasper Belldene sieht mich mit einer Mischung aus Leidenschaftslosigkeit und Wachsamkeit an. »Soweit ich das sagen kann, hat Ihr Mann da draußen versucht, es mit zweien von denen aufzunehmen«, sagt er. »Den Spuren zufolge war es ein teuflischer Kampf. Sieht aus, als hätte er es in den Camper geschafft, aber der ist weggefahren. Ich schätze also, die haben jetzt ihn und Ihren Sohn.«

Das versetzt mir erneut einen heftigen Schlag. Ich habe Schwierigkeiten, zu atmen. *Konzentrier dich!*, schreie ich mich innerlich selbst an. *Denk nach!* Aber ich kann nicht. Ich entwinde mich Lannys Händen und stolpere zum Fenster. Draußen ist es noch dunkel. Der Polizeiwagen steht da, aber jemand hat die Sirene ausgeschaltet. Mein SUV und Sams Pick-up sind ebenfalls noch dort geparkt. »Wo ist die Polizei?«, frage ich. »Haben Sie sie gerufen?«

»Nein«, meint Jasper. »Und das werden Sie auch nicht tun, wenn Sie Ihre Jungs zurückhaben wollen.«

Es ist nicht so, dass ich das Hämmern in meinem Kopf nicht mehr spüre oder den Schmerz mit einem Mal vergesse; sie spielen nur einfach keine Rolle mehr. Ich schiebe sie zusammen mit der Furcht beiseite. Angst hält mich nur auf. Ich wende mich an Jasper. »Sie haben Ihren Anteil an dieser Sache. Sie haben gesagt, Sie würden uns jagen.« Er ist ein alter Mann, und ich kann kaum gerade stehen, trotzdem bin ich kurz davor, mich auf ihn zu stürzen.

Das scheint er zu bemerken, weil er beide Hände in einer beruhigenden Geste nach oben nimmt. »Ich sag gar nicht, dass wir nicht unsere Probleme haben«, gibt er zu. »Aber Sie haben sich einverstanden erklärt, hier wegzuziehen, und ich denke, dass Sie dieses Versprechen halten wollen. Ich würde niemals Ihren Jungen entführen. Wer auch immer diese Leute sind, die haben nichts mit mir zu tun.«

»Warum sind Sie dann hier?«

Er deutet auf Vee. »Das Mädel da hat angerufen«, erklärt er. »Sie ist eine Freundin von Olly, meinem Jungen. Sie hat gesagt, es gebe hier Probleme. Aber hören Sie, Ms Proctor, wir haben dafür jetzt keine Zeit. Ihre Nachbarn haben sich vermutlich im Haus verkrochen, aber ich garantiere Ihnen, dass sie gerade am Notruf hängen …«

»Warum sollten *Sie* mir helfen?«

»Es ist nun mal Tatsache, dass Sie hier wohnen, Ms Proctor. Sie sind unsere Nachbarn. Die anderen sind Fremde, die hier aufgetaucht sind, um Ihnen zu schaden.« Er lächelt. Es ist ein kaltes Lächeln, und unter der freundlichen Maske lauert das Raubtier. »Außerdem ist das unsere Gelegenheit für einen kleinen Handel. Ich helfe Ihnen dabei, diese Bastarde zu finden, und Sie bringen Ihre Tochter dazu, auszusagen, dass mein Sohn nichts mit der Verletzung dieses Mädchens da oben am Killing Rock zu tun hatte.«

»Die Polizei ist so oder so in die Sache involviert«, warne ich ihn. »Diese Entführer haben ihren Wagen und die Uniformen gestohlen. Haben Sie die Beamten gefunden?«

»Im Kofferraum ihres eigenen Wagens«, bestätigt er. »In ihren Unterhosen und fest verschnürt wie Thanksgiving-Truthähne. Mein Sohn Jesse hat ein paar Fotos für die Nachwelt gemacht. Es geht ihnen gut. Aber die Zeit läuft, Ms Proctor. Sie sollten sich schnell entscheiden, ob Sie meine Hilfe wollen.« Er starrt mich an, aber ich kann in seinem Gesicht nichts lesen.

Ich greife nach den Schlüsseln zum SUV. Und greife ins Leere.

Er schüttelt den Kopf. »Es bringt nichts, die Verfolgung aufzunehmen, selbst wenn Sie fahren könnten, ohne dabei ohnmächtig zu werden. Sie haben keine Ahnung, in welche Richtung die unterwegs sind.« Mir gefällt das Lächeln nicht, das er mir schenkt. Erst recht nicht der Blick seiner auf mich gerichteten Augen. »Ich dagegen schon.«

Schmerzhaft spannt sich jeder Muskel in meinem Körper an. »Wohin?«

»Eine Hand wäscht die andere, so machen wir hier Geschäfte. Also, meine Florida, die ist ein cleveres Mädel. Kennen Sie sich mit Drohnen aus?«

»Drohnen«, wiederhole ich.

»Ich hab meinen Jungen Jesse den Camper verfolgen lassen, als er losgedüst ist; er fuhr auf eine alte Holzstraße ohne Namen. Florida hat eine Drohne gestartet und auf dem Dach des Campers landen lassen, bevor er von dieser Straße abgefahren ist. Von daher können wir ihn verfolgen … oder ich sage Florida, sie soll die Drohne dort abziehen.« Er hält inne. Wir registrieren beide das Geräusch von sich nähernden Sirenen. »Die Zeit ist abgelaufen. Mir ist das eine so recht wie das andere.«

Ich schlucke schwer. Ich fühle mich gerade sehr zerbrechlich, als hätten sich all meine Knochen in milchiges Glas verwandelt. Noch immer habe ich starke Schmerzen. Mein Kopf pocht so sehr, dass es vor meinen Augen rot pulsiert. Was er da von mir verlangt, ist schrecklich. Und ich kann nicht für meine Tochter entscheiden. Sie ist diejenige, die lügen muss.

Ich sehe Lanny an, und sie antwortet, ohne auch nur eine Sekunde zu zögern. »Ich mach's. Alles, Mom. Wenn das Connor und Sam zurückbringt, sage ich aus, was immer er will.«

»Und Ihr gesamter Clan verschwindet«, ergänzt Jasper. »Sie packen zusammen und verlassen Stillhouse Lake, wenn das hier vorbei ist. Einverstanden?«

Genau wie meine Tochter zögere ich nicht. »Einverstanden«, sage ich. Ich strecke ihm meine Hand entgegen. Er nimmt sie.

»Falls es Ihr Gewissen erleichtert, Olly ist kein Mörder. Er ist ein Dummkopf und kann gut kämpfen. Er verkauft vielleicht ab und zu ein paar Freizeitdrogen. Aber er wollte nie, dass Candy verletzt wird. Das war alles das Werk dieses Idioten Bon.«

Lanny beißt sich auf die Lippe und nickt. »Das stimmt«, sagt sie. »Ich meine, da bin ich mir ziemlich sicher. Bon hat es zugegeben.«

Ich gehe zu ihr und nehme sie in die Arme. Ich drücke meine Stirn an ihre und flüstere: »Es tut mir leid, Schatz.«

»Ist schon okay«, beruhigt sie mich. »Wir werden sie finden.«

Jasper grunzt, gibt aber kein Versprechen ab. Sein Handy macht ein lautes Geräusch, und er sieht auf das Display. »Die Gesetzeshüter kommen gerade um den See. Sagen Sie denen, was hier passiert ist, aber lassen Sie uns und die Sache mit der Drohne aus. Sorgen Sie dafür, dass Ihr Mädchen ihre Aussage ändert. Dann kommen Sie raus zur Lodge und wir machen uns daran, Ihre Jungs zu finden.«

»Lodge?«

»Ich schätze, Sie würden es Lager nennen«, meint er und schnaubt dabei abfällig, als würde er das persönlich nehmen. »Wie auch immer, Jesse bleibt hier, damit er Sie hinführen kann, wenn Sie fertig sind. Bringen Sie Vee und Ihre Tochter mit; meine Frau wird auf die beiden aufpassen. Sie sollten mitnehmen, was Sie für ein paar Tage brauchen.«

»Und Sie sollten mich lieber nicht verarschen, Jasper. Sonst bringe ich Sie um.«

»Ma'am«, erwidert er, »weil Sie gerade durch den Fleischwolf gedreht wurden, nehme ich Ihnen das jetzt nicht krumm. Gastfreundschaft ist etwas Heiliges, und wenn ich sie anbiete, dann meine ich das auch so. Unter meinem Dach wird niemandem von Ihnen ein Leid geschehen, das schwöre ich.« Es ist seltsam, aber ich glaube ihm. Er ist tatsächlich beleidigt, dass ich etwas anderes glauben könnte. Die Bräuche der Südstaaten. In mancher Hinsicht sind sie für mich nach wie vor völlig unverständlich. Im Augenblick allerdings bin ich einfach nur schrecklich dankbar dafür.

»Mom? Ich will aber mit dir kommen«, mischt sich Lanny ein. »Ich will Connor suchen!«

Ich schüttle nur den Kopf. Es ist für mich unmöglich, meine Tochter in diesen Kampf mit hineinzuziehen, und das weiß sie auch.

Was natürlich nicht bedeutet, dass es ihr gefällt. Ganz und gar nicht. Mir ja auch nicht.

Ich gebe Jasper ein paar Minuten Zeit, zu verschwinden; dann rufe ich die Polizei an und melde den Hausfriedensbruch und die Entführungen; es würde seltsam aussehen, wenn ich das nicht täte. Ich erkläre, dass ich bewusstlos war. Kezia und Prester treten ordentlich aufs Gaspedal; sie kommen fast gleichzeitig mit dem Streifenwagen an, und ihre Professionalität und Freundlichkeit zehren an meiner nur schwer wiedergewonnenen Fassung. Es fühlt sich an, als würde ich auf einer dünnen Glasscheibe über einem Abgrund so tief wie der Grand Canyon stehen, und jede Bewegung, die ich mache, verstärkt die Risse darin. *Bitte, Sam,* bete ich in den stillen Augenblicken zwischen den Fragen. *Bitte bleib am Leben. Bitte pass auf unseren Sohn auf.* Ich weiß, dass er das tun wird, wenn es irgendwie menschenmöglich ist. Aber der Gedanke, einen von ihnen zu verlieren, oder beide … er macht mich kaputt.

Lanny spricht nicht viel mit den Beamten, und ich glaube, der Schock über die Geschehnisse setzt ihr jetzt, wo es nichts mehr für sie zu tun gibt, erst so richtig zu. Vee bleibt bei uns – oder genauer gesagt bei Lanny. Und ich bin froh darüber; Lanny braucht die Unterstützung.

Jede Sekunde, die das hier dauert, kratzt wie Sandpapier an meinem Herzen.

Ich habe das Handy an mich genommen, das der Anführer der Männer von der Sekte für mich zurückgelassen hat; es brennt ein Loch in meine Jeanstasche. Der Polizei gegenüber lasse ich es unerwähnt, nicht einmal Kezia sage ich etwas davon. Sie besteht darauf, dass meine Kopfwunde von einem Sanitäter untersucht wird, und meine Abwehr hält sich in Grenzen, eine Fahrt ins Krankenhaus lehne ich aber strikt ab. Dafür ist keine Zeit.

Innerhalb einer Stunde ist auch die Bundespolizei involviert. Sie wird eine Meldung über meinen vermissten Sohn in den Medien ausstrahlen lassen. Das will ich eigentlich nicht; ich habe furchtbare Angst, dass diese Sekte in einem Kampf nichts zu verlieren hat, andererseits will ich auch nicht völlig von Jasper Belldenes Wort abhängig sein. Ich bin nur besorgt, dass die Anführer dieser Versammlung wie die meisten Fanatiker glauben, dass sie ohnehin in den Himmel kommen, und ohne zu zögern die Chance ergreifen, ruhmreich zu sterben, wenn sich ihnen keine andere Option mehr bietet.

Es läutet, und ich stelle erleichtert fest, dass jemand auf meinem normalen Handy anruft. Ich ziehe es hervor, in der irrationalen Hoffnung, Connor oder Sam könnten sich melden, aber auf dem Display ist ein anderer Name zu lesen.

Es ist Mike Lustig. Sams Freund vom FBI. Ich gehe ran, und er sagt nur: »Sam wird vermisst?«

»Wo hast du das gehört?«, frage ich.

»Ein Freund vom Tennessee Bureau of Investigation hat mich vorgewarnt. Sie haben einen Entführungsalarm von der Bundespolizei erhalten; ein Agent ist schon auf dem Weg zu dir. Was weißt du?«

Ich erzähle es ihm, während mich die Beamten von der Bundespolizei ungeduldig anschauen; Lustig ist ein langjähriger und absolut loyaler Freund von Sam, und seine Position im FBI könnte im Augenblick eine riesige Hilfe darstellen. Oder auch nicht. Es hängt davon ab, wo er sich gerade aufhält und was er macht. Er hört sich alles an und meint dann: »Du glaubst, Remy Landrys Verschwinden hängt mit anderen ähnlichen Fällen zusammen? Und einer Sekte?«

»Ja, das glaube ich.«

»Tja, wir haben in diesen Fällen ermittelt, auf Gemeinsamkeiten sind wir allerdings nicht gestoßen. Auch nicht auf einen Zusammenhang mit irgendeiner Sekte.«

»Ich würde sagen, die Spur ist verdammt heiß, wenn man in Betracht zieht, dass die meinen Sohn mitgenommen haben«, fauche ich und bereue es sofort; nichts davon ist seine Schuld. *Ich* habe das ganze Unheil über uns gebracht. »Kannst du irgendwie helfen?«

»Hast du Tracking-Chips bei deinen Kindern?«

»Auf ihren Handys.« Lannys altes Handy liegt auf dem Boden des Sees, seither hat sie ein brandneues Wegwerfhandy; ich sorge dafür, dass meine Kinder immer eine Kontaktmöglichkeit haben. »Kannst du das von Connor aufspüren?«

»Die Bundespolizisten werden es versuchen, die sind jetzt am Drücker, und ich werde helfen, so gut ich kann. Selbst wenn das Handy ausgeschaltet ist, können wir noch ein Tracking durchführen.« Er verstummt kurz, und seine Stimme wird ein wenig tiefer. »Gwen. Du weißt, die Chance, dass sie dieses Handy noch dabeihaben, ist überaus gering.«

»Das ist mir klar«, antworte ich. Wenn diese Sektenanhänger häufig Entführungen durchführen, wie ich es annehme, haben sie gelernt, methodisch vorzugehen, um ihre Spuren zu verwischen und nicht den kleinsten Hinweis zu hinterlassen.

Weshalb es umso wichtiger ist, dass ich meine Vereinbarung mit Jasper Belldene erfülle.

* * *

Ich weiß die Bemühungen der Behörden zu schätzen, kann es aber nicht erwarten, dass sie endlich fertig sind. Ich spreche mit Kezia; ich kann ihr noch immer nicht die ganze Wahrheit sagen, aber zu meiner Erleichterung erklärt sie sich damit einverstanden, Lannys geänderte Version ihrer Aussage über den Vorfall oben am Killing Rock aufzunehmen. Sie ist nicht wirklich glücklich damit und bedrängt Lanny sehr, doch meine Tochter lässt sich nicht beirren. Das bringt Olly Belldene seine Freiheit, oder zumindest eine geringere Anklage. Was mit Bon passiert, ist mir völlig egal; von mir aus kann er im Gefängnis verrotten. Er ist nicht Teil des Handels.

Sobald die Polizei – die örtliche, die übergeordnete und das Tennessee Bureau of Investigation – mit uns fertig ist, erkläre ich den Beamten, dass ich Vee und Lanny an einen sicheren Ort bringen müsse. Ich gebe zu, ich spiele die Karte des posttraumatischen Schocks extrem aus; doch es ist nicht nur geschauspielert. Sie stimmen zu, unter der Bedingung, dass ich ihnen sage, wohin ich gehe. Ohne zu zögern, nenne ich ein Motel in Knoxville, gebe ihnen die Adresse, die ich im Internet nachgeschlagen habe, und händige ihnen die Hausschlüssel aus. Wir haben ja bereits gepackt, aber ich sammle noch sämtliche Waffen im Haus ein, besonders die Browning, die zurückgelassen wurde. Nachdem ich sie identifiziert habe und J. B. per Handy bestätigt hat, dass es eine Waffe ist, die mir für die Arbeit ausgehändigt wurde, darf ich sie behalten.

J. B. fragt mich, was sie tun kann, und ich bitte sie, sämtliche Ressourcen darauf anzusetzen, Carol zu finden. Ich habe nicht vor, sie der Sekte auszuliefern, aber ich will wissen, wo sie steckt. Falls die Drohne der Belldenes nicht mehr funktioniert, brauche ich möglicherweise einen Plan B.

Interessanterweise scheint mir die Polizei nicht völlig zu trauen, wenn man bedenkt, dass wir die Opfer sind. Der TBI-Agent folgt mir nach Knoxville und zum Motel; ich buche für eine Nacht, und wir betreten das Zimmer. Vom Fenster aus beobachte ich ihn, bis er wegfährt, und gehe dann zusammen mit den Mädchen zurück zum Wagen.

Jesse Belldene ist uns ebenfalls gefolgt. Er ist besser darin als der TBI-Agent; ich habe seinen schlammigen, unauffälligen Jeep auf der Straße raus aus Norton entdeckt; er verstand es äußerst geschickt, am Rand des Sichtfelds zu bleiben, und der TBI-Agent war so auf uns konzentriert, dass er vermutlich überhaupt nicht hinter sich geblickt hat. Als wir unseren SUV erreichen, steht Jesses Jeep bereits daneben. Er nickt uns lediglich zu und wechselt einen vorsichtigen Blick mit Lanny. Sein Anblick gefällt mir nicht, aber er spricht recht höflich mit uns. »Danke, dass du meinem Bruder mit den Cops geholfen hast. Er wollte dir nicht wehtun, das schwöre ich. Bon hat sich hinreißen lassen. Olly ist ein Trottel, aber er ist nicht bösartig.«

Lanny nickt ihm misstrauisch zu. Vorübergehender Waffenstillstand. Er zwinkert Vee zu. »Willst du bei mir mitfahren, meine Hübsche?«, fragt er sie. Ich erwarte, dass Vee auf jeden Fall zustimmt; alles, was ich über sie weiß – einschließlich der Tatsache, dass sie mit den Belldenes vertraut genug ist, um sie um Hilfe zu bitten –, spricht dafür, dass sie es tun wird. Aber ich irre mich. Sie schüttelt nur den Kopf und steigt zusammen mit meiner Tochter hinten in den SUV. Lanny nimmt ihre Hand und umklammert sie verzweifelt. Mein Kopf tut noch immer weh, aber die Schmerzmittel, die ich eingenommen habe, sorgen zumindest dafür, dass es nur noch ein dumpfes Dröhnen ist.

»Geht's dir gut?«, frage ich meine Tochter leise, während wir hinter Jesses schmutziger Stoßstange herfahren. »Lanny?«

Sie schnieft und reibt sich die Augen. »Klar. Mir geht's gut, Mom.«

»Nein, tut's nicht«, widerspricht Vee. »Und das geht klar, Lanta. Dir muss es nicht gut gehen. Das weißt du doch, oder? Du hast Freunde.«

Zittrig atmet Lanny ein und lässt ihren Kopf auf Vees Schulter sinken. Ich blinzle, während ich anfange, ihr Verhältnis in einem neuen Licht zu sehen. Ich bin mir ziemlich sicher, dass mir das nicht gefällt. »Glaubst du, dass es Connor und Sam gut geht?«, fragt Lanny mich. Die Verletzlichkeit in ihrer Stimme lässt mich meine Einwände vergessen. Für den Augenblick.

»Ich denke, Sam wird alles in seiner Macht Stehende tun, um dafür zu sorgen.« Das ist keine Antwort, aber ich will sie auch nicht anlügen. Nicht darüber. »Schatz, ich glaube, ich sollte dich zu Javier bringen und sehen, ob du bei ihm bleiben kannst, während ich das mache …«

»Sie glauben, die Belldenes könnten ihr wehtun«, sagt Vee. »Das werden sie nicht.« Sie klingt absolut sicher, und ich werfe ihr einen durchdringenden Blick zu. »Sie tun, was sie tun müssen, aber sie haben einen Kodex. Sie werden nicht ihr Wort brechen und Lanta wehtun. Außerdem passe ich auf sie auf.«

Es ist seltsam, aber … ich glaube ihr. »Warum bist du gekommen, Vee?«, frage ich sanft. Ohne Anschuldigung. »Die Wahrheit. Was ist dir zugestoßen?«

Vee sieht weg, und für jemanden wie Vee mit ihrem starken Schutzpanzer kommt das einem Zusammenzucken gleich. Sie wirkt ruhig, und als sie antwortet, ist ihre Stimme neutral. »Da war ein Mädchen bei dieser Pflegefamilie. Jünger als ich. Sie … sie ist weggelaufen und hat sich verletzt.« Sie schluckt. »Das war meine Schuld. Sie ist mir immer gefolgt, hat mich wie ihre Schwester behandelt. Das war ich aber nicht, wir hatten nur Zimmer im selben Haus, mehr nicht. Ich hab ihr gesagt, dass wir niemals Schwestern sein würden.« Ihr ländlicher Tennessee-Dialekt sticht mittlerweile so stark heraus, dass sie kaum zu verstehen ist. Sie schweigt, und ich merke, dass sie weint – dicke, stumme Tränen rinnen ihr über die Wangen. »Ich … ich konnte danach einfach nicht mehr dortbleiben. Ich wollte …« Sie beendet den Satz nicht. Lanny legt einen Arm um sie. Vee atmet tief durch und wischt sich ungeduldig über das Gesicht. »Ich musste einfach wieder allein sein, das war alles.« Ich merke, wie sie ihren Schutzpanzer wieder anlegt, ein fast schon hörbares Klirren von Metallplatten.

»Vee«, sage ich. »Du bist nicht allein. Das musst du nicht sein.« Vee – die wilde, unabhängige, überaus instabile Vee – braucht jemanden, dem sie wichtig ist, und sie ist mir wichtig. Das war sie von dem Moment an, als ich sie kennengelernt habe, obwohl sie mich beunruhigt und ich mir Sorgen über ihren Einfluss auf meine Tochter mache. »Du bist aus einem bestimmten Grund zu uns gekommen, und das war nicht diese Belohnung, von der du Sam erzählt hast. Richtig?«

Sie schüttelt den Kopf, während sie sich zu einem Grinsen zwingt. »War aber doch eine gute Idee, oder?«

»Ich muss das fragen, meine Liebe, und du musst unbedingt völlig ehrlich zu mir sein. Weißt du, wo Vernon Carr wirklich ist? Wo genau?« Ich halte es für möglich, dass dort auch Sam und Connor hingebracht werden, und wenn sie Carrs Aufenthaltsort weiß, könnten wir noch vor dem Camper dort ankommen.

Meine Hoffnung wird nicht erfüllt, ich lese es in ihrem Gesicht, bevor sie es ausspricht. »Nein, Ma'am. Ich weiß, dass er im Lager dieser Versammlung sein muss. Aber wo sich das befindet …« Sie schüttelt den Kopf. »Wir haben nicht zu diesen Leuten gehört. Mama hat sich immer von denen ferngehalten. Sie war wirklich froh, als Vater Tom aus Wolfhunter weggegangen ist.«

»Okay«, antworte ich. Ich bin enttäuscht, akzeptiere es aber. »Ich meine das ernst, was ich gesagt habe, Vee. Du bist sicher. Du bist nicht allein.«

Sie wirft mir einen stechenden Blick zu, der mich daran erinnert, wie tough sie ist. »Für den Augenblick, ja. Aber was kommt dann? Schicken Sie mich zurück zu dieser Pflegefamilie? Denen bin ich völlig egal. Vermutlich ist denen nicht mal aufgefallen, dass ich weg bin, abgesehen davon, dass jetzt einer weniger verpflegt werden muss.«

Ich weiß nicht, ob sie recht hat. Vielleicht ist sie ihnen doch wichtig. Vielleicht machen sie sich gerade furchtbare Sorgen. Aber ich antworte nur: »Bis ich etwas anderes sage, bleibst du bei uns.«

Der stechende Blick verschwindet, und ich erkenne das verletzliche Kind darunter. Das Kind, das Hunderte Kilometer quer durchs Land gereist ist, um zu uns zu kommen. In Sicherheit zu sein. In der Hoffnung, akzeptiert zu werden.

»Du gehörst zu uns«, versichere ich. »Das verspreche ich dir.«

* * *

Jesses Jeep nimmt eine Abkürzung – einen unmarkierten Weg, der garantiert auf keiner Karte verzeichnet ist – und führt uns durch wildes, hügeliges Gelände hinein in die Wälder; ich habe nur eine ungefähre Vorstellung der Route, aber es kann nicht allzu weit von Stillhouse Lake oder Norton entfernt sein. Der Weg wirkt eher wie ein Wanderpfad und ist voller grober Steine, die der Federung meines SUVs einiges abverlangen. Wir durchfahren drei versperrte Tore – auf dem letzten steht die Warnung, dass Eindringlinge erschossen werden –, bis der Pfad plötzlich in einer breiten Lichtung mündet.

Jasper Belldene mag es Lodge nennen, für mich dagegen passt der Begriff Anlage durchaus. Das Ganze besteht aus einer Ansammlung wackliger Häuser rund um einen kleinen Teich, gespeist von einem Bach, der den Hügel herabplätschert. Das größte Haus ist recht ansehnlich und besteht aus massiven Holzbalken; die anderen sind nicht so kunstvoll geraten. Ich zähle drei Häuser und zwei sehr große Nebengebäude, aber hinter dem großen Haus könnten noch mehr stehen. Um das Ganze wurde ein eindrucksvoller Zaun gezogen – mit schweren Ketten und Stacheldraht oben –, dahinter blockiert ein verrosteter Stahlzaun die Sicht. Das Tor wurde für uns aufgemacht, daher glaube ich, dass sie Überwachungskameras in den Bäumen am Wegesrand haben. Sie können jeden Besucher schon lange vor seiner Ankunft heranfahren sehen.

Jesse parkt, und ich stelle mich neben ihn. Hinter uns schließt sich das Tor bereits wieder. Ich steige aus. »Nur für den Fall, dass Ihr Daddy irgendetwas Dummes plant, habe ich Nachrichten an Kezia Claremont, meine Chefin in Knoxville und das FBI geschickt, in denen steht, wo ich bin.« Das ist kein Bluff. Ich habe das tatsächlich getan, bevor wir überhaupt das Motelzimmer verlassen haben. Was Notfallpläne angeht, ist das das Beste, was ich im Augenblick zustande bringe.

Jesse grinst einfach nur. Er hat den geschmeidigen Charme eines gut aussehenden jungen Mannes, der sich aus jeder Situation herauswinden kann ... bis es ihm irgendwann nicht mehr gelingt. »Kein Problem, Ma'am«, winkt er ab. »Wenn

Jasper Belldene sein Wort gibt, hält er es auch. Bis Sie Ihres brechen. Haben Sie das vor?«

»Nein.«

»Dann müssen wir uns keine Sorgen machen.« Er dreht sich um und geht die Treppe zum großen Haus hoch. Währenddessen wird die Vordertür geöffnet, und Lilah Belldene tritt heraus. Sie verschränkt die Hände vor dem Körper und schenkt uns ein warmes, freundliches Lächeln. »Kommt rein«, begrüßt sie uns. »Ich habe Zimmer für euch Mädchen vorbereitet. Gwen, ich erwarte nicht, dass Sie sonderlich lange bleiben. Jasper kommt gleich, warten Sie einfach drinnen.«

Das Hausinnere ist überraschend … normal. Bequeme Sofas, ein alter, abgenutzter Sessel, der zweifellos für Jasper reserviert ist. Ein Schaukelstuhl mit einem Korb bunten Garns darin, in dem Stricknadeln stecken. Das Haus riecht frisch und fühlt sich warm an. Einladend. Auf einem großen HD-Fernseher läuft ohne Ton ein Nachrichtenkanal.

Nicht unbedingt das, was ich von der Hillbilly-Mafia erwartet hätte.

»Mädchen, folgt mir«, kommandiert Lilah. »Ich zeige euch alles, und dann trinken wir einen heißen Kakao. In Ordnung?«

Lanny hält noch immer Vees Hand, aber jetzt lässt sie los, dreht sich zu mir und umarmt mich so fest, dass es mir den Atem raubt. Ich halte sie, als wollte ich sie niemals wieder loslassen, aber ich weiß, dass ich das muss, und schließlich löse ich meinen Griff und sehe ihr nach, als sie geht. »Lilah. Einen Augenblick«, bitte ich, und Mrs Belldene bleibt stehen.

Sie sieht mich eine Sekunde lang an und wendet sich dann an die Mädchen. »Den Flur runter und dann nach rechts. Eure Zimmer sind einander gegenüber. Das Bad müsst ihr teilen, und ich erwarte, dass es sauber bleibt. Geht schon vor. Ich komme gleich nach.«

Sie dreht sich wieder zu mir um und wartet. Ich trete näher. Nahe genug, dass wir uns umarmen könnten, falls wir das wollten. Was nicht der Fall ist. »Es gibt Leute, die wissen, wo sie sind«, erkläre ich. »Wir verstehen uns?«

Sie hebt ihre schmalen, ergrauenden Augenbrauen. In ihrem roten Karohemd wirkt sie wie eine freundliche Großmutter. Sie trägt sogar eine Halskette, deren Symbolik ich kenne: eine, an der die Geburtssteine ihrer Kinder und Enkel hängen. Eine beeindruckende Sammlung. Und eine bewusste Zurschaustellung der Tatsache, dass sie eine Familie hat, die sie liebt. Alles, was diese Frau tut, soll entwaffnend wirken.

»Vertrauen ist gut, Kontrolle ist besser«, bestätigt sie und zwinkert mir zu. »Ich würde dasselbe tun. Wir mögen im Augenblick freundlich miteinander umgehen, aber wir sind ganz sicher keine Freunde. Dennoch: Wenn sich Ihre Tochter an ihre Geschichte hält und mein Olly nach Hause kommt, sind wir fürs Erste quitt. Wenn Sie dann dieses County verlassen, ist alles geklärt.« Sie legt ihr Lächeln ab wie eine Maske, die sie bis eben getragen hat. »Ich würde Ihrem Kind nicht wehtun. Darauf können Sie sich verlassen.«

Ich nicke steif. Es ist nicht so, dass ich ihr nicht glaube. Ich will nur nicht, dass ich ihr glauben muss.

Es dauert nur ein paar Minuten, dann kommt Jasper Belldene aus der Küche. Er trägt zwei Kaffeetassen, und ich muss zugeben, dass der Duft mir etwas von meiner Angespanntheit nimmt. Dankbar nehme ich die Tasse entgegen und trinke, sogar ohne Milch oder Zucker. Ich brauche das jetzt. »Wie geht's dem Kopf?«, fragt er mich.

»Tut weh«, antworte ich. »Aber das wird mich nicht aufhalten.«

»Der Camper ist noch unterwegs«, berichtet er mir. »Auf der Interstate. Florida behält das GPS im Auge.« Er räuspert sich. »Sie schaffen das nicht allein, das ist Ihnen doch klar.«

Er hat natürlich recht. Mein Instinkt sagt mir, sofort loszustürmen, aber ich weiß nicht, was mich erwartet, selbst wenn ich am Zielort ankomme. Ich hätte den Männern aus dem Camper nichts entgegenzusetzen. Und falls uns das zu Vater Tom führt, zu der Sekte, vor der Carol solche Angst hatte … dann wird es noch viel schlimmer sein. Mit einer Waffe kann ich da nicht viel ausrichten.

Ich fühle mich so allein.

»Sie bieten sich nicht freiwillig an, oder?«, frage ich.

»Nein. Mit diesem Kampf habe ich nichts zu tun.«

»Auch nicht, wenn ich Sie dafür bezahle?«

»Ma'am, Sie können mir nicht genug bezahlen, damit ich das Leben meiner Kinder riskiere, um Ihres zu retten. Das ist eine Tatsache. Ich rate Ihnen, an anderer Stelle zu suchen, wenn Sie einen Trupp zusammenstellen wollen. In dem Geschäft sind wir nicht vertreten. Ich kann Ihnen die Richtung weisen, und damit hat es sich.«

Für einen Augenblick schmeckt mein Kaffee bitter. Ich trinke ihn trotzdem. Ich weiß nicht, wann ich wieder Gelegenheit dazu bekomme.

Er trinkt seine Tasse aus. »Sie bekommen zwar keine Hilfe von mir, aber mein Mitleid ist Ihnen sicher. Ich hoffe, Sie bekommen Ihren Jungen zurück. Das hat kein Kind verdient.«

Ich nicke und reiche ihm meine Tasse, die ich ebenfalls ausgetrunken habe. Er jongliert mit beiden, als sein Handy mit einem Ton den Eingang einer Nachricht verkündet. Beim Lesen starrt er sie lange an und sagt dann: »Es tut mir wirklich leid.«

Er dreht das Handy in meine Richtung, sodass ich die Nachricht lesen kann. Sie lautet: *Hab das Signal verloren. Vermutlich sind die Akkus der Drohne leer. Der letzte Ping war oben in Cumberland County, nahe Catoosa.*

Ich brauche jedes bisschen Selbstbeherrschung, das ich noch habe, um die wilde Verzweiflung zurückzuhalten und nicht zu schreien. Denn genau wie Remy Landry sind soeben auch Connor und Sam in der Dunkelheit verschwunden.

Fort.

* * *

Eine Zeit lang sitze ich mit dem Kopf in den Händen reglos da und lasse das ganze Ausmaß der Katastrophe durch mich hindurchrollen. Es gibt absolut keine Garantie dafür, dass dieser Camper irgendwo in Tennessee stoppt. Er könnte noch weiter Richtung Norden fahren, in einen anderen Bundesstaat. Er könnte bereits komplett verschwunden sein.

Ich rufe Mike Lustig an, und ich klinge ruhig, als ich ihm erkläre, was ich erfahren habe. Er verspricht, die Informationen durch die entsprechenden Kanäle der Strafverfolgung von Tennessee zu leiten. Dann hält er kurz inne. »Wie geht's dir, Gwen?«

»Nicht gut«, gebe ich zu. »Überhaupt nicht. Ich … ich weiß nicht, was ich tun soll. Ich kann nicht einfach …«

»Doch, kannst du. Bis wir wissen, wo wir sie finden, gibt es nicht allzu viel, was wir tun können. Das weißt du.«

»Ja«, bestätige ich. Aber ich glaube es nicht. »Hast du irgendetwas über diese Versammlung der Heiligen? Oder zu Alle Heiligen International?«

Lustig stellt die logische Frage, warum ich das wissen will, und ich berichte ihm von meinem Verdacht. Für einen Augenblick denkt er schweigend darüber nach. »Ich muss die Frage stellen: Warum sollten die dich anheuern, um jemanden zu finden, den sie selbst entführt hatten?«

»Weil sie wussten, dass mein Herumstochern Carol aus ihrem Versteck jagen würde, falls sie noch in der Nähe war. Ich habe ihnen ermöglicht, sie überhaupt erst wiederzufinden.« Ich schlucke schwer. »Aber das wird nicht noch einmal funktionieren. Wenn sie clever ist, unterbindet sie jeglichen Kontakt zu dem Pastor und verschwindet einfach komplett. Sie wird den Staat verlassen …«

»Und warum hat sie das nicht bereits getan?«, fragt Lustig. Was mich innehalten lässt. »Du hast sie in Knoxville gefunden. Kommt dir das nicht seltsam vor, wenn sie wirklich frei sein wollte? Sie könnte mittlerweile längst auf Hawaii sein. Oder in Estland.«

Er hat recht. Ich hatte einfach angenommen, sie hätte nicht die Ressourcen dafür, aber nun, da ich sie kennengelernt habe, erscheint mir das kaum wahrscheinlich. Carol – oder wie ihr echter Name auch sein mag – konnte sich mithilfe von Manipulation durchs Leben hangeln, mit oder ohne Geld. Es muss einen Grund geben, warum sie geblieben ist.

Wut über meine eigene Dämlichkeit überkommt mich. Ich habe keine Entschuldigung, außer dass ich müde und abgelenkt bin und mich um die Menschen sorge, die ich liebe. Ich hätte es in der Sekunde begreifen müssen, als dieser Mann, der meinen Sohn entführt hat, mir sagte, er suche nach Carol *und dem Kind*.

Zwei Möglichkeiten: Entweder ist Carol zusammen mit einem kleinen Kind vor der Sekte geflohen, oder sie ist davongelaufen, weil sie schwanger war. So oder so, sie bleibt in Knoxville, weil sie das Kind sehen will, selbst wenn sie nicht bei ihm sein kann. Jetzt ergibt auch Sinn, warum der Pastor so darauf erpicht war, sie zu beschützen; er hat zugleich jemanden beschützt, der noch verletzlicher ist.

Irgendwann muss ich mich bei dem Mann entschuldigen. »Ich muss los«, erkläre ich Lustig. »Hast du irgendeine Möglichkeit, auf ein Überwachungssystem zurückzugreifen, um diesen Camper aufzuspüren? Per Satellit? Irgendwas?«

»Ich seh mal, was ich machen kann«, verspricht er. »Gwen? Bleib, wo du bist. Mach nichts Dummes. Versprich mir das.«

»Ich verspreche es«, sage ich. Natürlich lüge ich. Aber die Bekanntschaft zwischen Agent Lustig und mir ist eher verhalten; wir gehen wegen Sam freundschaftlich miteinander um, und damit hat es sich. Würde Lustig Beweise gegen mich finden, auch nur die geringsten, die mich mit Melvins Verbrechen in Verbindung bringen, würde er schneller mit einem Haftbefehl auf meiner Türschwelle stehen, als ich blinzeln könnte. Er glaubt nicht, dass ich gut für Sam bin.

Verständlich.

Ich beende den Anruf und denke darüber nach, mich hier zu verabschieden. Lilah, die auf der anderen Zimmerseite in ihrem Schaukelstuhl sitzt, sieht auf. Sie hat die ganze Zeit gestrickt und hört auch jetzt nicht damit auf. Das rhythmische Klackern ihrer Nadeln klingt, als würden Klauen über ein Fenster kratzen. Dabei sollte es doch eigentlich beruhigend wirken.

»Warten Sie noch bis morgen früh«, rät sie mir. »Sie sind hundemüde, und die Mädchen ebenfalls. Eine Nacht mehr wird nicht schaden. Sie sind hier sicher. Was außerhalb unseres Zauns passiert, dafür können wir allerdings nicht garantieren.«

Sofort frage ich mich, welche Hintergedanken sie wohl hat, aber vielleicht ist das ja unfair; bisher waren die Belldenes immer direkt, was ihre Motive angeht. Vielleicht ist Lilah in diesem Fall tatsächlich einfach eine Mutter und Großmutter.

Ich kann mir nicht vorstellen, dass das über den nächsten Sonnenaufgang hinausreichen wird.

»Danke«, erwidere ich. Ich fühle mich mutlos und grässlich verloren. Ich kann nicht schlafen, ich kann mich nicht ausruhen, ich kann nicht denken. Mein Sohn ist fort. Ich habe diese Verzweiflung schon einmal gespürt, aber noch nie in diesem Ausmaß. Es ist die Unsicherheit, die die Hoffnung tötet. »Ich muss meinen Computer benutzen. Ist das in Ordnung?«

»Sicher doch«, sagt sie. »Solange Sie nicht unser WLAN-Passwort brauchen. Das gebe ich nicht raus.«

Das brauche ich nicht. Ich benutze mein Handy für den Empfang, verbinde den Computer damit und bin in weniger als einer Minute online.

Ich beginne mit dem Naturschutzgebiet Catoosa Wildlife Management Area. Die Gegend ist wild und sehr verlassen. Ich zoome heraus. Es gibt viel zu viele Möglichkeiten, zu viele Richtungen, zu viele unerschlossene Waldgebiete, kleine Gemeinden, Dörfer, Farmen. Aus der Perspektive eines Satelliten unterscheidet sich die Siedlung einer Sekte nicht von anderen Orten. Zudem haben auf dem Land viele Leute Wohnwagen und Camper.

Ich suche die restlichen zwei Stunden bis Sonnenaufgang weiter im Internet, kann aber nicht viel finden. Es gibt fast nichts über die Versammlung der Heiligen, abgesehen von der kurzen Erwähnung einer längst nicht mehr existenten Kirche im Nordwesten, bei der es sich allerdings um eine völlig andere Gruppierung handelt. Die einzigen mobilen Gruppen, die ich finde, scheinen Roma-Reisende zu sein oder Rentner mit dem Faible, durch das Land zu ziehen.

»Ms Proctor?«

Blinzelnd sehe ich auf. Vor mir steht Vee Crockett. Sie trägt ein weißes Baumwollnachthemd mit Rüschen, das ihr zu klein ist; die langen Ärmel reichen ihr gerade bis zu den Ellbogen. Sie lässt sich auf dem Sofa neben mir nieder.

»Konntest du nicht schlafen?«, frage ich, und sie schüttelt den Kopf. Ich denke nicht nach. Ich lege einfach nur einen Arm um sie, wie ich es bei Lanny tun würde. Zuerst versteift sich ihr Körper, doch dann entspannt sie sich und lehnt sich bei mir an.

»Haben Sie etwas gefunden?«, fragt sie.

Ich wünschte, ich könnte Ja sagen. Aber ich muss ehrlich zu ihr sein. »Nein.«

»Kann ich Ihnen etwas zeigen?«

Ich nicke. Vee zieht den Laptop zu sich, öffnet eine Videoseite – nicht eine der großen – und startet dort ein Video. »Sehen Sie mal.«

Die Aufnahme ist verschwommen und dunkel, und ich weiß nicht, was ich mir da anschaue, aber schließlich stabilisiert sich die Farbe. »Was ist das?«

»Diese Leute erkunden seltsame verlassene Orte«, erklärt sie.

»Warum?«

»Nur so aus Spaß. Schauen Sie einfach hin.«

In der Zusammenfassung unter dem Video steht, dass es sich um die Erkundung einer alten, verlassenen Zivilschutzanlage handelt. Ich weiß nicht, warum Vee so darauf erpicht ist, mir das zu zeigen, bis die Leute im Video eine der rostigen Metalltüren in einem Betongebäude aufdrücken und die Taschenlampen ordentliche Reihen von Betten an den Wänden beleuchten. Pritschen aus dem Militärbedarf, wie es aussieht; auf einigen liegen Matratzen. Abgesehen davon wirkt dieser Ort leer und nicht sonderlich bemerkenswert ... bis das Licht auf etwas an die Wand Geschriebenes fällt und die Kamera gedreht wird, um darauf zu fokussieren.

Es ist ein sorgfältig aufgemaltes Zitat:

> Wachet, steht im Glauben, seid mutig und seid stark! – Korinther 16,13

Auf der anderen Wand steht ein noch ominöserer Vers.

> Versammelt mir meine Heiligen, die den Bund mit mir schlossen beim Opfer. – Psalm 50,5

Vee pausiert das Video, und wir starren die Schrift gemeinsam an. Das Wort »Heiligen« scheint zu glühen; das kommt nur von der Taschenlampe, aber irgendwie wirkt es wie eine Nachricht. »Wo ist das?«

»Fünfzig Kilometer entfernt von Wolfhunter, tief im Wald«, sagt sie. »Schätze, das ist schon seit Jahren geschlossen.« Sie lässt das Video weiterlaufen. »Schauen Sie weiter hin.«

Ich fürchte mich vor dem, was wir zu sehen bekommen werden.

Der Rest der Schlafbaracke wirkt recht normal – Badezimmer, einfache Duschen, Toiletten. Nach ein paar Minuten verlassen sie das Betongebäude. Die Leute, die filmen, fangen an, Witze zu reißen, verstummen jedoch bald wieder. Es ist unheimlich still, und als sie die Kamera herumschwenken, kommt ein langes, schmales weißes Haus ins Blickfeld, das wie eine Kirche aussieht, dekoriert mit einem Kreuz an der Seite. Sie beschließen, sich dieses Gebäude als Nächstes anzuschauen. Die Tür ist geschlossen, lässt sich aber leicht öffnen. Das Innere ist völlig leer, abgesehen von einer erhobenen Plattform, auf der ein einzelner, bequemer Sessel steht. Auch daran ist irgendetwas unheimlich. Beinahe kann ich mir den Raum voller Leute vorstellen, die dort stehen oder auf dem Boden knien, während die Person, der der Sessel gehört … sitzt. Und redet.

Dann gibt es da noch ein Gebäude, das dem gleicht, in dem die Betten standen. Das Schild außen ist noch nicht ganz so verblichen. Darauf steht »DER GARTEN«. Ich erwarte irgendeine Art von Gärtnerei. Aber auch darin stehen Betten … nur viel weniger. Weiter hinten befindet sich ein kleiner Bereich mit Laufgittern und alten, verlassenen Wiegen.

Es gibt noch eine einzelne geschlossene Tür. Dahinter findet das Erforschungsteam ein Zimmer mit einem Kingsize-Bett. Abgesehen von dem Sessel in der Kirche ist dieses Bett bisher der einzige Luxus an diesem Ort. Mehr steht in dem Zimmer nicht, und dennoch wird mir übel. Vielleicht sind es die verblassten Flecken auf der nackten Matratze.

Oder das Zitat an der Wand über dem Bett.

> Und Adam erkannte seine Frau Eva, und sie ward schwanger und gebar den Kain und sprach: Ich habe einen Mann gewonnen mithilfe des Herrn. – Mose 4,1

Als die Erforscher den Ort verlassen, entdecken sie noch mehr Zitate, die sorgfältig und riesig auf die Wände gemalt wurden.

> Denn der Mann ist nicht von der Frau, sondern die Frau von dem Mann. Und der Mann wurde nicht geschaffen um der Frau willen, sondern die Frau um des Mannes willen. – Korinther 11,8–9

Die Aussage lässt mich zusammenzucken. Für diese armen Seelen muss das der Beweis sein, dass sie unterlegen geboren wurden und es immer sein werden. Dass sie kein Leben haben können, das ihnen gehört. Das Zitat auf der anderen Wand ist noch viel schlimmer.

> Ein Weib lerne in der Stille mit aller Untertänigkeit. – Timotheus 2,11

Mir wird innerlich kalt. Ich fühle mich unterdrückt und erstickt, gefangen wie die Frauen, die hier festgehalten wurden. Vermutlich glaubten die Frauen an diese verzerrte Version des Christentums; das mussten sie, um nicht den Verstand zu verlieren. Meiner Aufmerksamkeit entgeht allerdings auch nicht, dass es doppelt so viele Betten in der anderen Schlafbaracke – von der ich glaube, dass sie für die Männer ist – gibt wie hier im Garten für Frauen.

Die hier festgehaltenen Frauen waren in der Unterzahl und wurden indoktriniert. Gnadenlose Unterwerfung. Ich denke an Carol, an ihre mühelose Manipulation. Ist sie hier aufgewachsen? Ist dies der Ort, von dem sie geflohen ist? Nein, unmöglich. Wie es aussieht, wurden diese Gebäude bereits vor langer Zeit verlassen.

»Das ist die Versammlung«, meint Vee. »Das wusste ich sofort, als ich dieses Video gesehen habe. Es wurde immer davon gesprochen, dass sie ihren eigenen Ort in der Nähe von Wolfhunter hatten, aber ich wusste nicht, wo genau; ich war noch ein kleines Kind, als Vater Tom sie an einen besseren Ort geführt hat.« Sie schluckt und blickt auf das eingefrorene Bild mit dem letzten Zitat. »Ich bin ihm einmal begegnet. Vater Tom. Er ist in unser Haus gekommen, um Mama zu rekrutieren. Sie hat ihm gesagt, er solle verschwinden, und er ist gegangen. Aber er war …« Sie hält inne, denkt darüber nach. »Ich dachte damals, ich würde ihn mögen. Er war wirklich nett zu mir.«

Vielleicht hatte er überhaupt nicht versucht, Vees Mutter zu rekrutieren. Vielleicht war er hinter Vee her gewesen. Bei diesem Gedanken erschaudere ich, aber dann denke ich wieder an die Wiegen, die Laufställe.

Das Kingsize-Bett mit den Flecken und dem Zitat an der Wand darüber.

Ich zweifle nicht daran, dass Vee recht hat. Das hier war einst eine Stätte der Versammlung der Heiligen. Danach haben sie Wolfhunter verlassen und sich einen größeren Ort gesucht. Einen besseren.

Ich umarme Vee. »Danke. Das ist eine große Hilfe.« Ich versuche zu lächeln. Sie versucht es ebenfalls. Wir sind beide ein wenig erschüttert. »Wie hast du das nur gefunden? Es war doch nicht mit Versammlung der Heiligen markiert, oder?«

»Nein. Ich habe nur nach gruseligen Sektenvideos gesucht«, erklärt sie. »In Tennessee, weil er dort angefangen hat. Aber mehr habe ich nicht gefunden. Ich wünschte, ich wäre auf den neuen Ort gestoßen.«

»Das hast du toll gemacht«, versichere ich ihr. Sie braucht das, ebenso sehr wie oder noch mehr als meine eigenen Kinder. Und sie strahlt beinahe unter dem Licht dieser kleinen Ermutigung. Ich sehe es, kann es aber doch kaum spüren. Mein Herz ist so gut wie tot, und das wird es bleiben, bis wir Connor gefunden haben.

Die Dämmerung ist bisher nur eine Verheißung am Horizont, dennoch gehe ich Lanny aufwecken und bitte Vee, sich anzukleiden.

»Wohin fahren wir?«, fragt mich Lanny, während sie sich ein locker sitzendes schwarzes Shirt über den Kopf zieht. »Wissen wir, wo sie sind?«

»Nicht wirklich«, gebe ich zu. »Wir werden jemanden finden, der uns sagen kann, wo wir suchen müssen.«

Denn ich werde Carol finden.

Und diesmal wird sie mir alles verraten.

Kapitel 18

Sam

Ich sah, wie Gwen von hinten geschlagen wurde und zu Boden ging, und jagte hinter dem Mann her, der Connor wegzerrte.

Was dann geschah, habe ich nur bruchstückartig in Erinnerung.

Das ohrenbetäubende Kreischen des Panikalarms eines der Kinder.

Connor, der in den draußen geparkten, schmutzigen Camper geschleift wird.

Wie ich auf das zerfurchte Gesicht des Mannes ziele, der meinen Sohn hat.

Alles Weitere ist verschwommen. Ein plötzlicher, spasmischer, überwältigender Schmerz. Ich liege auf dem Boden, die Waffe wird mir aus der Hand getreten. Noch mehr Tritte, bis ich ohnmächtig werde.

Ich versuche, mich deutlicher zu erinnern, aber ich sehe nur Connors erstarrtes und entsetztes Gesicht vor mir.

Langsam wache ich auf und nehme eine beunruhigende Realität wahr. Meine Füße sind an einen Klemmbügel auf dem Boden des Campers gekettet, meine Hände stecken in

Handschellen, deren lange Kette durch denselben Bügel gezogen wurde. Ich habe gerade genug Bewegungsspielraum, um auf diesem schmutzigen, ausgefransten Polsterstuhl zu sitzen, der ebenfalls am Boden befestigt ist.

Die haben mich nicht von hinten erwischt, das zumindest weiß ich genau; alle drei standen vor mir, einer davon etwas näher zu meiner linken Seite. Mit etwas Konzentration erinnere ich mich jetzt schwach an das Aufblitzen von Licht, gefolgt von einem flammenden Schmerz, und daran, dass ich zusammenbrach.

Einer von denen muss mir mit einem Taser Schocks verpasst haben, bis ich umgekippt bin und sie mich dann bewusstlos treten konnten. Mir tut alles weh, ich habe am ganzen Körper blaue Flecken, möglicherweise sogar eine angeknackste Rippe, und hinter meinen Augäpfeln pochen höllische Kopfschmerzen. Aber nichts davon ist wichtig, denn im Stuhl mir gegenüber sitzt Connor.

Er ist ebenso gefesselt wie ich. Er ist lädiert und voller Kratzer, aber sein Blick ist klar und wach, und Erleichterung blitzt in seinen Augen auf, als er mich zur Besinnung kommen sieht. »Dad?«, entweicht es ihm, und ich verspüre ein Aufwallen verschiedenster Emotionen. Angst. Heftige Liebe. Wut, dass ich nicht zu ihm gelangen kann. Er nennt mich nicht oft Dad, aber wenn er es tut, bedeutet das, dass sein innerer Schutzwall heruntergefahren ist. Es bedeutet mir alles, dass er mir so sehr vertraut. Ich darf ihn nicht im Stich lassen. »Geht's dir gut?«

»Alles gut«, versichere ich ihm. *Aber es geht uns nicht gut. Das ist richtig übel.* Wir sitzen in dem dreckigen Camper, der über holprige Straßen rollt; demnach befinden wir uns auf keiner Hauptstraße, zumindest noch nicht. Sie nehmen irgendwelche Schleichwege, vermutlich, um den Cops aus dem Weg zu gehen. Draußen ist es noch dunkel, ich glaube nicht, dass ich allzu lange außer Gefecht gesetzt war. Hoffentlich nur

Minuten. Wäre es länger, würde dieses Pochen hinter meinen Augen bedeuten, dass ich eine Gehirnerschütterung habe, dabei brauche ich zu all dem, was sich uns hier gerade bietet, wahrhaftig nicht auch noch einen Hirnschaden.

»Haltet die Klappe«, befiehlt einer der Männer. Einer von ihnen fährt natürlich, einer befindet sich auf dem Beifahrersitz; der dritte sitzt auf einem weiteren Sessel, der in unsere Richtung gedreht ist, damit er uns bewachen kann. Auf dem Tisch neben ihm liegt der Taser. Eine Waffe kann ich nicht sehen.

Die wollen uns nicht umbringen. Das ist gut. Das ist ein Vorteil, den ich nutzen kann.

»Ihr werdet es nicht schaffen«, sage ich. »Die Cops suchen bereits nach euch. Und das FBI. Diesmal habt ihr ein Kind entführt, keinen Erwachsenen. Wisst ihr, was euch das einbringt? Einen Amber Alert, eine Meldung über ein vermisstes Kind in den Medien. Bundesbehördliche und staatliche Ermittlungen im ganzen Land. Die werden innerhalb weniger Stunden eure Personalien über die Videokamera in unserem Haus haben. Und was glaubt ihr, wie lange dieser hässliche Camper anonym bleibt? Lasst uns einfach gehen. Lasst uns gehen und gebt die Sache auf.«

»Wenn du weiterquatschst, bekommst du den hier ab«, versichert mir der Mann und berührt den Taser. Er hört gar nicht zu. Oder glaubt, Gott würde ihn schützen, dabei müssten die Männer eigentlich wissen, wie riskant das hier ist. Sie waren bisher immer vorsichtig. Irgendetwas muss sie veranlasst haben, ihr übliches Muster zu durchbrechen.

Es gibt nichts Angsteinflößenderes als Fanatiker, die glauben, sie hätten nichts zu verlieren.

Ich halte die Klappe, denn ich muss bereit und in der Lage sein, Connor falls nötig zu beschützen. Ich präge mir dic Aufmachung des Campers ein. Die Beleuchtung ist trüb, die Lampen sind vom Alter vergilbt, aber sie enthüllen einen unansehnlichen, verfilzten Teppich, eine winzige, beengte Küche mit einer gesprungenen Theke und verschlossenen Regalen, vier Stühle, zwei kleine Tische und zwei Stockbetten ganz hinten, die gerade so hinter einer hängenden Falttür zu sehen sind. Ich schätze, hinter der anderen Falttür befindet sich die Toilette. Das Innere des Wagens riecht wie ein überhitzter Umkleideraum. Ich schätze, normalerweise haben sie eine Frau dabei – als Köder für ihre Predigten –, dennoch gibt es hier nichts, was auf den Einfluss einer Frau hindeutet.

Die Vorhänge – kariert, rostbraun und avocadofarben – sind an allen Fenstern zugezogen. Niemand kann hereinsehen. Ich suche nach Fluchtmöglichkeiten. Neben der Eingangstür mir gegenüber – die von innen mit einem Riegel verschlossen ist, an dem ein Schloss angebracht wurde – gibt es noch eine Luke im Boden, die vermutlich für Wartungsarbeiten gedacht ist, und über uns eine Dachluke. Soweit ich erkennen kann, hat das Fahrzeug hinten keinen Ausgang. Nun, zumindest verfügen wir über ein paar Optionen.

Falls ich mich befreien kann, werde ich jeden töten, der mich davon abhält, dieses Dreckstück von Camper zu kapern und zu dem nächstgelegenen Ort zu fahren, wo wir echte Hilfe bekommen können. Falls mir das nicht gelingt, schaffe ich Connor durch eine der Fluchtluken raus, bevor ich kämpfend untergehe. Das ist nicht viel, aber zumindest hat er dann die Chance, wegzulaufen. Sich zu verstecken. Hilfe zu finden.

Nicht unbedingt der beste Plan. Meine Kopfschmerzen sind so heftig, dass ich kurz davor bin, mich zu übergeben, aber ich bezweifle, dass die mich in ihr Bad lassen.

»Was wollt ihr von uns?«, fragt Connor. Er richtet seine Frage direkt an den Mann mit dem Taser. »Was haben wir euch getan?«

»Keine Sorge. Du bist bald wieder zu Hause«, antwortet der Mann. »Ich heiße übrigens Caleb. Die Frau, hinter der wir her sind, hat ein Baby entführt. Wir wollen es nur finden und nach Hause holen.« Er behandelt Connor wie einen Ebenbürtigen, nicht wie einen Gefangenen. Ich bekomme seine Verachtung zu spüren. Connor begegnet er mit Wärme.

Und Connor hört zu. »Ist es dein Baby?«

»Nein. Es handelt sich um Vater Toms Sohn. Das macht ihn zu meinem Bruder. Daher will ich ihn auch zurück.«

Mein Gott. Mir wird klar, dass er glaubt, Connor manipulieren zu können. Ich würde ja gern behaupten, dass der Junge dagegen immun ist, aber in diesem Alter? Nein. Connors Dad hat mit seinen Ängsten gespielt, und mit seinem Bedürfnis, sich zugehörig zu fühlen. Genau die Tour, mit der Sekten arbeiten.

Connor ist verletzlich.

Ich darf nicht zulassen, dass dieser Arsch seine Seele für sich beansprucht. Obwohl ich weiß, dass ich dafür bestraft werde, mische ich mich ein. »Und wenn die Babys Mädchen sind, in welchem Alter werden sie mit eurem Propheten verheiratet? Wie alt müssen sie sein, bevor er anfängt, sie sexuell zu missbrauchen?«

Das macht Caleb wie erwartet fuchsteufelswild; er greift nach dem Taser. Diesmal sehe ich, wie er ihn abfeuert, und erkenne das grelle Ploppen, als mich die Elektroden treffen und zu pulsieren beginnen.

Das ist allerdings so ziemlich alles, was ich sehe, bevor der Strom losgeht, dann fühle ich nur noch die Wellen betäubenden Schmerzes, während meine Muskeln krampfen. Eine Sekunde lang stoppt es, und ich komme kurz zu Atem, doch dann drückt er erneut auf den Auslöser. Noch mehr Schmerzen. Ich höre Connor brüllen, dass er aufhören soll. Meine Lunge brennt, schreit nach Luft, aber meine Muskeln lockern sich nicht ausreichend, um sie zu füllen. Ich glaube nicht, dass man jemanden zu Tode tasern kann, aber es fühlt sich gerade definitiv so an.

Es scheint ein Jahr zu dauern, bis ihm endlich der Saft ausgeht und die pulsierenden, paralysierenden Stromschläge enden. Keuchend atme ich tief ein. Meine Ketten rasseln von der Stärke der Krämpfe, und das Metall um meine Handgelenke und Knöchel scheint sich erhitzt zu haben. Einfach nur am Leben zu sein fühlt sich bereits wie ein Sieg an.

Ich kann hören, wie er erneut den Auslöser drückt. Nichts. Er hat den Akku geleert. *Du Hurensohn.* Dieser Caleb hat eine wahrhaftig sadistische Ader. Aber besser ich bin seine Zielscheibe als Connor.

»Lass ihn in Ruhe!«, schreit Connor, und vom Fahrersitz kommt der scharfe Befehl, dass wir alle die Klappe halten sollen, weil wir ansonsten geknebelt werden. Es gelingt mir, Connor zuzunicken. Ich gebe ihm ein Daumen-hoch-Zeichen, obwohl ich so schlaff wie ein Fisch auf dem Trockenen bin und ebenso zappele. Ich finde mich mit den Schmerzen ab und konzentriere mich auf den Mann, der so locker den Auslöser betätigt hat. Er steht auf, schließt mit einem Schlüssel aus seiner Tasche eine Schranktür auf und holt einen weiteren Taser heraus, den er mir deutlich zeigt, bevor er wieder an seinen Tisch zurückkehrt. Den alten wirft er in den Müll.

Wir verstummen alle. Ich schließe vollkommen erschöpft von den Stromschlägen die Augen und gleite beinahe unbemerkt in ein Dösen hinüber. Es bringt nichts, mich zur Hyperwachsamkeit zu zwingen, solange ich angekettet bin und im Augenblick nichts Produktives bewirken kann. Air-Force-Piloten trainieren nicht nur das Fliegen und Kämpfen; wir bekommen außerdem eine ordentliche Portion SERE-Training. Survival und Evasion, also Überleben und Ausweichen, habe ich in jüngster Vergangenheit zwar nicht allzu gut hinbekommen, da ich hier gefesselt sitze, aber die Aspekte Resistance und Escape – Widerstand und Flucht – sind noch immer möglich. Die Sekte wird vermutlich nichts anwenden, was ich nicht schon mal gesehen, gefühlt oder erlebt habe und worauf zu reagieren ich trainiert wurde. Es war kein Spaß, diese Schulungen durchzustehen, aber jetzt zahlen sie sich auf unerwartete Weise aus.

Ich muss uns nur zum E dieses Trainings bringen: Escape, Entkommen. Die Visualisierung des zukünftigen Zustands ist in dieser Situation überaus wichtig, und das muss ich nicht nur für mich klar formulieren, sondern auch für Connor. Ich muss ihn durch das hier führen und uns sicher nach Hause bringen.

Oder, falls das nicht möglich sein sollte, zumindest *ihn* sicher nach Hause bringen. Denn das ist mein Job.

Er nennt mich Dad, und dem muss ich gerecht werden.

Ich schrecke aus meinem Dämmerzustand hoch. Das Holpern und Wackeln des Campers hat nachgelassen, mittlerweile fahren wir ruhiger und schneller. Wir sind endlich auf einer echten Straße. Draußen bricht langsam die Dämmerung herein, zu erkennen an dem Licht, das durch die Vorhänge fällt. Caleb hat sich in eins der Betten hinten gelegt. Dieses selbstgefällige Arschloch.

Methodisch fange ich damit an, meine Fesseln zu testen. Wohin auch immer wir fahren, wir nähern uns schnell unserem Ziel. Der Bügel im Boden, an den ich gekettet bin, ist überaus stabil. Die Ketten natürlich ebenfalls. Es gibt genug Spielraum, dass ich meine Handgelenke bewegen und die Kette damit immer fester um sich selbst drehen kann. Ich hoffe darauf, einen Schwachpunkt in den Verbindungsgliedern oder den Handfesseln zu finden. Allerdings ohne Erfolg. Connor beobachtet mich und versucht es bei seinen Fesseln ebenfalls. Unsere Entführer sind nur ein paar Meter entfernt, und der Mann auf dem Beifahrersitz dreht sich ab und zu um, um mich anzusehen. Er wirkt weder besorgt darüber, dass ich die Fesseln teste, noch befiehlt er mir, damit aufzuhören.

Also mache ich weiter. Der Stuhl ist fest im Boden verankert. Die Seile, die sie mir um Hüfte und Brust gewickelt haben, halten ebenso fest. Die wissen, wie man eine Entführung richtig durchzieht.

Na gut, ich habe meine Sorgfaltspflicht erfüllt. Jetzt können wir nur noch warten.

Den Rest der Fahrt über döse ich, schrecke jedoch bei jedem Geräusch hoch, aufmerksam gegenüber allem, was sie Connor möglicherweise antun könnten. Aber sie lassen uns in Ruhe. Als ich wieder aufwache, ist die Sonne aufgegangen. Die alte Uhr an der Wand des Campers zeigt exakt neun Uhr dreißig morgens an. Kurz darauf werden wir langsamer und kommen mit einem Quietschen der uralten Bremsen zum Stehen. Ich höre Stimmen vor uns – jemand spricht mit dem Fahrer. Dann vernehme ich das rasselnde Geräusch sich öffnender Metalltore.

Der Camper rollt vorwärts, wenn auch nicht sonderlich weit – höchstens die Länge eines Footballfelds. Dann stoppt er, und der Motor wird ausgeschaltet.

»Schwing deinen faulen Arsch hoch«, ruft der Fahrer nach hinten in Richtung Caleb, der sich aufrappelt, gähnt und sich das Gesicht reibt. »Wir sind zu Hause.«

»Dem Herrn sei Dank«, meint Caleb. »Ich habe das dringende Bedürfnis nach einer anständigen Mahlzeit.«

Wie auf Knopfdruck knurrt mein Magen. Ich könnte jetzt eine Portion Rührei mit Bacon vertragen. Es bringt nichts, dieses Verlangen zu unterdrücken, also stille ich es bestmöglich damit, dass ich mir vorstelle, wie es schmecken würde. Dann lasse ich den Gedanken los und konzentriere mich auf Caleb, der Connor von seinen Fesseln befreit. Er öffnet ein Schloss unten am Bügel und zieht die Ketten heraus; Connor beginnt zu kämpfen, bleibt jedoch an den Stuhl gefesselt. Caleb weiß, wie er seinen Job zu erledigen hat. Er stellt sich dicht vor den Jungen. »Hör mal, mir gefällt das auch nicht, aber du lässt mir keine andere Wahl. Halt still oder ich verpass dir ein paar Stromschläge, bis du ohnmächtig bist. Kapiert?« Er weiß, dass Connor gesehen hat, was er mir angetan hat. Und ich finde es schrecklich, welche Angst er dem Jungen damit macht, ich kann sie einen Moment lang in Connors Gesicht sehen, bevor sie hinter einer ruhigen, steifen Maske verschwindet. Ich kenne diesen Gesichtsausdruck. Den hat er immer, wenn er versucht, mit einer schlimmen Situation zurechtzukommen; dabei handelt es sich allerdings weniger um einen Schutzschild als um eine zerbrechliche Hülle. Sie wird ihn nicht lange schützen.

Connor wechselt einen Blick mit mir. Ich raune ihm zu, dass er tun soll, was man ihm sagt. Connor nickt kaum merklich. Ich würde mir größere Sorgen machen, wenn Lanny hier wäre, die auch in einer unangebrachten Situation rebellieren würde, aber Connor ist vorsichtig. Er wird es schaffen.

Dafür werde ich sorgen.

Mein Herz schlägt zu schnell. Ich verwende Atemtechniken, um meinen Puls zu verlangsamen, während ich zusehe, wie Connor losgemacht und auf die Füße gestellt wird. Die Schellen bleiben jedoch um seine Handgelenke und Knöchel, und Caleb führt ihn schlurfend zur Tür und hinaus. Bei den Sorgen, die ich mir jetzt mache, weil ich ihn nicht mehr im Blick habe, kann mir mein Training nur wenig helfen. *Die Trennung gerade war unvermeidlich,* ermahne ich mich. *Warte auf deine Chance.*

Das verringert dennoch nicht meine Furcht – nicht um mich. Um ihn.

Ich zähle die Sekunden. Das ist eine Möglichkeit, um ruhig zu bleiben, wenn ich nicht sehen kann, was passiert. Etwas nicht zu wissen, kann einen verrückt machen, besonders, wenn man so emotional aufgeladen ist wie ich gerade. Als selbst das Zählen mein Gehirn nicht beruhigt, gehe ich zum Berechnen von Quadratwurzeln über, um meine Gedanken abzulenken.

Es dauert zehn Minuten, bis Caleb zurückkommt. Mittlerweile sind die anderen beiden Männer ausgestiegen, und ich bin allein im Camper. Caleb geht bei mir ebenso vor wie bei Connor. Zuerst öffnet er das Schloss und löst die Fußketten. Das bietet mir zwar die Gelegenheit, ihm, wenn ich schnell genug bin, einen Tritt in die Brust zu verpassen, aber dann wäre ich trotzdem noch an den Stuhl gefesselt, und das innerhalb eines Geländes mit einem verschlossenen Metalltor. Abgesehen davon, dass ich nicht weiß, wie viele von denen da draußen bewaffnet herumlaufen. Trotzdem würde ich jede Chance ergreifen, wenn nur ich fliehen müsste.

Aber Connor ist irgendwo da draußen, und ohne ihn würde ich niemals zu entkommen versuchen. Wenn diese Sekte allerdings so erfahren und clever ist, wie es den Anschein hat, werden sie mich nicht in seine Nähe lassen. Isolation gehört zur Desorientierungstaktik. Isolation und Angst, gepaart mit Akzeptanz und Unterstützung durch Sektenmitglieder. So in etwa werden sie mit Connor umgehen, schätze ich, nicht aber mit mir. Ich bin nicht ihr primäres Ziel; ich bin das Kontrollelement.

Das Kontrollelement zu sein hat jedoch gewisse Vorteile. Ich bin zwar austauschbar, doch gleichzeitig würde es ihren Einfluss auf Connor sehr mindern, wenn sie mich töten oder auch nur verletzen. Das bedeutet, sie haben vermutlich eine Grenze, die sie nicht überschreiten. Solange ich am Leben bin, wird Connor tun, was sie sagen, damit ich sicher bin. Wenn sie mich töten, macht er dicht. Calebs Verhalten dem Jungen gegenüber hat mir gezeigt, dass sie ihn gern rekrutieren würden. Er ist im passenden Alter. Und vielleicht wäre es eine perverse Art von Aushängeschild für den Sektenführer, den Sohn von Melvin Royal unter seinen Anhängern zu haben.

Caleb lässt mich an den Stuhl gefesselt und tritt zurück. Jemand betritt den Camper; der Wagen neigt sich unter seinem

Gewicht, und als Caleb zur Seite tritt, sehe ich einen älteren Mann mit blassen, beinahe weißen Haaren. Und der dazu passenden bleichen Haut. Nichts an ihm ist beeindruckend. Er ist normal groß, vielleicht etwas dünn, trägt ein einfaches weißes T-Shirt und eine locker sitzende weiße Hose. Er ist nicht ansatzweise so braun gebrannt wie seine Anhänger, was bedeutet, dass er seine Zeit typischerweise in Innenräumen verbringt und nicht auf Feldern arbeitet. Seine langen Haare reichen ihm bis auf die Schultern. Er setzt auf ein christusgleiches Aussehen, so wie auf den typischen Gemälden, und das funktioniert für ihn.

»Hey, da ist ja Jesus«, höhne ich. »Bin ich etwa im Himmel?«

Caleb ist nicht amüsiert. Er greift bereits nach dem Taser, aber der Jesusverschnitt legt eine Hand auf seinen Arm und schüttelt den Kopf. Er lächelt. »Lass ihn seine Witze reißen«, meint er. »Bruder Sam, ja, Jesus ist hier. Nicht in mir allein, ich bin nicht so arrogant, das zu denken. Sondern in uns allen. Auch in dir.« Er lächelt nach wie vor. Es ist beunruhigend. »Ich bin Vater Tom. Ich weiß, du denkst im Augenblick schlecht von uns, aber du wirst die Wahrheit letztendlich erkennen. Irgendwann tut das jeder.«

Er klingt sehr selbstsicher; kein Hauch von Zweifel ist in diesen ruhigen, wahnsinnigen Augen. Ich antworte nicht, denn ich habe nichts zu gewinnen, wenn ich hier einen auf Klugscheißer mache. Für den Augenblick lautet die beste Strategie, ruhig zu bleiben, egal was passiert, Schwäche und Verletzungen zu übertreiben, ihnen nichts zu geben. Ich weiß nicht, ob ich abgesehen davon, dass ich als Druckmittel gegen Connor verwendet werden kann, für sie noch nützlich bin. Aber das genügt. Ich kann das nutzen, um am Leben und relativ unverletzt zu bleiben.

Stimme niemals zu. Gib niemals etwas zu. Stell niemals Fragen. Verpflichte dich niemals zu irgendetwas. Selbst ein einfaches Ja wird zu einem Riss in der eigenen Panzerung, zu ihrer Gelegenheit, einen an den Haken zu bekommen. Sind dann genug Haken in einem versenkt, können sie einen ziehen, wohin auch immer es ihnen beliebt.

Aufmerksam und neutral sein, Essen und Trinken immer annehmen, aber niemals darum bitten. Alles, was ich im Training gelernt habe, fällt mir jetzt wieder ein, so wie es sein sollte.

Ich senke den Blick und schweige.

Sie binden mich los, wobei sie auf Zeichen des Widerstands achten, aber ich wehre mich nicht. Still gehe ich mit, schlurfe in meinen Beinfesseln vorwärts wie ein Verbrecher auf dem Weg in die Zelle. Ich erfasse so viel wie möglich – mehrere Gebäude, Felder in der Ferne, Fahrzeuge, Scheunen. Ein offener Bereich in der Mitte. Eine Menge umherlaufender Leute.

Im Zentrum der Siedlung steht eine Kirche.

Ich halte nach Connor Ausschau und kann ihn sehen; sie nehmen ihm seine Knöchelfesseln ab, was gut ist. Es bedeutet, dass er weglaufen kann, falls es nötig wird. Aber es bedeutet auch, dass sie in ihm ein Gefühl der Dankbarkeit entstehen lassen wollen. Sie werden eine Weile auf den passenden Moment warten und ihm dann den zusätzlichen Gefallen erweisen, ihn auch von den Handschellen zu befreien. Kleine Gefälligkeiten. Vielleicht in Verbindung mit Schmerzen, vielleicht auch nicht. In seinem Alter funktioniert Liebe besser als Folter.

Und das ist Connors Schwäche. Er braucht Liebe wie ein Schwamm das Wasser. Und ganz besonders von einer Vaterfigur. Wenn sie seine Schwachpunkte erkennen – und das werden sie, denn sie sind Profis in diesem Spiel, wie üblich bei solchen Raubtieren –, dann werden sie wissen, wie sie an ihn herankommen. Gute Manipulatoren können das sogar bei Erwachsenen innerhalb weniger Wochen durchziehen.

Ich muss bereit bleiben. Zu unser beider Wohl.

Es fängt an, wie ich es erwartet habe. Während Connor gut behandelt wird, verpasst man mir einen Schlag in die Magengrube. Das ist natürlich Calebs Job, sobald Jesus alias

Vater Tom ihm den Rücken zugekehrt hat und fortgegangen ist; es wirkt so, als würde Vater Tom das nicht bemerken, aber natürlich weiß er Bescheid. Und es ist so geplant, dass es vor Connors Augen geschieht. Als doppelter Ansporn: Arbeite mit uns zusammen, dann wirst du gut behandelt. Sie zielen darauf ab, dass er um eine bessere Behandlung für mich bitten wird, was ihn psychologisch in ihrer Schuld stehen lässt. Und das wird er nicht durchschauen. Es ist ein schreckliches Gefühl, dass ich der Hebel bin, den sie bei ihm ansetzen, aber so läuft die Sache nun einmal.

Ich begegne seinem panischen Blick eine Sekunde und lächle. Ich gebe ihm ein stummes Daumen-hoch-Zeichen, um ihn wissen zu lassen, dass es mir gut geht, dass alles in Ordnung ist, dass er sich keine Sorgen machen muss. Mehr kann ich zu seinem Schutz nicht tun, bevor sie mich in eine andere Richtung führen, mich sogar zerren, als ich wegen meiner gefesselten Beine nicht mit ihrem Tempo mithalten kann. Trotzdem gelingt es mir noch, zu Connor zurückzublicken, der angespannt in meine Richtung sieht. Ich lege alles, was mir möglich ist, in diesen Blick – besonders Liebe. Auch etwas stählerne Entschlossenheit. Ich hoffe, er versteht es. Ich bin mir nicht sicher.

Dann gehen wir um die Ecke eines niedrigen Betongebäudes, an dessen Ende ein kleiner Stahlschuppen steht.

Sie werfen mich in den kalten, engen, pechschwarzen Schuppen und lassen mich dort zurück.

Schritt eins: Entbehrungen und Stress.

Ich kann mich nicht ausstrecken; ich muss versuchen, es mir an den kalten, harten Wänden und auf dem nackten Erdboden halbwegs bequem zu machen. Natürlich gibt es keine Decke. Ebenso kein Wasser. Nicht mal einen Topf, in den ich pinkeln kann. Die werden mich mit keiner Toilette ausstatten. Ich muss mir selbst eine bauen, und das tue ich. Ich grabe in der harten Erde, bis ich in der Ecke ein Loch gebuddelt habe. Das genügt fürs Erste. Bei der mühsamen Arbeit erkenne ich auch, dass die Mauern ein Fundament haben, das mindestens sieben Zentimeter tief reicht, vielleicht aber auch einen Meter. Sich hier herauszugraben ist vielleicht machbar, aber das würde zum einen viel Zeit kosten, und zum anderen gibt es keinerlei Möglichkeit, die ausgegrabene Erde zu verbergen, wenn jemand hereinsieht. Also: vermutlich vergebene Liebesmüh.

Ich benutze das Loch wie vorgesehen und versuche danach, mich irgendwie auszustrecken und auszuruhen. Mir ist kalt und ich habe Durst, aber ich weiß, dass sie mir Wasser vorenthalten werden, bis sie etwas bekommen, was sie wollen. Was immer das auch sein mag.

Sie haben mir mein Handy abgenommen; sie sind ja nicht dämlich. Vermutlich haben sie es irgendwo während der Fahrt am Straßenrand entsorgt, oder – falls sie wirklich clever sind – es so platziert, dass es in eine völlig falsche Richtung weist. Ich habe keine Waffen. Sie haben mir auch Schuhe und Hemd ausgezogen. Als Nächstes wird die Hose drankommen. Irgendwann endet jeder Gefangene in einer solchen Situation nackt.

Ich rolle mich zusammen, um die mir noch verbliebene Körperwärme zu bewahren, und zittere, bis ich endlich einschlafen kann.

Ich erwache durch Gesang, und einen desorientierten Augenblick lang klingt es für mich wie ein Engelschor. Es ist wunderschön. Ich setze mich auf und lausche, die Augen in der Dunkelheit geschlossen; es geht mir besser, wenn ich selbst bestimme, dass es dunkel ist, als wenn ich es mir aufzwingen lasse. Sie singen eine Hymne, und die Frauenstimmen erheben sich klar und rein in die Lüfte. Es fühlt sich nach Sonnenlicht an. Nach Freude.

Als das Lied endet, brechen die Stille und Dunkelheit und die Kälte wieder auf mich ein, und meine Gefangenschaft kommt mir schon jetzt wie eine Ewigkeit vor. Ich muss zu Connor gelangen. Aber dieses Bedürfnis ist eine Schwäche, die sie gegen mich verwenden werden.

Ich versuche, nicht an Gwen zu denken, nicht daran, was ihr und Lanny vielleicht geschehen ist, nachdem ich mit dem Taser außer Gefecht gesetzt wurde. *Es geht ihr gut. Diese Arschlöcher können sie nicht aufhalten. Sie bekommt das hin. Sie wird die gottverdammte Armee zu uns schicken, wenn es sein muss.*

Das beruhigt mich so weit, dass ich wieder einschlafen kann. Ich träume, dass ich in ein tiefes Loch falle, das mich vollkommen verschluckt, doch dann spüre ich Gwens Arme um mich und ihre Stärke an meinem Rücken, und ich höre sie flüstern: *Ich bin hier.*

Ein guter Anfang, um zu überleben.

Kapitel 19

Lanny

Ich weiß nicht, warum es erst kommt, als ich allein in meinem Zimmer im Haus der Belldenes bin, aber plötzlich … stürzt alles auf mich ein. Ich trage das Nachthemd einer Fremden, weil ich vergessen habe, ein eigenes einzupacken. Ich liege auf einem Bett, das sich so anfühlt, als wäre es für den Körper von jemand anderem gedacht. Sauberes Laken, saubere Kissen, doch das Zimmer riecht falsch, und das hier sind nicht meine Poster an der Wand, nicht meine Bücher in den Regalen.

Und während ich hier liege, wird mir klar, dass mein Bruder wirklich, tatsächlich entführt wurde. Er ist fort. Sie haben ihn mitgenommen, und ich hatte Todesangst, habe mich hinter der Couch versteckt und habe sie nicht aufgehalten. Ich schäme mich so sehr. Ich habe immer, wirklich immer geglaubt, ich würde kämpfen, egal was uns zustößt. Ich habe Connor versichert, ich würde ihn beschützen, falls etwas passiert, und habe das auch so gemeint.

Aber das habe ich nicht getan. Ich habe es einfach geschehen lassen. Und Mom wurde verletzt, und Sam …

Ich presse mein Gesicht ins Kissen. Meine Haut fühlt sich heiß an und spannt, und die Tränen schießen nur so aus mir heraus, als würden sich hinter meinen Augen Geysire des Elends verbergen. Ich rolle mich zusammen und weine in das weiche Baumwollkissen, das nach dem Waschmittel von Fremden riecht, und denke dabei an das Gesicht meines Bruders, daran, wie angsterfüllt er aussah. Sonst bin ich immer für ihn da gewesen. Ich habe ihn immer verteidigt.

Aber jetzt ist er völlig allein, und das ist furchtbar. Ich hasse es, mich wie eine Versagerin zu fühlen, und das Schlimmste ist, ich gebe Mom die Schuld. Das alles ist nur ihretwegen passiert, wegen ihres Jobs. Ich dachte, der sei cool und super, aber er hat diese Männer zu unserem Haus geführt, und daran ist nichts Gutes.

Ich höre, wie meine Tür geöffnet wird, und setze mich mit einem Keuchen auf. In meinem eigenen Zimmer wüsste ich, wonach ich greifen muss, aber hier blicke ich nur wild von einer Ecke in die andere. Ich kann mich lediglich mit einem Kissen verteidigen.

Doch es ist Vee. Vee in einem lächerlich kurzen Nachthemd, das aussieht, als wäre es für eine Zwölfjährige gemacht. Sie legt einen Finger auf die Lippen, schließt die Tür hinter sich und setzt sich dann zu mir aufs Bett. Ich drücke das Kissen fest an mich, und sie legt ihren Arm um mich und zieht mich näher zu sich heran. Das Kissen wird zwischen uns gequetscht, bis ich es zur Seite schleudere.

Vee fährt mit den Fingern die Spuren nach, die meine Tränen hinterlassen haben. Streicht sanft über mein Gesicht. »Hey«, meint sie. »Sei nicht traurig. Du schaffst das schon.«

»Nein, tue ich nicht«, widerspreche ich. Ich klinge albern und verheult und stur. »Sieh uns doch an, wir sitzen hier im Haus eines Drogendealers, mein Bruder wird vermisst, und irgendeine Sekte hat es auf uns abgesehen. *Ich schaffe das nicht, Vee!*«

Vee antwortet nicht. Sie hält mich einfach nur fest, und irgendwann löse ich mich aus der Umarmung, werfe mich wieder aufs Bett und rolle mich zu einem Häufchen Elend zusammen. Ich starre auf die Uhr – eine altmodische Uhr mit Zeigern, vermutlich hat sie nicht mal eine Alarmfunktion – und frage mich, wo Connor jetzt wohl gerade ist. Wie viel Angst er hat. Was wir unternehmen wollen.

Vee schmiegt sich von hinten an mich und flüstert etwas, was ich nicht verstehe, aber ihre beruhigende Wärme sorgt dafür, dass ich zu weinen aufhöre und langsam, ganz langsam in den Schlaf gleite.

Ebenso langsam wache ich auch wieder auf, und ich rieche Essen, aber als ich mich umdrehe, bin ich allein. Vee ist nicht da. Ein paar wohltuende Sekunden lang bilde ich mir ein, zu Hause zu sein, doch dann fällt mein Blick auf diese dumme Uhr, und es ist fast sieben, und während ich mich aufsetze, fällt mir alles wieder ein.

Es schmerzt so sehr, dass ich kaum atmen kann.

Ich stehe auf und verriegele die Tür, dann ziehe ich das Nachthemd aus und nehme frische Klamotten aus dem Rucksack. In weniger als zwei Minuten habe ich alles wieder eingepackt und bin bereit, durch den Flur ins Bad zu schlüpfen, und auch dort bin ich schnell fertig.

Als ich die Tür öffne, steht vor mir an die Wand gelehnt ein Mädchen. Sie ist schlank, groß, hat ein von der Sonne gebräuntes Gesicht, Sommersprossen und lange, lockige, dunkle Haare. Sie lächelt nicht. »Frühstück«, sagt sie nur und wendet sich dann ab. Sie trägt Jeans und ein so ausgeblichenes T-Shirt, dass die Schrift darauf nicht mehr lesbar ist. Sie geht schnell. Ich versuche, mitzuhalten, während ich meinen Rucksack auf den Rücken schwinge.

»Wer bist du?«, frage ich.

»Florida«, antwortet sie. »Und du bist Lanny.« Ihr Dialekt ist ganz anders als erwartet. Auf jeden Fall nicht aus Tennessee. Eine Sekunde später kommt es mir in den Sinn. »Bist du Engländerin?«

Am Ende des Flurs treffen wir auf den großen jungen Mann, der uns in seinem Wagen hierhergeführt hat. Er kommt um die Ecke gebogen und schiebt Florida mit der Lässigkeit eines älteren Bruders aus dem Weg. »Die ist keine Engländerin«, erklärt er mir. »Sie schaut nur 'ne Menge Fernsehen.«

»Halt bloß die Klappe, Jesse!«, brüllt sie ihm hinterher, und jetzt ist ihr ländlicher Dialekt gut hörbar. »Du gönnst mir auch keinen Spaß!«

Wir betreten die Küche. Dort stellt Lilah Belldene gerade einen riesigen Teller mit Bacon auf der langen Küchentheke ab. Außerdem sehe ich erstaunliche Mengen an Rührei und Toast, noch mehr Bacon und mehrere Kannen Kaffee.

Vee und Mom sind bereits da. Sie sind angezogen und warten.

Florida fragt: »Soll ich ihnen Teller rausstellen, Ma?«

Lilah klopft ihr auf die Finger, als sie bereits nach den Tellern greift. »Sie bleiben nicht zum Frühstück.«

Schade. Mein Magen knurrt, aber Mom dreht sich um und läuft zur Vordertür. Vee und ich folgen, und zusammen treten wir hinaus in die kalte Morgenluft. Es ist neblig und grau, die Sonne ein bleicher Schatten im Osten, gerade erkennbar über dem Rand des Hügels. Ein ganzes Footballteam aus Belldenes ist in Richtung Haupthaus unterwegs. Sie kommen aus verschiedenen Gebäuden, die ringsherum stehen. Kein Wunder, dass Lilah uns nicht zum Frühstück eingeladen hat.

Wir steigen in den SUV und fahren zum Tor, das einer der Belldenes für uns öffnet. Ich erkenne ihn. Der mit der Vokuhila, vom Killing Rock. Als ich ihn sehe, mache ich mich in meinem

Sitz kleiner. Sein Anblick erinnert mich daran, wie ich Candy gefunden habe, und auf diese Erinnerung kann ich verzichten.

Vee fährt die Scheibe herunter. »Hey, Olly. Du bist wieder raus.«

»Ja«, sagt er und schaut an ihr vorbei zu mir. »Danke dafür, Mädel.« Er schenkt mir ein Grinsen, das er vermutlich für charmant hält. Ich muss mich zurückhalten, ihm nicht den Stinkefinger zu zeigen.

»Schon okay«, erwidere ich lapidar.

»Wir sehen uns!«, ruft Vee ihm nach, als Mom das Gaspedal durchdrückt und wir davonfahren. Vee lässt sich nach dem Winken zurück in ihren Sitz fallen und schaut meine Mom an. »Wohin fahren wir jetzt?«

»Knoxville«, gibt sie zur Antwort.

Ich verkrampfe mich. »Aber – was ist mit Connor? Und Sam? Werden wir sie nicht suchen?«

»Natürlich werden wir das. Aber ich brauche ein Druckmittel, und das bedeutet, dass ich Carol brauche. Sie ist die Einzige, die weiß, wo sich dieses Lager befindet und womit wir es zu tun bekommen, wenn wir es gefunden haben.«

»Aber wie willst du …«

»Lanny.« Sie greift nach meiner Hand. Ihre Finger fühlen sich stark an, aber auch kalt. »Vertrau mir einfach. Ich finde sie.«

Ich halte sie fest.

Und versuche, ihr zu glauben.

Kapitel 20

Connor

Sie schlagen Sam, bevor sie ihn wegführen. Ich weiß, dass Caleb das tut, um mir Angst einzujagen. Beinahe hätte das auch funktioniert, aber Sam sieht mich auf diese gewisse Weise an, als wollte er mir sagen: Bleib stark, mein Sohn. Dabei bin ich nicht stark. Ich fühle mich verwundbar. Während ich zusehe, wie er zu einem niedrigen Betongebäude geführt wird, das wie ein Gefängnis aussieht, kommt ein ganz in Weiß gekleideter Mann auf mich zu.

Es ist seltsam. Ich kann ihn fühlen, als er näher kommt, so wie Wärme. Sonne. Irgend so etwas. Er gibt mir das Gefühl von … Sicherheit. Und ich weiß, so sollte ich mich nicht fühlen, definitiv nicht. Ich erinnere mich an dieses Gefühl, weil ich das auch bei Dads – Melvin Royals – Stimme hatte, als ich klein war und er am Telefon mit mir sprach.

Die ganze Zeit über hat Dad mich angelogen, geplant, mich zu entführen und mich zu benutzen, um Mom wehzutun. Und dabei hat er mir dieses Gefühl gegeben.

Von Sicherheit.

Ich schätze, manche Menschen haben dieses Talent. Und ich weiß bereits, wie gefährlich es ist, daran zu glauben, auch nur für eine Sekunde.

»Connor«, spricht mich der Mann an, als würde er mich bereits mein ganzes Leben kennen. »Ich bin Vater Tom. Ich weiß, dass du dir Sorgen machst und Angst hast, aber dafür gibt es keinen Grund. Wir freuen uns sehr, dich bei uns zu haben. Ich werde dich unseren Kirchenmitgliedern vorstellen und dafür sorgen, dass du dich eingewöhnst. Du bist hier kein Gefangener. Du bist ein Gast und, wie ich hoffe, auch ein Freund.«

Es klingt dumm, aber er benimmt sich, als hätte die gesamte Entführung überhaupt nicht stattgefunden. Als hätte er mich hierher eingeladen. Er klopft mir auf die Schulter. Er tut so, als wäre ich im Rahmen einer Klassenfahrt hier, anstatt mit einem Messer an der Kehle von zu Hause weggeschleppt worden zu sein, während meine Mom darum kämpfte, zu mir zu gelangen. Als hätten sie nicht gerade Sam in irgendeine Art von Gefängnis gesteckt.

Ich muss mich an das klammern, was wahr ist. In seiner Anwesenheit verschiebt sich die Realität. Ich wünschte, das könnte ich auch bewirken. Denn wenn ich die Realität verändern könnte, würde ich mich größer machen, stärker, zu jemandem werden, den man nicht herumschubsen kann. Sam wäre frei. Wir wären zu Hause.

Vater Tom redet noch immer und lenkt mich dabei langsam in Richtung eines großen Hauptgebäudes. Es sieht irgendwie nach einer Kirche aus, aber es gibt weder einen Kirchturm noch ein Kreuz oder eine Glocke, und die Fenster bestehen nur aus einfachem Glas. Ich bin mir nicht sicher, ob ich mit ihm gehen soll.

Vielleicht sollte ich weglaufen? Kämpfen? Aber es gibt keinen Ort, an den ich fliehen könnte. Das Tor ist verschlossen, und daneben stehen große Kerle mit Waffen. Die Mauer ist ziemlich hoch, und auf ihr ist Stacheldraht befestigt. Mom hat mir beigebracht, nach solchen Dingen zu schauen, nachzudenken, bevor ich etwas tue. *Lauf weg, wenn du kannst. Warte, wenn es sein muss. Tu, was du tun musst, um zu überleben.* Das galt dafür, wenn Leute es auf uns abgesehen hatten, die uns für das bestrafen wollten, was Dad getan hat. Aber hier funktioniert es auch.

Im Augenblick ist es das Beste, wenn ich Vater Tom glauben lasse, dass ich ihm zuhöre. Das ist einfach. Er denkt sowieso, er sei cleverer als alle anderen. Wenn ich ihm bei allem zustimme, wird er anfangen, mir zu vertrauen.

Es ist seltsam, wie ruhig ich bin. Ich erinnere mich daran, wie hilflos und gefangen ich mich im Unterricht gefühlt habe, während die Schüsse über die Lautsprecher knallten und alle schrien und ich wusste, dass ich nichts weiter tun konnte, als mich zu verstecken. Hier bin ich tatsächlich gefangen, ich bin hilflos … aber ich kann auch für mich selbst denken. Irgendwie ist es anders.

Ich habe nicht viel zu Vater Tom gesagt, aber das scheint ihn nicht zu bekümmern; vielleicht sieht er das als normal an. Er führt mich die Treppe hoch in das Gebäude – die Kirche –, und darin befinden sich Leute, die zu beiden Seiten eines Gangs stehen, auf dessen Mitte ein schmaler Teppich verläuft. Sie haben ordentliche Reihen gebildet, und erst nach ein paar Sekunden erkenne ich, dass alle Männer links stehen und alle Frauen rechts. Die Frauen haben die Hände verschränkt und den Kopf gesenkt. Ein paar Kinder sind ebenfalls anwesend, aber die wirken genauso ruhig und ernst wie die Erwachsenen. Selbst die Kleinsten, die nicht älter als drei Jahre sein können. Sie alle drehen sich um, um uns anzuschauen, und während wir vorbeigehen, sagen die Männer alle gemeinsam: »Hallo, Bruder.«

Erst denke ich, dass sie mit Vater Tom sprechen, aber nein: Sie schauen mich an. Lächeln. Nicken. Die Frauen und Kinder sagen nichts, sie blicken nur noch weiter nach unten, und da fällt mir plötzlich ein, wie die Frauen in diesem Keller in Wolfhunter zu Boden geblickt hatten. Sie standen genauso da, ganz gerade, ganz still, Kopf nach unten, Hände verschränkt. Wie Puppen, die auf Befehle warten.

Das macht mich ganz krank.

Vater Tom führt mich den gesamten Weg durch die Kirche – es muss eine Kirche sein –, und am Ende befindet sich eine Plattform aus Holz, die ungefähr dreißig Zentimeter hoch ist und auf der mittig ein großer Ledersessel steht. Es sieht seltsam aus. Ich hatte vielleicht so etwas wie ein Podium erwartet. Oder einen Altar, wie in einer echten Kirche. Aber das hier wirkt eher wie eine … Bühne.

Vater Tom deutet auf einen leeren Platz in der vordersten Reihe, direkt neben dem Teppich. »Die Brüder haben dir einen Platz frei gehalten.« Er erwartet, dass ich dahin gehe, wo er hinzeigt. Ich bin mir nicht sicher, was passiert, wenn ich es nicht tue, also probiere ich es aus. Ich bleibe einfach auf dem Teppich stehen, als wäre ich zu dumm, um es zu kapieren. Er wirkt noch immer freundlich, als er wieder spricht. »Connor, würdest du bitte deinen Platz einnehmen? Ich verspreche dir, das hier geht schnell.«

Ich sage nichts, gehe aber zu dem Platz, auf den er gezeigt hat. Kurz wird sein Lächeln breiter. Er glaubt, er hätte mich am Haken, weil ich etwas getan habe, worum er gebeten hat. Aber ich habe es getan, um zu sehen, was er tun würde. Und weil ich Sam nichts nütze, wenn ich irgendwo eingesperrt bin.

Vater Tom betritt die Plattform und lässt sich in den großen Sessel nieder. Gleichzeitig sagen alle Männer: »Gott segne dich, Vater Tom.«

»Und euch, meine Brüder«, entgegnet Tom. »Danke, dass ihr unseren jungen Bruder Connor in unsere Reihen aufnehmt. Er ist nur als unser Gast hier, aber ich bin mir sicher, dass er eure Freundlichkeit Fremden gegenüber zu schätzen weiß. Ihr fragt euch bestimmt alle, was letzte Nacht geschehen ist; ihr habt ja mitbekommen, dass wir unterwegs waren, um unsere Schwester Carol zurückzuholen, aber wie ihr ebenso wisst, sind die Dämonen auf dieser Welt sehr clever. Bereits seit drei Jahren bleibt sie verborgen, zusammen mit unserem kostbaren Kind. Doch mit Gottes Hilfe und den beständigen Gebeten unserer Heiligen werden wir sie finden. Schon bald.« Er lächelt mich direkt an, und es fühlt sich an, als wäre grelles Scheinwerferlicht auf mich gerichtet. »Mit Gottes Hilfe und der von Bruder Connor.«

Ich will schreien, dass ich nicht hier bin, um ihm zu helfen, dass ich entführt wurde, aber irgendetwas rät mir, ruhig zu bleiben. Lanny würde das nicht tun, sie würde treten und schreien, und vielleicht läge sie damit auch richtig. Aber ich möchte sehen, was er vorhat.

Es muss hier um den Fall gehen, an dem Mom gearbeitet hat, den mit dem vermissten jungen Mann. Sie hatte über eine Frau namens Carol gesprochen.

Verrate ihm nichts, Mom. Ich weiß, dass sie mich benutzen, um an sie heranzukommen. Und das wird auch funktionieren, denn wenn meine Mom überhaupt Schwachpunkte hat, dann sind das Lanny und ich. Und Sam, aber er würde vermutlich zustimmen, dass es eher um uns geht. Ich bin hier, damit Mom ihnen diese Lady übergibt, die entkommen ist.

»Brüder und Schwestern, wir werden heute Abend dafür beten, nachdem die Arbeit getan ist. Aber für den Augenblick möchte ich, dass ihr unseren jungen Bruder Connor unter eure Fittiche nehmt, dafür sorgt, dass er sich hier zu Hause fühlt, und ihm unsere wahre Gemeinschaft zeigt. Schwester Harmony, heute Abend soll es ein großes Essen geben. Ein richtiges Fest, um ihn in Bitter Falls willkommen zu heißen.«

Eine große blonde Frau auf der anderen Seite des Gangs in der vordersten Reihe hebt den Kopf und nickt, sagt aber nichts. Sie dürfte in Moms Alter sein, vielleicht ein bisschen jünger. Vermutlich ist sie für das Essen verantwortlich. Und passend dazu knurrt mir der Magen. Ich weiß nicht, wie ich in einer solchen Situation hungrig sein kann, aber ich bin es einfach, ich kann es nicht ändern. Vielleicht sollte ich hier lieber nichts essen. Gibt es da nicht irgendeine griechische Sage, dass man, wenn man in der Unterwelt isst und trinkt, dort nicht mehr weggehen kann?

Vater Tom redet noch mehr, aber jetzt geht es nur noch um Bibelverse und die Erklärung, was sie bedeuten; ich höre nicht wirklich zu, mir fällt jedoch auf, dass das, was er dazu sagt, nicht zu dem passt, was ich in der Sonntagsschule gelernt habe. Allerdings hat er eine ruhige und tiefe Stimme, die sich hebt und senkt, fast so, als würde er singen. Es ist irgendwie entspannend, und während des Zuhörens verfalle ich beinahe in eine Art von Trance.

Und dann ist es vorbei.

Ich bin leicht überrascht, als ich merke, wie sich die Leute bewegen. Die Frauen und Kinder laufen einzeln hintereinander direkt zur Tür, während die Männer stehen bleiben und warten; Vater Tom sitzt auf seinem Sessel und spricht mit einem der Männer, der mit uns im Camper war. Derjenige, der gefahren ist, nicht der, der Sam diese Stromschläge verpasst hat. Ich konzentriere meine gesamte Aufmerksamkeit auf die beiden, daher bin ich völlig überrascht, als mir plötzlich jemand die Hand entgegenstreckt. Ich blinzle und blicke auf. Es ist einer der Männer, die nahe bei mir gestanden haben. »Schön, dich bei uns zu haben, Bruder Connor«, sagt er und schüttelt meine Hand. Dabei legt er mir die andere Hand auf die Schulter, als wären wir Freunde. Und bevor ich ihm sagen kann, dass wir keine Freunde sind, dass ich nicht einmal hier sein sollte, steht ein anderer Mann da und sagt: »Willkommen. Du bist hier sicher.« Jetzt kommen sie alle zu mir, lächeln mich strahlend an und reichen mir die Hand. »Gott segne dich für deinen Besuch bei uns«, sagt einer von ihnen, als hätte ich die Wahl gehabt. Ich weiß, dass das alles geplant ist, dass ihnen befohlen wurde, sich so zu verhalten, damit ich mich hier wie ein Gast fühle. Sie scheinen Vater Toms falsche Wahrheit überhaupt nicht infrage zu stellen. Normalerweise erkenne ich es, wenn jemand Dinge zu mir sagt und sie nicht so meint, aber all die Männer hier, die mit mir reden, scheinen tatsächlich erfreut zu sein, mich hierzuhaben.

Einem antworte ich mit: »Ich möchte gehen.« Er lächelt nur und nickt und klopft mir ebenfalls auf die Schulter, dann macht er Platz für den nächsten.

Nach zehn Männern verliere ich langsam den Überblick. Ihre Begrüßungen unterscheiden sich leicht, aber eins bleibt gleich: Sie lächeln mich an. Sie wirken fröhlich. Sie berühren meine Schulter.

Nach einer Weile fällt es mir immer schwerer, nicht zurückzulächeln. Ich will nicht lächeln, aber wenn man die ganze Zeit so glücklich angestrahlt wird … ist das seltsam. Ein Teil von dir glaubt, dass du auch glücklich sein solltest.

Mir gefällt es gar nicht, dass ich ebenfalls lächeln möchte.

Ich bemerke, wie eine der jungen Frauen – in meinem Alter, glaube ich, oder ziemlich nahe dran – mir einen kurzen Blick zuwirft. Sie ist hübsch, hat dunkle Haare und ist kleiner als ich. Ich beobachte sie, während irgendein weiterer Mann mir erzählt, wie froh sie sind, mich bei sich zu haben. Sie befindet sich am Ende der Reihe der Frauen, die die Kirche verlassen.

Erneut dreht sie sich um und sieht mich an, und ich frage mich – ich frage mich, ob sie mir etwas sagen will. Vielleicht kann sie mir helfen. Vielleicht finde ich hier eine echte Freundin, die mir helfen kann, Sam zu befreien.

Ich höre die spöttische Stimme meiner Schwester in meinem Kopf. *Das willst du doch nur glauben, weil sie hübsch ist.*

Nachdem das Mädchen durch die Tür gegangen ist, verlassen nach und nach auch die Männer die Kirche. Und als endlich der letzte meine Hand geschüttelt hat, bin ich ganz erschöpft von all den Begrüßungen. Ich habe nicht gesehen, wann Vater Tom gegangen ist, aber sein Sessel ist mittlerweile leer. Ich weiß nicht, wohin ich gehen soll, also folge ich den Männern nach draußen.

Das Mädchen, das mir aufgefallen ist, steht in der Nähe der Treppe und spricht dort mit einer älteren Frau. Erneut wirft sie mir einen Blick zu und lächelt. Es ist nur kurz, fühlt sich jedoch so an, als wäre mir gerade die Luft zum Atmen geraubt worden. Ich spüre, wie es in meinen Ohren ploppt, oder zumindest bilde ich mir das ein. Mir wird gleichzeitig heiß und kalt, und beinahe wäre ich gestolpert.

Diese Art von Lächeln ist es.

»Hi?« Ich formuliere es als Frage. Wie clever.

»Hallo, Bruder Connor«, antwortet sie, und mir kommt es so vor, als hätte noch nie jemand meinen Namen so ausgesprochen. »Wir freuen uns alle so sehr, dass du bei uns bist.« Sie wippt ein wenig auf und ab, als würde sie einen altmodischen Knicks machen. Sie reicht mir nicht die Hand, und ich weiß nicht, was ich mit meinen Händen machen soll, also stecke ich sie einfach in die Hosentaschen und nicke nur.

Die ältere Frau lässt uns allein.

»Danke«, antworte ich. »Wie heißt du?«

»Aria«, sagt sie. Diesen Namen habe ich noch nie irgendwo gehört. Er ist hübsch.

»Aria, und weiter?«

Sie lächelt. »Ich würde dich gern etwas herumführen. Darf ich dich Connor nennen?«

»Äh, klar doch«, antworte ich. »Ich würde gern mit meinem Dad reden. Mit Sam.«

Sie lächelt einfach weiter. »Sicher, ich werde fragen, ob das möglich ist. Aber er ist nicht dein echter Vater, oder?« Das missfällt mir, und sie scheint es zu bemerken, denn sofort zieht sie den Kopf ein, als würde ich sie gleich schlagen. »Tut mir leid. Das war gemein. Das hätte ich nicht sagen sollen.«

Jetzt fühle ich mich schlecht, weil ich ihr Angst eingejagt habe. »Nein«, beruhige ich sie. »Ist schon okay. Du hast recht. Es ist nur … Ich rede nicht gern über meinen echten Vater.«

»Oh. Natürlich. Tut mir wirklich leid, Connor. Also, ich denke, als Erstes solltest du den Wasserfall sehen, der ist hier am schönsten, und dann …«

»Aria!«, ruft jemand streng, und die älteste der Frauen – Vater Tom hat sie vorhin Schwester Harmony genannt – kommt auf uns zu. Sie sieht wütend aus. »Mach dich an die Arbeit. Sofort!«

»Aber ich habe doch nur das getan, was Vater Tom …«

»Geh!«, faucht Schwester Harmony. Aufkeuchend läuft Aria schnell mit gesenktem Kopf fort, die langen Haare wehen ihr ins Gesicht. Sie trägt einen blauen Rock, der ihr bis zu den Schuhen reicht, und ein hellblaues Shirt, und sie sieht aus, als wäre sie einem Gemälde in einem Museum entsprungen – wunderschön und wie jemand, der vor hundert Jahren gelebt hat. Sie hat die Hände an den Seiten zu Fäusten geballt, während sie in Richtung der Felder rennt.

Schwester Harmony sieht mich an, und im Gegensatz zu allen anderen lächelt sie nicht. Ihr Mund ist zu einem schmalen Strich verzogen. »Ich bringe dich zu deiner Unterkunft, Bruder Connor«, sagt sie und klingt dabei nicht einladend. Sie will mich hier nicht haben. Sie verströmt auch nicht diese fiebrige

Wärme. Sie legt mir fest die Hand um den Arm. »Vergib Schwester Aria, sie ist noch jung und versteht nicht, wie unangemessen ihr Verhalten ist. Hier entlang.«

Nach all dieser falschen Bruderschaft fühlt sich das hier … real an. Wie ein Hauch frischer Luft. Und mir wird klar, dass ich das gebraucht habe. Es ist nicht so, dass ich vergessen habe, dass ich entführt und hierher verschleppt worden bin oder dass Mom für mich gekämpft hat und Sam. Es war nur einfach … so überwältigend. Und jetzt, nachdem ich diesen Augenblick der Klarheit hatte, wird mir bewusst, dass alles in dieser Kirche dazu gedacht war, mir ein Gefühl von Wichtigkeit zu vermitteln. Sogar Aria.

Man hat ihr befohlen, nett zu mir zu sein.

Falls das für Schwester Harmony ebenso gilt, ignoriert sie den Befehl, und dafür bin ich seltsamerweise dankbar. Durch diese rhythmische Predigt von Vater Tom, die erstickende Freundlichkeit, Arias Flirten … hatte ich mein Gleichgewicht verloren.

Schwester Harmony führt mich zu einem Küchengebäude. Im Inneren befinden sich ausschließlich Frauen. Frauen, die Gemüse schneiden. Frauen, die an großen Industrieherden stehen, in Töpfen rühren oder Zutaten vermengen. Zwei von ihnen backen Brot. Es riecht fantastisch, und mir läuft das Wasser im Mund zusammen, sodass ich schlucken muss.

In der Ecke steht ein kleiner Tisch, an dem sie mich platziert. »Ich besorge dir etwas zu essen«, sagt sie und wendet sich ab. Doch dann dreht sie sich noch einmal um. »Du denkst vermutlich gerade darüber nach, wie du von hier entkommen kannst. Aber Connor: Versuch das nicht. Sie beobachten dich. Wenn du die Regeln brichst, bezahlt der Mann, den sie mit dir zusammen hergebracht haben, den Preis dafür. Verstanden?«

Ich nicke. Sie hat sehr leise gesprochen, und es ist schwer, sie im Lärm der Küche zu verstehen. Sie hat die Lippen zusammengepresst, ihre Augen haben sich verdunkelt, und ich frage mich, wie Schwester Harmony wohl hierhergekommen ist. Aber unsere Sekunde der Verbundenheit endet, und sie versteift sich und geht. Die anderen Frauen sehen alle auf und nicken, als sie an ihnen vorbeigeht, aber niemand lächelt. Sie hat hier Macht. Und nicht viele Freunde.

Ich frage mich, ob das eine andere Art von Spiel ist, das Vater Tom spielt. Will sie, dass ich mir um Sam Sorgen mache? Soll das sicherstellen, dass ich mich an die Regeln halte? Ich bin mir da nicht sicher. Vielleicht meint sie es ehrlich und will mir helfen. Oder vielleicht ist sie genau wie Aria und soll dafür sorgen, dass ich das tue, was Vater Tom will.

Ich muss zu Sam. Sobald ich in Erfahrung gebracht habe, wo sie ihn gefangen halten, kann ich vielleicht einen Schlüssel klauen und ihn rauslassen. Ich schließe die Augen und denke nach, darüber, wie wir über den Zaun fliehen, wie gut es sich anfühlen wird, hier wegzukommen und Mom und Lanny wiederzusehen. Das hilft mir dabei, mir in Erinnerung zu rufen, dass dieser Ort nicht real ist. Die Welt auf der anderen Seite des Zauns ist real. Das hier ist alles … eine Fälschung.

Eine schüchterne Frau mit rundem Gesicht, ungefähr um die zwanzig, bringt mir eine Schale mit Suppe und etwas Brot. Kurz frage ich mich, ob ich das essen soll oder nicht. Ich bin wirklich hungrig, aber … ich traue der Sache nicht.

Die Frau versteht sofort, was in mir vorgeht. Sie holt sich einen Löffel, den sie in meine Suppe tunkt, und nimmt sich ein Stück von meinem Brot. Sie isst beides und lächelt dabei dieses seltsame Lächeln. »Siehst du?«, fragt sie. »Alles in Ordnung. Wir würden nichts tun, um dir zu schaden, Bruder.«

Ich schiebe die Schale trotzdem weg. »Ich bin nicht besonders hungrig«, erkläre ich. Von dem Brot nehme ich ein Stück. Es schmeckt gut.

»Na gut«, meint sie. »Wenn du keinen Hunger hast, verstehe ich das natürlich. Du kannst jederzeit herkommen, wenn du etwas essen möchtest. Frag einfach nach mir. Schwester Lyrica.«

Ich bereue meine Entscheidung, als sie die Schale nimmt und geht, aber das Brot esse ich auf. Es ist vermutlich nicht mit Drogen versetzt, wenn sie es selbst gegessen hat. Zumindest rede ich mir das ein, weil ich nicht aufhören kann, es zu essen. Schwester Lyrica bringt mir eine noch versiegelte Plastikflasche Wasser, aus der ich einen Schluck trinke.

»Das Brot schmeckt wirklich gut«, sage ich, als ich den letzten Bissen hinuntergeschluckt habe. »Äh, ist Schwester Harmony eure Chefin?«

»Sie ist die ranghöchste Ehefrau«, erklärt Lyrica blinzelnd. »Sie ist für alle Schwestern verantwortlich.« Ganz eindeutig findet sie es seltsam, dass ich das nicht weiß. Ich frage mich, ob sie jemals außerhalb dieser Mauern war, jemals etwas von der echten Welt gesehen hat.

»Ranghöchste Ehefrau?«, hake ich nach. »Wie viele Frauen hat er denn?«

Auch diese Frage scheint sie zu verwirren. Als wäre das völlig offensichtlich. »Wir sind alle die Bräute von Vater Tom«, antwortet sie. »Wie Gott es vorgesehen hat.«

Harmony hat bemerkt, dass wir miteinander reden. Ihr langer Rock weht hinter ihr her, als sie auf uns zugelaufen kommt, und sie faucht: »Schwester Lyrica, mach dich bitte wieder an die Arbeit. Unser junger Bruder hat keinen Bedarf an einem Gespräch mit dir.«

Lyrica eilt davon und nimmt dabei den leeren Brotteller und die Wasserflasche mit. Ich konnte nur einen Schluck davon trinken. Harmony starrt mich lange an und dreht sich dann wieder um, um zu gehen. Es ist seltsam. Sie sieht nicht aus wie meine Mom, aber sie hat irgendetwas. Vielleicht ist es dieser wütende Blick. Ich habe nicht das Gefühl, als wäre sie wütend auf mich. Sie ist einfach nur … wütend.

Ich stelle ihr eine Frage. »Glauben Sie, dass das hier alles seine Richtigkeit hat?«

Sie dreht sich zu mir um. Ich habe leise gesprochen, genau wie sie, als sie mich gewarnt hat.

»Was soll richtig sein?«

»Wie er Sie behandelt.« Ich sehe mich im Raum um. »Sie alle.«

»Der Herr sagt: *Desgleichen sollt ihr Frauen euch euren Männern unterordnen*«, zitiert sie. »Ich gehorche den Befehlen des Herrn.«

Ja, aber es gefällt ihr nicht. Das kann ich sehen. Ich frage mich, ob Vater Tom das auch sieht … aber falls ja, warum sollte er ihr dann das Kommando übertragen?

Dann erinnere ich mich an das, was Lyrica gesagt hat. *Sie ist für alle Schwestern verantwortlich.*

Genau wie Sam dafür verantwortlich ist, wenn ich mich hier falsch verhalte. Ihr das Kommando zu geben bedeutet, sie muss kooperieren, sonst ergeht es den anderen Frauen schlecht.

Das Brot war köstlich, aber jetzt liegt es mir wie Blei im Magen. Als hätte ich in der Unterwelt gegessen und könnte sie nun nie wieder verlassen.

Harmony beugt sich vor, um die Krumen vom Tisch in ihre Handfläche zu kehren, und flüstert währenddessen: »Was immer du tust, geh niemals zum Wasserfall.« Dann richtet sie sich auf. »Und jetzt komm mit. Ich zeige dir, wo du schlafen wirst.«

»Ich möchte Sam sehen«, bitte ich.

»Das ist verboten.«

Sie wird nicht mit mir darüber diskutieren. Sie geht, um die Krümel in den Müll zu werfen, und sieht dann wartend zu mir. Ich muss entscheiden, ob ich ihr folge oder nicht. Noch einmal erinnere ich mich an das, was Lyrica gesagt hat. Wenn Harmony für die Frauen verantwortlich ist, ist sie vermutlich auch für mich, ihren *Gast,* verantwortlich, solange ich in ihrer Gesellschaft bin. Was bedeutet, wenn ich auf eigene Faust umherstreife, wird sie zusammen mit Sam bestraft.

Dieses Risiko darf ich nicht eingehen.

Ich folge ihr.

Kapitel 21

Gwen

In meinem Inneren ist so viel Druck, dass ich schreien möchte. Er zerquetscht mein Herz und meine Lunge, und egal, wie tief ich auch einatme, er wird nicht geringer. Jetzt, wo ich diese seltsame, vorübergehende Allianz hinter mir lasse, habe ich das Gefühl, völlig nackt zu sein. Wir brauchen echte Hilfe. Echte Optionen.

Möglicherweise kann J. B. die bieten.

Wir verlassen die Anlage der Belldenes, holpern über den mit Rillen durchzogenen, schmalen Pfad, der zurück auf einen Holzweg führt; Angehörige der Belldenes stehen am Tor, um es zu öffnen und hinter uns wieder zu verschließen. Schließlich gelangen wir zu einer zweispurigen Landstraße, die im Vergleich zu der Siedlung, die wir gerade verlassen haben, praktisch schon Zivilisation ist. Ihre Wohnanlage ist so abgelegen, dass sie bei jedem Besuch rechtzeitig vorgewarnt werden; sie haben also ausreichend Zeit, um jegliche Beweise verschwinden zu lassen, wenn die Polizei zu ihnen unterwegs ist.

Es missfällt mir zutiefst, dass ich diesen Menschen etwas schuldig bin.

Lanny war bis eben still, aber jetzt meldet sie sich zu Wort. »Mom, was ist, wenn Sam und Connor fliehen können? Was, wenn sie nach Hause kommen, und wir sind nicht da?« Mein ganzer Körper schmerzt von dem plötzlichen Ansturm der Emotionen, denn der Gedanke, dass sie nach Hause kommen, ist so mächtig. So unmöglich.

»Falls ihnen das gelingt, geben sie uns Bescheid«, erkläre ich. »Entweder einer von ihnen würde uns anrufen, oder die Polizei, und wir würden es sofort wissen.« Ich hole mein Handy heraus. »Ich habe das immer an, Schatz.« Obwohl es ein Risiko darstellt. Die Entführer könnten Sams Handy haben, es sei denn, sie haben es zerstört, was Mike Lustig für wahrscheinlich hält; falls jedoch nicht, könnten sie mir damit auf der Spur bleiben. Auf Sams Handy ist eine App installiert, mit der mein Handy verfolgt werden kann. Ich muss ein weiteres Aufbäumen von Nervosität wegatmen. Normalerweise würde ich unsere Handys vernichten und neue besorgen.

Allerdings, falls sie das Handy haben und einschalten, kann ich wiederum auch ihn aufspüren.

Ich überprüfe das. Sams Handy ist aus.

Kurz überkommt mich die Erinnerung an Remy Landrys Mutter, die Kekse für einen Sohn bäckt, der nicht nach Hause kommt, und mein Mund wird trocken und meine Haut so eiskalt, dass ich Gänsehaut bekomme. *Nein, das wird nicht passieren. Uns nicht.*

»Wir sollten nach Hause fahren«, schlägt Lanny vor, aber sie meint das nicht ernst. Unser Heim ist besudelt durch die Männer, die dort eingebrochen sind. Durch die von der Schrotflinte verursachten Löcher in der Wand. Durch die schlechten Erinnerungen. Sie stellt sich ihr Zuhause vor, wie es davor war, doch das gibt es nicht mehr. Keine von uns würde sich dort aktuell sicher fühlen.

»J. B. wird uns helfen«, erkläre ich. Und ich bete, dass ich damit recht habe, denn falls sie das nicht kann, muss ich als Nächstes das FBI anrufen. Und diesen Trumpf will ich nur ungern ausspielen. Wird das FBI offiziell involviert, kann sich alles zum Guten wenden … oder zum Schlechten. Berühmte Fälle wie Ruby Ridge oder Waco zeigen, in welchem Blutbad es manchmal endet.

Connor und Sam könnten in ein tödliches Kreuzfeuer geraten.

»Aber was, wenn sie …«

»Wenn sie sich befreien können, werden sie das tun. Und Gott helfe jedem, der sich Sam in den Weg stellt, wenn er Connor beschützt.« Ich versuche, das zu glauben. Versuche, Lanny zu überzeugen. Und es funktioniert, zumindest ein bisschen. Der beständige, erstickende Druck in mir geht zumindest so weit zurück, dass ich wieder atmen kann. Ich werfe einen Kontrollblick auf unsere Tankanzeige; eine ganz automatische Handlung, wenn man auf dem Land lebt. Wir haben noch genug Sprit.

Da kommt mir urplötzlich der Gedanke, dass mein SUV zwar einen recht hohen Benzinverbrauch haben mag, der Camper aber noch eine ganze Menge mehr verbrauchen dürfte.

Und damit weiß ich auch, wie wir unseren Suchbereich eingrenzen können. So viele Tankstellen kann es in der Nähe einer Sektenanlage nicht geben.

»Es wird alles gut. Das verspreche ich«, sage ich, und zum ersten Mal glaube ich selbst daran. Meine Tochter antwortet nicht, nickt nur und schließt die Augen. Sie sieht erschöpft aus, das arme Kind. Ich dagegen bin kein bisschen müde. Ich glaube, ich werde nie wieder schlafen, zumindest nicht, bis ich meinen Sohn und Sam wieder bei mir habe.

Ich rufe Kezia an und erzähle ihr von meiner Idee mit der Tankstelle; das gefällt ihr, und sie verspricht, dass sie das überprüfen und die Informationen an TBI und Bundespolizei weitergeben wird. Und so Gott will, wird das nicht in einer Totalkatastrophe enden. Ich kann das Ganze nicht aufhalten. Aber ich kann versuchen, Alternativpläne zu entwickeln.

Die Fahrt nach Knoxville dauert quälend lang, und die ganze Zeit über male ich mir die Misshandlungen aus, denen meine Jungs ausgesetzt sein könnten. Ich muss das Lenkrad fest umklammert halten, damit meine Hände nicht zittern. Als ich in der Ferne endlich das Bürogebäude ausmache, verspüre ich echte Erleichterung. Ich parke und fahre mit den Mädchen in die entsprechende Etage. Anschließend öffnet uns meine Schlüsselkarte eine unscheinbare, stabile Tür, und wir betreten ein großes, offenes Büro mit vielen Schreibtischen darin. An einigen sitzen Leute, die am Computer arbeiten. Es sind Ermittler von J. B., die ausschließlich Online-Recherche betreiben. Für andere ist der Schreibtisch lediglich ein Ort, um Berichte zu schreiben und Anrufe zu tätigen.

Ich selbst habe hier keinen eigenen Arbeitsplatz. Wenn ich hier bin, was nicht oft der Fall ist, nutze ich einfach einen der frei verfügbaren Schreibtische. Das ist die Vereinbarung, die ich mit J. B. getroffen habe.

Ihr Büro befindet sich in einer Glasbox in der Ecke. Sämtliche Jalousien sind hochgezogen, daher sieht sie uns kommen. Sie geht uns entgegen und umarmt mich. »Hey«, begrüßt sie mich. »Wie geht's Ihnen?« Dann schiebt sie mich ein kleines Stück von sich, um mich genau anzusehen, und schüttelt den Kopf, bevor ich auch nur versuchen kann, zu lügen. »Schon gut. Ich weiß, wie's Ihnen geht. Hallo, Lanny. Und dich erkenne ich natürlich auch, Vee Crockett.« Sie kennt Vee noch von Wolfhunter. Ihr Blick zu mir besagt deutlich, dass sie keine Ahnung hat, warum Vee uns begleitet, und ich versuche gar nicht erst, es zu erklären. »Hey, Mädchen. Wie wär's, wenn ihr in den Pausenraum geht und euch ein paar Snacks holt, während ich mit Gwen rede?«

Lanny verweilt noch eine Sekunde, bis ich nicke, und läuft dann zusammen mit Vee in die Richtung, in die J. B. deutet. Ich folge J. B. in ihr Büro und warte, bis sie die Tür geschlossen und die Jalousien heruntergelassen hat, bevor ich mich in einen Stuhl sinken lasse. Sie beugt sich vor und verschränkt die Arme auf dem Schreibtisch.

»Ich würde ja gern fragen, was um alles in der Welt Vee Crockett bei Ihnen macht, aber ich vermute, das ist im Augenblick nicht wichtig«, meint sie. »Sie brauchen wahrscheinlich nicht nur moralische Unterstützung, sondern wirkliche Hilfe. Richtig?«

Ich nicke. Der erstickende Druck baut sich erneut auf. Ich will die toughe Gwen sein, die Frau, die sie beauftragt hat, die Frau, die gegen alles kämpft, jederzeit … aber ich habe niemanden, gegen den ich kämpfen kann. Ich atme tief ein. »Ich brauche Carol.«

J. B. rührt sich nicht. »Ich habe Fareed und Cicely nach Ihrer Kautionsanhörung darauf angesetzt.«

»Und der Fall?«

»Vor siebenundzwanzig Minuten fallen gelassen. Ich hab's nachgeprüft. Sie sind nicht länger auf Kaution. Sie sind eine freie Frau.«

»Das ist eine Erleichterung«, sage ich. »Fareed und Cicely?« Die beiden gehören zu J. B.s besten Ermittlern. Fareed ist ein absoluter Profi, was das Internet angeht; er kann jeden überall und jederzeit aufspüren, wenn derjenige auch nur einen Blick auf einen Computer geworfen hat. Und Cicely ist eine Wundertüte von Frau. J. B. hat sie von einem sehr guten Kautionsagenten abgeworben. Cicely ist gefährlich. Und teuer. »Danke.«

Sie tut das mit einer Handbewegung ab. »Fareed hat nichts gefunden, was kaum überrascht, so vorsichtig, wie diese Frau ist. Aber Cicely hatte sofort alles im Griff. Sie ist davon ausgegangen, dass Carol nicht noch einmal das Risiko eingehen wollte, die öffentlichen Verkehrsmittel zu benutzen, nicht einmal einen Bus, also hat sie sich als Erstes an Aufnahmestellen für häusliche Gewalt gegen Frauen gewandt. Carol hat sichtbare blaue Flecken, und die stellen keine Fragen.«

»Und?«

J. B. schenkt mir ein Lächeln, das mich daran erinnert, wie sich Hoffnung anfühlt. »Sie hat sie gefunden. Cicely ist vor Ort; bisher hat Carol nicht wieder versucht, zu verschwinden. Sie fühlt sich vermutlich für den Augenblick sicher, außerdem verfügt diese Zuflucht über ein Netzwerk, das sie jederzeit schnell und ohne Aufsehen aus Knoxville fortschaffen könnte.«

»Und Sie sind sich da sicher?«

»Cicely ist es. Und sie irrt sich nie.« J. B. sieht mich stirnrunzelnd an. »Was wollen Sie machen? Sagen Sie bitte nicht, Sie wollen Carol entführen; das riskiere ich nicht. Und ich glaube auch nicht, dass Sie sie diesmal dazu bringen könnten, freiwillig mit Ihnen zu kommen.«

»Das habe ich nicht vor«, versichere ich. »Ich muss nur mit ihr sprechen. Sie kann mir verraten, wo sich diese Sekte aufhält und worauf wir gefasst sein müssen, wenn wir uns ihnen nähern. Carol ist der Schlüssel, um Connor und Sam wohlbehalten zurückzubekommen.« Einen kurzen, schwindelerregenden Augenblick lang stelle ich mir vor, dass Carol nicht mit mir redet. Was soll ich dann tun?

Mir kommt der Gedanke, dass ich sie mit einem Tracker versehen könnte. Vielleicht in einer Reißverschlusstasche ihres Rucksacks. So könnte ich, falls alles andere fehlschlägt, falls ich sie gegen das Leben meines Sohnes eintauschen muss …

Ich zucke zusammen. Das kann ich nicht. Ich kann es nicht. Ich werde Carol nicht an die Menschen verraten, vor denen sie sich fürchtet, nicht einmal nach dem, was sie mit mir abgezogen hat. Sie hat lediglich versucht, zu überleben. Ihr eigenes Kind zu beschützen.

Der Gedanke, den zu vermeiden ich versucht habe, lässt mich plötzlich zögern, und ich frage J. B.: »Hat sie dort ein Kind bei sich?«

J. B. neigt den Kopf zur Seite, lässt sich nichts anmerken. »Warum fragen Sie das?«

»Weil ich glaube, dass sie schwanger war, als sie aus der Sekte geflohen ist«, erkläre ich. »Die Männer, die in mein Haus gekommen sind, haben nach ihr *und einem Kind* gesucht. Ich bin mir sicher, die wollen sie zum Schweigen bringen, falls sie Informationen hat, die sie mit Remys Entführung in Verbindung bringen könnten. Aber ebenso unbedingt wollen sie das Kind.«

J. B. seufzt und sieht zu Boden. Ihre Schultern sind nach vorn geneigt. »Cicely sagt, sie hat ein Kind bei sich, drei oder vier Jahre alt. Einen Jungen.«

Carol muss das Kind von der Person abgeholt haben, der sie es anvertraut hatte. Bestimmt plant sie, aus der Stadt zu verschwinden, sobald sich die Lage etwas beruhigt hat. Ein Heim für misshandelte Frauen ist das perfekte Versteck.

»Wenn es so weit kommen sollte …« J. B. schüttelt den Kopf. »Vielleicht haben Sie keine andere Wahl, als denen zu verraten, wo sie ist.«

»Das kann ich nicht.« Ich sage es leise, dennoch hängt es schwer in der Luft zwischen uns. »Ich werde weder sie noch ihren Sohn an die übergeben. Damit könnte ich nicht leben. Alles, was ich über diese Sekte weiß, verrät mir, dass sie in Carol nichts weiter als einen wandelnden Brutkasten sehen, und ihr Sohn … den würden sie so erziehen, dass er dasselbe glaubt wie die. Falls Vee recht hat, habe ich ein Video von einer ihrer alten Siedlungen gesehen. J. B., das ist …« Ich kann das Grauen, das ich empfinde, nicht in Worte fassen. Ich erinnere mich an das albtraumhafte Haus in Wolfhunter und an das, was Sam mir über die Frauen in Carrs Anlage erzählt hat. Ich kann Carol oder ihren Sohn nicht zu einem Leben in der Hölle verdammen.

»Ich weiß«, sagt J. B. »Sie würden diesen Handel niemals eingehen, Gwen. Darum mag ich Sie.« Sie schiebt sich vom Schreibtisch weg. »Kommen Sie. Ich fahre.«

Wir lassen Vee und Lanny im Büro zurück, obwohl die beiden protestieren; ich will die Mädchen nicht in der Nähe dieser Sache haben. Ich kann nicht abschätzen, was passieren wird. Carol ist verzweifelt. Sie könnte bewaffnet sein ... Ich bin es jedenfalls, und ich würde aus Verzweiflung sehr weit gehen, um meine Kinder zu beschützen. Ich will Lanny und Vee nicht in der Schusslinie haben. Also werden die beiden im Pausenraum mit einer Pizza und einem Stapel Filme untergebracht, und mit der strengen Anweisung, dort zu bleiben. Zusätzlich weist J. B. jemanden an, auf sie aufzupassen. Vertrauen ist gut, Kontrolle ist besser. Ich erinnere mich, dass Lilah Belldene das gesagt hat, und schüttle den Kopf.

Verdammt noch mal. Sie hatte recht.

* * *

Das Heim für misshandelte Frauen befindet sich in einem ehemaligen Wohnviertel, das mittlerweile in ein Gewerbegebiet umgewandelt wurde; die meisten hier ursprünglich vorhandenen Häuser wurden abgerissen oder renoviert, aber das, worauf J. B. beim Vorbeifahren zeigt, sieht nach einem Sonderfall aus. Es ist ein größeres Haus mit mindestens vier oder fünf Zimmern. Vermutlich war es irgendwann einmal ein sehr repräsentativer Bau. Jetzt allerdings ist ihm sein Alter deutlich anzusehen, das Dach ist reparaturbedürftig, und der Fassade würde ein frischer Anstrich nicht schaden. Draußen befindet sich kein Schild, mit Ausnahme des Hinweises »BETTELN UND HAUSIEREN

VERBOTEN«. Die Vordertür wirkt unauffällig, besteht allerdings aus angestrichenem Metall. Ich wette, sie ist überaus stabil. An allen Fenstern sind Gitterstäbe angebracht.

»Der Haupteingang ist hinten«, erklärt J. B. »Cicely beobachtet das Haus von einem Nachbargarten aus. Wie wollen Sie vorgehen?«

Ich will die Leute, die diese Zuflucht leiten, nicht anlügen. Das wäre natürlich die einfachste Version, um hineinzukommen; ich könnte reingehen und ihnen eine Horrorgeschichte erzählen. Die würde sogar stimmen, sie wäre nur nicht aktuell; zumindest dafür könnte mir die Ehe mit Melvin mal nützen. Aber ich würde mich schlecht dabei fühlen. Während J. B. das Auto sanft um die Ecke gleiten lässt, frage ich: »Haben Sie bereits die Kaution zurück, die Sie für mich hinterlegt hatten?«

»Ja.«

»Würden Sie mir die leihen? Zum Bankenkurs?«

Sie runzelt die Stirn, wirkt jedoch nicht wirklich überrascht. »Automatische Abzüge von Ihrem Gehaltsscheck«, sagt sie nur. »Sind Sie sich sicher? Absolut sicher?«

»Das bin ich«, bekräftige ich. »Aber ich brauche das Geld in bar. Sie wird kein Versprechen akzeptieren.«

J. B. fährt zur nächstgelegenen Bank. Innerhalb von zwanzig Minuten verlassen wir die Bank mit einem kleinen Beutel, in dem sich 50 000 Dollar befinden, und ich stecke das Geld in meine Schultertasche. J. B. hakt nicht noch einmal nach, ob ich mir sicher bin. Sie fährt mit mir zu einem Haus, das auf der anderen Zaunseite leicht versetzt zum Schutzhaus steht; es ist unbewohnt, im Fenster hängt ein »ZU VERMIETEN«-Schild. Wir parken und gehen um das Haus herum in den hinteren Garten, der ebenso verödet aussieht wie der an der Vorderseite – trockenes Gras, tote Sträucher und Schrottreste, die in den Ecken eines windschiefen Schuppens aufgestapelt wurden. Ich nehme Cicely West erst wahr, als J. B. direkt auf sie zugeht, denn sie hat sich einen Platz ganz in der Nähe des Schrotthaufens gesucht und trägt Kleidung in einer Farbe, die sich nicht von dem abblätternden grauen Anstrich des Schuppens abhebt. Sie sitzt in einem Faltstuhl und hat eine Tarndecke übergelegt. Sie ist mit allen Schikanen ausgestattet. Richtig erkenne ich sie tatsächlich erst, als wir bis auf fünf Meter herangekommen sind und sie eine Hand hebt. Sie steht auf, klappt den Stuhl zusammen und lehnt ihn gegen den Schuppen. Dann legt sie die dünne Tarndecke ordentlich zusammen und steckt sie in die Kuriertasche, die an ihrer Hüfte hängt.

Sie reicht mir gerade bis auf Kinnhöhe – ist also höchstens 1,50 Meter groß. Perfekt proportioniert, mit glatter, dunkler Haut und Augen von der Farbe von Herbstlaub. Cicely trägt ihre Haare in kurzen Locken, und was ihr an Körpermasse fehlen mag, macht sie mit außergewöhnlicher Geschicklichkeit wett. Ich habe einmal gesehen, wie sie einen Biker, der doppelt so groß war wie sie, mit drei schnellen Aktionen außer Gefecht gesetzt hat. »Ihr Mädchen ist noch da drin«, erklärt sie J. B. und sieht mich dann ernst an. »Hey, Gwen. Es tut mir so leid. Geht's Ihnen gut?«

»Die Kopfschmerzen lassen sich nicht abschütteln«, gebe ich zu und versuche mich im Gegensatz zu ihr an einem Lächeln. »Ich muss mit Carol reden. Wie lautet unsere beste Option?«

»Ganz ehrlich? Sie haben einen Lieferwagen, der bei der Zahnarztpraxis nebenan geparkt ist – die ihnen ebenfalls gehört und die sie an den Zahnarzt vermietet haben –, damit sie ihre Schützlinge evakuieren können, falls hier jemand auftaucht, der ihnen gefährlich werden könnte. Am besten ist es, wenn J. B. hinten reingeht und nach Carol fragt, sie werden ihr sagen, dass es hier niemanden mit diesem Namen gibt, und sobald sie gesehen haben, dass J. B. wegfährt, werden sie Carol in den Lieferwagen schaffen und in eine andere Zuflucht bringen. Der Lieferwagen ist unsere beste Option.«

Das klingt gut und erspart mir, reingehen und lügen zu müssen, also nicke ich zustimmend. J. B. geht zu ihrem Wagen, Cicely und ich begeben uns zur Zahnarztpraxis. Sie ist in einem modernisierten Schindelhaus mit Rampenzugang untergebracht; auf einem kleinen Parkplatz, der den Garten ersetzt, steht ein absolut nichtssagend aussehender Lieferwagen mit abgedunkelten Scheiben. Cicely bleibt auf der Veranda, ich betrete die Praxis und setze mich in das etwas schäbig wirkende Wartezimmer; an der Rezeption ist niemand, doch aus einem Raum weiter hinten ist das schrille Kreischen eines Zahnbohrers zu hören.

Ich muss außer Sicht bleiben, bis Cicely mir das Signal gibt, denn sobald Carol mich sieht, weiß sie genau, was Sache ist.

Als die Zahnarzthelferin an den Empfangstresen zurückkehrt, wirkt sie überrascht, mich vorzufinden; ich sage ihr nur, dass ich auf eine Freundin warte, was sie ohne nachzufragen akzeptiert. Sie vertieft sich in eine Zeitschrift. Die Minuten verstreichen. Ich widerstehe dem Drang, aus dem Fenster zu sehen, um mitzubekommen, was passiert.

Endlich öffnet Cicely die Tür einen Spalt und nickt mir zu, und ich verlasse die Praxis wieder.

Wir gehen die Rampe hinunter. Der Fahrer schiebt gerade die Seitentür des Lieferwagens zu. Es handelt sich um einen massiv wirkenden Mann um die vierzig mit schütterem Haar. Seine Haut ist ein paar Schattierungen heller als die von Cicely, und er trägt einen kleinen Bierbauch vor sich her. Er öffnet die Fahrertür. Cicely bewegt sich schneller, als ich für möglich halten würde, um auf die Beifahrerseite zu gelangen. Als er einsteigt, schlägt sie ihre Tür zu.

Ich stelle mich vor die Fahrertür, um ihm den Fluchtweg zu versperren. Sie hat eine Waffe gezogen. Das ist höchst illegal, aber es funktioniert, denn er zuckt zusammen und erstarrt. »Ganz ruhig«, meint sie. »Wir wollen nur mit Ihrem Fahrgast reden. Dann verschwinden wir, und sie kann tun, was sie möchte. Okay? Nicken Sie.«

Er zögert, ist wütend und angespannt. Aber er nickt. Ich schlage seine Tür zu und öffne die rückwärtige.

Carol sitzt in der hintersten Ecke des Lieferwagens, einen kleinen Jungen mit weit aufgerissenen Augen im Arm. Erleichterung blitzt in ihrem Blick auf, als sie mich erkennt, aber sie bleibt auf der Hut. Ich steige ein, schließe die Tür hinter mir und halte den Beutel mit dem Geld hoch, den ich aus meiner Tasche gezogen habe. »Das ist für Sie.« Ich werfe ihn ihr zu. Sie fängt und öffnet ihn. Starrt auf die 50 000 Dollar darin und blickt mich dann verwirrt an.

»Warum?«, fragt sie. »Nach dem, was …« Sie beendet den Satz nicht, aber das ist auch nicht nötig. Ich verstehe es. Sie sieht an mir vorbei, zum Fahrer des Lieferwagens, der die Hände erhoben hat. »Schon okay. Ich rede mit ihr.«

Damit ist ein großer Schritt geschafft. Cicely nimmt die Waffe herunter, steckt sie aber nicht weg, sondern legt sie auf ihren Oberschenkel. Der Fahrer senkt langsam die Hände und legt sie auf das Lenkrad. »Drücken Sie ja nicht auf die Hupe«, warnt Cicely. »Wir sind Freunde. Alles klar?«

Er nickt. Sie beobachtet ihn wie ein Falke, der kurz davor ist, die Krallen in seine Beute zu schlagen, und er hält still.

»Ich habe nur ein paar Fragen, dann können Sie gehen, wohin auch immer Sie wollen«, erkläre ich Carol. Ich sehe den kleinen Jungen an. Er ist bezaubernd. Ich erinnere mich an Connor in diesem Alter, an sein Lächeln und sein Toben und seinen Kleiner-Junge-Charme. Es schmerzt und ist gleichzeitig herzerwärmend. »Er ist Vater Toms Sohn, richtig?« Sie umklammert das Geld und nickt schließlich steif. »Und Vater Tom will ihn wiederhaben.«

»Natürlich will er das«, bestätigt Carol. »Er lässt seinen Besitz nicht gehen. Aber Nick bekommt er nicht. Eher sterbe ich.« Ich glaube, dass sie soeben zum ersten Mal ehrlich zu mir ist. Bei ihrem Fluchtversuch mit dem Bus war vermutlich nur eine vorübergehende Abwesenheit geplant gewesen. Sie hätte den Jungen nicht zurückgelassen. Nicht dauerhaft. »Vater Tom verdirbt alles, was er anfasst. Ich kam als Ausreißerin zu ihm, als ich dreizehn war. Und er hat mir in so unglaublich kurzer Zeit das Gefühl gegeben, ein Nichts zu sein. Aber ich bin nicht wertlos. Das bin ich nicht.« Sie hebt das Kinn, während sie das sagt, kämpft noch immer damit, es wirklich zu verinnerlichen. Anstatt es sich nur vorzusagen.

»Darf ich Ihnen eine Frage stellen?«, bitte ich. »Als Sie bei der Sekte gelebt haben, wie hat man da den Ort genannt, an dem die Frauen schliefen?«

Sie muss gar nicht erst darüber nachdenken. »Der Garten«, sagt sie. »Wie Eden. Wir sind alle seine Evas.« Die Bitterkeit in ihrer Stimme lässt mich zusammenzucken, und ich erinnere mich an das Kingsize-Bett in der verlassenen Siedlung. Sie lügt nicht. Sie kennt diese Sekte.

Die blauen Flecken, die sie sich selbst zugefügt hat, schillern noch in allen Farben. Aber ihre eigentlichen Verletzungen gehen tiefer, viel tiefer als das alles.

Ich kann mir nicht vorstellen, was vorgefallen sein muss, bis sie wirklich weggelaufen ist – nicht nur, um sich selbst zu retten, sondern vor allem für das Baby, das sie in sich trug. Lieber Gott.

Ich atme tief durch. »Letzte Nacht haben die meinen Sohn Connor entführt. Sie verlangen, dass ich ihnen sage, wo Sie sich aufhalten. Sie sind in einem Camper gekommen, genau wie Sie gesagt haben. Sie haben auch Sam, meinen Lebensgefährten. Mein Sohn ist ungefähr in dem Alter, in dem Sie dort hineingeraten sind.«

Sie wird leichenblass. Sie steckt das Geld in ihren Rucksack. Denselben wie zuvor. Remys. »Das tut mir leid«, sagt sie. »Was haben Sie denen über mich erzählt?«

»Nichts. Aber Sie müssen gehen, Carol. Jetzt sofort. Wir haben Sie gefunden. Das bedeutet, die können das auch. Nehmen Sie das Geld, und beginnen Sie zusammen mit Ihrem Sohn irgendwo weit weg ein neues Leben.« Meine Augen füllen sich mit Tränen, und es fällt mir schwer, weiterzusprechen. »Aber bevor Sie gehen, bitte, *bitte* sagen Sie mir, wo ich meinen Sohn finde. Ich flehe Sie an. *Bitte.* Es liegt in Ihrer Macht, mir zu helfen, ihn zu retten.«

»Aber – Sie wissen doch bereits vom Garten. Sie müssen also wissen …« Sie verstummt kurz. »Oh. Sie haben die alte Stätte gefunden. Die nahe Wolfhunter. Von dort sind sie weggezogen, bevor ich zu ihnen gestoßen bin.«

»Die neue Siedlung muss irgendwo in der Nähe der Catoosa Wildlife Management Area sein. Sagen – sagen Sie mir einfach nur, wie ich sie finde.« Ich zittere mittlerweile so stark, dass ich mich mit beiden Händen an einer Sitzlehne festhalten muss. Tränen strömen mir über die Wangen, ich spüre sie so kalt wie schmelzendes Eis auf meinen Wangen. Ich weiß nicht, was ich tun soll, wenn sie es mir nicht sagt. Ich will nicht darüber nachdenken. »Carol. Bitte.«

Sie schüttelt den Kopf. *O Gott,* nein, sie schüttelt den Kopf, und ich spüre, wie meine Verzweiflung sich wie eine Schlange durch meine Eingeweide windet. Aber dann sagt sie: »Er hat dieses alte Arbeitslager in der Nähe von Bitter Falls gekauft. Aber das wird Ihnen nichts bringen. Es gibt keinen Weg hinaus. Keinen Weg hinein. Es ist seine Festung.« In ihren Augen glitzern Tränen, aber sie blinzelt sie fort. »Ich kenne Leute, die einen Fluchtversuch gewagt haben. Sie sind alle dort gestorben. Er hat sie zu seinen ›Heiligen‹ gemacht. Ihr Junge tut mir sehr leid, aber ich kann Ihnen nicht weiterhelfen. Ich lasse nicht zu, dass er mein Kind ertränkt, wie er es mit all den anderen getan hat …«

Mir wird kalt, und was immer sie sonst noch sagt, geht in weißem Rauschen unter. *Mein Kind ertränkt.* Ich versuche zu schlucken, aber es fühlt sich so an, als wäre der Speichel in meinem Mund steinhart geworden. Meine Stimme klingt kratzig, als ich nachhake. »Was meinen Sie mit ›ertränkt‹?«

Carol atmet tief ein, als würde sie gleich selbst untertauchen. »Er hat mir erzählt, Nick würde sein neuer Messias werden. Aber das hatte er schon mal über ein Kind gesagt und dann gemeint, das Baby habe nicht die richtigen Male, danach hat er es zum Wasserfall gebracht und ist allein zurückgekommen.« Sie erschaudert, und ich spüre sie auch, diese Abscheu tief in mir. Kein Wunder, dass sie weggelaufen ist. »Männer, die aus der Reihe tanzen, werden von ihm als Heilige bezeichnet, auserwählt von Gott. Und dann ertränkt er sie, während er sie tauft. Er sagt, er stellt eine Armee im Himmel zusammen, die uns beschützt.«

Mir ist kälter als jemals zuvor in meinem Leben. »Ist das auch mit Remy passiert?«

»Remy dachte, er könnte mich freikaufen, indem er versprach, drei Monate für sie zu arbeiten. Das hatte ich ihm so erzählt. Aber er wird nicht zurückkommen; die lassen niemanden wieder gehen. Sie haben ihn erwischt, und er ist jetzt entweder einer von ihnen oder ein Heiliger. Ich weiß nicht, was davon zutrifft.« Sie wischt sich die Tränen ab. »Das war die Nacht, in der ich entkommen konnte. Die Nacht, in der Remy mit ihnen gegangen ist. Ich habe die Gelegenheit ergriffen und bin geflohen. Ich habe ihn für das Leben meines Kindes eingetauscht. Und daran denke ich jeden Tag.«

Sie hat ihren Sohn Nick genannt. Nicolas. Remys zweiter Vorname. Ich glaube, sie ist in diesem Augenblick so ehrlich zu mir, wie sie nur sein kann. Aber die Verzweiflung, die an mir nagt, will nicht verschwinden. »Ich muss da reinkommen,

Carol. Meinen Sohn finden. Wo auf dem Gelände würden sie ihn festhalten?«

»Wenn er ein Konvertit ist, schläft er mit den Männern in ihrem Haus«, erklärt sie. »Aber es hängt davon ab, was sie tagsüber mit ihm machen. Konvertiten arbeiten üblicherweise auf den Feldern. Aber er ist kein Konvertit, er ist eine Geisel, daher weiß ich das nicht. Vielleicht stecken sie ihn in den Schuppen; dort sperrt Vater Tom die ein, die er Heilige nennt, bevor er sie wegbringt. Aber das spielt alles keine Rolle. Sie kommen gar nicht erst rein!«

»Wenn es sein muss, ramme ich das Tor.«

»Das ist viel zu stabil, und selbst wenn, dann werden Sie in Stücke geschossen. Er hat da drin eine Armee. Überall am Zaun Patrouillen. Er predigt die ganze Zeit, dass die Regierung kommen wird, um alle zu töten. Sie werden kämpfen. Sie alle.« Sie schluckt schwer. »Sie töten bereits für ihn. Und sie würden bis hin zum Letzten sterben, um ihn zu verteidigen.«

»Was ist mit diesem Wasserfall, den Sie erwähnt haben?«

»Unwichtig. Das gesamte Lager ist von einem vier Meter hohen Zaun umgeben«, fährt sie fort. »Stacheldraht obendrauf, und ständig Patrouillen. Die erschießen Sie, bevor Sie es hinübergeschafft haben. Und selbst wenn Sie es schaffen würden, kämen sie nicht weit. Sie werden erwischt – und dann möge Gott Ihnen beistehen.«

Ich muss glauben, dass es eine Chance gibt. Das muss ich.

Carol spricht weiter. »Ich hatte früher Albträume, dass diese Heiligen aus dem Wasser steigen. Aber es war für mich niemals real. Zumindest nicht, bis ich schwanger wurde.« Sie schluckt, als würde sie gegen Übelkeit ankämpfen. »Dann konnte ich nicht mehr schlafen, weil ich mir vorstellte, wie mein Baby dort ertränkt wird. Ich wusste nicht, ob es ein Junge oder ein Mädchen werden würde, aber so oder so, ich wusste, ich konnte nicht zulassen, dass es dort bei ihm geboren würde.

Ich meldete mich freiwillig für die Missionierungsaufträge – sie schicken uns in den Campern los, drei Männer und eine Frau. Wir Konvertiten sind besser im Flirten als diejenigen, die in der Siedlung geboren werden; diese armen Mädchen, sie kennen ja kein anderes Leben. Wir konnten diese Jungs für uns gewinnen, ihnen unsere mitleiderregende Geschichte erzählen, sie glauben lassen, dass sie uns retten.« Sie sieht auf den Rucksack hinunter, den sie hält. »Wie Remy. Es war so einfach. Eine traurige Geschichte erzählen, ihm klarmachen, dass nur er mein Held sein kann. Und er dachte, er würde das Richtige tun.«

Ich möchte gehen. Ich *muss* gehen. Sie hat mir den Ort genannt – Bitter Falls –, an dem wir Connor und Sam finden können. Aber ihr Selbsthass und ihre Schuldgefühle haben eine schreckliche, magnetische Anziehung.

»Nichts davon ist Ihre Schuld«, beruhige ich sie. »Sie waren ein Opfer. Sie waren ein Kind. Gehirngewaschen. Missbraucht. Die Tatsache, dass Sie die Stärke gefunden haben, wegzulaufen, sagt alles über Sie. Aber – leben Sie für Ihren Sohn. Finden Sie einen Ort, an dem Sie sicher sind. Ich verspreche Ihnen, wenn Sie mich jemals brauchen, müssen Sie nur anrufen. Ich helfe Ihnen.«

»Warum?« Es klingt wie ein Schmerzensschrei. »Ich habe Sie verraten, sobald ich die Gelegenheit dazu hatte!«

»Sie haben getan, was Sie tun mussten, Carol. Ich verstehe das.«

Sie schweigt ein paar Sekunden. »Er gibt uns allen Namen, die ihm gefallen. Musiknamen. Blumennamen. Meiner war Carol – Lied.« Plötzlich streckt sie mir eine Hand entgegen, während sie ihren Sohn im anderen Arm balanciert. »Aber ich bin Daria. Daria Iverson. Und das hier ist Nick Iverson.«

Ich ergreife die Hand und schüttle sie. »Gwen Proctor«, sage ich. »Ehemals Gina Royal. Ich empfinde für diesen Namen dasselbe wie Sie für Carol. Er ist für mich tot.«

Als sie losfahren, frage ich nicht, wohin sie jetzt will. Ich hoffe, sie verschwindet. Ich hoffe, sie und ihr Sohn finden irgendeine anonyme Ecke auf der Welt, die sie zu ihrer Heimat machen können, weit weg von Siedlungen und Heiligen und den Toten.

Ich hingegen?

Ich ziehe in den Krieg.

Kapitel 22

Sam

Ich erwarte die üblichen Schläge, daher bin ich nicht überrascht, als die Tür aufgerissen wird und drei Männer hereinstürmen, um auf mich einzutreten. Ich rolle mich zusammen und ertrage es so gut, wie man solche Dinge eben ertragen kann; die Schmerzen sind scharf wie Glasscherben, aber ich glaube nicht, dass sie mir irgendetwas gebrochen haben. Und als sie mich dann blutend und atemlos auf dem Boden liegend zurücklassen, werfen sie mir noch eine halb leere Flasche Wasser und ein Stück Brot hin.

Buchstäblich Brot und Wasser. Gut, dass sie die Klassiker kennen.

Trotz meines Verlangens, gleich alles auf einmal zu trinken, nehme ich nur einen kleinen Schluck und stelle die Flasche beiseite. Die Hälfte des Brots hebe ich mir für später auf und esse nur häppchenweise. Während ich kaue, schmecke ich Blut von meiner aufgeplatzten Lippe. Mein Zeitgefühl habe ich bereits verloren, obwohl ich anfangs noch versucht habe, die Stunden zu zählen und Kerben in die Erde zu kratzen.

Ich weiß nicht, wo Connor ist, und ich muss aufhören, an ihn zu denken, denn es gibt keinen Weg hier heraus – bis jetzt. Ich habe die Männer für dieses Mal ihren Spaß haben lassen, ohne mich zu wehren, hauptsächlich, weil ich will, dass sie nachlässig werden. Das nächste Mal werden sie mit weniger Aggressionen und viel mehr Zuversicht hereinkommen. Das werde ich noch einmal so hinnehmen. Beim darauffolgenden Mal jedoch, wenn die Umstände passen und ihre Wachsamkeit gering ist, verschwinde ich auf Teufel komm raus aus diesem Loch, finde Connor und suche für uns beide einen Weg aus diesem Lager.

Ich muss mich schwer zusammenreißen, um nicht das ganze selbst gebackene Brot zu essen, so gut schmeckt es. Aber es ist besser, es für später aufzuheben.

Plötzlich klopft es an der Tür, kurz und nervös. Einen Augenblick lang bin ich versucht, »Wer ist da?« zu sagen, als wäre das hier mein Zuhause, als könnte ich der Person da draußen den Eintritt erlauben oder verwehren, wenn mir danach ist. Aber ich verhalte mich still.

»Sind Sie da?«, fragt eine Stimme. Ich hatte gehofft, es sei Connor, aber gleichzeitig will ich das auch nicht. Ich will, dass er in Sicherheit bleibt, die Regeln befolgt, nichts riskiert.

Es ist nicht Connor. Es ist die Stimme einer Frau, oder vielleicht eines Mädchens. Sehr zögerlich. Ich versuche, aufzustehen, stöhne und bleibe sitzen. Früher bin ich mit Schmerzen besser zurechtgekommen. Vielleicht werde ich langsam alt. »Wo wäre ich denn sonst?«, frage ich. Ich bewege mich etwas nach vorn und lehne meinen Kopf gegen die Metalltür. Ich sollte dankbar dafür sein, dass der Winter vor der Tür steht. Diese Hütte wäre im Sommer der reinste Backofen. Die Kälte bringt mich zum Zittern, aber noch ist es nicht so kalt, dass ich mir wegen Unterkühlung Sorgen machen müsste. Schlafen wird schwierig, aber ich habe schon Schlimmeres durchgestanden.

»Wie heißen Sie?«, flüstert sie. »Ich kann nicht lange bleiben, tut mir leid. Sagen Sie mir einfach nur, wer Sie sind.«

»Sam Cade«, antworte ich. Ich habe nicht vor, ihr mehr zu verraten, da das hier vermutlich Taktik ist. »Wer bist du?«

Darauf antwortet sie nicht. Sie fragt nur weiter. »Sind Sie sein Vater? Der von dem Jungen?«

Darauf gibt es verschiedene Antworten; ich entscheide mich für die einfachste. »Ja.«

»Er steckt in Schwierigkeiten«, sagt sie. »Sie müssen ihn hier rausholen. Möglichst bald.«

Das lässt mich die Schmerzen, die Kälte und alles andere vergessen. Ich richte mich auf und blicke die Tür an, als könnte ich hindurchsehen. »Was ist denn los?«, frage ich.

»Das passiert mit ihnen allen«, sagt sie. Die mysteriöse Fremde. »Es kann nur auf zwei Arten enden. Entweder wird er ein Bruder oder ein Heiliger. Nichts davon ist gut.«

Mir ist klar, dass das auch Taktik sein könnte – falsche Informationen, die dazu gedacht sind, meinen Fokus abzulenken, meine Widerstandsfähigkeit zu schwächen. Natürlich wollen die Connor und mich gegeneinander ausspielen. Ganz nach Lehrbuch. Und soweit ich das sagen kann, könnte diese Stimme auf der anderen Seite der Tür auch eine wahre Gläubige sein.

»Ich kann nichts machen. Er ist auf sich gestellt«, sage ich, und sosehr es mich auch schmerzt, ich weiche zurück an die hinterste Wand. Zweimal ruft sie noch meinen Namen. Ich reagiere nicht.

Sie geht wieder, und auf einmal wirkt die Nacht sehr dunkel, sehr kalt und sehr lang. Ich kann mir nicht sicher sein, ob sie die Wahrheit gesagt hat oder nicht. Ich kann mir nicht sicher sein, dass Connor nicht gerade gehirngewaschen wird. Er war schon früher empfänglich. Er ist auf die falschen Versprechungen seines Vaters reingefallen, was ihn entweder immunisiert hat – hoffentlich – oder noch verletzlicher gemacht hat. Ich bete, dass er gelernt hat, Manipulationen besser zu erkennen, aber diese Leute hier haben eindeutig ein durchdachtes System, das beinahe perfekt abgespult wird. Sie sind vorsichtig, streng – doch die Art, wie sie hinter Gwen her waren und mich und Connor entführt haben … das war waghalsig.

Waghalsigkeit ist bei dieser Art von Sekte etwas sehr Gefährliches. Es macht sie dreist und selbstmörderisch. Vater Tom wird sich, wie all diese selbst ernannten Arschlöcher, bis zum bitteren Ende an seine Macht klammern. Und dafür zu sorgen, dass all seine Anhänger vor ihm ins Grab gehen, stellt diese Macht sicher. Dafür gibt es genug Beispiele in der Geschichte, von David Koresh bis Jim Jones.

Ob ich dieser Frau nun Glauben schenken will oder nicht, die Gefahr für Connor ist real. Die Tatsache, dass ich hier zitternd herumsitze, ist beschämend und macht mich wütend, aber ich darf nicht zulassen, dass es mich innerlich zerreißt. Ich muss das irgendwie nutzen. Irgendwie.

Also tue ich das, was ich beim SERE-Training bei der Air Force gelernt habe. Ich verbanne all das aus meinen Gedanken, rolle mich zusammen, um Wärme zu bewahren, und schlafe, so gut und lange ich nur kann.

* * *

Am nächsten Morgen erwache ich, als die Tür aufgeschlagen wird. Ich schaffe es gerade so auf die Beine, bevor sie mich erreicht haben. Diesmal hagelt es keine Tritte. Sie schleifen mich nach draußen in das sanfte Licht des Morgens. Es ist noch kalt, und meine Füße sind taub geworden, also spüre ich die Schnitte kaum, die ich mir zuziehe, während ich über die scharfen Steine stolpere, die eine flache Mauer rund um das Gefängnisgebäude bilden. Es ist eine symbolische Form der Barriere, um die Leute fernzuhalten. Wieder sind es drei Männer, einer davon Caleb, der ein Sturmgewehr an die Brust geschnallt hat. Eine MP5. Ich frage mich, wie gut er damit umgehen kann. Vermutlich gut genug, um mich zu zerfleddern. Die anderen beiden sind ebenfalls mit Waffen ausgestattet – mit eher normalen, wie man sie auch in Privatbesitz findet –, was meine Chance verringert, Caleb die MP5 abzunehmen und das zu überleben. Stattdessen warte ich ab, wohin sie mich bringen.

Sie sagen kein Wort. Im Gänsemarsch gehen wir einen Weg entlang über weitere spitze Steine und dann über kalte, festgetrampelte Erde, durch eine Kathedrale aus schweigenden Bäumen. Als ich stolpere – das Gefühl kehrt in meine Beine zurück, und das ist nicht angenehm –, bekomme ich einen heftigen Stoß von hinten, der mich beinahe zu Boden wirft. Die Fesseln an meinen Hand- und Fußgelenken haben meine Haut bereits aufgescheuert, und ich bin wieder elendig hungrig. Die seltsame Stille fällt mir besonders auf. Hier gibt es nicht einmal Vogelgezwitscher.

Ich höre das Zischen und dann das ohrenbetäubende Brausen, bevor ich den Wasserfall sehe. Er ist nicht groß, aber atemberaubend, und im Morgenlicht tanzt ein Regenbogen über dem weißen Nebel auf dem sprühenden Wasser. Der Teich – See? –, in den er sich ergießt, sieht dunkel und tief aus.

Vater Tom steht am steinigen Ufer und schaut in Richtung Wasserfall. Caleb und seine schweigenden Begleiter schieben mich neben ihn und treten ein paar Schritte zurück. Sie bleiben in Rührt-euch-Stellung. Schlampige, arrogante Milizen-Arschlöcher, zumindest zwei von denen, während ich bei Calebs überlegener Haltung davon ausgehe, dass er irgendwann mal eine echte Uniform getragen hat.

»Sam.« Lächelnd dreht sich der Prophet zu mir um. Er sieht wie ein älterer guter Freund, Dad, Großvater aus … und ich muss zugeben, dass er einen seltsamen, aber verlockenden Charme versprüht. »Ich wollte privat mit Ihnen sprechen.

Nur wir beide, von Mann zu Mann.« Von Kerkermeister zu Gefangenem, meint er wohl.

Ich erkenne, dass das meine Chance sein könnte. Ich befinde mich im Augenblick nicht inmitten eines Lagers, umzingelt von Wachen und Waffen. Sondern in einem abgelegenen Gebiet mit nur drei Wachen und dem wichtigsten Mitglied der Sekte. Blitzschnell gehe ich den Plan im Kopf durch. *Schritt eins, meine gefesselten Hände über seinen Kopf legen, ihn am Nacken nach hinten ziehen und als Deckung nutzen. Die Männer dazu bringen, die Waffen abzulegen. Die mir nächste Waffe schnappen und sie alle erschießen, wenn es sein muss. Mit Vater Tom zu Connor marschieren und ihn anschließend benutzen, um an ein Fahrzeug zu kommen und von hier zu verschwinden.*

Der Plan ist löchriger als ein Schweizer Käse, aber es ist eine Gelegenheit, und vermutlich die beste, die ich bekommen werde.

Gerade will ich den Plan in die Tat umsetzen, als Vater Tom mir ein riesiges Jagdmesser in die Seite drückt. Dabei lächelt er noch immer. »Ich weiß, was Sie denken«, flüstert er, als würden wir Geheimnisse untereinander austauschen. »Sie schmieden gerade einen Plan, wie Sie hier rauskommen und den Jungen mitnehmen können. Das respektiere ich. Aber dieser Junge gehört mir. Eher sorge ich dafür, dass Sie beide sterben, bevor ich Sie ziehen lasse.«

Ich sage nichts. Die Niederlage schmeckt wie Asche in meinem Mund. Ich schlucke sie hinunter und rühre mich nicht.

»Selbst wenn es Ihnen irgendwie gelingt, mir dieses Messer zu entreißen, mir und meinen Männern hier zu entkommen … meine Leute haben ihre Befehle, und die reißen Sie in Stücke, bevor Sie fliehen können. Akzeptieren Sie es einfach. So tapfer sind Sie nicht. Das ist niemand.« Er hält einen Augenblick inne, der Druck des Messers fühlt sich heiß auf meiner Haut an. Es ist nur einen oder zwei Zentimeter von meinen Nieren entfernt, von den großen Arterien. Er müsste nicht viel Aufwand betreiben, um mich hier auf der Stelle verbluten zu lassen. Mir ist übel, ich bin rasend vor Wut und ich möchte ihn umbringen, aber ich zwinge mich, mich wieder auf mein Training zu besinnen.

Ich warte. Blicke niedergeschlagen drein. Ich schwanke und sehe so müde und verzweifelt aus, wie es mir möglich ist.

»Ihr Junge ist clever. Und auch ruhig, genau wie Sie. Dabei weiß ich, wer sein wahrer Vater ist. Vielleicht schlägt er ja mehr nach Melvin Royal. Glauben Sie, das stimmt? Könnte er zu einem gnadenlosen Killer werden?«

Ich sage nichts. Lasse ihn reden. Er kommt schon von selbst zum Punkt. Ich schlucke meine Wut, so gut es geht, hinunter. Ich schwitze, obwohl es kalt ist. Fühle mich fiebrig vor Verlangen, ihm wehzutun.

Ich muss warten.

»Ich habe Sie überprüft, Sam. Zu schade, dass Ihre Schwester auf ein Monster wie Royal stoßen musste. Gottes Wege sind manchmal in der Tat unergründlich, nicht wahr? Dass er Sie und Royals Frau zusammengebracht hat. Aber darin besteht auch ein gewisser Triumph. Sie müssen ihn nicht vernichten, wenn Sie das haben, was er einst hatte. Seine Frau. Seine Kinder.« Er versucht, eine Reaktion zu provozieren. Ich gebe ihm keine. Er hat bisher noch keinen wunden Punkt getroffen.

Sein Lächeln lässt nicht nach. Auch nicht das Gefühl, das er ausstrahlt – entspannt, freundlich, ruhig. Ich wette, er wirkt so bis genau zu dem Augenblick, in dem er zusieht, wie man stirbt, und dann, vielleicht erst in der allerletzten Sekunde, verrutscht die Maske und zeigt das Monster darunter. Aber nur für seine Opfer. Niemals für seine Herde aus Schafen und Wölfen.

»Der Junge scheint Ihnen wirklich wichtig zu sein, trotz all der Pein der Vergangenheit. Also, sagen Sie mir, Sam: Was werden Sie tun, um ihn zu retten?«

Jetzt kommen wir endlich zur Sache. Ich bin beinahe erleichtert, antworte aber trotzdem nicht. Der erste Schritt, Befragungen zu überstehen: Niemals Ja sagen. Niemals eine Antwort geben, die einen emotional in Bedrängnis bringen oder verzerrt werden kann, um anderen wehzutun.

»Keine Reaktion?« Er klingt enttäuscht. »Ich muss es wissen, Sam: Würden Sie für ihn sterben? Er ist nicht Ihr richtiger Sohn, nicht Ihr Fleisch und Blut. Lieben Sie ihn ausreichend, um ihn zu retten?«

Niemals Ja sagen. Das Geiseltraining ist tief in mir verankert, aber ich habe mich noch nie so sehr wie ein Gefangener gefühlt wie in diesem Augenblick, gefangen in dem tiefen Brunnen der Drohungen und des Charismas dieses Mannes. Jetzt sehe ich ein Glitzern in seinen Augen, eine kleine Spur dessen, was seine Opfer im letzten, verzweifelten Augenblick zu sehen bekommen. Ich muss ihn wütend machen. »Ich komme mal gleich zur Sache, da deine Psychospielchen mich langweilen. Lass mich hier eins klarstellen: Scheiß auf dich, Tom. Scheiß auf deine verquere Sekte und deine Drohungen und deine amateurhaften Versuche der Gehirnwäsche. Nimm das alles und stopf es dir in den Arsch. Ich werde für Connor sterben, natürlich werde ich das. Vielleicht schaffst du es, mich umzubringen, bevor ich dich umbringen kann. Aber ich kann dir verraten, derjenige, der es dann mit dir aufnimmt, wenn ich nicht mehr bin, ist noch hundertmal schlimmer.«

Falls ihn das auf irgendeine Weise aus der Bahn geworfen hat, erkenne ich es nicht. Aber ich höre eine seltsame Neugier in seinem Tonfall, als er nachfragt: »Und was glaubst du, wer es mit mir aufnimmt, wenn du tot bist?«

»Gwen Proctor«, verkünde ich.

Er lacht. Ein echtes Lachen, obwohl ich kaum glaube, dass ein Soziopath wie er in der Lage ist, Humor so zu verstehen wie der Rest von uns. Schließlich gelingt es ihm, sich wieder zu beherrschen. »Die Bibel sagt: *Und der Mann wurde nicht geschaffen um der Frau willen, sondern die Frau um des Mannes willen.* Frauen sind da, um zu dienen, zu gefallen und Kinder zu gebären. Nicht mehr. Das muss ihr beigebracht werden. Dafür werde ich sorgen.«

»Sie wird eher dir etwas beibringen«, widerspreche ich. »Wenn ich dich nicht vorher erwische.«

»Lass mich kurz in die Zukunft schauen. Wenn ich mit Connor fertig bin, wird er ein echter Gläubiger sein. Vielleicht sogar mein lange versprochener Messias. Er wird mein Werk fortführen und sich besser und zufriedener fühlen, als er sich jemals mit Ihnen oder seiner unnatürlichen Mutter gefühlt hat.« Er drückt das Messer fester gegen meine Haut, und ich verspüre ein kurzes Aufblitzen von Schmerz. Ich reagiere nicht. Er schneidet tiefer. Die Funken werden zu einem Feuer. Ich blinzle nicht. »Das ist natürlich der bestmögliche Ausgang. Einer von euch wird sich meiner Armee von Heiligen im Himmel anschließen. Das könnten Sie sein, es kann auch Ihr Sohn sein. Ich werde Sie die Wahl treffen lassen.«

Ein Klassiker.

»Du wirst sowieso das tun, was du willst, ganz egal, was ich sage. Du glaubst, du bist anders und etwas Besonderes, aber du bist noch nicht mal originell. Du bist ISIS mit einer Bibel. Du bist Jim Jones ohne die vergifteten Drinks. Du bist die Kopie einer Kopie, Arschloch. Aber das ist egal. Mit Leuten wie dir nimmt es immer ein schlimmes Ende. Aber das Wichtigste daran ist … du stirbst.«

Es ist mir gelungen, seinen Panzer zu knacken, und eine Sekunde lang ist er da: der wahre Tom. Der wütende, wilde, clevere, hungrige Tom.

Diesmal drückt er das Messer noch tiefer hinein. Es fühlt sich so an, als hätte er einen Schneidbrenner in meinem Inneren entzündet. Der Schock senkt sich wie ein warmer Vorhang über mich, was gut ist, denn Schock führt ein Stück weit dazu, dass Blut ins Zentrum des Körpers gezogen wird, zur Sicherung von Herz, Lunge und Gehirn – alles andere wird unwichtig. Die Blutung ist nicht extrem stark, auch wenn das Blut stetig fließt. Er hat keine Arterie getroffen. Das hilft mir, wieder zu Atem zu kommen.

Er steht da und sieht mich an, das Messer in der Hand. Sieht zu, wie ich blute. Er wirkt … so glücklich wie ein Kind an Weihnachten. Er würde mich zu gern in Stücke schneiden. Ein paar Sekunden lang glaube ich sogar, dass er das jetzt gleich tun wird, und während das geschieht … verschwinde ich einfach. Ich denke an Gwen. Die Kinder. An gute Tage, die warme Sonne auf meiner Haut. Wenn ich hier schon sterben muss, dann möchte ich dabei nicht an Vater Tom denken.

Aber er tötet mich nicht. Er reißt sich zusammen und setzt wieder seinen normalen Gesichtsausdruck auf. Er zieht ein Taschentuch aus seiner Hosentasche und wischt damit das Messer ab, bevor er es zurück in ein Lederfutteral an seinem Rücken steckt.

»Bringt ihn zurück«, befiehlt Vater Tom. »Lasst ihn bluten und fasten und beten. Morgen machen wir ihn zu einem Heiligen.«

»Ihr braucht mich«, erkläre ich. »Wenn ihr mich tötet, habt ihr nichts in der Hand, um ihn hier zu halten. Der Junge ist clever. Er wird eine Möglichkeit zur Flucht finden.«

»Connor gehört bereits mir«, widerspricht er. »Und ich tue mit Ihnen das, was der Herr mir sagt.«

Sie müssen mich zurück ins Gefängnis schleifen. Auf halbem Weg dorthin falle ich in Ohnmacht, und als ich wieder zu mir komme, bin ich bereits in der kleinen Zelle eingesperrt. Jemand hat meine Wunde versorgt. Ich habe keine Ahnung, ob ich innere Blutungen habe, aber es tut höllisch weh. Jeder Pulsschlag sorgt für einen Schmerzensstich. Ich bleibe einfach so still liegen, wie ich kann, und warte darauf, dass sich mein Körper daran gewöhnt. Oder mein Geist. Was von beiden auch immer als Erstes damit zurechtkommt.

Als der Schmerz aushaltbar wird, trinke ich die Wasserflasche aus und esse das übrige Brot. Fühlt sich an wie eine Mini-Kommunion. Ich sage mir, was auch passieren mag, ich habe das Beste gegeben, was mir möglich war. Sollte ich wirklich innere Blutungen haben, werden das ein paar schlimme Stunden. Und ich muss zugeben, dass ich Angst habe. Angst um mich und um Connor. Ich sorge mich auch um Gwen, die vielleicht nicht weiß, was sie erwartet, wenn sie uns retten kommt.

Ich glaube Vater Toms Aussage, dass seine Leute tödlich sind. Mir wird übel, wenn ich daran denke, dass sie Gwen erwischen könnten. Ich will mir gar nicht vorstellen, was dann passieren würde.

Komm nicht allein, Gwen. Um Himmels willen, komm bloß nicht allein hierher.

Kapitel 23

Gwen

Ich rufe jeden an, den ich kenne und der helfen könnte.

Der Kriegsrat tagt in Stillhouse Lake, in unserem alten Haus mit den Schrotflintenlöchern in den Wänden und den Spuren unseres Kampfes überall. Bevor alle ankommen, gehe ich in Connors Zimmer. Es ist ordentlich, wie üblich, als hätte er es gerade erst verlassen. In jedem Regal liegen Bücher. Er macht immer sein Bett, selbst wenn ich ihm sage, dass wir das Haus verlassen, vielleicht für immer. Zum Teil entspringt das seinem Bedürfnis, die Kontrolle über ein Leben zu behalten, das oft chaotisch ist. Aber zum Teil ist er wohl bereits mit seinen dreizehn Jahren ein ordnungsliebender Mensch.

Ich setze mich hin, nehme sein Kissen, drücke es an mich und atme den Geruch meines Sohnes ein. Ich möchte weinen. Aber ich kann nicht. Der Schmerz ist heftig, brennt aber auch sämtliche Sorgen weg. Wir können ihn zurückbekommen. Wir *werden* ihn zurückbekommen.

Ich lege das Kissen zurück und streiche es glatt. Als es an der Tür klingelt, gehe ich ins Wohnzimmer. Lanny und Vee sitzen nervös und Händchen haltend auf der Couch. Obwohl mir das missfällt, sage ich nichts. Lanny braucht das im Augenblick. Und Vee vermutlich auch. »Mom? Soll ich einen Tee machen oder so?«, fragt Lanny.

»Gern, mein Schatz«, ermutige ich sie. »Schau doch mal, was wir noch haben. Vielleicht kannst du auch Kaffee kochen.« Das könnte eine lange Nacht werden.

Kezia und Javier Esparza treffen als Erste ein. Ich habe Javi in letzter Zeit nicht oft gesehen; er hat sich um seine eigenen Angelegenheiten gekümmert, den Schießstand gemanagt und seine Familie besucht, aber er und Sam sind immer in Kontakt. Javier ist knallhart. Er ist ein unglaublich guter Schütze und einer der besten und höflichsten Schießlehrer, denen ich je begegnet bin. Gleichzeitig lässt er sich aber keine Rüpeleien gefallen – die hier im nicht unbedingt liberalen ländlichen Tennessee schon ziemlich häufig vorkommen. Er spricht nicht oft über seine Zeit im Marine Corps, aber ich weiß, dass er hoch qualifiziert und vermutlich auch hochrangig war. Javier ist jemand, den ich jetzt unbedingt brauche … und ich bin ihm unendlich dankbar, dass er gekommen ist.

Javier sagt kein Wort, als er eintritt; er umarmt mich einfach nur und setzt sich hin. Was von seiner Seite aus schon eine Menge ist. Üblicherweise drückt er seine Emotionen in Form von Neckereien aus, aber wenn er so schweigsam wie jetzt ist, ist er völlig fokussiert. Ich würde niemals sein Feind sein wollen, ganz besonders nicht, wenn er in dieser Stimmung ist.

Kezia kommt direkt hinter ihm herein, und ihre Umarmung dauert etwas länger. »Geht's dir gut?«, fragt sie mich. Ich versuche zu lächeln. »Ja, okay, ich versteh schon.« Sie blickt in Richtung Vee und Lanny, die beide in der Küche sind und Tassen aus den Schränken holen. Sie hat meine Tochter zuletzt gesehen, als sie ihre Aussage aufgenommen hat, bei der sie Olly Belldene entlastet hat. »Geht's den Mädchen gut?«

»Sie kommen zurecht«, antworte ich. »Sie machen sich natürlich Sorgen. Ich versuche, sie zu beschäftigen.«

»Kommt noch jemand?«

»Ein paar noch«, antworte ich. Das ist eine leichte Untertreibung.

Als ich zur Seite treten will, hält sie mich fest. »Du hast einen Deal mit den Belldenes gemacht, oder?« Ich antworte nicht darauf. Ich will sie nicht anlügen, aber ich kann ihr auch nicht die Wahrheit sagen. Schließlich schüttelt sie nur den Kopf, den Mund missfallend verzogen. »Du stehst da auf der falschen Seite, Gwen.«

»Ich stehe auf der Seite meiner Kinder«, erkläre ich. »Und du tust das auch. Danke, dass du hier bist.«

»Prester wäre auch gekommen, aber einer von uns muss in Norton bleiben. Er hat außerdem gemeint, wie dankbar er dafür ist, dass die Bredouille, in der du diesmal steckst, nichts mit unserer Stadt zu tun hat.«

Ich muss lachen, weil ich mir Detective Prester bei dieser Aussage fast bildlich vorstellen kann. Ich habe ihn nicht gebeten, heute Abend zu kommen, aber ich bin auch nicht überrascht, dass er davon weiß. Norton verdient seine beiden Detectives nicht. Ich bin mir sicher, die Bewohner haben keine Ahnung, welches Glück sie haben.

Als Nächstes kommt J. B., doch als ich die Tür öffne, tritt sie nicht ein. Stattdessen bedeutet sie mir, hinauszukommen, und zeigt ans Ende der Straße, wo diese einen Knick macht und den Hügel nach unten verläuft. »Ich hoffe wirklich, dass das kein Problem ist.« Ich sehe eine Reihe von Wagen um die Kurve kommen. Es sind sechs große schwarze SUVs. Zwei von ihnen parken unten an der Straße. Die anderen vier biegen ab und suchen sich einen Platz auf der bereits ziemlich belegten Fläche vor unserem Haus. Das ist ein großes Aufgebot. Unsere

Nachbarn rund um den See werden sich fragen, in welchem Ärger ich diesmal stecke.

Schweigend stehen wir zusammen auf der Veranda und schauen zu. J. B. fragt: »FBI?«

Ich nicke. »Gehen Sie rein«, sage ich. »Ich komme in einer Minute nach.« Sie betritt das Haus, während ich draußen warte und mein Atem in der kalten Abendluft Wölkchen bildet. Das ist die Art von Abend, die Sam und ich mögen – kühl, belebend, der Himmel voller Sterne, der glitzernde See. Wir würden jetzt mit einer Flasche Wein hier auf der Veranda sitzen, gemeinsam unter eine Decke gekuschelt, die Finger ineinander verflochten. Einfache, genussvolle Friedlichkeit.

Ich will das unbedingt wiederhaben.

Special Agent Mike Lustig vom FBI steigt aus der Beifahrerseite des ersten SUV. Er ist ein großer, kräftiger und gut aussehender Afroamerikaner, und er lächelt verhalten, als er mich sieht. Jetzt steigen noch weitere Leute aus den SUVs – genau wie Lustig sind es ernsthafte Leute in Anzügen. Lustig trägt seine FBI-Marke an der Hüfte, was er normalerweise nicht tut; diesmal ist er komplett im FBI-Modus.

»Agent«, sage ich und reiche ihm meine Hand. Er schüttelt sie. Wir gehen etwas förmlicher miteinander um, als ich es mit meinen restlichen Freunden tue. Zumindest seit Wolfhunter. Er hat ein paar Entscheidungen getroffen, die mir nicht gefallen haben. Eine davon war, mit Miranda Tidewell zusammenzuarbeiten, um Sam von mir wegzubekommen. Er hat mir niemals vollständig vertraut, und ich bezweifle, dass sich das jemals ändern wird. »Danke fürs Kommen. Und …« Ich deute auf die restlichen Leute. »Dass du die Kavallerie mitgebracht hast.«

»Hab sozusagen die Büros von Knoxville und Memphis geleert«, erklärt er. »Sonderteams sind bereits unterwegs zu dem Ort, den du uns genannt hast.«

Ich nehme nicht an, dass er mir aufs Wort geglaubt hat. »Du hast also die Bestätigung erhalten, dass sich ihre Siedlung dort befindet?«

Er nickt, holt sein Handy heraus und zeigt mir ein Foto. Es wurde von einem Satelliten aus gemacht, und das Lager ist schwer auszumachen; in der Gegend stehen viele Bäume. Aber ich sehe einen offenen Bereich und mindestens zwei Gebäude, soweit ich das durch die Bäume erkennen kann. Eins sieht aus wie eine Kirche. Die wahre Bestätigung bringen der breite Fluss an der Grenze und der Wasserfall, der sich in einen kleinen See ergießt. *Bitter Falls.* Es passt zu dem, was Carol – Daria – beschrieben hat.

»Wir entsenden eine Drohne, um die Anlage genauer in Augenschein zu nehmen, müssten also bald echte Fotos bekommen.«

Er behält noch etwas für sich. Das ist kaum überraschend, aber anstrengend. »Du hättest das nur mit dem, was du von mir hast, nicht auf die Beine stellen können«, stelle ich fest. »Was hast du herausgefunden?«

Er will es mir nicht erzählen. Ganz und gar nicht. Aber ihm wird klar, dass ich mich nicht von der Stelle rühren werde, bis er es tut. »Wir haben uns das verlassene Lager näher angeschaut, von dem du gesprochen hattest. Die Sache ist, wir waren völlig hinterm Mond, was diese Sekte angeht; da hat sich nie jemand gemeldet, ist geflohen oder hat seine Geschichte verkauft. Nichts. Die Leute, die in der Sekte waren, haben die Klappe gehalten oder haben einfach nicht viel gewusst. Wir sind sämtliche Unterlagen bis weit in die Vergangenheit zurück durchgegangen und dabei auf einen Mann namens Tom Sarnovich gestoßen. Er hat in den Siebzigern als normaler Prediger angefangen und eine Kirche in Wolfhunter übernommen. Eines Tages wurde die Kirche geschlossen, und sie sind auf Carrs Anwesen gezogen, wo sie ihre erste Siedlung errichtet haben.«

»Die, auf die du und Sam gestoßen seid.«

Lustig nickt. »Wie sich herausgestellt hat, waren sie dort ungefähr zehn Jahre, dann wollte Prediger Tom etwas Größeres. Sie sind in dieses Lager gezogen, von dem du das Video geschickt hast; ein altes Bergbaulager, das bei einer Auktion verkauft worden war.« Den nächsten Teil will er mir nicht erzählen. Er zögert.

»Agent«, mahne ich. Dann, leiser: »Mike.«

»Okay. Wir haben ein Team losgeschickt, das sich dort umgesehen hat. Es war im Grunde so, wie man es auf dem Video gesehen hat – seltsam und beunruhigend, aber kein echtes Anzeichen für irgendwelche kriminellen Aktivitäten. Aber auf dem Anwesen befand sich auch ein kleiner See, ein ehemaliger Steinbruch. Dort hat es gestunken. Auf eine Ahnung hin hat der verantwortliche Agent einen Taucher reingeschickt.«

Mein Mund wird trocken. Ich blinzle nicht. Ich … warte einfach.

»Sie haben Knochen gefunden«, berichtet er. »Unmöglich zu sagen, wie viele Leichen da unten sind, die Knochen sind zerschmettert. Alle skelettiert. Die Taucher haben noch eine mit Eisenketten beschwert am Grund gefunden.«

Meine Lippen öffnen sich wie von selbst, aber ich sage nichts. Das passt alles zusammen. Es passt zu allem, was mir Carol erzählt hat. Es passt zu der Taufe, zu Vater Toms Armee der Heiligen.

»Ich schätze, sie sind umgezogen, weil man bei so vielen Leichen in einem so flachen Gewässer den Gestank nicht mehr loswird. Es muss dort überall gestunken haben. Also hat er einen neuen Ort gefunden, an den sie ziehen und von vorn anfangen konnten.«

»Bitter Falls«, ergänze ich und schlucke schwer. Meine Kehle ist wie zugeschnürt, meine Nerven sind zum Zerreißen gespannt. »Wie tief ist dieser See?«

»Tiefer als der erste«, meint er. »Und ich schätze, sie verwenden ihn auf dieselbe Weise.«

Ich muss mich am Geländer der Veranda abstützen, so sehr zittern meine Knie. Ich kann es nicht verhindern, ich stelle mir meinen Sohn im See vor, mit einem Gewicht um seinen Knöchel, wie er in das tiefe schwarze Wasser gezogen wird. Dann, innerhalb eines Wimpernschlags, sehe ich Sam vor meinem inneren Auge. Mir wird übel. Das ist zu viel. Zu vertraut.

Melvin hat die Leichen seiner Opfer im Wasser verankert. Er nahm uns gern mit auf den See, in dem er sie vertäut hatte, um mit dem Boot über seinen Garten toter Frauen zu gleiten. Bis zur Gerichtsverhandlung habe ich das nicht gewusst, und noch heute träume ich davon, wie ich aus dem Boot falle und mich dort unten bei ihnen wiederfinde. Wie mich blinde Augen und ausgestreckte Arme willkommen heißen.

Ich übergebe mich nicht. Aber ich hole keuchend Luft, und Lustig beobachtet mich, daher gelingt es mir irgendwie, mich zusammenzureißen.

»Normalerweise würde ich dich nicht mal in die Nähe einer meiner Operationen lassen«, erklärt er. »Besonders nicht bei einer wie dieser. Das ist dir klar, oder?«

Ich nicke einfach nur. Bittere Galle brennt in meiner Kehle.

»Wir machen also folgenden Deal. Du, deine Freunde – für wie tough du sie auch halten magst –, ihr könnt mit uns kommen, aber ihr haltet euch am Rand auf. Ich kann nicht zulassen, dass ihr ins Kreuzfeuer geratet, und auch nicht, dass ihr irgendetwas Cleveres abzieht. Wir haben es dort nicht mit rational denkenden Menschen zu tun. Verstanden?«

»Ja«, versichere ich ihm. »Wann geht ihr rein?«

Lustig seufzt und sieht zum Himmel auf. Mittlerweile ist es Nacht geworden. Wir haben schon so viel Zeit verloren. Ich erwarte, dass er »bald« sagt, oder »jetzt«, oder zumindest »heute Nacht«.

Stattdessen sagt er: »Tun wir nicht.«

Eine Sekunde lang stehe ich einfach nur da und schaue ihn verständnislos an, denn ich kann ihn unmöglich richtig verstanden haben. »Die haben Connor. Und Sam. Du weißt, was sie mit den Leuten machen!«

»Da drin sind vielleicht fünfzig oder sogar noch mehr Leute, und wir wissen nicht, welche von ihnen Fanatiker sind und welche Opfer. Den Berichten deiner Informantin und den Beweisen in der alten Siedlung zufolge gibt es dort auch kleine Kinder. Das sind verdammt viele potenzielle menschliche Schilde und Nichtkämpfer. Wir können keinen offensiven Angriff durchführen. Darauf sind die vorbereitet.«

»Aber … du hast gesagt, du würdest sie da rausholen, du Bastard …«

»Hey«, unterbricht er mich. Ich bin lauter geworden, mein Tonfall ist scharf und panisch. Ich habe den Kampf gegen mich selbst verloren und kann nicht mehr ruhig bleiben. Es fühlt sich gut an. Ich muss schreien. Ich muss schlagen und schubsen und die Leute dazu bringen, zuzuhören. »Bleib jetzt mal ruhig. Wir machen das richtig, und wir machen das so, dass es sich für die nicht lohnt, irgendjemandem da drinnen wehzutun. Wir bringen seine Anhänger dazu, die Waffen niederzulegen und rauszukommen. Ich garantiere dir, dass es da drin Leute gibt, die nicht komplett gehirngewaschen sind und rauswollen. Vielleicht mehr, als du glaubst. Vertrau mir, das ist hier keine Operation, bei der wir das SEAL-Team schicken, um den Anführer zu töten. Das funktioniert am besten, wenn wir sie davon überzeugen, selbst herauszukommen.«

Alles, was er sagt, ergibt Sinn, aber das ist mir egal. Der Gedanke, zu warten, während mein Sohn … während Gott weiß was mit meinem Sohn passiert … das kann ich nicht. Mein Treffen mit Carol, ihre verzweifelten Bemühungen, nie wieder dorthin zurückkehren zu müssen, das alles sagt mir, dass das, was hinter diesen Mauern lauert, sehr viel schlimmer ist als das, was Lustig sich vorstellt. Die Wut kocht in mir, und das Schlimmste ist, dass er mir nicht zuhören wird. Er vertraut Sam. Nicht mir.

Er wird meine Jungs umbringen, und ich weiß nicht, wem von uns beiden ich das vorwerfen muss, ihm oder mir. Ich hätte wissen sollen, dass es riskant ist, Lustig einzubeziehen; er ist kein freier Agent und er muss Vorschriften befolgen.

Aber ich lasse nicht zu, dass diese Vorschriften meinen Sohn umbringen.

Lustig ruft mir nach, als ich mich umdrehe und weggehe, aber ich reagiere nicht darauf. Er versucht es kein zweites Mal.

Ich betrete das Haus und schließe die Tür hinter mir. J. B., Kezia, Javier und die Mädchen sehen mich an, während ich mich gegen die Tür lehne. Ich weiß nicht, was ich ihnen sagen soll. Dann finde ich die Worte. »Wir sind auf uns allein gestellt«, erkläre ich. »Das FBI wird die Sache auf seine Art abziehen, aber das wird Connor und Sam nicht lebendig zurückbringen. Nicht nach dem, was Carol mir erzählt hat.«

»Sie gehen nicht rein, oder?«, vermutet Javier.

»Mikes Worten zufolge ist das keine Operation, bei der man das SEAL-Team schickt.« Meine Worte klingen bitter.

Javi nimmt die Aussage persönlich. »Was zum Teufel weiß der denn schon? Glaubt er etwa, wir stürmen die Festung und schießen einfach alles in Stücke? So läuft das nicht.« Er schüttelt den Kopf. »Ich vermute, sie wollen verhandeln, oder?«

»Sie versuchen es«, bestätige ich. »Und Carols Bericht zufolge bereitet sich Vater Tom schon seit Langem auf diesen Tag vor. Er wird das als ihre letzte Schlacht ansehen. Das glorreiche Ende. Ragnarök, Armageddon, welche Religion er sich da auch immer zusammengestückelt hat. Während das FBI draußen wartet, wird das alles schlimm enden.«

»Dann brauchen wir einen Plan B«, sagt Kezia nickend. »Einen, der uns auf das Gelände bringt. Wir finden Sam und Connor und holen sie raus. Aber was ist mit den anderen? Bestimmt wollen nicht alle dort zusammen mit Vater Tom untergehen. So, wie du uns das berichtet hast, sind die Frauen dort kaum mehr als Sklavinnen. Und die Kinder …«

J. B. schüttelt den Kopf. »Auf die Frauen können Sie sich nicht verlassen«, meint sie. »In solch einer Sekte sind die Frauen oft die stärksten Gläubigen, wie schlecht man sie auch behandeln mag. Vielleicht gerade deswegen; denn wenn sie nicht mehr glauben, bedeutet das, dass sie nur Opfer sind, und damit kommen sie nicht zurecht. Wenn Sie sich wegen Hilfe an die wenden, ist es sehr wahrscheinlich, dass sie sofort Alarm schlagen.«

Das sind düstere Aussichten. Die anderen Menschen dort sind mir ebenfalls wichtig. Mir sind die Kinder wichtig. Mir sind die Männer wichtig, die diese toxische Sekte geködert oder entführt oder gehirngewaschen hat. Ich möchte sie alle retten.

Aber manchmal lautet die harte Wahrheit, dass man sich selbst zuerst retten muss. In Flugzeugen kommt auch immer die Durchsage, erst die eigene Sauerstoffmaske aufzusetzen und dann anderen zu helfen. Mein Sauerstoff sind Connor und Sam. Und wenn die beiden erst einmal sicher sind, können wir daran arbeiten, noch andere zu befreien.

J. B. meldet sich wieder zu Wort. »Ich würde ja Infiltration vorschlagen, aber wir haben kaum eine Chance, das durchzuziehen. Mr Esparza, Detective Claremont … tut mir leid, das hier anbringen zu müssen, aber demnach, was wir bisher über diese Leute wissen, scheinen sie es exklusiv auf weiße Rekruten abgesehen zu haben. Damit sind Sie beide raus. Gwen, einige von denen haben Sie bereits gesehen. Und ich bin mir sicher, dieser Vater Tom weiß alles über Sie. Er würde Sie auf einen Kilometer Entfernung erkennen.«

»Dann also Sie?«, frage ich nach. »J. B., nein. Ich kann nicht verlangen, dass Sie …«

»Das würde sowieso nicht funktionieren«, unterbricht sie mich. »Solche Sekten haben keine Verwendung für ältere Leute. Vater Tom sieht keinen Nutzen in Frauen, die nicht im gebärfähigen Alter sind.«

»Wer dann …«

Mir wird klar, was sie mir damit sagen will, und es erstickt mich beinahe. Ich schüttle den Kopf. Heftig. »Nein. *Nein.* Auf keinen Fall. Ich lasse Lanny nicht einmal in die Nähe von diesem …«

»Das müssen Sie auch nicht. Ich tue es«, erklärt Vera Crockett.

Sie klingt völlig ruhig. Lächelt sogar ein wenig. Wir halten alle inne und sehen sie an. Vee, mit ihrer rebellischen Geisteshaltung und ihrer fragilen Stärke und ihren leicht wahnsinnig wirkenden Augen.

»Vera, das geht nicht«, widerspreche ich. »Ich bin zwar nicht deine Mom, aber …«

»Sie sind nicht meine Mama«, stimmt sie mir zu. »Ich kann auf mich selbst aufpassen. Ich habe mich sogar häufig genug um meine Mutter gekümmert. Ich habe doch das richtige Alter, oder? Die mögen junge Frauen.«

»Nein«, sage ich flach. »Das steht außer Frage. Diese Leute sind Mörder.«

Vee starrt mich seelenruhig an. »Glauben Sie, das weiß ich nicht? Die Leute von der Versammlung in Wolfhunter haben meine Mama umgebracht. Ich kenne die besser als Sie. Und ich kann mich entsprechend verstellen. Ja, kann ich!«

»Das ist lieb gemeint«, mischt sich J. B. ein, »aber es wird nicht funktionieren. Zu einem anderen Zeitpunkt würde ich sagen, dass Vera die ideale Kandidatin für ihre Rekrutierung wäre. Aber das müsste nach und nach passieren, im Laufe der

Zeit. Nicht in derselben Nacht, in der das FBI auftaucht. Die würden dich töten, Vee.«

»Ich kann das durchziehen«, beharrt Vee. »Das schaff ich schon. Sie müssen mich das einfach machen lassen!«

Nie im Leben würde ich dieses Mädchen das machen lassen. Sie mag nicht mein Kind sein, aber ich bin jetzt für sie verantwortlich. »Nein!« Diesmal schreie ich es heraus, was Lanny so überrascht, dass sie zusammenzuckt und nach Vees Hand greift. Vee blinzelt nicht einmal. »Du wirst das auf keinen Fall machen, Vera! Das erlaube ich nicht!« Ich brauche einen Moment, um meinen Puls wieder unter Kontrolle zu bekommen und meinen Tonfall zu besänftigen, bevor ich mich an die anderen wende. »Ich brauche Optionen. Hat noch irgendjemand welche?«

Vee dreht sich um und geht. Sie läuft den Flur hinunter, und ich höre eine Tür zuschlagen. Na schön. Ich möchte sie sowieso nicht in diese Sache involviert sehen. Weder sie noch Lanny. Meine Tochter wirkt zerrissen; sie wirft mir einen flehenden Blick zu, und ich nicke in Richtung Flur. Sie folgt Vee.

Ein paar schmerzvolle Sekunden lang schweigen wir vier, dann spricht Javier. »Erzähl mir noch mal, was das Mädchen gesagt hat. Darüber, wie sie ihre Heiligen machen.«

Ich wiederhole Carols Geschichte, so gut ich kann. Wie Vater Tom seine Gefangenen ertränkt und sie auf den Grund des Teichs sinken lässt. Carols Aussage erhärtet sich durch die Beweise, die das FBI im See der verlassenen Siedlung gefunden hat, also wird es mit ziemlicher Sicherheit auch in Bitter Falls so gemacht.

Javier hört reglos zu und nickt dann. »Ich öffne den Schießstand. Wir bewaffnen uns dort. Wenn das FBI nicht reingeht, müssen wir das tun. Es ist riskant. Nur du und ich, Gwen.«

»Und ich«, ergänzt Kez. Mit ausdruckslosem Blick dreht Javier sich zu ihr um, und sie starrt direkt zurück. Niemand gibt nach. »Du entscheidest nicht für mich, Javi.«

»In Ordnung«, meint er und verzieht den Mund zu einem schiefen Grinsen. »Ich kann dich sowieso nicht aufhalten, wenn du gehen willst.« Er sieht J. B. an. »Ma'am, ich kenne Sie nicht, und ich kann mich nicht darauf verlassen, dass Sie mit der Situation klarkommen. Tut mir leid.«

»Schon okay«, antwortet sie. »Meine Tage des Über-Zäune-Kletterns sind vorbei. Aber ich habe zwei Mitarbeiter, die fit sind und die auf meinen Anruf warten. Verlässliche Leute. Denen können Sie trauen.«

»In einem Feuergefecht?«, hake ich nach. »Denn darauf läuft es hinaus, J. B.«

Ein halbes Schulterzucken. »Cicely West und Joe Froud. Sie kennen sie. Sagen Sie's mir. Übrigens haben sich die beiden freiwillig gemeldet, als sie das von Connor und Sam gehört haben.«

Joe Froud ist ein großer, schlaksiger, witziger Kerl; ich bin ihm ein paarmal begegnet, habe einmal mit ihm gearbeitet. Aber noch in keiner gefährlichen Situation. Cicely – na gut. Die habe ich in Aktion erlebt. Wenn J. B. denkt, Joe spielt in derselben Liga, dann geht das für mich in Ordnung. »Bitte sagen Sie ihnen, dass das unglaublich gefährlich ist«, insistiere ich. »Und ich verstehe auch, wenn sie sich das Ganze anschauen und dann zu dem Schluss kommen, dass es nichts für sie ist. Es ist ihre Entscheidung.«

»Ich rufe sie an«, sagt J. B. Sie geht in die Küche und dreht uns dort den Rücken zu. Ich sehe Kez und Javier an.

»Für euch beide gilt dasselbe«, erkläre ich. »Ich kann euch nicht darum bitten. Ich möchte nicht, dass ihr euer Leben für mich riskiert …«

»Hey«, unterbricht mich Kez. »Wir machen das nicht für dich, Gwen. Wir machen es für Connor. Wir lieben den Jungen beide. Wenn es in dieser Situation jemanden gibt, der unschuldig ist, dann er.«

Javier nickt zustimmend, und ich muss mich kurz sammeln. Ihre Hilfe ist mir willkommen, und doch empfinde ich sie als unglaublich bedrückend. Ich brauche sie. Doch ich will auch, dass sie sicher sind. Aber ich brauche meinen Sohn. Hier gibt es keine richtigen Antworten, ich tappe im Dunkeln.

J. B. beendet den Anruf und kommt zurück. »Sie treffen uns dort«, erklärt sie. »Die Frage ist, wie kommen wir hier raus, wo uns doch die FBI-Parade den Weg blockiert?«

»Wir fragen einfach nicht«, antworte ich. Ich stehe auf und klopfe an Lannys Zimmertür. Sie reagiert nicht, also öffne ich die Tür.

Meine Tochter steht am offenen Fenster und starrt nach draußen. Vor meinen Augen schiebt sie es zu und verriegelt es, dann dreht sie sich mit verschränkten Armen zu mir um. »Vee hat recht«, sagt sie. »Du hast nicht für sie zu entscheiden, Mom.«

»Sie ist weg?«

Lanny nickt einfach nur. *Verflucht.* Ich kann mir nicht auch noch Gedanken darüber machen, was Vee vorhat. Sie schafft es keinesfalls vor uns dorthin. Ich muss allerdings das FBI informieren, dass sie versuchen könnte, sich dem Ort zu nähern. Ich will nicht, dass irgendjemand glaubt, sie sei eine echte Überläuferin.

Ich möchte Lanny anbrüllen, aber das bringt uns auch nicht weiter. Ich hätte wissen müssen, dass Vee Crockett das tut, was sie für richtig hält, ob es mir gefällt oder nicht. Und dass Lanny ihr die Stange hält. Stattdessen nehme ich meine Tochter einfach nur in den Arm. Ich spüre, wie sich ihre steife Abwehrhaltung löst. »Ist schon okay«, versichere ich ihr. »Alles wird gut.«

Ich lüge mein Kind an. In Wahrheit fühle ich mich, als wäre alles außer Kontrolle, aus der Zeit gefallen, völlig hoffnungslos. Zum ersten Mal in meinem Leben kann ich eine Situation nicht allein bewältigen, sondern bin auf das Wohlwollen von Freunden angewiesen, die ich inzwischen gefunden habe. Menschen, die ich respektiere und liebe. Und das Aufgeben dieser Kontrolle ist das Schwerste, was ich seit langer Zeit getan habe.

Ich führe Lanny zurück ins Wohnzimmer. J. B., Javier und Kez blicken auf.

»Legen wir los«, sage ich. Ich blicke meine Tochter an. »Lanny, du bleibst bei J. B. Was auch immer passiert, ich will nicht, dass du allein bist.«

Sie nickt. Sie hatte Angst, ich würde sie zurücklassen. Ich führe sie an einen gefährlichen Ort, aber Lanny weiß um die Notwendigkeit.

Javier sagt: »Gwen? Sobald wir durchstarten, befolgst du meine Befehle. Anders läuft es nicht.«

Ich nicke, obwohl es meiner Natur widerspricht.

Aber manchmal muss ich denen, die ich liebe, die Führung überlassen.

Kapitel 24

Connor

Es beginnt mit dem Mädchen, das schon zuvor wollte, dass ich mit ihr komme. Aria.

Draußen wird es dunkel, während eine Gruppe schweigsamer Frauen das Essen serviert. Aria ist eine von ihnen. Die meiste Zeit über hält sie den Blick gesenkt, dennoch sieht sie häufig zu mir herüber. Es … macht mir nichts aus. Immer wieder kommt sie vorbei, um an unserem Tisch die Gläser nachzufüllen. Die Männer um mich herum ignorieren sie komplett, als würde sie überhaupt nicht existieren. Aber ich sehe sie. Und sie sieht mich.

Sie muss mit uns fliehen, denke ich. *Sie gehört nicht hierher.* Es gibt hier auch noch jüngere Mädchen als Aria; da ist zum Beispiel ein zartes blondes Mädchen mit tiefblauen Augen, das zu Tode verängstigt wirkt und zusammenzuckt, sobald jemand in ihre Nähe kommt. Dann noch ein dunkelhaariges Mädchen, höchstens neun Jahre alt, das einfach nur traurig und verloren aussieht. Sie sind nicht wie Aria. Aria scheint zu wissen, was sie tut.

Als sie sich erneut über meine Schulter beugt, um mir Wasser ins Glas zu gießen, flüstert sie: »Triff mich um Mitternacht beim Wasserfall.« Bevor ich mir überhaupt sicher sein kann, sie richtig verstanden zu haben, ist sie mit ihrem schweren Krug schon wieder fort und schaut nicht mehr zurück. Nach dem Essen muss ich mir noch fast eine Stunde lang anhören, wie Vater Tom betet, bevor wir endlich gehen können. Als alle den Kopf senken, mache ich es ihnen nach, aber ich schließe dabei nicht die Augen. Sie scheinen alle völlig in das vertieft, was er da schwafelt, also lege ich ganz langsam meine Hand über die Gabel, die ich neben meinem leeren Teller liegen gelassen habe. Ich hätte ja lieber ein Messer, aber sie haben mir keins gegeben. Vorsichtig schiebe ich die Gabel meinen Ärmel hoch und drehe sie so, dass die Zinken im Baumwollbund der langen Ärmel stecken. Das ist das Einzige, was mir an diesen Klamotten, die ich auf Vater Toms Anweisung hin anziehen musste, gefällt: Unter dem Hemd und der einfachen schwarzen Jacke kann ich Dinge verstecken.

Als das Gebet endet, stehen alle auf. Ich will es ihnen gleichtun, doch die Männer zu meinen beiden Seiten legen ihre Hände auf meine Schultern und halten mich an Ort und Stelle. Mein Herz beginnt zu rasen. Ich sehe einen von ihnen an. »Was ist denn?« Er antwortet nicht. Lächelt nur.

Vater Tom kommt zu uns. »Leg sie zurück, Connor.« Er klingt ruhig und geduldig, aber auch entschlossen. Ich denke darüber nach, zu bluffen, aber ich kenne diesen Tonfall. Den benutzt Mom auch immer, wenn sie genau weiß, was ich vorhabe.

Sie haben gewusst, dass ich es versuchen würde. Sie waren darauf vorbereitet.

Schweigend greife ich in meinen Ärmel und ziehe die Gabel heraus. Ich lege sie wieder an ihren Platz. Die Männer lassen mich los.

»Ich mag deinen Kampfgeist«, meint Vater Tom. »Aber du solltest verstehen, dass es etwas kostet, wenn du so etwas tust. Nicht dich. Sondern den Mann, der sich als deinen Vater bezeichnet.«

Ich springe auf. Denke nicht darüber nach. Meine Fäuste sind geballt. »Tut ihm nicht weh!« Es platzt einfach so aus mir heraus.

Die Männer zu beiden Seiten von mir lachen, als würden sie mich für witzig halten. Dumm. Schwach. Ich schiebe den Stuhl so heftig zurück, dass er umfällt und das Gelächter stoppt. »Heb ihn auf und stell ihn wieder zurück«, befiehlt Vater Tom. »Du bist kein Kind. Tobsuchtsanfälle akzeptieren wir nicht.«

Das Kranke daran ist, dass irgendetwas an der Art, wie er das sagt, mich in Versuchung bringt, ihm gehorchen zu wollen. Ihm gefallen zu wollen.

Stattdessen trete ich gegen den Stuhl, sodass er ein Stück über den Holzboden rutscht. Ein anderer Mann, der weiter hinten in der Reihe steht, stoppt ihn mit seinem Stiefel und sieht Vater Tom an. Dann stellt er ihn hin.

»Das ist respektlos«, sagt Vater Tom. »Hol ihn her, Connor. Stell ihn wieder an den Platz, wo er hingehört. Sofort. Ansonsten zwingst du mich dazu, etwas sehr Unangenehmes zu tun.«

Er benutzt Sam, und das hasse ich, ich *hasse* es. Er hat nicht gesagt, was er sonst tun wird, aber das spielt keine Rolle, es wäre mit Sicherheit etwas Schlimmes. Und ich darf nicht zulassen, dass Sam wehgetan wird, nur weil ich genervt bin und Angst habe.

Ich hole den Stuhl. Trage ihn zurück zum Tisch. Stelle ihn an Ort und Stelle ab und sehe dann Vater Tom an.

Er lächelt und klopft mir auf die Schulter. »Braver Junge«, sagt er, als wäre ich ein Hund. »Die Kleidung steht dir gut. Viel besser als diese modernen Lumpen.« Er meint meine alte Jeans, die mit den Löchern. Die Hose, die ich jetzt trage, ist steif und neu und billig, und ich finde sie grässlich. Die schwarze Jacke juckt. Das Hemd fühlt sich dünn und selbst gemacht an. Das Einzige, was ich behalten durfte, waren meine Nike-Schuhe.

Am liebsten würde ich ihm entgegenschleudern, wie scheiße seine Klamotten sind. Aber ich bleibe stumm.

Vater Tom folgt uns, als die Männer mich zurück in die Unterkunft führen, eine lange Baracke, in der die Männer schlafen. Darin befinden sich schier endlose Reihen identisch aussehender Pritschen, an deren Ende jeweils alte Armeetruhen aus Restbeständen stehen, in denen Kleidung aufbewahrt wird und die wenigen persönlichen Gegenstände, die hier erlaubt sind. Sie haben mir ein Bett zugewiesen und mir diese dämlichen Klamotten gegeben; meine eigenen Sachen wurden weggebracht, als ich mich umziehen musste. Es hieß, sie würden sie waschen.

Ich glaube nicht, dass das wahr ist.

»Unser Ablauf ist immer gleich«, erklärt Vater Tom, während er mich zu meinem Bett führt. »Du hast dreißig Minuten für persönliche Gebete und innere Einkehr; du kannst auch in deiner Bibel lesen, wenn du möchtest. Danach ist Schlafenszeit.«

»Ich möchte Sam sehen«, sage ich.

»Sam geht es gut«, versichert er mir. »Er bekommt morgen wegen deines Ungehorsams nichts zu essen. Wenn du erneut nicht gehorchst, bekommt er kein Wasser. Bei drei Verstößen muss ich eine viel schlimmere Strafe verhängen. Haben wir uns verstanden? Mir gefällt, dass du stark bist, Connor. Aber du musst lernen, wie du diese Stärke am besten einsetzt.«

Und damit ist er fort. Er begrüßt andere Männer, schüttelt Hände und klopft auf Schultern, auf die Weise, wie sie mich alle in der Kirche berührt haben. Wie ein Ritual.

Nachdem er gegangen ist, hören alle auf zu reden und gehen zu ihren Betten – alle bis auf eine Gruppe, die in der Nähe der Tür steht. Sie sind nicht gekleidet wie der Rest von uns; sie haben normale Sachen an, karierte Hemden und T-Shirts und Jeans, die nicht so steif und seltsam aussehen. Im Vergleich zu dem, was ich trage, sehen sie fast normal aus.

Es sind die Männer aus dem Camper und noch ein paar andere. Auf seltsame Art sind sie mir zumindest vertraut. Also gehe ich zu ihnen. Sie unterbrechen ihre Unterhaltung und sehen mich zum Teil genervt, zum Teil amüsiert an. Ich konzentriere mich auf Caleb. »Wann bekomme ich meine Sachen zurück?«

Caleb legt mir eine Hand auf die Schulter. »Das hier sind deine Sachen, Bruder. Trage sie voller Stolz.«

Zum Teufel, nein, das werde ich nicht. Ich will meine Klamotten. Ich erinnere mich noch, wie ich mit Mom ins Shoppingcenter in Knoxville gefahren bin, um diese Jeans zu kaufen und das Avengers-T-Shirt, das ich so liebe. Ich will die Sachen zurück. Sie sind nicht meine Vergangenheit. Sondern meine Zukunft. In der wahren Welt.

Darum haben sie sie mir weggenommen.

Ich gucke an mir hinunter. Ich sehe jetzt aus wie sie. Genau das wollen sie. Sie versuchen, mich nach und nach zu verändern. Jemand anderen aus mir zu machen. Genau wie Vater Tom mich dazu gebracht hat, das zu tun, was er gesagt hat.

Ich muss hier unbedingt verschwinden.

»Geh beten«, meint Caleb und schiebt mich weg. »Noch dreißig Minuten, dann wird das Licht ausgemacht.«

Ich bete nicht. Ich sitze einfach nur da, tue so und beobachte stattdessen die anderen. Die scheinen tatsächlich zu beten. Jetzt wird mir auch klar, dass die Kerle vom Camper dafür sorgen, dass sie es tun; sie gehen den Gang auf und ab und überprüfen jeden. Als Caleb seine Aufmerksamkeit auf mich richtet, höre ich auf, so zu tun, und bete tatsächlich. *Lieber Gott, bitte hilf Sam. Bitte sorge dafür, dass es ihm gut geht. Bitte hilf uns hier raus und sorge dafür, dass Mom und Lanny sicher sind. Bitte lass diese Leute verschwinden.*

Die Zeit verstreicht ziemlich schnell. In den letzten fünf Minuten ziehen sich die Männer bis auf die Unterwäsche aus. Sie tragen alle die gleichen weißen Boxershorts. Ich ziehe meine Jacke aus und lege sie zusammengefaltet auf der Truhe ab, dann tue ich so, als würde ich meine Schuhe aufbinden. Ich brauche dafür so lange, bis das Licht ausgeht, und ich trage noch immer meine Hose und das Hemd. Ich gehe ins Bett und ziehe mir die Bettdecke hoch bis zum Hals. Ich muss ruhig liegen bleiben und warten, bis ich sicher sein kann, dass die meisten schlafen. Als es aus allen Ecken schnarcht, wird es Zeit zu gehen.

Aber ich gehe nicht.

Ich liege einfach nur da, voller Sorge, ich könnte erwischt werden. Das alles kommt mir zu einfach vor; beim Abendessen hatte Vater Tom Leute, die mich im Auge behalten haben. Und vermutlich hat er auch hier jemanden, der mich bewacht. Ich habe Angst, Sam könnte noch härter bestraft werden, wenn ich versuche, mich rauszuschleichen. Aber irgendetwas muss ich tun. Hier herumzuliegen wird mir nicht weiterhelfen.

Aria wollte sich beim Wasserfall mit mir treffen. Schwester Harmony hat mich davor gewarnt, dort hinzugehen. Wem soll ich glauben? Eine der beiden lügt. Ich möchte Aria glauben; sie ist hübsch und in meinem Alter, und sie scheint mich zu mögen. Schwester Harmony wirkt einfach nur wütend.

Schließlich treffe ich eine Entscheidung. Ich schlüpfe aus dem Bett und schleiche mich zur Tür. Dort stehen keine Wachen, alle liegen in ihren Betten, sogar Caleb; ich höre ihn schnarchen, als ich leise an ihm vorbeitappe. Er liegt dem Ausgang am nächsten. Ich habe Angst, dass die Scharniere quietschen könnten, aber das tun sie nicht. Die Tür lässt sich völlig geräuschlos öffnen, und ich schlüpfe hinaus.

Endlich draußen. Mein Herz rast, und nachdem ich die Tür geschlossen habe, lehne ich mich kurz gegen die Wand, um wieder zu Atem zu kommen. Ich bleibe im Schatten und schaue mich um. Rundumher quaken laut Frösche, und ich höre das Schnarchen aus dem Gebäude sogar hier im Freien. Es gibt kaum Mondlicht. Wolken sind aufgezogen, Ballen aus Dunkelheit mit silbernen Rändern. Es stinkt leicht nach Müll, vielleicht ist es die Klärgrube.

Als ich Schritte höre, erstarre ich und drücke mich dicht gegen die Wand der Schlafbaracke. Männer von der Versammlung patrouillieren nachts im Lager, und einer läuft an mir vorbei. Ich halte die Luft an und bleibe so gut es geht im Schatten. *Er wird mich sehen.* Aber er sieht überhaupt nicht zum Gebäude. Er wirkt müde. Er gähnt, kratzt sich den Kopf, lockert die Nackenmuskulatur und entfernt sich dann in Richtung des anderen Hauses, in dem die Frauen schlafen. Der Garten.

Auf der anderen Seite der Freifläche erkenne ich außerdem das Betongebäude, zu dem sie Sam gebracht haben. Ich bin heute bereits ein paarmal vorbeigelaufen, um herauszufinden, wo er ist, und habe schließlich am Ende des Gebäudes einen Metallschuppen gesehen, fast schon eine Art Box. Er ist mit einem Zahlenschloss verriegelt. Ich weiß nicht, wie man Schlösser knackt, und zumindest am Tag saß direkt neben der Tür auch eine Wache. Nachts vielleicht nicht? Ich kann es nicht einschätzen. Aber Vater Tom erwartet mit Sicherheit, dass ich dorthin gehe.

Vermutlich sagt Schwester Harmony die Wahrheit. Und Aria lügt. Es hätte nicht so einfach sein dürfen, aus dem Schlafsaal zu verschwinden. Eigentlich hätte die Wache mich sehen müssen.

Sie *wollen,* dass ich zu Aria gehe. Soll ich also gehen? Wenn ich das tue, kann ich sie vielleicht überzeugen, mir zu helfen anstatt Vater Tom. Vielleicht erfahre ich irgendetwas von ihr, während sie versucht, mich dazu zu bringen, das zu tun, was sie will. Vielleicht kann ich sie sogar dazu bringen, das zu tun, was ich will.

Mir gefällt nicht, welches Gefühl das in mir auslöst, aber ich muss zu Sam gelangen, und ich muss rauskommen. Das ist im Augenblick alles, was zählt.

Auf der anderen Seite des Betongebäudes gibt es einen Pfad, der sich am großen, mit Stacheldraht überzogenen Stahlzaun entlangwindet. Auf dieser Seite ist es dunkel. In der Ferne höre ich den Wasserfall; sein Rauschen ist hier draußen, abgesehen vom Schnarchen und den Fröschen, das einzige Geräusch. Es ist seltsam, wie still es ansonsten ist.

Ich habe keine Ahnung, wie spät es ist; vielleicht können diese Leute die Zeit vom Stand des Monds ablesen, aber ich kann das nicht. Da jedoch der Wachmann weitergegangen ist, ist das jetzt meine Gelegenheit, voranzukommen. Vielleicht müsste ich das auch gar nicht so durchdenken. Wenn das stimmt, was ich glaube, könnte ich auch geradewegs quer durch das Lager laufen, und niemand würde mich aufhalten. Eine Sekunde lang denke ich darüber nach, das auszuprobieren.

Aber falls ich falschliege, falls ich es wirklich wage, einfach so umherzuschleichen, und erwischt werde … dann tun sie Sam weh. Also bleibe ich lieber weiterhin auf der Hut.

Es dauert eine Weile; irgendwann stehe ich versteckt durch eine Baumgruppe neben einem großen Haus, das Vater Tom gehören muss; es ist viel schöner als die anderen Gebäude, außerdem brennt drinnen noch Licht. Die nächtliche Ausgangssperre gilt für alle anderen. Nicht für ihn.

Meine Mom würde da jetzt reingehen und ihn dazu bringen, sie und Sam gehen zu lassen. Eine Sekunde lang stelle ich mir vor, wie sich das anfühlen würde, zu sehen, wie *er* Angst hat. *Ihm* Befehle zu erteilen. In meiner Fantasie fühlt sich das wirklich gut an – und umso bedrückender ist die Realität, denn ich weiß nur zu gut, dass ich ihm, der all die Waffen und die Macht und seine Untergebenen hat, rein gar nichts befehlen kann.

Stück für Stück schleiche ich zum hinteren Teil des Hauses und von dort in den Schatten der Bäume.

Dann gelange ich zu einem Pfad. Ihm zu folgen ist nicht so leicht, wie ich anfangs dachte; der Schotter ist scharfkantig und rutschig, und manchmal geht es steil abwärts, sodass ich ständig aufpassen muss, nicht zu stolpern. Die Bäume links und rechts von mir scheinen immer näher heranzurücken. Wind fegt durch die Zweige, und es ist so kalt, dass ich mir wünsche, ich hätte diese blöde Jacke angezogen.

Der Wasserfall klingt wie statisches Rauschen aus einem Funkgerät. Das Geräusch beginnt leise, wird dann zu einem schweren Zischen und schließlich zu einem Tosen, als ich die Bäume hinter mir lasse und den Ort zum ersten Mal sehe. Es ist hübsch hier. Das Wasser fällt aus vielleicht sechs Metern Höhe herab, was gar nicht so viel ist, aber ich war einem solchen Naturschauspiel noch nie so nahe. Es gefällt mir.

Der See hingegen gefällt mir nicht. Er ist zu dunkel. Zu still. Und er stinkt nach verdorbenem Fisch.

Aria wartet auf mich. Sie steht mit vor dem Körper verschränkten Händen am Ufer, aber diesmal hat sie den Kopf nicht wie üblich gebeugt. Sie hält sich aufrecht und lächelt, und als ich auf sie zugehe, wird ihr Lächeln noch breiter. »Du bist gekommen«, sagt sie. »Danke, Bruder Connor.«

»Einfach nur Connor«, erwidere ich. Das Mondlicht ist hier heller, und darüber bin ich froh. Ich möchte sehen, was sie macht. »Warum wolltest du mich sehen?«

Sie tritt zu mir, legt ihre Hand auf meine Brust, und es fühlt sich so an, als würde ich einen Stromschlag bekommen. Die Berührung durchfährt mich wie ein Blitz und bringt meine Ohren zum Klingeln. Aria ist kleiner als ich. Klein und hübsch und irgendwie zerbrechlich. Es ist nicht so, als wäre mir das nicht schon vorher aufgefallen, aber urplötzlich ist es unglaublich real.

So grazil wie eine Ballerina erhebt sie sich auf die Zehenspitzen und küsst mich.

Ich bin so überrascht, dass ich nicht weiß, wie ich reagieren soll. Ich … erstarre einfach, und in meinem Kopf brennt und knallt es, und es fühlt sich so gut an. Küssen fühlt sich wirklich gut an, ich hatte ja keine Vorstellung. Schätze, ich hätte es ahnen sollen, alle reden ja davon und finden es toll, aber das hier ist viel realer, als ich jemals etwas erlebt habe. Ich weiß nicht, wie ich den Kuss erwidern kann, aber ich versuche es, presse meine Lippen auf ihre, versinke in dem Kuss …

… und frage mich plötzlich, *warum* sie mich küsst. Es fühlt sich toll an. Aber es fühlt sich nicht richtig an.

Ich trete einen Schritt zurück, und als ich den Kopf drehe, steht dort Vater Tom. Beobachtet uns. Ich bin gleichzeitig wütend und mir ist übel. Ich fühle mich … nackt. Und er lächelt uns an.

»Ich habe sie für dich ausgewählt«, sagt er. »Eine Blume aus meinem Garten. Wie ich sehe, gefällt sie dir.«

Ich blicke Aria an. Erwarte, dass sie ebenso wütend aussieht. Oder schockiert. Oder irgendetwas. Aber sie lächelt noch immer, als wäre sie glücklich. Ich packe und schüttle sie. »Du bist keine Blume«, erkläre ich ihr. »Und er kann dir nicht sagen, was du tun sollst!«

Sie blinzelt mich an, und ich fühle mich schlecht, sie geschüttelt zu haben, denn sie wirkt einfach nur … verwirrt. »Vater Tom hat immer recht«, sagt sie. »Warum sollte ich nicht tun, was er sagt? Und ich mag dich, Connor. Du bist nett.«

»Du kennst mich doch überhaupt nicht!«, brülle ich sie an, und sie zuckt zurück, verschränkt die Hände und blickt nach unten. Ich fühle mich völlig mies. »Hör auf damit! Er kann dich nicht einfach weggeben! Du gehörst ihm nicht!«

»Nein«, sagt sie und sieht jetzt wieder zu mir auf. »Ich gehöre jetzt dir.«

»Das ist doch krank. Und ich bin dreizehn.«

»Ich bin zwölf«, sagt sie. »Aber ich bin schon eine Frau. Das ist okay.«

»Das ist es *nicht!*« Ich habe keine Ahnung, was ich sagen kann, damit sie das versteht. Ich wende mich Vater Tom zu. Er weiß, dass das nicht richtig ist. Deshalb sperrt er die Leute ja auch hier ein. »Ich mache das nicht mit.«

»Natürlich nicht«, erwidert er. Aalglatt. »Jetzt natürlich noch nicht. Aber sie wird für dich aufgehoben, Connor. Sie wird dir gehören, wenn du bereit bist.«

»Nein.« Ich sage es flach, und ich meine es. Ich stelle Stühle zurück. Ich trage sogar die dämlichen Klamotten, wenn das hilft. Aber das tue ich nicht.

Mein früherer Dad hätte mir gesagt, ich solle es tun. Deshalb werde ich es nicht tun.

Vater Tom schüttelt einfach nur den Kopf. Traurig, als hätte er bereits gewusst, dass das passieren würde. »In Ordnung«, sagt er. »So sei es denn.« Er hebt eine Hand über den Kopf, und aus dem Schatten der Bäume hervor kommen Leute den Weg entlang. Da ist Caleb, mit einem fies aussehenden Sturmgewehr um die Brust geschnallt. Und die beiden anderen aus dem Camper. Sie haben nicht geschlafen. Natürlich nicht.

In meinem Magen dreht sich alles, als ich sehe, wen sie mit sich zerren. *Dad.*

Er trägt noch die Ketten um Knöchel und Handgelenke, eine weitere wurde ihm wie eine dicke Metallleine um den Hals gelegt. Ich habe das Gefühl, als würde ich im Treibsand versinken. Es ist schrecklich und grausam, und Caleb führt ihn an dieser Kette, und ich muss etwas tun. Sam sieht schrecklich aus; er kann kaum stehen, er ist schmutzig und blutverschmiert und hat kein Hemd an. Das einzig Saubere an ihm ist der weiße Verband an seiner Hüfte.

Weitere Männer der Versammlung kommen hinter ihm den Pfad entlang. Niemand hat geschlafen. Alle waren in die Sache eingeweiht.

»Geh zurück in den Garten, Schwester Aria«, befiehlt Vater Tom ihr. »Deine Aufgabe hier ist erfüllt.«

Noch immer lächelnd nickt sie, als sie an mir vorbei den Rückweg einschlägt. Als sie an Sam vorbeigeht, bemerke ich, dass er mich beobachtet. Ich mache einen Schritt auf ihn zu. Er schüttelt vehement den Kopf.

»Ganz ruhig, Connor«, sagt er, und seine ruhige Stimme bereitet mir innerlich Schmerzen, denn ich möchte so sehr, dass es ihm gut geht. »Es geht mir gut. Es ist alles in Ordnung.«

Caleb reißt an der Kette, und Sam würgt und stolpert, und Wut durchzuckt mich.

Ich verliere die Kontrolle, genau wie im Klassenzimmer. Aber diesmal weiß ich, wo der Feind ist. Ich gehe auf Caleb los, der die Kette fallen lässt, einen Schritt zurücktritt und mit seiner Waffe auf mich zielt. Es ist mir egal, ich bin viel zu wütend und habe Angst, und ich will einfach nur, dass das aufhört.

Sam stellt sich mir in den Weg, was mich innehalten lässt, denn die können mich erschießen, das ist mir egal, aber nicht ihn. »Ganz ruhig«, wiederholt er. »Atme, Connor. Atme …«

Caleb hält die Mündung seines Gewehrs an Sams Kopf. »Zurück, Bruder Connor. Sofort. Ansonsten ist das deine Schuld.«

»Ist es nicht«, widerspricht Sam. »Merk dir das.«

Einer der anderen Männer verpasst Sam einen Hieb in die Seite, und er schreit auf und bricht beinahe zusammen.

Irgendwie schafft er es, sich auf den Beinen zu halten, und ich muss mich extrem zusammenreißen, um nicht wieder auf die Männer loszugehen. Es ist dumm, aber ich muss doch irgendetwas tun.

»Er hat recht, Connor. Es ist wirklich nicht deine Schuld«, sagt Vater Tom, als würde nichts von all dem hier passieren. »Du wurdest dein Leben lang von Frauen vergiftet. Besonders von deiner Mutter.«

Sam sieht so aus, als würde er etwas dazu sagen wollen. Ich tue es für ihn. »Meine Mutter ist der stärkste Mensch der Welt.«

»Es ist nicht deine Schuld, dass du so denkst. Das hat man dir von Anfang an eingeredet. Frauen sind das unterlegene Geschlecht. Sie sind unvollständig, wurden aus der Rippe des Mannes geschaffen. Sie wurden von Gott geschaffen, um zu dienen.«

Sam kommt wieder zu Atem und reagiert. »Spar dir das. Es wird nicht funktionieren. Connor weiß es besser. Nur schwache Männer glauben einen solchen Blödsinn. Schwache Männer wie diese Arschlöcher.« Er neigt den Kopf Richtung Caleb, und Caleb schickt sich an, ihn wieder zu schlagen. Ich muss unbedingt dafür sorgen, dass das aufhört.

»Bruder Caleb«, hält Vater Tom ihn auf. »Das ist unnötig. Wir sind nicht hier, um den Mann zu foltern.«

Caleb würde es trotzdem gern tun, sein Blick spricht Bände. Aber jetzt habe ich Angst vor dem, was kommt. Sam sieht so müde aus; er kämpft darum, sich auf den Beinen zu halten. Das tut er für mich. Das Tosen des Wasserfalls bohrt sich in meinen Schädel, dringt in meinen Körper bis auf die Knochen.

»Ich möchte gern glauben, dass du dich ändern kannst, Bruder Connor«, spricht Vater Tom zu mir. »Aber du hast in so kurzer Zeit einmal zu oft ein schlechtes Urteilsvermögen bewiesen. Ich glaube, es wird Zeit, dass du getauft wirst. Ich denke, du bist als Teil unserer Armee der Heiligen für uns von größerem

Nutzen.« Ich weiß nicht, was er mit diesem Teil meint. Aber ich glaube nicht, dass es etwas Gutes ist; etwas Schreckliches scheint in der Luft zu liegen.

Die Männer um uns herum sagen: »Amen.«

»Komm mit mir, Junge«, befiehlt Vater Tom und legt mir eine Hand auf die Schulter, genau wie diese Männer in der Kirche, als sie mich willkommen geheißen haben. »Lass mich dich mit heiligem Wasser salben.«

»Nein!«, schreit Sam. Er macht einen Satz nach vorn, und erneut greift Caleb nach der Kette und zerrt ihn zurück. Er kämpft, und ich habe Angst, dass er erstickt. Ich kann das nicht ertragen, kann nicht ertragen, wie weh sie ihm tun.

»Okay!«, rufe ich. »Okay! Ich gehe! Dad, ist schon gut!«

Er kämpft weiter. Sie drücken ihn auf die Knie. Ich kann nicht hinsehen. Ich muss das hier tun, damit sie aufhören. Es ist doch nur Wasser. Es ist nichts.

Vater Tom führt mich in den See. Nach zwei Schritten fällt der Boden ab, und ich stehe bis zu den Knien im Wasser. Es ist eiskalt, und ich zittere bereits. Aus der Nähe ist auf dem Wasser ein seltsamer Ölfilm erkennbar. Und es stinkt.

Er zieht mich tiefer hinein. Ich will nicht gehen, aber ich muss das tun. Ich kann nicht zulassen, dass sie Sam töten, und ich weiß, dass sie es tun werden. Ich kann es spüren.

»Noch einen Schritt weiter«, flüstert mir Vater Tom ins Ohr. »Ich salbe dich mit dem heiligen Wasser, und dann bist du einer von uns, Connor. Ein richtiger Bruder der Versammlung im Antlitz Gottes. Dann bist du würdig.«

Ich mache noch einen Schritt. Plötzlich spüre ich keinen Boden mehr unter den Füßen, ich scheine in ein Loch getreten zu sein. Das Wasser reicht mir bis über die Brust. Ich keuche und schlage wild um mich. Ich kann meine Füße kaum noch spüren.

Vater Tom schöpft Wasser mit beiden Händen. Ich will das hier nicht. Ich will nicht. Ich drehe mich um, zurück zum Ufer, und sehe, dass Dad noch immer gegen seine Ketten ankämpft, um zu mir zu gelangen. Er tut sich nur selbst weh.

Ich muss das hier hinter mich bringen. Jetzt.

Also atme ich tief und zittrig durch und nicke. »Okay.«

Vater Tom hebt die Hände mit dem Wasser.

»Vater! Da ist einer am Tor!«, ruft jemand aus Richtung des Pfads. »Du musst unbedingt kommen! Jetzt gleich!«

Alles erstarrt.

Vater Tom hält inne. Das Wasser kräuselt sich, und von ihm ausgehend bilden sich Kreise, die sich bis in die Dunkelheit ausdehnen. Das einzige Geräusch, das weiterhin vernehmbar ist, ist das dumpfe Rauschen des Wasserfalls.

Vater Tom lässt das geschöpfte Wasser in den See fallen, packt mich an der Schulter und zerrt mich zurück Richtung Ufer. »Der Tag der Abrechnung!«, ruft er. »Halleluja! Brüder, der Tag der Abrechnung steht kurz bevor!«

»Lobet den Herrn«, sagen die Männer. »Möge seine Macht siegen!«

»Amen, Brüder. Ihr wisst, was zu tun ist. Gott sei mit euch.«

So schnell sie können, laufen die Männer den Pfad zurück. Sie sind fort, bevor Vater Tom und ich das felsige Ufer erreicht haben. Caleb steht mit den beiden anderen Männern und Dad noch da. Dad ist zusammengebrochen und liegt schwer atmend auf dem Boden. Ich bin mir nicht mal sicher, ob er noch bei Bewusstsein ist. Ich kämpfe mich aus dem Wasser und versuche, zu ihm zu gelangen, aber meine Beine sind taub und schwer, und plötzlich packt Vater Tom mich von hinten an den Haaren. Ich bleibe stehen, weil der Schmerz so heftig ist, als hätte er meine Kopfhaut in Brand gesteckt. »Caleb. Der Gefangene kommt zurück in seine Zelle. Bring den Jungen zu den Frauen.

Sag Schwester Harmony, dass er jetzt ihr Gefangener ist. Sie kennt die Strafe für Versagen.«

»Ja, Vater«, antwortet Caleb. Er klingt leicht zweifelnd. »Er ist also nicht unser neuer Messias?«

»Nein«, erwidert Vater Tom, und stößt mich dem Mann, der mich abholen kommt, entgegen. »Auch der Teufel hat Nachkommen. Schafft ihn mir aus den Augen.«

Der Mann, der mich ergreift, führt mich zurück ins Zentrum des Lagers. Ich sehe noch, wie sie Dad zum Schuppen schleifen. Vater Tom ist fort. Ich habe keine Ahnung, wohin er gegangen ist.

* * *

Ich zittere und bin nass, und ich stinke nach diesem grässlichen Wasser. Ich will mich befreien und zu Dad laufen und von hier verschwinden. Ich habe solche Angst, dass sie ihm noch mehr wehtun oder dass es ihm schon so schlecht geht, dass er sich nicht mehr verteidigen kann. Ich weiß nicht, was ich tun soll.

Ich weiß nicht, ob ich überhaupt etwas tun kann.

Caleb schiebt mich ins Haus der Frauen – den Garten –, wo bereits alle Lampen brennen. Der Schlafsaal der Frauen unterscheidet sich kaum von dem der Männer; sie haben die gleichen Betten und die gleichen alten Militärtruhen, aber sie haben versucht, es sich ein wenig hübsch zu machen. An den Fenstern blühen ein paar Blumen in kleinen Töpfen.

Der Garten.

An ihren Wänden stehen andere Bibelverse als bei den Männern.

Ich zähle die Personen, die ich sehe, denn Mom hat mir immer eingeschärft, dass Informationen der erste Schritt zur Verteidigung sind. Es sind zwölf erwachsene Frauen, vier Teenager – Aria steht weiter hinten, ihren Anblick kann ich im

Augenblick nicht ertragen – und noch sechs jüngere Kinder, von zwei Babys bis hin zu ungefähr siebenjährigen Jungen und Mädchen.

Alle Frauen tragen lange Röcke und einfache Blusen, einige von ihnen haben die Haare zu Zöpfen geflochten, was sie vermutlich fürs Schlafengehen tun. Schwester Harmonys blonder Zopf ist so dick wie mein Arm; er sieht aus, als könnte sie ihn wie eine Keule schwingen. Sie kommt uns ein paar Schritte entgegen, und Caleb schleudert mich in ihre Richtung. Überrascht greift sie nach mir und hält mich fest. Kurz wirft sie Caleb einen bösen Blick zu, bis ihr wieder einfällt, dass sie nach unten zu sehen hat.

»Er ist jetzt dein Gefangener«, sagt Caleb. »Wenn du ihn verlierst, halbieren wir die Herde.«

Ich spüre, wie sie erschaudert, aber sie antwortet nur: »Es wird alles nach Vater Toms Wünschen geschehen.«

»Ihr bleibt hier drin, bis ihr andere Befehle bekommt«, weist er sie an. »Bereite sie vor. Die Abrechnung steht bevor.«

Sie öffnet den Mund, um etwas zu sagen, sieht dann jedoch zu Boden und nickt. Caleb dreht sich um und geht, und Harmony schließt die Tür. Ich höre ein Schloss klicken. Caleb hat uns eingesperrt.

Harmony dreht sich zu mir um, und für eine Sekunde sind ihre Augen so voller Wut, dass ich die Hände hebe. »Tut mir leid. Ich wollte nicht …« Meine Zähne klappern. Mir ist so kalt. Das sieht sie, und ein Teil ihrer Wut verraucht.

»Das ist nicht deine Schuld«, sagt sie. Ihr Gesicht ist blass und angespannt. Sie nimmt eine Decke und legt sie mir um. »Du hast nichts falsch gemacht. Hier bei uns gibt es keine Strafen.«

Ein paar der anderen Frauen schauen auf und murmeln miteinander. Aria runzelt die Stirn. Sie tritt vor. »Wenn Vater

Tom ihn als Gefangenen bezeichnet, sollten wir nicht so nett zu ihm sein.«

»Ruhe!«, faucht Harmony, so scharf, dass Aria zurückzuckt. »Ich muss nachdenken.«

»Es gibt keinen Grund, nachzudenken, Schwester«, erwidert eine der anderen Frauen. Sie klingt jedoch zögerlich. »Vater Tom hat uns gesagt, was zu tun ist. Sollen wir uns nicht auf die Abrechnung vorbereiten?«

Harmony ignoriert sie. Sie tritt an mir vorbei zum Fenster und schaut hinaus zum Tor. Ich schließe mich ihr an und versuche zu sehen, was passiert. Sie faucht mich nicht an, befiehlt mir auch nicht, wegzugehen. Das sorgt für weiteres Geflüster hinter uns, aber das ist mir egal. Ich hoffe, Dad da draußen sehen zu können … kann ich aber nicht. Er ist vermutlich wieder in dieser Zelle. Einige Männer versammeln sich jetzt mit Waffen in der Anlage. Ein paar davon sind normale Handwaffen, ein paar Gewehre, aber es gibt auch welche, die wie Calebs Gewehr aussehen – echte Militärwaffen. Ich erkenne sie, weil ich oft genug »Call of Duty« gespielt habe. Ziemlich unheimlich, besonders jetzt. Ich zittere noch immer und bin völlig durch den Wind wegen dem, was beim Wasserfall passiert ist, und hier sieht es nun so aus, als würden die sich auf einen richtigen Krieg vorbereiten.

»Was ist die Abrechnung?«, frage ich Harmony. Sie antwortet nicht. Sie sieht müde aus und überaus grimmig. »Wir stecken in Schwierigkeiten.«

»Erzähl mir was Neues«, faucht sie, was mich schockiert. Das kommt mir nicht wie etwas vor, was jemand, der Vater Toms Frauen-sind-keine-Menschen-Blödsinn glaubt, sagen würde. Eher wie etwas, was meine Schwester sagen würde. »Connor, es ist ganz klar, dass Vater Tom dich nicht will. Du bleibst dicht bei mir, und was immer du auch tust, vertrau niemandem sonst, bis ich dir sage, dass es okay ist. Verstanden?« Ihr flüsternder Tonfall ist hart und ernst.

Sie hat die Art von Präsenz und Energie wie meine Mom, daher nicke ich nur.

Dann sagt sie: »Sie öffnen das seitliche Tor. Jemand kommt rein.«

Ich schaue aus dem Fenster. An der kleinen Tür im Zaun haben sich einige Männer versammelt und ziehen jemanden herein. Ich sehe nicht, um wen es sich handelt. *Bitte, lass es nicht meine Mom sein.* Ich wäre so erleichtert, wenn sie hier wäre, aber andererseits will ich sie auch nicht hier haben. Nicht jetzt. Nicht so. Ich kann mich kaum noch beherrschen, und wenn die Mom wehtun … Ich kann nicht. Ich kann einfach nicht.

»Wer ist es?«, frage ich Harmony. Vielleicht kann sie besser sehen. Sie ist größer. Aber sie schüttelt den Kopf.

»Nur eine junge Frau«, meint sie. »Seltsam. Sie sollte nicht hier sein.« Sie wendet sich vom Fenster ab und sieht mich an. »Muss ich dich in einen Schrank einsperren, wie Aria vorschlägt? Oder gibst du mir dein Wort, dass du tust, was ich sage?«

»Woher wollen Sie wissen, dass ich nicht lüge?«

Sie lächelt schmal. Das lässt sie noch grimmiger wirken. »Ich weiß es eben«, antwortet sie. »Connor. Hast du gehört, was er gesagt hat? Darüber, die Herde zu halbieren?«

»Ich weiß nicht, was das bedeutet.«

»Das bedeutet, dass wir Strohhalme ziehen müssen«, sagt sie. »Sowohl die Frauen als auch die Kinder.«

Ich starre sie an. »Wie … wie in der Geschichte ›Die Lotterie‹?« Das ist eine unheimliche Kurzgeschichte über einen normalen Ort, mit normalen Leuten, von denen aber eine Person ausgewählt wird, die dann von der gesamten Stadt getötet wird.

»Genau so«, bestätigt sie, und mein ganzer Körper wehrt sich dagegen. »Das ist die Halbierung. Nur dass sie uns nicht durch Steinigen töten.«

Sie klingt ängstlich und wütend und angewidert. Genau wie ich. Aber sie spricht leise, so leise, dass ich nicht glaube, dass die anderen sie hören können. »Ich verspreche es«, versichere ich ihr. »Ich bin brav.«

Sie nickt einfach nur. »Sie werden das Mädchen herbringen«, sagt sie. »Was auch immer geschieht, bleib still. Versprich mir das.« Sie versteift sich, als Aria näher kommt. »Und jetzt Ruhe, Junge.« Sie spricht lauter, sodass Aria sie hören kann. »Du wirst, ohne zu fragen, tun, was man dir sagt. Verstanden?«

»Verstanden«, antworte ich. Ich sehe in der Spiegelung im Fenster, wie Aria uns anstarrt.

Wir wenden uns vom Fenster ab, und Schwester Harmony führt mich zu den anderen und richtet den Blick dann auf die Tür. Ich tue es ebenfalls. Ich spüre Arias Blick wie einen Dolch in meinem Rücken und kann nicht mehr verstehen, wie ich sie jemals hübsch finden konnte. Es missfällt mir zutiefst, dass ich sie geküsst habe. Ich denke darüber nach, weil mein Gehirn einfach keine Ruhe geben will; es springt von einer Sache zur nächsten – Mom, Sam, Lanny, mein Selbsthass, dass ich Angst habe, ich wütend bin, ich Caleb die Faust ins Gesicht schlagen will –, und ich kann es einfach nicht abstellen. Mir ist immer noch kalt. Ich versinke noch immer, und der Geruch erinnert mich beständig daran, wie ich mich da draußen im Wasser gefühlt habe, mit Vater Tom, der es mir über den Kopf gießen wollte. Ich weiß nicht, warum mir das solche Angst einjagt.

Draußen ist das Klappern von Schlüsseln zu hören. Harmony fasst sich, senkt den Blick und verschränkt die Hände, und alle um mich herum, die anderen Frauen und Mädchen, tun es ihr nach. Auch die Kinder tun es – sogar die Kleinkinder. Das wirkt seltsam und gruselig.

Die Tür wird geöffnet, und Vee Crockett tritt ein. Beinahe rufe ich ihren Namen, so heftig ist die Erleichterung, ein vertrautes Gesicht zu sehen. Mein Gehirn wird ein paar Sekunden lang still, wie betäubt von dem seltsamen Gefühl, sie hier zu sehen.

Aber das ist nicht die Vee, die ich kenne. Die hier trägt eins von Lannys alten karierten Hemden und eine Jogginghose, und sie hat sich ihr gesamtes Make-up abgewaschen. So wirkt sie viel jünger, und irgendwie niedlich.

Und ängstlich.

»Eine neue Gefangene«, faucht Caleb. »Sie sagt, sie sei aus Wolfhunter. Behauptet, ihre Mutter habe ihr von uns erzählt. Behaltet sie hier, bis Vater Tom bestätigt, dass sie eine Rekrutin war. Vater Tom sagt, die Abrechnung rückt näher. Bis wir etwas anderes sagen, untersteht sie deiner Verantwortung.«

»Verirrte Lämmer sind immer willkommen«, versichert Schwester Harmony, ohne aufzusehen. »Gepriesen sei Gott.«

»Gepriesen sei Gott«, wiederholen alle, doch aus Calebs Mund klingt es mürrisch. Er sieht Vee auf eine Weise an, die mir missfällt. »Sie soll sich waschen und bescheidene Kleidung anziehen. Vater Tom wird mit ihr sprechen wollen. Wir werden die Wahrheit schon aus ihr herausbekommen.«

Harmony nickt, und Caleb verriegelt erneut die Tür. Ich starre Vee an und öffne den Mund, aber sie sieht schnell weg. Sie scheint nicht zu wollen, dass ich mit ihr rede. Also tue ich es auch nicht. Aber ich will unbedingt wissen, warum sie hier ist und wo Mom ist und was zum Teufel gerade passiert.

Ich bemerke, dass einer von Calebs Männern aus dem Camper zum Fenster hereinspäht. Er beobachtet, was wir machen. Schwester Harmony sieht ihn wohl auch, denn sie wendet sich an die anderen Frauen und Kinder. »Gehen wir ins

Bett. Licht aus, bitte. Ich lasse hier eins brennen, bis unser neuer Bruder und unsere neue Schwester sich eingerichtet haben.«

»Er ist nicht unser Bruder«, erklingt eine Stimme aus der Ecke. Es ist Aria, mit einem unangenehm strahlenden und zugleich bitteren Lächeln. »Er wird ein Heiliger. Das hat Vater Tom gesagt.«

»Ruhe«, faucht Harmony, und Aria vergeht das Lächeln. »Möchtest du, dass ich dich als hochmütig und rebellisch melde?«

»Nein, Schwester.«

»Dann tu, was man dir sagt, Aria.«

Eine nach der anderen gehen die Frauen und Kinder zu Bett und löschen ihre kleinen Lampen. Es ist, als würde man dabei zusehen, wie am dunklen Nachthimmel die Sterne ausgehen. Als nur noch das einzelne, trübe Licht brennt, das Schwester Harmony jetzt von ihrem Nachttisch nimmt, spüre ich die Dunkelheit von allen Seiten herandrängen, als befänden wir uns inmitten einer schwarzen Glaskugel. Es fühlt sich so an, als wäre die Luft dicker geworden. Meine Atmung geht schneller, und ich habe das beklemmende Gefühl, nicht genug Sauerstoff zu bekommen.

Ich mag die Dunkelheit nicht. Ich mochte sie noch nie.

Ich will mit Vee reden, aber das geht nicht, noch nicht. Das hat sie klargemacht. »Hier entlang«, ordnet Harmony an und führt uns zu den am weitesten entfernt stehenden Betten – nicht in der Nähe der Tür, sondern nahe den Kinderbetten am anderen Ende. Die Schlafstätten sind hergerichtet, aber nicht belegt. »Du, Mädchen, wie heißt du?«

»Vera. Vee.«

»Ab jetzt heißt du Schwester Melody.« Harmony öffnet die Truhe und holt die Standarduniform der Schwestern heraus – langer Rock, einfaches Hemd. »Zieh das an. Du kannst dich hier im Ankleidezimmer umziehen.«

Plötzlich dreht sich Vee zu mir um. »Du kommst mir total bekannt vor, aber du bist nicht aus Wolfhunter.« Ich soll also so tun, als würde ich sie nicht kennen. Und sofort frage ich mich, warum. Aber dann wird mir klar, dass Vee Harmony nicht vertrauen kann. Sie kann niemandem vertrauen außer mir.

»Ich war im Fernsehen«, erkläre ich. »Daher vermutlich.«

»O ja«, antwortet sie. »Klar. Bist du ganz allein hier?«

Sie fragt nach Sam, ohne ihn zu erwähnen. Ich antworte. »Mehr oder weniger. Ich bin mit meinem Dad hier. Aber er ist in einem anderen Gebäude.« Sie nickt, sie hat mich verstanden. »Wo bist du hergekommen?«

Sie zuckt mit den Achseln und wirkt leicht beschämt. Ich kenne Vee, aber es wirkt trotzdem echt auf mich, obwohl ich kaum glaube, dass Vee in den letzten Jahren jemals wegen irgendetwas beschämt war. »Vater Tom ist zu mir gekommen, als ich ein kleines Mädchen war, und ich wollte immer zu ihm; meine Mama hat es verboten, aber sie ist jetzt tot. Ich wollte der Versammlung dort beitreten, aber – aber die Feinde haben sie zerstört.« Sie dreht sich zu Harmony um, die uns aufmerksam beobachtet. »Davon haben Sie bestimmt gehört?«

»Die Versammlung in Wolfhunter war sündhaft«, antwortet Harmony. »Sie waren gierig.«

Vee blickt zu Boden und wirkt absolut demütig. Sie hat extrem schnell verstanden, wie sie sich hier verhalten muss, außerdem hat sie ja auch in Wolfhunter gelebt. »Ja, Schwester«, sagt sie. »Hat Bruder Carr es hierher geschafft? Mir wurde erzählt, dass er es versucht hat.«

»Hat man das.« Harmonys Tonfall wird eisig. »Bruder Carr hat sich den Heiligen angeschlossen.«

Das verblüfft Vee, und sie blickt zu mir auf und dann schnell wieder weg. »Oh«, sagt sie nur. »Okay.«

»Wie bist du hergekommen?«, fragt Harmony.

»Ich bin gelaufen.«

»Gelaufen«, wiederholt Harmony. »Das ist ein weiter Weg von Wolfhunter.«

»Na ja, zwischendurch bin ich per Anhalter gefahren«, erklärt Vee. »Danke für das Bett. Ich bin ja so müde.«

Harmony studiert sie genau. So gut Vee auch schauspielert – und sie ist ziemlich gut und bleibt so nahe an der Wahrheit wie möglich –, Schwester Harmony ist clever und vorsichtig. Vee greift nach den Sachen, die Harmony auf das Bett gelegt hat.

Harmony umklammert ihr Handgelenk und hält sie fest. Sie senkt ihre Stimme zu einem Flüstern, das ich kaum wahrnehme, und fragt: »Wer hat dich geschickt?«

»Niemand«, sagt Vee. Sie bleibt genauso leise. »Niemand hat mich geschickt.« Es ist seltsam, aber ich glaube, sie sagt die Wahrheit.

»Du bist allein gekommen?«

Vee nickt. Harmony verzieht das Gesicht, als wäre sie wütend; ich sehe, dass ihr Griff um Vees Handgelenk so fest wird, dass das Mädchen zusammenzuckt. Und das ist nicht gut. Vee schlägt zurück, wenn man ihr wehtut. In mir kommt echte Angst auf. Sie weiß nicht, dass es hier Regeln gibt. Dass Leute, die sie brechen, dafür umgebracht werden.

»Hey, Sie tun ihr weh«, beschwere ich mich bei Harmony, als ich das dunkle Aufblitzen in Vees Augen wahrnehme, sehe, wie sich ihre andere Hand zur Faust ballt. Harmony löst ihren Griff, und Vee lässt sich auf das Bett sinken. Dort, wo Harmony sie umklammert hat, ist jetzt ein roter Abdruck zu sehen, den Vee mit bösem Blick auf Harmony reibt.

Doch in Harmonys Augen stehen Tränen. Sie ist nicht wütend. Sie ist verzweifelt. Sie will so dringend glauben, dass irgendjemand kommt, um das hier aufzuhalten.

In dem Augenblick weiß ich mit Sicherheit, dass ich ihr vertrauen kann. Aber da ich sonst niemandem hier vertrauen kann, sage ich: »Ich muss mal auf die Toilette.«

»Ja, geh ruhig«, sagt Harmony. Sie sieht mich nicht einmal an. Ich rühre mich nicht vom Fleck, bis sie endlich nachfragt. »Was ist denn?«

»Äh, es ist dunkel«, erkläre ich. »Und ich weiß nicht, wo sie ist.«

Ungeduldig schnaubend greift sie nach der Lampe. »Dann komm mit.«

Vee kapiert es. Sofort. »Kann ich auch mitkommen?«, fragt sie. »Ich … ich muss pinkeln.«

»Nimm deine Sachen mit. Du kannst dich dort umziehen. Ich muss dich durchsuchen.« Harmonys Stimme ist zittrig. Ich weiß nicht, was sie denkt, aber sie fühlt sich eingesperrt. Genau wie ich. Dass Vee aufgetaucht ist, ist womöglich gleichzeitig das Beste und Schlimmste, was passieren konnte. Wenn sie hier ist, ist Mom vermutlich auch nicht weit weg. Und wahrscheinlich auch noch andere Leute.

Der Tag der Abrechnung. Vielleicht hatte Vater Tom ja recht.

Das lange Badezimmer am Ende des Raums hat keine Tür, aber Kabinen mit Vorhängen, die sich zuziehen lassen. Mittlerweile ist mir wärmer, daher stecke ich die feucht gewordene Decke, die mir Harmony gegeben hat, in einen gewebten Wäschekorb und wasche mir die Hände. Ich lasse das Wasser laufen und flüstere Vee schnell zu: »Vee, du kannst ihr vertrauen. Ist schon okay.«

Harmonys Blick wandert ruckartig von mir zu Vee. »Du kennst ihn«, sagt sie zu Vee. Sie hält ihre Stimme gesenkt, kaum mehr als ein Flüstern. Wir müssen alle flüstern. »Das habe ich mir gedacht. Schnell, sag's mir: Ist die Polizei unterwegs? Hast du sie gerufen?«

Vee antwortet ihr nicht direkt. Stattdessen sieht sie mich an. »Da bist du dir sicher?« Sie fragt wegen Schwester Harmony.

»Ja.«

»Deine Mama wollte nicht, dass ich das hier mache. Ich musste auf eigene Faust losziehen. Aber ich musste einfach hierher, um mich zu vergewissern, dass es dir gut geht. Und ich wusste, dass ich das kann, denn …« Sie schluckt. »Vater Tom wird sich an mich erinnern.«

»Wie bist du überhaupt hergekommen? Du bist doch nicht wirklich gelaufen?«

Sie verdreht die Augen, wodurch sie wieder wie die gute alte Vee aussieht. »Ich hab den Pick-up von irgendeinem alten Kerl ein paar Häuser weiter von euch geklaut. Ein paar Kilometer entfernt von hier ist mir das Benzin ausgegangen, und ich musste den Rest des Weges laufen. Aber deine Mom und die anderen dürften nicht mehr lange brauchen.« Sie atmet tief durch. »Und das FBI wohl auch nicht.«

Plötzlich umarmt Vee mich, und es fühlt sich gut an, richtig gut, zu wissen, dass hier jemand ist, der mich kennt. Wirklich kennt. Während dieser Umarmung flüstert sie mir zu: »Ich hab das hier für dich.« Fast wie bei einem Zaubertrick erscheint plötzlich ein Schnappmesser in ihrer Hand, das sie mir in meine Handfläche drückt. Stumm lasse ich es in meinen Hemdsärmel gleiten, dann trete ich zurück und stecke die Hände in die Taschen meiner steifen, komischen Hose. Das Messer rutscht hinunter. Jetzt bin ich bewaffnet. Ich könnte nicht sagen, wie ich mich deswegen fühle.

So schnell der Austausch auch vonstattengegangen sein mag, Harmony ist er nicht entgangen. »Haben die dich am Tor nicht durchsucht?«

»Kein Bibelheini durchsucht die Arschritze einer Lady«, flüstert Vee grinsend.

Widerlich. Ich wische mir die Hände an der Hose ab.

»Wir können nicht hierbleiben«, flüstert Harmony. »Es wird bald jemand kommen. Einigen der Frauen kann ich nicht vertrauen, und keinem der Mädchen.«

Vee fragt: »Gibt's hier irgendjemanden, der kämpfen würde, um rauszukommen? Was immer auch kommen mag?«

»Ja«, erwidert Harmony. »Ich kann mich auf fünf der Frauen verlassen. Wir haben ein paar Waffen. Wir wussten, dass es irgendwann dazu kommen würde, und wollen nicht still und leise untergehen. Diesmal nicht.« Sie blinzelt, und ich sehe, wie sich Tränen in ihren Augen bilden. Sie funkeln im Licht der Lampe. »Wie hast du uns gefunden? Bitte sag die Wahrheit.«

»Da war ein Mädchen namens Carol«, erklärt Vee.

Harmony presst sich eine Hand vor den Mund. »Carol lebt noch?«

Vee nickt.

Harmony flüstert etwas, was ich nicht verstehe. Möglicherweise ein Gebet.

Ich melde mich zu Wort. »Ihre fünf, plus Sie selbst, plus wir beide … das sind gerade mal acht gegen eine ganze Horde bewaffneter Männer. Ich weiß, Sie wollen kämpfen, aber haben Sie vielleicht einen Plan?«

Sie öffnet gerade den Mund, als gleich zwei Dinge in schneller Abfolge passieren.

Aria kommt ins Bad und fragt: »Was macht ihr hier drin?«

Und nur eine Sekunde später höre ich Männer draußen rufen.

Und den Lärm von Schusswaffen.

Irgendetwas ist gerade so richtig schiefgelaufen.

Kapitel 25

Sam

Es wird Zeit für das letzte E in SERE. Ich weiß, dass ich am See kurz davor stand, zu sterben; ich hätte mich beinahe selbst mit der Kette erwürgt, als ich verhindern wollte, dass Connor ins Wasser geht. Er wusste nicht, was passieren würde, und ich hätte alles getan, einfach alles, um das zu stoppen. Mich selbst zu töten schien ein geringer Preis zu sein, wenn die unbedingt einen toten Heiligen brauchten.

Diese Gnadenfrist in letzter Sekunde ist allerdings weit davon entfernt, ein Sieg zu sein. Uns läuft die Zeit davon. Er wird meinen Sohn töten. Er will ihn töten.

Meine körperliche Verfassung wird sich nicht mehr verbessern. Ich muss alles auf eine Karte setzen.

Halb tot zu sein hat auch seine Vorteile. Einer davon ist, dass der Mann, der mich zurück in den Schuppen bringen soll, mir den Hügel hochhelfen muss. Es ist nicht leicht, jemanden zu führen, der stolpert und unkoordiniert läuft, und ich treibe es so weit, dass er aufgibt und mich stürzen lässt. Noch im Fallen halte ich mich an ihm fest. An seinem Gürtel sind Schlüssel befestigt, und während ich hinfalle und versuche, ihn ebenfalls zu Fall zu bringen, spürt er nicht, wie ich sie ihm abnehme.

Es ist einer der Kerle aus dem Camper, und ich hoffe, dass an seinem Schlüsselring nicht nur ein Zündschlüssel fürs Fahrzeug, sondern auch die Schlüssel für meine Handschellen hängen. Zumindest braucht er keinen Schlüssel, um meine Zelle zu öffnen; die ist mit einem Zahlenschloss verriegelt. Das verschafft mir etwas mehr Zeit, bevor ihm auffällt, dass sie fehlen.

Er schleudert mich auf den Boden des Schuppens und schlägt die Tür zu. Ich höre, wie das Schloss wieder verriegelt wird.

Und ich höre, wie er geht.

Mit zittrigen Fingern probiere ich die Schlüssel an meinen Handschellen aus. Mittlerweile schlägt die Unterkühlung heftig zu; ich zittere wie Espenlaub, während mein Körper versucht, genug Wärme zu erzeugen, um meine wichtigsten Organe zu schützen. Noch macht mir das keine Sorgen; erst wenn ich aufhöre zu zittern, stecke ich in echten Schwierigkeiten. Aber das macht das Hantieren mit den Schlüsseln natürlich umso komplizierter. Dazu kommt, dass meine Finger taub sind, ich erschöpft bin und ich das Ganze im Dunkeln machen muss.

Endlich gleitet einer der Schlüssel in die Fesseln an meinen Knöcheln, und mit einem Drehen ist der linke Fuß befreit. Meine bandagierte Seite brennt. Ich muss ein paar Sekunden ausruhen, bevor ich mich an den rechten Fuß mache. Bei den Händen wird es schwieriger, aber ich bemühe mich mit aller Konzentration, ruhig zu bleiben, und versuche es weiter. Nach einer gefühlten Ewigkeit gelingt es mir, ein Handgelenk zu befreien. Das andere ist dann ein Kinderspiel.

Die Kette ist eine verdammt gute Waffe, gesetzt den Fall, dass ich sie vernünftig einsetzen kann. Sie ist schwer. Ich lege sie übereinander und probiere, die geschlossenen Ringe der

Handschellen als Handgriff zu verwenden. Ergibt einen ordentlichen Flegel.

Jetzt muss ich die verdammte Tür aufbekommen. Die Scharniere habe ich bereits inspiziert; sie befinden sich außen, das bringt mich also nicht weiter. Allerdings habe ich methodisch unter der Türöffnung gegraben, wenn gerade kein Wachmann anwesend war, und die lose Erde danach immer wieder ins Loch gefüllt. Jedes Mal bin ich ein bisschen weiter gekommen. Das Loch mit der nun gelockerten Erde ist mittlerweile ungefähr fünfzehn Zentimeter tief, und jetzt, wo ich es brauche, kann ich so tief graben, dass ich möglicherweise durchpasse.

Noch genügt es nicht. Ich nutze die Handschellen als Grabgerät und vertiefe die Rinne um weitere drei Zentimeter. Es ist harte Arbeit, und schmerzhaft. Ich versuche, die tickende Uhr zu ignorieren, die mit jeder Sekunde lauter wird, ebenso meine gurgelnden Atemzüge und den Schmerz in meiner Schulter, meiner Seite und meiner Kehle. Früher oder später wird der Kerl, dem ich die Schlüssel abgenommen habe, ihr Fehlen bemerken, und er wird genau wissen, wo er sie wiederfindet. Dann muss ich hier weg sein.

Die pechschwarze Finsternis kommt mir zugute, als ich mich unter der schweren Tür hindurchschlängele. Ein paar schreckliche Sekunden lang bringe ich nicht die Kraft auf, um mich hinauszuschieben, als ich zur Hälfte darunter hindurchgekrochen bin. Ich muss still liegen bleiben, nach Luft keuchen und gegen den rot pulsierenden Schmerz ankämpfen. Ich blute wieder. *Das Blut läuft nur langsam. Ignorier das, du schaffst es.* Ich schiebe mich weiter und schlucke das Stöhnen hinunter, als meine Wunde gegen die Türkante gepresst wird. Schweiß brennt in meinen Augen. *Noch einmal.*

Ich schiebe mich vorwärts, meine Hüfte gleitet hindurch, und ich rolle mich zuerst auf Hände und Füße, dann stehe ich auf. Ich war so auf meine Befreiung fokussiert, dass ich völlig vergessen habe, dass hier normalerweise eine Wache patrouilliert. Aber der Mann ist fort, abgezogen auf die Befehle hin, die Vater Tom am See ausgegeben hat. *Der Tag der Abrechnung.* Ich schätze, der kommt für uns alle. Besonders für mich, wenn ich das hier vermassele.

Ich humpele zum dunkleren Ende des Gebäudes und nutze die Deckung, um wieder zu Atem zu kommen und einen Plan zu schmieden. Ich muss zum Camper gelangen, ihn starten, zum Tor fahren und wie verrückt hupen; Connor wird wissen, was das bedeutet. Er wird hinlaufen, oder es zumindest versuchen. Sobald ich ihn habe, versuche ich, das Tor zu rammen, und wenn diese Arschlöcher sich mir in den Weg stellen, ist das halt so. Ihre Entscheidung. Meine ist es, meinen Sohn zu retten.

Und wenn sie die Blechdose mit MP4-Geschossen durchlöchern, du Genie, wie lautet dein Ausweichplan dafür? Ich habe keinen. Plan A muss funktionieren, denn es gibt keinen Plan B. *Verflucht.* Tja, manchmal muss man einfach mit dem arbeiten, was man hat.

Ich schaffe es zu einer Baumgruppe, die den Feldrand säumt, und halte an, um zu Atem zu kommen und den Verband zu überprüfen. Im schwachen Mondlicht sehe ich einen großen, dunklen, nassen Fleck auf der weißen Baumwolle. Ja, ich blute. Ein weiterer Countdown, der abläuft. *Beweg dich, Cade. Los doch.*

Aber ich muss warten, bis ich wieder genug Luft in den Lungen habe und sich die Welt nicht mehr dreht, daher starre ich auf die Felder. Sie liegen zum Großteil brach für den Winter, mit Ausnahme eines kleinen, sorgfältig gepflegten Gartens. Kein Wintergetreide, das hilfreich als Deckung gewesen wäre, oder …

Ich lehne mich gegen einen Baum, und zum ersten Mal seit gefühlt sehr langer Zeit lächle ich. Denn es *gibt* einen Plan B.

Statt zum Camper zu laufen, begebe ich mich zur Scheune. Sie halten Kühe auf einer kleinen Weide; ich rieche den Dung, als ich vorbeigehe, auch wenn die Kühe selbst nicht zu sehen sind. Ich liebe diesen Geruch. Kühe bedeuten, dass es in der Scheune Heu gibt.

Heu ist eine ausgezeichnete Ablenkung.

Ich habe kein Feuerzeug, finde allerdings einen Benzinkanister neben einem Traktor; er ist noch halb voll. Das genügt. Ich tränke die Heuballen damit. Ein Feuerzeug fehlt mir noch immer, aber ich schnappe mir ein paar Starthilfekabel, die an der Scheunenwand hängen, und verbinde sie mit der Batterie des geparkten Traktors. Ich berühre die Klammern und bekomme einen ordentlichen Funken.

Bevor ich das Heu entzünde, stelle ich absolut sicher, dass ich den nächsten Schritt meines Plans im Kopf habe. Ich weiß, wo der Camper geparkt ist; ich habe ihn auf dem Weg hierher gesehen. Alles ganz einfach. Hoffe ich.

Ich lasse die Funken sprühen. Das Benzin entzündet sich mit einem trockenen, heftigen Zischen. Ich ziehe mich schnell zurück, und als ich durch das Scheunentor in die Dunkelheit in Richtung Camper renne, sehe ich das verschwommene orangefarbene Leuchten hinter mir aufflammen. Die Hühner im Stall draußen kreischen. Zum Glück waren keine Tiere in der Scheune. Sie dient nur als Lager. Ich will gar nicht darüber nachdenken, was ich ansonsten getan hätte, denn im Augenblick fühle ich mich gnadenlos.

Überleben ist einfach nur Instinkt.

Ich bin schon auf halbem Weg zum Camper, gut getarnt in der Dunkelheit, als ich Schreie höre. Ich verstehe nicht, was gerufen wird, aber mein Plan lautete, eine relativ große Anzahl von denen zum Feuer zu ziehen.

Dummerweise passiert das nicht.

Stattdessen werden auf dem gesamten Gelände Flutlichter angeschaltet. Eine Sirene heult – eine von der Art, die steigt und sinkt, als würde sie einen Tornado ankündigen.

Dann stoppt die Sirene, und über den Lautsprecher erklingt eine Stimme. Die von Vater Tom.

»Brüder, der Tag der Abrechnung ist gekommen! Heute ist der Tag, an dem Satan die Hand gegen uns erhebt, doch fürchtet euch nicht, unsere Armee der Heiligen wird aus dem Himmel herabsteigen, um zu kämpfen! Gepriesen sei Gott!«

Ich höre die Schreie in der Ferne. Rufe und Antworten. *Gepriesen sei Gott.*

O Himmel. Das FBI kommt, und die wissen das. *Was zum Teufel hast du dir dabei gedacht, Mike?* Ich möchte ihn anschreien, aber ich bin erschöpft und schmutzig und blute, und der Camper ist viel zu weit entfernt, und ich bin im Augenblick viel zu langsam, um es bis dorthin zu schaffen. Ich habe die Schlüssel in der Hand. Doch das hilft mir auch nicht.

Die Anlage – zumindest hier, in Richtung Tor und in der Nähe der Hauptgebäude – ist hell erleuchtet. Ich sehe Vater Toms Lakaien umherrennen, um taktische Positionen einzunehmen. *Wie kann Mike davon ausgehen, dass eine so offene Herangehensweise eine gute Idee ist?* Vielleicht ist das ja gar nicht auf Mikes Mist gewachsen. Vielleicht ist das irgendein ruhmsüchtiger lokaler Agent, dem nicht klar ist, dass er hier gerade die Grundlage für ein Blutbad schafft.

Es dauert ein paar Sekunden, bis mir klar wird, dass ich etwas Entscheidendes vergessen habe. Das Licht. Die Scheinwerfer sind hauptsächlich auf den Bereich konzentriert, in dem die Sektenanhänger leben und arbeiten. Aber der Zaun reicht ziemlich weit. Mike ist nicht dämlich. Er weiß, dass sie es mit Verhandlungen versuchen müssen, zum Teufel, vermutlich wurde ihm das sogar befohlen. Aber er weiß auch, dass es nicht genug Getreue gibt, um jeden Meter des Zauns zu bewachen.

Die FBI-Leute werden reinkommen, was auch immer sich am Tor zuträgt. Ich muss einfach nur den Kopf einziehen und warten. Ist fast schon gemütlich. Oder wäre gemütlich, wenn ich mich nicht durch mein Inbrandsetzen der Scheune selbst in den Weg von jedem befördert hätte, der dorthin geschickt wird, um den Brand zu löschen. Ich muss hier weg.

Meine Kraft reicht gerade noch so für das Kriechen auf Unterarmen und Zehen, wie es die Scharfschützen machen. Es bringt mich näher an den Zaun heran, was nicht ideal ist, aber zumindest bin ich im Liegen schwerer zu sehen.

Glaube ich zumindest, bis ich plötzlich hinter mir höre, wie eine Schrotflinte geladen wird, und gleich darauf etwas, was sich wie ein Doppellauf anfühlt, gegen meinen Hinterkopf gepresst wird. »Aufstehen«, befiehlt ein Mann. »Sofort.«

Es ist der Kerl, dem ich die Schlüssel geklaut habe.

Ich bin so was von erledigt.

Kapitel 26

Gwen

Ich hasse es zu warten. Mike Lustig hat mich schwören lassen, dass Kez, J. B., Javier, Lanny und ich an der Südseite der Siedlung bleiben, wo er uns positioniert hat, weit weg vom Tor. Er hat uns zwei TBI-Agenten zugewiesen, um sicherzustellen, dass wir das Versprechen auch einhalten.

Natürlich halte ich mein Versprechen nicht. Sobald wir hören, dass die Aktion gestartet wird, und im Inneren der Anlage die Lichter angehen, schickt J. B. eine Nachricht auf ihrem Handy ab. Niemand sagt ein Wort. Die TBI-Agenten sehen so aus, als wären sie lieber mitten im Gefecht als hier mit uns so abseits vom Geschehen.

Sie werden völlig von Cicely West und Joe Froud überrascht, die plötzlich wie Geister aus dem Dunkeln auftauchen. Sofort steigen die TBI-Agenten aus dem SUV und ziehen ihre Waffen. Cicely und Joe heben die Hände. »Wir sind unbewaffnet!«, ruft Joe. Die TBI-Agenten gehen auf sie zu.

Sie bemerken nicht, wie Javier, J. B. und ich uns ihnen bewaffnet von hinten nähern. Was sie sicher noch eine Weile bereuen werden.

Kez hält sich mit Lanny im Hintergrund. Wir fesseln die Agenten auf dem Rücksitz ihres eigenen SUVs an Hand- und Fußgelenken und ziehen auch noch Kabelbinder durch ihre Gürtel und die Türgriffe, damit sie nicht fliehen können. »Dafür gehen Sie alle ins Gefängnis«, faucht der jüngere. Der ältere wirkt eher resigniert. »Ich hoffe, das ist Ihnen klar.«

»Ist es«, sagt Kezia mit einem Grinsen, als würde sie sich darauf freuen.

J. B. fährt den SUV nahe an den Metallzaun, Javier und Kez holen eine schwere Gummimatte hinten aus dem Fahrzeug und werfen sie über den Stacheldraht oben auf dem Zaun. Javier ist als Erster oben. Er springt und landet mit einem athletischen Geschick, mit dem ich es niemals aufnehmen kann, auf der anderen Seite; Kez ist fast genauso gut.

»Mom?« Ich habe bereits einen Fuß auf der Stoßstange des Wagens, bereit, hochzuklettern. Aber meine Tochter ruft mich, also nehme ich mein Bein noch einmal runter und wende mich zu ihr um. Sie sieht blass und angespannt aus, und Tränen stehen ihr in den Augen. Ich umarme sie ganz fest. »Bring Connor zurück«, flüstert sie mit zitternder Stimme.

Ich küsse meine Tochter auf die Wange. »Natürlich, das mache ich, Schatz.«

Dann drehe ich mich um, klettere erst auf die Stoßstange, dann auf das Dach und besteige schließlich den Zaun.

Ich spüre die Landung auf der anderen Seite in allen Knochen, aber zumindest breche ich mir nichts; ich habe gelernt, das Gewicht beim Fallen und Abrollen richtig zu verteilen. Joe und Cicely folgen als Letzte. J. B. versucht es gar nicht erst. Ihre Aufgabe ist es, mit dem TBI-Gewehr auf der anderen Seite des Zauns Wache zu schieben, um jeden aufzuhalten, der es auf uns abgesehen hat.

Und um meine Tochter zu beschützen, solange ich es nicht tun kann.

Bevor Cicely runterspringt, reicht sie uns noch unsere Ausrüstung. Javier und ich haben Neoprenanzüge unter unserer dünnen Kleidung an; ich habe mich trotz der Kälte für dünne Leggings und ein T-Shirt entschieden, weil sie mich unter Wasser weniger behindern. Außerdem tragen wir beide schnell trocknende Schwimmschuhe, die für den Einsatz sowohl an Land als auch unter Wasser geeignet sind.

Javier hat Sauerstoffflaschen, Masken und Atemregler mitgebracht. Sein Plan lautet, schnell und geräuschlos im Dunkeln hinüberzugelangen. Er hätte es allein getan, aber ich habe etwas Taucherfahrung; vor ewigen Zeiten habe ich sogar mal eine Tauchprüfung abgelegt, aber das ist Jahre her, noch bevor ich verheiratet war. Ich kann nur hoffen, dass ich mich an die Grundlagen des Atmens erinnere. Javier hat recht: Der direkteste Weg ins Lager führt geradewegs über den See; würden wir dem Zaun folgen, brächte uns das in einen beleuchteten Bereich, in dem wir garantiert auf bewaffneten Widerstand stoßen würden.

In den wasserdichten Rucksäcken, die wir uns auf den Rücken geschnallt haben, sind unsere Waffen und die Munition.

»Ihr seid euch bei der Sache sicher?«, fragt Cicely. »Wir sollen euch also hier zurücklassen?«

»Ja«, erkläre ich. »Passt auf euch auf. Diese Leute sind gefährlich.«

Sie nickt, und sie und Joe bahnen sich einen Weg durch das dichte Gebüsch am Zaun entlang, um den See herum. Sie werden länger brauchen, aber letztendlich ans selbe Ziel gelangen. Und dann werden wir die Unterstützung brauchen.

»Ich wünschte, ich könnte mit euch kommen«, seufzt Kezia.

»Wir brauchen Deckung«, meint Javier und küsst sie kurz. Er streicht mit seinem Daumen über ihre Lippen, um den Kuss zu besiegeln. »Und du bist eine teuflisch gute Schützin, Kez.«

»Oh, weiß ich doch«, erwidert sie gelassen und hebt dabei eine Augenbraue. »Wenn ihr mich schießen hört, bleibt unten.«

Er nickt. Ich ebenso. In ihrer Jäger-Tarnkleidung ist sie so gut wie unsichtbar. Genau wie J. B. wird sie uns decken, wenn irgendetwas schiefläuft.

Und es kann so viel schieflaufen.

Die Versammlung hat ihren Zaun komplett um den See, den Wasserfall und den ihn speisenden Bach gezogen, aber um diese Ecke hier scheinen sie sich nicht sonderlich zu kümmern. Alles ist von Unkraut überwuchert, und ich bin froh, dass wir uns unseren Weg nicht allzu weit freihacken müssen.

Die Verhandlungsführer des FBI werden am Vordertor sein. Mike hat mir seine Pläne nicht verraten, aber er hat fallen lassen, dass er Sonderteams zu Hilfe gerufen hat. Seine Behauptung, sie würden nicht reingehen, war also gelogen. Das hier wird in einem Feuergefecht enden; und das hat er von Anfang an geplant. Ja, er wird zuerst verhandeln, was allerdings nicht heißt, dass er nicht gleichzeitig Agenten reinschickt. Diese Anlage mag ja voll von Fanatikern sein, aber sie ist zu groß, um komplett uneinnehmbar zu sein. Der Zaun ist vor allem dafür da, um Leute einzusperren. Nicht auszusperren.

Mike hat mir den Plan nicht verraten, weil er wollte, dass wir uns raushalten. Aber das kann ich nicht tun, nicht wenn die Menschen, die ich liebe, in Gefahr sind. Deshalb haben wir uns auch gerade eines tätlichen Angriffs auf Staatsbeamte schuldig gemacht und sind nun auf eigene Faust zu den Bäumen am Rand des Sees unterwegs. Falls alles aus dem Ruder läuft, müssen wir Sam und Connor aus dem Kreuzfeuer holen.

Als wir das Ufer erreicht haben, geht Javier plötzlich in die Hocke, und Kez und ich tun es ihm augenblicklich gleich. In geduckter Haltung schleiche ich mich weiter vor, um mich umzusehen.

Auf der anderen Seite des Sees passiert gerade etwas. Zwei Männer zerren einen dritten hinter sich her, der sich kaum auf den Beinen halten kann. Am schlammigen Ufer lassen sie ihn fallen, und einer verpasst ihm ein paar heftige Tritte.

Javier hat ein kleines Fernglas aus seiner Ausrüstung geholt, und ich bemerke, wie sich seine Körperhaltung verändert, bevor er mir das Glas in die Hand drückt. Ich fürchte mich davor, durchzuschauen. Aber ich muss es tun.

Es ist Sam. Er ist schmutzig, blutet, und sein Oberkörper ist nackt.

»Nein«, flüstere ich entsetzt. Das Bild vor meinen Augen verschwimmt, und meine Hände zittern. »Sam …«

Javier nimmt mir das Fernglas ab, während ich keuchend versuche, aufzustehen. Kez hält mich fest. »Stopp«, flüstert sie. »Warte noch. Javi? Was machen sie?«

»Kann ich nicht sagen«, meint er. »Sie …« Er beugt sich etwas vor. »Verflucht. Die wickeln eine Kette um ihn. Kez!«

Sie geht auf ein Knie und schaut durch das Zielfernrohr ihres Gewehrs. Das wird ein Schuss aus ziemlich großer Entfernung, mit Sam mittendrin. Ich halte den Atem an.

Der Donner des Schusses hängt noch in der Luft, und ich brauche kein Fernglas, um zu sehen, dass einer der Männer, die über Sam gebückt waren, zu Boden geht. Kez lädt nach und zielt erneut, aber der zweite Mann ergreift Sam, reißt ihn hoch und benutzt ihn als Deckung.

»Gwen!«, zischt Javier mir zu. »Ins Wasser. Jetzt. *Los.*« Er schnallt die Sauerstoffflasche um. Kez legt ihr Gewehr ab und hilft mir, meine anzulegen. Ich teste mein Atemgerät und nehme einen zittrigen Atemzug. Es funktioniert.

Wir stehen auf und rennen zum See.

»Sam!«, rufe ich, und meine Stimme hallt über das Wasser. Ich glaube, er reagiert.

Aber dann wird er vorwärts ins Wasser geschoben, ein menschlicher Schild für den Mann, der ihn festhält.

»Die Heiligen werden auferstehen!« Diesmal höre ich den Ruf über den See zu uns hallen. Es ist der Sektenanhänger, der Sam festhält. »Heute ist der Tag der Abrechnung! Gepriesen sei Gott!«

Sam wird weiter nach vorn gedrängt. Er kann sich kaum auf den Beinen halten.

Javier und ich waten ins Wasser. Es reicht uns bis zu den Oberschenkeln. Dann bis zur Hüfte.

Uns gegenüber verschwindet Sam lautlos. Die um ihn gewickelten Ketten ziehen ihn nach unten. Der andere Mann watet zurück ans Ufer.

Ich möchte schreien, aber ich spare mir den Atem, ziehe mir die Maske vor das Gesicht und stecke mir das Atemgerät in den Mund. Wenige Sekunden später bin ich vollständig unter Wasser.

Ich spüre die eisige Kälte durch den Anzug hindurch, gewöhne mich aber schnell daran. Panik wallt in mir auf. Ich will einfach nur zu Sam; jede Sekunde, die es dauert, ihn zu erreichen, ist eine weitere Sekunde, in der er da unten langsam stirbt, ganz allein im Dunkeln.

Ein Schritt, ein zweiter, und dann fällt der Boden unter mir ab; der Wasserfall hat dieses Loch über Tausende von Jahren hinweg tief ausgehöhlt. Dort, wo meine Haut nicht durch den Anzug geschützt ist, brennt sie von der plötzlichen Kälte, und ich sinke schneller, als ich wollte, aber das ist mir egal. Sam ist da unten. *Er ist da unten.*

Er hat nicht mehr viel Zeit.

Es fällt mir schwer, ruhig zu bleiben. Aber beim Tauchen mit Ausrüstung braucht man Konzentration und einen klaren Kopf; ich muss gegen meine Instinkte ankämpfen und alles langsamer machen. Der See ist das reinste Tintenfass, doch Javiers

Tauchlicht durchschneidet die Finsternis wie ein Schwert und verwandelt das schwarze Wasser in ein trübes Grün. Ich schalte meine Lampe ebenfalls an. Er schwimmt voran, und ich bleibe ihm dicht auf den Fersen. Ich kann es mir nicht erlauben, ihn aus den Augen zu verlieren. Nicht hier. Eineinhalb Meter könnten hier genauso gut fünfhundert Meter sein.

Wir tauchen tiefer, aber ich kann Sam nicht sehen, ich sehe ihn nicht. Wie lange ist er jetzt schon unter Wasser? Dreißig Sekunden. Mindestens.

Wir schwimmen und schwimmen, gefühlt eine quälende Ewigkeit. Jetzt sind es nicht mehr Sekunden. Eine Minute. Mehr. Ich weiß es nicht. Wir tauchen noch tiefer. Meine Ohren schmerzen wegen des Drucks. Javier ändert seinen Winkel leicht. Unsere Lampen strahlen auf eine Granitwand vor uns.

Das ist der steile Abhang auf der anderen Seeseite. Aber ich sehe Sam nirgendwo. *Bitte nicht …*

Ich blicke nach unten, und plötzlich ist da ein bleiches Gesicht im trüben Wasser erkennbar. Die Haare umschweben es wie eine dunkle Wolke. Es hat keine Augen. Die Haut ist runzlig und aufgebläht und geschwollen, aber die Leiche wird durch eine schwere Kette und runde Gewichte unten gehalten.

Wenn ich könnte, würde ich jetzt schreien. Ich spüre einen Druck in meinem Kopf. Wir sind bereits ziemlich tief, aber noch nicht am Grund angelangt.

Und ich sehe Sam nicht. Mein Herz rast so schnell, dass es sich anfühlt, als würde bei jedem Pulsschlag mein ganzer Körper verkrampfen. Ich atme schneller, versuche, Luft in meine Lunge zu bekommen, merke jedoch, dass ich alles nur noch schlimmer mache. Ich versuche, langsamer zu werden. Aber nein, das geht nicht. Sam ist hier irgendwo.

Unsere Lampen erfassen weitere verwesende Leichen. Von manchen sind nur noch Knochen übrig, verstreut auf dem schwarzen Schlick am Boden. Andere werden noch durch Sehnen und verdrehte Muskelfasern zusammengehalten.

Einige sind sogar noch vollständig erhalten. Bei diesem grauenhaften Anblick drängt alles in mir danach, von hier zu verschwinden. Aber nicht ohne Sam!

Auf den ersten Blick halte ich ihn für einen der Toten, weil er ebenso reglos ist.

Aber er blutet. Er ist umgeben von einem roten Nebelschleier, der aus der durchgeweichten Bandage an seiner Hüfte austritt. Er treibt einfach nur langsam dahin, am Boden gehalten durch eine weitere Kette mit einem Schloss und etwas, das wie ein kleiner Bootsanker aussieht.

Seine Augen sind geschlossen.

Ein letztes Aufbäumen von Adrenalin und Verzweiflung durchzuckt meinen Körper. Ich muss ihn retten.

Ich berühre ihn, und er öffnet die Augen. Er fängt an, sich heftig zu wehren. Blinde Panik steht in seinem Gesicht geschrieben, und er steht kurz davor, Wasser einzuatmen. Ich drücke seine Nase zu. Dann atme ich tief ein und stecke ihm mein Atemgerät in den Mund. *Atme,* flehe ich ihn an. *Mein Gott, bitte, Schatz, atme, bitte.* Eine qualvolle Sekunde lang sieht es so aus, als könnte er das nicht, und er versucht, meine Hand wegzuschieben, die seine Nase umklammert. Doch dann sehe ich, wie ihn Erleichterung durchströmt. Er atmet ein. Ich lasse seine Nase los. Er legt beide Hände um das Atemgerät, saugt hastig die Luft ein und atmet Blasen aus.

Er lebt. *Es geht ihm gut.* Nein, tut es nicht, er blutet, das Wasser ist eiskalt, und er trägt kein Hemd, er ist blass und überhaupt nicht in der Verfassung, das hier durchzustehen. Die Unterkühlung wird ihn bald umbringen. Der Blutverlust ebenso. Wir müssen ihn hier rausschaffen.

Ich zerre an der Kette, doch die hängt fest an ihm. Wir haben nichts dabei, womit wir sie entfernen können.

Meine Lunge brennt und zittert vor Verlangen, einzuatmen. Javier signalisiert mir etwas, aber ich verstehe nicht, was er meint, bis er eine weitere Atemmaske von seinem Gürtel nimmt – sie dient wohl dazu, den Sauerstoff mit einem anderen Taucher, der Probleme hat, zu teilen, schätze ich. Er zieht sie über Sams Gesicht, aber ich erkenne nicht, ob Sam atmet.

Wir müssen die Ketten lösen, daran führt kein Weg vorbei; und es wird ihm Schmerzen bereiten. Sie sind sehr fest. Die einzige echte Option besteht darin, sie nach unten zu ziehen. Unmöglich, solange er noch seine Hose trägt. Ich zerre ihm die Hose ab und lasse sie davontreiben. Jetzt trägt er nur noch eine Unterhose. Meine Hände zittern, meine Finger sind taub. Ich umfasse die Ketten auf meiner Seite und ziehe sie anderthalb Zentimeter nach unten. Meine Finger rutschen ab, und frustriert brülle ich in mein Atemgerät. Javier geht auf die andere Seite. Wir reißen Sams Wunde weiter auf, aber darauf können wir im Augenblick keine Rücksicht nehmen. Er bewegt sich nur langsam, versucht aber, uns zu helfen. Kämpft nicht dagegen an. Sein Körper stellt langsam seine Funktionen ein.

Ich zerre weiter heftig und verspüre einen scharfen Schmerz wie Nadelstiche, als meine Fingernägel nachgeben und sich umstülpen. Egal. Die Kette rutscht etwas tiefer. Sam schlägt aufgrund der Schmerzen wild um sich. Ich ziehe weiter, wohl wissend, dass ich ihm wehtue. Alles in mir schreit danach, aufzuhören. Ich ignoriere es, *ich schaffe das hier, ich schaffe es …*

Dann gleiten die Ketten endlich über sein Becken, und ihre Spannung löst sich. Sie rutschen über seine bleichen Beine und schlagen dumpf auf dem zähflüssigen Schlick auf. Erleichtert atme ich blecherne Luft ein, lasse die Gewichte sinken, und dann steigen Javier und ich mit Sam zwischen uns nach oben. Er regt sich kaum noch. *Bleib bei mir, Schatz. Wir haben es fast geschafft.*

Er ist zu schlaff, als wir ihn in Richtung Ufer zerren. Ich bin erschöpft, zittere am ganzen Leib und atme viel zu schwer und zu schnell. Der Druck hat bei mir heftige Kopfschmerzen ausgelöst, aber die sind mir egal, viel wichtiger ist, dass Sam sich nicht bewegt.

Ich bin als Erste raus aus dem Wasser, ergreife Sams schlaffe Arme und ziehe ihn an Land, hin zu Kezia, die mit einer Rettungsdecke wartet. »Sam?« Ich reiße mir die Maske vom Gesicht. »Sam!« Javier nimmt Sam das Mundstück ab. O mein Gott, er reagiert nicht, seine Augen sind offen, aber er sieht mich nicht an, *das kann nicht sein, das darf nicht sein.*

Nicht nach allem, was wir durchgemacht haben. Bitte nicht.

Ich sehe etwas Leben in seine Augen zurückkehren. Der beklemmende Druck auf meiner Brust lässt nach, und dankbar schreie ich auf. Jetzt lasse ich den Tränen freien Lauf.

Sam erschaudert und atmet zweimal keuchend ein und aus, bevor er herauspresst: »Connor. Holt Connor!«

Alles in mir erstarrt. Mit auf den See gerichteten Augen drohe ich in meinen Albtraum zu fallen. Ich wechsle einen Blick mit Javier, der nicht weniger erschüttert wirkt. Ich kann nicht fragen. Ich kann nicht. Ich habe solche Angst vor der Antwort.

Javier stellt die Frage. »Sam, ist Connor im Wasser?« Seine Stimme ist unheimlich ruhig. Ich schreie innerlich. Zerbreche. Wenn mein Sohn in diesem See ist, werde ich auf der Suche nach ihm sterben.

Sam flüstert »Nein«, und ich presse die Augen fest zusammen und weine noch heftiger. Ich weine vor Erleichterung, aber die ist so intensiv, dass sie mir körperliche Schmerzen verursacht. Ich beuge mich vor und lege eine Hand auf Sams Schulter, um nicht auf ihn zu fallen. Als ich endlich wieder die Augen öffnen kann, sieht Sam mich an. Er ist totenbleich, seine Lippen sind lila, und er zittert. Aber er lebt. »Sie haben ihn in die Schlafbaracke der Frauen gebracht. Dort müsste er sein. Holt ihn. Tut mir leid, dass ich nicht …«

Ich küsse ihn. Meine Lippen sind kalt und nass und beben, seine jedoch sind so eisig, dass es sich anfühlt, als würde ich einen Gletscher küssen. Aber er ist hier und er lebt, und mit diesem Kuss versuche ich, all die Wärme und Liebe auf ihn zu übertragen, die ich aufbringen kann. Ich schmecke das faulige Wasser auf uns beiden. Es kümmert mich nicht. Ich würde den See austrinken, um ihn zu retten.

»Ich hole ihn«, versichere ich Sam. »Javi, am Zaun müsste ein Seil hängen, um wieder hochzukommen. J. B. wollte es anbringen. Aber Sam wird euch beide brauchen, um auf die andere Seite zu gelangen.«

»Du gehst da nicht allein rein«, sagt Javi. »Gwen …«

Ich schüttle den Kopf. Kez hat nicht genug Kraft, um Sam allein zum Zaun zu schaffen; es ist weit bis dorthin, und es sind zwei Leute nötig, um ihn auf die andere Seite zu bringen, in Sicherheit und ins Warme. Ich kann nicht gehen.

Ich muss unseren Sohn finden.

Ich setze die Maske wieder auf, ziehe das Atemgerät über und stürze mich in den See, bevor mich irgendjemand aufhalten kann.

Das ist der schnellste Weg zu meinem Kind.

Kapitel 27

Connor

Aria ist ein Problem. Als sie tief Luft holt, um zu schreien, presse ich ihr eine Hand auf den Mund. Sie ist so klein, dass ich sie vom Boden hochheben und festhalten kann, während sie sich wehrt und kreischt. Das Wasser läuft noch, und Vee dreht weitere Hähne auf, von daher glaube ich nicht, dass irgendjemand sonst diesen Kampf hören kann. Dennoch kann jeden Moment jemand nachschauen kommen.

Vee reißt einen der Vorhänge herunter. Er besteht aus einem dünnen Material, und sie benutzt ihr eigenes Schnappmesser, um ihn in lange Streifen zu schneiden. Einer davon dient als Knebel. Mit den anderen beiden fesselt sie Arias Hand- und Fußgelenke. Wir legen sie in einer Ecke des Bads ab, wo sie weiterhin zappelt und zu schreien versucht.

Als draußen plötzlich eine Sirene ertönt, zuckt Schwester Harmony zusammen. Es klingt wie ein Tornadoalarm. Dann höre ich Vater Tom reden, aber über das laufende Wasser hinweg kann ich ihn nicht verstehen. Schwester Harmony scheint es jedoch verstanden zu haben, denn sie greift nach der Lampe und verlässt eilig das Bad. Vee und ich jagen ihr hinterher.

Schwester Harmony ignoriert die Schreie und Rufe der anderen Mädchen und Frauen und auch die weinenden Kinder. Sie läuft den Gang entlang. Von hinten wirkt sie wie ein Komet, der durchs Dunkel fliegt, während um sie herum die Gestalten in ihren weißen Nachtgewändern mit den Armen rudern wie Geister.

Ich weiß nicht, was Schwester Harmony vorhat, bis sie gegen die verschlossene Tür hämmert und ruft: »Hilfe! Hilfe, sie sind hier drin! Rettet uns! Die werden uns alle umbringen!« Sie drängt mich zurück gegen die Wand, und Vee schaltet schneller als ich, denn ich sehe das Messer in ihrer Hand aufblitzen. Ich will meins nicht benutzen. Stattdessen packe ich einen Tisch und halte ihn fest.

Ein paar Frauen kommen auf uns zu. Ich zähle fünf, plus ein zartgliedriges blondes Mädchen im Alter von ungefähr zehn Jahren und die Babys und kleinen Kinder. Die anderen Frauen laufen wild schreiend herum. Einige knien nieder und beten. Das sind offenbar diejenigen, denen Harmony nicht vertrauen kann. Die nicht kämpfen werden. Oder die zu sehr an die Sache glauben, um es zu versuchen.

Mit dem Absatz ihres Schuhs zerstört Harmony eine Bodenplanke, unter der sich ein weißer Sack befindet. Sie zieht ihn heraus und kippt den Inhalt auf den Boden. Küchenmesser. Sie muss sie sich nach und nach besorgt haben. Es gibt nicht genug für alle.

Vee dreht ihr Schnappmesser ruhelos in der Hand. Ihre Augen funkeln, und Anspannung ist darin zu lesen. Ich mache mir Sorgen, dass sie etwas Dummes anstellen könnte. Aber hey, ich halte einen Tisch. Vielleicht sollte ich auch lieber das Messer benutzen.

Bevor ich mich entscheiden kann, wird die Tür aufgerissen, die Schwester Harmony nur knapp verfehlt, und als ein Mann mit einer Waffe hereingestürmt kommt, stößt sie ein

Küchenmesser in seinen Unterarm. Die Waffe geht los, doch die Kugel landet in den Bodenbrettern. Ich weiche zurück. Ich sollte etwas tun, weiß aber nicht, was; alles scheint langsamer zu werden, mir ist heiß, ich fühle mich dumpf und schwer, und mir stehen Leute im Weg.

Doch plötzlich wird alles wieder scharf, und ich sehe meine Gelegenheit. Ich schwinge den Tisch und treffe den Mann am Kopf; er strauchelt. Ich lasse den Tisch fallen und verpasse ihm einen Stoß, sodass er das Gleichgewicht verliert. Vee bringt ihn zum Stolpern, und er geht zu Boden. Als er durch die Tür gerannt kam, sah er wütend aus, jetzt wirkt er nur noch schockiert. Und als ihm klar wird, was hier gerade vorgeht, bekommt er es mit der Angst zu tun. Auf dem Bauch liegend windet er sich, um wieder hochzukommen.

Ich schaue mich nach etwas um, womit ich ihn fesseln kann, doch bevor ich irgendetwas finden kann, setzt sich Schwester Harmony auf seinen Rücken und rammt ihm mit einem schnellen Stoß das Küchenmesser hinten in den Nacken. Ich sehe es, doch ich begreife es eine Sekunde lang nicht. Erst, als er sich nicht mehr rührt. Die Aktion ging schnell und sauber vonstatten, und nur langsam wird mir klar, dass er tot ist. Ich weiß nicht, wie ich mich deswegen fühlen soll. Ich sehe nur, dass sie weint, und sie sagt – nicht zu uns, sondern zu ihm: »Diesmal bist du derjenige, der aussortiert wird.«

Schwester Harmony schnappt sich die Waffe, bevor Vee nach ihr greifen kann, und richtet sie auf die offene Tür. »Vera, Connor, bringt die Schwestern und Kinder zum Camper und findet einen Weg hier raus.«

»Kommen Sie nicht mit?«, frage ich sie. Ich sollte Angst vor ihr haben. Sogar richtig große Angst; sie hat gerade jemanden getötet. Aber sie ist wie Mom, eine Kriegerin, die diejenigen beschützt, die sie liebt. Ich nehme einen kleinen weinenden

Jungen an die Hand, dann hebe ich ihn hoch. Er ist schwerer, als ich erwartet hatte. Und wärmer.

Schwester Harmony schüttelt den Kopf. Ihr schwerer Zopf raschelt über den Stoff ihrer Bluse. »Ich bringe die anderen mit. So viele, wie ich kann«, erklärt sie. »Geht einfach. Wartet nicht auf uns. Sobald die merken, dass wir draußen sind, werden sie uns jagen.«

Ich bleibe stehen und sehe sie an. Sie hat noch nie zuvor eine Waffe in der Hand gehalten, das erkenne ich; ihre Hände zittern stärker als meine. »Sie hätten hier alle töten sollen, nicht wahr?«

Schwer atmend nickt sie. »Der Tag der Abrechnung«, sagt sie. »Ich sollte den Garten abbrennen und niemanden am Leben lassen. Geh, Junge. Und bleib nicht stehen!«

Vee ruft den anderen Frauen und Kindern zu, dass sie sich an den Händen fassen sollen, sie selbst nimmt den letzten Platz in der Schlange ein. Ich bin vorn, zusammen mit einer dunkelhaarigen Frau in ähnlichem Alter wie Harmony. Sie spricht mich an. »Ich bin Schwester Rose. Wir müssen rennen. Ich weiß, wohin. Ich führe uns.« Sie hält ein Messer in der Hand und sieht zu Tode verängstigt aus, aber ebenso entschlossen. Die andere Hand streckt sie mir entgegen, und ich ergreife sie. Die meisten Kinder werden getragen. Der kleine Junge, den ich halte, hat seine Arme um meinen Hals geschlungen, und jetzt erst wird mir so richtig bewusst, in welcher Gefahr wir uns befinden und dass mein Schützling verletzt werden könnte, wenn ich hinfalle oder uns jemand angreift. Und plötzlich habe ich keine Angst mehr um mich selbst. Ich muss dafür sorgen, dass er es schafft.

Wir rennen.

Am Tor stehen viele Männer und feuern ihre Waffen ab, aber sie sind auf die konzentriert, die sich auf der anderen Seite des Tores befinden. Das FBI. *Mom.* Mom könnte da draußen sein.

Ich muss Sam retten, aber zuallererst muss ich diesen kleinen Jungen, der seine Arme um mich geschlungen hat, in Sicherheit bringen. Das ist das Wichtigste. Also rennen wir, ziehen einander vorwärts, und als Schwester Rose stolpert, helfe ich ihr wieder hoch, und wir rennen weiter. Ein Mann stürmt auf uns zu, um uns aufzuhalten, aber als Schwester Rose schreit und ihr Messer hebt, stolpert er überrascht einen Schritt zurück. Allerdings hat er eine Waffe. Eins von diesen Sturmgewehren. Und noch im Zurückweichen hebt er es, und eisige Kälte durchfährt mich. Ich kann nichts tun. Nicht mit dem Jungen an mir.

Schwester Rose lässt meine Hand los und stürzt sich schreiend auf ihn. Erneut stolpert er, und dann ist sie schon auf ihm. Als sie wieder aufsteht, hält sie seine Waffe, und auf ihrem Hemd ist Blut. Sie rennt weiter, und ich folge ihr und ziehe dabei mit einem Ruck die Schlange hinter mir weiter. Ich drehe mich nicht um. Ich habe Angst, dass Vee weiter hinten in Schwierigkeiten steckt oder dass noch mehr Männer hinter uns her sind. Dennoch laufe ich einfach weiter hinter Schwester Rose her.

Auf der anderen Seite der Kirche steht Vater Toms Haus, hell erleuchtet. Die Scheune dahinter brennt.

Und der Camper parkt direkt neben Toms Haus.

Als wir dort ankommen, drehe ich mich endlich um. Es sind noch alle da. Vee befindet sich ganz hinten, ein Baby im Arm. Sie kommt neben mir zum Stehen. Schwester Rose zieht an der Tür des Campers, doch die lässt sich nicht öffnen.

Verschlossen.

Überall sind Schüsse zu hören. Es klingt, als würden die Männer Krieg führen. Ich weiß nicht, wo Caleb ist oder Vater Tom, aber solange sie nicht hier sind, spielt das auch keine Rolle.

Dad. Ich muss Dad finden. Aber zuerst müssen alle in diesen Camper.

»Da oben ist eine Dachluke!«, rufe ich und übergebe Rose den kleinen Jungen, den ich getragen habe. Ich klettere die Leiter hinten hoch, trete gegen die Luke, bis das Schloss nachgibt, und lasse mich hinunter, um die Tür für die anderen zu öffnen. »Ich habe keine Schlüssel!«, brülle ich Vee zu, die als Letzte an Bord kommt und die Tür hinter sich zuschlägt. Die Kinder schreien und weinen, und die Frauen drängen sich um die Sitze.

»Brauche ich nicht!«, schreit sie zurück und zwängt sich zwischen den Frauen hindurch zum Fahrersitz. Sie setzt sich, beugt sich vor und reißt Kabel heraus. Sie scheint genau zu wissen, was sie tut, denn dreißig Sekunden später hat sie den Motor zum Laufen gebracht. Sie schenkt mir ein strahlendes Grinsen, während sie es sich vor dem Lenkrad bequem macht. »Was sagst du jetzt?«

»Du bist fantastisch«, erwidere ich. »Ich muss Dad holen!«

»He, du gehst nirgendwohin«, brüllt sie, aber ich laufe bereits zum verschlossenen Schrank, in dem Caleb die Taser aufbewahrt. Ich stemme ihn auf und nehme einen der Taser, der in einer Ladeschale liegt. Ich stecke ihn in die Jackentasche und finde dann in der Ecke des Schranks noch etwas, was ich gebrauchen kann: einen Bolzenschneider.

Als ich mich umdrehe, steht Schwester Rose vor mir. »Aus dem Weg!«, rufe ich. »Ich muss zu Sam!«

Sie schüttelt den Kopf und blockiert den Weg zur Tür. Ich will sie anschreien. Sie treten. »Du kannst nicht gehen«, sagt sie.

»Lass mich raus! Vee!« Ich hole den Taser aus der Tasche. »Ich muss ihn aus der Zelle rausholen!«

Vee hat mittlerweile einen Gang eingelegt. »Jetzt sei nicht dämlich, Connor. Wenn du seinetwegen stirbst, was glaubst du, wie er sich dann fühlt? Außerdem holt deine Mama ihn bereits.« Sie grinst. »Da möchte ich nicht im Weg stehen. Sie da! Können Sie fahren?« Sie zeigt auf Schwester Rose. »Ich muss sicherstellen, dass er nicht rausspringt und irgendetwas Dämliches anstellt.«

Schwester Rose tauscht den Platz mit Vee im Fahrersitz. Vee ergreift meinen Arm, als ich Richtung Tür dränge.

Rose tritt aufs Gaspedal. »Alle festhalten!«

Ich will noch immer zu Sam, aber tief im Inneren ist mir klar, dass Vee recht hat, dass Sam mich anweisen würde, hierzubleiben. Und jetzt setzt sich der Camper in Bewegung. Ich hebe den Taser vom Boden auf, umklammere ihn und halte gleichzeitig ein Mädchen neben mir fest, als der Wagen mit Schwung in eine Kurve geht.

Nachdem sie den Camper wieder auf gerader Spur hat, beschleunigt Rose. Ich sehe die Kirche rechts von uns. Die Schlafbaracke der Männer. Der Garten befindet sich auf der anderen Seite, aber sie hält nicht an; dort wartet niemand, um abgeholt zu werden. Harmony ist weg.

Rose lässt die Hupe laut tröten, während sie das Gaspedal komplett durchdrückt und auf das Tor zurast.

»Haltet euch fest!«, brülle ich und mache mich bereit.

Aber wir schaffen es nicht, uns den Weg frei zu rammen.

Die Männer zerschießen unsere Reifen, und Rose verliert die Kontrolle. Statt das Tor frontal zu treffen, rutschen wir zur Seite und krachen in einem schrägen Winkel dagegen. Das Tor erbebt, springt jedoch nicht auf.

Der Aufprall schleudert mich gegen die Fensterscheibe, und eine Sekunde lang bin ich etwas benommen. In der Zeit reißt jemand die Tür der Fahrerseite auf und zerrt Rose heraus, die sich kreischend wehrt. Auch die andere Tür wird geöffnet, und Männer kommen an Bord und zerren die Frauen heraus, die sich mit Messern und Fäusten und Geschrei zur Wehr setzen. Es ist das reinste Chaos.

Mein Kopf schmerzt, und ich fühle mich schwerfällig, doch schnell habe ich das wieder überwunden, denn jetzt müssen wir kämpfen. Eigentlich hatte ich erwartet, Angst zu verspüren, weglaufen zu wollen, stattdessen überkommt mich ein seltsames Gefühl von Frieden. Ich kann nicht weglaufen. Ich habe keine Angst. Ich bin nicht rasend vor Wut. Ich nehme einfach nur meinen Taser und feuere ihn auf den ersten Mann, den ich sehe; ich halte den Auslöser gedrückt und sehe zu, wie er schreiend und zuckend zusammenbricht. Ich weiß nicht, ob ich den Taser noch mal benutzen kann, es ist mir auch egal. Ich schwinge den Bolzenschneider gegen den nächsten Mann, der den Wagen betritt, und treffe ihn in die Magengrube. Er fällt rückwärts um.

Der Nächste kommt mit einer Waffe hereingesprintet und zielt damit auf eine der älteren Frauen, die in meiner Nähe kämpft. Ich ergreife sein Handgelenk und drücke es hoch. Der Schuss landet in der Decke anstatt in ihrem Gesicht. Diesmal kann ich den Bolzenschneider nicht einsetzen; ich habe nicht genug Platz, um ihn zu schwingen. Stattdessen verpasse ich ihm einen Fausthieb. Mein Arm tut so weh, als hätte ich mir jeden Knochen darin gebrochen, aber das spielt keine Rolle, das darf es nicht. Ich muss ihn stoppen, egal wie.

Aber er ist größer und stärker als ich, und als er zurückschlägt, gehe ich zu Boden. Es tut gar nicht so sehr weh, doch für eine Sekunde ist alles gleißend hell vor meinen Augen, und als ich wieder richtig sehen kann, steht er über mir und richtet die Waffe auf mich. Da wird mir klar, dass ich sterben werde. Jetzt habe ich Angst, mein gesamter Körper wird kalt, und gleichzeitig fletsche ich die Zähne und brülle und wünschte, ich wäre Sam suchen gegangen, ich wünschte, er wäre hier, *ich will zu Mom,* doch es ist zu spät.

Schwester Harmony ersticht ihn. Sie blutet, ist verwundet und humpelt, aber er hat sie nicht kommen sehen. Mit einem

Schrei rammt sie ihm die Klinge in den Hals, dreht sie, und das Licht in seinen Augen erlischt. Er fällt vornüber auf mich, und ich schiebe ihn hektisch von mir herunter, als würde er brennen. Ich zittere am ganzen Leib und keuche, und in meiner Brust fühlt sich alles zu eng an, aber ich schaue bereits an dem toten Mann vorbei zur Tür, wo der Nächste jeden Moment hereinkommen wird.

Harmony zieht die Klinge heraus und faucht mich an. »Nimm dir die Waffe, Junge.« Ich muss an die Zitate an den Wänden ihres Gefängnisses denken, die sie jahrelang anstarren musste.

Lasst die Frauen mit aller Unterwerfung in der Stille lernen.

Sie hat gelernt – besser als Vater Tom es je erwartet hätte.

Jetzt kommt ein weiterer Mann an Bord. Er ist schmalbrüstig und jung, vielleicht um die zwanzig. Ich ergreife die Waffe. Sie ist schwer und zu groß für mich, aber ich richte sie auf ihn, und er erstarrt. Schwester Harmony schüttelt den Kopf und drückt meinen Arm nach unten. Sie nimmt mir die Waffe ab und gibt sie stattdessen ihm. »Nein, er gehört zu uns«, erklärt sie. »Remy! Bewach die Tür!«

Remy. »Meine Mom hat dich gesucht«, sage ich zu ihm. Er sieht mich an. Er hat mehr Angst als ich, hält die Waffe aber mit festem Griff. »Du bist Remy Landry.«

»Das war ich mal«, korrigiert er mich. »Wenn wir das hier durchstehen, werde ich es vielleicht wieder. Harmony! Wir müssen los!«

»Nicht ohne meine Schwestern!« Mit dem blutigen Messer in der Hand verlässt sie den Camper wieder. Remy folgt ihr, ebenso Vee.

Ich eile hinterher. Noch im Laufen schnappe ich mir den Bolzenschneider. Er ist schwer und klobig, aber jetzt kann ich zu Sam laufen, und Sam kann uns helfen, hier rauszukommen. Wir können alle hier rauskommen. Alle.

Doch als ich aus dem Campingmobil springe, sieht es draußen noch schlimmer aus, als ich erwartet habe.

Rose, zwei andere Frauen und mehrere der kleinen Kinder stehen mit dem Rücken an den Zaun gedrängt. Die drei Frauen haben Messer, doch jede von ihnen ist verwundet. Roses linker Arm hängt blutig und schlaff herunter. Sie ist kreidebleich, hält sich aber tapfer. Die Kinder verstecken sich hinter den dreien, und ihnen gegenüber stehen zwei Männer mit Sturmgewehren. »Gebt uns die Kinder«, befiehlt einer. »Wir werden ihnen nichts tun.«

»Lügner!«, schreit Rose und stürzt sich auf ihn. Er wird sie töten, und ich kann es nicht verhindern. Ich habe nur ein Schnappmesser und diesen Bolzenschneider, und das genügt nicht. Ich bin nicht schnell genug. Ich bin nicht nahe genug.

Harmony *ist* schnell. Sie überwältigt ihn auf dieselbe Weise wie den Mann im Camper, schnell und tödlich, und duckt sich geistesgegenwärtig, als der andere Mann mit der Waffe zu ihr herumschwenkt. Rose springt ihn an, und er geht zu Boden. Sie schnappt sich seine Waffe und richtet sie auf ihn, keuchend, wild. Als er lacht, schießt sie auf ihn. Sie verfehlt und schießt erneut, da hört er auf zu lachen. Normalerweise würde ich jetzt zusammengerollt auf dem Boden liegen, genau wie in der Schule. Waffenfeuer. Schreie. Der Geruch von Blut in der Luft.

Aber das damals war unecht. Das hier ist real. Ich habe Angst, bin jedoch auf genau zwei Dinge fokussiert: am Leben zu bleiben und zu meinem Dad zu gelangen. *Ich kann ihn hier rausbringen. Ich werde es schaffen.*

Aber wir stecken zwischen Camper und Zaun wie in einer Falle. Um uns herum befinden sich mindestens zwanzig Männer mit Waffen. Immerhin schenken uns die meisten von ihnen keine Aufmerksamkeit; sie feuern durch Löcher im Zaun auf das FBI vor dem Tor. Und jetzt schießt das FBI zurück. Ich sehe so etwas wie Granaten über die Mauer fliegen und auf dem

Boden auf unserer Seite aufkommen. Eine Sekunde lang glaube ich, dass wir jetzt wie im Film in die Luft gejagt werden, aber dann verströmen sie einen weißen Nebel, und ich bekomme Schwierigkeiten, zu atmen. Meine Augen brennen, ich keuche und huste und würge, und in meiner Kehle brennt es. Ich sehe Vee, die wie ich vornübergebeugt keuchend dasteht, greife nach ihr und halte mich an ihr fest.

»Seitliches Tor!«, krächzt sie. Ihre Augen tränen und sind feuerrot. Meine vermutlich ebenfalls, mein Blick ist verschwommen, es tut weh, ich bin völlig verwirrt und weiß nicht mehr, wo ich bin. Noch immer werden Waffen abgefeuert. »Dort entlang!« Sie schubst mich, und wir schieben uns am Zaun entlang. Ich stecke das Schnappmesser ein und greife blind nach einem hustenden kleinen Kind. Vee greift sich jemand anderen. Harmony, die sich an Remy festhält. Rose, die stolpert und beinahe hinfällt.

Wir können nicht alle mitnehmen. Aber wir müssen dieses Tor öffnen.

Vor dem Tor befindet sich ein Mann, doch er lehnt seltsam zusammengesackt am Zaun, und als Harmony ihm einen Stoß verpasst, fällt er schlaff zu Boden. Tot.

Das Tor ist mit zwei metallenen Riegeln versperrt. Beide sind durch Zahlenschlösser gesichert, genau wie mein Spind in der Schule.

Genau wie das Schloss, das ich vor der Zelle meines Dads kappen wollte.

Es ergibt keinen Sinn, doch ich habe das Gefühl, als müsste ich jetzt eine Entscheidung treffen. Wenn ich diese Schlösser knacke, kann ich die von Dad nicht mehr knacken. Ich muss entweder ihn wählen oder die Leute, die hier hilflos vor dem Tor stehen.

Und ich weiß, was er wollen würde.

Mit aller Kraft, die ich aufbringen kann, durchtrenne ich erst das eine Schloss, dann das andere. Remy schiebt die Riegel zur Seite und will sofort durch das offene Tor laufen.

»Nein!«, schreit Harmony und nimmt ihm die Waffe ab. Sie wirft sie weg. »Keine Waffen! Keine Waffen!«

Sie hat recht. Da draußen ist das FBI. Wenn wir mit Waffen und Messern rausgelaufen kommen, werden sie glauben, dass wir ein Teil des Problems sind.

Ich lege den Bolzenschneider ab. Harmony wirft ihr Messer weg. Sie nimmt auch Rose die Waffe ab und sorgt dafür, dass sie mit ihrer noch heilen Hand stattdessen die Hand eines kleinen weinenden Jungen ergreift. Dann schiebt sie die beiden durch das offene Tor. Danach Remy. Anschließend nach und nach die anderen Frauen und Kinder.

Sie dreht sich zu mir und Vee um und keucht: »Lauft!«

»Sie zuerst«, sagt Vee.

Harmony verschwindet durch das Tor. Ich kann nicht atmen, mir laufen Schleim und Tränen über das Gesicht, und ich möchte mich übergeben. Ich drehe mich um und hebe den Bolzenschneider wieder auf. Vee hält mich fest. »Was zum Teufel machst du denn da?«

»Dad«, krächze ich.

Sie nimmt mir den Bolzenschneider ab und schleudert ihn in den Nebel. Ich brülle auf und will ihr einen Fausthieb verpassen; sie duckt sich. Sie hustet und keucht ebenfalls, kann aber noch hervorbringen: »Deinem Dad geht's gut. Wir müssen hier weg.« Dann zerrt sie mich durch das Tor in die klarere Luft, wo uns FBI-Agenten anschreien, dass wir weiterlaufen sollen, weiterlaufen, mit erhobenen Händen weiterlaufen, und ich stolpere und falle auf ein Knie. Ich schaue zurück zu dem großen Stahlzaun, dem verschlossenen Tor und höre auf einmal etwas Seltsames.

In der Anlage wird gesungen.

Vater Toms Leute haben mit dem Schießen aufgehört. Sie singen eine Art von Hymne. Hauptsächlich sind es Männerstimmen, aber ich höre auch ein paar reine, hohe Stimmen. Einige der Frauen singen ebenfalls. Diejenigen, die nicht gehen wollten. Die wahren Gläubigen.

Das FBI sorgt dafür, dass wir uns an den Wegrand setzen. Sie waschen uns die Gesichter ab und geben uns Sauerstoffmasken, und nach ein paar Minuten geht es mir besser. Es ist dunkel hier draußen und kalt, und der Gesang hängt wie die Tränengaswolken in der Luft. Ein paar weitere Leute kommen durch das seitliche Tor. Keiner davon ist mein Dad, und ich erkläre dem Mann, der mir das Gesicht wäscht, zum zweiten Mal, dass ich wieder da rein muss, dass mein Dad Sam Cade ist und dass er da drin ist und sie ihn finden müssen.

»Connor?« Ein großer Mann in einer dunklen Windjacke kniet neben mir. »Connor Proctor?« Ich nicke. Ich kenne ihn nicht. »Ich bin Agent Torres. Special Agent Lustig hat mich gebeten, dich zu finden und bei dir zu bleiben. Geht's dir gut?«

Ich habe keine Ahnung. Ich weiß nicht mehr, was »gut« bedeutet. Meine Augen haben aufgehört zu brennen, trotzdem weine ich noch. Ist das gut? Ist dieses Gefühl gut? Ich weiß nicht mal, was das ist. Nur, dass ich so müde bin, dass ich schlafen will, und gleichzeitig muss ich doch zurück. »Mein Dad ist noch da drin«, sage ich. »Er ist noch da drin.« Ich versuche, aufzustehen.

Agent Torres legt mir eine Hand auf die Schulter und drückt mich nach unten. »Agent Lustig und mehrere Teams sind bereits im Lager, sie werden ihn schon rausholen. Du bleibst schön hier.« Er steht auf und sieht Richtung Zaun. Er wirkt angespannt und besorgt, und ich vermute, dass das mit dem Gesang zusammenhängt. Das ist falsch. Sie sollten sich ergeben.

Sein Funkgerät knackt, und er reagiert. »Status?«, fragt er. Ich bin nahe genug, um die Antwort zu hören.

»Sie haben sich in die Kirche zurückgezogen. Die ist randvoll mit Sprengstoff. Wir arbeiten gerade daran.«

»Wie viele sind in der Kirche?«

»Vielleicht fünfundzwanzig Männer und Frauen, Kinder sehen wir keine. Zwei Vorrichtungen haben wir bereits entschärft. Bleibt nur noch eine. Geben Sie Agent Lustig Bescheid, dass der Anführer nicht, ich wiederhole, *nicht* in der Kirche ist.«

»Einen Augenblick.« Der Agent drückt ein paar Knöpfe auf seinem Funkgerät. »Special Agent Lustig, die Kirche ist mit Sprengvorrichtungen gesichert, die im Augenblick entschärft werden, aber der Sektenführer ist noch flüchtig, haben Sie verstanden?«

»Verstanden«, antwortet eine Stimme über Funk. »Haben Sie Connor Proctor gefunden? Sam Cade?«

Agent Torres wirft mir einen Blick zu, und es ist klar, was er gleich sagen wird. »Wir haben Connor Proctor hier, Sir, er ist in Sicherheit. Bisher keine Spur von Sam Cade.«

»Verstanden, Lustig aus.«

Ich lecke mir die trockenen, noch immer brennenden Lippen. »Schauen Sie im Schuppen nach, dem am Ende des Betongebäudes. Ich glaube, er ist da drin. Oder am See. Er könnte auch am See sein.« Ich hoffe, dass er das nicht ist. Ich will gar nicht darüber nachdenken, warum er dort sein könnte, aber ich erinnere mich daran, ihn dort gesehen zu haben, erinnere mich an den letzten Blick, den er mir zugeworfen hat, und obwohl meine Augen bereits die ganze Zeit über brennen und tränen, weiß ich jetzt, dass ich wirklich weine. *Dad, bitte. Bitte, du musst leben. Bitte.*

Torres gibt weiter, was ich ihm gesagt habe. Bevor wir eine Antwort erhalten, kommt per Funk: »Entwarnung bei der Kirche. Wir haben eine weitere Sprengvorrichtung in einem anderen Gebäude gefunden, aber das ist leer und …«

In der nächsten Sekunde erschüttert eine Explosion die Nacht, die stark genug ist, dass Holz- und Betonstücke in die Luft und in sämtliche Richtungen geschleudert werden. Wir alle ducken uns und suchen Deckung, und als ich wieder hinsehe, ist durch den Druck ein Teil des Zauns beschädigt. In meinen Ohren klingelt es, und wie betäubt starre ich das Feuer an, das auf der anderen Seite des Zauns auflodert.

Niemand singt mehr, zumindest kann ich nichts mehr hören.

»Mein Gott, sagen Sie nicht, dass das die Kirche war«, spricht Agent Torres drängend in sein Funkgerät.

Aber ich kenne die Antwort darauf bereits. Das war zu nahe. Sie haben den Garten in die Luft gejagt. Wäre Schwester Harmony nicht gewesen, hätten sie alle Frauen und Kinder darin umgebracht.

»Die Kirche ist gesichert«, entgegnet die Stimme aus dem Funkgerät. Der Agent dort klingt leicht erschüttert. »Wir konnten uns zurückziehen, bevor das Gebäude hochgegangen ist, keine Verletzten. Die Leute in der Kirche werden jetzt in Haft genommen. Sie wehren sich nicht.«

Es ist ihnen also nicht gelungen, sich selbst umzubringen. Das ist gut.

Aber Dad haben wir noch immer nicht gefunden.

Ich starre ins Feuer, bis Vee ihren Arm um mich legt. »Es ist alles in Ordnung, Connor«, sagt sie. Vee Crockett. Die *mich* tröstet.

»Ja«, stimme ich zu. Auch wenn ich es nicht so meine.

Denn das ist es nicht.

Kapitel 28

Gwen

Obwohl ich mir sicher bin, dass mich nichts davon abhalten kann, meinen Sohn zu erreichen, muss ich mich einer höheren Gewalt beugen. Erschöpft laufe ich vom See den Weg nach oben. Meine Beine sind zittrig, meine Lunge schmerzt von der Anstrengung. Ich habe Sauerstofftank, Maske und Atemgerät abgelegt, aber mir ist kalt. So kalt. Ich zwinge mich, schneller zu laufen, und habe gerade die Hälfte des Hügels erklommen, als eine Explosion die Nacht zum Tag macht, mich straucheln lässt und einen Augenblick später meine Ohren zum Klingeln bringt. Es ist, als hätte ein Blitz eingeschlagen. Beinahe gehe ich auf die Knie. *Connor. Mein Sohn ist dort.* Ich kann nicht glauben, dass er in diesem Feuerball gewesen sein könnte. Nein. Das kann ich nicht. Ich muss ihn finden.

Jemand kommt in meine Richtung gelaufen, auf der Flucht vor den teuflischen Flammen, die die Nacht rot färben. Und er singt. Ich erkenne die Hymne: »Shall we gather at the river, the beautiful, beautiful river.«

Er hat eine wunderschöne Stimme, und es scheint mir wie ein grausamer Scherz, dass dieser Mann zu etwas so Schönem fähig ist.

Tropfnass stehe ich da und versperre ihm den Weg. Als ich meine Waffe auf ihn richte, hört er auf zu singen. »Wer sind Sie?«, frage ich. Er bleibt stehen. Innerlich erbebe ich vor Wut und Grauen, aber äußerlich bin ich völlig ruhig. Standhaft.

Langsam hebt er die Hände. »Mein Name ist Vater Tom. Ich ergebe mich.« *Vater Tom.* Im Mondlicht wirkt er beinahe engelsgleich. Aber das ist er nicht.

»Wo ist mein Sohn?«, frage ich leise.

»Gina Royal. Ich wusste, du würdest kommen. Nun, wenn es im Himmel einen Gott gibt, ist dein Sohn in der Hölle«, sagt Vater Tom, und ich höre die schreckliche Schadenfreude in seinen Worten. Es zerreißt mich, wie diese Explosion die Nacht zerrissen hat, und einen glorreichen Augenblick lang stelle ich mir vor, dieses Magazin auf sein Gesicht abzufeuern, bis ich es ausradiert habe, bis nichts mehr von ihm übrig ist als blutiger Brei und Knochensplitter, und dann werde ich nachladen und weiterschießen.

Keuchend komme ich wieder zu Sinnen, gerade noch rechtzeitig, um zu bemerken, dass mein Finger nur ein winziges Zucken davon entfernt ist, meine Vorstellung in die Tat umzusetzen. Ich tue es jedoch nicht, denn er hat nicht gesagt, dass mein Sohn tot ist. Er hat gesagt, *wenn es im Himmel einen Gott gibt.* Er würde nicht zögern, es mir geradewegs ins Gesicht zu sagen, wenn Connor tot wäre. Das muss ich glauben. Das muss ich einfach, sonst verliere ich völlig den Verstand.

Langsam sinkt er auf die Knie. Er stöhnt ein wenig und lächelt. »Alte Knochen. Ich bin nicht mehr der Mann, der ich mal war.« Falls er versucht, mich davon zu überzeugen, dass er ein menschliches Wesen ist, schlägt das fehl. Er spielt mit mir. »Du hast das Böse in unseren Garten gebracht, wie es die Frauen immer tun. Du bist Lilith und Eva und die Schlange in einer Person vereint. Du bist die Mutter aller Sünden.«

Ich hocke mich vor ihn und drücke ihm die Waffe unter das Kinn. »Mord eingeschlossen«, bestätige ich. »Haben Sie meinen Sohn umgebracht?«

»Er war im Garten«, sagt er, und das Lächeln, das sich auf seinen Lippen ausbreitet, wird für mich zur Hölle. »Der Garten und unsere Versammlungshalle liegen in Schutt und Asche. Na los, wühl dich durch und sieh nach, was du dort noch findest.«

Ich hasse diesen Mann, hasse ihn mehr, als ich jemals jemanden in meinem Leben gehasst habe. Sogar Melvin. Ich möchte ihn in Stücke reißen, und das kann ich mit einem Zucken meines Fingers bewerkstelligen. Ganz mühelos.

»Das ist keine Antwort«, sage ich. »Haben. Sie. Meinen. Sohn. Umgebracht?«

Mittlerweile ist er bleich geworden. Trotz seines Grinsens und seiner Heuchelei hat er vor irgendetwas Angst. Nicht vor der Waffe. Nicht davor, dass ich ihn umbringen könnte.

Er hat Angst, dass ich es *nicht* tue.

»Ja«, antwortet er. »Das habe ich. Er ist bei den Heiligen.« Er sieht zum See.

Und da weiß ich, dass er lügt.

»Sie kennen einen Weg hier raus«, vermute ich und sehe sofort, dass ich damit recht habe, denn zum ersten Mal blitzt Überraschung in seinen Augen auf. »Einen Geheimweg, den nur Sie kennen. Wo ist der Ausgang, beim See? Hinter dem Wasserfall? Auch egal. Sie schaffen es nicht dorthin.« Ich stehe auf und trete zurück, die Waffe weiter auf ihn gerichtet. »Wo ist mein Sohn, Arschloch?«

Ich höre Schritte auf dem Weg. Sehe Taschenlampen. »Gwen!« Es ist die Stimme von Mike Lustig. Das FBI ist hier. Ich entspanne mich nicht, aber ich verspüre warme Erleichterung. Jetzt kann ich zu Connor. Ich kann von hier verschwinden. Wir haben es geschafft.

»Ich habe deinen Sohn getötet, bevor ich gegangen bin«, sagt Vater Tom. »Mit meinen eigenen Händen. Und er ist weinend gestorben.«

Das Einzige, was sein Leben rettet, ist Lustig, der gleichzeitig ruft: »Wir haben Connor, er ist in Sicherheit!« Ich löse den Finger vom Abzug, denn ich könnte noch immer schießen. In derselben Sekunde, in der die FBI-Agenten eintreffen, hocke ich mich hin, lege die Waffe auf den Boden, halte mir die Hände vors Gesicht und schreie, schreie die Wut und die Frustration und die überwältigende Erleichterung heraus.

Ich spüre Lustigs Hand schwer auf meiner Schulter. »Wo ist Sam?«, fragt er.

Tief durchatmend sehe ich zu ihm auf. »In Sicherheit. Beim SUV auf der Südseite der Siedlung, wo du uns abgeladen hast. Wir haben ihn gefunden, bevor er ertrunken ist. Er ist in Sicherheit.«

Beim letzten Satz bricht meine Stimme, und ich spüre das erste Aufkeimen von echter Hoffnung.

»Na komm«, sagt er, und diesmal tätschelt er mir den Rücken. »Ich bring dich zu deinem Sohn.«

Wir gehen an Vater Tom vorbei, der mit dem Gesicht im Dreck auf dem Boden liegt und schreit, als die FBI-Leute ihm Handschellen anlegen. Ich bin froh, dass ich ihn nicht erschossen habe.

Ich möchte, dass er leidet.

Kapitel 29

Gwen

Ich möchte meinen Sohn nie mehr loslassen. Ich halte ihn fest an mich gedrückt, so lange, bis er irgendwann anfängt zu zappeln und ich mich widerstrebend von ihm löse. »Dad …«, sagt er. Er hat Tränen in den Augen. Im Gesicht. Sanft wische ich sie weg, während ich ebenfalls weine.

»Er ist auf dem Weg ins Krankenhaus«, beruhige ich ihn. »Er wird es schaffen. Ihm ist kalt, und seine Wunde muss behandelt werden. Aber er schafft es.« Das weiß ich zwar nicht mit Sicherheit, aber ich muss es glauben. J. B. hat Lanny, Kez und Javier hergefahren, und ich umarme sie alle. Javier halte ich etwas länger an mich gedrückt. »Ohne dich hätte ich ihn verloren.«

»Sag ihm das unbedingt«, erwidert er. »Er hat sich geweigert, tauchen zu lernen. Sobald es ihm wieder besser geht, zwinge ich ihn zu dem kompletten Programm. Dich auch. Du hast viel zu wild herumgerudert.«

Ich lache und umarme ihn noch mal. »Versprochen«, antworte ich. »Sobald ich ein paar andere Dinge geregelt habe.«

Er nickt und geht mit Kezia zurück zum SUV. Die Sanitäter wollen Connor im Krankenwagen mitnehmen; es wird eng da drin, mit dem Sanitäter, uns beiden, zwei Frauen aus der Siedlung und einem FBI-Agenten. Connor erklärt mir, dass die blonde Frau Schwester Harmony heißt, und eine Frau mit einer Schussverletzung ist Schwester Rose. Sie wirken erschöpft und desorientiert, doch Harmony sieht meinen Sohn an und sagt: »Wir haben es geschafft.«

Connor nickt. »Wo werden Sie jetzt hingehen?«

Harmony blinzelt. »Ich … Ich weiß es nicht.« Sie lächelt, und ich frage mich, ob ich jemals ein solches Lächeln gesehen habe. Voller Überraschung und Furcht und Hoffnung zugleich. »Irgendwo anders hin. Ist das nicht fantastisch?«

Als wir im Krankenhaus ankommen, wird Sam gerade in den OP geschoben. Er ist allerdings noch so weit bei Bewusstsein, dass er auf dem Weg dorthin Connors Hand ergreifen und uns beiden ein schwaches Lächeln schenken kann. An der Tür dürfen wir nicht weiter. Wir verbringen lange Stunden im Wartezimmer mit Kez und Javier und J. B., und ich bin schockiert, als Vee Crockett auftaucht und sich uns anschließt. »Ich hab schon nach dir gesucht«, meint Connor und umarmt sie. »Wo warst du denn?«

»Ich bin abgehauen«, gibt sie zu und wirft mir dabei einen Seitenblick zu. »Tut mir leid. Ich musste verschwinden, bevor die mich wieder zu einer Pflegefamilie schicken. Vermutlich sind die ziemlich sauer.«

»Vermutlich?« Connor schnaubt und schüttelt den Kopf. »Die werden dich holen kommen. Die wollen mit allen reden, die da drin waren. Einschließlich dir.«

»Einschließlich dir«, wiederhole ich und starre dabei Vee an. »Wie zum Teufel bist du dort hingekommen?«

»Sie hat einen Pick-up geklaut«, erklärt Connor. »Sie weiß, wie man Autos kurzschließt. Das hat sie beim Camper gemacht und …«

Ich halte eine Hand hoch, den Blick weiter auf Vee Crockett gerichtet. »Das will ich gar nicht wissen. Geht's dir gut?«

Sie zuckt mit einer Schulter. »Klar.«

Es geht ihr nicht gut. Keinem von uns. Aber wir geben uns alle Mühe, so zu tun.

Sie ist überrascht, als ich sie fest umarme, und als sie sich entspannt und die Umarmung erwidert, spüre ich, wie sie vor Erleichterung erschaudert. »Es geht mir gut«, flüstert sie. Und ich glaube, diesmal meint sie es auch so.

* * *

Sam übersteht die OP ohne Komplikationen.

Zwei Tage später wollen wir ihn mit nach Hause nehmen, aber Kez teilt uns mit, dass wir uns für den Augenblick eher fernhalten sollten. Sie zeigt uns Fotos. Eine Armee von Reportern belagert den See. An unserem Garagentor und einer Hausseite prangen Graffiti. Jemand hat das Vorderfenster eingeschlagen und Farbe ins Haus geworfen. Wir sind berühmtberüchtigt. Mal wieder.

Und ich lasse los. Schließlich, endlich, lasse ich los. Norton. All die Menschen, die wollen, dass ich gehe. Mein instinktives Bedürfnis nach Kontrolle, nach Widerstand.

Ich brauche Stillhouse Lake nicht mehr. Was ich brauche, habe ich hier. Um mich herum.

J. B. sorgt für die Wiedervereinigung von Remy Landry mit seinen Eltern im Krankenhaus, und ich glaube, ich habe noch nie zuvor drei Menschen so abrupt wieder ins Leben zurückkehren sehen. Remy sieht dem jungen Mann auf den

Fotos, die ich gesehen habe, kaum ähnlich, er ist nur noch Haut und Knochen und purer Überlebenswille, aber er hat das Unmögliche überstanden. Und seine Eltern ebenfalls. Die Freude in ihnen aufflammen zu sehen, gibt mir das Gefühl, dass es all das beinahe wert gewesen ist.

Aus dem Teich der ersten Siedlung der Versammlung der Heiligen werden sieben Leichen geborgen. Zehn aus dem See in Bitter Falls, einschließlich des Leichnams von Vernon Carr, dem Anführer der Wolfhunter-Sekte, der auf der Suche nach Schutz zu Vater Tom geflohen war. Er hatte nicht die Begrüßung erhalten, die er sich erhofft hatte.

Ich erhalte eine anonyme Postkarte, die mir über J. B. Halls Büro zugestellt wird. Sie ist in einer kindlichen Handschrift geschrieben, und darauf steht: »Danke für mein Leben«. Unterzeichnet mit einem großen, schwungvollen D am Ende. D für Daria. Ich schaue mir den Poststempel nicht an. Ich will es gar nicht wissen. Ich schreddere die Karte.

Wir gehen zweimal die Woche zur Therapie. Wir alle fünf, einschließlich Vee. Es hilft.

Sam und ich reichen die Adoptionsunterlagen ein. Er adoptiert meine Kinder ganz offiziell als mein Lebenspartner. Und wir helfen Vee, die erforderlichen Unterlagen vorzulegen, um als mündige Minderjährige anerkannt zu werden. Sie wird bei uns leben, zumindest, bis sie auf eigenen Beinen steht. Lanny und Vee scheinen einander anzuziehen wie Magneten, und ja, das bereitet mir Sorgen. Vee hat noch einen langen Weg vor sich, bevor sie stabil sein wird.

Wir brauchen definitiv ein Haus, das groß genug ist, um das Drama einzudämmen.

Bevor wir Stillhouse Lake verlassen, schreibe ich noch eine handschriftliche Notiz an Lilah Belldene. Darin steht: »Ich halte mein Wort.«

Ich bin nicht überrascht, dass keine Antwort kommt. Das Leben geht weiter. Wir müssen uns auf Vater Toms Gerichtsverhandlung vorbereiten. Ein neues Haus finden.

Genau wie Schwester Harmony weiß ich nicht, was als Nächstes kommt.

Und das ist fantastisch.

Soundtrack

Musik inspiriert mich und trägt mich durch den langen und manchmal schwierigen Prozess, ein Buch wie dieses zu schreiben, das so intensiv und voller Emotionen ist. Hier kommen die Songs, die mir geholfen haben, bei meinen Charakteren zu bleiben. Falls sie Ihnen gefallen, unterstützen Sie doch bitte die Künstler und kaufen Sie ihre Musik:

»Monsters«, Shinedown
»Forever & Ever More«, Nothing But Thieves
»Split In Two«, Broken Hands
»What Happened to You«, Black Honey
»Get Up«, Shinedown
»Some Kind of Rage«, Mona
»Gods«, Nothing But Thieves
»Rolling With the Punches«, The Blue Stones
»Graveyard Whistling«, Nothing But Thieves
»Ghost«, Badflower
»Do Your Worst«, Rival Sons
»Live Like Animals«, Nothing But Thieves
»Holding Out for a Hero«, Nothing But Thieves

»Pressure«, Muse
»Propaganda«, Muse
»Sorry«, Nothing But Thieves
»Lowly Deserter«, Glen Hansard
»Philander«, Glen Hansard
»Take the Heartland«, Glen Hansard
»Who by Fire«, Leonard Cohen
»The Next Voice You Hear«, Jackson Browne
»Morning Mr. Magpie«, Radiohead
»Season of the Witch«, Donovan
»It's Not Too Late«, T. Bone Burnett
»Poison in the Water«, Von Grey
»Even the Devil Gets It Right Someday«, Chris McDermott
»Karma (Hardline)«, Jamie N. Commons
»Rumble and Sway«, Jamie N. Commons
»The Preacher«, Jamie N. Commons
»Last«, Nine Inch Nails
»Blood Like Lemonade«, Morcheeba
»Run Boy Run«, Woodkid
»I Love You«, Woodkid
»Ghost Lights«, Woodkid
»The Other Side«, Woodkid
»In the Air Tonight«, Joseph William Morgan
»Enjoy the Ride«, Morcheeba
»Change«, The Revivalists

Hat Ihnen dieses Buch gefallen? Möchten Sie informiert werden, wenn Rachel Caine ihr nächstes Buch veröffentlicht?
Dann folgen Sie der Autorin auf Amazon.de!

1. Suchen Sie auf Amazon.de oder in der Amazon App nach dem eben gelesenen Buch.
2. Klicken Sie auf den Namen der Autorin, um auf die Autorenseite zu gelangen.
3. Klicken Sie auf den »Folgen«-Button.

Noch schneller gelangen Sie zur Autorenseite, indem Sie diesen QR-Code mit Ihrem Smartphone oder Tablet scannen:

Wenn Sie dieses Buch auf einem Kindle eReader oder in der Kindle App lesen, wird Ihnen automatisch angeboten, der Autorin zu folgen, sobald Sie die letzte Seite des Buches erreicht haben.